論創ミステリ叢書

81

藤村正太探偵小説選 I

論創社

藤村正太探偵小説選Ⅰ

目次

創作篇

評論・随筆篇

凡　例

一、「仮名づかい」は、「現代仮名遣い」（昭和六一年七月一日内閣告示第一号）にあらためた。
一、漢字の表記については、原則として「常用漢字表」に従って底本の表記をあらため、表外漢字は、底本の表記を尊重した。ただし人名漢字については適宜慣例に従った。
一、難読漢字については、現代仮名遣いでルビを付した。
一、極端な当て字と思われるもの及び指示語、副詞、接続詞等は適宜仮名に改めた。
一、あきらかな誤植は訂正した。
一、今日の人権意識に照らして不当・不適切と思われる語句や表現がみられる箇所もあるが、時代的背景と作品の価値に鑑み、修正・削除はおこなわなかった。
一、作品標題は、底本の仮名づかいを尊重した。漢字については、常用漢字表にある漢字は同表に従って字体をあらためたが、それ以外の漢字は底本の字体のままとした。

創作篇

黄色の輪

一

「おやッ？　これは黄色の輪じゃないか！」

植村慎太郎氏は思わず声をたてるところであった。

十米《メートル》ばかり前をフラフラと歩いて行く若い男。カーキ色の上衣、白ズボン、それに磨減《すりへ》った下駄履きといったいでたちのその男が、ズボンのポケットに突込んでいた雑誌をヒョイと取出す拍子に何か妙なものを落したのである。男はちっとも気づかない様子で、相変らずフラフラと歩いて行く。「あ、拾ってやらずばなるまい」と、半ば義務感から歩み寄って腰を屈めた植村氏だったが、その落し物を一目見た途端に驚いた。

何とそれは黄色の輪だったのである。黄色の千代紙を細長く折畳み、グルッと輪にして糊付けした黄色の輪。それも一つじゃない。智慧の輪のようにズルズルと四つも繋っているのだ。

四つの黄色い輪――。

この奇妙な落し物をじっとみつめる植村氏の瞳には、異様な驚愕と疑惑と憔燥の色がありありと浮んでいた。

「うむ！　彼奴はきっと関係があるに違いない！」

呻吟《うめ》くように呟いた植村氏は、急にあたりを憚るように見廻すや、さっとその黄色い輪を袂に放り込んで立上った。

「尾行《つ》けるんだ！　住いを突きとめてやらねばならぬ！　あの服装じゃそう遠くはあるまい。たとい彼奴が俺と知って故意に投げかけた罠だとしても……ふん！……罠なら罠に飛込んでやるまでだ！」

あるいは子供の玩具にすぎぬかも知れないような千代紙の輪に、何故、植村氏はこんなに驚いたのか？

事の次第はこうだ。

ここ一ケ月ほどの間に、植村氏は極めて奇妙な小包を四箇も受取った。必ず火曜日毎に送ってくるのであるが、差出人の署名もなければ一言の断り書もない。馬鹿丁寧なまでに幾重にもほどこされた包装の中からは、きまって綺麗な模様紙を張った小函が現れた。よく女の子がままごとなどに使っているあれだ。そしてその小函の中味が、頗る奇妙なものであった。

第一回は、羽子――お正月の羽子つきに使う羽子だ――と、細長く折畳んだ黄色い千代紙をグルッと輪にした黄色の輪とが、その小函の贈り物であった。

次の火曜は、千代紙の黄色い輪が添えてあること前回同様だったが、今度は羽子の代りに苗札が一枚入っていた。

第三回目の小函には、その底に押麦がバラバラと敷いてあって、その上に人を小馬鹿にしたような黄色の輪が乗っていた。

そして次の週に黄色の輪のお相手を中付けられたのは、何とこれはまた、一本のピースだったのである。

初めは誰かの茶目気だろう位に考えていた植村氏も、こう度重っては最早そんな事で済ましてはいられなくなった。悪戯にしては念が入り過ぎているばかりか、そこには謎の差出人の執拗な意志がヒシヒシと感じられ、更に何か不気味な意味をその中に読みとる事さえ出来るように思われた。

「羽子・苗札・押麦・ピース、そして黄色の千代紙の輪！　これ等の間に一体どんな関係があるのだろう？　そしてそれがこの俺に何の因縁があるというのだ？　そもそも差出人はどこの何奴なのだ？

ふん！　何もかも訳の分らぬ事だらけだ！」

神経質で凝り性なだけに、いったん追求し始めるとどうしても最後までつきつめずにはいられない植村氏だったが、何か人を馬鹿にしたような、それでいてどことなく不気味極まるこの謎の挑戦に対しては、解きほぐすべき糸口すら発見する事が出来なかった。相手が万事承知しているのにこちらが全くの盲目である戦ほど厭なものはあるまい。

羽子・苗札・押麦・ピース、そして黄色の輪――。

雲を掴むようなこの謎が、植村氏をひどく不機嫌にしている今日この頃なのであった。

植村氏が毎夕の日課にしている散歩の帰り途、若い男の落した四つの黄色い輪を拾い上げたのは、実に氏がそうした疑惑と憔燥とに悩まされているある日のことだったのである。四回の贈物を通じて必ず姿を現わした黄色の輪、それこそ謎を解く鍵ではないかと考えられるその黄色の輪、それを数まで同数の四個落して行ったのだから、たといそれが全く単なる偶然の一致に過ぎなかったとしても、植村氏が異様な驚愕を示したのは決して無理ではなかった。そして、その男こそ必ず関係があるに相違ないと、氏が異常な熱意を以て尾行を開始したのはむしろ当然の事であった。

渋谷からT線に乗換えて約十五分のM駅。駅の附近にゴタゴタと座を占めているマーケット風の各商店・喫茶店・風呂屋・麻雀屋・アパート・小住宅などを間に挟んで、駅の北側も南側も共に高台になっており、どちらもかなりの邸宅街だ。南側は焼夷弾のため幾筋もの帯状に焼き払われていたが、植村氏の自宅をその一角に含んだ北側の高台のほうは幸にも被害を免れた。植村氏は毎日夕方になるときまってこの北側の高台の端までゆっくりと散歩する習慣になっていたが、絶えず神経質に行動している氏の一日のうちに、多少とものんびりした植村氏を見出したいと思うならば、それはこの散歩の時を措いて外には求め得ないだろう。

しかし今日はせっかくの散歩も黄色の輪のためにすっかり掻き乱されてしまったのである。

植村氏は細心の注意を払ってその怪しい男を尾行《つ》け始めた。

男は全く尾行に気づいた様子もなく、フラフラと高台を下りて踏切を渡り、やがて南側の高台を上って行く。それからの男の行動は実に奇怪であった。高台の邸宅街をあっちこっちグルグルと歩き廻った挙句、とある焼跡の石垣の前に立ち止ってヒョイとこちらを振りかえったのである。植村氏はハッと聊かは慌てたが、ここで気づかれては大変とそこは精一杯の演技だ、そのままズンズン行き過ぎて角を曲り、その角の木蔭に身を寄せてそっと男の様子を窺った。件の男は人目を憚るように辺りを見廻していたが、やがて石垣の割目に何か差込むような動作をするや、いきなり猛烈な速度で今来た方角に走り去り家かどを曲ってしまった。「あッ！」植村氏は懸命に後を追ったが、男の姿は最早どこにも見当らなかった。

「失敗《しま》った！

しかし……。彼奴は石垣の所でいったい何をしていたのだろう？」

引返してみようと踵を廻らした途端に植村氏は再び吃驚した。

向うの角を曲って俯き加減にこちらへ急ぎ足に来るのは、何と妻の美也子夫人そっくりの女性ではなかったか！

「おやッ！　変だぞ？　美也子？

いや、あれがこんな処に用のあるはずはない！　しかし——、美也子そっくりだ！」

植村氏は殆んど発作的に再び塀蔭に身を隠した。ところが実に奇怪な事だが、その女は最前の男と全く同一の行動をとったのである。例の石垣の割目に近づくや、何かちょっとゴソゴソやったかと思うと、さっと身を翻して走り去ってしまったのだ。

植村氏は暫し呆然として、後を追う事すら忘れてしまっていた。

「黄色の輪を落した謎の男！

美也子によく似た女！

何かの秘密通信なのか？

ふむ——とにかく調べてみる事だ……」

石垣の割目はちょっと人目につき難い巧みな隠し場所であったが、見当をうまくつけておいた植村氏は難なく発見することが出来た。そしてその割目は、果して秘密を蔵していた。外部からは分らぬようその中に差込んであったのは、実に一枚の赤い千代紙だったのである。

二

もし、世に所謂重役タイプという言葉が、頭が禿げて肥っちょで、厚顔無恥で鈍感で、お腹をビール樽のように突出してワッハッハと馬鹿笑いをするより外に何の能もない一連の人種をのみ意味するとすれば、日本特殊寒天株式会社重役植村慎太郎氏は凡そ重役タイプとは正反対の存在であった。元来の出身である警察畑では剃刀《かみそり》の渾名《あだな》を取った位の鋭い切味の才人だ。五十四歳の今日もなお頭髪は二十代のような若々しい艶をみせており、ぐっと吊り上った眉、すらりと鋭い鼻すじ、男にしてはちいさすぎるほどの口許、スマートな長身痩軀、それらは正に触れなばピリッと応ずる細い敏感な神経を思わせるに充分であった。神経質、憂鬱、短気、癇癪持、一徹、凝り性など、いずれもその風貌にふさわしい性格であり、その故に氏の知性も時として狂信性を帯びる事さえあった位である。

こうして植村氏は凡そ重役タイプとはかけ離れていたが、氏がよく重役の地位を保っているからには、世の常の重役との相似点が全然無いという訳にはゆかぬ。氏が重役タイプではない、という命題には二つばかりの例外を附する必要があるようであった。

一つは氏が瑣事については峻厳な倫理感覚を示しながら、大きな罪悪は平気でこれを貫徹するというニヒルなまでのふてぶてしさを有っている事である。これは矛盾ではない、実際かような人物を我々はしばしば見かけるものだ。戦時中警察方面の某要職に在って主に思想犯に対して冷血極まる敏腕を発揮した氏が、その地位を巧みに利用した終戦時の不正利得と永年の顔とを以て、戦後さっと鮮かな転換をみせ日本特殊寒天株式会社の創立に参画してその重役に納ったあたり、氏のかかる一端を如実に物語るものだ。

もう一つの点は植村氏のあくなき性的情熱である。ただ一般重役連中と異る点は、氏が所謂浅く広く主義ではなく、狭く深くいちずに突き進む傾向が強かった事で、そこはやはり植村的だと言わねばなるまい。氏は四年前先妻を喪ったが、残された一人娘の都留子が眼に入れても痛くないほどの愛娘でありながら、やはり娘への愛情だけには満足しきれなかったものと見えて、一周忌を終えるや否や二十近くも年の違う今の若い美也子夫人を迎えたのであった。美也子は植村氏の新興財産が目的だったのか、親の強制に止むなく従ったのか、その辺の所は全く分らぬが、ともかく、充分な若さと美貌と魅力との持主には珍らしいほどの従順貞節を尽して中老の夫によく仕えていた。卒業後胸を聊か病んだために今は用心して止めてはいるが、都立Y高女時代はなかなかのスポーツ家だったそうで、いかにもスポーティな明朗さが魅力を倍加していた。胸も無論大した事はなく、結婚後は却って適度に肥えて、匂う許りの女らしさと美しさとを加えてきたのだから、たださえ年とってから迎える若妻の味はまた格別だといわれている位だ、植村氏が年甲斐もなく狂熱的にこの新夫人に身も心も傾倒していったのもあながち無理とは云えなかったのである。

少し横道にそれたが、まあ、以上二つの点がどうにか普通の重役気質とやや軌を一にする点なのだが、それもよく観察すればやはり植村的なものが随処に匂っているのであって、鋭く神経的な憂鬱な陰性の雰囲気が何といっても植村氏の優性であったと申さねばなるまい。

このようにたださえ憂鬱な植村氏だったが、更に最近の打続く事件がなお一層氏の陰鬱さを影濃いものにしていたのである。

愛娘都留子のC湖畔における不慮の溺死、それに踵を接するが如き黄色の輪の贈り物、怪しい男と妻に似た女との秘密、それらの一連の謎めいた不気味な事件の連続が、すっかり植村氏を暗い憂鬱の底に沈淪させてしまったのだ。

植村氏の日本特殊寒天は東京に本社を有っていたが、実際の工場は下田の町外れにあった。戦後新築されたものである。ここが原藻の集荷に便であった許りでなく、温泉を熱源に利用できるという好条件にあったからだ。従来寒天は全く原始的な製法にのみ頼ってきたため、製造条件に適するのはN県を主とする山岳寒冷地方に限られていたのだが、戦後食用、工業用、更に輸出用と需要が急増するにつれて、その近代的製法が研究され工場生産が可能になったばかりか、更に膜状寒天や粉末寒天等も作られるようになり、既にM製菓などは大計画をたて初島いったいの原藻を継続的に買占める特約をしたなどという噂もとんでいた。植村氏の日本特殊寒天もそうした時流に乗って戦後華々しくデビューした有力な新興会社の一つだったのである。

植村氏は東京本社勤務が主であったが、同時に下田工場の総監督者として工場長を直接後見する役にあり、そのため毎週金曜の朝下田へ発って土曜の夕方帰宅する例になっていた。そういう訳で自然に下田と縁が深くなり、家の一つも買って別荘風にしつらえ、美也子夫人や都留子の避暑避寒は概ねこの下田の別荘に行く習わしだった。

ところが今年は美也子夫人の提案で、一つぐっと趣向を変えてひと夏を上越地方にすごしてみようという事になり、T県C湖畔のSホテルが撰ばれたのだった。そして不幸にも都留子はこのC湖対岸の眺望台から誤って湖中に墜落し無惨な溺死をとげたのであるが、その不慮の不幸も結果だけから云えば、避暑地をこの夏に限って変更した新趣向が恨まれるような事になってしまったのだった。

上越の山々を西に那須高原を東に見てN山の緑を映すC湖。朝夕は涼風湖面を渡って絶好の避暑地だ。姫鱒を特産とし、更に奥地のSヶ原にかけて珍種の植物もいろいろ群生しているという。SホテルはN山を背にC湖を眼前に展いた旅館町の端にあった。K滝にもほど近く、バスや舟の便も割合によい。外人目当に近代的改装成ったSホテルの諸施設も快適であった。

はじめ都留子たち三人はそれぞれ洋室を一部屋ずつ、同伴して行った女中のとよは和室をと、合計四部屋を取っていたのだが、植村氏は多忙に社務の中からギリギリに取った一週間の休暇が終ってみると最早どうしても毎日曜ぐらいしかやって来られない状態だったので、氏の部屋は断って夫人のを共同使用する事になった。この夫人の部屋は都留子の室と隣り合せになっており、廊下の方からばかりでなく、廊下と反対側の扉から出入するヴェランダを通じても往来が出来るようになっていた。勿論ヴェランダ側の扉も廊下側の扉も同様に鍵がかかるようになっていて、廊下側、ヴェランダ側、いずれの側の扉の鍵も部屋毎に異っていたから、ホテルの支配人が一括して持っている合鍵でも借りない限り、彼我流用する訳にはゆかないのであった。

さて、こうした状況の下に、都留子の不慮の惨事は植村氏の留守中に起った。都留子はかねて絵画に趣味があり、このSホテルへもいろいろカンヴァスや絵具などを持って来て既に幾枚かの作品をかきあげていたが、ひとつ今度は『薄暮のN山』を画きたいと言い出し自分でそのプランを組んでいた。丁度Sホテルの対岸に好個の場所があった。ひとびとよんで眺望台という。大体C湖岸は草や灌木が生い茂ってそのままずるずると湖沼に突込んでいる所が多いのだが、ここは珍らしく湖中に突出した十米《メートル》位のきりたった崖になっていて、一望、C湖やN山は云わずもがな、更に遠く上越の山々を望むことができる。都留子の望んでいる『薄暮のN山』を画くにはまことに絶好であった。しかしSホテルからこの眺望台までは、直線距離にすれば一粁《キロ》ちょっとだが、歩けば湖畔をずっと廻り道しなければならぬので相当の時間がかかる。そこで都留子は舟を傭って湖を横断する事に決め、更にまた、どうせ夢中で描いているうちには遅くなってしまうだろうからと、そこの所も見越して、眺望台に近いB村の民家に予め一泊を頼んでおいたのだった。

いよいよ都留子が眺望台に出掛ける日の午後、ちょっとした事故が起った。二、三日前から風邪気味だった美也子夫人が急に発熱して臥せてしまったのだ。室附のボーイは医者を呼ぼうかと心配してくれたが、夫人の風邪発熱はいわば癖になった持病みたいなもので、一晩寝て起きるとまるで嘘のようにケロリとするのが例だったから、都留子もとよも別に医者をよぶまでもあるまいと気にもかけなかった。

「うちのお母様はいつもこうなの。明日の朝になればきっとお元気になってよ」

都留子はそう言って五時前に早目に夕食を済まし、予定の如く舟で眺望台へ向ったのであった。

美也子夫人も、

「私の持病よ。心配は要らないの。お薬飲んで一晩じっくり汗をかきましょう。私が呼ぶまで誰も来ないで頂戴」と故意と厚い蒲団をすっぽり被って都留子の出発する前からベッドに閉じ籠ってしまった。内から錠が下ろしてあり、十時頃錠を開けて聊かよろよろと便所に起きてきた時まで、夫人はぐっすり休んでいた訳である。

さて、都留子は翌日の昼までには帰ってくるはずだった。ところが昼食時には姿を見せなかった。けれども別に不審を挟むほどの事ではないようだった。画の都合で遅れたか、あるいはどこか寄道をして夕方に帰って来るのだろうと考えられた。夕刻になった。やはり都留子は帰館しなかった。人々は漠然たる不安を感じながらも、まさか変事があった訳じゃあるまいと、未だ甘く考えていた。しかし、暗くなってもなお帰り来らざるに及んで、まず夫人が騒ぎ出し、ホテルの人々も事情を知って漸く事の重大なのに気がついた。

都留子が一泊するはずだったB村に使いが飛んだ。けれども都留子を見かけた者は一人もなく、宿の予定であった民家でも、「お待ちしていたが、とうとうお嬢様はお見えにならなかった」という事だった。

直ちに捜索隊が繰り出され、折からの闇夜をついて捜索が行われた。大体見当がついていたため割合早く発見できた。都留子は眺望台から少し東寄りの湖岸に、溺死体となって発見されたのである。夜分ではあったがN町から警察医の一行が急行して来て、取敢ず検屍を行った結果、昨晩七時から八時頃までの間に溺死したものと推定された。所々の擦傷は墜ちる時に崖角や木などによって受けたものと思われた。

翌朝現場附近の捜査が行われたが、都留子が誤って眺望台の崖上から滑り墜ち、不慮の最期をとげたものである事は明かであった。眺望台の上には画箱がそっくり置いてあり、パレットと絵筆がやや離れた所に投げ出されていた。小さな画架は崖際に横倒しになっており、カンヴァスは崖の横に生えている木の枝に引掛っていた。不幸な都留子の絶筆となった『薄暮のN山』は八分通り仕上げられていた。辺りの草がかなり踏み躙られていたのは、恐らく位置の選定などに都留子が歩き廻ったためだろう。こういう遺留品から想像すると、都留子は非常に崖際に近づいて画いていたものと思われる。そして、何かの機会に崖際ギリギリの所に近寄る冒険をおかし、不幸にも足を滑らして墜落した、その時画架に衣服を引掛けてカンヴァスを吹っ飛ばした、都留子は全然泳ぎが出来なかったし、眺望台の下の辺りは相当の湖深があり、おまけに底は泥沼になっている、凡ての条件が揃って都留子は溺死した――悲鳴はあげたであろうが、一番近いB村でさえちょっと距離があるため、誰も気づいた者はなかった――、大体こういったところが真相であろうという事に意見の一致を見たのであった。

ただ、当日B村の西に当るC村に見馴れぬ客が一泊したとの情報が警官一行をちょっと刺戟したが、植物採集のためC湖畔を訪れたT大植物学教室の舟田助教授だった事が判明した。氏はむろん植村家とは何の関係もなかったし、その上肝心の七時――八時という当日の時刻には、B村のある茶店で持参のウイスキーを聞し召しながら休息していたという完全なアリバイがあった。その日舟田氏は、六時から八時半頃までずっとその茶店で休み、それから夜風に吹かれながらC村に向ったのであるが、その後誰も氏が戻ってくるのを見た者はなかった。そしてC村へ到いた時刻も首肯し得るものだった。B村は眺望台とC村との中間にあり、一本道のこの湖畔で、いったんC村へ向うと見せかけて眺望台まで戻る芸当は、B村の人々の目にふれずに行い得るものではなかったし、だいいちそれでは時間が合わなかった。

こうして舟田氏は勿論関係はなかったし、氏以外の外来者で、ここ数日のうちにこの附近に姿を現わした者は皆無であった。

こうした都留子の過失による墜落溺死は、全く何の疑問の余地もない不慮の災難と結論されたのである。

眼に入れても痛くない一人娘を喪った植村氏の悲嘆は、はたの見る眼にもいたいたしいほどであった。

そしてその三十五日の忌も終らぬうちに、あの奇怪な黄色の輪の第一回の贈り物が届いたのだった！

元来陰鬱な植村氏が、愛娘の死と、奇怪な贈り物の謎に、どれほどその憂鬱に拍車をかけられ、神経を苛立たせられたか、最早くだくだと繰返す必要はないようである……。

三

「なに！　宝石類を盗まれた？

何ということだ！　偽の電報で俺を留守にさせておい

て！

全然気がつかなかったって？　だいたい、お前がボヤボヤしているからだ！

それとも？　ふん！　うまい工合に気がつかなかったのなら幸だ！」

憂鬱と癇癪とは紙一重である。植村氏の陰鬱が癇癪に爆発するには、ほんのちょっとした事件さえあればよかったのだ。

氏が怪しい男の尾行に失敗して数日後のことだ。氏は郷里の姉危篤のウナ電を受取った。ただひとりの姉の事とて氏はとるものもとりあえず急行したわけであるが、何とそれはとんでもない偽の電報だったのだ。

「何を貴方は寝ぼけているの？　おほほほ、誰かにうまくかつがれたのよ」

姉は大笑いをした。

植村氏はプンプン憤って帰って来たのだが、留守宅では更に氏を憤慨させる事件が待ち構えていた。氏の留守中に約二十万円ばかりの宝石類を盗まれたと、夫人がおろおろ声で報告に及んだのである。日頃の憂鬱は遂に猛烈な癇癪となって爆発した。そしてそればかりか、いつかの妻に似た怪しい女の事を思い浮べた植村氏は、何か自分でもはっきりと自覚の出来ないある深い猜疑に襲われはじめたのであった……。

そして……都留子の変死とそれに続く一連の謎の事件は、遂に来るべきカタストロフィを刻々と用意していたのである……。

そしてその幕は、黄色い輪の謎の男の再現によって切って落された。

偽電報事件の二日後、例の夕方の散歩の途上、植村氏は再び黄色の輪を落して歩いて行く件の男を発見したのだった！

氏の驚愕と憤怒と戦慄！

男のコースは前回と同様だった。やがて例の石垣のところ、氏の眼が異様に光る。

ところが、ところが次の瞬間、実に奇妙な事が起った。男は急に身をかえしてだしぬけに植村氏の方へ近づいて来たのだ！　突差の事に氏はどうする事もできなかった。そしてその男はさも馴々しげに話しかけてきたのである――。

「あの、植村さんじゃありませんか？」

何でもちゃんと知っていますよ、と言いたげな微笑さえ浮べている。

「おや、どこかで見た顔だが?」ふとそういう印象が頭脳をかすめたが、氏はそれ以上想い出す事が出来なかった。

「う、うむ、植村だが……、き、きみはいったい……?」

「あ、やっぱりそうですね。僕はお宅の近くのUアパートにいる上村という者なんですが、実はこの郵便物が間違って配達されたんじゃないかと思いましてね……」

そう言いながら差出したのは少し日附の古いT新聞だ。二枚クルクルと巻いて第三種郵便にしてある。宛名は実にまずいペン字で、
S区Y町三丁目三番地
うえむら　さま
となっていた。苗字だけ仮名書だ。

「お宅は確か二一番地でしたね? 僕のとこのUアパートは三番地なんです。二一を乱暴に書けば三のように見えますからね。町も丁目も同じ上に、名前の発音も同じに読めますから間違ったんじゃないでしょうか。けれど、僕は『うえむら』と読むんじゃなくて、『かみむら』と言うんです。だからこれは二一番地植村様に違いないのです……」

「なるほど、そういう訳ですか。しかし差出人の名も書いてないなんて、変な郵便物だな?」

植村氏は変な顔をして日附遅れのT新聞を受取ったが、上村青年は更に妙なものを取出した。

「それから植村さん、これに見覚えはありませんか?」

小さな金色の輪、婚約指環らしい。植村氏は怪訝な様子をして掌に受取ったが、一眼見た途端に驚きの声をあげた。

「おお、これは僕の家内のものだ! 婚約の時あれに贈ったやつだ! 裏に彫った頭文字が間違いのない証拠だ!

しかし、いったい、君はどうしてこれを……?」

「間違いありませんね?

それじゃお話ししなければなりません」

上村の顔からは先ほどの微笑は既に消えて、異様な緊張と昂奮の表情に変っていた。

「非常に重大な事柄なのです。ここではどうも何ですから、どこか静かな所ででも……」

「よろしい。実は儂も君に聞きたい事だらけなのだ。お伴しましょう」

二人は高台を下りて、とある喫茶店に入った。丁度お

客も少くて、秘密の話には好都合だった。

「植村さん、僕のこれからお話しすることは、余りにも恐ろしい、余りにも突飛すぎる事かも知れませんが、決して出鱈目ではないのです。僕は一ケ月ばかりこの問題について必死の調査と推理を進めました。そして遂に確実な証拠と結論とを得るに至ったのです。僕の話を全部お聞きになればきっと御了解していただけるでしょう。だからたといどんなに意外に思われる事を僕が言い出したとしても、必ず終まで冷静に聴くとお約束していただきたいのです――」

「分りました。お約束しましょう。

で、その重大な事とはいったい何なのです？　きっと黄色の輪の関係があるのでしょうね？」

「植村さん、結論から申上げましょう。驚いてはいけませんよ。

あなたの奥さん、美也子夫人は二つの重大な秘密を持っておられます。

一つはある男と熱烈な恋愛に陥っておられる事です……。

もう一つは美也子夫人こそ、都留子さん殺害の真犯人だという事です！　そして恋人のある男というのがその共犯なのです！

植村さん、都留子さんが不慮の死を遂げられた当日、C湖畔に一泊した男がいましたね？　そうです、その男、舟田助教授こそ、美也子夫人の恋人なのです。

奥さんは貞女の仮面を被った悪魔でした。美也子夫人は最初から貴方には露ほどの愛情も持っていなかったのです。舟田助教授こそ、実は古くからの馴染、深く許し合った仲なのでした。あなたと結婚したのは、凡てこの悪魔二匹の仕組んだあなたの財産目当の大芝居だったのです。都留子さんと貴方が死ねば、莫大な遺産が夫人の懐に転り込む訳ですからね。そうしてその後で筋書通り、舟田助教授と一緒になるという計画なのです。

悪魔共はまず邪魔になる一人娘の都留子さんを、巧みな方法で葬る事に成功しました。今度は植村さん、あなた御自身が葬り去られる番なのです！」

声は低いが昂然と言い放った上村の面貌には、凛として侵し難い威厳さえ感じられた。

「……」

植村氏はあまりの事に、暫くは突差の言葉も出ないようだったが、やがて驚愕と恐怖と悲惨の中から呻吟くように言った。

「君、証拠だっ！　君はいったい何を証拠にそんな恐ろしい事を言い出すのだ！」

「勿論、証拠なしにこんな事が言えるものですか！　たとえば、先ほどお返しした婚約指環ですがね、あれを僕が都留子さん変死の当日、C湖畔で手に入れたとしたらいかがです？　植村さん、少しは僕に見覚えがおありでしょうね。僕はあの時ある事情から、Sホテルのボーイに傭われていたのですよ……」

「……」

「まず奥さんと舟田助教授との事から申上げましょう。あなたは先日僕を尾行《つ》けていらっしゃいましたね。御推察の通り、故意と黄色の輪を落して貴方を例の石垣の処に御案内したのは、むろん僕の作為でした。ところで、あの後直ぐに、奥さんに似た方が僕と同じような行動をとったはずですが、お気づきになりませんでしたか？　あ、やっぱりお気づきになったようですね。あの人が奥さんに似ていたのは当り前ですよ、美也子夫人その人だったのですから！　そして後で貴方は石垣の割目を調べて御覧になったでしょうね。何が入っていました？　確か青か赤の千代紙だったはずですが」

「う、うむ、赤い千代紙だった！」

「そうでしょう。ところであれは何曜だったか、覚えていらっしゃいますか？」

「重役会の前日だったから、木曜日でした」

「あなたはいつも金曜から土曜にかけて、下田に出張なさる習わしですね？」

「そうです」

「あの翌日はいつもの通りお出でになりましたか？」

「いいや、木曜の午後になって急に翌金曜日に重役会を開く事になったので、あの週だけは行きませんでした」

「植村さん、もうお分りでしょうが、奥さんと舟田助教授は、貴方が毎週きまって下田出張をなさる金・土曜を狙って夜の密会をしていたんですよ。石垣の割目に入れてあった千代紙は、そのための暗号通信だったのです。貴方は毎夕必ず散歩をなさる。しかも決してコースを変えられた事がありません。奥さんはその時を利用して貴方の散歩コースとは反対側の高台へ、秘密通信をしにいらっしゃっていたのです。僕の調査では通信は必ず毎木曜日の夕方に行われていました。つまり貴方が翌金曜に出張なさるか否かという事は、前日の夕方確実に判明する訳ですからね。青い千代紙ならＯＫ、赤なら危険信号という訳です。

僕が先日御案内した時は、重役会で貴方が下田へはいらっしゃれない事になったため、奥さんは赤い千代紙をお入れになったのでした。

もう暫くお待ちになっていたら、きっと舟田氏が現われるのも御覧になったはずなんですがね。舟田さんの住所はＭ区Ｇ町となっていますが、Ｇ町のなかにはこのＳ区Ｙ町と極く近い処があるのですよ……」

「……」

「ところが最近お二人は、どうやら僕に感づかれている事を薄々悟ったらしいんですね。千代紙の通信はあれ以来やめてしまわれた。何か通信方法を変えたに違いない。僕はそう睨んでいました。果せるかな、この新聞二枚に依って通信していたのです。

しかし運悪くそれが同発音の僕宛に配達される間違いが起った。筆跡をごまかすため左手で書いたり、仮名書にしてみたりした事が、却って運のつきだったのですね。これが他の人の所へ間違って行ったのでしたら絶対に分らないのですが、そこはやはり天罰とでも云うのでしょうか……。

僕はいろいろ考えてみました。先を急がねばなりませんから、簡単に結論だけ申上げましょう。

これは密会の日時を打合わせる巧みな通信なんです。このＴ新聞には上方の日附の横に必ず『あすのこよみ』という欄がありますが、これを利用してあるのです。

この欄の一番上に通日というのがありますね、この下二桁が日を表わしているんです。二枚の新聞のうち上向になったのがそれでしょう。今日は二十八日ですから、下向のだと日が合わないのです。八月十六日の新聞ですから『あすのこよみ』は十七日の分、従って通日は二二九になっています。だから二十九日、つまり明日という事になる訳です——。

次に時刻ですが、やはりこの欄の下方に満潮・干潮というのがありますね。これが時刻を表わしているんです。午前・午後二回ずつの満干潮は毎日少しずつ時刻が変ってゆきますから、巧みに用いると殆んど凡ゆる時刻を示す事が出来ます。下向になった新聞のがそれです。鍵《キー》は紙帯の切手の数です。三円切手一枚で済む所を、わざわざ一円のが三枚もはってありますからね。新聞が下向になっている事から、下から三番目という意味だろうと考えました。下から三番目は午後の満潮時で、この八月十一日は午後八時二十五分になっていますね。

つまり、明二十九日の午後八時二十五分が指定の日時なのです！」

「上、上村君！　場所は、場所はどこなんだ！」

「いつもの場所でしょう。ちゃんと調べてあります。渋谷からそう遠くないS公園です！　あそこは繁華街に近い割に、ひどく暗くて人通りも少く、密会には絶好の場所ですからね！」

「……」

妻を絶対的に信じ愛していた植村氏だけにその打撃は深刻だった。たださえ神経質な眼は嫉妬と憤怒から異様なまでにうちふるえ、額にはべっとりと脂汗さえにじみ出ていた。

「植村さん、遺憾な事ですが、僕は更に都留子さん変死の真相も申上げねばなりません。

都留子さんは決しで誤ってあの眺望台から墜ちたのじゃないのです。前にも申しました通り、美也子夫人と舟田助教授の陰険極まる巧妙な計画により崖から突き落されて溺死されたのです。

僕は美しい都留子さんのために、万斛《ばんこく》の涙と断腸の思いを禁じ得ないと共に、憎むべき犯人に対しては満腔の痛憤と憎悪とを投げかけずにはいられません……」

「しかし、上村君……、
あの時美也子は風邪を引いて、都留子の出掛ける前からずっと臥せていたのですよ。Sホテルの室附ボーイの渡辺君も鍵穴から隙見した事を白状して、確かに美也子は就寝していたという証言をしています。おまけにあれの部屋はしっかりと内錠が下してあったという事です。

また舟田さんは明瞭なアリバイがあったそうじゃありませんか。それ以外にあの日眺望台附近を通った外来者は一人もないのですよ。陸路はもちろん、舟で行った者も一人もないのです。通ったのは舟田氏を除いて、皆あの附近の村民達ばかりなのです。怪しい者は全く無かったのですよ……、
君はいったい何を根拠にそんな恐ろしい事を云うんです！」

「植村さん、まあ、冷静に熟考なさって御覧なさい。美也子夫人が病臥してずっと部屋に居られたという事は決して決定的なものじゃないのですよ。室中に入って確めた者があるって訳じゃないんでしょう？　それに汗をかくのだと言って故意と厚い蒲団を引被っておられたそ

うじゃありませんか。何か蒲団の中に突込んでさも人が寝ている風にふくらませ、頭の所には人形の首でもむこうむきに置いておけば、鍵穴から覗いた位ではちっとも気づきやしませんよ。

むろん、風邪なんて真赤な嘘です――」

「じゃ、内錠が下りていたのはどう説明します？」

「都留子さんの部屋と奥さんの部屋は隣り同志で、ヴェランダの方の扉を通じても往来できたはずですね。それから美也子夫人は都留子さんの出発より先にお寝みになったそうじゃありませんか。それが種です。簡単なことですよ。

まず風邪だといって閉じ籠り、人形の首等で蒲団に細工をする。自室に内錠を下す。ヴェランダ側の扉から出て鍵をかけ、都留子さんがちょっと御不浄かどこかへ行って室を空けた隙にさっとその室を素通りして廊下に出る。無論美也子夫人は変装しています。恐らく男に化けていたのでしょう。丁度あの頃は団体客が多くてSホテルは非常に混雑していましたから、誰も気づく心配はありません。何の苦もなく自室にすっかり錠を下したまま外に出てしまう事が出来たのです。都留子さんはその後で鍵をかけて出発したという訳です。

帰ってきた時は更に簡単です。都留子さんの屍体から都留子さんの室の鍵を奪ってくればよいのです。出た時とは逆にやれば、全くの内錠の下りた室に閉じ籠っていたように見せかける事ができます――」

「だが、上村君！

いかにして美也子は誰の眼にもふれずに眺望台に行く事ができたんです？　舟田さん以外、誰も通った者はないのですよ！」

「植村さん。Sホテルから眺望台に行くには湖畔を陸路迂廻するか、舟で横断するか、二つの方法がありますが、それ以外の方法は考えられないでしょうか？　よく考えると少し突飛ですがもう一つ立派な方法があります。それは泳いでゆくことです！　丁度夕暮の時刻は人眼を避けるのに誠に好都合だったのです――」

「そりゃあ不可能だ！　美也子は一年許り胸を患ってからは、絶対に水泳などは禁ぜられているのですよ。あれが俳句などやっているのはその療養生活の名残なのです。仮りに禁を破ったとしても一粁半もある湖面を往復するなんて、到底出来る事じゃないです。それとも心臓麻痺を起すか、胸の再発を招くか、いずれかの危険を侵してなおかつ決行したとでも仰言るのですか？

だいいち衣服をどうするんです？　裸で都留子に近づいて殺した、なかなかエロチックな想像ですな——」

「飛んでもない！　美也子夫人は最初から都留子さんと貴方とを殺す計画で結婚したのだという事をお忘れになってはいけません！　胸だなんて、全然出鱈目です。凡ては夫人の綿密周到な伏線なのです！　俳句など実に巧みな偽瞞手段ですね。それどころか、奥さんは都立Y高女時代平泳の選手で、都の大会に百米一分三十五秒八という見事な記録すら樹てた事があるのですよ。

植村さん。先日来四箇の奇妙な小包をお受取りになったでしょうね？

羽子と苗札と押麦とピースと——、

あれは皆僕のやった事です。あの意味は貴方にはお分りでなかったでしょうが、俳句をやっておいでの美也子夫人にはピン！　と鋭く響いたはずです。あれはいずれも俳句の季題なのですよ。羽子は一月、苗札は三月、押麦は麦という季題が五月にあるからです。ピースは煙草の花、煙草刈るなどと八月の季題に縁があります。つまりあの四つの品は、俳句の季題を通して、一・三・五・八という、字を表わしているのです。一三五八、即ち一分三五秒八こそ、美也子夫人にとっては忘れ得ぬ想い出の数字なのです。

僕はこの数字を聯想させる贈り物によって夫人にC湖を泳いだ事を暗示し、夫人の心理的動揺を期待したのでした。そして果せる哉《かな》見事な収穫を得たのです！

しかも奥さんは片道さえ泳げばよかったのですよ。半分舟田氏が泳いでくれたからです。衣服の問題も舟田氏を共犯と考える時、鮮かに解決する事が出来ます——」

「続けてくれ給え、上村君。君の詳細な説明を聞こうじゃありませんか」

「この図を見ながらお話し致しましょう」

上村青年は手帳を破って次頁《ページ》のような地図を書いた。

「図でl・m・nはいずれもC湖岸の全く人目につかない場所だという事を予め申上げておきます。

さて男装でSホテルを脱出した美也子夫人は、ホテルから程遠くないl地点で舟田と落合い、着ていた服を脱いでlに隠しておきます。舟田はここでやはり服を脱ぎ、C湖を泳いで眺望台少し手前のm地点に向うのです。夫人は入れ換えた舟田の衣服をつけ、すっかり舟田助教授になりすまして、A村までバスに乗り、更に歩いてmに向う。植村さん、舟田の当日の服装をお覚えですか？　白麻の上衣・ズボンにゲートル、パナマ帽を目深に被りサングラスをかけ、大きな緑色の植物採集箱を携えていましたね。最も人目につき易いと共に、最も変装には便利ないでたちだったのです。バスやA村の者は皆、その時刻に舟田助教授が陸路B村に向ったものと思った事でしょう。

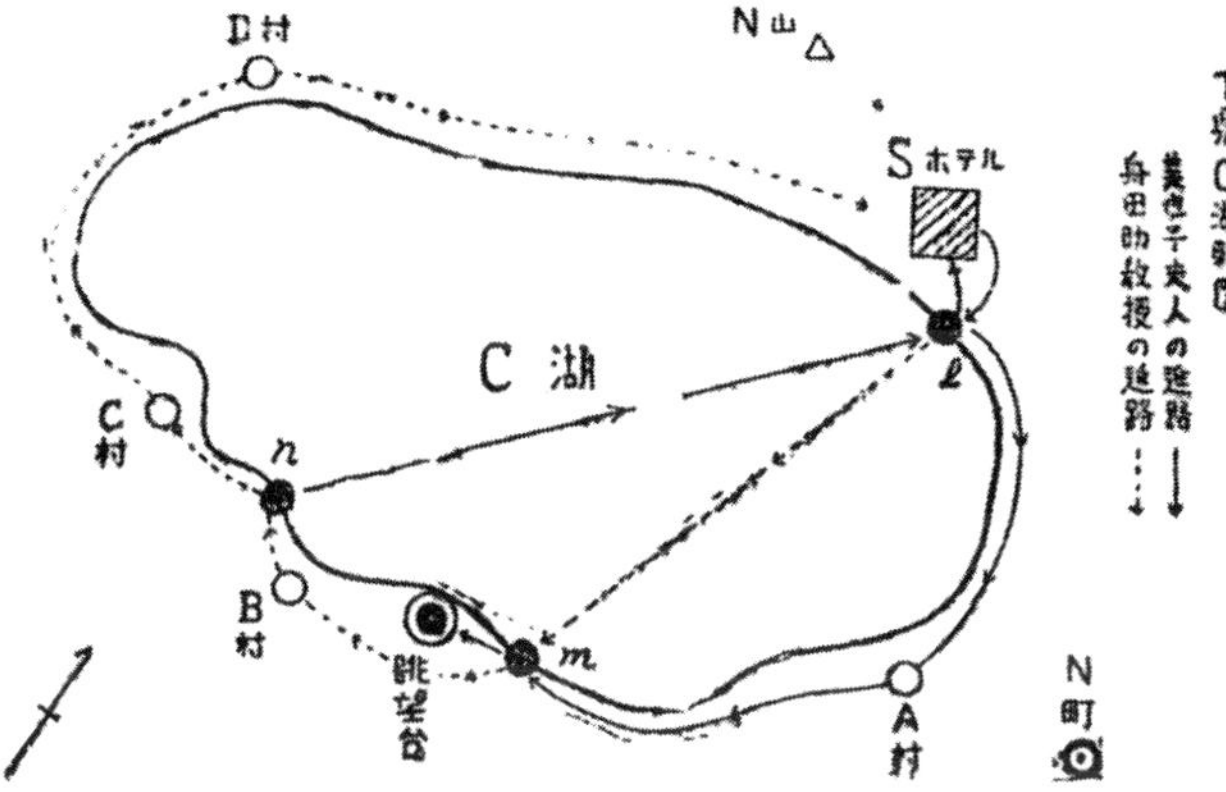

　mで再び落合った二人は、そこで更に服装を変えます。舟田は夫人の脱いだ服を着てB村に到き、ここの茶店で兇行時刻を過す。

　一方夫人はmにて、予め植物採集箱の中に用意してあった自分の女服と靴をつけ、眺望台に赴いて都留子さんを突落す。都留子さんは風邪であったはずの大人を見て不審に思うでしょうが、まさか義母が自分を殺そうとは思わないから、うまく夫人の弁舌にごまかされてしまったのでしょうね。夫人は崖際で絵をかいている都留子さんの油断を見すまして湖に突落し、まんまと目的を達したのです。

　それから自分の靴と衣服を脱ぎ、結び合せて体に縛りつけ、今度は泳いでB村とC村の中間の湖岸n地点に向います。その途中で都留子さんの溺死体を捉え、室の鍵を奪う。このあたりはさすが水泳の選手でなくては、という所ですね。nで、体に縛りつけていた自分の女服と靴を置き、再び泳いでSホテル岸のlに帰り、ここで先ほど隠しておいた男服——夫人がSホテルを脱け出る時変装していたもの——を着て、何喰わぬ顔で室に戻ったのですよ——。

　他方舟田は、充分兇行時間を見込んで八時半頃B村からC村に向う。途中n地点に寄り夫人の置いていった服と靴とを植物採集箱の中に仕舞い込み、何の関係もない植物学者としてC村に一泊、D村を廻って帰った、という次第です……。

　いかがです、こうして二人はC湖を片道ずつ泳げばよかったのですから、ずっと楽な仕事となり、厄介な衣服類も、巧みな取換えと植物採集箱のお蔭で何の証拠も残さなかったのです。最も疑われる惧れのある舟田は完全なアリバイが出来上り、舟田にのみ注意が向けられた事と、人々の意表をついた遣り口——泳ぐという方法をとった事——と、折からの夕闇が、夫人の行動をすっかり包んでしまったという訳です——」

「ふーむ、見事な推理だ。

だが、直接証拠が一つもないじゃありませんか！」

「ところが、立派にあるのです——、しかもそれが僕の推理の、直接の緒口になったのですが……

あの日の午後遅く、僕は支配人から用事を言いつかってN町に行きました。途中A村までバスに乗ったのですが、丁度そのバスに舟田助教授と乗り合わせたのです。勿論僕はその時未だ舟田助教授とは知らなかったのですが、当時の服装と大きな緑色の植物採集箱とから考えると、ああ、あれが舟田助教授だったのだなと、後から思い合わされたのでした。

ところが終点のA村間近くなってから、バスの中で妙な事が起りました。掏摸《すり》です。未だ十五、六位の所謂チャリンコという奴ですね。そいつがガタンとバスの揺れる拍子に、予め狙っていた舟田氏の上着の内ポケットに素早く手を入れて一仕事やったんです。誰も気づかなかったらしいんですが、僕は偶然にも見ていたのです。『此奴！』と思いましたがそこは素知らぬ顔をしておいて、次のA村でバスを降りてから人に気どられぬようこのチャリンコを捕えて泥を吐かせたという訳です。ところがその獲物が何とあの婚約指環と、バラの現金二千円だったのですよ。

むろん僕は最初、舟田氏を追っ駆けて返してやる積りだったのですが、その婚約指環を見て非常に不思議に思いました。こんな処へ植物採集箱をぶらさげて来る男が婚約指環なぞ持っているのは可笑しいぞ？　と。しかもそのチャリンコの打明け話に曰く、『どうもあの男は変だ、女みたいな感じがした』って言うんです。僕は考え込みました——、そしてチャリンコはそのまま放免してやり、舟田氏を追う事は中止したのでした——。

植村さん。先ほどお返ししたのがその婚約指環なのです……。

この事実と疑惑とが僕の凡ての推理の緒口とも根拠ともなった訳でした。

そして遂に、僕が都留子さん変死の真相を推論するに至った事は既に申上げた通りですが、なお確実にならしめるため、この婚約指環を利用して犯人に心理的・錯覚的打撃を与えて、直接証拠を得ようと考えたのです。僕があの奇妙な贈り物で美也子夫人に水泳を聯想させると共に、執拗に黄色の輪を贈ってこの婚約指環を暗示したのも、実に凡てそのためなのでした――。

効果はありました。潮時を見計らって僕は夫人に最後的な取引を申出でたのです。

『貴女の婚約指環を都留子さん殺害の現場で拾った。貴女の犯行は凡て知っている。しかし貴女が希望するなら、この証拠物件を警察に提出する代りに、二十万円でお譲りしてもよい』とね。

返事は『諾』でした……。

そこで僕は偽電報を打って貴方を留守にさせ、夫人に金策の便宜を与えてあげたのです――、いかがです、お帰りになった時、奥さんは何か盗まれたとか何とか仰言りはしませんでしたか？――」

「……」

「凡ての準備は整いました。僕の指定した取引の日時は二十九日午後九時、S公園、つまり明日なのです！

ところが！　御覧なさい！　このT新聞二枚の秘密通信は、二十九日午後八時二十五分ではありませんか！

言うまでもなく夫人が舟田に連絡をとったのです。そして舟田は僕の先手を打ち予め万事の手筈を決めておくために、三十分早く夫人と落合うよう通信したのです！

大抵は分っています。貪婪極まる二人のことです、二十万円が惜しくなったのに違いありません！　舟田は小柄な体にも似合わず腕力には自信があるのでしょう。あるいは武器を持ち出してくるつもりかも知れませんが――、ともかく夫人が一たん取引を済ませておいてから、突然舟田が飛出し、僕から二十万円を取返してしまおうという魂胆なのでしょう！

ふん、そんな手にのってたまるものか！

植村さん、僕は更に先手を打って取引時刻を八時に繰り上げておきました！

明日午後八時、S公園――。

お出で下さるでしょうね、植村さん、貴方御自身の目で直接に、都留子さん殺害の絶対的証拠と、不倫の輩密会の現場とを、はっきりと見極めていただくために！

舟田は兇暴な男らしいです。僕は用心のため短刀を用意しておくつもりです。貴方も何か武器を持って行かれた方が安全でしょう。

では、婚約指環は明晩までお預りさせていただきましょう。それから秘密通信のT新聞は夫人の手に渡るよう、何気なくお取計い下さい。

僕の申上げる事はこれだけです……」

上村は立上った。

「上村君！　最後にもう一つだけ聞かせてくれ給え！　君は一体誰方《どなた》なのです？　何の関係があってそんな危険まで侵そうとなさるのです？」

「ああ、植村さん！　驚かないで下さい、そしてどんな事を申上げても『許す』と仰言って下さい……。都留子さんと僕とは、相思相愛の恋人同志だったのです！

もう少し経てば僕からお父様にお許しを頂くようお願いにあがるはずでしたのに！

僕がこの夏中、Sホテルのボーイに傭われていた理由は、賢明なる御推察にお任せします……。

では左様なら、植村さん、また明晩八時に、S公園で！」

上村青年はさっと扉を排して、足早に折からの夕闇に消え去る。

「おお……」

喘ぐように呟いた植村氏の面には、深い感動のいろが拡っていった……。

四

ついに、恐るべきカタストロフィはやってきた……。

夜のS公園――、
渋谷の繁華街を一歩離れると、もうそこは死のような暗さと静けさだ。廃墟の只中にポツンと取残されたS公園の森蔭は、沈々たる不気味ささえ漂わせて、人影ひとつない。

樹の蔭に身をひそませた植村氏は、ヒシヒシと迫って来る戦慄と惨気に、思わずおののかずにはいられなかった。二人一緒にいては気どられるかも知れぬと、上村は反対側に隠れているのだ。

僅かに小道とベンチを照らしている煤ぼけた電燈――。と、その僅かばかりの燈りにさっと人影が横切る――、八時五分過ぎ、おお、それは正しく美也子夫人だ！　紙包をかかえている！

次の瞬間――向う側から上村が静かに歩み寄る――離れているので話声は聞えぬが、正に息づまるような一瞬だ。植村氏の満身は戦慄と憤怒にブルブルとうちふるえた。

――取引は案外簡単に済んだらしい――。

夫人一人を残して上村は植村氏の樹蔭にやって来る。かかえているのは紙包だ。そっと開いて植村氏に見せた。

おお、紙幣だ！　二十万！

都留子変死の真相に関する上村の推理は、正しく肯綮《こうけい》を射ていたのだ！　眼前にこの目で見た動かせぬ事実こそ最大の証拠でなくて何であろう！　実に信じ切っていた美也子夫人こそ、愛娘都留子殺害の真犯人だったのだ！

「うむッ！　悪魔奴がっ！」

植村氏は衝動的に短刀を握りしめ、だっと飛出そうとした――が――ぐっと上村に止められた――。

「お待ちなさい、植村さん。

僕に裏をかかれたのでマゴマゴしているのですよ。今に舟田が現われるでしょう！

ついでに不倫の現場も抑えておやりなさい！」

低声だが力強く決定的な迫力のこもった囁きだ。

「じゃ僕はまた元の所へ帰っていますから――」

足音を忍ばせて立去る――。

八時三十分。

突如向うから急ぎ足に男がやって来る！　さっと待っていた美也子夫人に近づいた――

暗さと距離故に顔はよく分らぬが、正しく舟田に違いない！　何か親しげに話している！

植村氏の全身の血は怒りと嫉妬にクワァーッと燃え上った。

「うぬっ！　姦婦！　よくも俺を欺して可愛いい都留子を殺したなッ！　悪鬼奴がっ！

おのれ、もう許しておくものか！　天にかわって鉄槌を下してやるのだっ！」

積り積った憤怒の数々に、遂に植村氏は最後の理性をも失って、発作的に短刀を構えるや、脱兎の如く二人目がけて突き進んだ。その長身痩軀に狂える幽鬼の如き殺気をたたえて――。

「あッ！」いち早く気付いた舟田が、薄情にも恐怖にとまどう夫人を放って、素早く横道に逃げ去る。

植村氏の狂いたった狂刃は、逃げ遅れた美也子夫人の白い胸許めがけて真一文字に――。

「ぎゃあっ！」鋭い断末魔の悲鳴を残して――。

「植村さん！　何をなさるんですっ！」

上村が飛出して植村氏の手を抑えた時には、もう凡ては終っていた――。

植村氏が自首して出たのは、それから間もなくの事であった……。

五

「なすか、なさぬか、それが問題だ……」

上村は呟くように口吟みながら、放心したように歩いていた。恐らくここ二ケ月の目まぐるしい出来事が一応の結末をみた現在、緊張から解放された上村の心底には、一種の虚無感とも云うべき情感が去来していたのでもあろうか――。

と、「遠藤君！」と背後から鋭く呼びかけた者がある。上村は何故か思わずギョッとして、殆んど無意識に振返った。和服にステッキ、髪をモジャモジャさせた中年の男だ。

「おう、君は上村君じゃないですか。これは丁度よかった。君に是非お会いしたいと思っていたんですよ。後姿が僕の知っている遠藤という男にひどく似ていたので、とんだ失礼をしました。僕は探偵小説を書いている秋岡という者です――」

探偵作家、秋岡三郎氏。上村もその名はよく知っていた。

「実は例の植村事件ですがね、貴方が大活躍をなさったそうで……。署で大体聞いてきたんですが、中々面白い事件ですなあ。僕は一つこれを材料に、多少の潤色を加えて、一篇を書いてみたいと思いましてね。是非貴方に詳しいお話を伺いたいと思っていたところなんですよ。どうです、お宜しかったらひとつ交際《つきあ》っていただけませんか」

秋岡氏は上村を引張って道玄坂のとあるビヤホールに連込んだ。

「さあ、遠藤君！　おっとこれは失礼。また間違えたわい――。

上村君、さあ一杯やってくれ給え」

可笑しな男だ！　俺の事を遠藤々々と間違えてばかりいやがる！　ふん、何だというのだ？　上村は聊か憤り気味に、ググッとジョッキの生ビールを一気に呑み乾した。それが彼の気分を幾らか落着けた。

そして乞われるままに、事件の一部始終を物語ったのだった。

「いやどうも有難う。それでよく分りました。

ところで、僕の小説はひとつその後日譚を附けようと思うんですよ。まあついでに僕の構想も聞いてみて下さい。お断りしておきますが、これはあくまでも小説なんですからね。たとい貴方にちょっと失礼に当る事があっても、どうぞ小説だという事をお忘れにならないでいて下さいよ――

まずね、この事件の一部始終を聞いたある物好きな探偵作家が、都留子さんの変死を美也子夫人の犯行だと観破した頭のいい青年の推理に、一抹の疑惑を抱く、そしてその探偵作家が自分の疑惑を確めるため、その青年とあるビヤホールで会見する、という所から始めるんです。丁度、今の君と僕のようにね……。その探偵作家――いい名前をちょっと思いつきませんから、まあいいや、仮りに秋岡とでもしておきましょう――が抱いた疑問というのは次の三つの点なんです。

第一にその青年――つまり君のことですね、面倒だからこれも本名通り上村としておきましょう――が頭がよすぎるという事、推理があまりにもうまく出来過ぎているという事です。

例えば、夫人がSホテルの内錠の下りている自室から抜け出す所の説明、T新聞の秘密通信を解読するあたりの巧みさ、C湖における夫人と舟田の行動の見事な幾何学的推論、これ等の事は言われてみれば簡単な事ですが、いざ初から想像するとなれば、極めて現実離れのした頭のよさがなければ不可能な事ですよ。

次に、都留子さんは何故、うら若い女の身でありながらたった一人で人気のない夕方の眺望台に行ったかという事です。しかも一晩泊りでね……。いくら絵のためとはいえ、聊か常識外れてはいやしないか、という点です。

第三は、なるほど美也子夫人を犯人とすれば上村青年の推理通りだが、考えようによっては、どの事実も必ずしも夫人を犯人としなくても説明出来る、という事です。最後の婚約指環の取引をする所でさえ、別の考え方も成り立ち得るという点です」

「秋岡さん！　あなたは何を言い出すんです！　僕の考えが間違っていると仰言るのですか！」

「いや、上村君、飛んでもない！

事実は君の推理通りなんですよ！

僕のは小説の筋にすぎないんです。面白くするためにいろいろ綾をつけているだけですから、そこは間違えぬように聞いて下さいよ」

「……」

「そこでね、僕は一つドンデン返しをやろうと思うんです。陳腐な手法ですがね……。つまり上村青年を犯人だという事にしてしまうのです。いいですか、小説ですよ。

　えーと、さっきの続きですがね、その探偵作家秋岡はです、以上三つの点に疑惑を持っていろいろ考えた末、はたと一つの考えに気づくんです。『おお、これは上村青年が犯人だとしても凡ての説明がつくじゃないか！　いや、むしろその方が簡単で合理的な解釈じゃないか！』とね。

　そこで秋岡はこう考えるんです。

　つまり上村は都留子と美也子夫人の両方に計画的な偽恋愛をしていたのじゃないかと。むろん二人の女性は上村の真意を知るべくもなく、ひたむきな真心を捧げているのですが、何ぞ計らん、上村の周到なる殺人予備行為に外ならなかった、という訳です。

　ここで僕は上村青年を非常な美男子、女を操る事、実に巧みな色魔としておきます――。

　さて、そうするといろんな疑問の点が極めて鮮かに説明されるんですね。

　まず都留子が一人で眺望台へ行ったというのは、云うまでもなく上村と密会するためだったんですね。だから上村がやって来ても一寸も不審を抱かなかった訳です。ところが上村が眺望台に行った形跡は少しもない。これはどう解釈するか？　何の事はない、上村自身が教えてくれているんですね。泳いだのですよ。泳いだのは夫人でも舟田でもなく、実は上村自身だったのです。しかもSホテルよりずっと眺望台に近いA村附近の湖岸から泳げばよかったのですから、往復しても大した仕事じゃなかったんです。

　上村はA村でバスを降りてからチャリンコを捕えて婚約指環を云々と言っているが、あれは全くの作り話で、実はその時間に眺望台まで泳いで行って来ているんでね。

　そうすると眺望台へは裸で到いた事になるが、都留子さんが怪しまなかったのは何故か？　これはちょっと云い難い事ですが、わざわざ人目を遠く避けてあんな眺望台で二人が密会したのは、実はある行為への期待のためで、それには裸で充分だし、また上村が眺望台へ往復するのを誰にも見られたくない故、泳いで行く事が予め都留子との間に打合済みであった、と、こう解釈すればよいのです。

だから都留子は隙だらけである。上村は何の雑作もなく都留子を崖から突落して再びA村に泳ぎ帰り、何喰わぬ顔でN町へ行ったというわけです。

故に婚約指環を夫人から取上げたのは、チャリンコじゃなくて上村自身なんですね。多分何か出鱈目の口実でも設けて、上村に惚れきっている夫人を一時欺したのでしょう。

この夫人と上村の恋愛関係を肯定すると、実に色んな事が合理的に説明されるのです。

まず都留子変死の当日の夫人の行動ですが、あれは本当に夫人は風邪で臥せていた、それを上村が勝手にあんな作り話を持ち出したのだ、とも考えられるし、また実際に上村の説明通りの脱出法が行われたとすれば、それは上村がSホテルの外で夫人と会う約束を交し脱出法を教えたのだ、とも考えられます。

そして夫人と秘密通信をしていたのは舟田助教授じゃなくて実は上村なんですね。だから赤青の千代紙の通信を植村氏に暗示したり、T新聞の暗号通信をあんなに巧みに解読したりする事が出来たのですよ。だいいちあの新聞が間違って上村の所へ配達されたというやり方がいかにもうまくできすぎているじゃありませんか。そうなると植村によく似た上村という名も、本名かどうか頗る怪しいものになって来るんです……。

それからあの宝石類盗難事件と夫人が婚約指環の取引に使った二十万円との関係も、凡て上村の指金と解釈すればよいのです。上村に惚れている弱味につけこんで、巧みな理由を並べたて夫人に無理な金策を断行させたものでしょう。

そして以上凡ての事柄が、不義の恋故に夫たる植村氏には絶対的にその真相を知られてはならなかったため、夫人の行動が頗る不透明な疑わしいものになってしまった訳です。

この事が夫人の立場を著しく不利にし、疑い深く頑くなな植村氏の眼に、夫人の凡ての怪しい行動が、ひたすら夫人が舟田と謀って都留子を殺したため、と映じていったのも無理からぬ次第だったのです……。

――と、ここまで考えた探偵作家秋岡はですね――いいですか、上村君、憤っちゃいけませんよ、皆小説なんですからね――秋岡は更に次の事に気づくんです。

もし上村が都留子を殺害する事のみが目的だったら、既に過失による溺死とけりがついている事件を蒸し返して、美也子夫人が犯人だと云い出す心要はないはずじゃないか。無理やりに夫人を犯人だと植村氏に暗示して、かっ！　となり易い氏をああいう悲劇に陥れたのは、実は夫人を植村氏自身の手によって殺害させ植村氏を刑場に送る事こそ、上村の周到に狙った効果ではなかったか――とね。

実に遠大かつ巧妙な計画ですよ！

上村は植村氏の特異な性格を悉知していたのですね。そしてその陰気な、執念深い、神経質な、嫉妬深い、短気な、一徹な、疑い深い、ヒステリックな性格を、最高度に利用したのです。激情的で狂信的な植村氏は、なまじっかその知性の故に却って上村の巧みな暗示にかかり、まんまと奴の計画通りの悲劇を結果してしまったのですよ……。

そうすると二十九日の晩の説明がつく。つまりあの晩上村は、上村と舟田との一人二役を演ったんです。わざと暗いS公園を選び、気どられるからと称して植村氏と逆の側に隠れていたのが、その種ですよ。だから八時半に夫人の前に現われたのは舟田ではなく、再び上村が出て行ったに過ぎないんです。恐らくあの晩S公園近くで何かの取引をするとでも嘘をついて夫人に二十万円の金策をさせ、その晩あそこで受取るや、じゃちょっと行ってくるから待っててくれ、とか何とか言っておいたものでしょう。それをすっかり暗示にかかっている植村氏は、てっきり舟田だと思い込み、嫉妬と愛娘を殺されたという憤怒から、我を忘れて飛出した訳ですね。そしてその時男は逸早く逃げ去った。上村が出て来て氏の腕を止めたのはその後なんです。実にうまい一人二役じゃありませんか。

こうして上村は都留子を溺死させたばかりか、更に植村氏の性格を巧みに利用して氏に美也子夫人を殺害させ、植村氏をその罪故に刑場に送るという、一連の恐るべき計画を見事に成し遂げてしまったのです――。

いかがです、上村君、こういう小説は？

あ、動機ですか。

僕は今何の気なくふとドイルの『深紅の糸』を思い出しているんですがね――あの中に、RACHEという言葉がでてくるじゃありませんか。僕の小説もひとつRACHE――復讐という事にしておきましょうか……。

戦前及戦時中植村氏が警察関係の某要職にあった時、思想犯を徹底的に弾圧したものだそうですね。それにもってゆくんです。上村の父母が共にある思想団体に関係していたため、植村氏によって投獄され拷問に堪えかねて獄死した、そのため上村は言語に絶する辛苦をなめたんですね。それで上村は父母の恨みを晴すべく、憎むべき植村氏一家に徹底的な復讐を加える事を固く誓ったという訳です。

探偵作家秋岡は以上の事実を調べ出すんですね。それからもう一つ――。

前にもちょっと暗示しておいたように、上村というのは偽名で、実の本名は遠藤だった、という事実も、秋岡の調査に浮び上ってくる。

さて、秋岡はこれだけの推理と調査を準備した上で、その上村――実は遠藤――とあるビヤホールで会見するという段取になるのです――。

そこで秋岡はちょっとした試験をやる。上村に向って『遠藤君』としきりに間違ってみせるんです。果して反応はあった――上村が図星を指されて心理的に動揺を来す――。例えばビールを初対面の秋岡に対する遠慮も忘れて一気に呑みほし、心の動揺を隠そうと努めたりする――。

それからその探偵作家、つまり秋岡は、上村に小説の材料にしたいからと、植村事件の一部始終を話してもらうんです。その結果彼はいよいよ上村、いや遠藤こそ犯人である事を確信する。そして『これは小説ですよ、そのつもりで聞いて下さい、植村事件後日譚というのを書こうと思うんです――』と前置して、上村が犯人であるという推理と証拠を、小説中の登場人物たるある探偵作家の言に托して自分の意見を述べ、それに対する上村の反応をうかがう、――という順序になるのです。

その結果上村は心理的動揺に堪えかねて、遂に貧血を起し、その場に崩れるようにうち倒れる、という所で幕切れにしようと思っているんですがね。いかがですこういう筋は？

おや？　遠藤……おっとまた失礼、上村君。

どうしたんです？　馬鹿に顔色が悪いじゃありませんか！　しっかりなさい！

何か僕の話がお気にさわったのでしょうか？

あれはあくまでも小説ですよ！　ちょっと本名が入り混ったので錯覚をおこし易かったかも知れませんが……。

上村君！　しっかりし給え！

僕の小説を地でいってもらっては困るよ！

あっ！　これは不可《いか》ん！　水だっ！

誰か早く医者を呼んできてくれ給え！」

もしその時秋岡氏が、顔色蒼白に倒れゆく上村の溷濁《こんだく》せる意識に映ずる幻覚を、僅かなりとも覗く事が出来たならば、クラクラと凡てのものが顚倒し次第に早く回転して、やがて一つの黄色の輪になっていった事を知ったであろうものを……。

接吻物語

美穂ちゃん――

あの接吻狂いの安藤加代子が、接吻嫌いになりました、そう申上げたら吃驚《びっくり》なさる？

ほほほほほほ、「嘘仰言しゃい」って言いそうなお顔、目に見えるようだわ。それあ、美穂ちゃんじゃなくたって、加代子を知ってるひとなら誰でも嘘だというに決ってる。

でも、それ、ほんとさ。それも接吻嫌いどころじゃない。そう、接吻恐怖症とでも名付けたらいいかしら――あんなに接吻好きだった私が、接吻のこと考えただけでも、背中に冷い虫酸《むしず》が走って、何とも云えない恐怖感に襲われるようになってしまったの。

美穂ちゃん、私の接吻癖、いつから始ったか知ってる？ ほら、バレー・ボールのクラス・マッチで私達のB組が優勝した事あったわね。M女学校の二年のとき。やっと漕ぎつけた優勝戦だったが、相手が強豪D組じゃ仕方なかった。味方は大きくリードされて正に風前の灯という折も折、我がライト・センター時田宏子嬢が鮮かなスパイクを連続的に決めて、忽ち狂瀾を既倒に返し見事優勝してしまったんだから、私すっかり嬉しくなっちゃった。感激の余り、いきなり宏っぺの首っ玉に嚙りついて、いと音高らかに彼女のおでこに接吻したって訳。ふふふ、宏っぺのおでこったら、汗だらけで何だか塩《しょ》っぱかった。けれど――その塩っぱい肌の味の奥底に、酸っぱいような甘ったるいような、妙な懐しさが唇いっぱいに残って、私、思わず眼を閉じちゃった……。

美穂ちゃん、それからよ、私の接吻癖が猛然と発展し始めたのは。嬉しいとき、悲しいとき、感情の昂ぶるままにあの唇に残った肌の懐しさが物狂おしく甦ってきて、その欲望を満たそうとする発作的な衝動を、私、どうしても抑える事が出来なくなってしまった。さあ、もうそうなると、相手の迷惑など構ってはいられない、手近で遠慮のない同級生諸嬢が、まず、私の接吻衝動の犠牲者に撰ばれた次第――美穂ちゃんなんか、一番被害を蒙ったほうじゃなかったか知ら？　改めてお詫びするわ。でも、馴れるとそう悪い気持ばかりもしなかったんじゃない？　ウフフフ、ゴメンナサイ――。

しかし、段々と接吻癖が嵩ずるにつれて、クラス・メイトだけじゃ物足りなくなってきた――やがて、可愛い下級生達が私の洗礼を受けるようになり――お終いにはとうとう男学生まで、そのお仲間入りする事になってしまって――ここに私の接吻癖は名実共に完成された、って訳……。

美穂ちゃん、加代子はいけない娘だったか知ら？「常軌を逸した奇矯の振舞」をなす生徒は、宜しく処分して欲しい、という投書が学校にきた事も、一度や二度じゃなかったらしいわ。また、早熟過ぎる不良娘だったのか知ら？「時局を弁えざるエロ娘」って、その筋からの注意を受けた事もあったくらい。もし、外人経営ゆえのリベラリスティックな伝統がM高女に無かったとしたら、また、校長のデュラックさんが「加代子さんの接吻癖は決して不良性のものではない、尊敬と愛情とを表わす人間自然の行為だ。彼女の仕草には無技巧の自然さと、誠意に充ちた威厳とが存している。ただ、世間一般の習慣に比較してやや度が過ぎている、という事は云えるかも知れぬが、それは許されぬ程度のものではない」という意味の弁護をして下さらなかったとしたら、私は退学させられたに決ってる。

しまいには世間の人々も呆れ果てたらしく「あれは気狂いだろう」「接吻気狂いだよ、安藤加代子は。色情神経に異常を来しているんだ」などと、とうとう気狂い扱いするようになりだした……。

美穂ちゃん、俗っぽい言い方だけど、ほんとに月日の経つのは早いものね、もうあれから十年近くになる。いろいろの事があったわ――戦争・疎開・空襲・そして終戦――目まぐるしいような慌しさだったけど、加代子の接吻癖だけは相変らず続きました……。それあ、勿論、女学校時代のような無軌道はしなくなったわ、しかし、それだけに、ある人の言葉を借りて言えば「深みを増して」いったのかも知れない……。

美穂ちゃん、加代子は自分の奇癖を、敢て弁解しようとは思わない。デュラック校長の御言葉が、どんなに上面を取り繕って下さろうと、今更「接吻は近代人のエチケットよ」なんて論理を振り廻すのは卑怯だもの。けれどそれだからと云って、加代子を単なるエロとして片附けられる事は、とても我慢できないの。それあ、私の気狂いじみた接吻好みには、無意識にセクシュアルなものが大きく働いているかも知れないし、あるいは色情神経に異常を来しているのかも知れない。しかし、決して決して、それだけではないわ……。それ等凡ての奥底に、何か神秘に包まれたあるもの――めぐりめぐった必然の因果とでもいうような――が深く深く秘められていて、加代子の意志は全くそのあるものによってのみ動かされているような気がしてならないの……。そう、確にそうだわ、そして加代子の接吻癖なんぞ、その妖しい因果の系列が、ほんのちょっぴり顔を出して戯れに描いた、単なるカリカチュアに過ぎないのかも知れない……。

美穂ちゃん、その安藤加代子が事もあろうに、接吻恐怖症になってしまったのよ。驚いたでしょう？

私、初めは誰にも話すまいと思っていた。だって、私を忌わしい接吻恐怖症に陥れたあの呪わしい事件こそ、私の一生の運命を大きく決定してしまったんだもの。

しかし、やっぱり第一の親友美穂ちゃんにだけは、黙っている事ができなかった。

お話ししようと思うのは、接吻気狂いを接吻恐怖症に落し込んだその呪わしい事件、のこと。みんなに言触らすと否とは、美穂子の良識に委せる事にします。

×　×　×　×　×

美穂ちゃん――

加代子が久慈弘太郎とお交際《つきあ》いはじめたのはもう五年も前のこと。だけど、私は未だにミスよ――ふふふふ、ミスはミスでも、もうオールドって言葉、上に冠せなきゃあ不可《いけ》ないかな？　そして相も変らず我儘いっぱいの甘えっ子。早くお母ちゃまになってしまった美穂ちゃんなんか、そんなに長い交際をしていて何故いい加減に結婚しないの？　って不思議に思うかも知れない。ええ、もちろん久慈は私を愛しているし、私だって久慈が嫌いな訳じゃない。久慈は人柄の良い上品なお坊ちゃん、ノッペリ型の好男子というほうだし、ある製薬会社の重役をしていらっしゃるお父様の脛を嚙っていれば、何一つ不自由のない結構な身分なの。別に親の反対があるわけじゃないし、経済的にも愛情的にも恵まれた私達なんだから、常識的に考えると、結婚をいつまでも遅らせる理由は少しもないはずだと云っていい。だけど美穂ちゃん、人の世ってほんとに思うに任せないものね、凡ゆる好条件が揃っていながら、久慈が柄にもなく熱狂的に探偵作家を志望している、という一事が、すっかり私達の幸福を妨げてしまっているの。いえ、そればかりではないわ、久慈のこの身のほどを弁えぬ大それた望みこそ、呪わしいあの事件を惹き起し、私を忌しい接吻恐怖症に陥れた真犯人にちがいない……。

久慈の探偵小説熱は学生時代からのこと、専門の化学の書物は僅かに教科書が本棚の片隅に淋しい座を占めているばかり、あとは悉く古今東西の探偵小説がギッシリ小棚を埋め尽して、彼の部屋はちょっとした探偵小説ライブラリーの観を呈していたというくらい。この蔵書は気の毒にも空襲に会って灰燼に帰してしまったけれど、彼の探偵小説熱はそんな事ぐらいじゃ、一向にへこたれなかった。それどころか、終戦後はますます熱狂さを加え、とうとう自分で創作するのだと云い出すに至って、久慈の探偵小説マニヤは行くべき所に行きついた。もうそこまでゆけば自分の素質や才能を顧みる余裕なんぞ全くなくなってしまうらしいわね、お勤め先であるお父様の製薬会社で獲ていた、親の威光ゆえの有利な地位を何の惜しげもなく投げ出して、我が善良なる久慈弘太郎君はあてどもない探偵作家志望の航海に乗り出した、って訳……。

久慈の第一目標は探偵雑誌社の探偵小説懸賞募集に当選することでした。よくまあ根気が続くものだと感心させられる位、何回も何回も投稿していたわ。だけど、可哀想にもその度に落選で……本人の落胆ぶりははたの見る目にも気の毒なくらいだった。でも、ほんとに心の底から好きな道とでも云うのか知ら——新しい懸賞が発表されると前回の事はケロリと忘れてしまって、また、イソイソと書き始めるという風なの。あれだけ一生懸命になっているんだから、雑誌社だってお義理にでも、選外佳作だとか何だとか、一度位は喜ばせてやってくれてもよさそうなものだと思うんだけど、やっぱり実力が無いんじゃ、仕方のない事だった。

久慈はお人好しで、大抵の事は人の言いなり次第でした。しかし、いったん事探偵小説に関係があるとなると、打って変ったように自分の意見を強硬に主張した。はじめのうちはお父様やお友達の方々も、探偵作家などという柄にもない望みは早く諦めて元の会社に復職するようにと、一再ならず忠告なさったようだったが、久慈は頑として聞き入れなかった。もう、探偵小説に魅入られていた、とでも云うのね。その頑固さにはさすがのお父様もお諦めになった位だったわ。

久慈のこうしたマニア振りが、私達の結婚に与えた影響は決定的だった。

「加代子さん、僕の小説が当選して、社会的に探偵作家として独立できるようになってから結婚しましょう。なあに、もう少しの頑張りですよ。それに僕も親父なんかに対する面子《めんつ》もありますからね。加代子さんさえ励して下されば、きっと当選しますよ。結婚の喜びはそれまでお預けだ」

そういう久慈の固い決心の前には、「今直ぐの結婚を」望む私の秘かな願いもうち砕かれて、加代子は自分自身のためにも、彼の唯一の激励者とならねばならなかった。こうして私達の結婚は、久慈の探偵小説当選という、全く海のものとも山のものとも分らぬ不安な条件に、その凡ての運命を委ねる事になってしまったの。私は彼の探偵作家としての素質と才能とを、強いて信じようと努めたわ。けれども、雲のように拡ってゆく不安の念を、もはや、どうする事も出来なくなってゆきました……。

探偵小説に関する限り、こんな強硬さを示す久慈でしたが、根がお人好しのお坊ちゃんでしょう、こと道楽を一歩離れるとからきし意気地がなかった。内気で、初心で、人の云いなり次第の弱虫なの。おまけに探偵小説以外には何の趣味もなく、話題も貧弱そのもの、映画さえ彼の方から誘う事は殆んどなかったくらい。ましてダンスなど思いも寄らぬ事だった。よく云えば人の好いお坊ちゃん育ちの鷹揚な性格も、裏をかえせば退屈極まる存在だとも云えるものよ。私は接吻気狂いと云われたほどの烈しい性格でしょう、単なる恋人としての久慈が、私にとって次第に退屈になっていったのも、あるいは仕方のない事だったかも知れない――。

その頃も私の接吻癖は相変らずでした。気の利かぬ久慈もこの点だけはよく理解してくれて、大体私の満足のゆくように努めてくれたのは、彼にしては上出来の方だった。また、彼の私に対する愛はほんとに純真そのもので、「加代子さんは僕にとって、最初の、そして最後の女性だ」という彼の言葉がいかに誠意に満ちたものであったかという事は、私には分りすぎるほど分っていた。しかし、久慈の示し得る愛情表現法としては、そこまでが精一杯の所だったの。美穂ちゃん――、接吻はどんなに熱烈でも自ら限界があったし、愛の言葉はどんなに甘くてもただそれだけのことに過ぎなかった。私の若い血潮は、久慈の愛情が囁きや接吻の限界を乗り越えて、まっしぐらに私を征服してくれる事を無意識に期待していたのだったが……。からきし意気地のない久慈相手では、とても望める事じゃなかった。彼は接吻だけでもう有頂天になっていて、私の深い気持なぞ全然理解できなかったの。私ひとり力んでみた所で、所詮は女の私にどうする事ができましょう。しかも、唯一の現実的な解決策である結婚は——何回投稿しても落選する能しか有ち合せない作家の、奇蹟的な当選に、その全運命を賭けていたのよ……。

どう、美穂ちゃん、接吻気狂いと探偵小説マニヤとの奇妙な取組みの上に成立した恋愛が、その後どんな運命を辿ったか、想像してみて頂戴……。

美穂ちゃん、抑圧されたリビドウは、どこかにその昇華する捌け口を見出さずにはいられないものだわ。

「いや、加代子さん、今度こそは当選しますよ。僕の狙いと筋の構成とは鋭い所をついているんですが、ただ表現がまずかったんです。それでいつも失敗したんですよ。今度は表現の洗練に大いに努力したから、きっとうまくゆくと思います。近代的知性にスリルとサスペンスとウイットの巧みなヴェールを被せた香り高い喜劇風探偵小説——僕の狙いに誤りはないはずですよ。ただ、表現さえ……」

「もう沢山だわ。『僕の狙いはいいんだが表現がまずいんだ』なんて、私、そんな言訳何度聞いたか知れなくてよ。ああ、つまんない。いつになったら結婚できることかしら——私近頃退屈で退屈で仕方がないわ。自分で自分を持て余しちゃって、どうにもならないって感じ。生活への倦怠《アンニュイ》？　何か刺戟が欲しいわ。身も心も焦げるような強烈な刺戟……」

「加代子さん！　もう少し辛抱して下さい、お願いだ、ほんのあと僅かの頑張りという所まで来ているんです。表現の洗練さえ……」

「ああ、もう結構よ！　せいぜい御勉強なすって頂戴！」

そんな言葉のやりとりが私達の間に繰り返されるようになった頃、北川圭介の彫深く逞しい風貌が、いかにも頼もしいもののように、大きく私の心にクローズ・アップされ始めたのだった。北川はR研究所という学究的な勤めにも似合わず、極めて快活なスポーツマン・タイプの社交家で、しかも太い眉や引き締った口許は主我的な意志の強さを示していた。対蹠的な性格が却ってお互の牽引力とでもなったのか知ら、久慈と北川とは無二の親友だった。内気な久慈も彼に対してだけは腹蔵なく相談し合ったり、議論をたたかわせたりして、男同志の友情ははたの見る目にも気持よかったくらい。何よりだったのは、北川が書斎に閉じ籠り勝ちの探偵作家を、努めて散歩や映画なぞに引っぱり出してくれた事だった。そんなわけで、私も自然と北川と顔を合わせる機会が多く、三人で映画を見に行ったりする事も時々あったのでした。

むろん最初は恋人の親友として、私は北川に純粋の好意と尊敬とを払っていた。これは私の立場として当然だったと思う。ところが、久慈に対する退屈と不満とが段々拡ってくるにつれて、私の北川に対する好意と尊敬とは、次第にその意味を、無意識のうちに変え始めてゆきました……。そして私がハッとその事を意識した時にはもう遅かった。私の抑圧されていた深層心理は、自働的にその昇華先を見出していて、最早動かすことのできないものだった！

私は久慈に済まないと思いながらも、あるものに圧倒されてゆく自分の良心のはかなさをただじっと傍観するだけでした。そうなっては、もう、ほんのちょっとしたきっかけさえあればよかった。そしてそのきっかけは、何と皮肉にも久慈自らの招きによって来る結果になってしまったのだった！

その月の東響の定期演奏会は久し振りにカム・バックした丸山信二指揮で、チャイコフスキーの交響曲第六番を演奏する予定になっていた。「自殺交響曲」などと綽《あだ》名《な》されたこの曲パセティークは私のいちばん好きな交響曲でした。それはちょっとおかしいぞ、加代子にはカルメンあたりが似合ってるんじゃないかな？　って仰言しゃるかも知れないけど、私はただ訳もなくこの憂鬱な旋律に底知れぬ魅力を感じていた。何か、こう、私の生れる前からの必然的因果の綱によって、深く深く宿命づけられてでもいる、とでも云ったふうに……。とにかくそんな訳で今度の東響演奏会はどうしても聞き逃したくないと思った。そこで久慈と一緒にゆくことを独り決めして、前売券も二枚買い求め、事後承諾を求めるふうに彼を誘ったのでした。ところが懸賞探偵小説の締切りが切迫しているという理由であっさり断られてしまった。まあ今までそういう例も時々あった事なので、そんなに怒る事もなかったんだけど、何だかその時は我しらずとヒステリカルになってしまった。「私が悲愴を大好きだという事は自分だってよく知ってるくせに！　どんなに忙しいといったって一晩位なによ。せっかくあれしていたのに……。一体私と通りもしない探偵小説とどっちが大切だというのさ！」こういった気持がグッと胸にこみあげてきて、いきなり私はハンドバッグから切符をとりだすや、そいつを彼の目の前でビリビリッと引き裂こうとした。ところが思いがけなくも久慈の手が一瞬早く私の腕を抑えて、サッと前売券をとりあげてしまったのです。私はちょっと面喰らった。久慈らしからぬ素早い動作だったばかりでなく、私の腕を抑えた彼の手には心にギクリと喰い込んでくる意志の力が感じとれるようだった。

「まあ、そんなに怒らないでもいいでしょう。せっかく買ったんだから破るのは勿体ないですよ。そうだ、僕の代りに北川に連れて行っておもらいなさい。それならいいでしょう？　今電話をかけて頼んであげますから」

「あー、もしもし、北川君？　僕、久慈だ。あのね、誠に済まないけど××日ね、うむ、明後日だ、加代子さんを東響に案内してやってくれないかな。悲愴を是非聞きたいんだそうだ。僕ね、あれの締切が間近だろう、どうにも都合つかないんだ。ねえ、いいだろう。午後五時にミモザで待ち合わせるように云っとく。じゃ頼んだよ。うん、左様なら」

アッという間だった。いつもの煮切らない久慈に似合わぬテキパキさで、私と北川との二人だけの音楽会行を自らすっかりお膳立してしまったのでした。

こうして私と北川との交際が始まりました。私は後味の悪さを感じながらも、北川との交際が進むにつれて、そんな事は皆忘れてしまった。いったん堰が切れてしまうともう駄目なものね、抑えに抑えられた日頃の情熱は、ちっぽけな反省なんか忽ち吹き飛ばしてしまった。もうそうなれば善悪を越えた騎虎の勢、謂わば一つの勝負という事になってくる。北川は友情と愛情との板ばさみになって随分苦しんだらしいわ。しかしとうとう私の情熱が勝を占めて――北川のほうにも、友情の犠牲においても恋愛の完成を誓う固い決心が、はっきりついたのでした！　そして、間もなく私達は最後のラインをものりこえていった……。

ところが、美穂ちゃん！　私はまあ、どうしたという事でしょう！　北川に身を許すようになって始めて、いかに私が久慈を愛しているかという事を知ったのだった！　久慈に退屈を感じ不満を覚えていた私の肉体の錯覚は、自分の魂がすっかり久慈のものになりきっていた事に気付かせなかったのです。私はお馬鹿さんだった！　北川の胸に抱かれながら、私はいつも久慈の名前を心に呼び続けた……。しかも久慈は何事も知らず相変らず私の愛を信じきっているし、北川は男らしく一切を告白して友情のやぶれる事があっても私を失うまいと決心している！　美穂ちゃん、私の深刻な苦悩と後悔、それがどんなに私を責め苛んだことか、どうぞ察して頂戴。凡ては私の浅はかさの播いた種だった。自分の播いた種はやがて自ら刈り取らねばならないもの。心は久慈に、身は北川に……霊肉その所を異にする悩みと罪悪感とに、私は生きながら地獄の苦しみを味っていたのだった。

しかし、報いはそれのみに止らなかった。因果の系列は次第にその動きを早めていって、やがて来るべき絶望的な破局を刻々用意していたのだった……。

忘れもしないわ、春未だ浅い三月五日の朝だった。突然久慈から電話がかかってきて、都合が良ければ直ぐ来てもらえまいか、という事だった。何でも、手首をくだいて右手が使えないから原稿が書けなくて困っている、加代子さんに代筆を頼みたいんだ、という話なので、私は急いで支度をして出掛けました。

むろん、久慈の事故はたいしたものじゃなかった。でも十日位は動かさぬ方がいいという事で、首から繃帯で吊り下げていたが、その繃帯の白さが妙に痛々しく眼に沁みた。

「やあどうも、寒い所を済みませんでしたね。まあひとつ暖って下さい。熱い紅茶でも淹れましょう　いやなに、大した事はないんですがね、医者が慎重にした方がいいというものですから。でも何しろ例の懸賞の締切が近づいているんでちょっと痛手だった。加代子さんに手伝って頂ければ大助かりですよ」

彼は左手でストーブに石炭をくべながら恐縮そうに言った。私達はしばらく世間話などした後予定の仕事にとりかかった。

「じゃ加代子さん、始めましょう。早過ぎたらそう言って下さい、加減しますから」

「ええ、いいわ。何卒《どうぞ》」

久慈は煙草に火をつけてソファーに深く体を埋め、やや改まった調子で口述を始めた。何でも継母に恣されそうな気配を感じとった娘が、至急その恋人に救いを求める手紙を書く、といった場面で、筆記は丁度その手紙のところからだった。

『突然こんな不気味な手紙を差上げる不躾けをお許し下さいませ。なるべくお耳に入れまいと努めて参りましたけれど、最近に至り事態が急速に切迫致しましたので、この上は最早愛する貴方の御力にお縋りする外はございません。実は私、今非常な危険に見舞われようとしておりますの。申すも恐ろしい事ですが、あの慈悲深く優しい私のお母様は、私の本当の母ではなく継母であったばかりか、何と事もあろうにこの私を殺そうと企んでいる恐るべき殺人魔だったのです‼　私が母のこの秘密にそれとなく気づいたのは、ふとした偶然の出来事からでした。それ以来私はどんなに苦しんで参った事でしょう。あの優しいお母様が、生みの母でなかった事はともかくと致しましても、私を殺そうとしている悪魔の化身だったとは！　私は信じまいと強いて自分の心に言い聞かせようと努めました、しかし、事実はどうする事もできなかったのでございます。継母には先夫との間に男の子が一人あったのですが、父と再婚する際他人に預けてしまい、私を吾子として育てて参ったのでした。それが近頃になって気持が変ったのか、あるいは前々からの計画であったのかは存じませんが、ともかく一人娘の私を亡きものにして、その子を、家の相続人に据えようと企むに至ったのです。御存知のように父は一人息子ですから血縁の者としては全くございません。私が他界すればその子を正式に迎い入れるよう父に説きつける事ぐらいは、継母にとっては何の雑作もない事でしょう。継母は私を亡き者にする計画を一心にめぐらしているようでした。むろん、表面はあくまでもいつもどおりの慈母の仮面を被ってはいますが、私はその奥底を流れるヒシヒシとした殺意をはっきりと読みとる事ができるのです。

そしてその計画はこのほどようやく機熟したものでしょうか、継母の私を見る眼の底には、アシカビのような殺意が一段と増して参りました……。

ああ、私は何という不幸者なのでしょう、もうこうなりましては愛する貴方の御力のみが頼りでございます。最早愚図々々している余裕はございません、この書状を御覧になり次第、直ちに私の傍にいらして下さいませ。そして哀れな私を悪魔の手からお救い下さいませ。こう申上げておりますうちにも、いつ殺人鬼の魔手が襲いかかるかも知れないのです。私にはよく分ります、危険の切迫している事が……。

あっ‼　悪魔です、悪魔がやってきます。私を殺すつもりに違いありません！

早く、早く来て下さい。もう一刻を争います。早く助けに来て下さい！

ああ、悪魔は直ぐそこに来てしまいました。

最早貴方の御助力も間に合わないかも知れません……』

久慈はそこまではすらすら口述してきたけれど、想が途中で途切れたのか急に中断して頭を抱え込んでしまった。私もペンを置いて誤字訂正のため読み返していたが、父が一人息子で本人が一人娘である事が私の場合にちょっと似ているので何だか少し気味悪かった。

「ああ、駄目だ、どうしても続きが浮んでこない。一体どうしたっていうんだろう？

加代子さん、どうも今日は駄目です。そこまででお終いにしましょう。せっかく来て頂いたのに全く残念だなあ……」

久慈は頭髪を掻き毟りながら云った。彼はいかにもペンの進まないのを焦っている様子だった。しかし――私はフト、彼の瞳に焦躁のそれとは異った妖しい閃きを感じたように思ったが――果してそれは筆記した手紙の妖気に魅せられた私の単なる錯覚に過ぎなかったのだったろうか……。

それから丁度一ケ月ばかり経った四月三日の休日。さすがに四月の声をきけばもうすっかり春の装いだ。花は未だだが何となくじっとしていられないうららかさ。普段は引込み勝ちの久慈もたちかえる春の息吹には抗しかねたものか、珍しく自分から私を誘って奥多摩の清流に一日を楽しんだものでした。私達は久し振りに凡てを忘れて昔の気持にかえり、思う存分春の香りを満喫した。久慈は子供のようにはしゃいで岩間の真清水を口移しに飲ませてくれたりした。私もしばらくは北川の事も忘れて、匂やかな草萌えに身を委ねていたのだった。

そして家に帰りついたのはもう七時過ぎだった。待っていてくれた母と一緒に夕食を済ませ（父は社用で関西に出張中でした）暫くお話などした後、自分の部屋に引揚げた。母がいつものように水差の水をコップに添えて運んできてくれる。私は夜中に眼を覚ますと必ず水が欲しくなる性分だったので、いつも枕許に飲水を用意しておく事にしていたの。母はお盆をテーブルの上に置きながら思い出したように言いました。

「ああ、そうそう、久慈さんからお手紙が来ているようでしたよ。豊やが貴女の机の上に置いておいたと言ってましたから。でも貴女達今日は一緒じゃなかったの？」

「ええ、ずっと一緒だったわ。変ねえ、弘太郎さんったら、手紙出した事なんかちっとも仰言らなかったわ」

私は不思議に思った。しかしやはり間違いなく久慈から私宛の手紙だった。母は別段気にとめる事もなく「ではゆっくりお休み」そう言って部屋を出て行った。私は寝る時には扉に内鍵をかける習慣にしていたので、その晩も内側から鍵をかけ、さて奇妙な久慈の手紙の封を切ったのだった。

ところが、美穂ちゃん、実際何という事でしょう！　この恋人の手紙こそ、実に悪魔の便りだったのよ！　ああ、可哀想な私！　私は読んでゆくうちに、その手紙の有つ底知れない悪意と残忍性に深く自分の宿命を呪わずにはいられなかった……。

『愛する加代子さん。僕がそう呼ばして頂けるのもこれが最後になるかも分りません。何故なら僕達二人は永遠に相別れねばならぬ宿命を負うているからです――突然こんな事を言い出して僕が一体何を言っているのか、恐らく貴方には御想像もつきますまい。あるいは僕が遠い所への旅行、乃至、事によると自殺を考えているという意味か知ら、とお疑いになるかも知れませんが、決してそうではありません。僕は未だ若いんですからそうむざむざと自ら命を断つ意志は毛頭持合せていませんし、また東京を離れる積りもないのです。それじゃたとい何等かの理由で貴女と絶交するとしても、同じ東京に住んでいるからには、偶然どこかでひょいと顔を合わせる可能性が全くないとは言いきれないじゃないかという事になりそうですが、そういう可能性すら絶対に有り得ないのです。僕の言っている意味がお分りでしょうか？　まあ、暫く我慢してこの手紙を読んで行って下さい。そうすれば段段と僕の言う意味をお悟りになるに違いないでしょうから……。

加代子さん、貴方も御存知のように僕の母は十年前謎の自殺を遂げました。当時自殺の動機は全く分らず、世人からは気でも触れた結果じゃあるまいかなどと噂されたものでしたが、決して母は気が狂ったのでも何でもありません、死を撰ばねばならぬ悲惨な理由があったのです。母は息絶え絶えの苦しみの中から、最後の勇気を振りしぼって凡ての秘密を打明けてくれました。ああ、その時の僕の驚愕と憤怒!!　それはとても言葉で言い表わす事はできません。僕は固く母に誓いました。どんな事があっても必ず必ずこの恨みを果さずにはおかないという事を。それから僕は復讐の鬼と化してしまったのです……。

そしてこの母の告白に依って始めて僕は今の父が継父

であり、生みの父は未だ僕の幼い頃、若い母と幼児とを残して母と同じく謎の自殺を遂げた事を知ったのでした。父と母の二つの謎の自殺！　そしてその間に生れた僕の呪われたる運命！

加代子さん、僕はまず貴女にこの両親の奇怪極まる自殺の真相をお話ししなければなりません。

はじめに父のほうですが、父は青酸加里による自殺だと認定されました。もっとも遺書が残されていませんでしたし、当時新進作家としてその将来を約束されていた父は、美しい妻と愛児に囲まれて少くとも表面的には幸福そのものでしたから、自殺しなければならないような理由はちょっと考えられなかったのです。また父は極めて健康でしたから、神経衰弱が嵩じた末の自殺（作家には有り勝ちの事ですが）という事も全く問題にならず、当局も一応他殺の疑をもって色々調査されたようですが何等の手掛りもなく、結局当時の情況より推して自殺と認める外はない、という事になってしまったのです。丁度真冬の事で父はストーヴを焚いた自分の書斎に内側から錠を下し、廻転椅子に体を深々と埋めたまま、青酸加里を服毒して死んでいたのでした。窓もすっかり差込み錠が掛けてあり、どこからも人間の這い出る隙は全くありませんでした。ですから家人の目を盗んで第二者が書斎に出入し、何等かの方法で父を毒殺するという事は全然不可能だった訳です。書斎には飲食に関係のあるものとしては、飲み差しの茶飲茶碗と父が愛用していたサントリーが一瓶あるだけでしたが、そのいずれにも毒物は検出されませんでした。その他凡ゆる綿密な調査が行われましたけれども、遂に青酸加里が検出されるような器物は何一つとして発見されなかったのです。まし父は死ぬ前、半月ばかりというものは、原稿に追われて書斎に閉じ籠り切りでしたから、毒の混入された食物を外部から持込んで、半月後の某日に食したなどという事は考えるのも馬鹿々々しい事です。つまり家での食事その他の飲食以外には何物も摂っていなかった訳ですから、当日の食事の残りに何の証拠も発見されず（父の死亡時刻は晩の七時頃で夕食直後の事でしたから、調査は容易に行われ得たのです）また、証拠湮滅の可能な唯一の人物である母が犯人だなどという事は全く問題にならない以上、自殺と考える外はなかったのでした。こうして父の謎の死は、動機不分明のまま、青酸加里服毒による自殺という事に結着してしまったのです。

しかし加代子さん、母は愛する者の本能からはっきり悟っていました、父は決して自殺なぞしたのではない、あの女に殺されたのに違いないのだという事を！

その頃父は魔がさしたとでもいうのでしょうか、美しく善良な妻と愛児とを持ちながら、フトした事から母の所謂あの女に迷い込んでしまっていたのです。父は懸命に秘密にしていたらしいのですが、母は偶然の機会から凡てを知ってしまいました。しかし母は賢明な妻でした。その事には一言も触れず、ただ父の悪夢が一刻も早く覚める事を、只管《ひたすら》に祈るばかりでした。母の話に依りますと、最初誘惑したのはあの女——今仮りにN子としておきましょう——の方からなのですが、さて父が夢中になり始めると、今度は急に冷淡な態度を示すようになったらしいのです。相手に冷くされればされるほど燃え上るのが恋というもの——父は何とかして女の愛を取戻そうと随分焦っていた模様なのですが、その執拗さがますますN子の興味を減ずる結果になったばかりか、恐らく新しい男でも出来たのでしょうね、むしろ父を忌わしい邪魔者扱いにさえするようになっていたらしいのです。こうした父の秘密を知っていたのは母ひとりでした。母は固く信ずるようになりました、父の怪死は必ずN子に原因がなければならないという事を。勿論母ははっきりとN子が殺したのだと考えていた訳ではありません。何しろ完全密室で服毒した当時の情況としては、犯人どころか蟻の匍い出るほどの隙すらなかったのですからね。ただ母は妻の本能として、これは必ず何等か直接間接の手段に依るN子の仕業に違いない事を確信していたのです。

僕はこの母の疑惑を一応正しいものと仮定して、いろいろと考えてみました。そして遂に一つの結論に到達したのでした。なるほど父の書斎は密室だったに違いありません。また父は死亡前半月ほどは全く外部との交渉を持たなかった事も事実です。少くとも一見そういう風に思えます。しかしそれは完全に外部から、遮断されたものだったでしょうか？　問題解決のキイは常に案外な所にあるものです。例えば手紙なぞはどうでしょう？　ちょっと毒殺という事には何の関係もなさそうですが、この場合家人に怪まれる事なく書斎と外部とを結びつけ得る唯一の媒介物は封書以外にはないのです。こう申上げれば、きっと、「じゃ封書の中に薬だから飲め、って青酸加里の包みが這入っていたとでも云うの？　そして貴君のお父様はあの特有な臭いにも気付かず、薬だと思って毒殺されてしまったって訳？　あまり馬鹿々々しい事は云わないで頂戴。だいいち、それらしき証拠の手紙があったのなら、警察の眼に触れないはずはないじゃありませんか?」そう仰言る事でしょうね。父が焼き捨ててしまったのですよ。丁度ストーヴを焚いていた事は誠に好都合だったのです。だから何の証拠物も残っていなかったのです。父が焼き捨てねばならなかった手紙……それはN子からの手紙に外ならないではありませんか。無論封筒は変名でしたでしょうがね。前に申しましたようにN子は既に父の熱狂さに迷惑を感じ始めている。そして新しく出来た男にはどうしても父とのイザコザは知らせたくない――そこでN子は一策を案じ、久し振りに色よい手紙を父に書綴りました。そして別の柔い小紙片に、唇の型を口紅の跡も色濃く押して同封したのです。父はN子の珍しく甘い手紙に接してすっかり有頂天になる。妻に邪魔されぬよう室のドアに内錠を下ろす。そしてゆっくり恋しい手紙を味ったのち、証拠を残さぬようストーヴにくべて燃やしてしまう。それからいよいよといしいN子の唇に間接接吻して陶酔その極に達するという事になる――。父はややフェティシズム乃至ラストマーダー的な変態的傾向を有っていましたから、感情の昂ぶるままにいきなりその小紙片を食べてしまった事でしょう――小紙片に押されていた唇型の口紅に、青酸加里の致死量が含まれていた事は言うまでもありません。毒物の色も臭いも口紅のために消されてしまい、夢中の父には何も気がつかなかったのです。しかも重要な証拠物はストーヴと被害者の胃袋の中で、跡方もなく消化されてしまっている――、凡ては父の性癖を知悉したN子の計画通りに行ったのです。加代子さん！　何と哀れな父はN子に接吻したばかりに、欲せざる自殺を遂げなければならなかったのでした！

　父が死んだ後幼い僕を抱えた若い母がどんなに苦労したか、大抵は御想像下さい。若い肉体は疼いた事でしょう、また経済的にもどんなにか不安を感じた事でしょう。愛する子のために貞操を貫き通そうと努力した母も、遂に若さには打勝てなかったものか、暫くの間ではありましたがある男――S雄としておきましょう――と恋愛関係に陥った事があったのです。S雄は表面にも似ず卑怯な男で、母は間もなく後悔して身を引きましたが、やはり世間の荒波は寡婦ゆえに辛かったのでしょう、とうとう意を決して理解ある現在の父と再婚したのです。しかし再婚後間もなく母は体の病的な異常に気が附きました。継父に秘して医師の診断を乞うた所、何と忌わしい黴毒だという宣告を受けたのです！　その時の母の驚きと苦悩！　けれどもそれは母にとって何の身に覚えもない事でした。前の父も今度の父も共に潔白でした。S雄との恋愛も最後の一線は超えていなかったのです。母は思い悩みました。そして遂にある一つの疑惑に突き当ったのです。それはS雄との激しい接吻に関する思い出でした。その時S雄は唇に小さな負傷をして血を出していたのですが、S雄は母に血を吸って止血してくれるよう申しました。母は云われるままに接吻して彼の血を吸ってやりました。すると突然感情の昂奮に堪えられなくなったのか、S雄は激しく母の唇を噛んだのでした。二人の血がお互に通い合う運命に陥った事は云うまでもありません。もしS雄が忌わしい病の持主だったらどうでしょう？　スピロヘーターは遠慮なく母の体内に流れ込んできたに違いないのです！　哀れな母は接吻の故に呪わしくも恐るべき性病の汚名を着せられて、夫に対する激しい責任感から、凡てを自分の胸に包み隠して、自ら青酸加里を仰いで先夫の後を追ったのでした！

加代子さん、以上が僕の父と母との謎の死の真相なのです。そして注意して御覧なさい、この二つの死はいずれも接吻と青酸加里という共通点を有っている事にお気附きになりませんか？　これは単なる偶然の暗合に過ぎないかも知れません、しかし僕にはもっともっと深い因果の回帰とでもいうようなものがあるように思えてなりませんでした。だからこそ、僕がたえだえの苦しい息の中からこの恐るべき真実を告白してくれた母に対して泣いて固く誓った復讐は、どうしても接吻と青酸加里による同じ苦しみを、憎むべき犯人達の頭上に打ち下ろしてくれる事でなければならなかったのです！

ところが、加代子さん、奇しき暗合はまあ一体どこまで続くというのでしょう！　父の死後数年経って、このS雄とN子とは結婚するに至ったのです！　呪われたる悪魔の結婚！　そして間もなくK子なる一女を儲けましたが、暫くしてN子はこの世を去りましたので、S雄は幼いK子のためにも後妻を迎えたのでした。後妻との間にはその後ずっと子供がなく、K子は彼女を真実の母と信じて、親子三人、今日に至っているという訳なのです。

加代子さん。僕の復讐の目標が、憎むべきS雄とN子との血を一身に受け継いだK子に向けられた事は当然御想像がおつきになるでしょう。K子を溺愛しているS雄の事ですから、K子に一撃を下せばS雄などは一たまりもなく打のめされてしまうのです。しかも好都合な事はK子は年恰好から云って、私の好個の恋愛相手たり得る事でした。私の決心は、決りました。Ｋ子を誘惑して、疑似恋愛に陥れ、その間に接吻と青酸加里とによる復讐を成し遂げて、父母の恨み重なる呪いを思い知らせてやる事こそ、僕に残された崇高なる使命と言わねばならないのです。

愛する加代子さん、賢明な貴女は既にある不思議な暗合にお気附きでしょうね？　云うまでもありません、Ｋ子とは、加代子さん、外ならぬ貴女自身の事なのです！　貴女は僕の父を殺した女を母にもち、僕の母を殺した男を父として、凡ゆる呪いの血を受け継いで生れてきたのです。こう申上げれば貴女の女学校時代以来の気狂いじみた接吻癖も、決して単なる偶然ではなく、深い深い宿命に支配されている事がお分りになるでしょう。加代子さん、眼には眼を、歯には歯を、という諺を御存知でしょうね。今こそ加代子さん、貴女には御両親の犯された罪の償いをして頂かねばならないのです！

僕は復讐の手段について必死の研究を続けました。何故僕が探偵小説に熱狂的な執着を示していたか、その理由は外でもない、加代子さん自身に対する復讐の方法を発見するためだったのです。単なる道楽と嘲っていた連中の愚かさを笑ってやりたい位です。僕の復讐は次の三条件を充たさねばなりませんでした。接吻による事、青酸加里を用いる事、そして絶対に発覚の恐れのない完全犯罪である事。苦心の末、とうとう僕はある見事な方法を思いつきました。そして凡ゆる努力と細心の注意を傾倒して、着々準備を整えていったのです――。

まず僕の投じた第一石は、貴女と疑似恋愛に陥る事でした。それがどんな成功を収めたか、今更申上げるまでもありますまい。貴女はまんまと僕の仕掛けた罠に引っ掛ったばかりか、結婚の約束までしてしまったのです！　一方、物的準備も凡ゆる困難を排して、次第に出来上ってゆきました。凡ては僕の思惑通り運んで行くように見えたのです。

ところが何という事でしょう！　僕は予期せざる障害にぶっつからねばならなかったのです。それは僕の自惚にも拘らず、心の準備が不充分だった事でした。加代子さん、笑って下さい、木乃伊《ミイラ》取りが木乃伊になりかかってしまったのです。父母の復讐をするための疑似恋愛ではないか、加代子こそ憎むべきS雄とN子の結晶ではないか、彼女こそ復讐を加えるべき当の本人ではないか、幾度そう心に言い聞かせても、貴女の美しい顔と柔い肌の感触を想い出す度に、僕の鬼のような復讐心も危く崩れかけたのです。これでは不可ないと自分を叱りました。そして何とか打開策はないものかと思い悩んでいる所へ、丁度運よく北川君の問題が起ったのでした。加代子さん、いつだったか貴女が東響の悲愴の演奏を聞きに行った時の事を覚えていますか？　北川に電話をかけて貴女と二人だけで行くように取計ったのは外ならぬ僕でしたね。あれは勿論、貴女と北川とを故意に接近させる僕の策略だったのです。計略見事図に当り貴女方二人は急速に接近しました。そうしておいて、一方、僕は貴女達の一挙一動を余す所なく監視していたのです。貴女達が最初の接吻を交したのは確かN劇場じゃなかったでしょうか？　僕に隠れて映画やダンスやハイキングに余念がなかったようですね。僕は凡て知っていたのです。計画通り僕の心は次第に激しい嫉妬を覚えるようになってゆきました。そして貴女達が遂に最後の関係をのり超えた事を知った時、僕の憤怒と嫉妬とはその頂点に達したのでした。こうして、今や僕は父母の恨みのためのみならず、自分自身のためにも不貞な加代子に復讐せずにはいられない、つきつめた気持になったのです！

　はじめ僕は貴女が自殺した事にするつもりでした。ところがここに思いがけない好条件が現われました。それは貴女のお義母様——貴女が真実の母と信じていらした今のお母様が、実は継母なのだという事は前にちょっと暗示しておきましたね——が、何と、慈愛のヴェールを被った悪魔であった！　という事です。僕はフトした事から彼女が貴女を殺そうと企んでいる事を知りました。彼女には貴女の知らない息子があるのです。貴女のお父様の所へ後妻として迎えられる前に、さる男との間に出来た子です。彼女は最近その子に安藤家を継がせたいと考え始めました。無論財産目当の事でしょう。貴女のお父様は一人息子で近い血縁が全くありませんから、もし一人娘の貴女に万一の事があると、どうしても養子を貰うか何かしなければならない訳ですね。貴女の義母様が目をつけたのはそこでした。加代子さえ亡き者にすれば、自分の息子を引き入れるようにお父様を説得するのは訳ない事だとお考えになったのでしょう、近頃は只管貴女を殺害する方法と機会とを狙っていらっしゃる御様子なのです。この事実を探知した僕は雀躍《こおど》りして喜びました。何という好い都合なのでしょう！　早速僕は計画の一部を変更してお義母様に加代子殺害の決定的な嫌疑がかかるように仕向ける事にしたのです。そのほうが僕も一層安全ですし、お義母様だってそれ位の報いを受ける資格はありそうですからね――。

　さてこれで凡ての準備は整いました。後はただ静かにチャンスの訪れるのを待てばよかったのです……。

　そしてとうとう待ちに待った復讐のチャンスはやってきました！　今こそ父母の重なる恨みを憎むべき貴女に思い知らせてやらねばなりません！　僕はかねての計画を、綿密かつ大胆に、あたかも舞台の名優の如く演出してゆきました――。

　加代子さん、僕の言っている意味が貴女にはお分りでしょうか？　もしお分りでなければちょっとこの手紙の冒頭を読み返してみて下さい。もう永遠に二人は相別れねばならぬだろう、そう申上げておいたはずですね。……しかも僕には自殺する意志も、東京を離れるつもりもないのです。三から二を減ずれば一しか残らない事は論理の教える所です。僕に何の変化もないのに二人が最早相会う事が有り得ないとすれば、それは貴女に変化が切迫している事を意味するものと考える外はないではありませんか。どうです、そろそろ気がつきましたか？　そうです、加代子さん、貴女が多大の疑いを有ちながらもヒシヒシと感じていらっしゃる底知れない不安と恐怖とは、実は疑いもない事実に外ならないのです！　はっきり最後の断を下してあげましょう！　加代子さん今日の奥多摩ハイキングの模様を思い出してみて下さい。帰る間際に長い接吻をして清水を口移しに飲ませ合いましたね。あの時です！　あの時僕は青酸加里入りの極く小さいカプセルを、清水と一緒に貴女の喉に流し込んだのです！　接吻と青酸加里！　加代子さん、貴女はまんまと僕の仕掛けた復讐の罠に陥りました。間もなく貴女は呪われたる生涯を終えて安らかな永劫の眠りにつく事ができるでしょう……。

　あははは、加代子さん、そんなに驚かなくてもいいでしょう。今更ジタバタした所で何の役にも立たないのですからね。え？　何ですって？　納得のゆかない事がある？　あ、そうですか、ごもっともです。じゃひとつ貴女の往生際のよいように少しばかり蛇足を加えてみますかな。

　きっと貴女はこう仰言りたいんでしょうね？　あの接吻からもう四時間近くも経っているのに、私は未だピンピンしているじゃないかって、ところがお気の毒様、それは僕の失敗どころか、ちゃんと計画通りなのですよ。もう直ぐお分りになる事でしょうが、あのカプセルは特殊な耐酸性化学処理が施してあって、胃液その他の消化液に対して時限的な溶解速度が附与されているのです。そして僕が用いたのは約四時間経たねば胃腸液に溶解しないという奴なのです。僕が父の製薬会社に一時勤めていた事がありますね。あの時僕は苦心の末この特殊なカプセルを作り上げたのです。奥多摩から貴女の御宅まで大体二時間、それから夕食や御茶などが済んで貴女が就寝なさるのが九時頃になるでしょう。そうすれば五時前後に青酸加里入りのこの特殊カプセルを貴女に接吻口移ししておけば、毒物の反応は丁度貴女のお寝みになる頃に起る事になるのです。何故僕が貴女の就寝時に毒物の発効時を合わせたかと云えば、貴女の寝室をちょっと密室の状態にしておく必要があるからです。貴女がお寝みになる時は必ず内錠をお下しになる習慣がお有りでしたね？　ちょっとそれを利用したまでなのですが、その理由はやがてお分りになるでしょう。ともかく、こうして九時頃カプセルが溶けて青酸中毒の反応が起る。もう直ぐですよ、加代子さん。そろそろ腹部に刺すような激痛を感じやしませんか？　まあ、もう少しですから我慢して聞いて下さい——カプセルはやがて完全に溶けてしまい、青酸加里の即効性と相俟って、貴女の死亡時刻が午後九時頃である事は疑うべからざる事とされるでしょう、こうして奥多摩での接吻やカプセルの事は、完全に捜査の面から逸脱してしまうのです。

それから加代子さん、貴女は奔放で烈しい性格にも似合わず、毎日の習慣という事については驚くほど時間的に几帳面でしたね。貴女の習慣を悉知している僕にとってこれは誠に好都合でした。まあひとつ、貴女が今日七時頃御家に帰り到かれてからの事態の進行を予想してみましょうか。ついでにこれから後の予想も含めておく事にします——、まず貴女は待っていらっしゃるお義母様——実は殺人鬼ですよ——と夕食をお摂りになる。お父様は御出張中でしたね。貴女は食事はゆっくりの方ですから、食後の果物や御茶などが済み、一休みしてから自分の部屋に引揚げるのは八時半頃になるでしょう。お義母様がいつものように眼覚めのお水を水差に入れコップと一緒に持ってお出でになり、僕の手紙の来ている事を仰言って、部屋を出て行かれる。貴女は習慣通り部屋の内錠を下ろして、さて、この手紙を読み始めるのが大体九時前という事になります——、どうです？　実際も大体こんな風に進行したのは間違いのない所じゃありませんか？　やがてカプセルが溶けて青酸加里中毒の反応を起します。貴女は激しい苦悶の悲鳴を挙げて縡《こと》切れる

――、丁度そこへ僕が貴女を訪問するという順序になるのです。え？　何て間抜けなんでしょう。私が死ぬその時に訪ねて来れば怪まれるに決ってるじゃないの、そう仰言るんですか？　あはははは、加代子さん、一ケ月ほど前貴女に代筆して頂いた原稿――手紙形式の所でしたね――の事を思い出してみて下さい、そうすればその時刻に僕が貴女をお訪ねする必然性がはっきりと説明される事がお分りになるでしょう。「継母が私を殺そうとしている。この手紙御覧になり次第直ちに助けに来て欲しい。しかし危険が切迫しているから間に合わないかも知れない……」というあの手紙です。右の手首をくじいたなんて勿論真赤な嘘ですよ。僕はただ貴女の筆跡にある文句が欲しかっただけなのです。貴女が僕の作家振りに私淑（？）して、原稿用紙を便箋代りに使う事にしていられた習慣はこうなってみるとどうも貴女の失敗でしたね。その後あの代筆の原稿が貴女の手紙だとしても何の不思議もない事になったのですからね。僕は昨日あれを貴女から貰った別の手紙の封筒に入れ、切手を取替えて自分宛の速達にしておきましたから、丁度今日僕達の奥多摩行の留守に到いているはずです。家の女中は消印の日附の交錯にまで気がつく訳はありませんからちっとも怪まないでしょう。ところで僕は今日貴女とお別れしてから直ぐには家に帰らないで、少しブラブラして八時十分頃帰るつもりです。帰宅すれば女中が貴女の速達が来ている事を告げるでしょう。手紙を読んで僕は驚慌し取るものもとりあえず貴方の御宅へ駆けつけるという事になる。その時僕は女中に、時間を聞いて、僕が家を出掛けたのは八時　一十分頃だった事をいつでも女中に証言させ得るよう伏線を敷いておく、僕の家から御宅まで約四十分かかります。僕が息を切らして駆けつけるのは丁度九時頃という事になる――、こうして僕が九時頃御宅を訪れた事の時間的必然性は、あの手紙と女中の証言に依って、何の怪まれる事もなく説明されるのです。

なお例の代筆して頂いた手紙の果すもう一つの重要な役割が、貴女のお義母様の嫌疑を決定的なものにする事に在るのは云うまでもありませんが、これはまた後で触れる事にしましょう。

さて、午後九時頃貴女が悲鳴を挙げて死亡し、僕が丁度御宅をお訪ねするという所まででしたね。その後を進めてみましょう。折からの悲鳴に驚いて僕はお義母様や女中のとよやと一緒に貴女の部屋に駆けつけます。ところが部屋には内錠が下りている。僕は体当りで扉を打破って内部に入ります。見ると貴女は明かに毒物死と思われる症状を呈して、既に悲惨な最期を遂げているという訳です。それから僕の堂に入った演出ぶりは今更クドクドと申上げる必要もありますまい。直ちにとよやに命じて警察と医師に電話をかけさせ、僕自身は毒を吐出させようとはかない努力を試みるが、無論蘇生させる意志は毛頭ないのですから、貴女は遂に永遠の旅路にのぼる外はないという事になる。さて、僕に残された唯一の仕事は、貴女のコップの残り水に予め用意しておいた青酸加里を、こっそり投ずるという事だけになりました。そして加代子殺害の先手を何者かに依って打たれたお義母様が、すっかり心も顚倒していらっしゃる隙を狙って、素早く毒物を混入せしめる事ぐらい、何の雑作もない事です。後はただ恋人を失った青年の悲しみを、巧みに演出していれば万事ＯＫなのです……。

　その後の進行は最早説明するまでもない事でしょう。やがて警官一行が到着して、検屍及び捜査が始まります。死因は青酸加里に依る中毒死、死亡時刻は九時前後と直ちに検案される。捜査の結果、容易にコップの飲み残りの水の中に毒物が発見されます。結果は火を見るより明かです。第一に、お嬢様の部屋へ毎晩水差とコップを運ぶのはお義母様の役目でもあった事が、とよやの証言に依って明瞭となる。第二に、もともとお義母様は貴女を殺して自分の息子に安藤家を継がそうと企んでいる事実があるのですから、それは当局の調査により間もなく明るみに出されるでしょう。第三に何と云っても貴女が代筆して下さった例の「継母に殺される！」という手紙が、決定的な証拠となります。こうして貴女のお義母様は、殺人犯人として逮捕される。お父様は信じていた妻が愛娘を殺したという驚くべき事実に気でも狂うか、少くともその社会的信用の喪失は死を意味するに等しいという事になるでしょう。そして僕自身は？　何と僕は何の嫌疑も受けないばかりか、父と母とそして自分と三人の重なる呪いをこめた復讐を成し遂げて、秘かなる快感に酔い痴れればいいのです……。

　あははは、加代子さん、何を口をモグモグさせているんです？　そろそろ青酸中毒が始ったのですか？　それとも何か遺言なさりたい事でもあるんですか？　ああ、それじゃ多分こう仰言りたいんでしょう、「お前は完全犯罪のつもりかも知れないが何て間抜けなんでしょう！　この手紙が最大の証拠じゃありませんか！　これをどうするつもりなの？　フン、私は決してこの証拠をお前に渡しはしませんよ。いくらお前が引抜こうとしても引きちぎろうとしても、死んでゆく者の最後の力でしっかり握りしめて、掌に摑んでいる部分だけはどんな事があってもお前に奪られてなるものか！」と。あははは、実は僕はその言葉をお待ちしていたんですよ。加代子さん、この手紙に使ってあるインクの色が、いつも僕の使用しているものと少し異っている事にお気づきじゃありませんか？　よく御覧になると緑に近い色である事がお分りになるでしょう。これは僕がカプセルと同じく苦心研究の結果成功したもので、あるコバルト化合物を特殊処理して作ったインクなのです。このインクで書かれた字は、空気にある一定期間曝されると、酸化されて色素が跡方もなく消えてしまいます。そしてこの酸化期間の遅速には自由に時限性を与える事が出来ます。僕は事の都合上四十八時間経てば消えるように処理したものを使いました。加代子さん、ちょっとこの手紙の最初の方を御覧になってみて下さい。そろそろ文字が消えかかっていはしませんか？　今晩の九時で、この手紙が書かれてから丁度四十八時間経つはずです……。あるいは多少貴女の死との間に時間的喰いちがいがあって文字の消失が遅れたとしても——その反対の場合は僕の殺人演出効果が多少薄らぐだけで、僕には何の危険性もない——気も顚倒しきっているお家の方々には、暫くはこんな手紙など目にもつきますまい。そして警官が到着する頃まではちょっと時間がありますから、充分の余裕をもって緑色の文字は完全に消失して全くの白紙に還ってしまうでしょう。なお用心のためこの封筒には、この次の逢瀬を貴女に問合せた極く普通のラヴ・レターが同封してありますす。これは通常のインクで書いてありますから、この部分だけ消えずに残り、僕の手紙がいつものように甘い恋文に過ぎない事を疑う者は一人もいない事でしょう。いかがです？　これで貴女の仰言る最後の証拠も、完全に消滅してしまったようですね……。

加代子さん——

こうして僕はとうとう宿願の復讐を見事成し遂げました。しかも、接吻、青酸加里、完全犯罪という三条件を完全に充たして——、ああ、この復讐の歓喜と喜悦！　何という素晴らしいやり方だったのでしょう！　僕は今この世ともない陶酔に酔い痴れているのです！　地下の父母もどんなに満足した事でしょうか？　僕は嬉しさに気でも狂い出しそうな位です‼

加代子さん——

接吻気狂いの貴女が接吻によって殺される、ちょっと皮肉でしたね。もっとも貴女にとってはそれが本望だったかも知れませんが……。

ところで、いかがです？　もうそろそろ青酸中毒特有の激痛が襲ってくる頃じゃありませんか？　御感想はいかがです？　少しは僕の父母の苦しみがお分りになったでしょうか？

では愛する加代子さん、死心地お宜しゅう。永遠にお休みなさい。左様なら……』

読み終える頃私は俄に腹部が激しく痛んでくるように思った。あッ、美穂ちゃん、カプセルが溶けて青酸中毒の反応が始ったのに違いない！　ああ、何という事なの！　可哀想な私！　許婚者のヴェールを巧みに被った悪魔の奸計に陥ってまんまと殺されてゆくのよ！　私は声の限り父の名を呼び続けた……。

あ、廊下に慌しい音が聞えて私の室のドアを激しく叩き始めたわ――、彼奴よ、悪魔の久慈が計画通りやって来たのよ！　ああ、美穂ちゃん！　ドアを叩く音はますます激しさを加える――、その音を空虚《うつろ》に聞きながら――やがて私は気が遠くなってゆきました……。

それからどれほど時間が経ったか知ら――私はフト柔い絹蒲団の上に寝かされている自分に気がついたのだった。おまけに暖い春の朝日が部屋いっぱいに差し込んでいる――。

ああ、私は生きていたのよ――、何か悪魔の計画に齟齬を来して、私は九死に一生を得たのに違いない――、しかし、そんなはずがあるか知ら？　私は天国で夢を見ているのではないか知ら？　私は恐る恐る体を撫で廻してみた、部屋を見廻してみた――、しかしやはり間違いなく私の体であり、私の部屋だった。私は助かったのだ！　大きく溜息をついた時、誰か部屋に入って来た。おお、それは悪魔の久慈と義母ではありませんか！　彼奴はきっと様子を見に来たんだわ。計画の失敗した事を悟り、第二段の策を廻らしているのに違いない！　それに義母も私を殺そうとしていた一人だわ。今度は二人で共謀しようとでもいうのか知ら？　私は恐ろしさに堪えられなくなって蒲団にもぐり込んでしまった……。

ところが――美穂ちゃん――

やがて――私は――様子の少し変な事に気がついた――、二人の会話の工合がどうも少し妙だ――、何か私はとんでもない間違いでも犯しているんじゃないか、って気がし始めました――、そして――何とその間違いは私の方ではなく――久慈自身のやらかした事だったのです！　久慈の仕出かしたほんのちょっとの間違いが、お終いには途轍もない恐ろしい錯誤を結果したのでした！

　美穂ちゃん、私はもう前後の模様をクドクド書くのを止めましょう。そうして凡ての間違いの大元となったのは、久慈があの長い手紙の一番最後の一枚を同封するのを忘れた。という事だった事を附け加えるにとどめる事にします。そして問題の入れ忘れた最後の一枚というのは次のようなものでした。

『愛する加代子さん――

　以上は今度の探偵小説懸賞募集の応募原稿なのですが御感想いかがでしたでしょうか？　時限性のカプセルやインクを持出したりして聊かどうかと思う点もありますが、そこはまあ、空想的科学小説を加味したとでも逃げておきますか――。

　作中たまたま女主人公が貴女と同じ安藤加代子という名前であり、一人娘だという事など貴女の場合に似ている点もありますのであるいは吃驚なすったかも知れませんが、無論貴女及び御家族には何の関係もない事です――。

　加代子さん――、貴女はいつか、生活にアンニュイを感じた、強い刺戟が欲しい、そう仰言っていましたね。この原稿が幾分でも生活の倦怠に対する刺戟になりましたでしょうか？　貴女の御批判を頂ければ幸です――。

久慈弘太郎

加代子様』

×　×　×　×

美穂ちゃん――

　凡ての間違いが明かになって私がやっと生気を取戻した時、久慈はお詫びのしるしにといって優しく接吻を求めようとした。しかしその瞬間、突然、私は激しい恐怖の念に襲われたのです！　凡ての事情はもうはっきりと氷解されていたはずだのに、私の唇は本能的に接吻を恐れて、彼の唇を固く拒んだのだった！

　――あの接吻気狂いだった私が――接吻嫌悪症、いや、接吻恐怖症になったのは――それ以来の事なのです――。

美穂ちゃん――

　私の告白はこれでお終い。え？　後日譚がないかって？　うふふ、じゃ仕方がない、ついでに白状してしまうわ――。

　久慈のこの小説は、彼の貴重な実験（？）に基いて、更に加筆修正されて提出されました。その題名は『接吻物語』。ところが今度は一体まあどうした風の吹き廻しだというのでしょう、宿望遂に叶って見事当選の栄をかち獲てしまったの！　あるいは今度こそ、いつも久慈の口癖だった表現のまずさの代りに、真実味迫る表現の力が選者の心に訴える所があったとでも云うのか知ら……。

美穂ちゃん、最初のほうで私が、この事件が私の一生の運命を決定した、と申上げたのを覚えていらっしゃるか知ら？　また久慈の探偵小説が当選すれば私達は結婚する約束だった事は御記憶に残ってて？

うふふふふ、約束通り、私達は近々結婚式を挙げる予定なの……。

盛　装

一、ユミの場合

また、こんやも、ユミはさいころを振っている。

五つの赤いちいさな骰子《さいころ》を、それもみんな一の目を上向きに、肌の薄い透きとおるような掌にひとつずつ叮嚀に並べて、ユミは祈るように瞼を閉じた。なにごとをこころに念ずるのであろうか、冷いまでに美しい眉の清さに、異様な真剣ささえひらめかせて。やがて静かに二、三度はずみをつけてぱあっと座蒲団に投げ出した。

「ああ、また駄目――」

ユミはがっかりしたように呟いた。あるいは二をあるいは五と、ばらばらに開いた無心な骰子の目を、またひとつずつ「一」になおして、凝《じ》いっとみつめている。さいころのこころなさを恨むかのようにみつめるユミの黒い瞳に、ちいさい骰子の緋色が、せつないまでに、きらきらときらめくかとみえた。

ユミは五つのさいころをみんな一の目に振り出そうとでもいうのであろうか。五つとも一の目に並べられた掌からぱあっと投げ出された骰子が、それぞれ幾回転かして、また元通りみんな一の目に座蒲団の上に花ひらく確率はいったい幾許なのか、ユミは知っているのだろうか？

そとはさらさらと落葉の音さえわびしい秋の夜だ。ユミの振るさいころの音が、いつまでも、そのしんしんたる夜の気配に訴えている……

ユミは淋しい女であった。

ひとつの痛ましい偶然が、それもたったそれひとつの偶然が、ユミの悲しい一生を決定的に運命づけてしまったのである。

左頬から顎へかけての大きな傷跡、ととのいすぎるほどに美しいユミの顔立ちゆえにいっそう痛ましくも致命的なその傷跡、それは幼い姉妹の無心な悪戯がおかした過ちとしてはあまりに高価すぎる代償であった。

ユミが六つ、妹のマリが五つの秋である。母と乳母の目がちょっと離れた隙に、ふと剃刀《かみそり》が幼いマリの眼に止った事が、どんなに恐しい運命の岐路を意味していたか、無心の童女たちに分るはずもなかった。妹の取りあげたその面白そうな玩具をさしはさんで、

「私に貸して」

「いやよ、私が見つけたんだもの」

おそらくはそういった戯れの末、マリが過って切ったというよりはむしろ、ユミの顔がマリの手の剃刀にほんとに運悪くも触れたといったほうがよい。むろん、切傷の治癒にはそう長い時日を要しなかったが、左頬から顎への傷跡は、いつまでもいつまでも執拗に、ユミの生涯につきまとって止まない事になったのである。

年が経てば薄れるだろうというはかない空頼みも、次第に、あまり期待のできぬむなしい希みである事がわかっていった。

そのユミにも青春がめぐってきて……そして……いかな厚化粧も隠しおおせぬ傷だと分ったとき……可哀そうなユミ！ ……ユミは誰がなんといっても白粉《おしろい》ひとつつけない素顔の女になったのである……

傷ついたのが妹のマリでなくユミであったという事は、幼な子供の戯れゆえに、まさにひとつの偶然にすぎなかった。しかし、神の悪戯にしてはあまりにも呪わしいその偶然が、女の一生に投げかけていった暗い影のかずかずは、今更喋々するまでもない事であろう。

特に記憶に残る幼い昔の出来事は、とりわけ楽しかった事かとりわけ悲しかった事か、いずれかの数少い例に限られるもの。その限られた記憶のうち、あの傷をうけた日の事だけは、ひときわ鮮かにユミの脳裡にやきついていた。そして頰の痛みや叫び声や母達の驚きなどのなによりも、自分でも驚いて泣き出しながらも剃刀を手にもっていたマリのあの姿が。そして、いつか、そのマリの姿が、泣いている幼いマリではなく、剃刀をかざして悪鬼の形相恐しく自分を睨みつけている大人のマリに変ってゆくことさえあって……ユミは思わずハッとするのだった……

ユミはマリを呪った。運命を呪った。そして楽しかるべき女の青春を呪った。

しかし、ユミは理智の透徹のなかに静かな諦めを祈り得る女であった。悲しい運命に神の試練を見出すことのできる女であった。

「五つのマリちゃんに何の咎があるでしょう？ もし

あの時、私が剃刀を見つけていたとしたら、逆にマリちゃんを傷つけたかも知れない……」と。

ユミが十六のとき、突然不幸が一家を襲った。父の事業の失敗、そして父の死——土地邸はすべて人手にわたり、母娘三人、思いもよらなかった世の冷さを今更の如く知った。

このことがユミの生き方に決定的な決意を与えた。ユミは敢然看護婦を志願し、まもなくK外科病院に勤務した。彼女の細腕ひとつに病弱の母と妹の生活を支え、その上辛い工面のなかからマリを女学校から洋裁学校にまであげた。ユミは一家の犠牲になった。そしてその犠牲感のなかに自虐的な満足と崇高感とを見出して、ようやく諦念はその安住の地を得た。ユミは勤務に没頭した。そしてかなしい青春の痛ましさは、暫く忘れ得るかと思われた。

大きな傷跡を化粧につつまぬ素顔の女、ユミは、こうして淋しさと諦めのなかにも、いや、それゆえに、いちずな強さをもつ女であった。女にしては濃すぎるほどの長い眉、高く異国的に通った鼻すじ、ちいさな口許、ととのい過ぎるほどにととのった顔立ちに白粉気ひとつない素顔の傷、その清楚さに諦めと淋しさと理智と強さが異様に融け合って。

そのユミにも、K外科病院医師滝原昌二郎を知るに及んで、運命的な革命が訪れた。ユミもやはり女であった。若く精力的な昌二郎の情熱に、ユミの顔の傷ゆえの躊躇も逡巡も圧倒された。ユミは初めて男の肌を知った。生の悦びとほのかな希望を知った。数年来悲しくも誇ったその素顔に、薄化粧の香りさえうかがわれるようになった。

この世の結婚さえも諦めてあれほど淋しさと強さに生きたユミではあったが、いや却ってそれ故にこそ、ユミはこの思いもかけなかった昌二郎の情熱の在り方を深くかえりみる事ができなかった。それに悲しい生理の思考が加った故でもあろう。ユミは昌二郎の言葉にずるずると引きずり込まれていった……

「ユミさん、僕は自分の行為に責任をとる。貴女の傷等我々の愛の前には問題じゃない。

だが、僕は今やっている研究が完成するまでは結婚しない、と、かたい誓いをたてているのです。それまで待って下さい。

丁度好都合な事に、今僕の家じゃユミさんのようなひとを欲しいと母や兄も言っている所なんです。母は神経痛がひどくてねているほうが多い位だし、弟の節夫は少し胸を病んでいる。ユミさんが看護婦兼家政婦といったような事で僕の家にきてくれれば非常に助かるんです。そうして下さい。そうして暫く待って下さい、マリちゃんも一緒に連れてお出でなさい、ね……」

丁度ユミたちの母も前年その生涯を終えていた。マリと二人ぎりの侘しい借家ずまいを引払って、姉妹が目黒の滝原邸に生活するようになったのは、戦争もようやく烈しさを加えてきた昭和十八年の夏であった。

滝原家。

化学肥料界の雄として誰知らぬ者はない先代圭蔵は、先年巨富を残して死んだ。遺産は邸宅を除き、長男慎一郎に半分、次男昌二郎と三男節夫に残りを更に折半して、それぞれ与えられた。目黒の邸宅はガレージ附の洋風本館及び和風の離れ共に、一応三人の共有とされ、もし他日誰か一人の所有に帰する場合は、他の者の持分に相当する代金を支払うべきものとされていた。三人の母園枝はもちろん慎一郎が世話をみるべきものとされた。

慎一郎と昌二郎が本館を占領し、病身の節夫と母園枝は離れに住んでいた。そして女中のとよ一人で五人の世話をしているこの滝原家に、美貌の姉妹が移り住んだ事によって、滝原家のひとびとは女手のふえた便利さよりも、女気ゆえの和かさが甦った事をまず喜んだ。特にユミが看護婦の経験のある事が園枝と節夫の世話に都合好く、マリも洋裁をつづけながら家事にせいをだした。園枝は二人を非常に気に入り、我子同様に可愛がった。ユミ姉妹は幾年ぶりに家庭の悦びを味った。

そしてまもなく、慎一郎とマリは相愛の仲となり、翌年の春には結婚式を挙げ、ユミも昌二郎の研究完成を待つばかりであった。少くとも昌二郎の計画は凡ての人々に幸福を齎《もたら》したかにみえた——

しかしながら、神は人間の幸福を必ずしも喜び給わぬのだろうか？　神は自己の栄光のために人間を創造しておきながら、さてその創造物が幸福になると、却ってそれを嫉み給うに至るのでもあろうか？　神が人間に物欲と色欲という罪の性を与え給うた事と、偶然の悪戯をつかさどり給う事とが、この幸福な滝原家を一転恐るべき悲劇の淵に落し込んだ宿命的な原因となっていった……

マリは陽性の女であった。そして奔放な女であった。姉のいちずな淋しさを碧潭《へきたん》にたとえるなら、マリはまさに激流であった。

自分が姉の傷に責任ある事に心の十字架を負い、姉が一家の犠牲になって働いてくれている事が身に泌みている間は、そして姉ひとりがその痛ましい青春に呪詛を投げかけている間は、マリもまた姉に対して限りない負目と感謝と服従を以てしていたが、ユミが昌二郎を得てからは、マリは急に心の十字架の軽くなるのを感じた。経済的な心配もなくなった。マリは姉に対する遠慮が薄らいだ。

「姉さんも幸福になれる――じゃ、私も姉さんに遠慮なく自分の幸福を追求してもいいのだわ――」

マリはユミのようにととのいすぎる顔立ちではなかった。また姉ほど理智的でもなかった。しかしユミにはみられぬ、不思議にも男を惹きつける魅力をもっていた。

マリはまもなく慎一郎を恋の虜にし、昌二郎の研究完成を待っているユミより一足先に結婚式を挙げた。

一度堰を切った以上、姉に対する十字架も夫への遠慮も滝原家の恩義も、マリ生来の奔放な流れをせき止めることはできなかった。マリの僅かな道徳心が頭を擡げてみても、マリの強烈な性格が、生理が、凡てを圧倒し去った。

マリの魅力を慕ってこの人妻に秘かな想いを寄せる男もいくたりかを数えた。峰岸もその一人であった。

そして――遂にユミを愛しているはずの昌二郎さえ、いつしか、マリの不思議な魅力の虜となっていった……

しかもそこへ、一つの決定的な神の偶然の悪戯が見舞う事になった。慎一郎の出征――負傷――そしてその負傷こそ、神の悪戯にしてはあまりにも呪わしくも……慎一郎の男性としての機能を奪い去ってしまったのである！

ユミは、こんやもまた、さいころを振っている。そして静かに人の世のさだめをおもうのであった。ユミは自分の失意にもまして、帰還以来とみに険悪化した慎一郎とマリとの仲、慎一郎と昌二郎の間が心配でならなかった。もちろん、ひた隠しに隠している慎一郎の肉体上の秘密を知るすべもないユミにとって、事態の深奥を正確に把握する事はできなかったが、マリをはさんで慎一郎と昌二郎との間に何か恐しい事がもち上ろうとしている微妙な気配を、ユミは鋭い本能で感じとっていた。

ユミはその妻を弟にとられた慎一郎に限りない同情をいだいた。そして慎一郎の良さが近頃いっそう判るような気がした。

ユミは淋しい夜はさいころを振った。昌二郎を知る前の淋しさとはまた違った淋しさを五つの赤いさいころにのせて……

二、慎一郎の場合

滝原慎一郎、昌二郎は、一つ違いの兄弟である。容貌、体格は瓜二つだったが、その性格は、どちらもひどい見栄坊であるというたった一つの共通点を除いては、まるきり正反対であった。そして各自の撰んだ職業もまたその性格にふさわしいものであったといえる。

慎一郎は繊細な感覚と鋭い頭脳を以て、人間心理の解剖に特異な境地を開いている新進作家であった。その作品の多くはいずれも彼自身の告白に他ならなかった。蒼白な知性、線の細い神経、鋭く烈しい気性、短気、猜疑心、見栄、口には既成道徳を皮肉に否定しながらもそれへの執着を脱し得ぬ焦躁。そしてそれらと奇妙なミックスをなして、彼の知性の嘲笑にも拘らず妙な事柄に妙な迷信への拘泥……

そういった兄に反して、昌二郎は徹底して図太いニヒリストであった。道徳も感情も、彼にとっては、手段としての利用価値以外に何の価値もないのだった。そしてそうしたニヒリストの常として、彼もまた飽くなき漁色家であった。いかなる人格も所詮は外科医たる彼のメスを待つ一個の肉塊にすぎなかったのである。

こうした兄弟の性格の宿命的な対立が、もしある利害の対立と結びついたとき、どんなに恐るべきカタストロフィを結果するかは、ひをみるより明かであった。げんに、圭蔵の遺産分配についても昌二郎は、

「親父は話せぬよ、公平に三分の一ずつ分配すべきじゃないか」と、公然放言してかえりみなかった位である。

殊に昌二郎が慎一郎の恋妻マリに食指を動かし、マリもまた昌二郎のニヒルな得体の知れぬ魅力に惹かれて行くに及んで、二人の対立は俄に険悪化した。

そこへ慎一郎の出征、そして負傷、帰還。慎一郎の懊悩がいかばかり深刻なものであったか、妻マリを狂熱的に愛すること深ければ深いだけ、彼が見栄坊であればあるほど、慎一郎の嫉妬、絶望は、涙なくしては綴り得ないものであった。

彼にとって、劣等感を以て生きることは、人の憐憫を

乞うて一生を送ることは、死を意味した。慎一郎は自己の肉体の秘密を極度に隠蔽した。母の園枝にさえもひた隠しに隠した。しかしマリに対してだけは……

彼はマリにかたく口外を禁じた。あくまでも表面を取繕おうと努めた。そして他の凡ゆる技巧をつくしてマリを歓ばせようとした。しかし決定的な事柄を欠いた技巧が、いつまで続き得るであろう？　慎一郎にとって唯一の幸だった事は、マリもまた虚栄の女であった故に、マリにもまた自分の夫の秘密を容易に他人に知られたくない、という微妙な心理が強く働いた事であった。しかしマリの虚飾がいつまで彼女の流れをせき止め得よう？

マリは滔々として、奔放の生活に身を投じた。夫の目を盗んで次々と男を弄んだ。近頃しきりにマリに近づいているらしい、Z大のラグビー選手峰岸もその有力な一人であった。しかし誰にもまして昌二郎こそ、マリの心を支配的に摑んでいるように思われた。

丁度慎一郎の出征前妊娠していたマリは、彼が帰還すると一子、宏を出産していた。しかし嫉妬と猜疑の虜となっていた慎一郎は、出征前の出来事にも恐しい疑いの目をむけていた。彼は宏を狂的に愛撫することがあるかと思えば、急にはげしく折檻したりした。幼い宏が突然昌二郎に見えてくる事があったのでもあろう。

宏の存在もマリの生来の性格と生理を抑える何の力にもなり得ないように思われた。マリは夫に対するあからさまな軽侮を示すようになり、慎一郎の眼をいかに欺くかにその全努力を集中するようになった。慎一郎の、嫉妬、猜疑、焦躁、絶望、怒りはその極に達した。

こうした事態のひとつのあらわれを取りあげてみると。

慎一郎夫妻の寝室は、本館階下の廊下に接して隣り合せになっており、部屋同士扉を通じてお互に往来できるようになっていた。もともとこの部屋は先代が、大人の寝室とそれに直接附属する広い化粧室として設けたもので、慎一郎とマリも以前はその目的通りに使用して慎一郎の寝室は別に二階にしつらえてあったのだが、近頃彼は俄に寝室を二階からこの化粧室に移したものである。両部屋間の扉は化粧室風に上半分がダイヤモンド硝子《ガラス》になっていたが、何かの拍手にその硝子が毀れたというよりは慎一郎が故意に毀したのでもあろう、彼はマリの意向におかまいなくさっさと代りに普通の透明な板硝子を嵌めてしまった。マリはカーテンで遮蔽しようとしたが、慎一郎は一喝のもとにこれを禁じた。やむなくマリは内鍵だけで満足せねばならなかった。こうして慎一郎はマリの身辺を絶えず眼の前に監視せずにはいられなかったのである。慎一郎の肉体の秘密を知らぬ人々は、こうした彼のやり方を、些か別の意味に解していたようだった。

それはともかく、兄と決定的に対立した昌二郎は、目黒の邸の自分の持分代金を兄と弟に請求して、下落合の方に家を買い、ひとり移っていった。そしてそれからは、却って公然と兄に挑戦的な態度を示してきた。

こうしたなかにあって、慎一郎は同じく失意のユミと精神的に結びついていった。マリとはうって変るユミの精神の高貴さが、ひどく美しいものに思えた。二人は文学を語り、自家用車を駆ってドライヴに出かけた。そしてユミに自動車の運転を教えたりした。

不貞の妻や弟に対する面当もあったろう。妻を奪われた意気地のない男に対する世間の蔭の嘲笑に対する見栄もあったろう。しかし何よりも慎一郎には、傷心のやるせなさを優しく慰めてくれる心の拠り所が欲しかった。慎一郎もユミもはじめて心なごむ魂の美しさを知った。

けれども、肉体の秘密はいかんともすることのできぬ厳然たる事実であった。二人はある限度以上には一歩たりとも進むことのできぬ悲しい宿命を負っていた。しかも、それを打ちあけ得ぬ慎一郎！　何も知らぬユミは、それもやはり自分の顔の傷ゆえと、今更に己の宿業をかなしむのみであった。

そうしてそのユミの透徹せる魂の美しさをこよなく悲しく愛しつつも、慎一郎の脳裡を去来して止まぬものは、やはりマリの妖しい肉体への未練であった。嫉妬であった。もの狂おしいまでの憤怒であった。そしてその憤怒は、決定的に昌二郎の上に落ちて行った。ユミの不吉な予感は不幸にも……

十一月三日。秋ようやくに深いこの祝日に慎一郎は、昌二郎に対しておそらくは最後になるであろう運命の会見を申込んだのであった。

三、昌二郎の場合

「兄さん、急に御用だという事ですが……」

「ふん、わざわざ御苦労だった。たまにはお前の顔も見たいと思ってね。まあ、かけろ」

勧められるまま昌二郎は、慎一郎の書斎の窓ちかくの椅子に座を占めて、煙草の火をつけた。

「僕は今日ちょっと忙しいんです。御用なら早く承りたいのですが……」

さすが図太い昌二郎もやはり改って呼出された兄の前は居辛いようだった。

「そうか、忙しいか。この旗日にね。ふん、医者も楽じゃないな。少しゆっくり話そうと思ったが、それじゃ仕方がない。人間は後始末が大切だからな……

ふん――

じゃ、要件だけ言おう。

昌二郎！」

「……」

「お前には分っているだろうな？

マリ、そうだ、マリのことだ！」

「兄さん――僕はなにも……」

「昌二郎！　俺は今更お前の弁解などはききたくない。お前も男だろう。俺は苦しみに苦しみ、考えに考え抜いた最後の結論をお前に宣告する。最早、俺はお前の生きているこの世に、共に生存することは出来なくなったのだ！　昌二郎！　解決策は一つしかないようだ。

俺はお前に、決闘、そうだ、決闘を要求する！」

「えッ！　決闘!?」

昌二郎は思わず立上った。さすがの彼も顔は蒼白に、指先はぶるぶる慄えていた。

「兄さん、何を仰有るんです！

僕は何も……それに、峰岸だって……」

「煩い！」

「……」

「昌二郎。決闘ときいて今更驚くお前でもあるまい。マリに手をだす以上、お前にも覚悟がついていたはずじゃないか！　もう妥協の余地はないのだ！

武器はピストル……丁度都合よく親父が二挺残していってくれたよ。ハハハ……

場所は俺達が子供の頃よく避暑にいった、三浦半島T岬……例の一本松のところだ。

日時は十一月四日、夜十時、明晩だ！

介添人はマリ……」

「えッ、マリ!?」

「そうだ、マリが介添人だ！

清らかな幼時の想い出の場所で、誰に妨げられることもない秋の夜、マリに見守られながら、俺かお前か、いずれかひとりがこの世から去るのだ！」

慎一郎の眼は爛々とかがやいて、今にも閃き出でるかと思われた。その満身の精気と迫力をふりしぼって、許すべからざる不倫の弟に与える最後の死の撰択の宣告は、まさに千鈞の威厳をもっていた。

「兄さん！……」

日頃一切の価値を否定して、ニヒルなまでのふてぶてしさを自惚れていた昌二郎も、今必死の思いをこめて迫ってくる兄のひしひしたる気魄に完全に圧倒されて、無意識にかたく握りしめた拳や蒼白なその額には、冷い脂汗がべっとりとにじみ出ていた。

「兄さん、そ、その方法は？……」

「ふん、昌二郎。疑いぶかいお前のことだからと思って、俺はちゃんとお前の納得のゆくような方法を考えておいたよ。

決闘を申込んだのは俺だ。お前に有利なようにしてやる。しかし、絶対的にいずれかが死なねばならぬ方法だ！

死んだ親父のブローニング二挺と、弾丸一発、いいかい弾丸は一発だけだぞ、それを俺はマリに渡しておく。そして明晩十時、T岬で三人相寄るのだ。

まず三人お互に身体検査をして、協定が正しく守られているかを確めた上で、我々二人は後を向く。マリがどちらか一挺に弾丸を一発装塡する。そして俺がいずれか一方のピストルを撰んでお前に渡す。お前はそれで俺の心臓を狙え！　射撃距離は零《ゼロ》！　いいな、距離は零だ、そしてまずお前がうつのだ！」

「……」

「もし、神の意志がお前にあれば、それで万事は終りだ！

が、もしも、もしもそれが空発であったら……

昌二郎！　そのときこそは、俺の番なのだ！」

「……」

「お前の返事を聞こう。もしお前がこの提案を拒んだり、卑怯な振舞をすれば、必ず後悔するだろう。俺は未だ、お前が卑怯者ではない、という事だけは信じている……」

「……」

昌二郎はもはや覆すことのできぬ悲壮な兄の決意を見た。彼は驚愕と戦慄と恐怖に、暫くは我しらぬ身の震えをとどめることができなかった。

と、そのとき、廊下の方でがたりというかすかな物音がした。鼠ででもあったのか？

息づまる緊張を僅かに破るそのかすかな物音が、辛うじて昌二郎に、日頃の狡猾さをとりもどす余裕を与えた。咄嗟に昌二郎は、兄の提案のなかに、毛ほどの隙は必ず見出せるように思った。

「先にうつのは俺だ……

介添のマリは俺に参っているはず……

ふむ、もし腕力ということにでもなれば俺のほうが強いのだ……」

そのあたりに、何か必死の対策が成立し得る余地が残されているように思われた。

昌二郎はいくらか落着きを取戻して答えた。

「わかりました……

じゃ、明番十時に、T岬で……」

四、マリの場合

こうした兄弟のすさまじい決闘前夜。

午後十時半頃、峰岸は微醺を帯びて約束の四阿《あずまや》の蔭に身を潜ませていた。

彼の属しているZ大ラグビー部で文化の日を祝うコンパを終えて帰宅した彼は、マリから、「今夜から明日にかけてうちの人が出掛ける様子だから、目黒の家へこっそり来てはくれないか。ちょっと重大なことをお話ししたい。庭の四阿の蔭に十時頃から隠れていてくれ。都合が好ければ寝室から懐中電燈を明滅して合図をする。もし十一時頃まで合図がなければ、慎一郎が出掛けなかったものと思ってまたの機会にして欲しい」という電話を受けたのである。マリにぞっこんの峰岸は、一朴気嫌も手伝ってすっかり愉しくなり、足取りも軽く目黒の滝原邸に忍び込み、この四阿の蔭に身を潜めてマリからの合図を待っているわけだった。

マリの寝室の窓側に面したこの四阿は丁度彼女の寝室の真向いに位置し、合図を見分けるのに絶好であり、同時にまた身を隠すにも好都合であった。マリからはなかなか合図がなかった。待つ間は長いもの。彼はいらいらしはじめていた。

と、十時半頃、突如、低いが鋭い女の悲鳴が「ぎゃあっ」とあたりの静寂につんざいたかと思うと、マリの寝室の電燈がぱっと点いて直ぐ消えた。

はっと立上る峰岸。僅かな電燈の明滅の間ではあったが、彼は窓硝子を通して見紛うかたなきパジャマ姿のマリを見た。

と、続いて第二の悲鳴。今度はいっそう鋭く、断末魔のそれ——と、電燈がまた点いて、消えた。先より少し間隔ながく。その時峰岸は、まざまざと、手を振上げている黒服黒ハンチングの男の後姿を見たのだった！ ほんとに咄嗟の出来事であった。そして、電燈が消えるや否や、がらがらっ！ と、烈しく家具器具の倒れる音、硝子の毀れる音。

火のつくような幼児の泣き声——

「あッ、マリが、マリがッ！ 畜生！ 黒服の男！」

峰岸は恐怖も遅疑も忘れて飛出すや、マリの寝室めがけて真直ぐに駈けつけた。しかし窓は固く内から閉されていた。彼は玄関へ廻った。ここはすぐ開いた。飛鳥の如くマリの部屋へ！

と、そこには、慎一郎が、狂気の如く寝室の扉を乱打していた。

「おッ、き、きみは!?」

「峰岸です、いま通りすがりに奥さんの悲鳴を聞いたのです！ 奥さんは！ ど、どうされました！」

「開かないのだ！ 扉が！ 内錠が掛っている！ 峰岸君、窓、窓の方は!?」

「駄目です！ 窓も内から閉されています。この扉を打ち壊すほかはありません！ 滝原さん斧だ、斧はどこにあるんです！」

こうなっては恋仇も何も、もはや問題ではなかった。部屋の中では宏の泣き声が烈しく続いている。二人の必死の努力により、遂に扉は破壊された。どどっ、と部屋に飛込んだ慎一郎と峰岸は、扉近く鮮血にまみれて倒れているマリと、火のついたように泣いているベッドの宏を見た——

鋭い短刀を胸から背に向けてぐさりと突き刺されたまま、マリは俯伏せになって、既に完全にことぎれていた。パジャマ姿のまま。

しかし、犯人らしき者の姿は、どこにも見出すことが出来なかった。

その時、はげしく勝手口を叩く音。峰岸が開けてやる。離れにいた節夫とユミと女中のとよが、蒼白な恐怖と驚愕と戦慄を満面にあらわして駈け込んできたのだった。

直ちに、警察と医師に電話がかけられた。

慎一郎はマリの屍体に縋りついて悲嘆の涙にくれていたが、節夫に止められた。

皆が驚愕と悲嘆と恐怖にただ呆然と度を失っている中に、僅かに節夫だけが割合に冷静さを取戻していた。

「落着かないといけません。警察の方がみえるまでは、なるべく現場を変えないようにしておきましょう」

一番若い十九歳の節夫の注意で、皆はやっと事態の厳格さに思い及んだ。

とよが泣き止まぬ宏をすかしつつ、取敢えず離れに病臥中の園枝に報告に行った。

まもなく村岡医師来り、署の津田警部・石川刑事・警察医の一行が到着した。そして、綿密な検案と現場捜査、つづいて訊問が型通り行われた。

検屍の結果は極めて明瞭であった。両医師の意見は凡て一致した。

両刃の鋭い短刀による刺殺。傷は二ケ所、一ケ所は屍体発見時短刀を突き刺されたままになっていた心臓への刺傷、もう一つはやはり同じ短刀と思われる兇器で深く右胸をえぐってあるもの。右胸への傷のみで致命傷たり得るほどであったが、犯人は念を入れて再び心臓に止めを刺したものであろう。

従って、第一の悲鳴は右胸の刺傷を受けたとき、第二の悲鳴は止めを刺されたとき、それぞれ発せられたわけとなる。

推定死亡時刻はほぼ十時半前後、正しく慎一郎・峰岸の陳述と符合していた。

さて、兇行の行われたこのマリの寝室は、凡て内錠が卸してあった。廊下に出入する破壊された扉も、隣の慎一郎の寝室（前にちょっと紹介しておいたように、昔は化粧室だったのを改造したもの）に通ずる扉も、窓も、悉く内錠がかたく卸されてあった。窓のカーテンも凡て下りていた。

室内はおそらく格闘の跡、乃至は犯人逃亡の跡を物語るのであろう、テーブル、椅子、本箱などがあるいは取り乱され、あるいは毀されていた。屍体の下や附近には分厚い書物も散乱していた。窓際の細長い台に飾ってあったマリ御自慢の、ほぼ人と等身大ぐらいの美事なフランス人形も無慙に引き倒され、それを容れていた立派な大きいガラス箱も微塵に砕け散っていた。机上の花瓶やスタンドも毀れており、あの第二の悲鳴につづいて聞えた烈しい物音のあとをまざまざと語っていた。

しかし、物盗りの形跡は見られないようだった。

さてここで、マリの屍体の位置であるが、元来この部屋はマリが寝室兼居間兼簡易応接用に使っていたので、応接用設備とベッド設備とが、これらの夥しい家具類・カーテン・箪笥、ソファー、本棚等がぎっしり置かれてあり、テンによって巧みに一室の中に分離されたような形になっていた。そしてベッドの方へは廊下側の扉から入って右へ、これらの箪笥・ソファー・本棚等に挟まれた極めて狭い通路を通ってでなければ、行けぬようになっていた。マリはその狭い通路に、ベッドの方に頭を扉の方に足を向けて、俯伏せに倒れていたのである。

証拠物件たりうる遺留品としては、兇器の短刀ただ一つあるのみだった。

格闘のあとにも拘らず、その他には何の手掛りも残されてなく、指紋も、マリ・とよのそれの外はとりわけ新しいものも発見されなかった。犯人は手袋を使用したらしく、短刀にも扉の把手にも、何ら特殊の指紋は検出できなかった。

しかも、最も奇怪極まることは、犯人がいかにして、慎一郎と峰岸の眼を掠めて、この内側から完全に閉された部屋から逃亡したか、という事であった。

現場の捜査を了えた津田警部は、家族、とよ及び峰岸の訊問を開始した。今夜の状況はもとより、家族関係、マリの交友関係、凡ゆる関係事項について詳細な聞取が行われた。そのうちある程度は既に読者も御存知のはずだから、今は重複を避けて、その他の点についてのみ点綴してみよう。

まず慎一郎――

「御家族は、貴方に、ここに居られる節夫さん、ユミさん、女中のとよさん、それに離れにいらっしゃるお母さんそれだけですか?」

「ええ、今この家にいるのはそれだけですが下落合の方に二男の昌二郎がいます。外科医です。それから私の家の自家用車の運転手がいるんですが、これはここ一週間ばかり暇をとって郷里にかえっています。その外に親戚もありますが、この事件に関係があるとは思われません――」

「失礼ですが、奥さんの御交際はいかがでした?」

「……」

慎一郎は苦しそうに俯向いたが、割合にはっきりと答えた。

「お恥しいことですが、あれはあまり貞妻とは言えませんでした。よくは知りませんが、いろいろな男性と交際していたようです。特にここに居られる峰岸さんと、弟の昌二郎とは普通以上に親しくしていました……」

烈しい憎悪の眼で峰岸を睨みつけながら。

「いや、わかりました。ところで、今夜貴方が屍体を発見なさるまでの事を承りたいのですが」

「私は今夜ちょっと用があり、出掛けようと思ってこの服に着換えたのですが、急にS社に依頼されて書きかけていた原稿を完成しようと思い直して、二階の書斎でペンを執っていました。え？　え、そうです。二階の私の書斎とこの寝室とは、この家の端と端にあたり、一番遠いんです。ええ、そうです。

　私は時計が十時を打ったのは知っています。それから約三十分も経った頃でしょうか、階下にマリらしい悲鳴がそう高くはありませんでしたが鋭く聞えました。はッと恐しい予想が走りました。私は直ぐ階段を廻って駈けつけました。そして階段をおりきったとき、第二の恐しい悲鳴を聞いたのです。

　ええ、そこからはマリの寝室に至る廊下を一目で見通せます。しかし人影は全然見えませんでした。あの時犯人は寝室の中にいたに違いないのです」

「ちょっと待って下さい。そこから奥さんの寝室の前廊下は見通せても、隣の貴方の寝室の横の廻り廊下は見えないのじゃないですか？　犯人はそこに隠れていたんじゃないでしょうか？」

「いや、それは駄目です。私はマリの部屋の扉が開かなかったので、狂気のようになって廻り廊下に出した私の寝室の扉から入ろうと思って廻ったんです。だが、誰もいませんでした」

「それで、そこからお入りにならなかったのは？……」

「鍵が見当らなかったんです。多分服を着換えた時入れ忘れたのでしょう。いつもは必ず鍵類も入れ替えるんですが……。それにどうせそこから入っても両寝室間の扉には、マリの方から内錠を卸してあることが分っていたので、すぐ諦めてまたマリの部屋の扉の方へ帰り開けようと必死の努力をしていた所へ、峰岸君が飛込んできたのです」

「よく分りました。最後にも一つ、今夜奥さんやその他の方に、何か特に変った様子といったものは見られませんでしたか？」

「いや、別に……

ただ妻が食当りで下痢が止らぬといって度々御不浄に行っていたようですが……

何か事件に関係でもあるでしょうか？」

「いや、どうも有難うございました」

何故か慎一郎は、明夜に迫っている昌二郎との決闘の事については、一言も喋らなかった。

ついで警部は、峰岸にマリとの関係を訊ねそしてこの夜の模様を詳しく訊きただした。峰岸はもう、マリに会うため滝原邸に忍び込んでいた事を隠してはいなかった。いろいろ答えたのち、次の事を繰返し強調して彼の証言を結んだ。

「そうです、私は確に見ました。黒服、黒ハンチングの男が犯人です！

第一回目の電燈明滅のとき、第一の悲鳴を聞きマリの姿を見ました。そして第二の悲鳴直後に電燈が再び明滅し、そのとき私は犯人の姿をはっきり見たのです！ 奴は非常に慌てているようでした……」

節夫、ユミ、とよの三人もそれぞれ証言をした。ユミは自分の顔の傷を訊ねられたとき瞬間複雑な表情を浮べたが、つつまず一切の事情、姉妹が滝原家に引取られた経緯、その後のマリの行状などを述べた。節夫も、「姉さんと正反対の放埒な」マリを、快く思っていなかった旨を洩らした。

この三人は離れのそれぞれ自室にいて、かすかな悲鳴を二回聞いたのであるが、この離れは本館からちょっと距離があるので、最初はよもやマリが兇行を受けたのだ、とは思わなかった。そこへ丁度御不浄にたっていたユミが顔色を変えてとんできて、「今、何か聞えなかったか？ 私が御不浄から帰ろうとした時、何か不吉な叫び声が聞え、同時に本館の階下で二回電燈が明滅したようだった。これはどうもおかしい。すぐ行ってみよう」というので、三人慌てて駈けつけたというのであった。勝手口の扉は自動装置により、扉を閉めると自然に内錠が卸りる仕掛になっていて、三人が勝手口に駈けつけた時は閉じてあったのを峰岸があけてくれたのだった。

戸締りについて、とよは、

「いつも奥様が戸締りなさる例でした。私は離れの方でやすむのです。十時半頃なら、きっと奥様はもう戸締りを済ませていらっしゃったんじゃないでしょうか。勝手口は鍵がないと外からはあきませんから、いつも自動錠だけで済ましておられました」と証言した。

最後に警部は離れに臥ている園枝の所へ行って訊ねたが、別に得るところはなかった。

さて、以上の外には何の手懸りもないようだった。夜もだいぶ遅くなったので、警部一行はここでひとまずけりをつけて、万事を明日に持ち越すことになった。

そして、その翌日の夜、恐るべき第二の惨劇が勃発したのである。

五、再び慎一郎と昌二郎の場合

翌四日。

津田警部等は、昨夜の兇行現場及び邸の内外の捜査を再び繰返したが、何等新しい手懸りは発見されなかった。犯人逃亡の足跡もその後の足取りも全く不明だった。

さてそうなると、昨夜度々電話連絡したのに下落合の家に深更に至るまで帰宅しなかった昌二郎こそ、事件の鍵を握るのではあるまいかという疑いが濃くなってきた。この日早朝から、現場再捜査と並んで、彼に対する訊問が急がれたのは当然であった。

昌二郎は十時過ぎ、一目で睡眠不足と分る顔色に極めて複雑な表情をあらわして、出頭した。

「昌二郎さんですね。昨夜はどこへおいででした？」

警部は、一応事件を説明したのち、いきなり単刀直入につっこんだ。

「……。いったい、それは、どういう意味の御質問ですか？」

「いや、気を悪くなさらないで下さい。警察官の立場としては、事件に関係のある人々は一応疑ってかからねばなりませんのでね。貴方の昨夜の行動を説明していただければ結構なのです」

「分りました。アリバイを云ってみろ、と仰有るのですね？　しかし津田警部、事件を予測する事のできぬ者が、誰が四六時中アリバイを気にして生活する事ができましょう？　普通の者ならむしろ、アリバイを説明できぬ時間の方が多いのじゃありませんか？　あまりにもアリバイの明瞭な者こそ、反対にその作為を疑わるべきです……」

「ごもっともです。しかし、記憶喪失症でもない限り、前日の自分の行動を忘れるという事は考えられませんからね。私は何もアリバイを証明してくれと申上げているんじゃありませんよ。ただ、貴方が昨夜の行動を陳述なさる義務がある、という事を申上げているに過ぎないのです」

「……。じゃ、申しましょう。私は昨夜九時頃から十二時過ぎまで、ひとりでS公園を散歩していました。……。それでいいんでしょう？」

「誰方か、お知り合いの方にお会いになりませんでしたか?」

「会いません!」

昌二郎は憤然として言った。

「何故、そんな深更に、あの人気少いS公園なぞ散歩していらっしゃったのです?」

「津田さん! 私は人格を無視した御質問に対しては、答える義務をもちません!」

「そうですか。じゃ、もう一つだけお訊ねしましょう。もし、マリさんが殺されてその嫌疑が御主人の慎一郎氏にかかり絞首台に送られるとしますね、そうすると慎一郎氏の財産はどうなるのですか?」

「何を仰有るのです! いい加減にして下さい! ちゃんと宏がいるじゃありませんか。私はマリを愛していました。たとい不倫であろうとそれは事実です。私が兄を殺したというのならともかく、マリを殺す動機は全然ありません!」

「その外に、この事件に関係があると思い当られる事はございませんか」

「ありません!」

昌二郎は憤怒と軽蔑のいろをうかべて、それからは警部が何を訊ねても、どうにでもなれ、というような投げやりなふてぶてしさを示すのみで、頑として一言も答えなかった。そして慎一郎同様、今夜に迫った決闘のことは全く喋らなかったのである。

津田警部はここでひとまず現場捜査及び訊問を打切り、マリを取りまいていた外の男達の捜査と、無駄とは思いつつ峰岸の目撃したという黒服黒ハンチングの捜査を命じて、署に引きあげた。

「石川君、君はどう思う?」

「そうですね、まず物盗りじゃありませんね」

「うん、物盗りじゃない。確に犯人はあのなかにいる——」

「そうすると昌二郎が一番怪しいと思います。彼が証言のある部分を拒んだ理由をつきとめれば、謎が解けるんじゃないでしょうか」

「そうだ、昔なら強引に泥を吐かせるというてもあったが、今の御時世じゃね。兇器以外に物的証拠が全然ないので参ったよ」

「峰岸が見たという黒服、黒ハンチング、どっちかが発見されればいいですがね……」

「いや、用意周到な犯人のことだ、恐らくへまはやるまい……

石川君、これは極めて計画的な犯罪だよ」

「……」

「まず動機を考えてみようじゃないか」

「園枝ととよは、除外してもいいと思いますが」

「うむ、その二人はいいだろう。それ以外の者は皆動機がある――。

動機という点から云えば、慎一郎が一番大きな動機をもっている。マリの不倫に対して最も憤激していたのは、むろん、夫の慎一郎なんだからね。

昌二郎も、マリ殺しの嫌疑が慎一郎にかかって絞首台に送ることができれば、慎一郎の財産は大部分宏名儀になり一部が母の園枝にゆく、そうすると当然昌二郎が財産を管理することになる、赤んぼ相手だ、滝原家の巨富は昌二郎の意のままさ。あるいはまたそのうちに宏にもちょっと細工を施せば万事O・Kという所か――」

「節夫だってマリの放埒を憎んでいたようですし……」

「ユミも動機だけはあるね、顔の傷の恨み、昌二郎を奪られた恨み、それに近頃は慎一郎とよいそうじゃないか」

「峰岸も疑えますね、情痴上の怨恨、あるいは痴話喧嘩……そうすると、マリと交渉のあった男性は凡て一応嫌疑の対象になり得る」

「そうだ、どいつもこいつも、皆動機をもっていやがる……」

ときに石川君犯行の方法をどう考える？」

「そうですね、マリは峰岸と密会の約束をしていたんですから、引入れ易いように恐らく昨夜は、いつもの時間がきても戸締りはしてなかったんじゃないでしょうか。それが犯人潜入にはお誂えむきとなった……

勝手口の自動ドアも開けてあったのでしょう。玄関か勝手口か、どちらかから入って、宏を寝かしつけていたマリを刺し殺す。その時誤ってスイッチに触れたんでしょう。峰岸が見たときひどく慌てていたというじゃありませんか。そして何らかの方法で慎一郎と峰岸の眼を掠め、勝手口から逃げ出した。従って勝手口の自動ドアはしまっていた――」

「ふむ、しかし君、慎一郎と峰岸が駈けつけた時、マリの寝室はどこも完全に内錠が卸してあったのだよ。この二人が共犯で後で細工をしたのでない限り、完全な密室だったのだ。これは我々の調べた通りだ。どこにも出口はなかった。しかも犯人は煙のように消えていたんだ……」

「警部殿、よく探偵小説にあるじゃありませんか、紐と針を使って扉の隙間に通し、内鍵を卸すというのが。あれを利用したんじゃないでしょうか。二回電燈がついたのは、その準備のためわざと犯人がつけたのかも知れませんよ」

「石川君、それは駄目だ。なるほど細い紐を通す位の隙間はあったろうが、慎一郎と峰岸の監視を逃れてそんな手品をやっているひまはあり得なかったと思うよ。

それに何よりも、いいかい石川君、よく頭を澄まして考えてみるんだよ。

マリは右胸を刺されて第一の悲鳴をあげた。その時峰岸はマリを見ている。そして心臓に止めを刺された時の第二の悲鳴直後、峰岸は黒服黒ハンチングの犯人を目撃しているのだよ。

しかも一方慎一郎は、寝室の前の廊下を見通せる階段を下りきった時、第二の悲鳴を聞いているんだ。

そうすると、慎一郎が階段を下りきった時には、犯人は間違いなく寝室の中にいたのだ。これは三段論法の初歩にすぎないじゃないか。

しかも慎一郎は、前廊下にも廻り廊下にも、人影すら見なかったと言っている。

隣の慎一郎の化粧室改造の寝室は廻り廊下からも鍵がかかり、しかも両寝室間はマリの方から内錠が卸りていたんだ。窓も凡て内部から鍵がかかっていた。

しかも、確に寝室の中にいる事を二人の大の男によって確認されている犯人が、この完璧な密室から二人の眼を掠めて、煙のように消えてしまったのだ。この奇怪極まる謎を、いったい君はどう解決する?」

「慎一郎か峰岸か、嘘を言っているんじゃないでしょうか?

慎一郎がマリを殺して何らかの方法で密室を構成し、今度は逆に狂気の如く扉を叩いてお芝居をしてみせた……

あるいは峰岸が犯人で兇行後窓から脱出し、やはり窓に手品を施して密室を構成する、窓際のフランス人形の硝子箱が壊れていたのはその時引っかけたんじゃないでしょうか、そして素知らぬ顔で玄関から廻った……」

「うむ、そうなんだ、もし犯人が二人の眼を誤魔化して脱出する事が不可能とすれば、最も現場近くにいたこの二人が怪しいという事になってくる。特に慎一郎は動機は充分だし邸内の様子には最も通じているんだから、ああした手品をやるには一番適格者だ、とも考えられる……」

「慎一郎は鼠色の背広を着ていましたね、外出するため着換えたが急に思いなおしてそのまま原稿をかいていた、とか言って。峰岸が見た黒服というのは、実は鼠色だったのかも知れませんね、よく似ていますから。ハンチングは素早く始末してしまったのでしょう」

「そう考えるのが妥当のような気がするが、それにしてもやはり紐と針がどうしても必要になってくるね。あの咄嗟の場合、果してそんな手品が巧く出来たろうか？　人の眼のない所、明るい所ならともかく……

それに何としても昌二郎のあの態度は怪しいじゃないか？　昌二郎は昨夜峰岸が潜入していようとは思わぬから慎一郎ひとりだと予測し、慎一郎に嫌疑をかけるべく、何か飛んでもない手品を使ったのだ、とすれば、昌二郎の動機が生きてくるんだが……

しかし、そうすると、また、あの密室から煙のように消失した手品が、常識論理ではどうしても解けぬ不可解な謎となってくる……」

津田警部は煙草をいっぷくくゆらした。紫の煙が弧をえがいて舞いのぼった。警部は眼を閉じて静かに思考をめぐらすのであった。しかし謎は謎に重なり、不可解きわまるこの殺人事件の奇怪さのみが、ますます警部を混乱に陥れてゆくばかりだった……

さて、我々は再びここで、慎一郎・昌二郎運命の兄弟の心理の足跡について述べねばならないようである――二人とも取調べに対しては、今夜の決闘について一言も話さなかった。

兄は弟を、弟は兄を、疑っていたのであろう。二人ともマリを熱烈に愛していたが故に、そしてお互に万般の事情を知悉していた故に、お互に相手こそ、正にマリを殺害した憎むべき仇敵であると確信してやまないようであった。そして二人は、各々愛するマリの復讐をすべて今夜の決闘に解決すべく、かたい決意を誓っているのでもあろうか。もし然りとせば、今夜十時のT岬は、最早妥協の余地の全くあり得ぬ恐るべき死の闘争を、凄惨な血の絵図巻をくりひろげずにはいないのであろうか。

慎一郎は、狂的に迫りくる憤怒と憎悪をこめて、必死の思いをめぐらしていた。

亡父形見のブローニング……静かに取り出して凝っとみつめる慎一郎……

その夕方五時ごろ、滝原家の門を滑り出る自家用車……

はや迫りくる秋の暮の冷気をついて……

その夜、津田警部は、謎につつまれたマリ殺害事件の推理に凡てを忘れていたが、十時五十分頃、突如、署の当直刑事からの急報に接した。

「あ、津田警部殿ですか。滝原慎一郎が殺《や》られましたッ！」

「なにッ！ 慎一郎が殺られたっ⁉」

「そうです、今、M町警察から至急連絡がありました。現場はM町はずれのT岬、一本松の処。発見者は滝原昌二郎です」

「なにッ！ 昌二郎⁉」

「推定死亡時刻はほぼ午後七時前後。首と両腕が切断されているそうです！」

「えッ！ なんだって⁉」

「しかも、両腕が犯人によって持ち去られたらしく、今までの所未だどこにも発見されず、その上顔面は鈍器ようのものでひどく破壊されているとのことです。M警察では警部殿のお出でを待っている、と言っています！」

「よしっ、直ぐ行く！」

秋の深夜に潮騒の叫び松籟《しょうらい》に吠える三浦半島M町はずれのT岬。

そのT岬一本松の近くに、滝原慎一郎は、無惨にも首と両腕を切断されて惨殺されていたのである。

急行した津田警部が調べたところも、大体M町警察の調べと一致した。

報告通り、顔面は何か鈍器で打砕かれたものであろう、惨しいまでに破壊されており、切断された両腕は、どこにも見出されなかった。直接の死因は後頭部から撃ち込まれた拳銃弾に依るものと認められた。死後直後に切断されたものとみえ、あたりには夥しい流血の跡が残っていた。顔面が損壊されて人相の弁別は困難とみえたが、そこはさすがに肉親の昌二郎は、間違いなく兄の慎一郎だと確認した。何よりも右耳の後方下にある黒子が慎一郎である事を証拠だてていたし、服装、所持品、凡て正しく慎一郎に相違なかった。顔面の損壊、両腕の消失に拘らず、胴体のほうは何ら損ぜられていなかったので、死亡時刻は午後七時前後三十分位の間と、かなり明確に推定された。

そこでいったんM署に引きあげた警部は、屍体の発見者昌二郎から、前後の事情を聴取した。

「昌二郎さん、貴方が死体を発見なさったのは、十時過ぎだということでしたね。何故貴方はこんな夜更に、しかも人気の殆んど無いこのT岬などにいらっしゃったのです?」

「津田警部、私はお詫びしなければなりません。そして私はとんでもない計算違いをやってしまいました。実は、今朝マリ殺害事件についてお訊ねを受けたとき、極めて重大な事を故意とお話しせずにいたのです。しかし、これは私の不明でした――

津田さん、兄と私とは、今夜十時このT岬で、決闘をすることになっていたのです!」

「え、決闘!?」

「そうです、大体性格の合わぬ私たちでしたが、最近マリの事で決定的に対立してしまったのです。兄は、昨日の朝、私を目黒の家によんで、今夜の決闘を申込みました……」

昌二郎はその時の事情を詳しく語った後、今朝の訊問で津田警部に不審を抱かせた昨夜の行動について、次のようにつけ加えた。

「兄の決意はかたく、もはや妥協の余地はありませんでした。私は決闘を承諾する外はなかったのです。

そしてその日の夕方、私はマリから、『決闘のことをきいた。その上介添人になるよう慎一郎から命じられた。私は驚きと怖れに戦いている。その事について是非相談したい事があるから、今夜九時頃からS公園に来ていてくれ。慎一郎が今夜どこかへ出かける様子なので、こっそりゆけると思う。しかし慎一郎の出掛けるのは何時になるか分らぬ故、私の行くのも遅れるかも知れないから、二時間ばかりは待っていて欲しい』という、簡単な、しかし重大な電話を受けました。これが、私が昨夜九時頃から十二時過ぎまで、S公園にいた理由なのです……」

「そうですか、何故貴方はその決闘の事を仰有って下さらなかったのです?」

「こうなってみると後悔されるのですが、私はマリが殺られたと聞いたとき、てっきりこれは兄がやったものと思ったのです。決闘の介添云々の事で衝突したか、あるいは兄の最初からの計画であったか、いずれにせよ私はそう確信したのです。愛するマリを殺された私は、犯人に対するはげしい憤怒と憎悪と復讐の誓いとで、すっかり逆上しました。しかも、兄が貴方に対して決闘の事を話した様子もありませんでしたので、私はいよいよかたい彼の意志を知りました。

　私は決心しました。兄がその決意なら、よし、俺も男らしく凡てを今夜の決闘に解決しよう、それまでは誰にもこのことを話すまいと。

　そして今夜約束の十時にこのT岬へやってきました。恐らく兄が先に来ているだろうと予測しながらも、無策の中にこそ最善の策があるのではなかろうかと、故意と正十時頃に着くようにしたのです。

　ところが私が発見したのは、生きて私を殺そうと挑む兄ではなく、無惨にも首と両腕を切断されて既に冷くなった兄だったのです。私は驚愕と恐怖にいいしれぬ戦慄を覚えました。おお、悪魔は外にいた！　其奴《そいつ》は私達の決闘の事を知ったのだ。そして兄殺しの嫌疑を私にかけようとしているのだ！　と。

　私はこうなっては一切を隠さぬほうが最善の策だと思い、直ぐM署に報告し、警部にもお出でを願うよう申した次第です……」

「いや、分りました。貴方が発見されたのは既に三時間も前に殺された兄さんの屍体だったわけですね。

　では次に、兇行が行われた七時前後から十時にT岬に着かれるまでの、貴方の行動を説明していただかねばならぬと思いますが……」

「私は今日貴方の訊問を受けてから、ちょっと病院に行き、直ぐ家に帰って、今夜の決闘に敗れた場合を考えてずっと身の廻りの始末をしていました。六時頃夕食を済まして、一時間ばかり家の附近を散歩して七時過ぎ帰りました。この時近所の人々に会いましたから七時頃私が下落合にいた事を証明してくれると思います。それから少しかきものをした後準備を整え、東京発八時五十二分の横須賀線で、Mにやってきたのです。Mに着いたのは十時少し前、それから歩いてT岬に行きましたから、丁度十時過ぎに一本松の処に到着したわけです」

「では、兇行時刻には下落合にいたというアリバイがお在りのわけですね？」

「そういう事になります、何卒《どうぞ》お調べ下さい」

「どうも有難うございました」

　翌日早朝より現場の再捜査が徹底的に行われたが、両腕は依然として発見されず、慎一郎を斃した弾丸は海中に落ちたものとみえてどこにも見当らなかった。ただ屍体からかなり離れた岩の間から、消音装置附ブローニング三六年型の拳銃一挺が新しく発見され、昌二郎は「昨夜の決闘に使うのだと兄が言っていた、親父形見のものに違いありません」と証言した。六連発式のもので、一発だけ装塡してあったが、発射された痕跡はなかった。それ以外には、何等新しい手懸りは得られなかった。

　さて、急報により、節夫、ユミ、とよがかけつけたが、彼等も昌二郎同様、崩れた顔面にも拘らず、耳下の黒子・人相の感じなどから被害者は慎一郎に相違ないと証言した。

　とよの陳述によれば、「昨日慎一郎は、午前中書斎に閉じこもりきりであったが、午後は外出し、五時前に帰って来てから自分で自家用車の用意をしていた、それから間もなく門を出てゆく自動車の音を聞いた」ということであった。そうすると慎一郎は、自家用車でT岬に向ったのだが、現場には車がなかった事から、犯人が被害者の車を利用して逃亡したものと考えられた。

　警部は一応、この三人のアリバイを訊ねたが、節夫は一日中目黒の邸にいた、それは園枝ととよが知っているはずだ、と陳べ、とよがそれを裏付けた。

　ユミはマリの事で気がくしゃくしゃしていたので三時頃から銀座へ買物に出かけ、そのまま外食して映画を見て十一時頃帰った、初めは映画をみるつもりはなかったので、七時頃、新橋の喫茶店マスコットで電話を借り、映画のことを家に弁明しておいたのだが、その電話にとよが出たはずだということで、これはとよが、確かにユミからそういう電話を七時頃に受けたと証言した。

　とよは夕方ちょっと買物に出たが、あとはずっと邸にいた、と陳べた。

　さてここで、津田警部はいったん東京に引きあげたが、この事件は昨夜のマリ殺しと重大な関係あり、犯人は容易ならざる奸智を有するものと睨んで、捜査一課に指示を求めるに至り、いよいよ遠藤捜査課長自ら捜査の陣頭にたつこととなった。東京はもとより近県一帯に水も漏らさぬ捜査の網の目がくりひろげられた。

　まず、目黒の滝原邸がもう一度徹底的に捜査された結果、二挺あったはずのブローニングが二挺共持ち出されている事が分った。

　そして何よりも係官を昂奮させた事は、

「もし、余が殺されんか、そは昌二郎の故なり」

と無雑作に書きなぐった紙片が、慎一郎の机の抽出から発見されたことである。

それともう一つ、とよが庭の人目につかぬ片隅で、黒いハンチングを焼き捨てようとしている所を、警戒中の一刑事に見咎められたという出来事が起ったことだ。それにはＳ・Ｔと縫取がしてあった。そしてその時のとよの狼狽……

　峰岸が出頭を命ぜられ訊問を受けたが、彼は明確なアリバイを立証することが出来なかった。

　昌二郎の下落合におけるアリバイ、ユミの新橋マスコットから七時過ぎに家にかけた電話は、それぞれ陳述通りであることが確められた。

　そして、その日の午後に至り、更に二つの事柄が判明した。

　ひとつは、大森附近の人気少い入りくんだ焼跡に乗り捨てられてあった、滝原家の自家用車の発見。

　もう一つは、昨夕六時少し前、横浜駅前の煙草屋に慎一郎が車を止めてピースを買い、ついで近くの食料品店で葡萄酒を一瓶購入した事実が判明したことである。慎一郎は新進作家としてその写真が雑誌などに掲載されたこともあるので、店の者が都合よく覚えていてくれたのだ。

　さて、以上の事実を綜合すると、五時に目黒の邸を自家用車で出発した慎一郎は、六時前に横浜を通過し、七時前後にＭ町はずれＴ岬に着いたところを、後から撃ち斃され（銃声がＭ町で気付かなかったのは、消音装置附の拳銃を使用したからであろう）犯人は直ちに首と両腕を切断したのち、慎一郎の車を利用して逃亡、大森附近で乗り捨てた、ということになる。

　しかしよく考えてみると、前夜のマリ殺し同様、誠に奇怪極まる事件であった。

　何故、首と両腕が切断されていたか？　何故犯人は両腕を持ち去ったか。顔面がひどく破壊されていたのは何故か？

　昌二郎は決闘の約束時刻は十時だったといっているのに、慎一郎が五時出発、七時にＴ岬に着いて殺されるに至ったのは何故か？

　最も怪しいと思われる昌二郎には、推定死亡時刻の七時には下落合に明確なアリバイがある。東京からＭ町まで、省線で一時間、自動車では二時間はどうしてもかかる。仮りに六時五十二分東京発がキャッチできたとしてさえ、Ｔ岬には八時でなくては到着できない。

　節夫もユミもアリバイがある。

　ただ、峰岸だけはアリバイがない。では、彼こそ憎むべき犯人なのだろうか？

六、津田警部の場合

マリ殺しに引続く慎一郎惨殺事件、それはいずれも不可解きわまる謎の連続であった。

新聞は各紙とも大々的にこの奇怪な殺人事件を取扱った。

そのなかにあって遠藤捜査課長と津田警部は、混迷と焦躁のうちに必死の推理を続けているのだった。

「津田君、どうだろう、この二つの事件の犯人は同一人だろうか？」

「まずまず、同一人だろうと思いますがね、しかし、第一の事件を利用して、他の犯人が第二の殺人を行い、同一犯人と見せかけるてもありますから……」

「それにしても、犯人は恐るべき奸智に長けた奴だね」

「そうです、実に周到綿密に計画された犯罪だと思います――」

「ひとつ、一人々々を犯人と仮定して、論理的に絞ってみようじゃないか。

まず、マリ殺しの場合は殆んど皆に動機が考えられるようだが、慎一郎殺しの場合、一番大きな動機を持っているのは誰だろう？」

「何といっても昌二郎ですね。彼自身マリの復讐を決闘に託した、と言って殺意を否定していない位ですから……

それに慎一郎の抽出から出てきた紙片には、もし俺が殺されたらその犯人は昌二郎だ、と書いてありましたし……

しかし、マリの復讐という動機だとするとマリ殺しのほうの犯人は昌二郎ではないことになります……」

「そうすると、二つの解釈が成立するね。

一つは、慎一郎がマリを殺し、その復讐に昌二郎が慎一郎を殺した……

第二の解釈は、昌二郎はマリのために死を賭するような男じゃない、彼の真意は実は慎一郎の財産にあったのだ、彼は真の動機を隠すために嘘を言っているのだ、と、こう解釈すると、二つの殺人事件に対する昌二郎の動機が一貫してくる――」

「しかしいずれの場合にも、第二の殺人における昌二郎のアリバイが決定的な難点となるように思うのですが。

彼は兇行時刻の七時には確かに下落合の家にいたのですから……

Mまではどうしても一時間以上かかりますからね……」

「そうだ、彼のアリバイが問題なんだ。それさえなければ彼が一番怪しいんだが……

マリ殺しの時マリからの電話でS公園に行っていたというのも、死人に口なし、だからね。

それに彼は決闘は十時の約束だったと言っているが、慎一郎は五時に出発し、横浜を六時前に通り、七時にT岬に着いて殺られているんだ。実際の約束は七時だったんじゃないだろうか？　昌二郎はそれから何か細工をしたのを誤魔化すため、十時と嘘を言っているのではないかな？」

「それにしても、七時にT岬で殺して、直ぐまた七時に下落合に現われる事は、絶対に不可能と思われますが……」

「それはそうだ。しかし僕は何かそこに大きな手品があるような気がしてならないんだ。彼はたった一つのアリバイという牙城にたてこもって、ひそかに我々を嘲笑しているのかも知れない……」

「もし昌二郎のアリバイに我々の気づかぬ手品があるとした場合でも、第一の解釈の方が可能性があるんじゃないでしょうか？

なるほどマリ殺しのとき昌二郎がS公園にいたという事が怪しいとしても、あの完全な密室を構成していたマリの寝室から、慎一郎と峰岸の二人の眼を誤魔化して脱出する事は、殆んど不可能だったと思うんです。

マリ殺しは、慎一郎のほうがずっと疑わしいのではないでしょうか？　峰岸でないとすれば、慎一郎以外にあの手品をやれる可能性のある者はない、と私は思っています。慎一郎がマリを殺し、その復讐に昌二郎が慎一郎を殺ったとすれば、第二の事件における昌二郎のアリバイさえ破ればいいことになり、困難は減縮されます。

しかし、そのアリバイは殆んど完璧にちかい……」

「とよが黒ハンチングを焼き捨てようとしていたのは何故だろう？　しかもS・Tという頭文字の縫取があったじゃないか。S・Tは滝原慎一郎・昌二郎・節夫、どの兄弟にもあてはまる……

発見されたとき、とよはひどく慌てて狼狽していたそうだね。頑として何も言わないが、とよは確に何か知っているに相違ない……」

「あれは園枝の指図じゃないでしょうか？　とよは園枝に非常に忠実で信任が厚いそうですからね。とよがどこかで見つけ園枝にこっそり告げる、園枝は犯人が自分の息子の誰かであることを知っていて、息子に不利な証拠物の焼却を命じた……」

「そうすると、あのとき既に慎一郎は殺されていたんだから、犯人は昌二郎か節夫というわけだね。やはり昌二郎が怪しいよ」

「そうでしょうか？　……」

「節夫はどうだろう？」

「動機はあります。慎一郎とマリを殺して昌二郎に嫌疑をかければ、滝原家の財産は彼の思いのままです」

「しかし、彼は、どの殺人の場合も、目黒の邸の離れにいたということだね。胸が悪いそうじゃないか。それに未だ十九だし……」

「いや、年に似ずなかなかしっかりしていますよ。離れにいたというのも、第二の事件の時は母親ととよだけが証人なんですから、疑えないこともありません。それにハンチングのイニシャルも一致しますし……

しかし、どうも彼が犯人だとは思えませんね」

「うん、じゃ、ユミは？」

「ユミは、マリ殺しの動機は充分ありますがあの時は離れにいたのですし、女じゃどうでしょうか？　峰岸が目撃したのは黒服の男だということですが、これは女だって変装することはできる。しかし、あんな手品はちょっと出来なかったんじゃないでしょうか？

それに慎一郎殺しの動機となると、彼女は最近失意の者同士というわけで慎一郎と非常に仲が良かったそうですから、彼を殺す理由はなかったと思われます。

それにユミは七時過ぎ、新橋の喫茶店マスコットから、家に電話をかけていますからね……

六時五十二分東京発の横須賀線を新橋でキャッチする事は殆んど不可能だったと思いますが、仮にキャッチ出来たとしてもT岬に到くのは八時です。法医学の権威を信ずる以上、七時前後という推定死亡時刻とは、どうしても喰い違いを生じます――」

「アリバイが成立するというわけだね……

それから、園枝ととよは、何か秘密を知っているようだが、まさか犯人ではあるまい」

「まあ、除外してもいいでしょうね。

そうすると、峰岸が残りますが……」

「そうだ、峰岸も怪しい節が多いよ。マリを殺す動機は他の者より薄いが絶無とは言えぬし、なにしろ一番現場近くにいたのだからね。それにマリ殺しの犯人が別人で峰岸が慎一郎をその犯人と確信したとすれば、マリの復讐という点で彼にも慎一郎殺しの動機がでてくる。その上第二の事件でも彼は全然アリバイがないのだからね」

「そうですね、彼も怪しいと云えますが……。

課長殿、実は、私の別のひとつの推理を組み立ててみたのですが……」

「うん、言ってみたまえ」

津田警部は煙草に火を点けて、思いに耽るように眼を閉じていたが、やがて……

「極めて大胆な想像ですが、慎一郎がマリを殺し、ついで第二の事件では自分によく似た第三者を身替りにして、あたかも慎一郎自身が殺されたように見せかけたのではないでしょうか？　屍体が首と両腕を切断されたり顔面が破壊されたりしていた奇怪な謎は、被害者が第三者であることをカムフラージュするためだったのだと考えてはじめて解決されると思うのです。そして決闘を利用して昌二郎に嫌疑をかけ、自分は永遠に滝原家の前から姿を消してどこかで安全な生活を送る、これが慎一郎のプログラムだったのですよ。不倫の妻と、その相手である不倫の弟を、最も憎んでいたのは彼なんですからね。

マリ殺しの場合、あの密室の手品を行える可能性の一番つよいのは、彼を措いて外にはなかったと思うのです。そして第二の殺人における昌二郎のアリバイを打破ることの困難さも、こう考えるとその必要がなくなります。ハンチングの問題も首肯されてきます。

慎一郎はおそらく前々から綿密な計画をたてていたのでしょう。

まず私は、慎一郎が昌二郎に申込んだ決闘の方法と日時に疑問を持ったんです。昌二郎の陳述が正しいとすれば、あの決闘のやり方は、よく考えると、極めて奇妙じゃありませんか。マリが二挺の拳銃のどちらかに一発だけ弾丸を装塡する、二人はそれを見ていない、慎一郎が一方を撰んで昌二郎に渡す、昌二郎がそれでまず慎一郎を撃つ、というのですが、これは非常に昌二郎に有利です。もし昌二郎に悪意があれば、そこまでは約束どおりにやり、それで慎一郎を斃せた場合はそれでよし、もし空発だったら、素早く腕力に訴えるという手段が残されていますからね。昌二郎は腕力には自信があるようですから……

それに何といってもマリは慎一郎より昌二郎を愛していたのですから、介添人の彼女と謀って卑怯な振舞をする余地もあるわけです。げんにその夜昌二郎にマリから、決闘のことで相談したいという電話があった位じゃありませんか。

そういう危険な可能性を予測し得ぬ慎一郎とは思えません。すると何故慎一郎はこんな昌二郎に有利な申入をしたか？　それは、狡猾な昌二郎が必ず受諾するようにしむけるため、故意と彼に有利な条件を持ちだしたのだと考える外はありません。

慎一郎ははじめから決闘する意志はなかったのです。昌二郎を当夜T岬へおびきだしさえすればよかったのです。しかも、いかにも真実の決闘らしく申込み、T岬へやってくる昌二郎に決闘の殺意を否定できぬように仕組んだのでした。即ち、第二の事件において昌二郎に嫌疑をむける伏線が、予めこのときに設定せられていたというわけです。

それに、慎一郎の申込んだ決闘は四日の夜でしたね。彼はインテリにも似合わず非常に御幣担ぎの所があると節夫が言っていましたが、その慎一郎がもし純然たる偶然にのみその全運命を託する公平な決闘を堂々と闘う心算《つもり》なら、決して『四』というような縁起の悪い数字の日を選ぶはずはないと思います。その事を別に気にしないで四日と申入れたのは、とりもなおさず慎一郎が最初から公平な決闘を闘う意志はなく、凡ては彼の、昌二郎に嫌疑をむける計画的な伏線だったことの証拠ではないでしょうか。

彼の抽出から出てきた紙片も、凡て計画の一部だったのです。

さてそこで、慎一郎はその決闘申込の夜、マリを殺した。密室を構成しなければならなかったのは、犯人が一番被害者の身近な所にいることを隠蔽する必要があったからです。やはり紐と針を巧みに使用したのでしょうね、二回電燈が明滅したのはその準備のためだったんでしょう。

そうしておいて、今度はいかにも発見者の如くお芝居したわけです。彼はおそらく峰岸の潜入していることは予想していなかったでしょうから、離れの家族をよんできて密室たることの証人にする心算だったのでしょう。ところが丁度そこへ幸か不幸か峰岸が飛び込んできたので、うまい工合に密室の証人はできたが、そのために寝室内で動作中の姿を峰岸に見られてしまったのです。ハンチングは直ぐ隠したが、服はどうにもならない、峰岸は黒服の男と言っているが実は慎一郎の鼠色の服を見間違えたのでしょう。これは慎一郎に不利でした。それはともかく、例の第二の悲鳴は階段の下に達したとき聞いた、と嘘の証言をまことしやかに巧みな演出で述べ、すっかり捜査を狂わせてしまった、というわけです」

「なるほど、見事な推理だ。しかし、そんな咄嗟の間に、しかも僅かな電燈の明滅の光だけで、紐に依る密室構成という大手品が、果して可能だったろうか?」

「ええ、そうなんです、課長、実は私もその点ずいぶん苦慮したのですが、結局、やはりそれは可能だったのだ、と考える外はないと思うのです。

その困難の方が、他の困難、例えば昌二郎を犯人と考え第二の事件における彼のアリバイを打破る困難などより、少しでも論理的に打破り易いとすれば、その方が真実に近いのだと推定せざるを得ないと考えますが……」

「うん、それはそうだ。で、第二の事件のほうは?」

「前に申しましたように、予め自分によく似た、耳下の黒子まで一致した浮浪者を探してあったんです。それであの日、同じ車で連れて行ったか、あるいは七時頃T岬へ来いといったか、ともかく甘言と金でうまうまとT岬へおびき寄せ、消音装置附拳銃で射殺して、自分の服を屍体に着せ、首と両腕を切断し、顔面を破壊して逃亡し、大森で車を乗り捨て、そのまま無籍の人間としてどこかに安全に生きているのではないでしょうか?

人相の僅かな相違を見破られぬため顔面を打砕いたが、耳下の黒子はわざわざ残しておいたのも、私の想像を証拠だてるものだと思います。両腕を切断して持ち去ったのは、指紋を考慮してのことでしょう。首が切断されていたのは、両腕を切断した理由を隠すため、ついでに切断しておいたのでしょう。賢者は木の葉を森の中に隠す、という原理を応用して……現場に夥しい流血の跡があったことからみて切断作業が殺害直後現場で行われたことは疑いありません。

それから二挺あったはずのブローニングが、慎一郎の書斎から二挺共持ち出されているのに、現場には一挺しか、しかも発射されていない拳銃しか残っていなかった理由も、慎一郎が第二の事件の計画者であって、いかにも決闘で昌二郎に謀られて殺されたように見せかけるための細工だったのだ、と考えることによって合理的に解決されるわけです。

いかがなものでしょうか――」

「津田君、実に明快な論理だ。確にそうかも知れないね。

しかし君、慎一郎は五時に車で出発して六時前横浜を過ぎ七時頃T岬に到いた訳だが、昌二郎は決闘の約束は十時だったと言ってるんだぜ。犯人でない昌二郎が嘘を言うはずはあるまい。慎一郎が昌二郎に嫌疑をかけるために計画したことだとすれば、彼はなるべく十時近くに兇行時刻を撰ぶはずじゃないか。勿論昌二郎の来る前に仕事を済ませておく必要はあったが、七時じゃ少し時刻が早すぎるよ。何故慎一郎はそんな喰い違いを敢てしたのだろう?」

「その後の逃亡に備えて時間の余裕を考慮したんじゃないでしょうか?」

「そうかなあ……」

津田警部は自分の推理に些か興奮しているようだったが、遠藤捜査課長は考え深そうに瞑目して警部の話を聴いていた。

津田警部の推理は大胆ながら実に見事な論理であった。しかも多くの証拠事実が、この推理によってのみ合理的に説明されるかにみえた。

しかし、それにも拘らず、遠藤捜査課長は密室構成と決闘時刻の二点において、なお釈然たらざるものを感ぜずにはいられなかった。課長の鋭い頭脳と長年の経験は、「何か我々は鎖の重大な一環を見落しているのではなかろうか?」そう囁いて止まなかったのである。

事件後一週間を経過した。しかし当局必死の努力にも拘らず、事件当初から判明していた証拠事実以外に何の新しい手懸りも発見されなかった。

こうなっては、津田警部の推理以外に説明の方法はないかと思われたが、慎一郎の変身らしき者もまた、容易に発見することはできなかった。

こうして漸く捜査も行詰りを示したかにみえた十一日、突然、遠藤捜査課長と津田警部は、久慈麟太郎なる未知の人物から、それぞれ次のような書面を受取ったのである。

『前略。

突然かかる書面を差上げる無礼をお許し下さい。私は、不幸な死をとげた滝原慎一郎君の親友で、久慈麟太郎と申す者です。いま、R大法学部の研究室に籍を置いております。

さて、このたびの慎一郎君・同夫人の不慮の死――まことに哀惜の念切々と胸に迫るものを禁じ得ません。それと共に、捜査当局の御努力に対しましては満腔の敬意と感謝を捧げるものでございます。

実は、去る五日、滝原節夫君から、今度の事件に関係があるのではあるまいかと思われる、ある家族的な秘密についての調査をしてはくれまいか、というお話があり、素人が差出がましいこととは存じましたが、慎一郎君の親友として病身の節夫君に代って、いろいろ走りまわっていた次第ですが、とうとうその秘密をつきとめることができたのです。

そして、それと共に、この不可解な殺人事件の謎が糸をほぐすように解けてまいったのでした。

お手数でございましょうが、十二日夜八時、目黒の滝原家の離れにお出で下さいませんでしょうか。多分、犯人の名と犯行の方法とを申上げることができると思います――

右とりいそぎ御臨席のお願いまで。

敬具』

簡単ながら実に重大な書面であった。

そして、この久慈麟太郎の登場こそ、ひとびとの意志の如何に拘らず、不可解を極めた謎のマリ・慎一郎殺害事件を、その劇的なカタストロフィへと葬送の曲を奏でる、悲しくも痛ましい神の意志ででもあったのだろうか――

七、節夫の場合

十二日夜……。滝原家は重苦しい空気につつまれていた。やがて打つであろう八時こそ慎一郎の親友久慈麟太郎が憎むべき犯人を指摘すると断言したその時刻ではないか。久慈には果していかなる成算があるのであろうか？ この奇怪な事件の糸の縺れを、いったい彼はいかにして解きほぐしてみせようというのか？

その夜、節夫は言葉に言い表わせぬほどの憂鬱な傷心を僅かに慰めるべく、日記の頁《ページ》を繙いていた。と、静かな跫音《あしおと》――。

「節夫さん、何していらっしゃるの？」

「あ、ユミ姉さんか」

節夫の面に複雑な表情が浮んだ。

「あら、すこし顔色がお悪いようよ。今日はお熱があるんじゃない？」

「ううん、別に変りはない――。だって、少しぐらいの熱はいつものことだもの」

「そうお、じゃいいけど……」

「……」

「ねえ、節夫さん、もうすぐ八時よ……

久慈さん遅いわね」

「そのうち来るでしょう」

「久慈さんって、頭脳の鋭そうな方ね。あの方ならきっと憎い犯人を看破って下さるに違いないわ。貴方、どうお思いになって?」

「姉さん――。僕は自分で頼んでおきながら、今になって、久慈さんの顔を見るのが何だか憂鬱でたまらなくなりました。こんなこと、しなけりゃよかったと思うこともあります」

「あら、どうしてでしょう? 久慈さんは兄さんの仇をうって下さるんじゃありませんか」

「仇? そうでしょうか?」

「え? 何いってるの。慎一郎兄さんとマリの憎い仇じゃありませんか」

「……。捜査当局は、慎一郎兄さんがマリ姉さんを殺し、更に自分に似た身替りを殺してあたかも慎一郎兄さん自身が殺されたように見せかけたのだ、という意見らしいですよ……」

「……」

「もう、そんな話は止しましょう。僕は厭なんです……

そんなことより……ユミ姉さん、ねえ、姉さんは何故近頃お化粧なさらないんです?」

「えっ? ……」

「僕は、僕は、お化粧したユミ姉さんのほうが好きです……」

「節夫さん! 何故急にそんな可笑しなことを仰有るの? ……。顔に大きな傷跡のある女が、お化粧なんか、却って可哀そうじゃなくって? ……」

「だって、以前は、したこともあったじゃありませんか――」

「そう、そんな時もあったか知ら――

でもね、節夫さん、やっぱり私は近頃自分がほんとに可哀そうになったのよ……」

「可哀そう? ユミ姉さん! 可哀そうなのは僕だ、そうだ、可哀そうなのは僕じゃありませんか!」

「まあ、節夫さん! 貴方はどうかなすったの?」

「……」

「さあ、元気だして頂戴。もう直ぐ八時よ」

「姉さん！　これ、僕の日記……。読んでもいい……」

　節夫はユミの言葉が聞えないかのように、興奮した眼差で、繙いていた日記を差し出した。ユミは、驚きと混惑のなかに、云いようのない切々たる人の世の想いが、かなしいまでに心を吹き過ぎてゆくのを感じた……

九月十六日――

　今日も熱がある。いつになったら熱のない日が来るのだろうか？　あるいは永遠にそんな日は来ないのかも知れない……

……。

　前川も木田も恋人ができたそうだ……

　ああ、十九の恋……。

十月二十日――

　この間撮ったレントゲン写真ができた。素人目にも陰影のふえたのが分る……

　主治医の足立さんは言を左右にして、何を訊いてもはっきり答えてくれない……

　ユミ姉さんは近頃お化粧をしない……

　毎晩さいころをふっている……

　僕がふと覗いたら急いで隠そうとなさった。たしか、みな一の目が出ていた……

十一月五日――

　一昨日はマリ姉さんが、昨日は慎一郎兄さんが！　気の毒なお二人！

……。しかし……

　久慈さんに会った。

十一月七日――

　久慈さんは神聖な法律学徒だ。法は厳粛な正義である……。しかし、正義は人間性と矛盾するものだろうか？

……

　ああ、人間性！　……。永遠に人間らしくありたい！

十一月十一日――

　久慈さんは明日の晩と仰有った。それ以外には何にも
……

　しかし……

　ああ、法とは何か！　そして……愛とは何か……？

　もう、再び相会うことはないのだろうか？　そして、死とは？　……

　こぼれ松葉の火をあつめ
　わらべの如き我なりき

………………

ああ、節夫！　お前はわらべ……

可哀そうなわらべ……

恋……

ユミはもう読みつづけることができなかった。何か、すべてが分ったように思った。滂沱たる涙があふれてきて……

と、その時、うつろな耳に、自分達を呼んでいるとよの声が。時計が八時をうった。

さて、離れの園枝の部屋には、事件関係者の殆んど全部が集っていた。

久慈をはじめ、遠藤捜査課長、津田警部、園枝、昌二郎、節夫、峰岸、ユミ、とよ、それに休暇を終えて帰ってきた運転手の斎藤。

皆が重苦しい緊張と異様な不安と戦慄の感情を、ありありとその面にあらわしていた。

まず、節夫が慎一郎の友人としての久慈を、みなに紹介した。浅黒く引締った叡智的な風貌のなかに、どこか深い情熱を秘めた、久慈麟太郎。果して彼はいかなる神算をもっているのか？　みなの眼がいっせいに彼に注がれた――

「皆さん、わざわざ夜遅くお集りを願って恐縮でした。特に遠藤捜査課長・津田警部の御臨席を得ました事を深く感謝いたします。

さて、前置は凡て省略して、直ちに慎一郎マリ両氏殺害事件の奇怪な謎の解決に入りたいと思います――」

久慈がそう話しはじめたとき、突如、電燈がいっせいに消えた。

「あッ、停電だ！」

「蠟燭、とよ、蠟燭は？」

「あ、皆さん、ちょっと待って下さい。却って暗い方がお話しし易いように思います。どうぞ、このままで私の推理をおききとり下さい。そのほうがいいでしょう――」

久慈の言葉には威厳があった。みな座についた。真暗ななかに、久慈の沈痛な話し声のみが……

「実は、私は去る五日ここに居られる節夫君から、慎一郎氏のある肉体上の秘密及び本事件についての調査を依頼されたのです。そして慎一郎氏は家族にすらひた隠しに隠していたが、節夫君が鋭い直観からもしやと思っておられたその秘密が、実はこの事件の謎を解く重大な鍵となったのでした。節夫君の疑惑は果して事実だったのです。恐るべき戦争において運命的な銃創を負われた慎一郎氏は、痛ましくもそのために男性としての機能を喪ってしまわれたのでした……」

粛として声なき座に、深い感動の溜息が洩れた。

「この事実を確めるため、私はこの一週間東奔西走したのです。そしてとうとう戦地にて慎一郎氏の負傷の治療にあたられた元の軍医の方を探し出し、この秘密を確認したのでした。皆さん、T岬で殺害された慎一郎氏の屍体にかかる銃創の跡がなかった事は、警察の方がはっきり断言しておられます……」

「おお、やっぱり、そうだったのか！　屍体の入替えは事実だったのだ！

課長、私の推測どおりです。久慈さん、慎一郎氏自身でしょう、犯人は――」

津田警部は興奮して叫んだ。

「いや、お待ち下さい、津田さん、私も実はその説を考えてみたのです、しかし、どうしても納得のゆく解決は得られませんでした。犯人は確に慎一郎氏の屍体の入替えをやりました。しかしそれは慎一郎氏が自分を被害者と見せかけるためにやった事じゃなかったのです――」

「何ですって？　じゃ、何のためにわざわざ入替えをやったり、慎一郎氏らしく装わせたりしたのです？　いったい慎一郎氏はどうなったのです？」

「皆さん、第二の事件の被害者は、実は二人だったのです。一人は外ならぬ慎一郎氏、もう一人は我々の知らぬ第三者――」

「えっ？　二人？　じゃ誰です、犯人は誰だと仰有るのです？」

「私は犯人の氏名を正確に知っています。そしてその動機も推測がついています。

しかし、今はある事情から、暫く犯人の名は伏せて、順序を逆に犯行の方法から説明しなりればなりません」

再び、深い感動が満座を襲った。

「最初にマリ殺しの場合から謎を解いてみましょう。あの場合一番の謎は、犯人はいかにして慎一郎氏と峰岸さんの眼を掠めて、あの完全無欠と思われる密室から脱出したかという事でした。ところが、犯人は実に正々堂々と正規の廊下側の扉から出入したのです。しかも決して犯人は慎一郎氏ではありません……

まず、データーを並べてみましょう。

あのとき、何故兇器が残されたままになっていたか？

犯人は何故致命的な刺傷を二ケ所も加えたのか？　何故スタンドや花瓶やフランス人形の大きな硝子箱が砕かれていたか？　何故屍体の下に書籍が散乱していたか？電燈が二回明滅したのは何故か？　峰岸さんが被害者と犯人の姿を見たのだから確にその時は上っていたはずのカーテンが、屍体発見時下りていたのは何故か？

いかにも格闘の跡、乃至は犯人狼狽、犯人逃亡の跡とみえるこれらの事実は、そのほかに、一つ一つあの犯行に必要欠く事のできぬ重大な意味をもっていたのです。そして何よりも私に解決の緒口を与えたのは、赤ん坊の宏君が殺されていなかった事実と、マリさんが宏君のいるベッドの方に頭を、扉の方に足を向けて、俯伏せに扉近くの所で倒れていたあの屍体の位置と姿勢でした。何故犯人は、泣き叫んで自分の犯行発見を早める危険のある宏君を泣き喚くままに放置しておいたのか？　もし犯人がマリさんを怨恨で殺したのだとすれば、そのマリの子供にのみ憐憫をかけるほど犯人はヒューマニストであったのか？　また、もし財産目当であったとすれば、いかに名義だけの相続者とはいえ邪魔者の嫡子宏をも殺しておかなかったのは何故か？

皆さん、私はここで、その時の母としてのマリさんの悲壮な心理の動きを推測する事によってのみ、この事件の謎を解き得ることに気づいたのでした。危急に際して発揮される母性愛がどんなに強烈なものであるか、それは私が喋々するまでもない事です。母親はたとい自分がいかなる痛手を受けても、なおかつ最後の気力をふり絞って、子供に迫る危険を防衛しようとするでしょう。そして最愛の子供を一目見ずには、死んでも死にきれないことでしょう。マリさんはなるほど女性としては奔放な女性であったかもしれぬ、しかしやはり宏君にとっては最強の母性であった……

しかも犯人は、実に、この母親の心理を最高度にあの犯罪に利用したのでした。つまり宏君が殺されなかったのは犯人の計画の一部だったわけであり、そうなると、マリさんの屍体の姿勢と位置が自然に首肯されてくるのです。そしてそれがあの不可解極まる密室構成の重大な鍵だったのでした――」

満座は粛として声一つない。久慈は更に語をついだ。

「それともう一つ私の推理の鍵となったのはあの大きな等身大のフランス人形のガラス箱が、微塵に砕かれている事でした。あの硝子箱は屍体の位置からは遠い窓際に台に乗せて飾ってあったのです。これはいかにも格闘乃至逃亡の過失の如く思われますが、決してそうではなく、あの等身大の人形箱の硝子とびらこそ、犯人の大手品の種だったのです。皆さん、あのマリさんの寝室と隣の化粧室改造の慎一郎氏の寝室を結ぶ扉の上半部は、普通の透明な板硝子になっていますね。あれは慎一郎氏が嫉妬と猜疑のあまりマリさんの行状を監視するために、ダイヤモンド硝子が毀れた機会にわざわざあんな透明硝子に替えたものですが、この硝子扉が、人形箱の硝子とびらの手品を、更に助けたのでした。

しかも、あの人形箱がこの両寝室境の扉に一番近い窓の横にあった事が、極めて犯人に都合よかったのです。

皆さんは御存知でしょう、まわりが暗い所で透明な硝子板を四十五度の角度におき、その背後にのみ照明を加えると、前方からは硝子板の背後の物体のみがよく見えますが、背後を暗黒にして前横からのみ照明すると、今度は反射鏡の役目を果して、真横の物体を映し出すものです。

あの夜犯人はこの手品を実に巧みに使って峰岸さんの目を誤魔化し、完全な錯覚に陥らせたのでした。

大体御想像がおつきになったでしょうが、一つ以上の事を順序だてて、犯行方法を纏めてみましょう。

まず、犯人は十一月三日、何等かの方法で慎一郎氏と昌二郎さんの決闘が翌四日に行われる事を知り、好機至れりとばかりに、日頃周到綿密にたてておいた計画を、いよいよ実行に移したのでした。その前に、この決闘の事について述べるのが順序ですが、これはちょっとある事情から故意《わざ》と後から説明することにします――

犯人はまず、慎一郎氏の隙を狙って氏の書斎に忍び込み、氏の鍵束を盗んでおいた（慎一郎氏はマリさんの寝室のそれを除いて、マリさん同様滝原邸の凡ゆる合鍵を持っておられたのです）。

そしてその日の夕方、マリさんの声に似たある女を使って、峰岸さんに、あたかもマリさんからの如く装わせて密会誘い出しの電話をかけ、十時頃から滝原邸の庭の四阿に潜入させた。峰岸さんは酔っておられたことも手伝って、恐らく声の僅かな差異など気にもとめられなかったのでしょう。この四阿は、先に申上げたマリさんと慎一郎氏の寝室境の扉に一番近い窓に、丁度直角をなして真向っており、マリさんの寝室を窺うには絶好の位置です。そしてこの事が犯人の手品に利用されたわけです。

即ち犯人は、峰岸さんをある事柄の目撃者、証人にするため、わざわざ偽電話で犯人の欲する位置に誘い寄せたのでした。

さて、あの晩、マリさんは食当りか何かで下痢が烈しかったそうですね。これも犯人に幸しました。

まず犯人は予め盗んでおいた鍵で本館内に潜入し、隙を窺って慎一郎氏の寝室に忍び込んだ。そして、両寝室境の扉の隙間から、細いが丈夫な紐を二本、マリの寝室の方へそっと差出しておく。ついで、室の燈りを消して宏君を寝かしつけようとしていたマリさんが御不浄に立った隙に、素早く廻り廊下を廻って正規の扉からマリさんの寝室に侵入し、先に通しておいた紐を引張って、一本は花瓶とスタンドをそれぞれぐるっと一捲きし、更にその先端に両刃の短刀を結びつける。もう一本は硝子の人形箱を同様にぐるっと一捲きし、その先端に上げておいた例の窓のカーテンの一端をゆわえる。

ついで、そのフランス人形箱の硝子とびらを、窓に対しても、両寝室間の扉（上半分は硝子の）に対しても、四十五度になるように開いておく。この場合、先ほど一捲きした紐を徐々に拡げて、丁度四十五度に開いた硝子とびらをも含めて人形箱全体を捲いている状態にしておいたわけです。

そしてこれ等二本の紐はいずれも、引張ったとき、結えられた物体に動力を加えるが、結ばれた先ははどけてくる、といった程度の結び方をしておく。

それから、マリの部屋は、寝室兼簡易応接用になっていたので、入口の扉から右方のベッド設備に至るには、本棚・ソファー・箪笥類で仕切られた、極めて狭い通路を通らねばならないようになっていましたね。あの通路の扉側寄りの適当な所に、本棚から取り出した分厚な重い書籍を数冊積み重ねておき、更にそれから、ほぼマリさんの足から胸までの寸法だけ先方つまりベッド寄りに、また重い書物を四方に並べて積み重ね、その中心に先ほど紐で結えた両刃の短刀を上向きに差込んで、書籍で挟みつけておく。

そして最後に、テーブル・椅子・本箱などをかき乱しておく。

これだけの準備は、予め充分に計画に計画を重ね、周到に調度類の形・位置、つまり部屋の地形ですね、それを研究熟知している犯人にとっては、カーテンを上げた窓から差込む僅かな夜明りの中でも充分に、殆んど時間を要しないで成し遂げられたことでしょう。そして僅かな物音も、母の不在にむずがる宏君の泣き声に消されたた……

そうしておいて、マリさんが御不浄から帰るのを待ち受け、予め用意していた別の同形の短刀を以て、扉際で、マリさんの右胸を突き刺し、ついで『宏も殺すぞ！』と兇暴な殺意をひらめかせてマリさんの母性愛に強烈な暗示を与え、自分は逆にさっと廊下に身をかわした。

マリさんは犯人の意図に気づくべくもないただもう最愛の幼児を殺されまいと、自分の瀕死の重傷にも拘らず、必死の気力をふり絞って扉を閉め内錠を卸した……

扉を閉めて内錠を卸し、少しでも宏君の危険を遠ざけんとする瀕死の母の最後の努力、それは何といたましくも美しいものであったでしょうか……

そして今度は、迫りくる死の前に、せめて一目でも愛児を見たいと、いよいよ最後の気力をふり絞って、ベッドの方に足を踏み出そうとした。ところがその瞬間に、犯人の用意しておいた書籍の壁に躓いて、ばったり宏君の方に俯伏せに倒れる。家具類で仕切られたこの狭い通路故に、倒れる方向はただ一つ……

その倒れるマリさんの丁度胸の辺りに来る所に、書籍に四方を支えられて上向きになっている両刃の短刀が待ち構えていて、倒れくるマリさんの心臓をぐさりと一突きに突き通す。マリさんは断末魔の第二の悲鳴をあげてこときれた……

一方、犯人はマリさんに一撃を与えて廊下に飛び出すや、廊下側のスイッチをひねってマリさんの寝室の電燈を明滅した。峰岸さんが四阿で第一の悲鳴を聞いた直後に、電燈の僅かな明滅のなかにマリさんの姿を見られたのは、この、丁度マリさんが最後の気力をふり絞って扉を閉め内錠を卸し、愛児の方へ足を踏み出そうとする、その瞬間だったのです。

そして犯人は素早く廻り廊下を廻り、慎一郎氏の寝室へ再び戻って鍵をかけ、丁度例の両寝室境の扉と直角の適当な位置に、向うむきになって手を振りあげて兇行中の如き恰好をなし、慎一郎氏の寝室（つまり犯人自身のいる部屋）の電燈を明滅して、例の人形箱の硝子とびらの鏡を形成し、あたかもその時は未だマリさんの寝室に犯人がいたかの如く、峰岸さんに見せたわけです。マリさんの寝室は暗い。しかも例の窓を除いては、両寝室共凡てのカーテンが下されている。慎一郎氏の寝室で与えられた照明は、例の室境の扉の板硝子のみを通過して人形箱の硝子とびらに前横方から四十五度にあたり、完全に反射鏡ができあがる。峰岸さんが、反射されたにすぎぬ隣室の犯人の姿を、正にマリさんの寝室のなかだと錯覚されたのは当然だったのです。それに峰岸さんは少し酔っていたし、咄嗟の出来事にすっかり驚愕しておられる。電燈も同じマリさんの寝室のが再び明滅したものと思われたのです。

丁度その時が、犯人の仕掛けておいた短刀の罠にかかったマリさんが、第二の悲鳴をあげた時と、殆んど一致した。従って、マリさんの寝室で犯人が第二撃を加えたところを見たのだ、と峰岸さんは信じられた。最初はマリの姿だけが、次は犯人の姿だけしか見えなかった僅かな点に、気づかれるはずもなかったのです——

それと同時に、犯人は、先ほど通しておいた紐を引張った。紐にかかっていたカーテンは下りる、硝子の人形箱、スタンド、花瓶などは倒れ、がらがらと烈しい音をたてて砕け散る、それがあたかも格闘乃至犯人逃亡の際の音と思われ、ますます未だその時犯人はマリさんの寝室にいたものと信ぜられてくる——

紐だけはするするとほどけて、扉の隙間を通り、犯人の手中に納まる。

罠の短刀にも紐の先を結んでおいたのは、万一マリさんが犯人の予想通りあの通路に倒れなかった場合は、紐を引張って短刀を散乱させる事により、書籍の罠を誤魔化そうとした、犯人の周到な計画の一部だったのです。しかしその必要はなく、まんまとマリさんは心臓に第二撃を受けたのでした——。

そしてこの第二撃の時が、第一の悲鳴をきいてとんできた慎一郎氏が丁度階段を下りきった時に一致し、慎一郎氏はその時第二の悲鳴を聞かれたわけです。しかも同時に、峰岸さんは第二の悲鳴直後に、黒服黒ハンチングの犯人の姿を見ておられる。そこに、第二の悲鳴の時、未だ犯人は確にマリさんの寝室の中にいたのだ という論理的錯覚が生じたのです。

つまり、マリさんの左右胸二ケ所の刺傷がいずれも犯人直接の手でやられたものと思われたため、二つの悲鳴・二回の電燈明滅・硝子箱のとびらの手品と相俟って、煙のような犯人消失が現出したのでした。

屍体には二つの刺傷がある、二つの悲鳴が聞えた、二回の電燈明滅が同じマリさんの寝室だと思われた、犯人の姿は確に峰岸さんが目撃した、従って、第二の悲鳴の時犯人はマリさんの寝室中にいたのでなければならぬ、というほんの僅かな錯覚が、犯人の巧みに狙った効果だったのです。

そうではなく、第二の悲鳴のとき犯人は隣室にいて、その虚像を峰岸さんに目撃させたにすぎなかったのです。しかもこの隣室、つまり慎一郎氏の寝室には犯人が内から鍵をかけていたため、廻り廊下に廻った慎一郎氏もまさかそこまでは気がつかず、未だ犯人はマリさんの部屋にいるものとばかり思われた訳でした。

慎一郎氏と峰岸さんの二人がドアを破壊してマリさんの寝室に入られた隙に、犯人は鍵をあけて廊下に出て、再び鍵を元通りにかけ勝手口から悠々脱出してしまったのです……

以上、犯人は母性の心理を巧みに利用してあの密室を構成し、第一撃だけでも充分致命傷たり得るものだったにも拘らず、更にこの密室の謎を完璧にして嫌疑から全くのがれるため、周到にもプロバビリティの第二撃を用意しておいた、というわけです――」

実に鮮かな論理であった。あの奇怪な不可能犯罪の謎を、何と見事に解き去ったことか。満座の人々は停電の暗黒の中に、ただ呆然として久慈の推理に耳を傾けるのみであった。

「次に第二の慎一郎殺害事件に移るわけですが、その前に、先ほど後廻しにした決闘の事に触れてみましょう。

確にあの慎一郎氏の申込んだ決闘は、津田警部の仰有るように、奇妙な点が多いのです。だい一、昌二郎さんに極めて有利ですし、それにあの御幣担ぎの慎一郎氏が『四』日という日を気にかけていない。これは確に妙だ。私も、津田警部のお説の通り、慎一郎氏には最初から公平な決闘を闘う意志はなかったのだと思います。恐らく、自分の肉体上の悩み及びそれが重大原因である愛妻マリの背反、その苦痛に堪えかねて、慎一郎氏は悲しくもおぞましい計画をたてられたのではなかったでしょうか?

即ち、自ら計画して昌二郎さんに自分を殺すように仕向け、自分はそれと知りつつ故意と昌二郎さんの手にかかって殺される、つまり他人の手をかりた自殺ですね、そして逆に『自分が殺されたらその犯人は昌二郎だ』という書置を残しておいて昌二郎さんを罪に陥れるという、一石二鳥の自殺計画だったと思われます。ただ昌二郎さんにその計画を看破られぬため、マリさんをさしはさむ真剣な決闘と見せかけて昌二郎さんの殺意を煽り、決闘という言葉の綾に凡てを託したのです。

そしてこれらのことを、犯人はすべて察していた――

ところが、マリさんが突如殺されるに及んで、慎一郎氏の心境には俄然変化を来した。慎一郎氏はマリ殺害の憎むべき犯人は昌二郎に違いないと確信され、よし、それなら今までの計画を一変して逆に昌二郎さんを殺し、マリの復讐を遂げよう、と誓われるに至った――

　そしてこの慎一郎氏の心理の変化は、犯人の予定する所であった、この変化を予め計算に入れて、犯人はマリさんを殺したのです。

　つまり犯人は、マリさんと共に、昌二郎さんをも葬り去る心算だったのです。

　マリ殺しの時、昌二郎さんはマリさんから『決闘の事で相談したい』という電話を受けS公園に行っておられたという事ですね。この電話の主は峰岸さんをおびき寄せたあの偽電話の主と同一人ではなかったでしょうか？

　こうして、昌二郎さんに怪しい行動をとらせ、アリバイをなくし、彼は嘘を言っているのだと人々に思わせ、昌二郎さんにマリ殺しの嫌疑を向ける事により、慎一郎氏にも昌二郎さんを犯人だと思い込ませ、慎一郎氏の心理を一変、昌二郎さんへの殺意に向ける、という犯人の周到な計画だったのです。そして予想通り慎一郎氏は昌二郎さんを犯人と確信し、彼に対する殺意を抱くに至ったことを、犯人はみてとりました。

　ところが、ここにとんでもない事が起った。全く犯人の予期しなかった事が起った。凡ては自分の計画通り行ったにも拘らず、慎一郎氏に昌二郎さんへの殺意が生じたという事実が現実化するや、途端に、今度は犯人自身の心理がある理由によって一転し、俄に昌二郎さんを殺されたくないという逆の心理を生じた。

　そこで犯人は急に陣容を変形して、逆に、昌二郎さんを殺そうとする慎一郎氏を殺さざるを得なくなったのです……

　ここに、第二の慎一郎殺害事件が起ったのでした……先にも申しましたように、慎一郎氏の屍体には、氏の肉体上の秘密を証する銃創がありませんでした。確に屍体の入替は行われた、しかし、慎一郎氏は殺されたのです……

　しかも、首と両腕は切断され、顔面はひどく破壊されていた……

　両腕を切断して持ち去ったのは、指紋に対する考慮からだったかも知れません。しかし首が切断されていたのは、両腕を持ち去った理由を森の中に隠すためにだけやった事でしょうか？　しかも顔面をひどく破壊されていた……

　我々は古今東西の探偵小説で、屍体の顔面が破壊されていたという例を多く知っています。そしてその理由は、人間に関するアリバイ、つまり被害者の入替が行われた事を誤魔化すためなのです。それを熟知している我々は両腕切断、顔面破壊の理由を、専ら被害者入替の疑いにのみ結びつけてきた、そこに犯人の狙った恐るべき盲点があったのでした……

何故犯人は屍体の顔面を破壊しておきながら耳上の黒子を残したり、肉親の者なら慎一郎氏と判るような破壊の仕方をしたのか？　犯人が暗さの故、または狼狽の故に、充分破壊する余裕がなかったからだ、とも考えられますが、あの周到綿密な犯人がそれ位の事を計算に入れてないはずがありましょうか？　すると、慎一郎氏によく似た第三者を身替りに使って黒子などはわざと残し、僅かな人相の差異のみを残すために顔面を破壊したのだ、とする解釈が唯一の可能性をもってきますが、双生児でもない限りそんなによく似た人物が果してうまく探し出せるでしょうか？　それにその場合は、犯人が慎一郎氏自身でなければ、この入替えをやった理由がはっきりせず、自然に慎一郎犯人説に傾いてくる。そして、それこそ犯人の狙いだったのでした。

もし我々が被害者入替えの疑にのみ拘泥すると、他の重大な点を見逃してまんまと犯人の罠に引っかかってしまうのです。

あの首は正しく慎一郎氏自身のものなのです。しかし胴体は慎一郎氏のものではないのです……

屍体の入替でなく、胴体のみの入替が行われたのです。そしてその事をカムフラージュするために、顔面を破壊して被害者の入替が行われた、屍体全体の入替が行われたと見せかけ、更に両腕を指紋のゆえに持ち去ったと見せかける事によって首の切断を理由づけ、二重、三重に胴体のみの入替がなされたことを被害者全体の入替の如くカムフラージュしたのでした。

つまり、被害者は一人ではなく、一人なのです。慎一郎氏と、その胴体のみ利用された第三者と。

犯人の狙いは、被害者全体の入替と見せかけて捜査に錯覚を起させ、彼の真の目的である死亡時刻の変更によるアリバイの創出という大手品を、巧みに隠蔽することにあったのです。

かくも用意周到な犯人も、慎一郎氏の肉体上の秘密だけは、遂に知る事が出来なかったのでした。なにしろ、肉親の家族ですら、誰一人知る者はなかった位ですから。私はこの点を突きとめると共に、例の決闘時刻の喰い違いの謎を深く考えるに至って、この不可解な事件を遂に解き得たのです……

　順序を追って犯行の次第を述べてみましょう。まず犯人は予め甘言と金力をもって、第三者たるべき浮浪者を、事件当日の四日夜七時頃、東京の人気のないある地点――私には分っていますが今かりにX地点としておきましょう、いいですか、Xは東京内なのですよ――へやって来るよう手配しておく。そして予め彼に大きなトランクを渡しておき、当日はそれをもってくるように言っておきます。むろんその浮浪者は自分が身替りに殺されようなどとは夢にも思っていないし、また胴体だけの入替えに使われたのですから、人相や黒子などもちっとも似ている必要はなかったのです。

　さて、犯人は慎一郎氏に巧みな芝居で、『例の時刻を七時にしてくれ』と昌二郎氏に伝言を頼まれた、と何気なく告げる。ここでちょっと申しておきますが、犯人は慎一郎氏の信任を得ていた者に違いないんですね。ところで、昌二郎さんをマリ殺しの犯人と信じて逆上している慎一郎氏は、それを無条件に信じて、七時に間に合うよう五時に目黒の邸を自家用車で、しかも自分で運転して出発した。

　ところが、犯人はなんとその自家用車の中に潜んでいた、そして、慎一郎氏がそれとは気づかず出発したのち、はじめて犯人は氏の前に自分の存在をあらわしたのです。そして慎一郎氏に厚く信用されている犯人は、それを利用して、驚愕する慎一郎氏に、恐らく次のような話を持ち込んだのでしょう。

『驚かせて申訳ない。先刻昌二郎から、時刻を七時にしてくれ、という貴方への伝言を頼まれた、と言ったが、実はあれは嘘だったのだ。まことに済まなかった。

　何故あんな嘘を言ったかといえば、私が貴方と、絶対に人に気づかれぬ所で二人きりである相談をしたかったからである。それには疾走中の車内ならよかろうと思い、貴方を早く引っ張り出して時間の余裕を得たいと考えたのだ。

　私は凡てを知っている、決闘の事を知っている。そして私はある偶然から知ったのだが昌二郎は実に恐しい計略を以て貴方を葬ろうとしている。貴方は尋常一様の勝負ではひとたまりもなく彼にやられてしまうだろう。

　実は、私もかねて昌二郎を憎んでおり、機会あらば彼を葬りたいと考えていた。貴方が承知してくれるなら、二人協力して昌二郎を葬り去ろう。私に一つの計画があるのだ。

私は今夜ある浮浪者にトランクを持たせて七時にXへ来いと云ってある。この車を再び東京に返してXへゆき、その浮浪者を欺して絞殺し、トランクに詰め、T岬へもってゆき貴方の服を着せ、顔面を破壊しておいて、あたかも貴方が決闘で昌二郎に殺されたように見せかけ、昌二郎を絞首台に送ろうではないか。決闘の事は誰も知らないのだから、彼の行動は決定的に怪まれるだろう。彼の申立てるであろう決闘時刻と屍体の死亡時刻の相違は、私が昌二郎から、七時にしてくれ、とただそれだけの伝言を貴方に伝えてくれるよう、確に昌二郎に頼まれた、決闘の事は知らぬ、と必ず証言する。そうすれば貴方が五時に邸を出た事が合理化されてくる。

そして貴方は殺された人間として何の追求も受けず、無籍人として永遠に隠れて安全な生活を送ればいいのだ。貴方の財産については心配するな、宏君が相続する訳だが、私がついている。そして今、私を財産管理人に指名する遺言状を至急書け、そうすれば滝原家の財産を現金に替えて貴方の所へひそかに送り続ける役を私がつとめよう』

大体こういう風にもちかけて慎一郎氏を口説き落したのではないでしょうか。即ち犯人は極めて慎一郎氏と親密な、利害の一致する、厚く信頼された人物であったわけです。最初は、肉体の秘密の苦痛にたえかねて自殺を決意し、決闘で故意と昌二郎さんに自分を殺させ、自分の死を以て昌二郎さんを罪に陥れんと、一石二鳥の自殺を計画したほどの慎一郎氏ですから、この申入れに対しては容易に承諾を与えたのでしょう。

さて、こう口説いている間にも、慎一郎氏の運転する車は京浜国道を横浜近くまで来ていた、そこで犯人は葡萄酒が欲しいと言って、氏が横浜駅前で購入するように仕向けた。犯罪前の昂奮を鎮めるためと別に慎一郎氏も不審を抱くことなく買物を実行する、そしてそのついでに氏は煙草も買った、それが丁度六時前だったわけです。

そして車はいったん方向を誤魔化してのち再び東京へとって返し、七時にX地点へ到く。そこには例の浮浪者が何のことか分らずただ金に釣られて、渡されてあった大トランクを持って待っている。二人は、彼の不意を衝いて何の雑作もなく浮浪者を絞殺し、その屍体をトランクに詰め車内に運び入れる。

ここでその次に、犯人は実にさり気なく巧みなアリバイを作っているのですが、これはある都合から後で説明しましょう。

さて二人は車を駆って屍体をT岬に運ぶ、東京からは二時間かかりますから、丁度九時頃到いたわけです。

そこで慎一郎氏が殺されたと見せかけるため、その服装を屍体に着せるべく氏が服を全部脱いだその隙を狙って、犯人は用意していた消音装置附拳銃（恐らく慎一郎氏の書斎から盗み出したものであろう、と考えられる理由がありますが、これも後で……）で、背後から氏の後頭部を狙って、ただ一撃に斃した。慎一郎氏は全く予想もないことですから、ひとたまりもなくやられてしまったのです。

さて犯人は素早く氏の服や靴を浮浪者の屍体に着せ、予めこっそり車にひそませていた外科用鋸で、浮浪者の屍体の首と両腕を切断し、次に慎一郎氏の屍体の首を切断してその顔面を耳下の黒子と肉親にならそれと分る全体的人相を残す程度に破壊した。そしてこの破壊した慎一郎氏の首と、浮浪者の両腕のない胴体とを接合して、あたかも一個の慎一郎氏の屍体の如く装わせたのです。

氏の未発の拳銃を少し離れた処に置いておいたのも、捜査を迷わせるためでした。

そうしておいて、残った慎一郎氏の胴体と浮浪者の首と両腕をまたトランクに詰め、頑丈に鍵をかけて車にのせ、犯人自ら運転して東京に向い、途中そのトランクを遺棄し、大森で車を捨てていずれかへ逃れ去った次第です。

屍体入りのトランクを捨てたのは、恐らく横浜の港外ではなかったかと思います。例の本牧のはいから貯木場のきれる辺りへかけてつまりヨットハーバーの外海ですね、あの辺りは人気もなく、海は自動車道路からも直ぐ近く、夜などは絶好の屍体遺棄場ではありませんか。

頑丈なトランクにしっかり鍵をかけ、錘りをつけて沈めれば、一ケ月位は人目を逃れることができます。そして発見された時には、既に誰の屍体か全く不明な状態になっていることでしょう。

そして恐らく、拳銃も鋸も、ついでに第一のマリ殺しの際の黒服も、みんなここで一緒に海中深く沈めてしまったのじゃないでしょうか。

こうして、ただ一人の人間がT岬で殺され慎一郎氏らしく見せかけるためその服装をさせられ、犯人はその首を切断し顔面を破壊して人相を分らなくし、指紋を誤魔化すために両腕をも切断して持ち去った、これは被害者の入替が行われたのだ、慎一郎氏自身が怪しい、と、こう思われてくる――

しかも、胴体は浮浪者のですから、死亡時刻は当然七時前後と推定される。ところが先に触れましたように犯人にはX地点でアリバイがある。確に犯人は七時前後にはXにいた、Xは東京のある地点ですからここからM町まではどうしても一時間以上かかる、たとい六時五十二分の東京発横須賀線をキャッチできたと仮定してすら、七時にXにいた事実と、同じ七時にT岬で殺人を犯したという事実とは、どうしても同一人の仕業としては不可能となってくる――

しかも、慎一郎氏は五時に目黒を出発して六時前に横浜に寄ったことが明かにされているため、東京からM町までは自動車で二時間かかる、屍体の死亡時刻が七時前後である、すると論理的に、殺されたのが慎一郎氏であろうと、氏が自分自身殺されたとみせかけて第三者を殺し入替を行ったのであろうと、慎一郎氏は七時にはM町T岬にいたのでなければならぬ、とこう思われてきて、その上現場に夥しい流血のあとがあったことから殺人切断の現場はT岬である。その時刻は屍体からみて七時である、と推定され、その実なんと犯人は七時には慎一郎氏と共に東京で第三者を殺し氏の車でその屍体をT岬に運んだのだという事実が、すっかり盲点につつまれてきたわけです。

ところが、なんと、六時に横浜で慎一郎氏に買物をするよう仕向けたのは、このほんの僅かの論理的錯覚をつくるための犯人の周到な計画の一部だったのでした。

確に七時に殺人は行われた。確にT岬で殺人切断は行われた。

しかし、実は、七時に殺されたのは浮浪者であって、その現場は東京のX地点だったのです。T岬で殺人切断が行われたのは、慎一郎氏の殺害と、その屍体及び浮浪者の屍体の切断だったのです。

これが外の車で運んだりしたのなら足のつく事もあったでしょうが、肝腎の被害者慎一郎氏の自家用車で運んだのですから、凡ての証拠が消滅し、巧みな錯覚を生ぜしめ得たのでした。

わざわざ慎一郎氏の首の顔面を破壊しながら黒子や全体的人相を残さねばならなかったのも、それが慎一郎氏自身もしくは氏に似た人物であることを捜査当局に確認させて、捜査方針を狂わせて以上の効果を巧みにあげるためだったのです。

そしてまんまと犯人の計画どおり、犯人慎一郎氏自身説が有力となっていたわけでした。

顔面破壊は被害者の入替を暗示してこの説に傾かせるためと、被害者の入替にのみ気をとらせて死亡時刻の異る二つの屍体の首と胴が入替え接合された事を巧みに隠蔽するためだったのです。首と胴とが同一人のものと思われる、首は破壊されていて死亡時刻推定の材料となり難い、胴は完全に保存されて正確な死亡時刻推定の材料となる、そこに死亡時刻の喰い違いから犯人はX地点での完全なアリバイを証明し得る、という実に巧みな計画だったのです。我々は顔面の破壊されていた理由を、被害者入替という点にのみ結びつけてそれが実は、死亡時刻推定の材料を胴体にのみ向けしめて、死亡時刻の差異からアリバイをつくるという点に真の目的があったのだ、ということを完全に見逃していたのでした。

まさか首と胴が各々異る屍体から接合されたものだとは気づかぬ、しかも両腕を持ち去ったことから指紋を考慮したのだと思われ、いよいよ被害者入替にのみ気を奪われてしまったのです。

慎一郎氏殺しこそ、犯人の真目的だったのです、それを隠蔽してアリバイをつくるために第三者を殺してその屍体を利用したのでした。

なんと綿密巧妙な犯罪ではありませんか。

犯人はこの鉄壁のアリバイに護られて安心しさっていたわけだったのです。

犯人は慎一郎氏の肉体上の秘密を知らなかったでしょう、しかしそれだけでは被害者の入替えが判明するだけで、なお犯人に危険は及ばなかったでしょう。

しかし私は、そのことから更に決闘時刻の相違と、屍体切断の理由に深い疑問を抱き、遂にこの巧妙を極めた犯罪の謎を解きほぐすことができたのでした……」

実に見事な推理であった。奇怪きわまる謎の縺れを、鮮かにとき来りとき去って、余す所だにない。

満座には深い感嘆のどよめきが起った。

「皆さん、もう、ほぼ御想像がついていることと思いますが、今こそ、この犯人の氏名を申し上げましょう――」

久慈はここでちょっと言葉をきった。烈しく異様な不安と戦慄と、そして一種の期待とが……

「以上の事実に適合する人物はたった一人しかないではありませんか――

ユミさん！　そうです、ユミさんこそ、その犯人の名です！

第一の事件で、峰岸さんと昌二郎さんに、マリさんの声に似せて偽電話をかけたのは、私は今まで犯人がある女を使ったと申してきましたが、実は決してそうではなかったのです。

外ならぬ姉のユミさんこそ、妹の声そっくりの偽電話をかけ得た唯一の人物ではありませんか。しかもそれはユミさん独りの仕業だったのです……

慎一郎氏と昌二郎さんの決闘の話を盗み聞き得た人物、それはユミさんだったのです。

慎一郎氏の書斎から鍵束を盗み出すチャンスの最も強い者、それは慎一郎氏と特別に親しかった——失意の者同志で愛し合ってさえいた、ユミさんを措いて外にはないではありませんか。

黒服黒ハンチングの男装は、ユミさんにも何の雑作もなく行えたはずです。

兇行後、勝手口からいったん離れに戻り、何喰わぬ顔で御不浄に行った帰りに悲鳴を聞いたかの如く装って、節夫さんとよさんを引っ張って本館に駈けつける、というお芝居を打ったわけだったのです。

第二の事件で、慎一郎氏を絶対的に信頼させてその裏をかき得たのは、ユミさん以外にはないではありませんか。慎一郎氏に昌二郎殺しの共同犯罪を極めて自然に申込み得るのは、ユミさんより外にはないではありませんか。

そして、七時にX地点で巧みなアリバイを作ったのは、実にユミさんだったのです。私が今までX地点と申上げてきたのは、実は丸の内から新橋附近までのビル街のなかの一地点のことでした。あの辺りは勤人による昼の雑踏に反して、夜は死のような静けさですからね。人に見られることなく、浮浪者の隙を狙って絞殺する位何の雑作もないことです。そしてむろんそれは二人の共同犯罪ではあるが、恐らく直接手を下したのは慎一郎氏だったのでしょう。そして新橋の喫茶店マスコットは、そこから、目と鼻の先ではありませんか。ユミさんは家にことわっておくからと称して、慎一郎氏にさり気なく、マスコットに寄って、映画をみて帰るからと偽の電話をかけ、まんまと立派なアリバイを七時過ぎに新橋で作っておいたのでした。

更に、屍体切断作業を行ったり、切断用の鋸を手に入れたりすることは、前に外科看護婦だったユミさんには容易に出来たはずですしまたユミさんは慎一郎氏から自動車の運転をも習い終っていました……

そしてこの事件でも、拳銃を慎一郎氏の書斎から盗み出せる機会を一番多くもっているのは、ユミさんではありませんか。慎一郎氏は最初の決闘の計画とは異り、この時は昌二郎氏必殺の決意で、拳銃は一挺しか持って行かなかったはず、しかも氏の書斎には二挺ともなかった、これは一挺盗み出された証拠です。

しかも、両事件を通じて、滝原家の事情及び部屋の様子に詳しく通じ、出入に便かつ容易であることは、犯人の条件ではありませんか。凡ての事実は、ユミさんただ一人を、ゆびさしているのです！」

満座には、異様な驚愕と興奮の動揺がまき起った。

恐るべき犯人は、何と、あのユミだったのだ！

「おお！」叫んでさっと立ち上る気配は、ユミを即時逮捕せんとする津田警部か？

その瞬間、突如、長く続いた停電が止んでぱっと明るく電燈が点いた。

ところが！

ユミの姿は、どこにもなかった！

狼狽する警部。

「おお、課長！　ユミがみえません！」

「津田警部！」

今まで冷静そのものであった久慈の面に、俄に狼狽と当惑の色が現れた。

直ちに電話連絡を以て、非常捜査網が張りめぐらされる――

そしてすべての手配を終えたとき、久慈はまたもとの冷静さにかえっていた。

「課長殿、警部殿、申訳ありませんでした、私が迂闊でした――

まさか、こんなことになろうとは予想もしなかったのです――

ユミさんは私の話の途中で凡てを悟り、悲しい覚悟をきめたのでしょう……

ひょっとすると、もう万事手遅れかも知れない……」

「久慈君！……」

「私はお詫びしなければなりません。

しかし、もう既に万全の非常手配を了えたのですから、人事を尽したわけです。静かに報告を待ちましょう。

皆さん、その間、いま暫く私の話の続きをおきき下さい。

最後に、何故ユミさんがかかる恐るべき犯罪を犯すに至ったか、ということについて、おぞましくも悲痛な物語りを致さねばなりません――」

久慈は静かにユミの運命の歴史を物語っていった。顔の傷のこと、一家没落のこと、ユミが母と妹の犠牲になったこと、K外科病院で昌二郎を知ったこと、姉妹が滝原家に引き取られた前後の事情、マリと慎一郎の結婚、マリの行状、昌二郎の裏切、慎一郎の心情、ユミの心情……そしてユミの性格……

「こうしてユミは淋しい諦めのなかにも、一度男を知り、一度女の情熱に目覚めた以上、マリに対する烈しい憎悪と呪詛の念をどうすることも出来なくなっていったのです。

一方、失意の者同士、ユミと慎一郎氏は急速に近づいてゆきました。しかし慎一郎氏はユミの、妹とは異る精神の美しさにふかく心を惹かれながらも、誰にも知らせることの出来ぬ肉体上の秘密故に、ユミに対しても精神的愛情以上に一歩も踏み出せなかったのです。けれども慎一郎氏の肉体上の秘密をつゆ知らぬユミは、その慎一郎氏の煮え切らぬ態度を凡ては自分の顔の傷ゆえの躊躇と、深く誤解するに至りました。

昌二郎さんが自分を去り、慎一郎氏が自分に決定的に近づく決意をなし得ぬのも、凡ては自分の運命的な顔の傷ゆえと、深く自分の運命を呪い、それも元をただせばマリの仕業だ、マリは自分の顔に傷をつけて一生不幸に陥れたばかりか、それと相俟つ奔放不倫の魅力と共に、自分から凡ゆる男を奪ってゆくのだ、憎むべきは妹のマリだ、凡てはマリゆえなのだ、と深くマリさんを呪うに至ったのでした。

そこに、マリさんを殺し、その罪を裏切者の昌二郎氏に向けようという犯罪の動機が形づくられていったのです。第一の事件で、昌二郎氏に偽の電話をかけ、氏のアリバイをなくそうとしたことはこれを物語るものでした。

そこへ、肉体上の秘密と嫉妬に悩む慎一郎氏の決闘計画が重なり来るに及んで、ユミは更に、マリさんを殺すことにより慎一郎氏の心理が変化して、昌二郎さんを犯人と信じて妻の復讐のため、昌二郎氏に対する烈しい殺意に移行する、それにより、昌二郎さんをも慎一郎氏の手により葬り去ることが可能となる、そう考えるに至り、ここにユミは、遂に恐るべき妹殺しを断行したのでした——

ところがここに、ユミの予期していなかった、とんでもない心理の変化が、ユミ自身のほうに起った。ユミは自分を裏切った昌二郎さんを憎み、冤《むじつ》の罪をきせ、更に慎一郎氏の手で葬り去ろうとさえした。ところが今度は、慎一郎氏が昌二郎さんを犯人と信じ、一変して昌二郎氏に対する強烈な殺意を抱くに至ったことを知るや、昌二郎氏に恐しい危険が切迫したことを知るや、急にユミの心理と生理に異常な革命が訪れた。

女はやはり最初にその処女を捧げた男を最後まで憎みきる事はできないものです。ユミは昌二郎さんを一応心の表面では憎んでいた。しかしその自分の最初の男に最後の危険が迫るや、ユミの更に深い心理が、生理が、俄に自分の処女を最初に奪った男の肉体を限りなく忘れることが出来ないことに目覚めたのでした。

ユミは自分の心の変化にどんなに驚き悩んだことでしょう。しかし心理の法則はユミに対してのみの例外を許すものではありませんでした。ユミは、昌二郎さんを助けねばならぬ、生かさねばならぬ、その危険を防がねばならぬ、そう叫ぶ自分の深層心理に抗することはできなかった、そしてそれには、その相手たる慎一郎氏を先に殺してしまう以外に方法はなかったのでした。

それ故に、第一の事件では昌二郎さんのアリバイを故意に奪っておいたユミが、第二の事件では逆に、昌二郎さんに自然のアリバイができるのを防ごうとしなかったわけです。

しかもこうしたユミの心理の変化の裡には、精神的には昌二郎さんよりも愛している慎一郎氏、自分の顔の傷のゆえに最後の一歩の踏み出しを躊躇している慎一郎氏を、永遠の世界におくることにより、その愛する魂を、永遠に自分が独占しようという、悲しい愛の皮肉にも矛盾した心理の動きを肯定できるのではないでしょうか。

ユミの精神は慎一郎氏を、肉体は昌二郎氏を愛した。愛する精神は、永遠の世界に葬ることにより、却って愛の所有の心理を慰め得た。しかし、自己が処女を捧げた男の肉体は心では憎みながらも、遂に彼女の深層心理が、生理が、最後までは憎みきれず、却ってその肉体の生存を強く希うに至った……

痛ましくも悲しい、女性の微妙な心理の足跡、精神と生理の闘争、それはいかに悲惨なものであるとしても、そのなかには、ひとすじの透徹した美しささえ見出すことができるのではないでしょうか……」

深い深い感動と溜息が座に流れていった。

「しかも、以上のユミさんの心理の動きを一番よく知っていたのは、節夫さんでした。

節夫さんは、ユミさんが毎晩習慣のように翫《もてあそ》んでいたさいころの目から、ユミさんのその心の秘密を悟られたのです。五つの赤い骰子を皆一の目に並べていたユミ。一の目は、慎一郎に通ずるではありませんか……

　しかも、ひところはお化粧していたユミが、近頃また白粉気ひとつない素顔の女になっていったこと……

　それに節夫さんのみは鋭い直観から、慎一郎氏の肉体の秘密にそれとなく、もしや？　という疑いをもっておられた……そしてそのことから、第二の事件における屍体の入替えを悟られた……

　そこで節夫さんは、兇行時犯人が用いたものとよく似た黒ハンチングに故意とS・Tの縫取をして、それを邸内に落しておき、それとなく犯人の心理の動揺を確めようとされたのです。ところがそれをとよが発見して園枝さんに告げた、園枝さんは縫取から自分の息子の一人が犯人ではないかと思い込み、とよに命じて息子に不利なその証拠をこっそり焼き捨てようとされたのでした。

　しかし、節夫さんは既にすべてを悟られるに至った、ユミさんがやったのだということを、そして悲しいユミの心の歴史を……

　けれども、けれども、犯罪そのものは憎みながらも、犯人その人の心情には限りない同情を禁じ得ない節夫さんだったのです――

　ここに悲痛な二つの心の矛盾が、節夫さんの魂の中にたたかわれました。しかし節夫さんはユミさんに無限の同情をいだきながらも、彼の若い正義感がそれを許しませんでした。そしてその心の闘争の妥協が、運命の凡てをこの私に賭けてみるという、大きくも悲壮なひとつの決断に至ったものだと思われます。

　去る五日、節夫さんは私を呼ばれて、表面上判明している事の外は、慎一郎氏に肉体上の秘密があるかも知れぬという一事を匂わされただけで、一切をあげて私に事件の調査を依頼されたのでした。節夫さんとしては、もし私がユミさんが犯人であるここを解けば、神が正義を欲し給うたものと諦める、またもし私が解けなかった場合は、神がユミさんの心情に同情し給うたものとして凡てを沈黙の彼方に葬り去る、そういう万事を運命に託した静かな悟りの境地であったと思います……

　そして最後に、節夫さんがユミさんに対して抱いた同情が、些か度を過ぎたものと不審に思われる方は、節夫さんの日記を御覧下さい、私たちはそこに凡ての恩讐を超えた、美しくもいたましい、滝原節夫君の秘められた情熱の歴史を見出す事が出来るでしょう……」

満座は異常な感動に昂奮はその絶頂に達したかとおも

われた。

厳粛の中にも詩的なロマンスさえ読みとられて……

と、突然、烈しく泣き叫ぶ声！　節夫だ！

「久慈さん！　嘘です、嘘です、みんな嘘です！　ユミ姉さんは犯人ではありません！

僕です、僕なんです、僕がやったのです！　許して下さい！」

「えッ、節夫君、何を言うんだ、昂奮してはいけない、体にさわる、落着いて下さい」

「ちがいます、ちがいます、僕は本気で言っているんです。僕は嫌疑を他の人にかけようとして凡ゆるトリックを用いました。しかし今はっきり白分の罪の恐しさに堪えきれなくなったのです！

僕は慎一郎兄さんとマリ姉さんを殺し、その罪を昌二郎兄さんにかぶせて、滝原家の財産を全部自分の手におさめようとしたのです。

久慈さんにあんなことを申上げたりしたのは、自分の犯罪を完璧なものと自惚れ、日頃秀才といわれている久慈さんに、生意気にも挑戦してみようと思ったのです。

しかし、それは愚かなことでした、久慈さんはみんな知っていらっしゃるんです、そして僕を庇って下すっているんです。

犯人は僕です。決してユミ姉さんではありません！　僕はもう良心の呵責に堪えられないんです、さあ、津田さん、僕を逮捕して下さい！

そして、そして、早く、ユミ姉さんを探して下さい、助けてあげて下さい！　お願いです、お願いです、ユミ姉さんを！」

「節夫君！　何を、何を君は言い出すんだ！　君は昂奮のあまり少しどうかしているんだ、落着き給え、さあ、向うで暫く休んで気を鎮めるんだ！」

「いや、違います、違います、ユミ姉さんじゃありません！　僕です！

早く、早く、ユミ姉さんを探して下さい、ああ、ユミ姉さん！」

久慈は全く狼狽しきっていた。みなの者は意外な事の成行に、ただただ、呆然としているばかりであった……

そしてそのなかに、烈しく泣き叫ぶ節夫、十九才の節夫の切々たる血の叫び……

八、再びユミの場合

夜はあけた。

時雨れて冷くも淋しい朝は、ここ秩父の山麓を流れるA河のほとり。

そのA河の清流に、素顔の女、ユミは、昨夜の和服姿のまま、冷い屍体となって発見されたのである。

覚悟の入水自殺であった。河べりにきちんと脱ぎ置かれた下駄の上に遺書があった。宛名は、滝原節夫様、となっていた。

『節夫様。

ユミはいけない女でした。ふかくお詫びいたします。

凡ては、貴方の御推察どおり、私の大きな罪でございました。もう、きっと、あの久慈さんが、貴方に代って、凡てを解いて下すったことと存じます。

私は今更何も申すことはございません。ただ、慎一郎兄様とマリの冥福を祈るばかりでございます。

最後に節夫様、こう申上げることをお許し下さい、ユミは貴方の日記を見せていただいて、はじめて人の魂の美しさを知りました、と、そう申上げることを。

ユミはいけない女でした、罪の女でした、淋しい女でした、そして同時に迂闊な女でした。凡てが終ったのちに、はじめて、精神の高貴さを知ったのですもの……

いついつまでもお体ご大切になすって、強く生き抜いて下さい。

罪の女、ユミが、お祈りできることは、ただそれだけでございます……』

急いで書いたらしい走り書の文字が、涙ににじんでその跡が……

ああ、ユミは、久慈の話の途中で、凡ての事態を、決定的な終曲を、悟り、せめて最後をと、悲しくも覚悟して、折からの停電中の暗黒を利し、そっと座を脱れ出で、非常警戒の網をくぐって、この清流に身を投じたものであろうか。

ああ、そういえば、あの停電も、ユミに覚悟を促してその最後を飾る余裕を与えるために、久慈が故意とやったことではなかったろうか。そして彼が犯人の名を最後まであかさなかったのも、今にして思えば……

久慈はユミと節夫のはかなくも美しい心の動きを凡て知りつくし、法の厳粛さのなかにも、悲しいロマンの詩をむすんでやったものでもあろうか。

急報により、遠藤捜査課長、津田警部、久慈、昌二郎、節夫が、かけつけた。

凡ては終った。ユミの死顔は、お化粧気ひとつない素顔のなかに、悲しい傷跡が痛々しくも彼女の心の歴史を物語り、犯罪者の死相というよりは、幸福に心みち足りた美しくも清らかな悟りのそれであった。

「久慈さん！……」

「節夫君――」

「ぼ、ぼくは……」

「節夫君、これでいいのだ、これでいいのだ、それが許されることかどうかは別として……僕は後悔していない……」

「久慈さん、有難う――」

しかし、しかし、しかし……」

「節夫君、もう何も言うな、僕にはわかっている……体を大切にして強く生きてゆくことだ、ユミさんもそれを祈っている。

見給え、節夫君、素顔の女の高貴なまでの美しさを……」

節夫は滂沱たる涙をとどめることができなかった。

人の世の茫々たる想い――

節夫の双眼にあふれてくる涙のひとつひとつが、ユミの清らかな死顔のうえに散り敷いて、それが美しいさいころに花ひらいてゆくかと思われて――

じっと佇む久慈の胸中を、『盛装』ふと、そんな言葉が吹き過ぎていった。

秋である。

時雨がまた冷くふりかかってきた――

虚粧

亮子が失踪したとき、あらゆる驚愕と狼狽と憂慮よりも、何故か、「ああ……」という深い溜息が先にたった。私自身にも理解できない一瞬の虚ろさであった。それは、事実を前にしながらも、あまりの怖ろしさに却って信じまいとする、あの人間の卑怯なエゴイズムゆえだったろうか。それとも、私達には、非常に怖れているにも拘らず、その反面呼び寄せてもみたいという、矛盾した無意識の残酷さが潜んでいて、誘い込むように良識をひょいと遊離させた、あの一瞬の空しさが私をとらえたのだったろうか。しかし、この不可解な虚脱状態は、次の瞬間激しくひたしてくる不安の念に、忽ちおし流されてしまった。亡妻ふさの初七日忌直後の出来事であっただけに、はっと思い当る憂慮が、刺すように鋭く閃いたからだった。亮子の失踪は、亮子自身の意志によるものではないと、私は直感的に読んだ。また、そうよみとる理由があったのである。考えられるほどの親戚友人の宅には凡て問合せてみたが、答は何れも絶望だった。亮子の身に異常な変化が起ったことは疑う余地がなかった。直ちに私は警察当局に亮子の捜索を願い出た。そうして二日経ち三日経ったが、時の移いは徒らに空しく、私の胸は一層激しい不安と焦躁をきりきり揉み込まれる痛みに疼いて、深い憂いの垂幕に包まれていった。だが、そのような私自身に、何としても懸念と疑惑の幽かな糸を引いて止まなかったのは、自分が亮子の失踪を知ったとき、何故、驚愕と狼狽に襲われるその前に、あのような呆然自失の空虚な一瞬が介在したか、ということであった。烈しい心の動顚に伴う直後の虚脱状態であろうと自慰もしてみたが、何かそれだけでも割り切れぬ無自覚の陰翳が自己の奥深く潜んでいるのではなかろうか、という気もして、気懸りでならなかったのである。そして、その翳を理解するに至ったのは、凡てが終ったのちのことであった——。

旬日前、私はふさ急死の知らせを京都に受取った。専攻科目である心理学の冬季学会がこの地K大において開催され、私はT大を代表して出席していたのだった。突然の訃報に急遽帰京した私を更に驚愕狼狽させる意外な事実が待ち設けていた。ふさの死因に他殺の疑いがあり、しかも独り娘の亮子にその嫌疑がかけられている、というのである。私には極めて慮外のことであった。問題のあろうはずがない。何かの飛んでもない間違いで、直ぐ疑惑は解けるものと思った。何故なら、ふさは以前から軽度ながらも宿痾の狭心症を持っていて、とりわけ最近の不規則な生活が決していい影響を与えてはいないことを、私もかねがね憂えていた位であったから、今回の不幸は疑いもなくその狭心症発作の齎《もたら》した痛ましい結果であろうと、はじめから当然のことのように決めてかかっていたゆえである。しかし、よく質してみると、事態はしかく簡単ではなかった。

　第一に、その日の昼食のときから、ふさと亮子が烈しい口論を続けていた事を、女中の園が認めていた。園は昼食後買物に外出したのだが、そのときもなお執拗に繰り返されている親娘《おやこ》の言い争いを後に聞きながら、いやあな気持で出掛けたというのである。

　第二に、ふさの死亡時刻と推定される午後二時過ぎ、亮子が何故か激しい狼狽と恐怖と焦悶に駆り立てられている様子で、通りの雑沓を蹣跚《よろめ》くように渋谷駅方面へ向うのを見た、という篠崎靖男の申立てであった。篠崎は近頃ふさ放埒の生活の相手をつとめるようになった一人で、長身痩軀、いつも髪をばらりと額に垂らし、狭い眉間に神経質な縦皺を寄せ、対談中なぞは瞬く間に一箱も灰にし兼ねないほどの莨《たばこ》病みであった。年のころ三十前後であろう。S経済研究所員ということで、何かと所外調査に赴くことが多く、自然巧みに私の留守宅に立寄る機会を掴んでいるらしかった。人々はとかくの言葉を呈して、ふさよりもむしろ私の意気地なさを嘲っているようであったが、私はただ苦笑いに流すばかりだった。愉快ではないが所詮仕方のないことと、傍観する外はないのだった。その日も篠崎は、恐らくそのような訪いの一齣を運んでいたのでもあろう。篠崎の言う所に依ると、そんな亮子の異様な気配に吃驚《びっくり》した篠崎は、慌てて呼び止めようとしたが、通りを距てていたためと雑沓に紛れ、それにまた先を急ぐ用もあったので、後は追わなかったが、何故か段々気に懸り出し、私の宅に寄ってみる気になった。ところが、玄関の戸が開いたままになっているのに、篠崎の訪いの声に応える何の気配もない、これは可怪しいと思わず不安に駆られて家の中に入ってみたのだが、愕いたことには居間に仰反るように倒れて死んでいるふさを発見したのであるという。篠崎は狼狽と恐怖に立ち騒ぐ心を抑えて、取るものも取り敢えず近所の人々の応援を求め、医師と警察に急報したのであった。この篠崎の陳述に対して、亮子は、外出の事実は認めたが、それは園が出掛けた直後、即ち午後一時頃で、「篠崎さんが二時過ぎに渋谷附近で見かけたと仰有るのは、私ではなくて、誰方か人違いをなさったのでしょう」と強く主張した。

第三に、既に冷くなったふさの右手が、しっかりと摑んでいた女持ちの手袋を、篠崎が亮子のものだと証言した事である。極細の毛糸で編んだ左手用のものだった。しかし、これは直ぐに篠崎の誤認であることが判った。色彩・模様共に極めて酷似していたが、亮子の手袋ではなく、その友人小沢優子のものであった。先日来、亮子は小沢優子と谷田美沙子に頼まれて手袋を編んでやっていたのだが、恰度それが出来上ったところだったのである。二人は亮子の大の仲良しで、亮子手編の手袋が非常にお気に召し、是非私達にもお揃いのを編んで頂戴とせがんだので、亮子も承諾したのだったが、どうも自分のと全く同じものを二つも編むのもなんだという気がして、「二つ共ぜんぜん同じじゃ、つまんなくてよ。だいいち、優子なんか周章《あわて》ん坊だから、寄合ったときなぞ間違えちゃうに決ってるわ。ほほほほ。色と模様を少しずつ変えておくわね。ねえ、いいでしょう?」「ええ、いいわ、亮子に任せてよ」というような次第で、全体の地編は何れも自分のと同じく臙脂《えんじ》濃淡の段編にしたが、手首の所に横に入れた模様編を少しばかり変えたのだった。原型になった亮子のは菱編になっており、二糎《センチ》幅の横筋の間にグリーンの小さい菱形模様がずっと並んでいたが、優子のそれは形は全く同じだが色をブルーに変えた。これに反して美沙子の分は、色は同じグリーンにしたが、菱編の代りに亀甲編を使い亀甲模様を並べて編んでみた。菱形と亀甲形とは殆んど同じ位の大きさだったが、そのとき、ふさの右手に握られていたのは、間違いもなく優子のために編まれたものだったのである。そして亮子によれば、亮子自身の手袋はいつも自分の机の一番下の抽斗《ひきだし》に入れておく習慣であり、優子・美沙子の二人に編んでやった手袋は、二組一緒にして一番上の抽斗に入れておいたという事であった。そして、その日も自分の手袋を著けて外出したが、帰宅後ふさの急死の騒ぎのなかにも、習慣通りいつもの所に仕舞ったのであるという。なお、美沙子の手袋は抽斗の中にそのままであったが、優子のは左の方がふさの手に遺っているだけで、右の方はどこにも見当らなかった。これらの亮子の陳述は凡て事実である事が明かにされたが、少くともこの時においては、亮子に何等の有利を齎すものではないと考えられた。亮子の手袋ではなくとも、その在り場所を一番確実に知っていて、最も使用の機会をもったのは、亮子自身に外ならなかったからである。けれども、この三組の手袋の僅かな模様の相違は、後ほど私に極めて重要な推理の手懸りとなったのであるが……。

　第四に、ふさの死体に絞首の痕が発見され、しかも何か手袋ようのものを著けた指で圧迫されたものらしいと推定された事であった。ふさの直接死因は、私の想像通り狭心症特有の発作的なショック死だったが、絞首の痕が残っていたため、俄に問題は重大化した。即ち、首を締めたことによる窒息死が心臓へのショックに先立ったとは考えられないが、絞首による窒息が心臓部への決定的なショックを誘発したのではないか、という疑いが抱かれた故である。ショック死後首を締めたものなら他殺とは断定できぬ。これに反し、絞首が直接的にショックを導いたとすれば、前後の事情より考えて他殺の疑いが濃厚である。犯人が指紋を残さぬよう優子の手袋を嵌《は》め、ふさに飛びかかって首を締めたとき、ふさが最後の必死の力を振り絞って犯人の左手を摑んだため、手袋だけすっぽぬけてふさの右手に遺ったのだ、という仮定は容易に組立て得るところであった。こうして、冠状動脈の所の筋肉の状態と、顔面充血の有無を主眼点として、ふさの死体が解剖に付されたのは、私の帰京した翌日のことである。

　ふさの急死をめぐる諸情況は、大体以上のようなものであり、亮子の立場はやや不利であった。むろん、極め手のないこととて、一切は解剖の結果を俟《ま》たねばならなかったし、何といっても亮子はふさの実の独り娘である。私はかたく亮子を信じていたが、当局の亮子に対する心証はよくなく、身柄不拘束のままかなり厳しい取調べが続けられていた。しかし、亮子は頑強に否定を繰り返した。事件担当の溝田警部は、捜査の成り行きを憂えて訊き質す私に、さすが気の毒そうに視線を外らしながらも、

「まあ、大体そんなわけで、お嬢さんは激しく否認なさっていらっしゃるのですがね、いかがです、お義父様《とう》としちゃどんな風にお考えです、亮子さんは日頃お母さんとあまり仲がいいほうじゃなかったようですね?」と、逆に切り込んでくる職業的な鋭さを何気ない言葉に蔽う巧みさである。私は何故か、どきりとするものを感じたが、

「いや、そんなことはありません――。それゃあ、たまには口喧嘩位はしていたようですが、亮子がふさをどうしたのこうしたのという事は、絶対に信じられませんよ。亮子は私とこそ義理の間柄ですが、ふさとは血を分けた親娘ですからね――。一体、亮子はどんなふうに申しているんです?」と、話を戻そうとした。

「しかし、亮子さんはあの日の昼食時お母さんと烈しい口論をした事を、自分でも認めていらっしゃるんですよ。たとえその意志はなかったとしても、激論の末ヒステリックなまでに昂奮した亮子さんが、発作的にお母さんを……。これはあり得る事ですからね。だから、それならそれで早く率直に真実を語って戴きたいのです。そうすると、同情を惹く点も多々あることでしょうから、却っていい結果を齎すと思うのですが……。とにかく、係官の心証を害することは、あとあとまで不利益なものですよ」

亮子の潔白を疑わぬ私は、こんな風に搦手《からめて》からじわじわと押してくる質問が甚だ不愉快であったが、強いて気を取り直し、懸命に亮子の弁護を試みようと努めるのであった。

「けれども、溝田さん、亮子が外出したのは午後一時だと申しているようですが――。篠崎君の誤認ということも充分考えられると思います。ふさの死亡時刻は大体二時だそうですね」

「ええ、それはそうです。亮子さんは『確かにお母様と口論しましたが、園が出掛けた直後仲直りを致しました。私は気晴しのため一時頃渋谷に出て、それから新宿に廻り、地球座で映画をみて帰りました』と言っておられるんですがね、残念なことに、亮子さんは一時から三時過ぎまで誰も知人に会っておられないのですよ。また、自分を覚えていてくれそうな人もないと申されるんです。確かに地球座の映画の様子などは事実に符合していますが、これは亮子さんが二時過ぎに外出なさっても同じ結果になりますから、証拠にはなりません。つまり、亮子さんは二時前後のアリバイが全然ない、という事になる

訳です――」
「……」
「それにあの手袋が亮子さんのじゃないとしてもですよ、亮子さんの机の抽斗に仕舞ってあるのを使用するチャンスという点を考えますとね……。まあ、解剖の結果をみなければ何とも言えませんが――。どうでしょう、しつこくて失礼ですが、亮子さんはお母さんの最近の生活を何かひどく嫌忌なさっていらっしゃったんじゃありませんか、ひとつ、忌憚のない所をお話し願いたいのですが――」

溝田警部は再び執拗にその点に触れてきた。私は依然強く否定したが、他方、ぐるぐると脳裡に舞いはじめたふさと亮子の生活像のかずかずに、何か妙にひやりとする記憶を否み得ない自分を見出して、我識らぬ狼狽を覚えてゆくのだった。

ふさは人間の儚《はかな》いあわれさを、橙色の午後に慌しく撒いて行くような女であった。田舎の女学校を卒えてから上京し、伯父の許に身を寄せていたが、やがて町田という艶歌師風情の男と恋におち、周囲の反対を振り切って駆落したのが最初だった。まもなく町田は胸を患い、困窮その極に達した頃、恰度次の男ができていたふさが、町田を見捨てて新しい男の許に走ったため、町田は心の限りふさを恨み呪いつつ、貧困のどん底に死んでいったのだが、ふさもまた、既に町田の胤を宿していたと判るや、その男に見離され、しょんぼり郷里に帰ってきて、やがて亮子を分娩したのである。ここで土地の裕農の後添になったが、二年経たぬうちに夫と死別したふさは、不動産を夫の親戚達に呉れてやり、動産はみな現金に替え、四つの亮子を連れて再び東京に出ていった。二年許り働いているうちに、伯父の世話で中年の商人と結婚したが、夫は四年後自動車事故で死亡し、かなりの遺産がふさの懐に転がり込んだので、ふさはそれを資本に人形町の裏通りに一杯飲屋を始め、亮子はここから学校に通ったものだった。まもなくふさはその店で知り合った年下の男と同棲したが、半年で男は逃げ、同時に商売も落目になった。ふさが方位・家相に凝り始めたのはその頃からのことである。柴木南済というのが先生だった。人形町の店は方位が悪いから乾《いぬい》に方除けをしたがよい、との御託宣を守って一時須田町に店を移したのが当って、大いに繁昌し、ふさはますます南済先生を信奉するようになっていった。そして知人に遇う毎に、「是非あなたも方位をおやりなさいませ、これが世の中の根本というものでございますよ、私がいい実例じゃございませんか。それゃあ南済先生はお偉い先生で。まあ、損したと思って一度みてもらいにお出で遊ばせ、ほんとに方位を知らぬ方々はお気の毒でございますわ」と薦めて、やれ暗剣殺がどうの歳破殺がこうのと一席講義をやり、どこの誰それは方位をやってから何万貯めたの、何某は方除けの御利益で腎臓病が癒ったのと、くどくど述べたてるのだった。方位の故か、移る度にいよいよ店は賑い、ふさは全身全霊を打ち込んで切り廻した。やがて戦争が苛烈になって商売が行き詰るや、ふさはさっと店を売り払い、さる商事会社の重役という初老の岡村と結婚したのだが、子のない岡村は恰度女学校を出た亮子を非常に可愛がってくれたらしい。この頃からふさには狭心症の軽い発作がときたま起るようになったが、自身別に心配もせず、思うさま中年の生活を楽しむ、豊な脂肪組織と方位の効験の前には、病も暫しその影を潜めたようだった。終戦後岡村は肝臓を患って世を去り、ふさの財布にはまた一財産が殖えることになった。どういうものか、ふさと一緒になる男はよく死んだ。そして、その度に幾らかの金がふさの懐に転がり込むのである。「金のなる死神を背負っている」人々はそう陰口を叩いた。しかし、ふさは気にもかけず、方位に家相に相変らずの凝り方だった。

私が偶然ふさと相識ったのは、その頃である。恰度私は戦争に妻子と家を失って、侘しい間借り住いをしていた。金もなかった。ただ学問だけが残された唯一の心の拠り所であった。そんな私にふさの、「先生、これじゃお気の毒でございますわ、是非私の宅にいらして下さいませ、お部屋をお貸しするというような事でなくて、何卒家族のような気持でお出で下さいませ、ええ、きっと亮子も喜びますわ、さ、先生、そう遊ばせ」という熱心な勧めは、断りきれなかったのである。岡村との生活で、ふさはすっかり中流家庭の奥様ぶりを身につけていた。私はついうかうかと渋谷のふさの家に住みついて、まもなく亮子の義父になってしまった。しかし、これは失敗であった。ふさにしてみれば、今までの彼女とは肌の違う世界を求めてみたのかも知れなかったが、所詮T大心理学教授という無味乾燥な生活内容に満足できるはずもなく、やがて、ふさには二人の男ができた。私は自分の軽率さを悔いながらも、何故かへんべんとふさの二重生活のお相手を続けていた。別に嫉妬めいた感じもなく、生来の不精のせいか、ふさから問題にしてこない限り、こちらから責める気は起らないのだった。私には現状の変更がたまらなく億劫で、それより本でも静かに読んでいられる生活さえ保証されていれば満足だったのである。

ふさは四十を越していたが、その肌は一向に年をしらないもののようにみえた。粧いの巧みさもあったろうが、何よりもふさの旺んな生活意欲が、人々をしてどうみても三十五位にしかふませないのである。ふさは片手間に一種の高級ブローカーのようなことを熱心にやっていたが、そうした仕事への熱意も、方位への傾倒も、次々と無雑作に男を変えてゆく心事も、畢竟《ひっきょう》ふさにあっては別々のものではなかった。どっかと根をおろしている。そこには橙色に塗りこめた午後の陽のふしぎな安定性があった。

ふさの新しい男の一人、楠本は、二十貫近い体重を持て余したような新興成金で、密輸で当てたという噂であったが、ふさの所謂〝仕事の上でお世話になる方〟という触れ込みに、経済的弱者である私はただ苦笑する外はなかった。背が低いのでいっそう肥ってみえ、戦後実力階級に共通する粘っこい現実主義的な体臭のなかから、勿体ぶった経済的優越感が露わに匂って、それは同時に〝女というもの〟に対する傲慢さとも結びつく。そのくせ、いったんそういう自信が動揺すると、今度は急に地金を現して、激しい感情の起伏を恣《ほしいまま》にするある種の優越感がいい意味に働くときは、生活上のある原動力ともなることを、私も否定はしないのだが、楠本の場合はあまり愉快なものではなく、とくにそれが精神的内容の単純さ空疎さを露呈しはじめると、むしろ滑稽にさえみえてくるのであった。けれども、その財力と女を扱い馴れた技巧のほどはさすがなもので、ふさも完全に傀手々々と廻らざるを得ない様子だった。

もう一人の篠崎は、楠本と対蹠的な思索型のインテリであったが、彼の場合には軽蔑的優越感が一種独特のニヒリズムとなり、偽悪的な誘いのポーズとなった。男には嫌忌を感じさせるこの姿勢が、女にとっては却って、知的な魅力を、被虐的な刺戟を、与えるのだろうか。ふさは篠崎よりも楠本に惹かれているようだったが、最近楠本の足はやや疎《おろそ》かになった気配があり、逆に篠崎の出入が度を増したようにおもわれる。こうして、篠崎は問題なくふさの男であった訳だが、私は理由もなくただ漠然としながら、何故か、篠崎はその実ひそかに晃子に心を寄せているのではないかと思うことがあった。この感じは、こんど亮子に不利を齎した篠崎の証言によって覆されたわけであるが、後になって考えると、その真の意味はその時も未だ私に分ってはいなかったのだった。

ともかく、私は苦笑のうちに、遠くからふさの放埒な生活を第三者的に眺めているだけであった。ただ、そんなふさの生活が、狭心症という持病を持つ体に、次第に悪い影響を及ぼしているのではないかと、深く案じてはいたのだが……。

ふさを午後の橙色にたとえるなら、亮子は未明の藍色をおもわせる清潔さであった。純一な耀きが澄んだ暁穹に涼々として清冽な気品と格調を湛え、更にそれが敏感すぎるほどの烈しい潔癖さを叩きつけてくる。母のふさとは全く対照的な鮮かさであった。その育ちゆく年頃に、あんなにも幾人もの父をもった娘とは思えぬほどの……いや、それ故にこそ、却って反撥的に、そのような穢れに対する一途な嫌忌がはぐくまれてきたのかも知れなかった。けれども……私は、……そんな亮子の潔癖な藍色のなかに、何かもうひとつの藍色が顫えるように秘められているのではなかろうかと、何故だか何故だか、感じられてならなかったのだが……。むろん、亮子自身は全然自覚していない……しかし……黄昏《たそがれ》後の藍色といったものが……。亮子は肌理細《きめこまか》の、皮膚の薄い娘であった。薄い皮膚に綺麗な静脈が透きとおるように浮いて、清らかな祈りがこめられている。だが……その薄い耳朶に陽の光が射して、うっすらと衣を脱いだ生毛のあたりを凝《じ》っと見詰めていると、純潔な希いと共に、何か少年の胸をさえ掻き毟らせるような溜息を、ふっと心に誘われる想いであったが……。

ふさは良妻ではなかったが、亮子は子を喪った私にとって可愛いい娘となっていった。私は父と呼んで欲しいと思ったが、気恥しさゆえか、亮子は「せんせい――」そんな呼び方をしていた。周囲の人々がそう云い習わしているからであったろう。しかし、それはそれでまた、別の稚い可愛いさともなった。ふさに求めて失敗した家庭の温かさを、亮子に対する父親らしい愛情で、私は久し振りにしみじみと味っていたのだった。

いま、ふさの死因に不審が抱かれ、亮子に嫌疑がかかっていると聞かされた私は、即座に強く否定し、亮子に限ってそんな馬鹿なことが……と、いきり立ったが、次第に昂奮の波が過ぎ、溝田警部のぬんめりとした訊問に遇うに及んで、思わずどきりとせざるを得なかったのは、亮子のこの烈しすぎるほど一途な潔癖さの一面が、刺すように鋭く想い起されたからであった。亮子はその清潔な祈りから、本能的に母の不行跡を嫌悪し、これを強く責めていた。私に向ってあからさまに告げることはなかったが、二人ぎりの時はよくその問題で言い合っている様子だった。幼い頃はともかく、次第に娘らしさをそなえてくるにつれ、亮子のひたむきな純粋さは、母の淪落をどうにも堪え難いものに感ずるようになってきたらしい。殊に、私と家庭をなし、亮子が私を真実の父のごとく慕うようになればなるほど、ふさの最近不潔の生活が亮子の清らかな精神をいっそう刺戟し、亮子は苦い事実を挙げてまで、烈しくふさに悔い改めを迫っているようであった。私に対する遠慮と思惑から、娘が母を諫《いさ》めるに至った、というのも一半の理であったろう。最愛の母なるが故に、娘としては少しでも理想的に所有していたい、というせつない希いもその一半であったかも知れぬ。しかし、何よりも、亮子の澄みきった清冽な一途の潔癖さが、いかにしても母の不倫を看過できなかったのであろう。と、そう考えてゆくうちに、私は一層ひやりとする想い出に突き当らねばならなかった。それは、たった一度だけ亮子がふと私に洩らした感慨だったのである。

「せんせい、私の女学校時代のお友達で田代さんて方ね、結婚なすってからまもなく胸を患ってお亡くなりになったんですって。結核は怕いわ。私のほんとうのお父さん……もやっぱり胸で死んだってことよ。でも——お母さんね、最後までは看病してあげなかったらしいの。新しいお父さんができてたから……。もとのお父さんは母さんをとっても恨みながら死んでいったんですって。私、ある人から聞きました——。あら、せんせいにこんなこと申上げていけなかったかしら——。御免なさいね」亮子は瞼を潤ませて、身を翻していった。私は、いま、その一語々々を嚙むような思いで想い返さずにはいられなかった。町田の恨みの血は、無意識にもせよ、亮子の底に流れていたはずである……。

翌日、私の不安と焦躁をよそに、予定通り行われた解剖は、捜査当局にとってはやや意外の結果に終った。それは同時に、亮子にとっての有利を意味した。他殺の疑いが全くはれた訳ではなかったが、少くとも亮子に幸を結果したのである。私は、一応の安堵に、肩から力が抜けてゆく感じであった。

解剖所見に依れば、冠状動脈の筋肉の状態から、直接の死因は、狭心症発作によるショック死と断定された。問題は、首の絞痕が、ショックの決定的誘因であるか、それともショック死の後に加えられたものであるか、という点であったが、生活反応の問題としての顔面及び頭部の充血がまず否定に傾いたことから、たぶん死後絞首であろうと認められたのである。しかし、ふさは心臓病もちに多い多血質であったから、この充血の有無はその程度と絡み合って極めて微妙な難しい問題であった。充血無し、死後絞首痕、と明快に断定し去る事はできなかった。極く短い一瞬の絞首がショックを導いた場合には、解剖によっても顔面充血を見出す事が困難な例があり得るというのである。たとえ僅少にもせよ、その可能性があり得るという事は、ふさの他殺を、絶対的に否定することはできない、という命題をも含む。けれども、確率的な結論としては、ショック死の後に絞首が行われた、とみるのがまず妥当なところであろう、という所見に落着いたのであった。

ある意志をもった手が、手袋ようのものを嵌めて、ふさの首部に働いたことは確かだが、剖見の如く死後絞痕とすれば、その意志に拘らず、絞首による他殺とはならない訳で、絞首者の追求は頗るその迫力を失うことになる。更に、例の優子の手袋と絞首に用いたそれとは別物ではあるまいか、という考え方も成立してきて、ふさが単に優子の手袋を握っていた時、偶然に発作が起りショック死を遂げた、その直後、ある意志をもつある人物が侵入して、ふさの死を睡眠と誤認したか、もしくは念を入れてその死を確実にするためだったか、それともあるいは他の目的があったのか、何れにせよ絞首を行い、傍に落ちていたもう一つの手袋（右手用）を何等かの理由で持ち去った、という組み立て（偶然が重なり過ぎるが、有り得ぬ事ではない）も考えられてくる。尠《すくな》くともこの剖見によって、亮子があの手袋を嵌めてふさを締めたため、ふさが直接的に死亡した、とみる推定は、甚だその根拠を奪われた形となった。

ここで残る問題は、亮子が口論の挙句昂奮してふさにとびかかり、首を締める前に、突きとばすか何かしてショックを起させたのではないか、殺意はなかったとしても、激情のあまりの過失致死が成立し得るのではないか、という仮定であったが、解剖所見としては別に証拠となるべき他の点も発見されなかったし、またそれは亮子ならざる第三者であっても差支えない訳で、この仮定はあくまで情況的なものに過ぎず、直接証拠のないことであった。

　むろん、疑惑の諸点が多く残されており、更に捜査を要する事件であったが、こうなっては、外に有力な極め手でも発見されるか、本人の自白でもない限り、これ以上亮子のみに対する追求を続けることは無意味となったのだった。溝田警部も、

「どうもこうなりますと、いやな事件になりましたなあ。別の方面に手をまわしてはみますが……篠崎さんの話も疑えば疑えることですし……。だが、死後絞首らしいという剖見じゃ、少し気合が抜けましたよ。それにしてもお嬢さんには失礼致しました。失礼は致しましたが、私はどうも……長年の勘という奴がですねえ、未だ釈然としないのですよ……」と、半ば厭気がさしたふうに、半ば口惜しそうに、かの信頼すべき（？）第六感の捨台詞を残してそっぽを向いた。

　あれからふさの初七日忌を間に挟んで旬日を経たいま、突然、亮子は失踪したのである。尠くとも一応嫌疑の薄れたはずの亮子だったから、その失踪が人々に極めて異様な奇異の感を与えたのは無理からぬところであった。そして、それはやがて再び亮子に対する疑惑の眼に戻っていった。園でさえおずおずと、「先生様、やっぱりお嬢様はなにだったのではございませんでしょうか？　そして、どうしても良心の苛責に堪えかねられて、とうとう、哀しい覚悟を遊ばしたのじゃないかと……」などと心配そうに案ずる有様であった。

　けれども、私としては、これら事情を深く知らぬ人々とは全く異った意味で、甚だ狼狽憂慮せずにはいられなかったのである。それは、私と警察当局とだけが知っていることであったが——。

　実は、解剖の結果亮子に対する疑いが薄れたのち、私は今度の事件を振り返っていろいろ考えてみたのだが、何よりも気懸りでならなかったのは、例の手袋が極めて酷似した三組の手袋のうちの一つであったことだった。色彩・模様共に僅かの相違しか有たぬ三組のうちから、あの場合とくに優子の手袋が選ばれたことは、単なる偶然であったろうか？　もし偶然ではないと仮定すれば、いったいどんな意味をよみとるべきか？　こう考えてゆくうちに、自分の専門の知識のある事柄が、私の脳裡に鋭く思い合されてきたのであった。それは、例のクレッチメルの性格類型論に対する、ショール及びエンケの実験心理学的補足の成果で、『躁鬱性気質者は色彩に

対して、乖離性気質者は形状に対して、それぞれ形状及び色彩に対するよりもより敏感である』という一般的命題であった。

いま少しく説明してみると、まず、クレッチメルは、人間をその性格によって躁鬱性と乖離性の二類型に分類した。無論その中間に種々の交錯型が存するが、その典型的場合においては両性格像の特徴は次のようなものであるという。即ち、躁鬱性気質者は、感情昂奮性が大きく、多弁、法螺《ほら》吹き、傍若無人、勿体ぶり、などの点が目立ち、同時に社交的な現実的活動家である。主に外に向って生活する型で、実業家等に多い。これに反し、乖離性気質者は、自己の内部に向って生活する封鎖的傾向を持ち、内面の分裂性が特徴である。外部に対する鋭い冷たさ・辛辣な犬儒主義・嘲笑と、自己に対する繊細な敏感さ・深刻な厳格さ・嫌忌とが、対立する。冷酷、我利々々、抽象的、論理透徹性などが著しい。限られた感情区域（心的治外法権区域）を固執し、その内における永続的な強靭執拗性と首尾一貫性を伴う強い意志を有つ。この型は哲学者・法学者などに多い。

更にクレッチメルに依れば、この両類型はその体格類型に重大な関聯があるという。即ち、躁鬱性気質者は体格的に肥満型傾向を示し、乖離性気質者は長身痩軀の羸《るい》痩《そう》型を顕現するというのである。これはキイブラーの実験により、肥満型の九四・四％は躁鬱性であり、羸痩型の七〇・七％が乖離性であることが証明されたのであった。

以上のクレッチメルの性格類型論は、更にクロー学派により、知覚及び思考の特色に見られる両類型間の諸差異が研究された。即ちショールの実験に依れば、被験者に対して、各種の色彩をもった各種の図形の中から、一定の予め示しておいた図形を見つけ出す事を要求するのである。まず被験者に、一定の色彩と一定の形状の図形、例えば赤の不等四辺形を十秒間みせ、後で図形群が示されたとき、その中から再発見することができるように、それを良く銘記しておくよう予めインストラクションを与えておく。次にそれから十秒後に被験者に対し、映写機を使って、八乃至十六個の個々の図形を一纏めにした一組の図形群を、十分の二秒提示する。この図形群の中には、前に予め見せた図形も含まれているが、前とは異る色彩をしている。同様に前に予め見せた図形の色彩も含まれているが、前とは形状が異っている。こうして、一人の被験者が、どちらからより強い印象を受けとるかが確認されるのである。即ち、図形群の中から、前に予め見せられた時とは異る色彩であるにも拘らず、前と同じ形状のものが見つけ出されたとき、それを形状反応と呼び、逆に前と同じ色彩だけが再発見されたときには、それを色彩反応と呼ぶ。そうして、ショールの実験例では、乖離性気質者の殆んどが色彩よりも形状をより容易に再発見する形視者であり、躁鬱性気質者の殆んどが形状よりも色彩に対してより敏感な色視者であって、その逆の場合は皆無であった。

更にエンケは各種の色彩のシラブルを短時間提示し、色彩の答及び文字の答の比を求めるという方法により、ショールと同じ結果に到達したのであった。

以上を要約して、前述の命題が成立するに至ったのである。

さて、私はここで、事件当日の模様を想像しつつ、一つの仮定をたててみたのであった。即ち、犯人であるある第三者（彼は亮子の手袋を時々瞥見して大体憶えているという条件を充たしている）が、指紋を残さぬよう、更に亮子に嫌疑を向ける目的で、事前に隙を狙い、亮子の手袋を探し求めてその部屋に忍び入り、机の一番上の抽斗をあけて、そこに優子と美沙子の二組の極めて酷似した手袋を発見した、（亮子の陳述を一応事実であったとして）とすれば、どうであろう？　彼は短時間で仕事を成し遂げねばならないし、また同じような手袋が三組もある事までは知らなかったであろうから、この二組のうちの何れかを亮子のものと錯覚するに違いない。そうして、咄嗟の当惑の中にも、日頃亮子の手袋から受けている最も強い印象に従って選択を行うに相違ないのである。いま三組の手袋を比べてみると、全体の地色は同じ臙脂で問題はないが、例の手首の所に横に並べた模様に、形状と色彩の極く僅かな相違がある。原型になった亮子のはグリーンの菱形模様。優子のぶんはブルーの菱形、美沙子のはグリーンの亀甲模様。そうすると、この場合、ショールの実験例と同じケースが成立したのではなかろうか？　つまり、亮子の手袋が、予めインストフクトされた一定の原図形に当り、優子美沙子二組のそれが、後に示される図形群に相当する、とみることができる。ここで、犯人が極めて短い時間に亮子の手袋を選択する必要に迫られて、咄嗟に優子のものをそれだと錯覚して選んだとすれば、彼は日頃グリーンという色彩よりも、菱形という形状に対して、より敏感な印象を受けていたことになる。即ち、彼は形視者であった訳で、このことから前述の命題を逆推理すれば、犯人は羸瘦型の乖離性気質者である可能性が頗る大である、という結論が導かれるわけだと、私は考えたのであった。

　以上の点を念頭におき、私は、一応ふさの死を他殺と仮定して（剖見によってもその可能性は僅少ながらも残されていたし、また死後絞首としても、それ以前にある衝撃を故意に与えてショック死を誘ったともみられる故）、今度は動機という点から考慮を進めていった。まず、私自身も嫉妬及びふさの財産を狙う意味において動機をもつと言えるかも知れぬが、これは当日京都にいたという事実からも問題にする人はあるまい。そこで私の信ずる亮子を仮りに除外するとすれば、園は善良な女中であって、動機も疑う余地もない。次に、ふさの親戚がその遺産を狙ったとしても、私が法律上の夫である以上、ふさの特別な遺言も出来ていなかったのだから、当然まず私を葬らねば意味をなさぬ。また、ふさの過去の男たちも大半は死亡している。そうなると結局、情痴関係の動機として、楠本、篠崎の二人だけが残るわけである。いま仮りに、移り気の楠本が既に別の愛人を拵えていて、ふさのしつこい深情を甚だ煩わしいものに感じ始めていたとしたらどうか？　また、篠崎が、ああいう性格であるから、私の感じていた所とは全く反対に実はすっかりふさに惚れきっていて、心の治外法権区域に想いつめているにも拘らず、ふさがむしろ楠本を追い廻すので、それを詰る嫉妬の激論の末俄かに殺意を抱いて咄嗟に策を案じたか、あるいは、惚れたふさをひと思いに亡きものにして永遠に所有しようという決意を、最初から計画的に実行に移していったのだ、と考えることはできないか？

　ここで思い合されるのは、楠本が肥満型の躁鬱性気質者であるのに対し、篠崎が羸瘦型の乖離性気質者であることであった。体格のみならず、二人の性格も完全に典型的な両類型に一致している。いま、動機の点から追求した結果、この二人だけが疑惑線上に残されており、しかも一方、犯人は形視者たる乖離性気質者でなければならない——。

　更に、篠崎のアリバイはどうか？　篠崎は事件発見者である。そのことは同時に、発見当時現場に彼ただ一人しかいなかった時間の存した事をも意味する。我々は事件発見者という資格に一種の錯覚を覚え、しばしば盲点の中に入れてしまうことがあるものだが、実は篠崎自身こそ最もアリバイを有たぬ者だとも言える訳ではないか。

ここに、亮子に不利を齎した例の篠崎の証言が、新しい意味を帯びて登場してくるのである。亮子を二時過ぎ渋谷にみたというのは、自分を護ると同時に、亮子に嫌疑を向けんとする巧妙悪辣な偽証言ではなかったか？　犯人が亮子のものと信じた手袋を現場に遺棄したのと同じ目的が、篠崎の証言に隠されていたのではないか？

実に、篠崎こそ、犯人たる条件を凡そ充たすものではなかったか？

同時にふさと亮子を葬り去る、犯人の底知れぬ恐るべき意図に想い到って、私は慄然たらざるをえなかった。篠崎はふさに夢中になる前に、亮子に言い寄って振られた恨みがあったのではないか？　更に想像を逞しくすれば、篠崎はもっと別の理由から、ふさと亮子への復讐を計画していたのではあるまいか？　たとえばもし仮りに、篠崎が町田と町田のふさ以前の女との間の遺子であるとしたら如何？　母を奪い父を見捨てた女とその娘に対する復讐……。

私は戦慄を感じながらも、以上の推理に憑かれたように執着した。いま少しく補足するならば、篠崎は亮子の外出直後を見計らってふさを訪れたものであろう。ここでまず、亮子に嫌疑を向けるために、普段亮子の身に著けていそうな何等かの所持品を現場に遺しておく心算で、御不浄にでも立つふりをしてふさの目を盗み、亮子の部屋に潜入したのであろう。最初から亮子の別の手袋（亮子は外出中なる故）を狙ったか、あるいは手袋と限定せず物色しているうちに例の優子・美沙子の手袋を発見したのか、何れにせよ、亮子の抽斗に見覚えのある手袋を見出して、てっきり今日の亮子は別の手袋をし出たのだ、そして誰か一人の友人に同じようなものを編んでやっていたのだ、この二組のうちの一方が見覚えのある亮子のものだ、こう錯覚し、形視者の例に従って優子のぶんを選んだものであろう。そうして再びふさの所に戻り、狭心症の発作を利用して、何か感情上もしくは身体上の強い衝撃を与えてふさをショック死させ、更に念のため手袋を嵌めた手で首を締めておいたか、（これは殺人者の一心理であるが）、あるいは、最初から首を締めてかかり、刹那的にショック死を牛ぜしめたか、何れにしてもふさを葬り去ってのち、手袋の一方をふさの手に握らせ、他方を処分したのであろう。然るのち、事件発見者の如く騒ぎ立て、巧みな演出を行っていったものであろう。そう考えてゆくうちに、私はもう矢も楯もたまらなくなり、早速溝田警部を訪ねて以上の意見を述べ、篠崎の生立乃至情痴関係の動機、及び楠本の動機とアリバイをも、併せて調査してくれるように依頼したのであった。警部も深い感銘をうけたらしく、俄かに、以前の疑ぐるような態度から協力的なそれに変り、私の申出でも快諾してくれた。捜査の結果、楠本のアリバイは不明瞭であったが、犯人は形視者でなければならぬゆえ、これは最早問題でなかった。しかし、最も重要な篠崎の動機関係の調査は、直接篠崎に当ることが最後の手段であるだけに、なかなか困難な模様であった。

こうした情況のなかに、今度の亮子の失踪となったのである。私は直ちにはっと鋭く胸を突き刺される痛みに、「これは篠崎の仕業だ！　やっぱり彼は犯人だったのだ！　篠崎は亮子に罪を負わせることに失敗したので、遂に最後の手段に頼って亮子を葬り去ろうとしているに違いないのだ！」そう直感した。溝田警部も同じ意見だった。亮子の捜索願という形式はとったが、それは取りも直さず、亮子の危急を犯人たる篠崎から救い出して、篠崎の一切の邪悪を法の前に裁く事を意味した。こうして、私は、這般《しゃはん》の事情を知らぬ人々の臆測とは全く反対の意味において、亮子の失踪を深く憂えねばならなかったのである。だが、〝凡ては最早手遅れなのではなかろうか？〟という哀しいおもいが直ぐ後からひたひたと押し寄せてきて、私は言いしれぬ不安と焦躁の念に、暗くつつまれてゆくのであった――。

もう三日になる――。

警察では一刻をも争うものとして、篠崎を激しく追求していたが、篠崎は「知らぬ存ぜぬ」の一点張りであるばかりか、逆に強い憤怒を示してくるほどで、遂に何の手懸りも摑み得ないままであった。一方、亮子の行方も依然不明である――。私は犯人に違いないと思われる篠崎の底知れぬ奸智に烈しい憎悪と恐怖を感じつつ、他方、亮子に対する限りない憂慮に苛々と悶える心のやるかたなく、なすすべもない不安のただなかに、ひたすらその運命を案ずるばかりであった。

その限涯ない憂いと焦躁をいだいて、その日、私はぼんやりと大学の研究室の椅子に身を埋めていた。二月の午後の薄白い陽が硝子《ガラス》越の冬木立を洩れて、力なく落ちた本棚の埃の白々しさに、寞たるうそ寒さを覚える日であった。繙いた書物の文字面を虚ろな眼が素通りするばかりである。洩れる隙間風に冷気が襟のあたりを流れて、私は無意識にマフラーを掻き立てた。時計をみると三時であった。少し早いがもう帰ろうと思い、研究室の暗い階段を降りて出口の石段に立った。

　そのとき。あ、亮子じゃないか！　私は思わず叫ぼうとして、次の瞬間殆んど反射的に声をのんだ。館横の裸の銀杏樹に凭れて、うそさむい暮色にうたれながら、亮子がたっている。まさしく亮子であった。いったい、どうしたわけなのか⁉　ベーヂ色のオーヴァのプリンセス・ラインが、窶《やつ》れたその頬に何か不調和の思いを投げるのが痛々しく、ナイロンの光沢に流れる形よい両脚を交叉させたその先に、小さな靴が愁わしい。うしろに手を組んで遠く薄白い断雲をみつめているその頬に唇に、私は清楚ながらもせつなく匂う粧いのいろをみた。

　ああ、亮子。亮子は無事だったのだ！　ああ――。どんな事情があったのかと訝る疑惑も不可解な想いもいまはみな忘れて、深い深い安堵が先にたち、私は思わず瞼を閉じた。泪が閉じた瞼のもうすぐそこまで溢れてきそうである。私は痺れるような一歩々々を進んで、亮子の肩に慄える手をおいた。亮子はそのままの姿勢から顔だけあげて真直に私の眼をみた。痛々しさのなかにきらりとひかる眩しさが流れて溶けた。私は「亮子――」それだけ言って、あとの言葉は言葉にならなかった。亮子の靴がくずれて動く気配に、私たちは語もなくいつしか歩を合せて、うらぶれた銀杏道を三四郎池のほうに運ぶのであった。ここ二三日俄かに冴え返った寒さに春は未だ遠い。図書館の左に雲が走って疎林になずまぬ。私達はどちらからともなく池堤のベンチに腰を下した。亮子は脚を真直に揃えて、顔だけ横をむいている。私は何か言ってやらねばならぬと焦りながらも、何から言ってよいのか混乱を覚えた。口を重いと感じた。「亮子、みんな心配しているよ――」精一杯の劬《いた》わりと努力であった。言ってから、ああもっと言い方はなかったかと、にがい悔恨があった。

　「せ、ん、せ、い」ついに横顔の唇がくずれて、私は幾日振りかに亮子の藍色の声をきいた。しかし、その声には異様な慄えがあった。藍色の隔壁が揺れている――が、亮子の語はそこまで崩れて、それ以上に流れぬ。私は不安と焦躁を意識した。なるべく差し障りのない事柄から徐々にときほぐしてゆこうと思った。勇気と細心の配慮の要ることであった。しかし、亮子はそれっきり答えぬ。横を向いたままである。髪の匂いがせつないまでに伝って、後毛が冷く流れる空気にひんやりと舞った。私は語を喪って眼を落した。落した視線の先に亮子のきちんと揃えたブラウン濃淡の靴があって、その右の光沢に僅かな土がついていた。私はふと拭いてやりたいおもいに誘われ、跪《ひざまづ》くかたちに身を屈めてハンケチを取出し、左手に亮子の踝をおさへて丁寧に拭きとってやった。亮子は身を引かず、じっと耐えて私のなすままに任せていた。拭き了えた私は屈んだまま踵を立てて、自然に亮子の両膝に手を預ける姿勢になった。二つの靴からストッキングのすべっこい両脚にあがった眼が、更に腰の線の高さにあった。オーヴァの裾を合せている亮子の小さな手を覆う手袋の臙脂に、泌みるような複雑な想いを感じながら、私は遂にきって出た。

「亮子――。いま、どこにいるの？　決して誰にも亮子の気持を乱させはしないから、それだけ教えて頂戴。篠崎君は何も知らないの？」

言ってしまって、私は何故かどきりとした。と、その僅かな私の動揺を厳しく刺すかのように、「せんせい！」、燦くばかりのアルトが落ちた。私ははっと顔をあげた。ああ、亮子の顔が真直に向けられている――。眼と眼が合った。仄かな粧いの肌に揺れて濡れるような亮子の瞳に、火のごとき燦きを私はみた。〝せんせい……〟それは、憂愁にせつなく打ち顫える必死の哀訴の調でもあり、情熱をいっぱいに真向から叩きつけてくる焔のいろでもあった。亮子の抵抗量感がぐっと近づいて、私は瞬間かすかな眩暈《めまい》を感じた。

と、突然、仄もゆる果実の香りがさっと流れて、あっという間もなく、亮子はたたっと堤を駈け下りた。意表を衝かれて、私は何のなすすべもなかった。ここ数日の余寒に凍て返った疎らの銀杏路を、冴えた靴音が次第に小さくなってゆく。オーヴァの裾が冷風に乱れた。その乱れを押えて、微塵のかえりみもなく、まっしぐらに駈けてゆく亮子の軀の線が、みるみる遠ざかる後姿になっていった。私は魂だけが不意に遊離したおもいに、凡ての憂慮と危惧を一瞬忘却して、ただ声もなく茫然と見送るばかりであった――。

その翌日、私は亮子から、心の乱れに崩れるような走り書の、速達便を受取った。

『先生――。

亮子は何から申上げてよいか、自分でも分らぬほどの複雑な哀しさでございます。あるいは、先生は既に凡てを御存じでいらっしゃるのではないでしょうか？　いまとなりましては、ただひとつ次のことだけ申上げれば、最早充分でございましょう。亮子は、今まで自分でも気附かなかったもうひとつの自分に、いま、やっと気が附きました。そうして、その事を悟った瞬間に、凡ゆる支柱が崩れ落ちて、亮子はただただ無性に女というものの哀しいあわれさが身に泌みて参りました、と……。

先生。亮子は深くお詫び致さねばなりません、今まで一つの嘘を申し続けて参りましたことを。実は、篠崎さんの証言なされたことは凡て真実だったのでございます……。亮子は何と申し訳をしたらよいのでしょうか。けれども、先生、亮子があのように事実を否定して参ったのは、決して、心の疚しい所を蔽わんがためばかりではございませんでした……。

先生。既にお察しかも知れませんが、亮子は母の生活を強くいけないと思って参りました。勿論、亮子は血の繋った母を深く愛しておりました。しかし、愛していれば愛しているだけ、亮子の潔癖すぎるほどの潔癖は清潔を尊ぶ心に、母の淪落の体臭がたまらなく穢れにみちたものに感ぜられ、また、世間の評判を耳に致しますたびに、どんなに辛い思いをして参った事でございましょう。人々は、次々と父達の死んで行った理由を、ほんとにいやらしい言葉で噂いたすのでございました。私達は始終このことで言い争いをしていたのでございます　特に最近の楠本さん篠崎さんとの交渉の様子は、亮子としても、先生に顔向けならないまでの申し訳なさでございました。清浄をこよなく大切なものに信じております亮子は、自分と正反対の放埒な母の情炎に、矢も楯もたまらぬほどの恥しさと嫌悪を感じて、どんなに苦しみ悩んだ事でございましょうか？

あの日の昼も、私達はやはりこのことで激しく言い争いました。園の申す通りでございます。けれども、園が外出した後で、いったんは仲直り致したのでございました。そこで、亮子は話題を変えようと思って、恰度出来上っていたあの優子さんの手袋を取ってきて、「これ、出来たの。母さん、どう？」そう申して手に嵌めてみせ、母の批評を求めたのでした。ところが、運の悪い時には悪いもので、何かの拍子に再び話がもとに戻り、私達はまたまた激しく口論の続きを始めたのでございます。そうして、その挙句の果に、亮子はとうとう言ってはならぬ言葉を口にしてしまいました。亮子のほんとの父である町田のあの悲惨な臨終を、そのとき母のいかに無情であったかを、ありったけの恨みの言葉で申してしまったのでございます。母は気も狂わんばかりに怒りました。

亮子もまた極度に昂奮いたしました。そして、もう無我夢中で未だ嵌めたままになっていた手袋に気附くひまもなく、全く理性を喪って母にとびかかったのでございました。今から考えますと、亮子の手が届くか届かぬその瞬間、母は俄かに激しい苦悶の色を泛べて仰反ったようにも思えますが、そのときの私には何も眼に入りませんでした。そうして、はっと気づいたときには、凡てはあまりにも意外な怖ろしい悲惨な結果に終っていたのでございます。いつの間にか、母の右手には亮子の嵌めていた優子の左方の手袋がしっかりと握られており、私は呆然と放心したように既に空しくなった母を見下しておりました……。

が、次の瞬間、厳しい眼前の現実に鋭く突き戻された私は、今更のように激しい驚愕と狼狽と恐怖に襲われ、気も喪わんばかりに顚倒した心をいだいて、蹌踉と家をあとに致しました。優子さんの手袋を片方だけ手に嵌めたまま……。そして、ただもう訳もなく憑かれたように人通りの多い処を求めて歩を急がせました。それだけが亮子の心を紛らせてくれることを本能的に嗅ぎとってでもいたかのように……。いま思えば、それが二時すぎであったのでございましょう——。

しかし、次第に時が経ち、冷静さが甦ってくるにつけまして、亮子はこれから一体どうしたらいいのだろうかと、はたと当惑いたしました。が、先生、亮子はまあ何という罪深い娘でございましたでしょう。そのとき亮子は、〝自分は絶対に罪を犯したのではない⁉〟という強く執拗な考えをどうすることもできなかったのでございます——。母は天罰を受けたのだ！　そしてそれは当然受けるべき裁きであったのだ、母は、亮子のほんとの父町田の呪いに復讐されたのだ、それは正義の刑罰だったのだ、そして亮子はただ正義に操られたにすぎないのだ、これで愛する母はその罪障を償って永遠に清らかな世界にかえったのだ、亮子はむしろなすべき事をなし了えただけではないか……と。こうして、重苦しい苛責の念は次第に和いでゆきました。そして同時に、理性を取り戻した亮子は、神様と自分の外にはどんな普通の人々にも理解してもらえるはずのない正義を無理に主張するよりも、却って、常識的な誤解を招くことのないよう、事実を偽っても自分を護るべきだと感じました。そのほうがむしろ正義をよりよく護る所以である。真実である、そう思い込むに至ったのでございます……。

先生、その後のことは凡て御存じの通りでございます。

そして、あの解剖の結果はますます亮子の信念の間違っていなかった事を裏附けるものと思えたのでございました――。しかし、先生、ああ、いま思いますと、亮子は何という自己陶酔・自己欺瞞であったことでございましょう！　何という卑怯極まる卑劣な自己弁護だったのでしょう！　何という恐ろしい思い上った神・正義への冒瀆であったのでございましょう！　亮子はいまやっと目が醒めたおもいで、慚愧と罪の意識に、身のおきどころもないほどたまらぬ気持でございます――。

先生、では何故、亮子はそのような真反対の回心を敢てしなければならなかったのでございましょうか。先生――。とうとう亮子は胸を刺される思いの告白を致さねばならなくなりました――。それは、五日前、心の負担を僅かなりとも紛らせようと思って、渋谷に出てみたときの事でございます。亮子が道玄坂を下って参りますと、ふと、向うを歩いて行く中年の男の方と若い女の方の二人連れが眼に入ったのでしたが、その瞬間、私は何故か激しくどきんとするものを感じ、胸の鼓動が早鐘のように高鳴り始めるのを止める事ができなかったのでございます。むろん人違いではございました。しかし、ああ、先生――、その中年の男の方の後姿は、先生そのひとにそっくりだったのでございます……。先生。あれほど母は天罰を受けたのだと信じて参った亮子の支柱が、俄かにその根柢から動揺し始めましたのは、実にそれからのことでございました……。

先生、亮子は何という卑怯者でしたでしょう　無意識の罪障を背負っているもう一つの自分を、いまにして漸く自覚いたしますとは……。いえ、もっと申しますならば、無理にそれを自覚させまいとするあやしい無意識の強制すら、潜在的に働いていたのではなかったでしょうか。

先生。亮子が母に夢中にとびかかっていったあの時、ただ一途に天罰だと思いこむ清らかな潔癖さが極度にまで凝集したものとばかり、今まで信じて参った亮了でございましたが、ああ、いまかえりみますれば、もっともっと別の恐しい潜在意識が働いていなかったと、いったい誰が保証できることでございましょう？

先生。厳粛な血の法《のり》は、やはり亮子にも伝わらずにはいなかった、哀しい世のさだめでございました――。亮子は法律上の罪を問われるかどうかは全く存じませぬ、けれども、心の犯罪者であることだけは神様以外の誰が否定し去れるでしょうか？

亮子が家を出なければならなくなりました心事を、先生、先生はきっときっとあわれにお察し下さることと信じております。

先生にはいのちを賭けた専門の学問がおありになります、しかし、女の心の拠り所はただ一つ、まことの恋の外に何が在り得ましょう。

ああ、先生、愛とは残酷なものだと、はじめて知りました亮子でございますものを……』

私は目が眩むばかりであった。文字は未だ綿々と続いている。しかし、私にはもう読み続ける力がなかった。また、その必要もなかった。私は凡てを理解した——。亮子のもう一つの藍色である黄昏後のそれに揺曳する翳を、また、私がはじめ亮子の失踪を知った時、何故一瞬の溜息と空虚さが先だったかを。そして更に、自分では表面非常に嫌忌しているはずにも拘らず、その実無意識に自己弁護していた私自身の分身を見出す性格の篠崎が、亮子に惹かれているのではないかと誤解していた私の無意識心理の原因を、いま私は凡て理解した。

ああ、それにしても何という私の迂闊さであったろう！　卑怯さであったろう！　最早性格心理学も何もなかった。崩れゆく私の推理の、なんと自己を欺いていたことか！　いまは凡てを忘れた私に、ただ、「せんせい！」そうはげしく呼んだ亮子の藍色のアルトがじいんと耳底に焼け残り、その髪の果実のような匂いが甘酸っぱい香りをせつないまでに訴えてくるのであった。

ああ、今にして思えば、私は心の深奥で凡てを無自覚的には識っていながら、卑怯にも再び無意識にその心事を潜在的に抑えて、父親めいた愛情と強いて自分に思い込ませ、嗤うべき自己欺瞞・自己陶酔に陥っていたのではなかったろうか。いや、更に、私の無意識に投げる心の翳が亮子に反射して、却ってその翳が亮子に識らずある想いを育ませ、今度は逆にその芽の生立が私に向って燃えるような息吹を叩きつけてきたのではなかったか。愛は残酷なものだと訴えた亮子の、せつない皮肉に、精一杯の抗議に、私は憮然として眼を閉じた。私こそ、真実の犯罪者ではなかっただろうか？

翌日、私はたとえようのない虚ろさを以て、亮子と並んでかけたあの池堤のベンチに、再び腰をおろしていた。ああ、亮子——。思いつづければ不覚にも泪がこみあげてきそうな感慨の、何か遠く誘われるような哀しさ痛ましさのなかに、いろんな時いろんな姿の亮子が私の胸中をぐるぐると舞って、やがてひとつの耀く焦点となっていった。そしてその焦点の結ぶ彼方の像に、私は池塘の下萌をみた。風は未だ冷い。が、もう石の隙間から灌木の疎林の黝い土肌の裂目から、早春の下萌が元気よく生命の胎動を誇示している。どんなに踏まれても傷めつけられても、春の声が冬枯のなかから喚び醒す下萌の草のいろを、私はいつまでもいつまでも凝っとみつめていた。

或る自白

私がどんなに複雑な気持を抱いてこの手記を綴ったか、その限りない憂愁のほどを、いったい誰に理解してもらえることだろうか？　途中で幾度放棄しようと思った私であったろう？　しかし、遂に純一な私の倫理感がその卑怯な逃避を許さず、ここに凡てを書き終えるに至ったのだが、いざ再びその筆の跡をふりかえってみると、今更のように激しい混乱と悲哀と更に苦い悔恨さえもが、えぐるようにひたひたと押し寄せてくるのを止めるすべもなく、この手記を公にすべきだという正義の声と、いやそれはあまりにも残酷ではないかという血の訴えとに、板挟みになって、云い知れぬ苦痛を覚えずにはいられないのである。けれども、結局はさびしい妥協を避け得ない運命《さだめ》なのであろうゆえ、私はこの手記が世の人に発見されるか否かを、全く一つの偶然に、いや神の意志に委ねることにしたいと思う。それは許されぬ神への冒瀆であるかもしれぬ、しかし、慈愛深い神は最後の審判のとき、あるいは私のあわれな心情を酌み給うて、いくらかなりともその怒りを和げ下さるのではないかと、儚くも希うのではあるが——

ともあれ、以下は私が限涯ない憂悶の中に書き綴った、美紀代叔母殺害事件の顚末であるが、それは単に事件の記録というよりも、いくたりかの人間像の、おぞましくも悲しい心の歴史とも云うべきものではなかろうか——

母の直江が突如〝美紀代を殺したのは私です‼〟と、捜査当局に出頭してそう自白したとき、私はあまりの意外さに、愕き周章《あわ》てるより前に呆然自失して、これは何かの伝え違いではないかとさえ思ったほどであった。あんなにも賢明で慈悲深い母が、事もあろうに肉親の妹を殺したなどとは、到底考えることもできなかったのである。

しかし次の瞬間、はっと現実に突き戻された私は、忽ち鋭く胸に突き刺さる激情に、眼前の凡ゆるものが急にくらくらと廻転しはじめて、烈しい眩暈《めまい》を感じた。燦くような一瞬に、なにものかがさっと閃いて、私は凡てを了解したのである。

「ああ、お母さん！　何という事をなさったのです！　とんでもないこと！　お母さん、誤解なさっては不可《いけ》ません、なぜ僕を信じて下さらないのです⁉」私は不覚にも泣き出しそうなおもいであった。

私の叔母に当る美紀代が、奇怪極まる方法で無慙にも殺害されてから、六日目のことである。しかも、現場に遺棄されていた兇器の短刀が私の所持品であったため、私に決定的な嫌疑がかけられているのであった。無論、私自身には何の覚えもない事で、何者かが私に罪を負わせようと謀ったものに違いないのだが、その他の状況も一見私にとって不利であったから、第三者からみれば事態が絶望的なまでに切迫しているように思えたのも、決して無理ではなかったのである。それ故、捜査当局の私に対する烈しい追求に、私自身よりも却って母の方が周章狼狽の挙句、日頃の理性を失って、身を犠牲にしても最愛の息子たる私の危急を救おうと悲痛な覚悟を決め、偽りの自白という最後の手段に訴えたものに相違なかった。私は母の痛ましい悲願に母性愛の有難さ偉大さを今更のように感じて、心の底からこみあげてくる異常な感動に包まれながらも、「ああ、何故早まってそんな非常手段をおとりになったのです、お母さんだけは私の潔白をかたく信じていて下さると思っていたのに！」と、たまらない歯痒さ口惜しさもまた激しく心をひたしてくるのであったが、何よりも一刻も早く誤りを解いて、母を拘束から取り戻さねばならぬと、云い知れぬ焦躁と不安に駆られてゆくのであった。

東口美紀代は前にも触れた通り、私の叔母、つまり母直江の異母妹に当る。詳しい事情はよく分らなかったが、なんでも、長く満洲に在って、かなり数奇な生活を転々としてさすらっていたものらしい。母はいろいろ案じている様子だったが、向うからは殆んど便りを寄こさなかったため、止むなく次第に疎遠になっていったのは、一応中流以上の有本家に入って私をもうけ世間的な幸福に安住している姉に比べて、あまりにも懸け隔ったその生活を、知られたくないという、美紀代の辛い心事ゆえでもあったのだろう。そして、終戦となり、更に二年経って、引揚援護事務所の名簿は美紀代が無事引揚げてきた事を疑いもなく明かにしていたが、何故かついぞ私達を訪ねてはこなかった。ある意地からだったろうか。それが、あるとき、偶然にも母が街で行き遭ってしまったのである。美紀代は満洲の経験をそのまま東京に持ち越したような生活をしていたのだったが、あまり楽ではないらしい風であった。家族はなかった。それを、母は無理やりに説得して、この目黒の私達の家につれてきて、離れの部屋をあてがったのだった。父を先年喪って、母と私と女中の幾との三人暮しであった私達の生活に、こうして美紀代が新たに加わることになったのだが――

　その美紀代が、その離れで、去る三月五日の午前八時頃、突然何者かの兇手によって無慙にも殺害され、しかも奇怪極まることには、遺っているべきはずの屍体が、あっという短い間に、跡方もなく消失してしまったのである。その日、私も幾も外出しており、母は前日から一泊旅行に出掛けていた。また、美紀代は四日の夕刻から何故か姿がみえないようにも思ったが、離れのせいもあって、こんな事はよくあることだったから、私達は別に気にもかけていなかったのだが、いま想像してみると、その日の朝私達がみな出掛けたのちに、突然帰ってきたものでもあろうか。ともかくこうして、美紀代ただ一人が留守居中であったらしいという状況の下に、不幸にもこの惨事となったわけだった。

　事件の発見者である時計商東洋堂の岡本の証言が、凡ての事情を明確に物語っている。

「私はほんとに魂消《たまげ》ましたよ。あんなに吃驚《びっくり》し、あんなに恐ろしかった事はありません。思い出してもぞっとしますよ。

　ええ、そうです、あの朝私は約束通り八時頃、有本さんのお宅に東口美紀代さんをお訪ねしたんです、間違いなく八時でした。東口さんは二三度私共の店の方にもお出でになった事がありますが、去る三日にタパンの腕時計を修理にお出しになったのです、五日の朝八時までにお届けするというお約束でした。何でも東口さんは五日からちょっと旅行に出掛けるからということで、是非それまでに間に合わせてくれという強いお頼みだったものですから、私共も馬力をあげて約束通りの日時にもってあがった訳なんです。

　私が案内を乞いますと、暫くして東口さんが出ていらっしゃったのですが、忙しそうな様子でちょっと待ってくれと仰有ったまま、いったん奥に引き返されましたので、私はそのまま玄関でお待ちしていたんです。ええ、もう外出着姿をしていらっしゃいましたよ。私は旅行の御用意にお忙しいのだろうと考えながら、莨《たばこ》をくゆらしていました。

そのとき、突然、奥の方からがらがらっと烈しい物音がしたかと思うと、ぎゃあっという鋭い女の悲鳴が聞えたのです――

私は驚愕しました。何かとんでもない事が起ったんだという不吉な考えがさっと脳裡を掠めました。と同時に何か得体の知れない恐ろしさが俄に襲ってきて、私は思わず『東口さん！』と大声で呼んだのですが――そのとき、裏口の方角にばたばたという足音がしたようにも思えますが、それははっきり致しません。そして、それっきり、ひっそりとしてしまって、何の応えもないのです。私は狼狽と不安と恐怖にいてもたってもいられなくなって、思わず憑かれたように家の中に飛び込んで、東口さん！　と喚きながらそこいら中を探して廻りました。随分長い時間だったように感じましたが、今から思えば五分もかかったでしょうか。そして、私はとうとうあの離れの惨らしい血のりを発見したのでした！

その時の私の愕きと恐ろしさ、まあ想像もなすって下さい、部屋の中は掻き乱され、鏡台や花瓶は割れ散って、明かに格闘の跡を物語るそのなかに、赤い血の溜りが不気味に光っているのです――そして傍にはべっとりと血のりの附いた鋭い短刀が、直前の惨劇を想像してもみろと云わんばかりに、遺棄されていました――しかし、何よりも奇怪なことには、犯人の姿はもちろん、あの断末魔の悲鳴をあげた被害者の姿さえ、まるで掻き消したように消えてしまって、どこにも見つからなかったのです！　あの声は確かに東口さんに違いなかったと思うんですが――」

岡本はそう述べて、未だ恐ろしさに取り憑かれている様子で、身震いするのであった。

なお、岡本はそれから直ちに近所の人々の応援を求めて警察に急報したのだったが、警察の捜査に依っても遂に被害者は発見されなかったのである。

さて、その後いろいろと捜査・訊問が進められた結果、次の諸点が明かとなった。

第一に、現場に発見された血はAB型で、美紀代のそれと一致していることであった。それに岡本があれは確かに美紀代の悲鳴だったと思うと述べているし、その他前後の事情より考えて、被害者が美紀代である事は殆んど間違いあるまいと推定されたのだった。

第二に、部屋がひどく掻き乱されていたにも拘らず、まず物盗りではなかろうという事であった。やがて帰宅した母と幾の証言によって、美紀代の所持品である大型トランクのただ一つを除いて、金目のものは何一つ紛失していない模様である事が判明したからだった。もっとも本人でなければ分らぬ小さな宝石類か何かが（引揚の時こっそり持ち帰ったものがあったかも知れぬ）盗られていたかも知れなかったが、大型トランクの紛失と被害者の消失という何か暗示的な組合せは、どうしても単なる物盗りとは思わせなかった。それより何といっても、この奇妙な組合せこそ、極めて重大な意味を持っているに違いない、と考えられるのであった。

第三に、近所の人で、兇行時刻とおぼしき頃合に、私の家の裏門の方角に自動車の音を聞いた、という証言をした者のあった事だった。けれどもこれはそんなにはっきりしていた訳ではなかった。私の家は附近の家々からとび離れて一軒だけぽつんと建っており、樹々の深い茂みに蔽われているのであったが、裏門は直接自動車道路に面しているため、その方角に自動車の音がしたとしても、単に道路を通過して行った全く関係のない車のそれであったかも知れないのである。しかし、この証言は、前項の大型トランク紛失・被害者消失という事実と思い合せるとき、俄に大きな意味を帯びてくるように思われた。

第四に、決定的な物的証拠である兇器が、何と意外にも、私の大切にしていた親譲りの短刀であり、しかも柄の所に明瞭な私の指紋が検出された事であった。この短刀は江戸時代の名工某の作に成ると伝えられる品であるが、事件のつい三日前私が手入れをしたばかりのところだったので、指紋が残っている事に別段の不思議はなかったが、この短刀の在り場所を知っている者は家族に限られているはずであった点に、重大な問題が存していた。なお、私のもの以外の指紋は全く検出できなかった。

第五に、各関係者のアリバイはどうか。まず幾はその日が恰度月に一度の公休日に当っていて、朝早くから本所の親許に帰っていた事が明かだったから、これは問題なかった。また、岡本は事件の発見者である。そこで私であるが、これが残念なことに、しかく簡単明瞭にアリバイを立証することは仲々困難な状況にあったのだった。当日、私は書きかけていた小説の風景描写に資する心算で、数日前から組んでおいた予定通り、早朝から中央線国立あたりの武蔵野を歩き廻り、午後新宿に寄って映画をみて帰ったのだが、途中、誰も知人に会わなかったので、私の行動を明確に証明する事ができない訳であった。次に母は、事件前日の夕刻から一泊旅行にでかけ、五日の夜遅く帰宅したのであるが、何故か、頑強にその旅行の行先・目的等を黙して語らず、ただちょっと用があって出掛けたのだと繰返すばかりであった。

第六に、では、動機の点から考えると如何？　美紀代が被害者であるという一応の前提のもとに考えてみよう。これは極めて複雑な問題であった。美紀代の満洲時代の生活がああした生活であっただけに、情痴関係の動機を有つ男達が引揚後もその複雑な行掛りをそのまま持ち越していた、という事が考えられはしないだろうか？　けれども、これは今後の詳しい捜査に俟たねばならない。

そこで家族内に眼を移してみると、まず幾は問題ない。残るところは母と私、更に悲しい事であるが私の恋人関口頼子と、この三人が動機を有っていると考えられている様子であった。何故なら、私達には次のような事情があったからである——。美紀代はもう四十近い年だったが、その艶々した脂肪組織は粧いの巧みさと相俟って、どうしても三十四五にしかみえなかった。何よりもその過去の生活がいつまでも残照を引いていて、老いを誘わぬもののようであった。そして私の宅に移り住むようになるに及んで、不覚にも年若い私は、その年頃の感傷のなせる一時的なわざでもあったのか、この美貌の叔母にいつしか心惹かれていったのである——。美紀代は最初強く拒んだが、却ってそれが一層私をかりたてた。そして遂に私達は許されぬ倫落の恋におちていった。今思えばエディプス錯綜の奇しき変形ででもあったろうか。けれども、やがて私は関口頼子を得るに至って、俄に目の醒めた想いで急激に美紀代から遠ざかっていった。だが、その時には既に美紀代の情炎は抜くべからざる凄しさをそなえるに至っていて、私は今更のように自分の罪深さを悔いながらも、頼子の手前、次第に執拗な美紀代の深情をひどく煩わしいものに思い始めていたのであった。

こうした家庭事情を知った警察では、私は頼子ゆえに美紀代を極めて邪魔者に思っていた、また頼子は嫉妬ゆえに美紀代を亡きものにしたいと考えたかも知れぬ、更に母の直江は最愛の息子を誘惑した不倫の妹を激しく憎んでいた、そういう想定をたてて、三人共に動機ありとなしている気配であった。

大体以上のような状況であったから、最も不利な立場にあるのはまず私であり、ついで母だった。

けれども、何よりも先に、被害者が発見されなければ、それ以上に問題を進めることができない訳で、当局としては全力を挙げてその捜査に当っていたが、三日経っても依然空しく、謎はいよいよ深まるばかりであった。あの日以来ふっつりと失踪してしまった美紀代こそ、その痛ましい被害者のはずに違いないのだが……

その美紀代が痛ましくも惨らしいトランク詰の屍体となって、大船の町外れあたり人気少い松林の奥の洞穴に発見されたのは、事件後五日目のことであった。薪取りの農夫が偶然にもみつけたものだった。道路から遥かに入り込んだそんな松林の中に屍体を遺棄したそのやり方が、自動車道路附近と睨んでいた捜査方針の意表をつくものであった事と、洞穴に極めて巧妙に隠してあったことから、発見が遅れたのは止むを得ないところであった。そして、それは悲惨にも変り果ててはいたが、疑いもなく東口美紀代の痛ましい屍体であり、またそのトランクも間違いなく美紀代の部屋から紛失した大型トランクそのものであった。検屍に立会った岡本も、髪形といい羽織の柄といい、あの朝美紀代が装っていた外出姿に全く一致すると証言した。また屍体検案の結果、死後四日乃至五日を経たものであり、死因は心臓部を刺し貫いた短刀ようの鋭器の一撃である事が明かにされた。そして所々の擦傷を除けば、その一撃以外に特別の刺傷は皆無であった。

こうして鎖の環は完全に連ったのである。五日の朝八時頃、憎むべき犯人はあの離れで、美紀代を例の短刀でただ一刺しにその心臓部を刺し貫いて即死せしめ、兇器を現場に遺棄し、大型トランクを盗み出して屍体を詰め、秘かに用意してあった自動車に乗せて大船まで運び去り、屍体の隠匿を謀ったものであることは、掌《たなごころ》を指すように明かであった。そして、この推理に基いて、警察当局としては、まず私を最も有力な容疑者として鋭く追求を進めてくるに至ったのであった。事件担当の松田警部は、

「有本さん――もし貴方がおやりになった事でしたら、ひとつ男らしく率直に自首して頂きたいものですが……。その方があとあとのためにもいい影響を齎《もたら》すんじゃないかと思いますがね。凡ゆる事実は貴方ただ一人を指向しているんです。私は主任検事にお願いして、逮捕状を戴く前に、こうしてわざわざ貴方のためを思ってお節介にやって来た訳ですから、ひとつその辺をよく考慮なすってみて下さい」

と、じわじわ搦手からその輪を狭めてくるのであった。私は身に覚えのないこと故、かっと興奮しながらも、強いて気をおし沈め、松田警部をとおして、悪辣極まる犯人の意図に必死の反駁を挑んでゆくのであった。

「松田警部、仰有る通り私の立場は極めて不利です。しかし、私は絶対に潔白であると申上げる外はありません。何者か恐るべき犯人が私に罪を負わせようと企んでいるのです。それに、私にとっては全く不運であった偶然が、幾つも重ってしまったんです――。私があの日のアリバイを立証できないというのは、全く運が悪かったという外はないんじゃないでしょうか？　実際、自分のアリバイをいちいち気にして行動している人間なんて、いったい幾人いることでしょう？」

「いや、それはお説の通りですがね、それひとつが嫌疑の内容ならばともかく、その外のいろんな事情つまり動機や兇器の点などを考え合せると、どうも動かせぬ一つの事実がそこに出来上ってゆきそうに思えるんですよ」

「警部、あの短刀ですが、あれは事件の三日前私が手入れしたばかりなんです、私の指紋がついていたのはむしろ当然だと思いますが……」

「しかしですね、有本さん、あれには貴方以外の指紋は全然附いていなかったのですよ。まあ仮りに犯人が他の人であって手袋を使ったと考えてもですね、その手袋で握ってあれだけの仕事をした場合には、柄の所の指紋はある程度拭き消されるかあるいは不明確になるんじゃないでしょうか？　けれどもあの柄には、普通手で握るだろうと思われる部分にも、明瞭に貴方だけの指紋があるのですよ――

それにあの短刀は貴方が秘蔵なさっておられたもので、その在り所はお家の方々しか知らないはずなんですよ。ところで、貴方のお部屋は全然乱れていませんでしたね、すると犯人は、あの短刀を探すのにそこいら中を引っ掻き廻さねばならぬ必要のなかった人物、でなければならなくなります――幾さんは、動機からもアリバイからも問題ありませんから、結局お母さんか貴方かが残る訳です――

また動機から考えますと、関口頼子さんも一応圏内に入りますが、これはアリバイが確実です。そうするとこの面からも、お母さんと貴方のお二人だけが残ることになります――

もっとも、お母さんはあの日旅行に出掛けたと仰有るだけで、その詳しいことは何故かお話し下さいません。ですが、有本さん、貴方はお母さんが犯人だとお考えになりましょうか？」

「とんでもない！　母は絶対にそんな大それたことのできる人ではありません！」

「そうでしょう。私もそう思います、お母さんの沈黙にも拘らずですね。なぜなら、あの犯人は恐らく男でなければならないからです――前後の事情より考えて、犯人は岡本さんの踏み込まれるまでの僅かな七八分位の間に、屍体を裏口に隠してあった自動車まで運ばねばならなかったのですし、また大船でもあの松林は自動車道路からかなり離れていますからね、あそこを運ぶのも大変な努力だったろうと思うんです。そうするとこれは女に出来ることじゃない！

ただあとは、その自動車さえ捜査できれば凡て一挙に解決されてしまうんです、しかも、我々は今全力を挙げて追求している――

だが、車の調査の結果を俟つまでもなく、結論は極めて明瞭ではないかと――もっとも、共犯という事も考えられないではありませんが、これは事件の性質上どうもそうらしくない――。ここらあたり、有本さん、いかがお考えでしょうか？」

「警部！　……」

「いろいろ失礼な事を申上げてなんですが、とにかく、凡ての論理はただ一点を指しているように思うのです。私共としてはもう一日だけ考慮なさる余裕を差上げますから、是非善処していただきたいと思います――」

「――」

私は最早言葉もなかった。犯人の恐るべき奸罠にまんまとおちこみ、遂にぎりぎりの土壇場にまで追い込まれた想いに、私はただもうたとえようのない憤怒と焦躁と恐怖に激しく襲われてゆくばかりであった。

そして、いま突如、母の犯行自白となったのである――警察ではその意外さゆえにひどく当惑した模様であったが、ともかく重大な自白である以上、母の身柄を拘束しないわけにはゆかなかったものらしい。

その知らせを聞いたときの私の驚愕狼狽、そして異様な複雑さに乱れ散る心、それは最早喋々するまでもないことであろう。

だが、母の潔白をかたく信じていた私は、「ああ、これはお母さんが僕を救おうとなすっていらっしゃるのだ！」と直ちに直感的に悟って、自分に向けられていた嫌疑をも忘れ、ただもう母を解き出さねばならぬと、たまらない焦躁を感ずるのであった。

そして、そんな私にふとある鋭い考えが閃いたのである――それは『母は確かに四日の夕刻から五日の夜にかけて旅行に出かけたはずだ！　そしてそれさえ確める事ができれば母のアリバイは完全に証明されるのだ！』ということであった。『だが、母は何故あの旅行の行先・目的などを頑として語らないのであろうか？』『ああ、これは何かなければならぬ！　だけど、母は決して殺人というような大それた事をなさる方ではない！　またできる方でもない！　では、何故旅行のことを!?　そうだ、これは必ずや何か深い深い、人に仰有れぬような、秘密の事情があるに違いないのだ！』私は憑かれたように、この考えに執着した。そして、たとい母の意志に反しても、是非共この秘密を突きとめて、母のアリバイを証明してあげねばならぬ！　と、固く決心し、懸命の調査を進めた結果、遂に母の文箱の奥深く隠されていた運命の手紙を発見してしまったのであった――

それは、急いで書いたためかひどく乱暴な走り書の速達であったが、その内容は実に意外なしかも極めて重大なもので、私は愕きのあまり暫し呆然自失したほどであった。いま取り敢えずその手紙を要約してみよう――

『お母さん――。ふん、お母さんとまず書き出してはみたものの、何だか変で仕方がない――　いま鏡に映してみたら、妙な泣き笑いの顔になってるんじゃないかしら――　だけど、決して感傷に誘われているんではないですよ、お母さん、むしろ皮肉の笑みかも知れないんだから――　いやいや、それよりも自嘲に近いと云った方がいいかな――

ところで送って下すったお母さんの写真、確かに受取りました。――。ふん、幼い時に自分の子供を捨てた無情の母じゃないか、と激しく憎悪してもみる反面に――ああ、情けないこと！　やっぱりその直ぐ後から、あの写真を見返さずにはいられなかった……

ふん！　お母さん！　あれから僕がどんなに古労したか、どんなに辛い流離の生活を転々としたか、そしてその後どんな苦心を払い幾度死線を乗り超えて生命からがら蒙古から脱出してきたか、貴方にはその千分の一でも御想像できますか？

ふん、だけど、何だか妙で可笑しいや、母子ってその底にどんな不思議な法《のり》が流れているのか知ら――　あんなにも頑固に反撥し続けてきたこの僕が、お母さんに会ってもみようかな、などと変な考えを起すなんて……

大体、今度どうしても東京に行かなければならなくなったのが不可ないんだ、二度と踏むまいと思っていた東京の土だったのに――いざ東京に行くとなると、やっぱり小田原という所にも寄ってもみたくなるし、二十年も会ったことのない母親などというものが、変に意気地なく恋しくもなってくるんだ……

だが、お母さん、僕は申上げておきますよ、長い間の恨みと呪いは、決して忘れているんじゃない、とね……だから、僕はこちらからは絶対にお母さんに会いたいとは云わぬ――ただ、次の事を単に述べておくだけ――お母さんの方から会いに来ようと来るまいと、僕はただ、次の通りの行動をとるまでのこと……

僕は今度、三月五日の午後九時までに、東京のある地点で仲間と落合う事になっている――（ふん、これで僕が今どんな仕事をしているか、大抵の想像はつこうというもの――）できればこちらを四日の二十一時発の急行で、発ちたいと思ってます。すると小田原には五日の朝六時に到くから、生れて初めて親父の墓参りというものをしてゆけることになる。しかし、こちらの仕事が一日を争うほど忙しいので、ひょっとしたらその夜行には間に合わないかも知れない。その場合には翌朝八時三十分発の急行に乗ります。だけどそのときはもう小田原に寄ってる時間はないし、東京着が二十時三十分で九時までに集らねばならないから、ここでも暇がない――

僕は別にお母さんと一緒に墓参りがしてみたいとも云わないし、また四日の夜行に乗れず五日の朝の急行で行かねばならなくなった場合でも、小田原から東京までの汽車でお母さんとゆっくり話をしたいとも云わない。五日の朝小田原着六時の急行に出迎えてみてくれとも云わないし、またそれで僕が降りなかったら、こちらをその朝八時三十分発・小田原着十八時四十六分の急行に乗って、小田原には降りず東京に直行することにしたのだと考えて、五日はそのまま小田原で待ち、その急行に乗り込んで僕を汽車の中に探してくれ、とも云わない。更にまた、僕はお母さんに二十年も会っていないのだから、見つけ易いように、この間送って下すった写真のときの着物を着ていてくれ、とも云わない。僕は決して頼みはしない、ただ僕の予定をお知らせするだけのこと――それをお母さんがどう解釈なさって、どう行動なさろうと、一切僕の関知するところではありません――』

文面は未だ続いていたが、大体以上のような内容のもので、差出人は『大阪市天王寺局気付、管原達也』となっていた。

私は目の眩むおもいであった。ああ、母には世間にひたすら隠し通してきた秘密の息子があったのだ！ 管原達也！ 私は声もなく、ただ呆然とその乱暴な文字面に見入るばかりであった。

が、次の瞬間、凡ゆる複雑な感情を一瞬忘却して、私の脳裡に、『ああ、これだ！ 母の不可解な旅行の目的はこれだったのだ！ これで母のアリバイは立証されるのだ！』と、母の窮地を救出するてだてが、燦くように閃いたのだった。今はもう母の思惑も何もかえりみる余裕を失った私は、すぐさま松田警部を訪れてこの事実を率直に語り、直ちに母のアリバイを調べてくれるよう懇願した。警部はこの新しい事実に、そしてまた私の真摯な熱願に、深い感銘を受けたゆえか、やや厚意的な態度に変り、ともかく急速に調査を進めようと約束してくれたのであった。

ところが一方、母はこの手紙について訊問されるや、激しい狼狽と困惑を示しながらも、頑強にその事実を否定し、知らぬ存ぜぬの一点張りで押し通している様子だった。

しかし、そうした母の否定にも拘らず、当局の懸命な努力は小田原における母の行動を次第に判明させていって、その意志如何を問うことなく、母のアリバイはここに確実に成立するに至ったのである——

即ち、母は四日の晩八時頃に小田原に到いて、駅前の青木旅館に一泊した事がまず、明かとなった。宿には変名で泊っていたが、番頭や女中に写真をみせると、間違いなくこの方であったと証言したし、また彼等の覚えていた羽織の柄なども確かに母のものだった。午前六時小田原着の列車を出迎えるためには、東京を一番で発っても間に合わないので、前日から待っていたものであろう。そして翌早朝母はちょっと駅に行ってくるからといって出掛けたが、六時半頃いったん宿に帰り、朝食後支払いを済ませて離館した、というのであった。また、恰度その日の小田原駅改札員が、その朝六時着の急行から降りてくる客を、案じ顔で出迎えていた一人の婦人を記憶していたが、それが母だったと判明した。更にまた、母らしき人物がその日の昼食を駅前の富士食堂でとった事も判ってきた。こうして、母のアリバイは最早動かせぬところとなったのである。

母はそれでもなおはじめは依然否定を続けていたそうであるが、松田警部から、「今度のことで、御子息に対する私共の心証もよくなってきたのですから、是非本当の事を仰有って下さい」と宥め賺され、更に以上の事実をはっきり突きつけられるに及んで、遂に嗚咽のなかからそれらの事実を逐一認めるに至ったのであった。

こうして母はその拘束を解かれ、三日振りに帰宅してきた。そしてその晩、母は私の潔白をかたく誓わせたのち、涙ながらにその秘密を打明けてくれたのだった。それは大体私が例の手紙から想像していた通りであった。即ち、母は私の亡父有本駿太郎と最初許婚の間柄であったが、家の事情から強いられて心ならずも大塚啓之助という豪商と結婚し、達也なる一児をもうけるに至ったのだが、不倖せにも達也が生れて間もなく大塚は没落し、更に妻子を残したままぽっくりとこの世を去ったのだった。こうして俄に凡てを失った母子の前に、再び駿太郎があらわれる運命が訪れて、二人の愛情は急速にその縒を戻していったのであるが、駿太郎は非常に潔癖峻酷な性格で、むしろ神経質なまでに嫉妬づよいところがあったらしく、曽ての恋人だけは何としても忘れきれぬ未練のゆえに、恕してもやる寛大な気持になっていたが、恋人を奪った憎むべき大塚の胤である達也に対しては、どうしても憎悪の念を清算することができなかったものらしい。そうして遂に、駿太郎は幼い達也をある仲介人に頼んで、全く見ず知らずの他人に養子にやってしまったのだった。母は涙のなかにも結局は承諾せざるを得なかったばかりか、その養親の名前すらも知る事を許されなかったのである。やがて私が生れ、有本駿太郎は父となったが、その後もついに達也の消息を教えられぬままに、先年父は物故して、母は永久に達也の生死すら知り得ぬことになったのだった。

その達也が、先日、大阪から突然母に便りをしてきたのである——書面の語る所によれば、達也はその後養親に死に別れ、満洲に飛び出して散々苦労を続けたのであったが、終戦の時捕虜となり蒙古に連れて行かれ、そこで苦役に服していた、それが今度ある機会を得て生命からがら脱出してきたのであるという。そして、達也はその養親が死ぬとき凡ての事情を打明けられていて、無情の実親を長く恨み呪い続けていたのだが、いざ久し振りに故国の土を踏んでみると、呪詛のなかにも何故か意気地なく生みの母が恋しくなり、手を廻して調べた結果目黒の住所が分ったので、遂に長年の我を折って便りをした、というのであった。その時の母の驚愕と感動と後悔、それがどんなに複雑なものであったか、今更ここに記すまでもないことであろう。母は早速返事と共に写真を送ったりしたのであったが、折り返し前掲の東京に行くという手紙がきたため、もういてもたってもいられなくなり、人々に固く秘して小田原に赴いたわけだった。なお母の続ける所によれば、あのような達也の文面にも拘らず、その朝の急行にも晩のそれにも、遂に達也は見当らなかったそうで、母は訝りながらも恐らくは予定が変ったのだろう、いずれ追って知らせがくることだろうと、そう考えて帰ってきたのであるという。

さて、そうした母の留守中に、今度の惨事が突発したわけだが、母はこの達也に絡まる一連の悔い多き秘密だけは、自ら独り息子と母の愛の独占を信じきっている私に、どんな事があっても知られたくない、という悲しくも強い願いがあったため、アリバイを求められてもただ旅行に出かけたと応えるのみで、その目的等は頑強に黙していたのだった。我身に何の覚えもない母は、たとい自分が一時的な不利を招くことがあるとしても、いずれ事件のほうは必ずや黒白がはっきりするであろうから、そんなことよりも、達也の一件を私に感づかれたくないという希いのほうが遥かにつよかったのであろう。ところが、情勢が全く意外な方向に発展し、私に重大な嫌疑がむけられるに及んで、母は俄に理性を喪い、ただもう最愛の私の危急を救わねばならぬと焦る一心に、とうとう我身を犠牲にしてもという悲壮な覚悟をきめた次第なのであった。なお、いかなる理由からかその後達也からは何の音沙汰もなく、母はひどく怪しみ案じていたのであったが、ふと美紀代も達也も同じ満洲に流離の生活を送っていたことが思い合され、ああ、これは何かの機会にお互が肉親と相識り、更にその後の交際から何か恐るべき因縁が糸を引いてきて、あるいはひょっとしたら？　今度の事件には達也が⁉　という恐ろしい疑いもひたひたと迫ってきて、私であるにせよ達也であるにせよどちらにしても自分の腹を痛めた息子の重大な危機だと直感し、それに一切の償いをも含めて今度の悲痛な行動となったものであるらしかった。

こうして、一切の告白を了えた母の、痛ましいまでに気高い慈愛のほどに、深い深い感動を胸いっぱいにひたされていった私は、滂沱たる泪を止めるすべもなかった。ああ、お母さん！　何という有難いことなのだろう！　燦く愛の尊さに、私は言葉もなく、ただ濡れた瞼をせつなく閉じるばかりであった――

　こうして母のアリバイはその意志に抗しても成立することとなりまた私に対する当局の心証も幾らかよくなっていったが、さて、そうなると、ここに新しく管原達也なる名前が大きく疑惑線上に浮び上ってきたのである――捜査当局でも母の憂慮と同じく、満洲時代の達也と、美紀代の間に何かあったのではないか、と早くも疑い始めていた。何よりも、例の手紙以後ばったりと達也の消息が絶えてしまったことが、酷く当局を刺戟していた。そして綿密な捜査にも拘らず、依然達也の行方は杳《よう》として判明せず、ますます疑いは濃くなっていった。達也が世の裏を駈け廻るような極めて不健全な社会に身を沈めているらしい事は概ね想像される所であったが、それ故にこそこうも巧みに足跡を瞞《くら》ましていることが可能だったのだろうか？　こうして、達也の行方を激しく追求する一方、当局の一部には私に対する疑惑もまた甦りはじめているらしかったが――

　さて、そうした情勢のなかに、美紀代の葬儀が、極く内輪に行われた。たといどのような事情にあろうとも、相変らず機械的に踏襲されてゆく社会的習慣というものを、私は何か虚脱されたような気持でみつめるのであったが、やはりその底には言い知れぬ異様な重苦しい空気が澱んでいるようだった。だが、何よりも私の心に奇妙な固執を引いて止まなかったのは、悔みをのべる会葬の人々に答えていた母の、ほんの僅かな言葉の間違いであったが……いや、そうではなく、却って何でもない聞き違いだったかも知れない。しかし私はそれに不思議な拘泥を感じてならなかった。母は人々の悔みに対して、「ほんとに殺されたみきをが可哀そうでなりません、早く犯人を逮捕して頂かないことには、あれも成仏しきれないことでしょう」と繰り返し答えているのであったが、私には確かにみきよではなくみきをと母が言っているように思われてならなかったのである――美紀代とみきを、極めて酷似した発音である故に、あるいは私の聞き違いだったかも知れぬ、しかし私は確かにみきをと発音した母の声を、三回まではっきりと聞きとったのであった。そうしてこの私の妙な気懸りは、やがて事件に対する推理の、重要な緒となっていったのである――

　これよりさき、新しい容疑者達也と共に、再び蒸し返してきた一部係官の私に対する執拗な疑いに抗して、私は私なりに、真犯人に対する懸命の推理を挑んでいたのだが――

まず達也が一番疑わしいことは云うまでもない。あの手紙で母を小田原に赴かせ、その隙に美紀代を襲ったことは、容易に考えられる所である。

次に、事件発見者たる岡本は、今までは無条件に除外されてきたが、果して無関係だろうかということであった。満洲時代に美紀代と相識っていた、というような事はありはしないか？　もし岡本が犯人だと仮定すれば、あの朝の奇怪さは非常に解き易くなる。だが、その場合には、屍体を車で大船まで運んでいった共犯が必要となる訳だ。けれども、岡本には別に財産関係の動機というものは考えられないから、情痴というような感情的動機しかないことになる。一般的に云って感情的犯罪においては、物欲犯罪に比し、単独犯である場合が多いものだが今度の事件は物盗りではあるまいという一応の結論がでているのだから、共犯と仮定することは躊躇されるわけである。そうすると、やはり岡本は単なる証人に過ぎず、どうしても達也が犯人なのであろうか？

が、それと同時に、私の脳裡には、この事件に対する幾多の疑点もまた、今更のように思い合されてくるのであった。

即ち、まず第一に、岡本の証言を一応信ずるとして、さてあの場合のように極めて短い時間内に、一人の人間を殺害して、トランクに詰め、車で運び出すという事が、果して可能だったろうかという点であった。血痕はあの離れ以外には残っていなかったから、まさしく屍体をトランクに詰め、しっかり蓋をして運び出したもの、としか考えられない訳であるが、そのような早業を行うには、予め例の短刀・トランク・自動車等を一切準備しておかねばならないわけで、いかに秘かに行われたとしても、美紀代がそれに全然気付かなかった、という事はあり得ないはずだ、との疑いである。しかも、惨劇直前岡本にその姿をみせた美紀代は、旅行用意のための多忙以外には、何等変った様子もなかった、ということだった。

第二に、兇器の問題である。犯人が私を陥れようと謀って、あの私の短刀をわざわざ現場に遺棄したものである事は明かだが、柄の所に附いていた私の指紋の状態が何か不審を抱かせるのであった。前に述べた通り手入れした直後だったから、私の指紋が検出されたのは当然であるが、それ以外の指紋は見当らなかったという事は、犯人が手袋を用いた事を意味するわけだ。しかし手袋を嵌《は》めた手で柄を握ってあれだけの仕事をした場合には、柄の所に附いていた私の指紋は、当然手袋のために消されるか、あるいは少くとも不明確になってしまうはずである。ところが、事実においてはそういったことが全くみられず、私の指紋だけが、手袋で握ったろうと思われる部分にさえ、明瞭に残っていたのである。この矛盾を解決すべき論理的帰結は二つしかない。まず私が犯人であり、素手で短刀の柄を握って仕事を行った場合が一つの解決であるが、私が犯人であり得ない以上、これは問題にならない。そうすると、どうしても、次のようにしか考えることができなくなってくる。それは極めて変な話だが、犯人はあの短刀で兇行を行ったのではない、という解釈だ、だが、これはいったいどういう事を意味するのだろうか？

第三に、例の自動車が未だに依然として判明しないことであった。多分犯人自ら運転したのであろうと思われるが、もし車を借りたのであれば聞込みに依って突き止められぬはずはないし、また仮りに自家用車だとしても、これだけの捜査にも拘らず、依然手懸りがないというのは果して犯人の巧妙さのみに原因することだろうか？

第四に、犯人は屍体の隠匿による捜査の遅延を策して、あのような場所に屍体を遺棄したものであろう、と今まで思われていたのであるがよく考えてみると、それでは些か論理の首尾一貫性が欠けているようにも推理されてくることであった。屍体の隠匿のみが目的なら、いっそのことトランク詰のまま海中に投げ捨てるか、あるいは被害者の容貌を滅茶々々にしてその身許発見を困難ならしめるような方法をとったほうが、犯人にはより好都合だったはずである。だが事実は前述のとおり、数日を経てもなお明かに美紀代と判るようなやり方をしている。これは犯人としては意図の徹底性を欠いてはいないか？いや更に、犯人の意図は同時にもっと他の点にも存していたのだ、とは考えられないであろうか？

そう思い廻らしてゆくうちに、突然私はある一つの考えに突き当って、我ながら愕然とせざるを得なかったのである――それは、私達は今まで目黒の家のあの離れが兇行現場だと無条件に前提していたが、果してそうであったろうか、という事であった。もし、目黒ではなくして大船のあの松林こそ、犯行現場だったのだ、と考えたらいかがであろう？　まことに突飛な考えだが、これは頗る重大なことである。しかもそうだとすると、以上四つの疑問は極めて容易に解けてくるのだが……即ち、目黒の家では、あくまでもここを兇行現場とみせかけるためにわざわざ岡本の眼前で、全く架空の殺人事件が演ぜられたのではなかったろうか？　そうして、あの離れにべっとりと残っていた血も、実は美紀代のそれではなく、予め用意されていた全く別人の血液ではなかっただろうか？　犯人は美紀代の血液型を知っていて、周到にもAB型を準備したのではなかったろうか？　過去の犯罪史において、自分の静脈から血液をとり、それを利用して被害者の血液らしくみせかけた、という例は少くないのである。私はA型だが、血液型遺伝の法則はこの場合果してどんな意味をもってくるのだろうか？

そうすると自然例の短刀の問題も解けてくる。即ち犯人はあれを実際の兇行に用いたのではなく、私に嫌疑をむけるため、更に目黒を現場とみせかけるために、例の用意されたＡＢ型の血液をべっとりとその刃に塗り、わざわざあの離れに遺棄していったのではないだろうか？そしてその場合犯人は、故意と私の指紋に触れぬよう、短刀の極く端をつまんで血のりを附けたものであろう。

更に、岡本の目を掠めてあのような早業が可能であった疑惑も、同様に氷解されてくる。犯人はただ美紀代の声を真似て悲鳴をあげ、器物を引っくり返して物音をたて、さも兇行が演ぜられた如くみせかけて、素早く空のトランクだけを持ち、裏口から逃げ出せばよかったのだ。だから、別に自動車を用いる必要はなかったわけで、そののち犯人は人目を欺き普通の旅行者の如くみせかけて、悠々と大船に赴いたものであろう。あるいはその場合、事前にトランクだけ盗み出して、予め大船に運んでおき、当日は身一つで芝居をすればよかったのだ、と解釈することもできる。いやむしろこの方が万事に好都合だから、実際はこの方法をとったのではなかろうか。かくて悠々大船に赴いた犯人は、予め何等かの奸言を弄して誘き寄せておいた美紀代を、例の松林の所に連れてゆき、予め用意しておいた私の短刀と同型の他の短刀で一撃のもとに美紀代を刺殺し、さきに運んでおいたトランクに詰め、洞穴の中に隠匿したものであろう。

そこで前述の第四番目の疑問だが、犯人は美紀代が目黒で殺されたのち、トランク詰にされて大船まで自動車にて運ばれたのだ、という一連の錯覚プログラムを徹底的に完成させるため、屍体が発見されても直ぐ美紀代と判るようなやり方を、故意ととったのではないだろうか？　犯人は無論捜査を遅らせる目的で屍体を隠匿したわけだが、更にそればかりでなく、結局はそれが美紀代の屍体と判明する事によってあくまでも屍体詰トランクを目黒から車で運んだのだ、とみせかけようとしたのではなかったか？

　そして何よりも、そのような犯行現場変更というトリックによっていったい犯人は何を目論んだのであろうか？　云うまでもなくこの現実社会においては、ある一つの事象は時間と空間の二座標によって決定されるわけである。従って逆に云えば、空間と事象が決れば時間が決ることになる。故にあるケースにおいて事象が一定であるならば、その時間は空間の変更によって相関的に変更されねばならないわけだ。いま今回の事件にこの命題を組み合せてみると、犯人は空間の変更による時間の変更を狙ったのではなかろうか、という推測が生れてくる。即ち、犯人は偽アリバイの創出を策したのではないだろうか？

　だが、そうするとここに、岡本があの朝確かに美紀代をみたと証言しているのをどう解釈するか、という問題が残る。犯人はあの場から直ちに何等かの奸言を用いて美紀代を大船まで誘拐し去ったものであろうか。それとも共犯の女を使って変装をさせたのであろうか、あるいは岡本こそ犯人で全く凡て虚偽の証言をしているのであろうか。これは確かに難点であった。しかし私の脳裡には何故か「いやいやいずれも真実ではない、みな錯覚に陥っているのだ、何かとんでもないようにみえることこそ、却って真実なのだ――」という直感が強く囁いて止まなかったのだが――

　そして、以上のような推理を続けてきていた私に、いま、異様な空気の中に行われた美紀代の葬儀の座において、会葬の人々の悔みに答える母の「殺されたみきをが可哀そうでございます」というふしぎな間違い（？）が、三度までも耳に入ったのである――いったいこれは単なる発音の酷似故の母の間違い、乃至は私の聞き違いに過ぎないのだろうか？　私は何故か異常な気懸りを感じてならなかったが、そんな私にふと、かのフロイドの説が啓示のように鋭く閃いたのだった。即ち、「『間違い』は偶然に起るものではなく、必ず原因がある。即ち、『抑圧』された『第二の意図』が『押返して』、『第一の意図』によって組み立てられた予定の言動を歪めるのが、『間違い』だ。その第二の意図は必ずしも意識されないが、それにも拘らず、言動を左右する力をもつことがある」という命題であった。無論私の思い過しかも知れぬ。だが母が自分でも全く気付かぬ様子で（即ち無意識に）、あのような間違いを犯したことには、何か深い抑圧された第二の意図が秘められているのではなかろうか？　みきよとみきを、美紀代と幹夫（？）!?　私は何故かこの名前に奇妙な「固執」を感じた。そうしてそれと同時に、例の達也の手紙と、更に犯人は犯行現場を変更してみせかける事によって偽アリバイを創ろうとしたのだという推理の、二つの考えが執拗に思い合されてきて、なおいろいろと考えてゆくうちに、遂に私は我ながらも実に恐ろしいある一つの推理に思い至り、そのあまりの重大さに、思わずも激しい身の慄えを抑えることができなくなっていったのである——

いま私は、最早これ以上この恐ろしい自分の推理を述べたくはない、とも強く感ずるのだが、他方純粋な良心の正義感が何としてもその卑怯を許さぬ故に、最後の勇気を振り絞って、敢て今暫く書き進もう。そして、今から記す事柄こそ、この恐ろしくも奇怪な美紀代殺害事件の最も核心に触れるものなのだから——

さて、私の頭脳の中の感情区域とは別に、その論理区域において、ひたひたと疑問を投げかけてきたのは次のような諸点であった。

まず、達也とは果して実在の人物だろうかという強い疑惑である。そうだ、いかに暗黒の社会に身を沈めているとはいえ、あのような捜査にも拘らず、全く手懸りがないとは些か可笑しくはないか？　ああそう云えば、蒙古から脱出してきたというのは果して今日可能な事であろうか？　更にもっと冷静に考えてみると、あの達也の手紙というのも頗る怪しい点が多いではないか、何故あんなにも乱暴な字を書かなければならなかったのだろう？　母は未だ何か偽っているのではないだろうか？　みきよ、みきを、幹夫？　そうだ、幹夫こそ母の真の秘密の子ではないだろうか？　そして、曾て幹夫は何者かに「殺された」ような事実があったのではなかろうか？

そうして、それは絶対に秘密を要するゆえに、母の意識においては極力抑圧されていたにも拘らず、いつしか第二の意図となって母の心の奥深くこびりついていて、それがいま「殺された美紀代が可哀そうです」と言おうとする第一の意図を無意識に歪めて、思わずも「幹夫が可哀そうです」と、第二の意図に左右されてしまったのではないのだろうか？　幹夫——母の秘密の子……では何故、母は達也とその名を変えてまで架空の人物を持ち出さねばならなかったのであろう？　更に幹夫と美紀代は果して単なる叔母甥の関係だけであろうか？　私は母とその妹たる美紀代、更にその姉妹のそれぞれ秘密の二人の子供（?）……という考えに思い至って、何か深い深い宿命的な因果の系列というようなものを鋭く感ずるのであった。

　更にここで思い合されるのは、母の小田原におけるアリバイが、あのような母の頑固な沈黙、私への嫌疑、母の偽自白、達也の手紙の発見、という謂わば劇的な一連の経過を辿って成立していったことで、この事実が、犯人は偽アリバイの創出を策した者でなければならぬという推理と、奇妙にアリバイという一点で交ってくるように思えてならぬのであった。

　更にまた、美紀代の血液型はAB型であったが、母も同じくAB型だという事実である。

　また、岡本があの朝目黒の家に美紀代を見たという証言に関聯して直ちに考え得る事は、美紀代に変装し得る一番の適格者はその姉たる母その人ではないか！　という疑いだが……

　しかも、小田原・大船・東京という一筋の線が、私には何か深い意味を有つように思えてならなかった――

「ああ、何という事だ！　事もあろうにあの母が！

しかし、しかし論理の指す所は曲げる事ができない‼」

私の心中には二つの自我が、感情の自我と論理の自我が、激しく相剋した、けれども、遂に、論理は論理を以て打破る外はないのである――そうして私は遂に、感情の如何に拘らず、この事件の最も核心であった「偽自白、即、偽アリバイの立証過程」という、我が母ながらも恐るべき大胆巧妙なトリックを悟らざるを得なくなっていったのであった――


　いま、凡ての感情の波を抑えて、私はここに自分の組み立てた恐ろしい一つの架空について記さねばならない――即ち、ある理由から母はその妹を極度に憎悪し、周到な準備のもとにこの恐るべき美紀代殺害を計画していったものではあるまいかという架空を……

　まず問題は幹夫と達也の二人であるが――、例えばあの達也（?）の手紙及び母の告白をもとにして、こういうような想像を組み立てることは不可能だろうか？　即ち、母の最初の夫である大塚啓之助が、結婚後ふとある偶然に美紀代を見染めて強く惹かれ、遂にずるずると第二の妻にしてしまった――そして、不幸にも二人の姉妹は殆んど同じ頃に大塚の胤を宿す事になったが、やがて母の感知する所となり激しく夫を責めた結果、大塚は己の非を悔いて美紀代と手を切ることを誓った――そこであのように寛大な優しい母のことであるから、その誓いに凡てを赦す気になり、美紀代の分娩だけは大塚家の手で面倒をみてやることとして、自分と同じ産院に入院させ、同じ時期に、それぞれ大塚の男児を分娩することになった――ところが、ここに、美紀代の胸にある宿命的な罪の心が芽生えて（いや、それは罪というよりむしろ運命のなせる悲しいわざであったかも知れない）自分は将来もう大塚から見離されることを覚悟しながらも、せめて自分の息子にだけは日陰者の汚名をきせたくない、更に自分の腹をいためた子に大塚家の財産を相続させたい（それには、日頃自分の地位を姉に比べているうちに育まれていったインフェリオリティ・コムプレックスが、せめて子供だけはという悲しい願いに反撥していった心理をも含めていいであろう）、という大それた考えに取り憑かれ、同じ産院、同時の分娩、しかもいずれも男の児、――という条件に心迷って、とうとう産院のある看護婦を買収し、二人の嬰児を取り替えるに至った――その結果、美紀代の子が達也と名附けられて大塚家の嫡出子となり、母の子は幹夫と名附けられて美紀代の子と思われることになった――そうして更に、その後美紀代は、事実を知る故に遂に自分の真実の子でない幹夫を愛する事ができず、幹夫が病気になったある折に、故意または無意識の不作為から遂に何の咎もない幼児を死なせてしまうに至った――が、やがて母はある機会に美紀代の凡ての企みを知るに至り、激しく妹を恨み呪ったが、その時は既に身軽になった美紀代が遠く満洲に走った後で、その消息は殆んど知る事ができなくなっていた――母の美紀代に対する復讐の決心は、実にこの時からかたくかたく定められていったものであろう――さて一方母は自分に残された美紀代の子達也を深く憎むに至り、間もなく大塚が歿するや、さる仲介人の手を通して、見も知らぬ人に達也を呉れてやってしまい、やがて私の父有本と結婚するに至ったが、養子に出した達也もまた、まもなく病で死んでいった事を母は知った――そして、私が生れ、父有本が物故し、戦争が起り、終戦となった――

大体以上のような経緯を過去に含むなかに、引揚げてきた美紀代と母の全く偶然なしかも運命的な出遇いが起ったのではなかろうか？　母は驚愕のなかにも、長年恨み呪い続けてきた復讐の決意をここに決定的に定め、表面は復讐の真意も子供の入替を知った事も凡て巧みに蔽い隠して、ただもう久方振りの懐しさ、肉親の愛情と装い、凡てを忘れてこれから親しく手を取り合ってゆこうと感激的な慈悲深さをみせ心の弱くなっていた美紀代を言葉巧みに安心させ感動させて、説得の末、とうとう目黒の家に連れて来たのではないだろうか？　しかも、美紀代はただ自分の罪を悔い姉の愛に感激するばかりで、姉の深い企みには全く気付くすべもなかった――そして恐らく母はそのとき、達也に関しては、私に打明けたときと同様に、有本と結婚の際、その峻酷な要求に依り、涙ながらも養子にやってしまったが、その後満洲にさすらっていると聞いたきり全く消息が分らない、心配でならない、深く自分の罪を悔いている――などと、さも入替の事実を知らずに未だ自分の真実の子と思っている風にみせかけ、また達也が未だ生きているという暗示をまことしやかに与えていったものと思われる。そして、達也の病死以前既に満洲に渡っていた美紀代は、何も知らぬままに姉の言葉を無条件に信じ込んでいった――こうなっては今更嬰児入替の秘密を打ち明けかねるに至った美紀代は、姉に対する秘かな烈しい呵責の念に苛まれる一方、自分の真実の子だと自分だけしか知らぬ達也が消息不明ながらも未だ生きているかも知れないという暗示に、深い焦躁と不安と憂慮のなかにも、一面期待すら持ち続けていた――

さて、こうした準備工作のもとに、母は遂にかねての復讐計画を成し遂げるべく、まずここに達也の名において自分宛の偽手紙を書いて投函したのである、この偽手紙は恐らく左手で書いたものと思われる（このことは、前に掲げた達也の手紙の筆跡からも推測される所で、あのように乱暴な字であったのは、その筆跡を胡魔化すため左手で書いたものに違いないのである）。そしてその内容は多分次のようなものだったのであろう。まず最初に、久方振りの感懐と、自己の幸福故にその子を捨てた無情の母を恨み呪う言葉からはじめて、自分のいろいろの過去をまことしやかに細々としたため、今度故国の土を踏むに至るや何故か急に意気地がなくなって、二度と会うまいと思っていたにも拘らず、養親の死に際に打ち明けてくれた言葉を頼りにいろいろ調べた結果、遂にお母さんの住所が分ったので、こうして便りをする、だけど今の自分は人に云えないある仕事をしているので、絶対にそちらからは訪ねないで欲しい．万事自分の言う通りにしてくれ、そのうちに機会を作るから、――というような事を巧みに書いたのち、出来ればお母さんの最近の写真を送って欲しい、と結んであったのであろう。母はこの手紙を巧みな愕きと喜びを装って美紀代にみせ、

「私の子が生きていたのよ、達也が手紙を呉れたのよ！　写真を送って呉れといって来たのよ！」と感激に満ちた一シーンを演じて、「どれを送ろうかしら？」とさえ持ちかけたのであろう。そうして一枚の写真が母の手で送られたことになり、更に私に対する口留めまで美紀代は誓わされるに至った――

さてここで、爾後の美紀代の心理と行動を推測してみよう。まず、美紀代は恐らく天王寺局気付で達也にこっそり手紙を出したのではないだろうか？　しかし所詮達也は架空の人物なる故、その手紙の届くはずもなく、やがて送り返されたであろうが、その前に母は凡ての先手を打ってしまったに違いないのである――即ち母は続いて直ちに達也の返事として、後記の如き葉書を投じたものと思われる。ところでここに記しておかねばならないのは、最初の手紙以来、美紀代は何気なく装いながらも、毎朝表門の郵便受に手紙をとりにゆく役目を、女中の幾の手からすっかり奪っていたに違いない、ということだ。美紀代は母に秘密で達也に便りをし、その返事を胸を躍らせながら待っていた。しかもそれは絶対に母に知られてはならぬ、だからこそ自分でいつも真先に郵便受を調べることにしていたのだ、という推理は恐らく事実通りであったと思われる。しかも、それは凡て母の計画に予め入っていたのではないだろうか⁉

こうして、達也（実は母の書いた）の返事はまず最初に美紀代が眼を通すこととなった――ここで、この返事は葉書だったと推測される。何故なら、母としては、美紀代が誰よりも真先にこっそりとその返事を読んで、母の期待する通りの行動をとることを望んでいたはずだから――そして、美紀代は母性愛の盲目故にまんまと母の罠に陥り、その偽葉書を一番先にこっそりと夢中で読んだ――その内容は恐らく私の発見した例の手紙の旅行の所を、簡単に知らせた風に書いてあったものと思われるが、ただ次の点でちょっと違っていたはずである。即ち、『今度大船の某所で三月五日の夜八時までに寄集ることになった。この機会にお母さんに会いたい。できれば四日の晩こちらを二十一時発の急行でゆくから、小田原で朝六時に出迎えて欲しい。久し振りに父のお墓参りをしてゆきたいから。だが、仕事の都合でどうしてもそれで行けなかったら、必ず五日の朝八時三十分発の急行で発つことになるが、これは小田原着十八時四十六分・大船着十九時二十二分で、約束の夜八時までに殆んど余裕がない。どちらで行くか分らぬが、とにかく五日朝六時に出迎えてみてくれ、それでもし降りなかったら、八時三十分発に乗ったものと考えて、その日半日は小田原で待ち、夕方十八時四十七分発の同急行に乗込んで、汽車の中に私を探して頂きたい。大船まで車中でゆっくり話をし、今後の相談をしよう。ただ、私は二十年以上もお母さんに会っていないのだから、見つけ易いように、この間送って下さった写真通りの髪かたちをし羽織を着てて欲しい』と。

さて、この数枚続きの葉書を読んだ美紀代は、いったいここでどんな行動をとるだろうか？

「達也が私の子だという事は私一人しか知らないこと――ああ達也、お前は私の子だのに何にも知らないのね！　もちろん、もちろん、みんな私の罪なんだけど――ああ、母子の名乗がしたい‼　しかし、姉さんには今更云えぬこと！　そうだ、ではいっそのこと、この葉書は私一人で握り潰し、姉さんには黙って小田原にゆき、達也に会って凡てを打ち明けたら⁉　そう、そうだわ、そうしましょう、達也とよく相談するのが一番いいのだわ。姉さんとは万事それからのことにしましょう！」

と、こう考えて、母性の激情にいてもたってもいられなくなり、遂に理性をも喪って、何も葉書の事を感づかぬ様子の姉の留守を狙い（恐らくこれも母が計画的に恰度いい時期に隙をみせたのであろう）、達也の推定通りに例の写真の母の羽織を無断借用し、髪かたちも写真通りに変え、五日朝六時に小田原で間に合うよう、前日の夕刻からこっそり出掛けたのではなかろうか？　こうして、美紀代は全く母の恰好になり済まして、小田原では変名で青木旅館に泊り、翌朝駅に出迎え、しかも達也が現われないのでこれはきっともう一つの急行に延ばしたのだと思い、昼は駅前富士食堂で昼食をとり、夕方十八時四十七分発の急行に乗り込んで、大船までの間全客車を一生懸命に達也を探したのではなかっただろうか？　もっとも探すといっても、ただ写真通りの容貌・髪形・服装を唯一の拠り所として、向うから見付けてくれるのを待つ外はなかったろうが。あるいは車掌に頼んで達也を呼び出してもらったのではないかという事も一応は疑えるが、これは達也の職業（？）の怪しさを直感する母の本能を考えるとき、恐らくはあり得なかったろうと推測される。けれども、所詮は実在しない達也なのだから、見出せるはずもなく、美紀代は大いに訝りながらも「何かうまく見つけられなかったのだろう。ともかく、達也は大船で降りると書いていたのだから」と考えて、自分も大船で急いで降りて、改札口に達也を探したであろうことは、むしろ当然の運びだったと思われる。(なお、急行は小田原から大船まで停車しない)

ところが、ここに、達也ならざる母が(母は後述のようにこのとき既に一仕事を終えていたはずであり、更に変装していたに違いないが)全く意外にも突如美紀代の前に現われ、

「あっ、美紀代！　お前もやっぱりここにいたの？　今、達也から、〝ヨテイカワツタ　五ヒヨル七ジ　オオフナコウガイ　イッポンマツノ　トコロニテマツ　タツヤ〟と、こんなウナ電がきたの。私、何が何だか分らないけど、ともかく大急ぎでやってきたのよ。だけど、少し遅れてしまったわ、さ、とにかく、早く行ってみましょう、一本松の所って、私よく知っているから！」と、こういう風に急き立てたに相違ないのである。美紀代は意外な姉の出現に、咄嗟に何の判断をする余裕もなく、また母の言葉の不審さを訝る冷静さも喪って、ただ、いまはもう、達也会いたさに凡てを忘れ、急かれるまま姉に随って行ったのであろう。折からの夕闇に紛れて、人々は殆んど別段の注意も払わなかったに違いない。こうして母は何も知らぬ美紀代を一本松ならぬ例の松林の所に導き、達也はどこに？　と狼狽《うろた》え焦る美紀代の隙を狙って、短刀(例の私のものとほぼ同型の)の一撃にその心臓部を刺し貫き、念願の復讐を成し遂げたのであろう。そうして、美紀代の所持していたはずの例の葉書を奪い、羽織を脱がせて予め用意してきた別の羽織を着せ、あの既に運んでおいた例のトランクに屍体を詰めて洞穴に隠し、更にその葉書と兇器とをどこかに処分し去り、何喰わぬ顔で帰宅したものであろう。

さてここで、少し後戻りをして母の種々の行動を振り返ってみなければならない。

即ち、かねて母は例の東洋堂に東口美紀代と名乗って二三度姿をみせておいたのだが、さていよいよ二月五日に事を決行しようと決意するや三日に腕時計の修理を依頼し、恰度五日朝八時に届けるよう頼んだ――そして、私の油断をみすまして手入れ直後の例の短刀をこっそり盗み出し、更に大型の注射器を準備して、他方ひたすら美紀代への心理的工作を完成していった――さて、母は四日夕刻美紀代が自分の誘いの留守に計画通り、自分の恰好をしてこっそり出掛けたのを見届けるや、直ぐさま例の大型トランクを盗み出し、私達には「ちょっと一泊旅行にいってくるから」と、別に詳しくも話さずさり気

ないふりで家を出て、直ちにそのトランクを大船の例の場所まで運び、万事の準備を整えて、その晩はどこかに秘かな一夜を明かした——

そして、母は、翌五日に幾が公休をとり、また私が早朝から小説の風景描写に資するため郊外に出掛ける予定でいた事を、凡て計算に入れていたのであろう。そこでいよいよ五日の朝は、皆の留守を狙って家に戻り、例の写真の髪かたちをなし、羽織だけは別のもの（この羽織は後刻美紀代を殺した後、屍体に着替えさせたものである。なお、写真の羽織は美紀代が盗み着して行っている）を著けて、岡本を待っていた——そうして八時に岡本が訪れるや、ちょっと姿をみせ（岡本はこの人が美紀代という名だと思っている）、「少し待ってて頂戴」と待たせておいて、あの離れに至り、注射器でＡＢ型の血液を自分の静脈からとって、畳にべっとりと垂らし、更に短刀にも血を塗って離れに遺棄しておきさてそこで、物音と悲鳴を巧みに演出し、岡本をして完全にその時刻その場所で美紀代が害せられたかの如く錯覚させ、自分は注射器だけを持って素早く裏口から逃れ出で、注射器を処分し、ある秘密の某所に至ってすっかり髪や服装を変え、例の羽織（岡本に記憶させた）だけを持って、夕刻を待ち、あの時刻に大船に駈けつけて、万事前述の如く美紀代の殺害を成し遂げたものであろう。従って自動車等は全く不要だったわけである。さて、母と美紀代は姉妹であり、容貌が極めて酷似していたから、髪かたち（どちらも例の写真のそれに一致している）と羽織（岡本に記憶させた羽織を美紀代の屍体に着せたのだから）の一致と相俟って、岡本は完全に欺かれ、屍体をあの朝目黒でみた人物（岡本はその人物を東口美紀代という名前だと思っている）と同一なりと、信じたものと思われる。なお、屍体が死後五日を経ていたため、容貌の極く僅かな相違などは一層盲点に包まれていった訳で、これも母の計算に入っていたことだろう。岡本は生前の本当の美紀代は全然知らないのだから、ここに、東口美紀代は五日前目黒で殺されて大船に運ばれたのだ、という一連の錯覚筋書が見事にも完成して、犯人のアリバイを成立させるに至ったのであった——

そこで母にとって残る問題は、〝五日朝八時目黒における兇行〟に対して、アリバイを証明するだけとなったのである。

そして、そのアリバイは、何と事もあろうに、何も自分では知らない美紀代自身が、自らの積極意志でわざわざ母の写真通りに変装し、母の羽織まで着て、小田原で完全な母のアリバイを作っていた訳であったのだ！　容貌の酷似に加えて、美紀代は出来るだけ母の写真通りに自分を似せようとさえしたのだ。しかも美紀代自身は母の意図を全く知らず、また自分は後で人々に知られてはならぬ行動をとっているのだから、第三者からすればあれは全く母だったのだと思い返されたのも当然だったのである。当の被害者が知らず識らず犯人に協力させられて、そのアリバイを作ってやった、何という恐ろしいトリックなのであろう。

ところが、さて事件直後の母としては、美紀代が自分の身代りを小田原で演じた、という事だけははっきり分っているが、その詳しい模様は美紀代だけしか知らぬことであり、その本人は既に屍体となっている——母としては迂闊なことは云えないわけで、だからこそ、最初頑強なまでに故意と沈黙を続けていたのであったろう。それでは詳しいアリバイを立証するために、母はどんな方法をとったのか？　美紀代の行動を逐一知るために、果してどんな策が秘められていたのか？　もとより小田原に赴いて調べるなどとは全く危険なことである。ところがこの困難に対しては、実に驚くべき名解答が用意されていた——即ち偽自白による自己のアリバイ探求という全く意想外の奇手が秘められていたのである。つまり、みえすいた偽の自白を行いそれを固執することによって、その実、当局乃至他の人々の努力を労わし、美紀代の行動、即ち自己のアリバイを探し出す、自己の意志ならずして自己のアリバイが他の人々の手により止むなく証されてゆく、という、まことに恐るべき大胆巧妙なトリックが用いられたのであった。わざわざ指紋のついた私の短刀を兇器の如くみせかけて私に嫌疑を向けるようにしたのも、実は予定の如く最愛の息子を救うとみせかける犠牲的偽自白に出るための遠大な伏線を設定しておいたのであり、例の偽の手紙を故意と文箱のようなありふれた所に隠しておいて、私に探させるように仕向けたのも、実に美紀代が自分の身代りとして動いた小田原での行動の詳細を、私及び当局に調べさせるための巧妙な計画であったのだ！　私達は、いや当局すらも、あの母の意外な自白は私の危急を救うための崇高な犠牲的行為とばかり信じていたが、その実何ぞ計らん凡ては母の予定行動だったわけで、そのみえすいた犠牲的偽自白の結果、私及び当局を訝らせ、例の手紙を発見させて、小田原におけるアリバイを、あたかもその意志に反する如くみせかけつつ、実に巧みに成立させていったものであった。

被害者が知らず識らずの間に犯人に協力させられ、犯人のアリバイを作ってやる結果になった、そして息子を救うとみせかけた偽自白が、実は自己のアリバイの立証過程であった、——ああ、それは我が母ながら、何と驚くべき、いや、恐るべき狡智のほどであったろうか!!

私はいま慄然たらざるを得ないのである。

こうして残る疑問はただ一つとなった、それは、あのように短刀を残して私に不利ならしめた事が、即ち自分のアリバイ立証への一つのプロセスであったとしても、それならば、もしそのアリバイが証されたのちにも、なお私への嫌疑が残り更に強まっていったならば、いったい母はどうする心算なのだろうか、ということである。

この疑問に対しては次のような諸点が解答となり得よう。即ち、母は、事件当日の私の郊外散歩がそのうちには必ずやアリバイとして立証されるに至るであろう、と楽観していたこと。次に、母は、私が例の手紙を見つけて母のアリバイ立証に懸命に努めるであろうことを予定し、その真剣な態度が当局の心証を著しく好転させるであろうと確信していたこと。だが、何よりも母としては、もはや全く実在しない達也を犯人に仕上げて、事件を永久に迷宮入りさせることを、最も強く期待していたのであろうと思われる。即ち、達也に関して私に打ち明けたあの告白の後篇として、更に第二段の秘密話をやがては語り、(むろん虚偽の)、そこで達也に決定的な動機を作って、嫌疑をすっかり達也にむける予定なのでもあろう。そして最後に、それでもなお私が危険となる場合には(母としては殆んどあり得ないことと信じてはいるのだろうが——)、そのときは一切の真実を告白する決意なのではないだろうか。万一のときにはそういった最後の行動にでることをさえ覚悟してまでも、母はこの復讐を遂げずにはいられなかったのだ——

以上が、今度の事件に対する、私の悲しい推理のすべてである。無論それは私ただ一人の全く個人的な考えにすぎないし、また、私は自分の推測が誤りであることを心から希っている。しかし凡ての感情要素を疎外して、ただ論理をのみつきつめるならば、これ以外にいったいどんな帰結があり得よう。

私はいま、子ゆえの復讐に、おぞましくも驚くべき計画を、一分の隙もなく綿密に組み立てて、大胆に成し遂げていった母のひたむきな一念に、異様な戦慄を覚えると同時に、また一方、母のあわれな心事をおもいやって、云い知れぬ複雑な気持のなかに、こみあげてくるような哀憐の泪を禁じ得ない。しかも、更に考えてみるならば、果して母はただ幹夫の復讐にのみ動いたのであろうか？　私と美紀代の交渉を知った母が、私の将来のために、倫落の妹の許すことのできない罪を、神にかわって罰するに至ったということも、その一半の動機ではなかったかという疑いを、いったい誰が否定できよう？　特に最近美紀代は執拗に私に迫っていた故に、母は、美紀代を除くことが即ち私と頼子との幸福を保証するものだ、と思い込むようになったのではあるまいか、というふうには考えられないものだろうか？　更に、夫を喪った母が何かエディプス・コムプレックスといったものを息子たる私に感じていて、美紀代を敵だと憎む無意識の心理が潜んでいたのではなかったか、と疑うことは、母性に対する許されぬ冒瀆であろうか？

　いま、私は、走馬燈のように胸中を舞い散る母のいろいろな姿に感懐に、ただ憮然として瞼を閉じるばかりである――

　さて、私の哀しい記録は、以上をもってその暗い幕をおろさねばならなくなったわけであるが、いま静かにふりかえってみるとき、私は今更云うべき言葉もない。冒頭にも記したごとく、私はここに、純一な正義感と人間性の儚いあわれさとの矛盾相剋の末に、この手記が人々に発見されるか否かの運命を、ただ一つの偶然に委ねようと決意するに至っているが、その私のせつない心事を、誰が知ってくれずとも神のみはこれを憐み給うであろうことをかたく信じて疑わない。私はいま、「なんじら人を審くな、審かれざらんがためなり」という聖書の一句を嚙むようなおもいで胸に泛べつつ、この悲惨な手記の終止符をうつものである――

謎のヘヤーピン

一

研究室がひけてから、約束しておいた葉子と銀座のフロリダで踊り、夕食をとって映画という順序は、謂わば型通りの進行だった。

まだ心理学教室の助手という身分の省吾であってみれば懐はいつもお定まりピイピイだが、いざお勘定ということになっても、

「あら、いいわよ、無理しなくても」と、葉子がみんな払ってくれる仕組みになっているから心丈夫だ。実際、葉子の父親が繊維品の闇でしこたま儲けた成金であってみれば別に遠慮する必要もあるまいと、省吾は軽く考えている。まことに結構な身分だったが、ただひとつ省吾をひどい憂鬱に追い込んでいたのは、執拗な珠子の存在であった。

はじめて知り合ったとき、既に珠子は美濃口泰一の妻だった。が、濡れた眸、魅力的な口もと、バタのようなきめ細い肌、素晴らしいヴォリュームに男の官能をとろかすばかりの女体は、若い学生だった省吾の魂を忽ち奪い去ってしまったのである。人妻なるが故に、二人の不倫の恋は極めて危い橋を渡らねばならず、それがまたスリルでもあったがときに省吾が臆病風をふかせると、珠子は、

「おほほほほ、あんたは坊やね。心配しなくていいのよ。泰一は絶対私に頭が上らないんだから。ただ株の取引をして、私の為にお金を儲ける道具にすぎないのだわ。うふふふふ」

艶然と笑って「私の可愛いのは、あなただけよ――」と烈しく身を投げかけて、熱い唇を押しつけるのだった。

だが、省吾はまもなく珠子の行状について、いろいろなことを知らねばならなかった。珠子の愛欲のお遊び相手に選ばれたのは、省吾が最初ではなく、これ迄に幾人もの若い青年がその純情を弄ばれたこと。ことに泰一の実弟である美濃口喬がぞっこん珠子にうちこんでいて、

珠子もまた結構相手にしていること。

こうした事が分ってくるにつれ、省吾も次第にはじめの頃の無自覚な昂奮から醒めてきて、やがてそんな珠子の娼婦性に厭気を感じはじめていたのだが、恰度その頃葉子という若く美貌で金持の恋人ができ、省吾の心は完全に珠子から離れ去ってしまったのであった。

が、おさまらないのは珠子のほうだった。去る者は一層追いたくなるのが人情でもあったろうし、また珠子としては珍しく今度だけは本当の恋だったのかも知れなかった。こんなことは今迄の珠子にはないことだったが、それだけに異常な執念深さと真剣さがあった。

「葉子さんはお金持だからでしょう。今頃の男は皆そうよ。意気地無しったらありゃしない」と毒づいてみたり、挙句の果は「あんたも葉子も殺してやる！」と、ヒステリックに泣き喚いたりした。

ところが一方、省吾とは反対に、喬の珠子に対する恋情は益々昂ぶってきていて、よほど突きつめた気持になっているようだった。喬は非常に一徹な性格だったから、さすがの珠子もいささかもて余し気味だったらしい。だが、いちばん辛かったのは、云うまでもなく夫の泰一であった。表面おとなしく装っているだけに、その陰険な性格が深く内攻して一度爆発すれば、どんなことになるか分らなかった。酒でも飲むと「お前は俺を殺したいだろうね。そうすれば珠子と美濃口家の財産全部が、そっくりお前のものになる訳だからな」と、冗談めかしながらも毒針を含んだような皮肉を、喬にあびせかけることさえあった。

こうした次第であったから、省吾は葉子と楽しい夕を過していても、ふと珠子のことを思い出す度に、ひどく憂鬱になるのである。

その晩も葉子と映画を見ながら、省吾はいつ知らず珠子のことを考えていた。煩わしい、と吐き捨てたくなる反面に、珠子のむちむちした白い肌がやはりちらついて去らなかった。

と、突然、隣席の葉子が、

「私、さっきからお腹が痛くて仕方がないのよ」と、苦しそうに愬えた。

「えッ、どうしたの？　じゃあ、早く帰ろう」

驚いた省吾は葉子を抱きかかえるようにして表に出て、急いでハイヤーを傭い、牛込の家まで送り届けたのだった。

下宿に帰ると、未だ九時まえだった。ぼんやり葉子のことを案じていると、突然、向いの薬屋の店員が「窪川さんお電話ですよ」と呼びにきた。

電話は大森の美濃口邸からだった。しかし、電話の主は珠子ではなく、意外にも大森警察の津田という警部からであった。

「先ほど、こちらの御主人の泰一氏が何者かに殺害されました——。奥さんも被害を受けておられます。それで、参考人として貴男にもお訊ねしたいことがありますので、直ぐこちらにお出でを願いたいのですが——」

キンキンした声が、受話器の底から気忙わしく不気味に響いてきた——。

二

省吾が美濃口邸にかけつけたときには、現場検証は一通り終っていた。午後七時五十分ごろ、何者かによって、美濃口泰一が扼殺され、珠子は突き倒されて気を失っている間に凌辱された、という事件であった。発見が早かったため珠子はすぐ恢復したが、ショックからひどく疲労しているので、訊問ののち寝室でやすませてあるということだった。

省吾は早速津田警部から、型通り一応の取調べを受けたが、たまたま同席していた石川刑事が知り合いだったので都合がよかった。八時頃には葉子を牛込まで送り届けたのだから、ハイヤーの運転手が覚えていてくれるだろう、という省吾のアリバイ主張は、調べてみればすぐ分ることだからと、その点の追求はいったん打切られて、次に美濃口家の事情をいろいろと詳しく訊問された末、警部は、

「窪川さん、貴男のお考えとしちゃいかがです？　珠子さんは、見知らぬ男だった、あッという間に気絶させられてしまったので人相もよく思い出せない、と仰有っておられるんですがね、別に盗られた物もないので強盗じゃないと思うし、また単なる痴漢の仕業としては大袈裟すぎるし、私はどうしても事情に通じた者の犯行じゃないかと思うのですが、弟の喬というのはどうでしょう、電話をかけましたが外出中なので、いま行先を探させているんですがね」と、最初の取調べ的な態度から一転して、協力を求めるような口調で言った。

「そうですね、私としては何とも云えませんが、ひとつ前後の模様を話して頂けませんか。何か気づくことが

あるかも分りませんから」

「じゃあ、石川君、君から話してくれたまえ」

「そうですか、では私から」と、石川刑事は省吾の方を振り向きながら話しはじめた。「御承知のようにここは、泰一氏、珠子夫人、それに女中の清と園江の、四人住いなんですが、そのうち園江は休暇で帰っていますから、現在は三人です。ところで、事件の発見者はその女中の清なのですよ。清は六時半頃珠子夫人に用を吩咐《いいつ》かって、品川の喬氏の家に行ってきたのですが、――喬氏は外出中だったとのことです――七時五十分頃帰宅してみると、どうも様子が可怪しいので、これは何かあったんじゃないかと、急に変な胸騒ぎがしはじめたというんです。そこで大声に、奥様！　と呼んだけれども返事がない、はっとして夫人の居間にかけこんでみると、珠子夫人が言を憚るような姿態で気を失っておられた、というわけです」

ここで石川刑事はちょっと言葉をきって、省吾の顔を見た。省吾は複雑な気持を抑えながら、

「と仰有ると？」

「つまりですね、言い難いことですが、スカートが腹部のあたりまで捲り上げられ、ズロースが傍に投げすてられていたのですよ――」

省吾は思わず眼を伏せた。このような場合に不謹慎だとは思いながらも、かッと顔が火照らずにはいられなかった。まくれた薄絹のシュミーズ、押しひろげられた両の太腿、その間にゴムのように弾力的な肉塊が、妖しくも神秘に、あらゆる微妙な陰翳を漂わせている情景が、さっと頭を走った。

「それで、清は驚いて、奥様々々と気が狂ったようにゆすぶった末、やっと夫人を正気に戻らせたところが、珠子夫人は、我身のあられもない姿に構う余裕もなく、旦那様は？　とはげしく訊ねたというのです――。えッ、旦那様？　清は再び吃驚して、慌てて隣の泰一氏の寝室にかけこんでみると、床の上に泰一氏がぐったりと倒れていて、清がいくら努力しても無駄だった――。そのとき既に、完全に絶命しておられたのですね――」

「ちょっと待って下さい。清が品川へ出かけるとき、泰一氏はまだ帰宅されてなかったのですか？」

「ええ、そうです。清の外出中に帰られたわけです。兇行はその帰宅直後に行われたのでしょう。泰一氏は背広姿のまま扼殺されているのですから。それから、清は周章狼狽して、医師と我々に電話したという次第です

――」

三

ここで一瞬の沈黙が座に流れたが、省吾は、

「珠子さんは犯人を知らないと仰有るんですね?」と、繰返して訊ねた。

「そうなんです、それで弱っているんですよ。さっき警部殿が言われたように、犯人は全く見知らぬ男で、また突嗟のことだったから人相もはっきり覚えていない、と仰有るのですが、私達としてはどうも割切れないのです。夫人は何か隠していらっしゃる、犯人を知っていながら故意とかばっておられるんじゃないか、そんな気がしてならないんですよ。どうでしょう、窪川さん、ひとつ貴男から直接に訊いてみて頂いたらいかがでしょうか?」

「そうですか、じゃ話してみましょう。だが、もう気分はいいのですか?」

「大丈夫でしょう」

石川刑事は煙草を捨てて先に立ったが、省吾は急に思い直して、

「あ、石川さん、その前に、もしできましたら、泰一氏の屍体をみせて頂けないでしょうか?」と申出た。

「いいですとも。現場の写真を撮っておきたいし、指紋も調べたいので、未だそのままにしてありますから」

石川刑事は簡単に承諾して案内してくれた。屍体は寝室の乱れたベッド近くの床に、服姿のまま横えられて、電燈に照らされていた。

「警察医の検案でも、推定死亡時刻はほぼ午後七時半から八時迄の間と、清の陳述に一致しています。扼殺ですが、指跡は不明瞭です」

手を触れることは許されなかったが、省吾は屈み込んで屍体の模様を詳しく観察した。

「おかしいな? 死顔が穏かすぎる――」そう独言ちながら、ついでベッドに近づいて調べていたが、「おや、ヘリオトロープ? 覚えのある匂だが――」と、また呟いた。

が、やがて振り返って、

「有難うございました。じゃ、珠子さんに会いましょう」と、石川刑事をうながした。

珠子はもうすっかり気分を恢復していたが、それでも

ベッドに臥したまま二人を迎えた。省吾の顔をみると、石川刑事の前をも憚らず、

「わっ！」と泣き出して、いきなり省吾の手の中に顔を埋めた。恐怖と慚愧の入り交った複雑な歔欷《すすりなき》だった。

「珠子さん、済んだことは仕方がありません。残されたことは、犯人を捕えて、泰一氏の仇をうってあげることだけです――」と、省吾は感情を抑えて諭すように言った。「ほんとに貴女は犯人に見覚えがないのですか？」

「ええ、全く……」やっと涙を拭った珠子の細い声だった。だが、省吾は案外あっさりその点の追求を中止して、

「そうですか、じゃあね、大変失礼ですが、ひとつだけ答えて下さい。貴女は事件の直前に泰一氏のベッドにお入りになりましたか？」

「まあ――」珠子は顔を赧めたが、それでも「いいえ」と、はっきり答えた。

「では、泰一氏の帰宅前に、氏の寝室にお入りになったことは？」

「今日は一日中まいりませんでしたわ」珠子は妙な表情をして言った。

「よく分りました。大変失礼しました。どうぞ、おやすみになって下さい」そう言いながら省吾は石川刑事を振り返って、合図をした。

四

その翌早朝。美濃口邸では、津田警部、石川刑事、省吾、其他の関係者が、額を合わせて協議していた。昨夜は泊り込みで頑張ったのだ。

「これは君、突発的犯行ではなく、計画的犯罪だよ――。指紋検出の結果も別に変った発見はなかったし、その他の物的証拠も皆無だ」

津田警部が焦り気味に言った。

「喬氏はどうしたのでしょう？　昨日の朝、会社に出かけたきり、一晩たっても自宅に帰ってこないようですが――」と、石川刑事。

「そうだ、それなんだよ。確かに怪しい。動機は充分にあるんだ。喬氏を責めればきっと何か出るだろう。だが、警戒網はいったい何をしているのだろう？」

すると、そのとき、けたたましく電話のベルがなった。石川刑事が慌だしく出ていったが、まもなく亢奮して

かえってきた。

「美濃口喬氏の屍体が発見されましたッ！」

「えッ、何だって、喬氏の屍体？」

「そうです。松本巡査から知らせてきました。S町のM倉庫横に切り立った高い崖がありますね。その下が固いコンクリート道路になっていますが、そこに喬氏が頭部に打撃を受けて屍体となっていたのだそうです。どうやら崖の上から堕ちたものらしいとのことです」

「ああ、あの崖なら知っている。あそこから堕ちれば即死だろう。よし、じゃ直ぐ行こう。警察医の橋本さんにも電話して、現場に急行するよう連絡してくれ給え」

津田警部は緊張した眼を光らせながら立ち上った。

「承知しました」と答えた石川刑事は「燈下暗しだ。探していた喬氏があんな所で死んでいるとは思わなかった」と独言ちながら、省吾を振り返って「窪川さん、貴男もおいでになったら」と促した。

S町M倉庫横の崖というのは、美濃口邸から徒歩二十分位の近い場所だった。夕刻以後はひっそりとして、猫の仔一匹通らないほどの淋しい処だ。

一行が急行すると、待っていた松本巡査が詳しく事情を報告した。すぐ屍体が調べられたが、間違いなく美濃口喬であった。頭蓋の一部が砕けており、大腿骨も折れているらしく、屍体はすっかり冷えていた。まもなく橋本警察医が到着して、検察を行った結果、

「崖の上から墜落して、頭部に致命傷を受けたのですね。推定死亡時刻は昨晩の午後七時から九時の間というところでしょう」ということだった。

ついで崖の上が捜査されたが、踏み乱された土が、昨夜の事情を物語っていた。

「突き落されたのでしょうか？」

「そうかも知れないね。すると、泰一氏を殺害した犯人と同一人の仕業だろうか？」

警部と石川刑事が顔を見合わせたとき、

「おや、これは何だろう！」と、省吾が妙な声をあげて、傍の石の割目から、小さく折り畳んだ紙片を拾いあげてきた。

ところが、何と意外にも、その紙片こそ、美濃口喬氏のおぞましくも悲痛な、懺悔と償いの遺書だったのである――

「私は珠子をけがし、その上、実の兄を殺すという大罪まで犯してしまった。勿論私は毛頭そんな意志はなかったのだが、一時の激情と昂奮が私の理性を全く失わせ、

凡てを破滅に追い込んでしまったのだ。死んでお詫びするほかはない」という意味が、非常に乱暴な走り書でかいてあった。

「そうだったのか。それで珠子夫人がひた隠しに隠して庇っていた意味も解けてくる――。だが、この遺書の筆跡は間違いなく喬氏のものだろうか？」と、津田警部が重苦しい空気を破って省吾に訪ねた。

「似ているようですが、乱暴な字なのでよく分りません。珠子さんなら分るでしょう」

「よし、ではすぐ確めてみよう。屍体のほうは石川君と松本君、頼んだよ」

一行は急いで引返した。珠子は警部達の顔を見ると、不安そうな表情を浮べたが、津田警部は単刀直入に例の遺書を差出した。

「奥さん、よく見て下さい。これは喬氏の筆跡ですか？」

「えっ？」珠子は訝しげな顔をしながら、紙片を受取って目を通したが、その顔色はみるみる青ざめていって、遂にその場に「わッ！」と嗚咽してしまった。「ああ、喬さん！　あなたはとうとう――」髪を細かく打ち慄わせながら、悲痛な涙声だった。

「奥さん！　間違いなく喬氏が書かれたものですね！」と津田警部は鋭く追求する。

「ええ、確かにそうですわ、ああ、可哀そうな喬さん、みな私が悪かったのだわ！」

珠子はまたよよと泣き崩れた。

「じゃ、貴女は最初から喬氏を犯人だと御存知の上で、庇って隠していらっしゃったのですね？」なおも警部の冷い声が迫った。

「申訳ありません！　おゆるし下さい、私は知っていました、けれども、けれども、どうしても言えなかったのです！」

嗚咽のなかから、はげしく叫びつづける珠子の声が、悲痛に流れてゆくばかりだった。

五

その日の午後。大森署では、津田警部と石川刑事が向い合っていた。

「案外簡単に片附きましたね。例の遺書を喬氏の会社の人にも見せましたが、はっきり云えないけれども似ているということでした」

「これで重荷がおりたよ。喬氏が大森の邸を訪れたとき、恰度夫人独りきりだったので、俄かに淫らな心をおこして拒む夫人を無理遣りに突き倒したんだね。そのとき打ち所が悪くて夫人は気を失った。そして喬氏が目的を達したところへ、運悪く泰一氏が帰ってきた。そこで口論の末、格闘となり、遂に予期せざる悲劇を結果してしまったのだ。はっと我にかえった喬氏は、今更のように愕き悔み、良心の呵責に耐えかねて、とうとうあの崖から飛降自殺をした、という順序だね」

「そうです、それで凡て辻褄が合います」

二人が一息ついて煙草に火をつけたとき、突然、省吾が訪ねてきた。

「おや、おいでなさい。御心配でしたね」

石川刑事が椅子をすすめた。だが、省吾は妙な表情を泛べて立ったまま、不愛想に小さな紙包みを二人の前に差出した。

「何です、いったい?」

訝りながら津田警部があけてみると、なかには一本のヘヤーピンが入っていた。

「M倉庫の横で拾ったのです――」

「え、M倉庫? だが君、これが何か事件に関係でもあるというんですか?」

だが、省吾はそれには答えず、

「私は美濃口邸とM倉庫の間、及び崖の所を何辺も往復して調べてみたのですが、このヘヤーピンがその収穫です――。それから、邸から崖までは男の足で急げば十五分、女でも二十分で行けますよ――」

「そうですか。でも、窪川さん、もう事件は済んだのですよ」

「お言葉ですが警部、私にはすこし納得のゆかないことがあるんですが――。

警部は最初、これは計画的犯罪だと仰有っておられましたね、だが結果は喬氏の突発的兇行だった――」

「……」

「それからですね、泰一氏の死顔は非常に穏かでした。ちっとも恐怖のいろが泛んでいなかった。格闘で殺されたというのに、これはおかしいじゃありませんか――。

次に、泰一氏のベッドに、かすかながらヘリオトロープの匂がしていたことです。珠子さんは兇行の日の朝からずっと、一度も氏の寝室には入らなかった、と言っておられます。私の知る限りでは、泰一氏は香水を使う習慣はなかったし、また珠子さんと一緒にやすまれるときは、必ず珠子さんのベッドに入られる習慣だったと聞いていますが――。

更に、喬氏が自殺したというあの崖です。ほんとの自殺者はあんな変な場所をえらぶものでしょうか？　それに、このヘヤーピンです――」

「窪川さん！　あなたは何を言い出すのです、どんなことが仰有りたいのです？」

津田警部が苛立ってさえぎった。

「警部――。私はその筋の者ではないのですから、これ以上申上げる資格も権限もありません。警部の御賢明なる判断をまつものです。

失礼しました、ではこれで――」

複雑な一瞥を残したまま、省吾はさっと座を立って、大股に室を出ていった。

六

その夜。珠子の部屋で、省吾は悲しげに眼を伏せた珠子と対していた。大きな精神的ショックから、珠子は面窶れしていたが、それが却っていつもの珠子にはみられない、へんに美しい魅力的な痛々しさともなって、化粧の匂とヘリオトロープの香りがバタのような肌に交錯して、甘悲しく夜風に揺れていた。

が、省吾は強いて自分を鞭打って、

「珠子さん、こんなことを言いたくはないんだが――」ときりだした。「今度の事件のこと、これでいいんだろうか？」

「まあ！　何のことですの？」珠子は濡れた眸をあげたがその底には不安の翳があった。

「僕はね、いろいろ調べたんだ、そして、とうとう事件の真相をさとったよ――。珠子さん、泰一氏を殺したのは喬さんじゃなかった！

喬さんは自殺したんじゃなくて、殺されたのだ！」省吾は一気に言い切った。

「まあ！」余りに意外な省吾の言葉に、珠子はしばらくは語もつげなかった。が、珠子の愕きは次第にたとえようのない不安と焦躁になり、やがて恐怖のいろにさえ変っていって、

「恐ろしいこと！　で、犯人は……？」

やっとそれだけ、呟くように言ったが、省吾は珠子を

無視して、更に続けた。

「珠子さん、この事件にはいろいろおかしな点が多い――

先ず僕が妙に思ったのは、泰一氏が非常に穏かな、いや満足そうなとさえ云えるような表情で死んでおられたことだ――。喬さんと格闘した末殺されたのなら、もっと恐ろしい顔になった筈だよ。そこで、泰一氏は自分が殺されることを全然予期していなかったか、あるいは極端な想像だが、殺されることに満足をさえ感じていたのではないか、と思われるんだがね。

次にね、僕は泰一氏のベッドに、ヘリオトロープの匂を認めたんだ。ヘリオトロープ！　なんとなく女性の匂いがするじゃないか？

それともうひとつ、泰一氏の屍体はベッドの近くにあった――。

この三つを結びつけて御覧。いったい、どんな意味になるだろう？

それから、喬さんの場合だが、もし自殺だとしたら、何故あんな変な場所をえらんだのだろう？　自殺者の心理を考えると、死場所としては不適当だ！　若し自殺でなく、不意に突き落されて殺されたのだとしたら、喬さんに何の疑いを起させることもなく、あんな場所に呼び出すことのできた人物は、一体誰だろう？　しかも、珠子さん、僕はM倉庫の横でヘヤーピンを一本拾ったのだよ――」

省吾はちょっと言葉を切って、さぐるように珠子の顔をみやった。珠子は不安と恐怖に泣き出さんばかりの表情だった。軽羅のドレスの下に、胸の隆起が激しく慄えていた。

「珠子さん、僕達は今まで、泰一氏が殺されてから後に、喬さんが死んだとばかり考えていた。それが大きな錯覚だった。事実はそうではなく、反対に、まず喬さんが午後七時過ぎに殺され、それから、七時半頃から七時五十分迄の間に泰一氏が殺されたのだ！　喬さんの推定死亡時刻は午後七時から九時までの間だったね。この邸から例の崖までは、女の足でも二十分しかかからないんだよ。犯人があんな変な凶行場所を選んだのはわざと発覚見をおくらせて推定死亡時刻に広い幅をつくり、泰一氏が殺されてからのちに、喬さんが死んだと、錯覚させるためだったのだ。

もうひとつ、僕達の大きな盲点になっていたのは、被害者は犯人ではない、という頑固な先入観念だった。強姦された被害者は到底犯人ではあり得ないと、はじめからきめてかかっていたことがいけなかったのだ！」

「まあ、省吾さん！　貴方は何ということを！」

珠子は気が狂ったように嗚咽しながら、がばと顔を埋めた。

「珠子さん！　僕は言いたくはないが、はっきり言おう！　日頃ヘリオトロープを愛用しているのは、珠子さん、貴女じゃないか！　喬さんを呼び出したのは貴女ではないか！

珠子さん！　貴女は泰一氏と喬さんを殺し、嫌いな厄介者を除くと同時に、美濃口家の財産を独り占めにしようとしたのだ！　二人の兄弟が死ねば、貴女以外に相続者はないのだからね——。

順序だててみようか。

貴女は先ず、午後七時頃例の崖の所で話をつけたいと詐って、喬さんを誘い出しておき、故意と清を使いに出した。品川の喬さんの家まで往復一時間半はかかると、ちゃんと計算に入れておいたのだ。そして、その日は泰一氏が七時半頃帰る予定であるのを予め電話で確めておいた貴女は、すぐM倉庫の所へ行って、待っていた喬さんに会い、その隙を狙って不意に崖から突き落し、偽の遺書を遺棄しておいた。あんな乱暴な字なら、喬さんの筆跡をよく知っている貴女には、わけなく真似ができた筈だよ——。

それから直ぐとんでかえって、何喰わぬ顔で泰一氏の帰りを迎え、いつになくいきなり烈しく愛撫を求めたのだ。泰一氏は貴女を溺愛しているので、訝りながらも忽ち欲望にまけてしまって、疑うこともなくベッドに入った。そのとき貴女は周到にも故意と自分の寝室を使わなかった。そうして、行為中に、冗談よ、とか何とか甘言を弄しながら、貴女はとうとう氏の首を締めてしまったのだ。貴女の奸計を知るべくもない泰一氏は、多分にマゾヒストでもあったから却って快感を増し、忘我のうちに残されていたのだ。それが、氏の満足そうな死顔の理由であり、氏のベッドに貴女の匂いであるヘリオトロープが附いていた説明なのだよ。

それから、貴女は急いで屍体に服を着せ、ベッドからひきずりおろし、さて自分は隣室で、強姦されて気を失ったという舞台装置を整え、やがて帰ってくる清を待っていたというわけだ。

後はすべて貴女の巧みなお芝居に、みんな欺かれて、貴女をも被害者の一人だと思い込み、まんまと貴女の思う壺の、喬氏犯人説・犯人自殺説に、陥らされてしまったんだ！

だが、珠子さん、やはり、悪というものは露れずにはいないものだ。さすがの貴女も、ヘリオトロープというヘヤーピンを落したこと、M倉庫の横にヘヤーピンを忘れていたこと、この二つの点で、遂に致命的なミスをおかしてしまった！　さあ、珠子さん！　決心して、罪を償ってくれ給え！　僕はさきほど津田警部に会って、いろんな要点を暗示し、ヘヤーピンを渡してきたんだ、まもなく警察でも凡てを理解することだろうよ！」

「ああ、省吾さん！」

珠子は絶望的に叫んで泣き崩れたが、やがて、きっと上げた顔には、意外にも、省吾も予期しなかった必死のいろが、凄まじいまでに妖しく、爛々と燃えあがっていた。

「省吾さん！　貴方は卑怯者よ！　私にこんな罪を犯させたのは、いったい誰なの？　ひとの必死の気持も分らないで、新興成金の娘なんかといちゃついて！　私にお金が欲しいと思わせたのは誰なの？

省吾さん！　私はいまはじめて言うわ、私、いま母親になりかけているのよ――。あの頃は泰一とは面白くなく、同衾したことは全然ないのよ。私のお腹にいるこの子の父親は、いったい誰だとお思いなの！

さあ、省吾さん、教えて頂戴！

私のような自堕落な女でも、一生にたった一度の真の恋のためには、生命を投げ出してよ！　そんな必死の女と、金持の女ばかり追い廻す卑怯な男と、いったい、どちらが本当の犯罪者なの？　さあ、教えて頂戴、省吾さん！」

叩きつけるような叫びだった。満身を振り絞って思いのたけを投げつける、女の生命を賭けた、必死の焔のいろであった。

「えッ、珠子！　何を？」

省吾はただ一言そういったまま、呆然として立ちつくした。言葉もなかった。省吾は完全に圧倒された。

「省吾さん！」はげしく叫びざま、珠子は全身を省吾に投げつけるや、そのまま崩れるように泣きふした。

ゴムのように弾力的な重量感が、女の真実ひとすじの燦くような迫力に交錯するなかに、省吾の魂から軀から、すべての力ががっくり抜けていった。省吾は珠子の髪に手をおいた。果実の熟れた匂いが、ひたすように伝ってきて省吾はふっと瞼を閉じた。

そこはもう、凡てのものを焼き尽さずにはおかない、永遠の劫火の渦の、真只中であった。

田茂井先生老いにけり

I

私たちの顔をみるなり、

「ええ？　君？　もう、儂等《わし》の出る幕じゃなくなったのかね、え？　近頃の御時世は――」

と、いつもに似ぬ意外の弱気なのだから、私は思わず澪子《みおこ》と顔を見合わせてしまった。

「どうなすったんです？　先生――」

「いや、どうも、それが可怪しな事件でねえ――。何としても訳が分らんのだよ、君――。それにしても、わるいことをしてしまってね――」

貯水池型に禿げた頭の、僅かに残った薄髪を、憮然として撫であげて、ふウー、と溜息さえ洩らす始末なのである。

「ほんとに伯父様、何事でしたの？　直ぐ来てくれって、速達いただいたものですから、わたくしたち、とんでまいりましたのよ」

田茂井先生は答えず、しばし虚脱されたような姿勢を続けておられたが、二分くらい経って、やっと、

「ま、とにかく、上りなさい。玄関の立ち話じゃ仕様がない――。今晩はゆっくり泊っていってもいいんじゃろう？」

と、私たちを招じ上げることに気づかれた次第であった。

――我が田茂井桂太先生は、ここ北関東のM新制大学に、民法を講じている。二年後に停年をひかえているが、どうみても三つ四つは若くみえる。御本人の説に従えば、日頃嗜まれる酒精分の効験あらたかなるせいだそうだが、自称柔道三段という巨軀もまた、あずかって力ありと申せよう。見事な頭の光沢が、偉大な団子鼻、その下に鎮座ましますチョビ髭と、趣ふかい対照をなしている。

学生仲間の愛称は、『オンチ』というのだそうな。オンチ――。音楽的素質に欠陥があることのみを指すのではないらしい。田茂井先生全体のアトモスフィアを、な

んとなく、『オンチ』と称するのである。鼻ッ柱の強い一徹な頑固さ、ひとすじの凝り性、それとうらはらをなす、どこか間の抜けた人の善さ、情の脆さ。峻厳きわまりない反面に、あわく尾を引いている存外の甘さ。専門の民法では、斯界屈指の名著書などありながら、酒杯を手にして陶然ともなれば、M高時代の寮歌など吟じ（?）て、裸踊りまでやりだしかねないという、稚さ。これを要するに、『オンチ』と称するほかはないのである。

先生はお子さんに恵まれなかった。古都M市の一隅に、老夫人と二人きりで、ささやかな余生を楽しんでいるのである。だから、甥や姪たちを吾子のように可愛がる。そのうち、いちばんのお気に入りが、いま私の妻になっている澪子だった。従って、私たち夫婦は、謂わば先生の子供のような工合になっている。M市と東京と、二時間ばかり汽車に揺られねばならなくても、私たちは始終御機嫌伺いに参上しているのであった。

それが、今朝、不意に先生から速達便がきて、『相談したいことがあるから、至急、会いたい』というのである。私たちは訝りながらも、とりあえず、お訪ねしたのだったが、顔を合わせるなり、

「君？　もう、儂等の出る幕じゃ……」

と、先生にしては不可解な弱音を聞かされた、というのが事の次第なのであった。

――いっとき歇《や》んでいたのが、また、はらはらと軒の庇を叩いて過ぎた。はや、秋時雨の気配である。先生は台所の方を振り向かれた。

「熱燗にねがいましょうかね――」

「はいよ、ただいま」

文子老夫人のおだやかな声が返ってきた。澪子も支度を手伝っている。

やがて、準備がととのった。いつもなら、ささやかながらも心和むこの会食に、今宵は何か奥歯にもののはさまったような底流が、澱んでいる。

「さ、やりたまえ、やりながら聴いてもらうとして――」

先生は、十数杯たてつづけに乾されてから、

「可怪しな話じゃったが、結局は儂の責任なんだよ、君――。じつはね……」

と、きりだされた。ところどころを老夫人が補われる。

こうして、私たち二人を聴手として先生の話された、所謂可怪しな事件というのは、大要次のごときものであ

った――。

Ⅱ

数日前の夜、田茂井先生は突然自宅に四人の学生の訪問をうけた。恰度、秋期試験の最終日に組まれていた担当科目たる民法の試験が、その前々日に終って、懸命に採点をしている最中だった。四人ともM大法文学部の学生たちだったが、何しろ大勢のなかのことだから、先生もいちいちは顔を覚えていない。窪川、佐藤、綿貫、古谷、と、それぞれ自己紹介をしたのち、「じつは、先生に折り入ってお願いがあるのですが――」という。

ともかく、四人を招じ上げたが、恰度試験直後のことゆえ、『ははあ、ビッテかな?』と先生が想像をめぐらしたのも、決して無理ではなかったろう。ビッテ（乞う）とは、落第点に陥りそうな危険性のある科目の担当教授に泣き込んで、お情けの加点をしてもらうことの謂である。田茂井先生も、M高時代にその経験がないわけではないが、その昔のビッテには、一種正々堂々たる所があった。今様のごとく贈賄などとケチな真似はしなかったものである。専ら意気と情にのみ訴えるか、あるいは共に酒杯をあげ大言壮語のうちに交渉を成立させるか、であった。稚気横溢していたのである。『それにしても近頃はインケンになったものだ――』などと考えながら、先生は呟くように訊ねた。

「試験のことで?」

が、予想は見事に裏切られた。窪川という学生がちょっと顔を赧めて、

「いえ、そうじゃありません、先生――。じつは――、その――、人間問題に、――つまり、恋に関することなんです――」

「コイ!? ――」先生は呆気にとられてしまった。「コイ……って、恋愛のことですか?」

「そうです、その恋愛です――」

「ははあん――。でそのコイが、儂にいったいどんな関係があるのです?」

「先生、それでお願いに上りました。先生がいちばん適任なんです、ぜひお力添えをいただきたいと思いまして――」

「――」

先生は目をパチつかせて、団子鼻をシュンと鳴らした。

窪川はゴクリと唾をのんで語をつぐや、一息に、

「先生――。じつは、ここにいる綿貫が恋をしたんです。相手は、S町の勘平のおタカちゃんです――」

「おタカちゃん⁉――」

「ええ。飯島高子っていうんです。十九です。可愛くて、とってもいい娘なんですけど――」

勘平というのは、学生達の集るおでんやで、看板娘のおタカちゃんと、安く飲ませるのとで人気があります、と説明した。

「はじめはおタカちゃんも好意を示してくれたんです。それで綿貫はすっかりノボセちゃうし、我々も声援を送ったわけなのです。ところが、三ケ月ばかり前から、形勢ががらりと一変してしまいました。ライバルが現われたのです――」

「ライバル⁉――」

「はあ、谷本というボクサーなんです。あんまり聞いたこともない奴ですが、なんでも有力なパトロンがついているとかで、とても景気がいいらしいんです。千円札を無造作にバラ撒きやがったりして――。なアおい」

窪川は仲間を振り返った。一同ギフンに堪えないという顔付で相槌をうつ。綿貫はどこか子供ッぽさをのこした顔を、ボーッと赧めている。

「先生、お察しのとおりです――。世界的漁色漢スピドーリガイロフが、『女の子にはお世辞と贈物を』と、いくら教えてくれたところで、口下手の貧乏学生に勝目のあるわけがありません。まずおタカちゃんのオフクロがコロリと屈服し、近頃ではおタカちゃん自身のココロさえ、谷本になびきそうな気配が見えはじめたんです――」

「先生――。綿貫はこうした不利な条件の下で、今度の秋期試験を必死で頑張りました。いい成績をとることが、おタカちゃんのココロを引戻すべき唯一の残された策だと考えて、ところが、試験のために綿貫の足が勘平から遠ざかっている隙に、マンマと乗ぜられてしまったのです。谷本はいちはやく、おタカちゃんを戴きたい、と正式に申込んでしまいました――。

一昨日試験が終るや否や、勘平にすっとんでいった綿貫が、この話をきいて、どんなに吃驚《びっくり》し、懊悩と焦躁を重ねたか、先生、お分り下さいますか――」

「綿貫はやっとのおもいで最後の機会をおタカちゃんに与えてもらいました。明晩、二人でR公園を散歩しながら、お互のココロをヒレキしあって、最後的な話合い

をすることになったのです――」

聴いているうちに、田茂井先生はヘンにものがなしくなってきた。すぎし昔のコトドモが、次々と想い起されてくるのである。学生時代のこと、自分が奥さんを貰った頃のこと。たまらない懐しさのなかに、妙な酸っぱさが滓のようにたまって、先生は次第にギフンを感じはじめていた。

「分った――。できることなら何でもやろうじゃないか、それで、儂にどうしろというんです?」

「ああ、有難うございます、先生――。

――陳腐な狂言ですが、もうこれしかありません。一幕演《や》って、おタカちゃんに綿貫の劇的英雄的行為を目撃させ、そのココロにカクメイ的カンゲキを起させる外はないんです――。

『――綿貫とおタカちゃんが勘平から連れ立ってR公園に向う途中、もの淋しい路にさしかかる――。綿貫が不意に尿意をもよおして物蔭に身をかくす。おタカちゃんが独りで路地に待っている。と、突然、横路から覆面巨軀の怪漢がとびだして、おタカちゃんに襲いかかる。キヌを裂くような悲鳴――。そのとき、綿貫が飛鳥のごとくとんでかえってきて、決死的奮闘の結果、遂に怪漢を敗走せしめてしまう。おタカちゃんは感激のあまり、ガバと綿貫の首ッ玉にカジリつく――』

という寸法なんです。残された唯一の起死回生策です、最早これしかないと思います――。

そして、先生、甚だ申し兼ねますが、じつは、その怪漢の役を先生に演っていただきたいのです……」

「ははあん――」

田茂井先生は驚いたというよりは、悲壮な表情をした。

「僕達が演ったんじゃ、直ぐおタカちゃんに気付かれてしまいますし、また、ほかの人に頼んだのでは、とても謝礼を払いきれませんので――。ところが、先生の御宅が恰度勘平からR公園へゆくみちすじに当っていることをフト思い出して、ハタと手を打ったんです。あ、これは、オンチ、あッ――、いえ、田茂井先生に頼むのが最上だ、と。軀はでかいし、柔道三段だから負け方だってお上手だろうし、万事真に迫った演出ができるんじゃないかと思ったものですから――」

「先生、このとおりです。お願いします――」

学生達は、畳に額をスリつけんばかりにして、懸命に懇願するのである。先生はまた鼻をシュンと鳴らしてしまった。

「分った、分った、儂にできることなら、どんなことでも、よろこんでお力添えをしよう――」

Ⅲ

翌晩、綿貫をのぞく一同は田茂井先生宅に集合して、まず一夕《せき》のささやかな宴をはったのち、いよいよ大ガッゲキの予定地に向った。微醺をおびた頰に秋の夜風が快いが、今宵の重大な役割を考えるとき、先生の足はさすが緊張にフルえるのである。めざす目的地は先生の宅から五分もかからなかった。勘平からR公園にゆくには、どうしてもここを通らねばならないのである。あたり一帯そのかみの面影を残した屋敷町で、石垣ばかりがずっと続いている。人通りは殆んどなく、極めて淋しい場所だった。これで三日月でもかかっていれば、なお申分のないブタイであったが――。

「さ、先生、この石垣の蔭にかくれていて下さい。あ、もっと姿勢を低くして――」

窪川がリーダー格で、いろいろと指図する。佐藤と古谷は、情勢を偵察して連絡すべく、勘平からこの地に至る途中の要所に、身を潜ませた。窪川は田茂井先生と一所に陣取った。

「先生、もう八時近くです。まもなくやってきますよ――。大丈夫ですね、おタカちゃんに襲いかかって、綿貫に反撃されたら、うまいシオドキを摑んで、巧みに敗走して下さらねば……。おタカちゃんに気どられたり、他の通行人につかまったりしては、大変ですからね――」

「うん、分っとるよ――」

先生は労働者風のスサマジイいでたちである。が、じっと息を凝らせば皮肉にも、俄に酔の薫りがトッゼンと廻ってくる気配に、先生はグッと臍下丹田《せいかたんでん》に力をいれて、腿を抓《つね》ることしきりであった――。

やがて、彼方から低いが鋭く吹き鳴らす口笛――見張員からの合図だ。

「や、やってきたらしいですよ、先生、早くフクメンを……」

「う、う、――」

先生はキリリッ？　と黒ソクメンに身をかためた。まもなく横丁から黒い二つの影が現われた。こちらに歩いてくる。姿勢を屈めて透かしてみれば、学生服に和服姿の若い娘だ。正しく、綿貫におタカちゃんである。先生は緊張のあまり思わずブルブルとふるえた。

と、学生服が娘にちょっと囁いたかと思うと、さッと身をひるがえした。約束通り、綿貫は尿意をもよおしたのである。暗い路にはおタカちゃんひとりだ！（いまです！）グッと無言の気合が窪川から先生に伝わって、先生の巨体がコロがるようにとびだしていった。『うー、うー』思わず唸り声さえ激しい息に交えて、先生は一世一代の名演技だ。

まさに、『あわや、カレンなるおタカちゃんの運命やいかに？……』という順序になるはずであった。ところが、ところが、である、ああ、何ということであろう、次の瞬間、到底信ずべからざることが、全く筋書に相反する一大変事が、勃発してしまったのである！　即ち、怪漢がおタカちゃんに襲いかかるや否や、起るべき絹の悲鳴の代りに、ギャッというガマを潰したようなウメキ声が発せられ、次の瞬間、地上にながながとのびていたのは、カレンなおタカちゃんではなく、なんと、怪漢田茂井桂太先生のブザマな巨体であった――。しかも、それは凡て、綿貫が馳せ戻ってくる前におこったのである。いかに奇怪なことであろうとも、事実は明白といわねばならなかった。つまり、柔道三段の怪漢、田茂井桂太先生は、花のごときおタカちゃんに、不覚にも当身の一撃をくらったのであった――。

ああ、女と侮った油断の故であったのか、それとも、酔のなせるわざだったのだろうか？　とまれ、わが田茂井先生は、それっきり、気を失ってしまったのである――。

はッと我に返ったときには、先生は学生達に担がれて、自宅に連れ戻されているところであった。

「あ、あ、う、う、う――」

夢幻《ゆめまぼろし》のうちに、やっと玄関までたどりついた。

「あ、危い！　あッ、先生！」

ドスン――とはげしい音――。ああ、あわれにも先生は、学生達もろとも三和土《たたき》の上にぶッ倒れて、またまた気を失ってしまったのである――。

再び正気に戻ったときには、先生と、かかりつけの近所の医師をかこんで、文子老夫人と四人の学生達が心配そうに覗き込んでいた――。

あとで先生がきいた所によると、学生達が先生の巨体を担いで帰るのは実に大変だったそうで、歩いて五分という近くだったからよかったようなものの、もう少し遠かったら、どうしても第三者に知られてしまったろう、ということだった。

また、玄関の三和土で佐藤がものに躓いたため、二度までも気絶させてしまって、全く申訳ありませんでした、とも詫びていた。なんでも、あれから、水よ、薬よ、医者よと、てんやわんやの大騒動だったそうで、学生達の指図で、老夫人が慌てフタめいて、かかりつけの医師を呼んできたのだという。

責任観念のつよい先生は、夢うつつのなかにも、『おタ、おタカちゃんは？』と訊ねていたそうだが、『学生さんたちは、さびしそうに顔をそむけるだけでしたよ――』と、文子老夫人は語るのであった――。

それから二日経って、窪川が先生を訪ねてきた。彼はポツンと一言だけ、次のように言った。

「先生、甚だ申訳ありませんでした――。

あの、それから、おタカちゃんは昨日、谷本に返事を与えたそうです、O・Kと――」

「あ――」

「――おタカちゃんは、あのとき、のびてしまった先生の覆面を剝いじゃったんです、それに、先生のことを心配して我々も思わず飛び出してしまったものですから、すっかり狂言がバレてしまいました――。おタカちゃんは、真赧になって怒っちゃったんです。

万事、それでオシマイになりました――」

Ⅳ

――田茂井先生の所謂事件というのは、大体以上のごときものであった。きき終えた私と澪子は、『ふゥー』と深い息を吐いて、顔と顔を見合わせた。夜はだいぶ更けて、酒もようやく尽きたようである。時雨れて、はや肌さむい秋の夜が、しみじみと身に沁みてきた。

「まあ、そんな訳なんだがね――。綿貫という学生には全く気の毒なことをしてしまったよ。儂は全責任を感じている――。

そこでだね、君たちにお願いというのは、その善後策を講じてもらいたいのですよ、綿貫君とおタカちゃんとのね、善後策を――。何とか縒を戻せないものじゃろうか？　なにしろ、儂はもうすっかり顔出しができなくなってしまったのでねえ――」

先生はすっかり悄《しょ》然げかえった口調で、そう言うのである。私たちは先生の珍妙な失敗談を笑いすごすどころではなかった。かりにも、人間二人の運命について、田茂井先生が重大な責任をかんじているのである。酒の酔も手伝ってか、私もなにかこみあげるようなギム感とコウフンを覚えてきた。

「先生、できるだけやってみましょう――」

「うん、頼むよ――。それにしても、可怪しなことじゃったなあ。柔道三段の儂ともあろうものが、あんな小娘のために、ムザンにも不覚をとるとは――。そんなに酔ってもいなかったはずだが――。君――、儂もやっぱり、年なんじゃろうかねえ?」

先生は呟くように附け加えたが、いつになく目をションボリさせて、酔覚め気味の禿頭が、まことあわれなたたずまいであった――。

それから三日間、澪子はしきりにあちこちをかけずりまわっていた。M市まで往復五時間の労をも厭わず、それこそ通いづめなのである。むろん田茂井先生依頼の一件のためであった。実は私がやろうと思っていたのを、

「しばらく私ひとりに任せて下さらない? すこし考えがありますの。貴方は知らん顔をしていて頂戴。必ず、うまくやっておめにかけますわ――」

と、つよく澪子がいうのである。なにか成算があるらしい様子だったたし、それにまた、子供のないわびしさを紛らせることにもなるのだろうとも考えて、私は万事澪子に一任していたのだった。もっとも、私にもちょっとした考えはあったのだが――。

ところで、澪子は奔走の成果については、何故か言葉をしぶって、多くを語ろうとはしなかった。そればかりか、一日の行動を了えて帰ってくるや、謎のような言葉を私になげかけて、ニヤニヤ艶笑《わら》っているばかりなのである。何か妙な工合であった。私は別の意味での可笑しさをこらえるのに苦労したが、とまれ、ひとまず、黙って傍観している要があるようであった――。

――こうして、遂に三日目の晩、澪子は勢こんでこう言い出したものである。

「貴方――。いよいよ解決しましたわ。やっぱり、私の思っていた通りでしたの。おほほほほ。明日の日曜に、二人で伯父様のところに参りましょうよ、ね――。そのとき、驚くべき真相の一切を公表いたしますわ。ふふふふ、万事それまでのオタノシミ……」

いつになっても悪戯気の抜けない澪子は、ククク――

と、含み笑いに私を焦らすのである。先生や私をアッといわせる心算なのであろう。こうなっては最早、明日まではは絶対に口を割らない澪子であることを一番よく知っている私は、思わずニヤリとしながらも、万事、明日曜を待つばかりであった。――

V

こうして、翌日曜、私たちは再び田茂井先生を訪れたのである。

「おお、うまく、いったかね?――」

「ふふふふ、伯父様。私、万事解決いたしましたわ、〝うまく〟かどうかは存じませんけど」

澪子はピンカールの髪を颯爽と風に匂わせて、甚だ得意の面持である。恰度そこへ文子老夫人も加わって、私達三人は今日の立役者わが澪子君をとりかこむ仕儀とは相成ったのだった。

「――で、澪子、おタカちゃんは?」

と、早速先生が心配そうに訊ねたが、答はとんでもない意外な方向に弾ね返った。

「伯父様、ダメよ、伯父様は――。まず、固定観念をお捨てにならなくちゃ――」

と、真向から高飛車な説教調なのである。

「え? 何じゃね、いったい?」

「コ、テ、イ、カ、ン、ネ、ン。分って? 伯父様は一つの執拗な固定観念に取り憑かれていらっしゃるから、いつもダメなのですわ。一口に言えば、時代や世代の推移にちっとも気がおつきにならないのね。いつまでも昔のままに、ノンビリとした時代が続いている、と思っていらしたら大間違いよ。オンチ、ふふふふ、伯父様の綽名《あだな》、オンチっていうんですってね。その通りですわ。いい年をなすって、酒をのめば裸踊りしたり、おだてられれば、いい気になって何でも引受けたり、いかに酔の力を借りるとはいえ、いいおジイさんが、昔はよかったよかったなどと、もうカビの生えたような昔の寮歌を、クマみたいに唸ってみたり。バカげたアナクロニズムか、安ッぽいセンチメンタリズムにすぎませんわ」

うふふふと悪戯そうに艶笑しながらも、口はまるで水車のように悪口雑言の限りを並べはじめるのである。先生は呆気にとられて、口も利けない様子。唖然として禿頭を撫でながら、ただ目をパチクリさせているばかりだ。

「お分りになって? 伯父様――。今はもうそんな時代じゃありません。もっとチャッカリした、利己的な、セチカライ世の中――。いいことか、わるいことかはともかくとして、それは厳しい事実ですわ。私達はそれを慨歎する前に、まずそれに対応して、はげしい生存競争に勝ち抜いてゆかなければ、とても生きてゆけないんですのよ。今頃の若い者は、本能的にそのことを嗅ぎとっていて、いい意味でも悪い意味でも、それに即応した生き方を余儀なくさせられているんですわ。ところが、三十代より上の人は、多少なりともオンチ性が残っていて、時代世代の推移がピンと来ず、今の世についてゆけない所があるんです。もっと目を開かなきゃ、バスにおいてきぼりされますことよ」

いやはやどうも、大変なお喋り、お説教であった。これは謂わば濡子の日頃の持論ともいうべきもので、かねて、先生や私を攻撃してくる、彼女の主要論点なのであった。

「伯父様ばかりじゃありませんわ。貴方だってそうよ」

と、今度は私に鋒先を向けてくる始末である。

「分ったよ、濡子。君のそのギロンは耳にタコができるほどなんだ。早く本論に入れよ――」

濡子は大きな目をクルクルッと廻して、ククと忍び笑った。

「今度の事件も、じつは伯父様のこうしたオンチ性に……ふふふ。例えばこんな話がありますわ。ある学生がナッパ服でアルバイトのキャンデー売りをしたけど、ちっとも売れないんですって。それで角帽制服に着替えたら、忽ち売り切れた、というお話。これと同じですわ。自分達の学生時代があまりにもよかったものだから、学生というものはいつまでもあの頃のように、所謂学生らしい純情さをもっているものだ、という頑固な固定観念が、伯父様にも貴方にも根づよく残っているんです。角帽制服を着てくれれば、誰でも彼でも昔の自分達と同じような学生なのだ。と直ぐ思ってしまう、悪い癖ですわ。――この固定観念が、今度の事件の最大の盲点となって、伯父様は見事にコロリと欺されてしまいなすったのよ――」

「えッ、欺された!?」

先生がガマのような呻吟《うめ》き声を発した。

「うふふふ。伯父様――。おでんやの看板娘。学生の純情な恋。お定まりの金持のライバル。恩師のヘロイズムたっぷりの出動、お芝居。感激――。いかにも明治時代の書生ッぽ好み、オンチの伯父様好みじゃありません？　ふふふ、わがオンチ先生が見事にその雰囲気の罠にかかり、遠く懐旧の念そぞろなる隙を、巧みに利用されてしまったのですわ」

「澪子……じゃ、あれは、いったい――」

先生のチョビ髭が、ブルンと震えた。

「ふふふふ、伯父様。私、おタカちゃんに会いましたのよ。だけど、彼女、伯父様を一撃のもとに倒せそうな女丈夫ともみえませんでしたわ。いくら年を召され、酔っていらしたにしても、柔道三段の伯父様を……」

「それゃア、澪子、だから、フシギだと……」

「いやあねエ、伯父様は。しっかりなすって頂戴。アレはオンナではありませんわ――」

「えッ？　じゃ、オトコ？」

先生は、世にも悲壮な表情をした。

「ムロンですわ。あの晩、佐藤さんと古谷さんは、おタカちゃんと綿貫さんを偵察するといって、勘平の方へ中途まで引き返したのでしたわね？」

「うん――」

「それですわ、伯父様。そこで、佐藤さんか古谷さんのどちらかが、予め用意されていた女の和服に着替えて、スッカリおタカちゃんに化けてしまいましたのよ。そして、綿貫さんと落ち合い、伯父様の待っていらっしゃる方へ、二人連の恋人同士の如く装って、やってきたのにちがいありませんわ――」

「おお、じゃ、儂のとびかかったのは、おタカちゃんじゃなくて……」

「やっとお分りになって？　おほほほほ、ですから、女と思って油断していらした伯父様に、当身の一撃を喰わすくらい、何でもないことでしたのよ――。うふふふふ、伯父様。あの狂言は、その裏にもうひとつ更に深い意味のお芝居が隠されていましたのよ。四人の学生がおタカちゃんと口を合わせて、伯父様を欺く大芝居だったのですわ。ライバルなんて、みんな大きな大ウソでしたのよ……」

「じゃ、何故、儂を欺す必要があったんじゃ‼」

先生がどなりつけるように、わめいた。

「それはね、伯父様、ある犯罪行為を犯すために、絶対必要な煙幕だったんです……」

「えッ、犯罪行為？　だが、澪子、別に盗られた物もないんだよ、なア文子？」

老夫人がコックリ首肯《うなず》く。

「ほほほほ、伯父様。犯罪は何も人を殺したり、物を盗んだりすることだけじゃありませんわ。反対に、ある物をわざとおいてゆく犯罪だってありますのよ——」

「えッ、何だって？　いったいそれはどういう意味だね？」

先生はいよいよもって怪訝な顔付である。

「伯父様——、一つだけお訊ねしたいことがありますの。——今度の民法の試験、もう採点お済みになりまして？」

「いや、まだ三分の二くらい残っているね」

「答案、みんなお家へもって帰って、採点なさいますのね？」

「うん、書斎の机の抽斗に入っている——」

「鍵は？」

「そんなもの掛けたことはないよ」

「まア驚いた。ノンキねえ、伯父様は。で、全般的な成績は、いかがでした？」

「いやあ、今度はね、儂が全然学生達の裏をかいて、全く意表外の問題を出したものだから、皆とても成績がわるいようだよ」

「じゃ、カンニングなんか、ありませんでした？」

「カンニング？　冗談じゃない！　そんな卑怯なことはさせん！　だいいち、今回の問題は凡て講義外の応用問題ばかりで、実力がなくちゃ解けないのだから、カンニングなどの余地は全くなかったはずじゃよ。——それにまた、試験場に出ても、問題をみて、出来そうもなければ、棄権して退場し、次回に受ける、ということも認められているんだからね——」

「あら、そうでしたわね。そのとき、提出しない答案用紙はどう始末いたしますの？」

「出口で係員に戻すことになっている」

「問題は用紙に刷ってあります？」

「いや、そうじゃないよ。法律などの試験は、謂わば論文を書かせるようなものだから、問題は黒板に大きく書き出すだけだ。答案用紙は罫紙を一十枚ピンで綴り、一番上の紙に試験科目名・日時・担当教授が印刷してあり、ここに受験者の氏名も書くようになっている」

「一枚ずつ、はずせますのね？」

「もちろんだよ——」

「棄権して用紙を戻すとき、係員がいちいち枚数まで数えます？」

「そんなことするものか。大きな箱が用意してあって、その中へ係員の眼前でポンと投げこんで退場すればいいのだ。何しろ、儂の試験など、三十一番教室に満員になる位で、何百人と受験するんだから大変じゃよ。棄権者も随分多いね……」

「うふふふ、伯父様――。それでますますはっきりいたしましたわ。どう？　もう、お分りになりましたわね、物を置いてゆく犯罪だってある、と私の申上げました意味が……」

ほほほほ、と艶笑って、澪子はいよいよ得意然たる眉をそびやかしてみせるのである。

「――ええ、そうですわ、あの四人の学生は物を盗んでゆくためではなく、なんとその反対に、答案をおいてゆくために、わざわざあんな大芝居をしたのです‼　じつに思いきったカンニングの一種じゃありませんこと！

――蛇足ですけど、一応説明してみましょうか？　まず、あの四人は他の科目の試験に出て棄権し、答案用紙を十枚位稼いでおきます――。次に民法を受験し、今度は一番上の、印刷してある用紙を含めた十枚を失敬して退場します。いずれの場合にも、用紙の残りをポンと棄権箱に放り込んで、係員の目をゴマ化したのです。そうして、両方合わせて、見ン事民法の答案用紙を作り上げ、二日がかりで模範的答案を作成してしまったのですわ――。さて、次の仕事は、このインチキ答案を、未だ全部の採点の済まないうちに、こっそりと伯父様の手許にある答案の束の中に挿入しておかねばならないわけです。そこで、そのチャンスをごく自然につかむために、あの大芝居となったのでした――。玄関で一人が躓いて伯父様を三和十に落っことし、再び気絶させたのも、皆わざとやったことですわ、大騒ぎのうちに、文子伯母様をお医者の所へ呼びにやるためだったんです。女中もおかず、お二人だけのすまいなのを、チャンと計算に入れていたのですね。伯父様が気絶し、伯母様が医者を呼びにゆかれた、その隙こそ、彼等の狙い所だったんです。書斎に忍び込み、答案の束を探し出して、自分達の携えてきたインチキ答案を、そっと挿入しておくことくらい、実に易々たるものだったでしょう！　ああ、なんて頭のいい連中だったんでしょう」

澪子は頬をポーッと上気させながら、叫んだ。

「さ、伯父様、書斎へ行って調べて下さい。あの四人はきっと成績抜群にちがいありませんわ、それこそ、何よりの証拠ですわ！　私、法文学部の事務室で調べたんです、あの四人は他の科目は皆スレスレの低空飛行なのです。民法が及落を決すべく残された唯一の、重大極まるキーポイントだったんです！」

座は興奮のクライマックスに達した。私達は弾かれたように飛び上って、先生を先頭に書斎になだれこんだ。

答案の束が、一枚々々調べられはじめた。異様な緊張を泛べた顔々々が、喰入るように見詰める――。ところが、ところがである、ああ何という皮肉であろう！　いくら調べても、それらしき答案は、遂に一枚も発見されなかったのである！

ああ、そのときの澪子の表情といったらなかった。得意の絶頂から、忽ち、嘲笑のドン底につき落されたのだから！

VI

夕方、先生宅を辞して帰る途中も、澪子はスッカリ悄然げかえっていた。

「可訝しいわ、そんなはずは……。ほんとに、どうしたんでしょう――。私、事務室で学生簿も写真も見せてもらったし、本人にも会ったし、絶対に変名などということはないのに……」

歩きながらも呟くように独言して、フサギこんでいるのである。

その反対に――、私は、さきほどから言うにいわれぬ痛快味を楽しんでいたのだが、あまりに澪子のフサギかたが深刻なのをみるに及んで、やがて次第にアワレをもよおし、可哀そうにさえなってきた。もうこのへんでいいだろう、薬も十分効いたろう、そう思いはじめるのである。

「澪子――。さっきから言おう言おうと思いながら、つい言いそびれていたんだが、じつは、君の推理はみんな正しかったんだよ――」

「えッ、何ですって、貴方⁉」

「フフフ、澪子、じつはね、僕、先日先生からお話を伺ったとき、直ぐに一切を解いちゃったんだよ――。だけどね、ちょっと考えもあったし、また君が自分で解決するってバカに張切っているもんだから、その時はわざと黙っておいたのさ――。しかし、そのときちょっとしたイタズラをしておいたんだ。即ち、文子伯母様にみんなお話しして相談し、先生に気どられぬようコッソリと、あの四人の答案を抜きとっておいて頂くように、伯母様にお願いしてきたのだよ。だから、君の推理は決して間違ってはいなかったんだ……」

「まア、貴方は！　――」

「ハハハハ、澪子、ゆるしてくれたまえ、君をダシヌキたかった、というより、じつは、先生に対してああいう結論にしておいてあげたかったからなんだ。なるほど君のいう通り、先生は懐古趣味のオンチにちがいないさ。だけどね、それは先生が何十年も持ち続けてきた、美しい夢なんだよ。僕は、年老いた先生のユメをいつまでもソッとしておいてあげたかったんだ。学生というものに対する昔風の純情な信頼を、いつまでもね……」

「あなた！　もう、何も仰有らないで……」

私にもたれて歩いている澪子の腕に、柔い力がしっとりと入る。うるんだような二重瞼の瞳が、優しく私に縋りついてくる――。私は限りなくいとしいと思う――。

北武蔵野に、秋の夕陽が姿いっぱいの赤さだった――。

筈見敏子殺害事件

早暁の警察電話

冬の夜がようやく白々とあけそめて、大東京は死のような眠りから覚めかけていた。今朝はまた一段と冷込みが加わったようだ。窓いちめんに白く細い水滴がさむざむと浮いている。もうすっかり冬の気配だった。

「だいぶ冷えるナ――」

目黒署の野田刑事は、そう呟きながら、炭の残り火をかきたてて、煙草に火をつけた。まもなく直《ちょく》あけだ。古びた柱時計がボンボンと七時を打った。

と、突然、リリリリ――と、けたたましく警察電話のベルが鳴った。冷い空気を鋭く衝いて、不気味な戦慄がただよう。野田刑事は弾かれたように立ち上って、受話器にとびついた。

「何だって！　殺し？」電話は区内S町の交番からだった。「えッ、筈見家？　知っているとも！　え？　え？　なに？　殺《や》られたのは姉のほうだって？　――よしッ、分った！　直ぐ行く！」

緊張した声が嚙みつくようにガンガン響く。

つづいて直ちに、刑事は主任の中尾警部に電話をかける。事件発生の報告だ。――

「――ええ、そうなんです――。じゃ、私、これからすぐ現場に直行して、警部殿のおいでをお待ちしておりますから。はァ、じゃ――」

ガチャリと受話器を置いた野田刑事の顔色が、異様な緊張にギラギラと光った――。

筈見家の現場

一時間後、S町の筈見家には、中尾警部、野田刑事、警察医、その他の係官がつめかけて、慎重な検屍及び現場の捜査を行っていた。

S町は目黒区には属しているが、むしろ渋谷に近い。

筈見家は、道玄坂から、玉電で駅を一つ、徒歩でも急げば三十五分位のところだ。あたり一帯のバラック建からとび離れて、一軒だけポツンと焼け残っている。家族は、筈見敏子(28)、妙子《たえこ》(25)の姉妹《きょうだい》と、異母弟亮《りょう》(24)の三人、それに女中の幾代と良助爺やを加えての、五人住いだった。

先代は、人も知る三木財閥の大番頭、筈見裕蔵氏だ。終戦後は公職追放《パージ》のため第一線を退いて、不本意の生活を送ってはいたが、その財産は莫大なものであろうと云われていた。それが、先年突然、物故し、遺産は三人の子供達に分配されたが、三人のうちいずれかが結婚前に死亡した場合には、その財産は残りの二人によって分配さるべき定めであった。

父の歿後、勝気な敏子は、親戚の干渉を一切排し、家計を縮少して、弟妹たちと相談のうえ各々の相続財産を出資し、スタイル雑誌『マドモワゼル』を経営していた。妙子も毎日マドモワゼル社に出勤していたが、最近、美貌の社員望月章二(32)を間にはさんで、姉の敏子と複雑微妙な対立関係にたちはじめているのだった。

一方、亮は、一切を姉達に任せて顧みず、自分は道楽半分に、浅草街の三流館あたりに怪しげな芝居を打ち廻っている春元一座という劇団に属して、女形《おやま》などを演《や》り、他方暇さえあれば麻雀賭博《マージャン》に溺って、浅草や道玄坂の倶楽部に入りびたっていた。彼は先代裕蔵氏が妾に生ませた子で、終戦後はじめて筈見家に入籍され、敏子達といっしょに住むようになったのだが、自然そこには微妙な空気が低迷しているのを否みえないようだった――。

――こうした状況の下で、筈見敏子が、昨夜何者かの手によって、惨殺されたのである。しかも、建物からかなり離れた、庭の芝生のなかで屍体となっていたのである。襟の広いグリーンのオーバーを着、アンサンブルの手袋をつけたまま、敏子は冷く枯芝生に横わっていた。辺りが踏み蹂躙《にじ》られ、広いブリームに大きなアクセサリーのついた婦人帽と、黒いレースのネットが、附近に落ちていた。髪はアップに結っていた。

死因は明らかに絞殺だった。

「ベルトのようなもので、背後から絞めたんですね。推定死亡時刻は、まず、昨夜の八時半位から、十時位までの間というところでしょう――」

綿密な検屍を終えた警察医が、中尾警部を振り返って言った。

「そうですか。大分発見が遅れたわけですね。屍体を少し動かして調べてみてもいいですかな?」

「ええ、もう済みましたから、ソッとなら、構いませんよ」

警部は進み寄って詳しく調べていたが、やがて何やら拾い上げて、大切そうに紙に包み、野田刑事に手渡した。

「おヤ、毛髪が二本、それに手紙の封筒ですね? 中味はないンですか?」

「うん――。屍体の下に落ちていたンだ。重大な手掛りになるかもしれンよ。すぐ鑑識課へまわしてくれ給え――」

野田刑事は空封筒を注意深くソッとつまみあげたが、その表書を一目みたとたんに、

「あッ、警部殿、これは!」

と、呻吟《うめ》くように叫んだ。

一昨日《おととい》附のスタンプをおした封筒の表書は、じつに乱暴な字ではあったが、はっきりと、「筈見妙子様」と読まれたからである――。

妙子の陳述

直ちに家族の者の訊問が開始された。亮は昨夜来どこをうろついているのか未だ帰宅せず、女中の幾代は三日前から休暇をとって帰っていたから、結局、邸にのこっているのは妙子と良助爺やの二人だけだった。

まず、事件の発見者である良助が喚《よ》ばれた。今朝早く庭を掃除しているとき、敏子の屍体を発見し、腰を抜かさんばかりに吃驚仰天《びっくりぎょうてん》して、妙子に報告したのだという。そこで妙子が慌てふためいて、取り敢えずもよりの交番に届け出たのだった。が、良助はそれ以上は何も知らなかった。ひどく耳がとおいうえに、昨夜は少し風邪気味で早くから寝込んでいたため、事件には全然気づかなかったのだという。訊問は手真似をまじえて行われた。

「何時頃、寝ついたのだね?」

「そうですな旦那、八時頃でしたろうかなあ――」

「そのとき邸にいたのは?」

「へえ、うえのお嬢様だけでがしたわい」

「敏子さんは外出するような様子だったかね?」

「別に気づきませなんだ——。だが、お嬢様方はいつでも気が向けば、プイとお出掛けになることが始終でしたからな」

「フーン。で、八時以後、出入したのは?」

「儂《あっし》は全然知りません。お嬢様方も亮様も各自鍵をお持ちですからな。いつも勝手に出たり帰ったりなさるンですわい——」

良助からは、それ以上何も手掛りは引出せなかった。

ついでいよいよ、問題の筈見妙子が喚び込まれた。ながめの縦ロールが細かく慄えて、小麦色の顔肌《かお》に美しい切長の瞳が恐怖のいろをいっぱいに湛えている。

「失礼ですが昨夜《ゆうべ》はどちらにおいででした?」

「社が退けてから、ずっと日比谷公園から銀座のあたりを散歩し、それから映画をみて、十一時ごろ帰宅いたしました——」

「誰方《どなた》かとごいっしょでしたか?」

瞬間、妙子は美しい顔に朱を泛べて俯向いたが、

「ええ——」

「どなたです? はっきり仰有って頂きたいンですが——」

「お友達と——です——」

「御友人? ——そうですか。じゃ、帰宅されたとき、何かお気づきになりませんでしたか?」

「別に……」

「それからは?」

「ぐっすりやすんでしまいましたので、まさかお庭でこんな怖しいことがおこっていようとは、夢にも思いませんでしたわ。今朝、爺やからきいて、飛び上って愕きましたの——」

「分りました。じゃ、亮氏はどこにおいでか御存知ありませんか?」

「知りませんわ! あんなやくざ者! ひょっとしたら、姉を殺したのも……」

妙子は急に口を噤《つぐ》んだ。よほど亮に憎悪を抱いているらしかったが、さすがに自分の言葉の重大性にハッとしたのだろう。が、警部は何か考える所があったのか、ここで急に質問の方向を変えてしまった。

「じゃあ、ちょっと別のことですがね、名古屋の浅見優子さんと仰有るのも、貴女のお友達なんですね?」

その途端、妙子の顔色がサッと変った。

「まあ! どうして、それを?」

大きな恐怖と狼狽の表情だった。中尾警部は異常な緊

張を以て、じっと妙子の様子をみつめていた。名古屋の浅見優子とは、先ほど警部が敏子の屍体の下から拾いあげた、妙子宛の空封筒の、差出人の名前だったのである——。

「妙子さん！　ほんとのことを仰有って頂きたいんです！　隠しておられると、ますます貴女が不利になられるだけですよ！」

警部が刺すように鋭く迫った。妙子はジッと唇を噛んで内心と闘っている様子だったが、やがて何事かを決心したらしく、キッと顔をあげて言った。

「申訳ありませんでした——。みな申上げますわ——。じつは浅見とは望月さんの変名なのです——」

「あ、お宅の社の望月章二さん！」

「ええ——。一週間ばかり前から、社用があり、姉の命令で名古屋に出張していたんですの。お調べになればどうせ分ることですから、みんなお話しいたします——。

——望月さんは、ほんとは、お姉様の愛人だったんです——。ところが、最近になって、私を……。仕方のないことでしたわ、私も望月さんを嫌いじゃないし——、仰有るままにお交際してたわけでした……。だけど、お姉様はますます望月さんに御執心だったので、私達はお姉様に隠れてお交際するのに、大変苦労いたしました。ですから、社では望月さんと殆んどお話もできず、浅見優子という女名で通信をいただいていたのです。

——ところが、恰度先日、望月さんは一週間の予定で名古屋に出張なさいました。そして、旅先から手紙をよこされて、お姉様にこっそりと予定より半日だけ早く帰るから、一晩銀座でゆっくり逢おう、と仰有るものですから……。その約束が、恰度、昨晩にあたっていたのです——」

「そうですか——。よく分りました。じゃ昨夜あなたが十時頃まで銀座にいらしたことの証明がおできになりますか？　望月さん以外の方の証明で——」

「まあ！　それはどういう意味ですの？」

妙子の声は憤りに慄えていた。

「いや、別にどうのこうのという訳ではないのですが。ただ、誰方にもこうお訊ねしなければなりませんので——。お赦し下さい」

「——事件のおこることなど、夢にも想像していない私が、どうしていちいちそんなことに気をつけながら歩いていることができるでしょう！　それに先ほど申しましたように、お姉様にはできるだけ秘密にしなければならぬ一晩でしたので、とくに——。だけど、どうして望月さんではいけませんの？　あの方がいちばんよく御存知ですのに——」

が、警部はそれに答えず、

「もうひとつだけお答え下さい。貴女は手紙をポケットに突込んでおく癖がおありでしょうね？」

「えッ、何ですって！」

「妙子さん！　さっき貴女の仰有った、浅見優子いや望月さんが名古屋から出された手紙の封筒が、あの惨劇の現場に落ちていたんですよ！」

「まあ！」

妙子の顔色はみるみる蒼白に変り、やがてガバと身をふせてはげしく恐怖にうち慄えるのだった——

筈見家と望月章二

恰度そのとき、邸の内外を捜査中だった野田刑事が、慌しくかけつけてきた。

「警部殿！　ただいま筈見亮が戻ってまいりました！」

「なにッ、亮？　よしッ、すぐ、こっちへ！」

まもなく髪を長目にのばした、背の低い優男の亮がはいってきた。いかにもゾロリとした女形《おやま》タイプだ。目がはれぼッたく赤らんでいる。

「筈見亮さんですね。いままで、どちらにいらしったんです？」

「昨晩からずっと道玄坂の南風荘で麻雀をやっていたのです。久し振りに大三元などやったもンですから、何かあるんじゃないかとどうも妙な予感がしましたがね。いま帰ってくるなり、惨事のあったことをきかされて、おったまげちゃッたンですよ——」

「南風荘にゆかれたのは、何時頃でした？」

「昨日《きのう》は劇場が休みだったンで、仲間の連中にいっぱいおごってやり、それからノガミをぶらついて、ブヤにやってきたンですがね。あ、そうそう、南風荘についたとき、あそこのオヤジに時間をきいたら、九時一分すぎだと言ってましたっけ。それからは勿論ずっと徹夜でさァ、どうぞお調べになって下さい」

「ふむ。ですがね、筈見さん。敏子さんが殺されたのは、八時半から十時頃までの間なんですよ。この邸から道玄坂まで、急ぎ足なら三十五分位でゆけますからな。八時半頃どこにいらしたか、立証して頂けると好都合なんですがね――」

警部はじろりと視線をそそいだ。

「弱ったな。電車の中にいたンだからな。ノガミでも誰にも会わなかったし……」

亮は困惑したように呟いた。

「じゃあ、別のことですがね。失礼ですが、貴方はお姉様方とあまり仲が良くなかったんでしょう？」

「御推察に任せますよ。とくに妙子姉さんは私を虫ケラのように思っているンでしょう。ふン、妾の子じゃね……」

自嘲するような、投げやりな口調だった。

「最後にひとつお訊ねしますがね。浅見優子さんという方を御存知でしょうな？」

「え？ 浅見？ 誰です、それは――。一向に知りませんが――」

亮は怪訝そうな顔をした。

――ここで中尾警部は一応訊問を打ち切り、屍体の敏子と亮と妙子と良助の頭髪を数本ずつ求めたのち、目黒署に引上げた。

そうして、早速、望月章二に出頭を求めて訊問を行ったが、妙子から得たところ以外に何ら収穫はなかった。

ただ、望月がその美貌にも拘らず、ひどく虚無的なふてぶてしさをもった性格であることが分ったただけだった。

「なにしろあの晩は、敏子さんに秘密の一晩だったのですからね。アリバイなぞを気にかけてるバカはないだろうじゃありませんか」

「ですがね望月さん、よく考えて下さいよ。あなたは充分動機をお持ちなんですからね――。妙子さんと共謀して敏子さんを殺害し、その罪を亮氏に被せるとすれば、筈見家の財産は悉くあなたがた二人のものになる……」

「ふン、いっそのこと、そうしてやってもよかったンだ！」

と、望月は投げやりにうそぶくばかりだった――。そこで、中尾警部も止むなく、その頭髪を数本求めただけで、一応引取らせるほかはなかったのであった――。

亮のアリバイ

その後、捜査本部では、係官たちの懸命な討議が行われていた。

「野田君、どうおもう？ まず、絶対に強盗じゃないね?」と、中尾警部。

「ええ、盗られたものもありませんし——。犯人は確かに内部に通じた者でしょうね——」

「うん。多分、亮の単独犯か、妙子・望月の共同犯行かの、どちらかだよ——。どちらにも、遺産相続という大きな動機がありうるからね。それに、亮には妾の子と蔑視され続けたことに対する憤懣という動機、後者の二人には情痴関係の動機が、加わってくる。そのうえ、三人とも、はっきりしたアリバイがないんだ——」

「あの浅見から妙子宛の手紙の封筒が落ちていたのを、警部殿はどう解釈されますか?」

「そうだね、四つの場合があり得るだろう——。まず、殺された敏子が発見し、妹の不信の証拠として取っておいたものが、惨事の際、ポケットから転がり落ちた場合。次に、妙子が犯人で、知らずに落してしまった場合。第三に、亮が犯人であって、妙子に罪を被せるためにやった場合。敏子を殺してその罪を妙子にむければ、財産は亮の思うままという訳だ。最後に、妙子がわざと自分に不利なものを落しておいて、我々の裏をかき、亮の仕業だと思わせせようとした場合。裏の裏というやつだね——」


そう言いながら、中尾警部が野田刑事の顔をみつめたとき、烈しいノックが扉《ドア》にひびいた。S町筈見邸の附近一帯に、聞込と地取を行っていた捜査隊の一刑事が、重要な証人を連れてきたのだという。宮松という四十がらみの男で、道玄坂から筈見邸へゆく途中にある煙草店の主人だった。

「ええ、昨夜の九時五分前くらいでしたよ。筈見さんとこの敏子さんというお嬢さんが、わしの店でピースを一個お買いになったンで」

警部はサッと緊張した。

「どうして、敏子さんと分りました?」

「旦那、間違いっこはありませんや。あのお嬢さんはなかなかひらけてましてね、煙草をやるンです上。恰度わしの店が通りすがりになるンで、時々買ってゆくんです——。筈見のお嬢さんだと一度きけば、忘れやしませんよ。何よりもあの服装がいい目印でさァ。襟の広いグリーンのオーバー、同じ色の手袋、黒レースのネット、大きなあの婦人帽——。いつもお得意のイデタチなんですよ。屍体も同じ服装だったそうですね——。もっとも昨夜は何か御機嫌が悪かったらしく、黙って買い去られただけでしたがね、あの服装じゃ、間違いっこなしですな――」

「じゃ、九時五分前ということは、どうして？」

「そりゃ、なおたしかですわい。昨日は火曜だったンで、夜の八時半から九時まで、ラジオで陽気な喫茶店をやりましたからな。わしはあの番組のファンでして、必ず聞くことにしているンです。それが、昨夜筈見さんのお嬢さんが帰られてから、直ぐ終りましたのでな。あれは、九時五分前くらいに違いないわけですよ――」

「そうですか――。いやどうも、お蔭様で助かりましたよ。――あ、それから、宮松さん、敏子さんはそのとき家へ帰られるところでしたか、それとも？――」

「いや、渋谷の方へ行かれたようでしたな。いつかも御自分で、散歩代りに大抵は歩いて渋谷に出ることにしている、などと言っておられましたがね――」

――宮松が引取ったのち、中尾警部は野田刑事等の係官たちと共に、慎重な検討をすすめていた。

「すると野田君、敏子は途中から引返したわけだね？」

「おそらく、気でも変ったか、忘れ物でもしたんでしょうね」

「それからね、宮松煙草店から、急ぎ足で、筈見邸までは二十五分、南風荘までは十分、かかるんだったね？」

「そうです。詳しく報告がきていますよ」

「亮が九時十分すぎに南風荘に現われ、それからずっと麻雀を続けていたことも、確かめられたんだね？」

「それも、間違いないそうです――」

「君！　すると、これはいったい、どういうことになるンだ？　宮松の証言によれば、敏子は九時五分前までは確かに生きていたんだよ。だからそれから直ぐ邸に引返して殺されたとしても、家に到くのさえ九時二十分にはなるんだ――。一方、亮はその時刻にはすでに南風荘で麻雀をやっており、それから一歩も出なかったことが証明されているのだから、これは、亮の立派なアリバイを証することになる訳じゃないか！」

「そうですね――。すると、やっぱり、妙子と望月の共犯だったのにちがいありませんよ、警部殿！」

野田刑事は勢こんで言ったが、何故か、中尾警部は深々と頭をかかえて、じっと考え込んでしまったのだった。

鑑識の結果

翌朝、鑑識課の係官から、例の毛髪及び封筒についての報告が、中尾警部のもとにもたらされた。

「警部殿——。屍体の傍に落ちていた、例の毛髪ですがね——」

「あ、何か分りましたか?」

「いや、それが、人毛であることは間違いなく断定できるのですが、それからがなかなか難しいのですよ——。まず、御推察どおり、頭髪であることは確かだと思いますが、男女の別、個人別を明かにするには、なお多くの問題が残されているんです——。

御承知でしょうが、毛は小皮と皮質と髄質とからできています。小皮というのは、毛のいちばん外表をなす部分で、魚の鱗または屋根の瓦のように重なり合っているものですが、この小皮の構造にいろんな特徴があるのです。その特徴を調べるわけですが、我々の用いたのは、江上潤三博士の方法でした。それは、まず写真の乾板のゼラチン膜面のある方を上にして、その上に検査すべき毛を載せ、その上に硝子《ガラス》を置いて更に一キロ位の重しをかけます。すると、毛の表面の凸凹がすっかり乾板のゼラチン膜の上に印刻されますから、これをそのまま拡大して写真にとると、小皮の構造がよく分るわけです。

ところがですね、日本人では、毛が黒いため、この構造がなかなか見わけ難いのですよ——」

「そうですか——。じゃ、大体の想像でもいいんですがね。敏子、亮、妙子、望月、良助、そのうちのどれかに似ていませんでしたか?」

「そうですねえ——。それがどうも、はっきりとは……。まァ、想像で申せば、まずまず男の毛髪らしいとは云えそうなンですがよくみますと、パーマネントをかけたような形跡もうかがわれるンですよ、女のような細いウェーブで——」

「ははァ——すると——」

中尾警部は何事か思い当ったように呟いたが、急に思い直したのか、

「あ、封筒の方は簡単でしたよ。指紋らしいものは、ひとつも見つかりませんでしたから」

「えッ、指紋がひとつもなかったんですって?」

警部は興奮して叫んだ。

「ええ。誰の指紋も発見されなかったんです――」

「ふーむ。すると、やっぱり――」

じっと考え込んだ中尾警部の瞳が、次第に爛々たる輝きをましていった――。

崩れゆくアリバイ

翌日、中尾警部は自ら野田刑事等と共に、再び筈見邸、宮松煙草店、南風荘を中心に、あたり一帯の綿密な捜査にあたっていた。特に、各地点間の距離と、宮松煙草店における当夜の敏子の様子とが、再検討の主眼点であった。

「野田君、やっぱり間違いないようだね。我々の足でも、筈見邸――宮松煙草店間が二十五分、宮松煙草店――南風荘間が十分、かかる――」

「亮のアリバイはいよいよ確実という訳ですね。敏子は、九時五分前から少くとも二十五分のち、即ち九時二十分以後に、筈見邸の庭で、殺された訳ですから、それから犯人が、更に三十五分行程の南風荘へ、九時十分に到着するということは、時間が逆行でもしない限り、絶対に不可能です……。かりに他の場所で殺害して屍体を運んだと仮定しても、やはり結果は同じことになります――」

だが、中尾警部はそれには答えず、何事をか深く期するところがあるらしい様子で、力強く言った。

「野田君、僕はこれから地検に行ってくるからね。君、御苦労だが、今日の午後二時までに、妙子、亮、望月の三人、それに関係係官を、捜査本部に集めておいてくれないか。ちょっとしたテストをやってみたいんだ。きっと真犯人を指摘できるとおもうよ――」

呆然と見送る野田刑事を背後に、警部は急ぎ足に遠ざかっていった――。

――いよいよ問題の午後二時になった。捜査本部の一室には、妙子をはじめ関係者達が、異様な緊張に包まれて集っていた。

やがて、中尾警部が立上るや、短く前置を述べたのち、いきなり妙子たち三人の方を振り向いて、刺すように鋭く言い放った。

「皆さん！　真犯人はこの三人のなかにいます！」

途端に座がサッとどよめいた。

「私は辛苦を重ねて捜査した結果、ようやく一つの明確な結論を得るに至りました――」

中尾警部は暫くの間、自分の言葉の効果を試すように、じっと三人の気配を窺っていたが、やおらおもむろに語をついだ。

「ですが、今しばらくは、その犯人の名を指摘するのを後廻しにして、私がどういう証拠にもとづいて、いかなる推理を組み立てたかを、まず、お話ししなければなりません――。

皆さん――。この事件には可訝しい点がいろいろとありますが、それらをとことんまで突きつめて、最も合理的な解釈を求めてゆきますと、自ら結論はただ一つになってしまうんです――。

まず第一に、事件当夜、宮松煙草店に現われてピースを買い求めたときの、被害者敏子さんの態度に、私は疑問をもったのです。宮松氏の話では、敏子さんは何か御機嫌が悪く、ムッツリとして殆んど喋らなかったということでしたね。だから、宮松氏は、ラジオに気をとられていたせいもあって、敏子さんの特徴ある服装、つまり、グリーンのオーバーに手袋、黒レースのネット、婦人帽などですね、主にその服装によって敏子さんだと思い込まれたわけなのです。少し可怪しいじゃありませんか。大胆な想像をしますと、それは、じつは敏子さんだったのではなく、犯人がある必要から敏子さんに変装して、宮松氏の目を欺いたのではなかったでしょうか。夜の暗さ、そこへ婦人帽にネット、人相を隠すのにもってこいじゃありませんか。そうです、私は、それに違いないと確信します、そしてその証拠さえ握っているのです！

次に、屍体の傍に落ちていた毛髪についてなのですがね――。人間は一日に平均九十本位も毛が抜けるものですから、犯罪の現場に犯人の毛髪が落ちていることが多いのですが、いまその問題の毛髪をよく調べてみますと、男の頭髪のように思われるにも拘らず、女の髪に特有な細いウェーヴの形跡があるというんです。皆さん、どうでしょう、何か連想なさることはありませんか？　俳優――女形、そうです、その女形なのですよ、犯人は！　女形であればこそ、敏子さんに変装するのも容易にかつ巧妙にできたのですよ！」

恐ろしい一瞬だった。亮が蒼白に変じた顔をブルブル慄わせながら、警部を睨みつけたまま、口も利けないでいる。が、警部は平然として、更に言葉をつづけた。

「第三に、同じく屍体の傍に落ちていた、一枚の空封筒なんですが――。それは、ここにおいでの望月さんが浅見優子という変名で、妙子さんに宛てられた手紙の封筒だったのですが、調べてみますと、可訝しなことに、何人《なんびと》の指紋も附いていないのですよ、全然――。もし敏子さんがポケットに入れていたのを落したか、あるいは妙子さんが犯人で、犯行の際過って落したのだと仮定すれは、誰の指紋も皆無だというのは、全く妙じゃありませんか。また、妙子さんが裏の裏をかいた、というのはあまりにも小説的ですし、その場合には、何も自分の指紋を拭き取る必要はなかったはずです。すると、これは犯人が妙子さんに嫌疑をかけるために、故意に落しておいたのだ、と考える外にはないことになります――。そうです、犯人は妙子さんからこの手紙を盗みとったのですよ。ところが、盗む際に自分の指紋が附いてしまった。そこで、それを拭き取ったわけですが、そのとき、当然附いているべきはずの、妙子さんや望月氏の指紋までも拭き消さざるをえなくなってしまったのです――。これは、奸智にたけた犯人としては、自らの策に溺れすぎたというべきで、正に千慮の一失だった！」

じつに見事な推理だった。

「では何故、犯人が敏子さんに変装したかといいますと、既にお察しの通り、偽アリバイをつくるためだったのです！　敏子さんの推定死亡時刻は、午後八時半から十時までの間でしたね。今までは、九時五分前までは敏子さんが生きていた、という前提のもとで凡てを考えていたのですが、宮松煙草店に現われたのが犯人の変装だとすれば、これは根本的に考え直さねばならなくなった訳です。

ところが、実際の犯行は、じつは八時三十分頃に行われてしまっていたのですよ！　兇行後直ちに犯人は、かねて周到に準備しておいた、敏子得意の外出姿と寸分ちがわぬオーバー、手袋、帽子、ネットをまとい、素早く敏子に変装して宮松煙草店に到り煙草を買い、その特徴ある服装と九時五分前という時刻とを、宮松氏の頭脳に刻印してしまったのです。ついで直ぐまた元の服装にかえって、何喰わぬ顔で、九時十分には南風荘に現われたのです。なんと巧妙なやり方だったのでしょう！

こうして、敏子は九時五分前から少くとも二十五分後、即ち九時二十分以後に殺害されたのだ、従って九時十分には南風荘に到き、それからは一歩も外に出なかった彼は、犯人ではありえない、という見事な偽アリバイが完成されてしまったのでした！

そうです、筈見亮氏こそ、その奸邪きわまる真犯人なのです！」

満座は昂奮の坩堝《るつぼ》だった。亮は蒼ざめきった細面《ほそおもて》の顔に、絶望的な凄じさをこめて、気狂いのように叫んだ。

「俺は知らん！　知らんぞ！　何を証拠、証拠に、そんなことを言うんだッ！」

が、中尾警部は嘲けるように、

「ははは、未だ云い逃れようとするんですか、筈見さん！　卑怯な！　証拠というなら見せてあげましょう、決定的な証拠を！」

警部はさっと野田刑事に合図をした。直ちに一個の包みが持出され、息詰るような緊張の中に開かれた――。ところが、おお、それは正しく、グリーンのオーバー、グリーンの手袋、ブリームの広い婦人帽、黒レースのネット！

「筈見君！　君の使った変装道具だ！」

亮の顔色は、みるみる一層の蒼白さを加えて、死蠟のごとく一変した。

「あッ、どこで？　いや、そんなはずはないッ！　俺はたしかに！――」

絶望的な恐怖の、喉を絞るような声のなかに、中尾警部が凛として言い放った。

「筈見亮！　これは、君に対する、東京地方検察庁の逮捕状だ！」

犯罪者の心理

それから数日後の昼休。目黒署の一室で、中尾警部と野田刑事が日向《ひなた》ぼっこをしながら話し合っていた。筈見敏子殺害事件が犯人筈見亮の自白によって解決をみたので、ホッと息をついたところだった。

「一人を殺害し、一人を罪に葬って、遺産を独占《ひとりじ》めにしようなんて、全く奸智にたけた奴でしたね」

「うん、すっかり欺されるところだったよ。敏子が宮松煙草店で時々ピースを買うこと、宮松氏が〝陽気な喫茶店〟のファンであること、など、すっかり調べあげて、恰度その番組の時刻を狙って兇行を計画実行し、宮松氏に故意とその時刻をはっきりと覚えさせておいて、後日自分の偽アリバイを証明する伏線にしておいたんだね。南風荘に到いたとき、オヤジに時刻をきいて、九時十分ということを明かにしておいたのも、やはり同じ目的のために、故意とやったことなんだ。これで、すっかり偽アリバイのための証言が揃ってしまったんだからね――」

「全く頭のいい奴でした――。だが、あの晩恰度、敏子が外出姿をしていたのは、単に偶然だったんでしょうか？」

「いや、それも計画通りだったのだそうだ。奴が自白していたがね。妙子から盗みとった例の手紙ね、望月が予定より半日早く秘密裡に東京に到く時刻が書いてあったのを、そのまま敏子にみせたんだそうだよ。すると敏子はすっかり逆上し、亮の思惑通り、早速出掛けて連中の現場を押えてやるんだと云い出して、外出の用意をしたのだという。もし、例の服装以外の支度をしたときは、殺害後に、探し出して着替えさせる心算《つもり》だった、と云っていたよ――」

「妙子と望月とは、アリバイの立証しにくい一晩をもつわけだし、恰度女中の幾代は休暇で帰っているし、被害者以外にただ一人残っていた良助は耳が遠いうえに風邪で寝てしまったし、こっそり忍び帰って犯行を実行するには、正に絶好の機会だったわけですね――」

「条件がすっかり揃ったのだ――」

「それにしても、警部殿、あのお芝居は見事に効きましたなァ――」

「うん、あれは、じつにうまくいったね。意外なほどだった――。だが、グリーンのオーバーと手袋、ブリームの広い婦人帽、黒レースのネット、犯人には一番ジーンとくる品物なんだ。自分では、当夜うまく隠しとおし、あとで間違いなく処理し了えた心算でも、いざ、あのときのように追いつめられた最後的シーンになると、ふッと錯覚に襲われることがあるものらしいんだね。追われる者、犯罪者の、宿命的な心理なんだろうな――。奴もすぐあとで、ああ、これは敏子の屍体から脱がせてきたものじゃないか？　と気がついて、ひどく口惜しがっていたが、既にもう遅かった――。あれを見せつけられた瞬間の、亮の表情ったらなかったね、まるで幽霊をみたときのような――。その一瞬の表情が、何よりの動かせぬ証拠だった――」

中尾警部は煙草に火をつけながら再び、

「犯罪者の宿命的な心理か――」

と、感慨をこめて呟いた。

紫の煙がしずかにたちのぼって、窓から低く射し込む冬の日に、ゆっくりと弧をえがいた――。

液体癌の戦慄

気腹の誘惑

「やはり、駄目のようですな。肋膜《ろくまく》が癒着している――。じゃ、気腹《きふく》に切り換えましょう」

気胸器《ききょう》を凝視していた木崎は、予防着の袖で額の汗を拭いながら、気胸針をぬいた。

「まあ、先生――」

みだれた胸はだを直す心のゆとりもなく、瀬沼裕子は、縋りつくように見上げた。

「いや、心配することはありませんよ。近頃は気腹という方法が進歩しましたからね」

「痛いんでしょうね?」

「大丈夫ですよ、気胸と同じことです。お臍《へそ》のあたりから、腹腔内に空気をいれて、肺を縮めるわけですね。貴女の病巣は、右の下肺に浸潤があるのですから、気腹をやって、下の方から抑えて安静を与えるほうが、却って効果的だともいえるのですよ。さあ、すぐ、やりましょう。早いほうがいい」

「先生――」

裕子は、やや心の落着きをとりもどした。が、こんどは新しい羞恥心におそわれて、つと、看護婦のほうに視線をくばった。

木崎はその意味を理解した。

「あ、きみ、ちょっと瀬沼さんの喀痰《かくたん》培養の結果を調べてきてくれないか。気腹は僕ひとりでやれるから」

何気なく命じておいてから、

「さあ、奥さん、ベッドの上に仰臥して下さい。お腹を、できるだけ、ひろく出して――」

裕子は一瞬ためらった。が、木崎の事務的に強いる視線にあって、観念したように、スカートのスナップをはずして仰臥した。

「もっと腹部位をひろげなくては――」

複雑な感情をおさえるために、故意《わざ》とすげない口調で、木崎は職業的にスカートを下肢のほうへおしやった。絹のすべっこいシュミーズをまくりあげる。強いて荒々しくよそおっているのだ。

むちむちとした、バタのような肌が露わになる。豊かな脂肪の層だ。ちらと散見する、ピンク色のパンティを透いて、悩ましい曲線が連想される。二十五歳の人妻の匂いが、ツンと木崎の官能をくすぐった。

「じっとしていて下さい」

注意を与えて、臍の右部いったいを消毒した。ノボカインをさす。針を、気胸器に連結したゴム管にはめる。施術部位をきめるため、指頭で裕子の肌を触診する。柔いゴムの人魚をまさぐる感じだ。

「痛くはありませんからね。安心して――」

「ええ――」

裕子は眼をつぶっている。

不気味な鈍い音をのこして、長い金属針が、弾力的な肌へ突き刺さった。瞬間、裕子の美しい顔が、不安と苦痛に、歪んだ。

「あ、可怪しいな? 針が、つまっているのかな?」

木崎は針をとりかえた。裕子の豊かな腹部の肌に、うっすら赤い血がにじんでいる。

「もう一度、やりましょう」

再び鋭い針が、肌にくいこむ。

ゴトゴトと不気味な音とともに、空気が裕子の腹腔内に入ってゆく。

姦通の条件

藤沢市S町の瀬沼邸。

亡くなった先妻にも、後添えの裕子にも、子種がなく、夫婦に女中二人の四人暮しだ。

瀬沼氏は、日本軽金属の横浜支店長。五十六歳の働きざかり。金ヘン景気の尖端をきって、赫顔《あからがお》、みるからに精力的な相貌だ。

世の中には、金と地位しか眼中にないような男性たちが、存在するものだが、氏はまさにかかるタイプの代表的な一人だった。そのような氏にとっては、裕子の、美貌と豊満な肉体とのみが、問題であった。裕子の求める、知性とか、優しい思いやりとかは、そのかけらさえも持ち合せないようだった。

そのいみで、夫婦関係は、最初から危機を蔵していたのである。

裕子にとって、唯一の話し相手は、瀬沼氏の甥にあたる慎介ひとりだった。叔父とは全く畑ちがいの、東都大学法医学教室の助手をやっている。ときどき東京から藤沢を訪れ、一日を楽しんでかえるのである。

あるとき、

「なんだか、叔母さま、とよぶのは可笑《おか》しいな。僕と一つしかちがわないのに――」

慎介がそう言ったことがある。

裕子はドキンとして彼の眼をみた。が、彼女には、その瞳に濁りを見出すことができなかった。あくまでも純な青年の眼であった。

「いいじゃありませんの、叔母さま、で――。私なんか、もうおばあちゃまよ。オホホホホ――」

笑いにごまかしたが、裕子はふと、淡い失望をおぼえたものである。

夫婦関係の危機を、更に決定的な破局においこんだのは、瀬沼氏の、胸部疾患に対する盲目的な嫌悪であった。無智な拝金主義者には、まま、かかる傾向がつよいものである。

裕子の病気は、市衛生局の主催による街頭検診で、協力した木崎医師により発見された。ついで、気腹が行われるようになってから、瀬沼氏はにわかに冷くなった。

「裕子の豊かな肉体も、やがては結核菌にむしばまれてゆくにちがいないよ。それに、儂《わし》まで感染《うつ》されるのは真平《まっぴら》だからな」

慎介は、そう放言する叔父の顔を、唖然としてみつめ、憤りと憎しみをかんじたものである。

瀬沼氏の帰宅しない夜が多くなり、横浜に妾をかまえたという噂もとびはじめた。

裕子は孤閨悶々《こけいもんもん》としてなやんだ。胸部疾患者の性欲は、いっそう鋭敏になるといわれている。男を知った二十五歳の女体は、夜々、もだえ、うずくのだった。そこに、一開業医、木崎の、恋に成功した秘密がある。

同じS町に開業する木崎医院に、裕子が通うようになったのは、自然であるが、木崎が未だ独身の青年医師であったことは、裕子の通院に新しい意味をあたえはじめた。

道ならぬ恋の誘惑は、ついに、ゆくべきところにゆきつかねばならぬ。

姦通の条件は、そろっていたのである。

蠢《うごめ》く女体

裕子の気腹はよく効いていた。もともとかるい病状だったので、二カ月後にはX線所見も好転するほどだった。裕子は木崎に感謝した。感謝の念は、恋の有力な要素をなすものである。

ついに、その夜、裕子は木崎の招きをこばむことができなかった。むせるような夜だった。木崎医院の応接室のソファーに、ふかぶかと腰を埋めた裕子は、久しぶりに弾んだ気持だった。

グリーンのシェードをかけた電気スタンドの柔い光が、裕子の艶《つや》やかな姿を浮き出させている。

「すこし、暑くありませんこと?」

上眼づかいに木崎をみた。今宵は和服姿である。黒地の薄い御召に臙脂《えんじ》のかすりが美しく、ピンクの更紗《さらさ》の帯に、折鶴が匂っている。

「ごらんなさい、合歓《ねむ》の花がさいている――」

窓際に立っていった木崎が誘った。裕子も寄り添った。アップに結った髪の匂いが、熟れた果実のように、男の官能をしびれさせる。その瞬間、

「裕子さん――」思いつめたように低く強く呼んで、木崎は裕子のふくよかな肩を抱きすくめていた。

「あッ、いけませんわ!」

「裕子さん! ゆるして下さい、僕はもう、自分を抑えることができなくなってしまったのです――」

激しい愛の息吹だった。

「ぼくは貴女を愛している――」

「あ――」言葉と同時に、裕子は襟すじに燃えるような烈しい男の唇をかんじた。

つと、木崎の腕に、新しい力がはいった。裕子はもつれるように、ソファーに引き戻された。部屋はぐるぐる廻るようだった。が、もう抵抗する力がなかった。顔の上に木崎の唇が迫った。

「いけないわ、いけないわ」

わずかに拒もうとする最後の試みも、のしかかるような男の体臭に圧倒されてしまった。裕子は殆んど無意識に瞼を閉じていた。

「裕子さん――」

あえぐような声につづいて、裕子の唇は男の唇でおしふさがれた。舌と舌が深くもつれあった。息がつまりそ

うだった。

唇をふさいだまま、木崎の右手は次第に裕子の体の線をつたわって、下方におりていった。着物の裾が乱れた。裕子はものをいうこともできなかった。

突然、下肢が電撃をうけたように慄えたかとおもうと、痺れるような快感が、全身をはしった。と、唇がはなれた。

「あ――」

が、次の瞬間、木崎の体が、更に身近く迫っていた。裕子は女の本能から、その意味をさとった。

「いけない、いけないわ、それだけは勘忍して、それだけは宥《ゆる》して――」

口だけは懸命に拒んでいたが、その抵抗は、もはや、力がなかった。

「いけないわ、いけないわ」

そう言いながら、裕子は無意識のうちに、体をひらいていった。

愛情の脆《もろ》さと病勢の変化

「愛してね、いつまでも……」

恋人同士がこんな囁きを交わしあうのは何故だろうか？　それは、恋の脆さ、愛のはかなさを、本能的に知っているからである。もし、いちど結ばれた恋がすべて幸福にゆくものならば、人はだれも（永遠に愛してね……）とは言うまい。不安があればこそ、愛の脆さを知っていればこそ、愛人たちは、

「いつまでも……」「永遠に……」

を、たえず、繰りかえすのである。

裕子と木崎の場合も、その例にもれなかった、というべきだろうか？　それとも、男ごころの気紛れを責めるべきだろうか？

とまれ、一カ月ほどの熱狂的な愛撫ののち、急に木崎は裕子に冷くなっていった。

依然として、優しく親切な医師ではあった。熱心に裕子の病状管理をつづけはした。親しい友情は示しつづけた。

けれども、最も決定的な愛情を求めることだけは、絶ってしまったのである。

裕子の肉体は、再び孤閨にもだえた。

「木崎さんに、新しい恋人ができたのかしら？　奥さんをお貰いになるのかしら？」

いちばん恐れていた想像だった。人妻なるが故の不利が、ひしひしと胸にうずいた。

さらに皮肉なことは、肺の病状が好転したため、気腹を中止するに至ったことだった。それは木崎の態度が冷くなるのと、ほぼ同じ頃だった。

「裕子さん。だいぶ良くなられたようですから、気腹はやめましょう。あとは、一カ月に一ぺん位おいでになれば結構です」

この木崎の宣告は、裕子にとって、病状好転を喜ぶよりも、むしろ悲しいものだった。なぜなら、週に一度ずつの気腹を中止されたことは、公然と木崎を訪れる口実を、奪われることをいみしたからである。

けれども、裕子は木崎医院への通院を断念することはできなかった。何かと口実を設けては、診察にかよった。冷くされればされるほど燃えさかるのが、恋というものである。

ところが、こうして悶々たる通院が三カ月ほどつづいたのち、裕子の病状には、新しい変化があらわれはじめた。

習慣的に便通の異常をきたすことと、ときどき下腹部に痛みをかんずるようになったことである。

しかし、裕子はこのことを木崎につげなかった。たいしたことはあるまいと、たかをくくっていたこともある。が、何よりも、病状の変化を示すこうした症状が、木崎にいっそう嫌われはしないだろうかと、怖れたためである。

こうして、また二カ月ほどたち、年が改まった。けれども、腹部の病状は良くなるどころか、一層悪化していった。便通はますます異常になり、ときには堪えがたいほどに激化するようになった。

さすがの裕子も、ついに、木崎に打明けるほかはなかった。その愬《うった》えをきいた木崎は、がくぜんとしたようだった。

「どうして早く云わなかったんです。医師としても困るじゃありませんか――」

「でも――」木崎には、女ごころの微妙な動きを察するゆとりがなかった。

「しかし、妙だなあ。腸結核を誘発したのかな？　胸の方はよくなっているのですがね――。どうも、可怪しいですよ。だけど、やはり、腸結核とみるべきでしょう。血行性の病型だったのでしょうね」

腸結核の診断ほど難しいものはない。

「とにかく、すぐ、ストレプトマイシンを二十グラムやってみましょう」

裕子は崩れるようにうつぶしてしまった。

一ケ月経過した。が、マイシンもその効がなかった。下腹部の痛みはますます断続的に増し、腹部全体がだんだん張ってくるようになった。明かに腹水がたまってきたのである。

「結核性腹膜炎をおこしたのでしょうね。腹腔液の培養をやってみましょう」

また一カ月経った。が、ついに腹水からは結核菌は証明されなかった。

けれども、裕子の症状は次第に悪化し、少し長時間の歩行や家事などは、できなくなってしまった。

「可怪しいなあ？」木崎は頭髪をかきむしった。万策つきた感じだった。そのとき、木崎の脳裡をいなずまのように走った考えがあった。

「直腸癌ではないだろうか？」「だが、まさか――」そして、その二日後、裕子は膣から異常出血のあったことをうったえたのである。

まさに、疑いは濃厚になった。

「直腸癌から、子宮癌への転移――」

もしそうであれば、二次的に腹水癌をおこすことは通例である。

早速、木崎は腹水の癌検査を行った。その結果、ついに、癌細胞の存在が見出されたのである――。

木崎はがくぜんとして周章狼狽した。医師としての責任が、ひどくこたえたのだろう。

「裕子さん、一刻の猶予もできません。僕は一般内科を開業してはいますが、結核専門なので、正直なところ、癌はよく分らない。早速、東京都立H病院の須藤博士を御紹介しましょう。僕もいっしょに行って、立会ってあげます。自動車をよびましょうね。寝てゆかないと無理でしょうから――」

パパニコロー氏癌診断塗抹検査

「須藤先生、まあ大体、以上のような次第なのです。どうも、発見が遅れたのじゃないかと、非常に責任を感じているのですが——」

木崎は心苦しそうに説明を終えた。

「いや、仕方のないことです。君は結核専門なんだし、クランケ（患者）がT・Bであれば、腸結核や結核性腹膜炎をうたがうのは当然ですよ。それに、クランケが症状の変化を愬《うった》えるのが、二カ月も遅れたのですから、止むをえなかったのでしょう。とにかく、分りました。診てみましょう」

須藤博士は、むしろ木崎を慰めるように言って準備をはじめた。木崎も立会うことになった。

「やはり、癌のようですね。だいぶ進行している——」

博士は沈痛な面持で言った。

「じゃ、直ぐ、精密な検査をやりましょう」

白いタイルばりの検査室——。

中央の術台に裕子の白い肉体がよこたえられた。もはや、差恥心も何もなかった。恐怖と不安とが、きりきりと裕子の胸にもみこまれるのだった。

腰部に枕をあてがって、骨盤部が高くされ、姿勢がととのえられた。臀部から大腿部への曲線が、ひどく衰えをみせている。木崎は痛々しいような複雑な表情で、一個の肉塊の、やつれた隈々を凝視した。さまざまな医療器具の鋭い金属性の光沢と、二十六歳の人妻の衰えた肉塊とが、白いタイルに映えて、異様な対照をみせている。

「さあ、はじめよう」

須藤博士の重々しい声に、木崎は妄念をぬぐい去られ、はッと緊張した。

博士によって、慎重に膣が開口される。ゴム帽のついた、特殊なガラス性のピペットが、しずかに膣内に挿入され、膣液がすくいだされる。この液が、ピペットのままで、載物ガラスの上に塗られ、九五％のアルコールで固定された。

「こんどは直腸にゆこう」

直腸鏡の下で、同様に塗抹標本が作られる。最後に、腹腔液をとって、同じ処理がおこなわれた。

裕子の顔は、すっかり青ざめて、深刻な不安と怖れがきざみこまれていた。やっと木崎に助けおこされ、別室にはこばれていった。

博士は、直ちに塗抹標本の作成、検鏡にとりかかった。木崎も検査室にのこって、懸命に注視している。

載物ガラスにアルコールで固定された標本は、順次、明礬《みょうばん》ヘマトキシリン液、O・G六液、E・A三六液、によって染色され、キシロールで透明にして、バルサムで封入される。

できあがったパパニコロー氏標本を、博士は慎重に検鏡した。

「あ、やはり、まちがいありません。癌性変化をおこした上皮細胞が検出されますよ。三つとも同じです。直腸癌と子宮癌の併発ですね。それから、第二次的に腹水癌をおこしたものですよ――」

「もう、手遅れでしょうか?」

たずねる木崎の声が、悲痛だ。

「ずいぶん悪化していますからね。もう、手術は不可能です。すぐ入院させて、X線照射、ラジウム照射をやってみるほかはありますまい。しかし、おそらく、大した効果は期待できないでしょう。急性ですからね。入院しても、あと三カ月、もつかどうか、というところでしょう。本人には云えませんが――」

沈痛な面持で説明する博士の言葉に、木崎は、がばと顔を掩《おお》った――。

疑惑の影

さすがの瀬沼氏も、かえりみなかった妻の病状悪化には、がくぜんとした。

「今までは可哀想なことをしました。みな儂の責任というものでしょう。できるだけのことをしてやりたいから、何とかして救ってやって下さい」

と、須藤博士に懇願するのだった。

裕子は即刻H病院に入院し、博士の手厚い治療をうけることになった。

X線療法、ラジウム照射等、あらゆる手段がつくされた。木崎も寸暇をさいては、H病院を訪れた。甥の慎介も始終見舞にきては、薄倖の若い叔母に誠意をつくした。けれども、神はついに裕子を見捨てたもうたのであろうか? 約二カ月たって、ここでまりが優しい花をつけるころ、裕子の病勢は俄に改まった。烈しい痛みに、力なく痩せ細った体をのたうたせて苦しむさまは、見るものの目をそむけしめた。みとる近親の人々も、すっかり看護づかれしきっていた。

　そうした頃のある日、木崎は瀬沼慎介から意外な誘いをうけたのだった。

「木崎さん、叔母がたいへんお世話になって申訳ありません。ほんとにお疲れでしょう。ところで、すこしお訊ねしたいことがあるんですが、およろしければ、ちょっと交際《つきあ》っていただけないでしょうか？　叔父から、いつかったんですよ――」

　木崎は妙な顔をして慎介をみつめた。何故か、ふっと不吉な予感が掠めたからである。しかしことわるべき理由はなかった。

　こうした、一夜、二人は新橋のある小料理屋に、差向ったのだった。

　慎介は、看護の疲れをいやすためにと称して、しきりに木崎に盃をさし、よもやま話に花を咲かせた。が、そのよもやまの話のなかに何気ない顔でちらちら交えるいくつかの質問は、木崎の神経をきりきりと刺戟しないではおかなかったのである。

　いま、事件に関係のある会話のみを摘記してみよう。

「裕子叔母さんのことは、まあ私達としても諦めてはいるんですが、何としても気の毒ですよ――。ときに木崎先生、やっぱり直腸癌、子宮癌が原因で、腹水癌がおこったわけですか？」

「そうですな、須藤博士もそう仰有《おっしゃ》っておられますからね」

「その反対のことはあり得ないんですか？」

「えッ、何ですって？」

　木崎はひどく吃驚《びっくり》して、思わず聞き返した。

「いや、素人《しろうと》考えですがね。つまり、腹水癌がもとで――」

「そんなことは殆んどありませんよ」

　木崎の語調は驚くほど強かった。

「そうですか――。だけど、先生、気腹をやっていると、腹水がたまることもあるでしょうね？　気胸をやっていると、肋膜に水がたまるように――？」

　木崎はまた冷水をかけられたように感じた。

「ええ、それは、少しはたまることもありますがね、癌とは無関係ですよ。癌は転移はするが、絶対に感染はしない、というのが定説ですからね」

「そうですか。じゃ、たとえば、妻が子宮癌を患っていて、夫が知らずに夫婦関係をつづける、といった場合にも、夫には絶対に感染《うつ》らないのでしょうか？」

「そうですよ、むろん。貴方も法医学をやっておられるのだから、御存知でしょう」

「いやあ、やっぱり、専門外のことは――」

慎介はお茶をにごした。その濁し方が、木崎には気にかかった。

「ときに先生、先生などもやはり、いろいろ研究なさっておられるでしょうね？」

「そりゃあ、専門のことはやりますよ」

「動物実験もおやりですか？」

「えッ！」

「いや、たとえば、結核の初感染経路の研究や、抗菌性物質の研究など――」

「いや、それは、やらないこともありませんが――」

「そんなときは何をお使いになります？　ラッテ（しろねずみ）ですか？」

「え、ラッテ？」木崎は明らかにあわてていた。「ええ、ええ、勿論ラッテも使いますが――」

「いや、私達もよくやりますがね。たいてい、保土ケ谷の武井飼育場から買うんですよ」

「武井から？」狼狽したさまの木崎は、がっくりとして、下をむいた。

「あ、先生、話は別になるんですが、先生は、戦争中、軍医として中支に出征され、終戦時は済南《さいなん》俘虜収容所の主任軍医官をしておられたんじゃありませんか！」

「えッ？　どこからきいたのです？」

木崎はひどく吃驚狼狽して、ききかえした。

「いや、やはり済南にいた僕の友人が、ちょっと口に挟んだのを耳にしたんですがね、話題の人物の名前が先生と同じなので。もしや、とおもって――」

「――」

「それから、俘虜収容所勤務、というわけで戦犯にとわれ、死刑を宣告された――」

「ええ、そうです、全く絶望的な、地獄の苦しみに呻吟した三カ年でした。さいわい、私の扱った俘虜達の懇願で、九死に一生を得、特赦でようやく出獄したのですよ――」

「ほんとにお気の毒でした、無実の罪でね――。しかし結局、俘虜達を秘かに可愛がっておられた、ヒューマニズムの勝利だった訳ですね」

「いやあ、どうですか――」

「ときに先生、終戦近いころ、先生のいらした済南を中心とした地方一帯の、宣撫隊長兼特務機関長をしておられた、軽部《かるべ》憲兵中佐を御存知でしょうね？」

「えッ！　軽部中佐！」がくぜんとした木崎は、凡ゆる内心の苦悩とたたかうように、じっと唇を嚙みしめていたが、やがて判乎《はっきり》と強く否定した。「いや、知りません！」

慎介はじっと木崎の態度を注視していたが、

「そうですか――。いや、じつは、その軽部中佐が、裕子叔母さんの実のお父さんなのですよ――先生は当然、御存知だろうとおもいましたがね――いわゆる典型的な憲兵型で、相当ひどいこともおやりになったという話ですよ――。東京在勤中も、暴力団を秘かにつかって、自由主義者達を、闇から闇へ、兇刃に葬り去った、ということですよ。辣腕家だったんですね。もっとも、その罰というわけか、昭和二十二年に結核で亡くなりましたがね――」

木崎はもうきいていることができなかった。何か、恐ろしい恐ろしい深い泥沼の中に、ずるずると引きずりこまれてゆくような気がした。

そうして、その怖ろしい予感は、ついに、三日のちに、実現し、決定的な最後の破局へと陥っていたのであるが――。

液体癌の秘密

三日後、裕子の容態は急変し、断末魔の苦痛にのたうちながら、ついに二十六歳のはかない生涯を閉じたのである。死の直前、すでに意識を喪った譫言《うわごと》のなかから、夫の名ではなく、「木崎さん――」と呼んだとき、みとる人々ははッとして、思わず目をそむけたのであった。

死後処置がすんで、いよいよ須藤博士が死亡診断書をかく順序になった。そのときである。

「お書きになるのは、ちょっと、待って下さい、須藤先生――」

慎介の鋭い声だった。

「何故です？　慎介君――」

「先生をはじめ、木崎先生、叔父様に、是非きいて頂かねばならぬ、重大なことがあるのです――」

何か思いつめたような真剣さが、人々の胸をするどく打った。

「じゃ、応接室へ参りましょうか」

博士が先に立って、木崎、瀬沼氏、慎介を案内した。

一室に集った四人は、異様に緊張していた。

「僕がいまから申上げることは、実に重大なことです。しかし単なる想像ではありません。東奔西走して集めた、確かな証拠にもとづいて到達した、最後の推理なのです。結論から申上げますと、どうぞ驚かないで下さい、裕子叔母様の死は、自然死ではなく他殺なのです！　どうせ助からぬ叔母に知らせる必要はないと思って、今まで黙っていたのですが、今こそ、はっきり申上げねばなりません！」

恐しい瞬間だった。氷のような殺気が、さッと座にながれた。

「何をいうんです、慎介君！　叔母様は、直腸癌、子宮癌から腹水癌になって、自然死されたのですよ。この須藤の診断は、まちがってはおらんはずじゃが」

「須藤先生、そう仰有るのは医学常識として絶対に御もっともなのです。何人といえども、自然死と断定するほかはないでしょう。これは、それほど巧みに計画された犯罪なのです。他殺を自然死と見せかける、今までに類例のない、全く新しい完全犯罪なのですよ――。これは直腸癌、子宮癌かち腹水がたまったのではなく、逆に、腹水癌から直腸や子宮に転位したのです。そして、その腹水癌は、自然におこったのではなく、外部から、感染《うつ》されたのですよ！」

「ちょっと、慎介君、癌は転位はするが、絶対に感染しない、というのが、医学常識だが――」

須藤博士が口をはさんだ。

「仰有るとおりです、今までは――。そこに、この完全犯罪の狙った盲点があったのですよ――。しかし、現在では既にそうではありません。ある特殊な方法によれば、少くとも腹水癌だけは、確実に感染させることのできる方法が、ほかならぬこの日本で最も盛んに研究され、最近みごとに完成したはずです。これは、従平ほとんど不可能といわれた発癌実験を、みごとに容易ならしめたものとして、日本医学界が世界に誇る収獲なのですよ――」

「うむ、吉川肉腫！　液体癌！」

須藤博士がうなるように呟いた。

「そ、そうです！　その吉川肉腫、液体癌こそ、今度の第十三回日本医学総会でも、最も注目された発表だったじゃありませんか！　東北大の吉川教授は、この液体癌について、天皇に御前講演までしておられます。それほど画期的世界的な研究成果なのです。

けれども、偉大な医学成果は、反対に一歩あやまれば、最も恐るべき完全犯罪に利用することができます。この液体癌を、人体の腹膜腔液内に接種すれば、全く何の痕跡をのこすこともなく、どんな健康な者でも、確実に癌を発生し、ついに斃《たお》されてしまうのです。何と恐しいことではありませんか！」

満座は緊張の極にたっした。

「慎介！　その液体癌とはどんなものなのだ！」

瀬沼氏がわめくように叫んだ。

「一口にいえば、液状の癌なのです。東北大の吉川教授が、昭和十八年に発見され、二十三年に、(吉川肉腫)と命名されました。液体癌の獲得経路は割合に簡単ですよ。

まず、ラッテ（しろねずみ）に、三カ月間オルトアミドアゾトルオール（O.A.T.)、というアゾ色素系物質を経口投与します。それをやめてのち、石炭タール、または、AS_2O_3のアルコール溶液を一週三回ずつ、持続的に皮膚に塗布するのです。この場合、砒素化合物もつかえます。

塗布開始後、四カ月目に、ラッテの腹膜腔内に、牛乳ように白濁した、癌性変化をきたした腹水が、得られるのです。

これを次代のラッテに継代移植するには、細いガラス管を腹膜腔内につきさし、一滴（0.01～0.06cc, 細胞数1,000～5,000万個）の腫瘍腹水（液体癌）をとり、それをそのまま、新しいラッテの腹膜腔内に吹き込むわけです。

その移植率は、九十八％の高率にのぼるということです。ですからこの液体癌を人体の腹膜腔内に注入すれば、何人といえども、殆んど確実に癌を発生しないではおかないでしょう。

腹腔液内に癌細胞が増殖すれば、淋巴《りんぱ》管組織を通じて、容易に直腸にでも子宮にでも、転移するわけです。

もし、そのことを知らないで、ただ外見上からみれば、今までの医学常識として、直腸癌、子宮癌が自然発生的におこり、その二次的結果として腹水がたまったように、みえてしまうのです――。

たとえ、解剖して、原発部位が腹腔内だと分ったとしても、腹腔から癌が自然にできることもありえないことではないし、全く犯罪の痕跡はのこらないわけです。

癌は伝染しない、という医学常識の盲点をつき、他殺を癌による自然死とみせかける、完全犯罪ではありませんか！」

満座の殺気は、すさまじいばかりになった。慎介は更に語をついだ。

「ところが、この液体癌を人体に移植するには、必ず腹腔液の内に接種しなければなりません。じゃ、怪しまれることなく、最も自然にこの操作を行う方法は？

そうです！　既に皆さんお気づきのように、裕子叔母が、右下肺に軽い疾患ができて、気腹を行ったそのときこそ、犯人にとって、正に絶好の機会だったのです！

気腹針の内に、この恐るべき液体癌を数滴ひそませておき、気腹を行うとみせかけて、腹腔内に注入すれば、万事終ったのでした！

気腹針がつまっていたと称して、針をとりかえて気腹を続行すれば、何の怪しまれることもなかったのです。

腹腔液内にのみ移植しうる液体癌と、気腹との組み合せ！　なんという頭のいい、犯人のやり方だったのでしょう！

そうです！　木崎医師こそ、その真犯人なのです！

癌の診断はむずかしい。そこに犯人の逃路がありました。わざと、腸結核、結核性腹膜炎と誤診してみせ、その手当にひまどったとみせかけ、その間に癌の悪化を待ち、既に手遅れになった頃をみはからって、わざわざ親切顔に須藤博士のところへつれてきたのです！

木崎医師の処置不適当を、たとえ責められるとしても、誰が彼の犯意を見抜けたでしょう！

あとは、ただ、癌の成行を見守りながら、あくまでも叔母の味方としてのお芝居を、巧みに演出していれば、それでよかったのです！」

恐ろしい瞬間だった。木崎は気でも狂ったように、形相をふりみだし、摑みかからんばかりに、わめきよった。

「君は、何を云うのだッ！　僕に、裕子さんを殺す、どんな動機があるのだ！」

復讐の鬼

しかし、慎介は冷静そのものだった。

「木崎さん！　僕はみな知っているのですよ。裕子叔母の実父にあたる軽部憲兵中佐が、どんなむざんなことを、貴方のお父さんと貴方とに加えたかを！

軽部憲兵中佐は、東京在勤中、あの気狂いのような軍閥の最尖端として、城北大学法学部の木崎教授、木崎さん、貴方のお父さんですよ、国の前途を憂えて痛烈な反戦論を唱えられた木崎教授を、反戦論者として、闇から闇への白色テロに葬り覧してしまった！

そればかりか、中佐は、終戦直前には、済南地方一帯の特務機関長兼宣撫隊長として、乗りこみ、その裏で中国人の弾圧、迫害、虐待の限りをつくし、特に済南俘虜収容所では俘虜の教育と称して、そのじつ虐待の限りをつくした。

そして終戦となるや、中国の高官に莫大な賄賂《わいろ》をつかって、一切の罪を俘虜収容所の主任軍医官であった木崎大尉、つまり貴方に、なすりつけ、自分はさっさと逃げ帰った。

その結果、貴方は戦犯にとわれ、死刑を宣告され、三年間、地獄の苦しみに呻吟された。

父子《おやこ》二代にわたり、恨み骨髄に徹する、軽部憲兵中佐に、貴方が終生の復讐を誓われたのは、むりもなかったのです！

本来、人道主義的なヒューマニストであった貴方も、ついに復讐の鬼と化した。

九死に一生をえて帰国された貴方は、まず軽部中佐を探された。しかし、彼は既に胸に病をえて他界していた。そして中佐の唯一の血縁である一人娘の裕子さんは、藤沢市の瀬沼叔父の後妻になっていた――

復讐の血に狂った貴方が、軽部の血を引いた唯一人の裕子さんを、父中佐にかえて、復讐の対象とされたのは、むしろ当然だったかも知れません――。

貴方は一切を犠牲にし、故郷の田地を売りはらって資金をつくり、裕子さんの住む、藤沢市S町に医師を開業した。そうして、他方、ラッテを連続購入して液体癌を作り貯え、ひたすら、チャンスを窺っておられたわけです――。

実父の中佐が結核で死んだのだから、娘の裕子さんも結核になる機会が多い、とにらんだ貴方の目に狂いはなかった。

ついに期待どおり、裕子さんは軽い胸部疾患にかかり、気腹という絶好のチャンスをつかみ、何の怪まれることもなく、何の痕跡もなく、液体癌を裕子さんの腹腔内に接種することに成功したのです！

そのうえ、貴方はいっそう疑いを避けるため、予め、裕子さんに偽装恋愛さえ試みて、みごと成功された。それは、犯罪をカモフラージュするために有効だったばかりではなく、憎い軽部の娘を凌辱するという、快感さえ伴ったことでしょう！」

座には、形容しがたいほどの殺気がみなぎった。

「何を証拠にそんなことを云うのだッ！　俺は知らんぞ！　絶対に知らん！　証拠だッ！」

木崎は気狂いのように、わめいた。

「アハハハハ、木崎さん、この期《ご》に及んでまだそんなことを云うのですか？　卑怯なッ！

じゃ、申しましょう――。

貴方は、しばしば変装して、保土ケ谷の武井飼育場に、ラッテを買いに行きませんでしたか？　液体癌の継代保存に必要なラッテをね。

いくら変装していても、武井の主人はちゃんと貴方の特徴をおぼえていましたよ。

それから、貴方は城北大医学部研究室の助手をしておられる、関口さんを御存知ですね。貴方がオルトアミドアゾトルオールの入手方を依頼した関口さんを――。

僕はみな調べ上げているのですよ、木崎さん。どうです、武井さん、関口さんと、対決する勇気がおありですか？」

いたいところをつかれたのか、木崎はぐっと言葉につまり、下をむいて、唇を噛んだ。

「最も貴方の心に響く証拠を云いましょうか。

木崎さん！　貴方は裕子さんに偽装恋愛をしかけ、肉体関係を結ばれた。しかし、気腹を中止する前後から、ばったり肉体関係を中止されたそうですね？　叔母が恥をしのんで、私に苦衷を打明け、相談をもちかけたことがあったのですよ。

何故だったか？　それは、その最後の気腹の頃に、貴方が液体癌を注入されたからですよ。その日から、裕子さんには恐ろしい癌が移された。自然にできた癌なら、たとえ妻が子宮癌でも、知らずに関係する夫には絶対に感染りません。

けれども、恐ろしい液体癌の場合には、どうなるか、全く未知である。液体癌を移植され、子宮癌になるおそれのある女と性交した場合、男には感染らないかもしれぬ、しかし、うつるかもしれぬ。今までに実験が皆無なだけに、全く分らないことだった。

そこで、貴方は万全の予防のため、裕子さんとの性交をきっぱり絶ってしまったのです。

恋を失った叔母の嘆きこそ、液体癌が接種された、何よりの証拠ではありませんか！

木崎さん！

貴方もおききになったでしょうね？　叔母が死の直前、のたうち苦しみながら、囈語のなかに貴方の名を呼んだのを――。

叔父様には悪いけれども、叔母は心から貴方を愛していたのですよ。

たしかに貴方が軽部中佐に復讐しようと決意したのはむりもないとおもう。しかし、その中佐なきあと、何の罪もない娘にまで復讐しなければならないものでしょうか。

とくに、最も公共性と責任とを重んじなければならない医学を、犯罪に用いることは、いちばん、いけないことではないでしょうか？

木崎さん、僕は知っています。貴方は、本来は人道主義的なヒューマニストなのです。だからこそ、無実の戦犯にとわれても、ついには、もとの俘虜たちの助命懇願に救われたほどではありませんか。

僕は貴方の、叔母に対する愛と、医師としてのヒューマニズムとを、信じます。

警察から逮捕されるまえに、自首されることをのぞみます。それが貴方に対する、僕の最後の好意です――」

それは、すべての愛情を超えた、劇的な、厳粛な一瞬であった。

医師とヒューマニズム

それから数日後、瀬沼氏と慎介が、裕子の新仏《にいぼとけ》のまえで、初夏の一日を語りあっていた。

「慎介、とうとう木崎も、青酸加里で自決したそうだね？」

「ええ、ちょっと油断して失敗しました。自首するとばかり思っていたものですから」

「いや、却ってこれでよかったのかもしれんよ。しかし、恐るべき犯罪だったね。もし、お前の明察がなかったら、完全犯罪が成立していたかもしれない」

「最後の場面では、ほんとに苦労しましたよ。僕はいかにも、決定的な証拠をにぎっているように云いましたが、じつは、何れも情況証拠にすぎなかったんです。もし、木崎が頑強に否定すれば、果して有罪にできたかどうか、分らなかったくらいですよ。だから、私はどうにかして、木崎に自首させようとしたのです。本人の自白があれば、情況証拠とあいまって、決定的に有罪となりますからね。

そこで、最後の手段として、木崎のヒューマニズムに愬えるという、方法をとったんです。彼はもともと非常に温いヒューマニストだったらしいですね。それが復讐の鬼と化し、全く盲目的になったのですから、すべては、戦争の犠牲者ですよ――。

だけど、さすがに、叔母様の愛情と、医師のヒューマニズムに愬《うった》えたときは、こたえたようでしたね」

「うむ、結局、それが彼に自決を決意させたわけだ。しかし、何だか、儂こそ一切の責任を負うべきだ、という気もするよ――」

叔父と甥は、感慨ぶかげに庭をながめた。

庭の一隅に、裕子をしのぶがごとく、こでまりが、可憐な白い花をつけているのが、目にしみとおるばかりだった。

暴力

一

栗田佐延《すけのぶ》は、いま打ちはたした屍を、蔑むように見下した。すでに虚しくなりながらも、死骸《むくろ》は、その胸につきさされた小刀《さすが》を、力の限り逆手に摑んで、離さなかった。抜こうとする、生への恐しい執念であった。

「ぶざまな」

嘲るように呟いて、佐延は指貫《ゆびぬき》を払った。

蒼茫と暮れかかる洛外の秋に、怪鳥《けちょう》がけたたましく啼き叫んでいた。重苦しい風が、黝い屍を腥《なまぐさ》く打って、黯々と暮色を抽《ぬ》いた松樹に吹き上げた。

「殺してやる」

そう言って威嚇はしたが、はじめから殺そうと思っていたわけではない。己の兇暴な意志を威示することによって、女から手をひかせればこと足りる、そう考えていたにすぎぬ。

けれども、その言葉を真にうけた相手の抵抗は、意外にはげしかった。やにわに小刀を引き抜いて、突いてきたのである。腕力に自信のある佐延も、一歩退くのが遅ければ、勝敗そのところをかえていたかもしれぬ。

「馬鹿なっ」

低く叱咤して、咄嗟に相手の右腕をしたたか打ち、小刀を叩き落した。

奇襲の失敗は、すでに勝負の帰趨が定ったことをいみしていた。

「おのれ」

絶望的な恚《いか》りをこめて組みついてきた相手を、押し倒して組みしいたとき佐延はこの相手にはじめて勝ったと意識した。

「生かそうと殺そうと、この俺の意志にかかっているのだからな――」

と、弄ぶように言ったときには、未だはっきりと殺意をいだいていたわけではなかった。

ただ、勝者の傲岸に酔いしれていたのである。

が、その時、組み伏せられた相手の絶望的な面に暮闇をかすめて、さっと蔑みの表情がはしった。

「殺してくれる」

佐延がそう決意したのは、その一瞬であった。勝利の陶酔からむざんに引き落されて、ぐっと憎悪がこみあげてきたのである。

打ち落した小刀をひろうや、相手の狩衣の上から左胸につきとおした。素早くとびのいたため、返り血は殆んど浴びなかった。

酉の下刻にも近かろうか。颶風を告げるかのように、重い風がまた激しく吹き上げてきて、人家疎らな嵯峨野の暮色に舞った。

そのときである。崩れかけた築土《ついじ》のかげから、突然、嘲るような声がひびいた。

「あはははは、とうとう、やったな」

佐延は愕然として振りむいた。黯いその影は、彼にもまさる大男であった。暮闇に紛れてさだかではないが、揉烏帽子《もみえぼし》に、朽葉色の水干をつけているらしい。闊達に佩《は》いた太刀が、佐延の目にしみとおった。

「おまえは、なんだ?」

大男はぐっと一歩すすんだ。佐延は無意識のうちに一歩退いた。

「おれか。俺の名がききたいか。じゃ、教えてやろう。俺はな、調伏丸という者さ」

「う、調伏丸——」

その語が、ぐっと喉につかえた。

二

紀右少弁為恒。いままでに、勝つことのできなかった相手である。

才能に差があろうとはおもわぬ。いな、武においては、むしろ佐延のほうが遥かにすぐれてさえいよう。しかし、このような王朝時代に、武がなんの役に立とうぞ。

彼は民部卿頼良の息。佐延より九つ年下だが、はやくも右少弁にすすんでいる。大弁・参議・納言、さらに大臣と、その将来の栄達は掌《たなごころ》をさすがごとくに約束されているのだ。

我は、内舎人《しねり》より大蔵丞に成り上ったのが、精いっぱいではないか。

家柄の相違は、如何とすることもできぬ、大きな社会の壁だったのである。

けれども、いつの世にも、自惚というものは、人間につきまとって離れぬ。人一倍の野心家である佐延は、現在の地位をかちとってきた、己の才を恃むこと大であった。

故実に対する豊富な知識と、それにもまさるさわやかな弁舌の巧みさ。上司や朋輩達も一目置くほどの、この二つの武器こそ、よく彼を大蔵丞になさしめた因であった。

「なんとしてでも、大蔵大夫を賜わらねばならぬ。そうして更に、あわよくば——」

その野心に、佐延は焦立っていた。

しかし、それにも拘らず、彼にはもうひとつ、致命的な宿業がつきまとっていた。それは醜貌である。うす痘痕《あばた》——。醜貌が周囲からうける待遇は、自ら定っている。朋輩達は、『彼の知識や弁舌や腕力にかなわぬと知れば知るほど、その醜貌を秘かに嘲り侮ることに快感を覚えていた』のだった。

虚栄心のつよい野心家が、家柄と醜貌という二つの劣等感に苛まれつつ、どのようなおもいであったか、容易に想像されるところである。


けれども、貴族社会の壁は、彼の才を以てしても、ついに破りうるものではなかった。

もし、佐延が時代をみる明察をもっていたならば、あるいは彼の運命は一変していたかもしれぬ。望みうすい貴族社会での立身出世にあがくことをせず、人にまさった己の武をもって、地方の新興階級に投じたほうが、はるかに彼の野心をみたしえたことであろう。

白銀の太刀を佩いた当代の貴公子が、意気颯爽と練り歩いた都大路を、一歩そとにふみでるとき、地方政治は紊乱その極に達し、群盗の劫略いたらざる所はなく、天下の庶民はまさに淪落のどん底に陥っていたのである。

ひとは延喜・天暦の治を称するも、天慶・昌平の乱以来、社会の基盤はまさしく大きく動いていた。それは秘やかな胎動であったかもしれぬ。しかし、そこには、新たな地下草《ちげぐさ》の芽が、武をもって興りつつあった。新しい社会の担い手は、徒らに空しい官の夢を追う殿上人から、徐々に、実力をそなえた地下人《ちげびと》に、移りはじめていたのである。

けれども、粟田佐延には、そのような時流を見抜く目がなかった。彼には、栄耀かがやく宮廷での出世のみが、すべてであった。そのような彼にとって、家柄と容貌の劣等を克服して王朝社会の壁に挑むには、ただ一つのみちしかのこされていなかった。それは、買官である——。

さて、どのような境遇にあっても、恋は、つねに人間を盲目にするものである。佐延のような野心家の場合にも、その例に洩れなかった。

左兵衛佐壬生陳忠の女、千種《ちぐさ》——。

この年齢になって、彼がはげしく仮想したのは、その千種であった。佐延は、恋と野心の二つの妄念に、とり憑かれていたのだった。

しかし、恋にあっても、社会の壁は厳然として彼の前にたちはだかった。

民部卿の息、右少弁為恒が、恋仇としてたちあらわれたとき、千種はすげなく佐延の低い家柄と醜貌とを卻《しりぞ》けたのである。

身をやくような嫉妬が、彼を責め苛んだ。


——その夜、陳忠は左兵衛府の宿直《とのい》であった。千種と卑女だけがのこっていた。

佐延が、都風のさび烏帽子に縹《はなだ》の狩衣をつけて、嵯峨野に急いだとき、どんよりとくもった暮空に旋風が舞い上っていた。

予期していないことではなかった。右少弁為恒が、先に通ってきていたのである。

蘇芳《すおう》の袿《うちかけ》をきた千種が、今宵はことに美しくみえた。板蔀《いたしとみ》をおろした室には、空薫《そらだき》の匂いが立ち罩《こ》めていた。

「なんの御用でしょうか」

千種は、切口上でそうも言った。が、

「右少弁さまとわたくしは、申名付なのです」

という言葉をきいたとき、佐延はくわっと逆上した。

「うぬっ」

叫ぶが早いか、為恒を蹴りつけて、千種にとびかかっていた。腕力には人並すぐれた彼であった。あっというまに、千種に猿轡《さるぐつわ》をはめ、柱にくくりつけたのである。為恒に乗ずる隙さえ与えなかった。卑女にも同じ処置をとった。そうしておいて、狼狽しきっている為恒を屋外につき出したのである。威嚇して千種を断念させるためであった。

だが、彼は窮鼠の捨身な抵抗を計算にいれていなかった。そうして、その結果は、遂に、彼の予期していなかった破局にまで、つきすすんでしまったのである。

三

「とうとう、やったな。おい――」

調伏丸は、ぽいと死骸を蹴って、再び嘲るようによびかけた。

「みていたな」

辛うじて、佐延はそう言った。

「ふん、みちゃいなかったさ。いま恰度、来合せたところだからな。だが、殺《や》ったのは明かじゃないか。

俺は以前から、このような折を待っていたんだ。お前が罪を犯すそのときを、ね」

賊の昂然たる口調だった。

――紀綱の紊乱に乗じて、跳梁をほしいままにした盗賊の群が、この時代をもっとも象徴的に語っている。洛外に神出鬼没した、袴垂、多襄丸、鬼童丸等は、その著名なものであった。その他、娘を囮《おとり》にして仮想人を殺すあり、数十人相結んで寺の大鐘を盗むあり、更に女賊さえも現われた。

調伏丸は、そのような草賊のうちの一人であったが、彼はいっぷう変っていたというべきである。彼の狙いはつねに、なにか隠れた悪事を犯した者に限られていた。そうして、その確証をえた場合にのみ、報復的に盗みをはたらいたのである。

盗んだ財を窮民に分ち与えるのでもない。だから、いわゆる義賊というわけでもなかった。ただ、

『おれたちは、人間共のつくった法令は破り通しだが、天道にはそむかぬ。盗るには盗る道がある。天道にそむいたという証しが明かになった奴にだけ、天にかわって制裁を加えてやるのだ』

そういう固い掟を、手下共にまで徹底させていたのである。

いま、佐延は、調伏丸についてのそのような噂をおもいだしていた。

とかく、弱者に対して驕る者は、強者に対しては卑屈なものである。つい先刻、腕力をもって、はじめて為恒に勝をえた彼であったが、己にまさる強者とみえる盗賊に問いつめられて、すっかり狼狽していたのだが、

「みてはいなかった――」

調伏丸の無雑作なその言葉が、彼に一縷《る》の希望を見出させたのである。

円転滑脱な弁舌によって、草賊を欺く余地がある——、彼はそう直感した。

それに加えて、

「俺ははじめから為恒を殺そうと思っていたのではない。自ら夏の灯にとびこんできた虫は、彼奴自身だったではないか」

という自己弁護も、心の底にひそんでいた。

佐延は、勇気を感じた。

「俺は殺さぬ。断じて殺さぬ。彼奴は自害したのだ」

「自害？　なにを、ばかなっ。俺は知っているぞ。千種にすげなくされたのは、お前ではないか」

「いや、それはそうだが、右少弁もまた恋を失ったのだ——。彼奴は右弁官で、隠れた非違を重ねていた。おれは、その事実を千種に告げてやったんだ。卑怯だったかもしれぬ。が、そんな男に千種をゆずる気にはなれなかったのだ。俺の正義感がゆるさなかった——」

「お前の正義感だと？　ふん」

盗賊は蔑むように、『ふん』と繰り返した。佐延は、腋下に冷汗がはしるのを感じた。が、強いて気をとりなおし、更に語をすすめた。

「——それを聞いた千種は、はっきり彼奴を拒んだのだ——。

だが、絶望的な表情に陥った奴が、屋外にはしりでたとき、まさか自決するとは思わなかった。俺の油断がいけなかった。呻き声に愕いてとびだしてみたときには、もう既に遅かった。逆手に握りしめた小刀を、左胸につき刺したあとだったんだ——」

賊は黙りこんだ。夕闇にながれて、その表情は分明でないが、佐延は自分の言葉の効果があったと思った。力をえた彼は、繰り返しその旨を強弁しつづけた。

「じゃ、自害したという証拠があるか」

やがて、調伏丸は訝しそうに、そう訊いた。

佐延は心の中に、しめた、とさけんだ。

「あるとも！　みろ、だいいち、奴は、小刀をかたく奴の手に握りしめているではないか。しっかりと逆手に！　俺が握っていたのなら俺が殺したのだ、と言われても、それはむしろ当然だろうが——。

そのうえ、俺は返り血さえ浴びていないじゃないか！」

賊はまた黙った。彼の眸をじっとみつめていたが、しばらくして、しっかりと念を押すように言った。

「そうか。しかと、そうか？　まちがいはないな？」

「相違はない。きっと――」

佐延は傲然と肩をそびやかした。

「じゃ、こんどだけは、見逃してやろう――」

立ち去る草賊の後姿を見送っている、うす痘痕の醜貌が、勝利の快感に酔っていた。

風がまた、激しく闇の松樹に吹き上げた。

四

室にたち戻った佐延は、手探りで、切り燈台に灯をいれた。遣戸が開け放たれたままになっていたので、風が吹きこみ、燈が消えていたのである。

衣桁や鏡台などの艶いた調度が、灯に浮いた。空薫の遺り香《のこ》が、まだ馥郁《ふくいく》と匂っている。

灯に照らしだされた柱には、縛められた千種の衣《きぬ》が、不安と屈辱に、こまかくおののいていた。蘇芳の袿がみだれて、撫子《なでしこ》重ねの衵《あこめ》が、妖しくゆれていた。

「右少弁どのは、自害された――」

残酷な快感を味いながら、佐延はそう言って、言葉の効果を確めるように、千種の漆黒な瞳をじっとみた。

その刹那、女の眸には、絶望的な悲しみが泛び、それはやがて深い疑惑のいろに変っていった。

佐延は烈しい嫉妬を感じたが、それにもまして、女の苦悩するさまに、たとえようのない残忍なよろこびを覚えた。

そうして、それは同時に、勝者の傲岸な優越感でもあった。

さきほどは、いままでに勝つことのできなかった競争者、右少弁為恒にはじめてうち勝った。さらに、兇賊調伏丸をも、黒を白といいくるめて、一蹴した。ながい間、貴族社会の壁におしひしがれて、劣等感をいだきながら呻吟してきた彼が、一瞬にして勝者の地位についたのである。

そのうえ、『家柄ひくき者よ、醜男よ』と嘲って、彼を卻けた千種さえ、いまや彼の暴力のまえに、戦いているではないか。佐延は勝利者の快感に酔いしれた。

ふと彼は、千種に口を開かせようと思った。残忍な興味が、背筋をはしったのである。

「右少弁どのは、自害されましたよ。右弁官での、積み重なる非違を、私があばいてやったのです。検非違使庁にきこえれば、囚獄は免れないでしょう。官とあなたのふたつながらを失った右少弁どのは、この世に絶望なさったのです。そのような罪びとに、あなたをゆだねたくないと考えた私を、卑怯とお思いでしょうか」

一言々々かむように言いながら、佐延は千種の猿轡をはずした。

「なんということを仰有います！　右少弁さまは、そのような方ではありませぬ。あなたが、もしや、あなたが――」

やっと口の自由を与えられた女の言葉の終りは、涙になった。

「誤解してはいけません！　私が、どうして、そのようなことを！　気をしずめて、よくきいて下さい――」

佐延は繰り返し弁舌巧みに、いいくるめた。さきに調伏丸を説得した彼にとって、すべては経験済みの強弁であった。

「――ごらんなさい。私がそらごとを申しているのではない何よりの証拠に、私は返り血さえうけていないではありませんか」

千種はおし黙った。が、その表情には、疑いと屈辱のいろがこまかく慄えていた。

しかし、佐延はみたび勝ったと思った。わなないている千種の、袿の、袙の、いろと衣ずれを感じながら、彼は力を意識した。もっとも、この場合、彼は力と意識したが、これは自らを欺いていたというべきである。男が女に対して感ずる力の意識、それは情欲にほかならぬ。

佐延はまっすぐ千種につきすすんだ。目が妖しくひかった。縛めをといた。袿に手をかけた。

「あっ、な、なにを、なさいますっ」

千種は気の狂ったように抵抗した。

が、彼は、それを無視した。

――切り燈台の灯が、ふと、風に揺れる気配であった。だが、佐延は一瞬それに気づかなかった。充足感に、虚脱状態に陥っていたのである。そこに彼の僅かな誤算があった。

「うっ、ばかな真似をっ！」

愕然とした佐延が、千種にとびかかったときには、もはや、すべては終ってしまっていた。いつのまに持ちだしたのか、小刀をみごとに左乳房のおくふかく、突きたてていたのである。

奪いとるように小刀をもぎとったが、既にもう遅かった。紅《あけ》の血しぶきが、ぱっと彼の狩衣にはね返った。

いま、ようやくのことで、己のものとしたばかりの女、ではないか。死なれてたまるかっ。佐延は唇を嚙んだ。しかし、もはや手のつくしようもなかった。はや、虫の息であった。

「お、おもうかたに、先だたれ、そのうえ、この、このような、は、はずかしめをうけて、どうして、生きて、生きていられましょう。たとい、どのような方で、あ、ありましょうとも、右、右少弁さまと私は、申、申名付――」

息たえだえの苦しみのなかから、それが千種の最後の言葉であった。

奪いとった小刀を手にしたまま、佐延は呆然として立ちつくした。

――そのときであった。一陣の旋風とともに、遣戸の隙間から、きき覚えのある錆びた声がひびいたのである。

「けっ、けっ、けっ、粟田佐延よ、こんどこそは、とうとう、やったのう――」

五

「おう、調伏丸!」

悔然《きょうぜん》とした佐延の語が、あやしく慄えた。呼吸がみだれる。眼が血ばしる。

が、草賊は傲然たる足どりで、ぐっと踏み入ってきた。

「やっぱり、殺ったな。俺は、どうもそんな気がしたよ。妙に胸騒ぎがするから、たったいま、途中から引返してきたんだ。直ぐに、遣戸の隙から垣間見ると、はたせるかな、このざまではないか。千種は紅にそまって斃れている。お前は返り血をあび、血小刀をもって、突っ立っている――。

けっ、けっ、けっ、覚悟はできているだろうな、佐延よ。今度こそ有無をいわさぬぞ」

圧倒的な語調だった。佐延は完全に気圧《けお》された。しかし、この場合こそは、誰がなんといおうと、まことの自害ではないか。

「ちがう、断じて、ちがう!

千種は自害したのだ、俺の可愛いい千種は、我と我身を刺したのだ！」

佐延は気の狂ったように叫んだ。

「事実をみあやまるまいぞ、調伏丸、事実を、真実をっ！」

が、盗賊は頑としてききいれなかった。詰《なじ》り嘲るような声ざまで、

「はははは、また、自害だと？　ばかなっ！　お前は、先刻、なんと言った？　自分は小刀を握っていないではないか、返り血さえ浴びていないではないか、それが自害の何よりの証拠だ、と、自ら高言したばかりではないか！　自分が小刀を握っていたのなら、殺したといわれても、それは当然だが、とも言いおったわ！」

「う――」

佐延は完全に死角のなかに追いつめられた、と感じた。絶望的な苛立ちに、さっと醜い貌が痙攣《ひきつ》った。だが、調伏丸は一切を無視して、いっそう鋭く叩きこんできた。

「忘れたか、たわけめ！　自分の言葉をそのまま、裏返しにしてみろ！　佐延！　お前の右手にある血小刀は、いったい、どういう意味なのだっ！　さらに、みろ！　お前の紅にそまった狩衣を！　それが、千種を殺《あや》めたときの返り血でなくて、何なのだ！」

「おっ――」

佐延は思わず持った血小刀をとり落した。

「たわけっ、もう、おそい！」

賊は嘲るように叱咤するや、はったと大蔵丞を睨みつけた。

佐延は竦みあがった。心は狂うように焦っていた。何という恐しい誤解なのであろう！　この血小刀は、千種を殺すまいとして、もぎとるように彼の女の胸から奪い取ったのではないか！　狩衣の紅も、そのとき受けたもの、すべては千種を救わんがためのことであったのに！

だが、草賊に詰られ追いつめられた彼は、もはや弁解する余裕さえもなかった。我と我が首をしめたのは、皮肉にも、ほかならぬ先刻の自分自身の卑怯な言葉だったからである。

賊は、佐延の苦しみあがくさまを、蔑むように一瞥するや、いちだんと声を荒げて、真向微塵ときめつけてきた。

「さあ、こんどという今度こそ、人殺しの現場をとり押えたぞっ！　この調伏丸が、天にかわって制裁を加え

てやるわ！

佐延！　お前が大蔵丞として、諸国貢賦の出納、権衡度量を掌《つかさど》る間、地位を悪用して、法の目をくぐり、詐り欺き貯えた銭・財宝のかずかず、つもりつもって莫大な量にのぼっていることは、誰知らずとも、この俺様がしかと知っておるわ！

愚かな人間共のつくった法は免れえても、天の御法を免れることができると思うかっ！

貞観永宝・延喜通宝・乾元大宝等々をはじめとして、金・南鐐・沙金、さらには宋銭にいたる、夥しい貯え、いまこそ、千種を殺めた天罰として、この調伏丸に献上するのだ！

よいか、さあ、これからいっしょに帰って、銭の隠し場所に案内しろ！」

「わっ、銭！」

佐延は痴れ人のように喚いた。

長年貯えてきた銭のかずかず！　彼が精魂を傾け、心血を注ぎ、すべてを賭して、虎の子とも生命とも秘蔵してきた、秘中の秘であった。買官！　そうして、立身出世――。そのためにこそ、法網をくぐり、民を誅求し、生命を賭けて、貯えてきた銭だったのである。

立身出世、宮廷社会における栄達！　それなくして、粟田佐延の存在理由が、どこにあろうぞ。低い家柄と醜貌という二つの劣等感に苛まれながらも、彼が王朝社会の壁に挑むべき最後の切り札、それは買官にほかならなかった。その買官の希望を、いまこの、草賊は一瞬にして足下に蹂躙しようとしているのである。それは、大蔵丞佐延を殺すことを意味していた。

佐延の形相が、さっと変った。彼は完全に理性を喪った。先刻、右少弁為恒が身のほどもしらず佐延に突いてかかり、却って死を招くに至った愚を、彼は全く忘れ去っていた。物欲が、出世欲権勢欲が、覆った前車の轍を見失わせてしまったのである。

「草賊っ！」

彼はやにわに太刀を引き抜いて水平にかまえるや、賊めがけて真一文字に突きすすんだ。必死の執念を、この一突きにこめたのである。

が、いかな佐延といえども、この調伏丸に相対しては、まさに蟷螂《とうろう》の斧にすぎなかった。

「たわけがっ！」

大喝した賊は、佐延の利き腕に痛烈な一撃を加えて、さっと太刀を叩き落すや、彼をどうと蹴倒した。この一瞬において、勝敗は全く決した。

とかく佐延のような男にあっては、自己より強い相手だと意識した刹那に、戦意を完全に喪ってしまいがちなものである。彼が盗賊に蹴倒されたまま、起ち上ることさえもできなかったのは、うけた打撃の強烈さにもよるが、それと同時に、心理的な敗北が大きく原因していた、というべきであった。

しかも、調伏丸の憤りはそれに止まらなかった。自ら佩いた打出の太刀をぎらりと抜いて、ぱっと衣桁を蹴散らすや、傲然と、佐延の脳天を真向からさしのぞんできたのである。

立合の最初において全く闘志を喪失してしまった佐延は、いまや正に殺されようとする土壇場に追いこめられて、すっかり人間が一変したかのようであった。賊に一突きくれようとした先刻の気合は、もはやその片鱗さえ見出すことができなかった。

賊のふりかぶった太刀に、

「あ——」

と、喉の奥で、蟇《ひき》のようにぶざまな呻き声をたてたばかりである。それは、意識した呻きというよりは、むしろ恐怖への本能的な反射というべきであった。

なにか、殺されようとしている、という身の危険が、実感にならないような、虚脱状態であった。魂と腰を抜かれたように、全く腑抜けになっていたのである。

これが、ついさきほどまで、栄達の野心にもえたち、右少弁為恒に勝利を得、盗賊を言い欺き、さらに千種まで征服したときの、あの快感に酔いしれていた傲岸な勝者であろうとは、いったい誰が想像しえたろう!

あまりにもはかない、あまりにもみじめな、変りざまであった。

しかし、調伏丸はなんの容赦もしなかった。

「腰抜けめ!」

蔑むように喚くや、大太刀を真向からふりかぶってきた。

だが、佐延は、

「おれは殺されるらしい」

そう思いながら、何かとおいとおい国の出来事のような気がしていた。太刀がさらと光ったとき、紫摩金の円光をみたように思った。夢と現《うつつ》の境を、いろいろな絵が走馬燈のように廻っている感じであった。

「千種は、俺が殺めたのではないわ——。あーあ、銭が——」

喉の奥でごろごろと呟くように、そう言ったとき、

「千種を殺めた大悪人め、往生しろ！」

調伏丸の大太刀が、戛然《かつぜん》と、佐延の脳天に打ちおろされた。

「ぎゃあ――」

それが、日頃野心に燃えたっていた才人、そうして、先ほどまでの傲岸な勝者、粟田佐延の、最後の発声であった。

蟇のつぶれたような呻きを発して、大蔵丞は動かなくなったのである。


――戌《いぬ》の下刻ごろであろうか。そとは、すっかり黯々とした夜闇におおわれていた。

風がますます激しくなった。ごおーっとまいてきて、鋭く松樹を打ちならした。風に交錯して、ときおり怪鳥が凄じく啼き叫んだ。

颶風の前兆であろうか。黒洞々たる嵯峨野に、はげしい旋風が舞い狂っていた。

断　層

二十世紀においては、純然たる事故によらなければ、悲劇はおこらないのだろうか？

一

「じゃね、わたくし、ちょっと失礼して着換えてきますからね。矢田部さん、あなたしばらくお相手してらして——。いいわね」

扶佐子はちらと矢田部を上眼にみてそう言いのこすと、ドアをしめて、女中の敏子をよんだ。

「いや、どうも、お仕事中じゃなかったんですか？　かまわなかったのになあ」

却って客の寺島のほうが恐縮した表情だった。

「僕こそ失礼しちゃって——」

と、矢田部はシニックに苦笑しながら、応接間の隅から碁盤をもちだして、

「木崎さんも、そのうちにお帰りになるでしょう。ちょっとその辺までおでかけになっただけのようでしたからね。とにかく一番ゆきますか。二目のカド番でしたね？」

矢田部が二目置いて、早速一戦がはじまった。暮れるに早い秋の宵である。昨夜までの雨はあとかたもなく霽《は》れ上って、降るような星屑の座に、月が冷い光を投げていた。

布石から形勢は黒に不利だった。

「今日はね、こいつの七年忌なんですよ。調子がでないのは、そのせいかな」

矢田部は左手で碁石を打ちおろしながら、右手を出してみせ、すぐまたズボンのポケットにつっこんだ。食指が根元からないのだ。従軍中にガーンと一発まともにくらったものだった。外科医を志していた彼であったが、右の食指を失ってはおしまいだった。止むなく内科に転向したが、以前のファイトはすっかりなくなってしまったようにみえた。

——まもなく、その応接室の前を通って、とんとんと

二階へ階段をのぼってゆく、軽やかな足音がした。――

「おッと、そいつは、つよくボーシとゆきますかな」

下辺の黒模様に打ち込んできた寺島の白石に挑みかかる。勝負どころだ。

「じゃ、コスんで、こう逃げときましょう」

たたかいは、早くも中盤戦に入りかけていた。

――と、そのときだった。

二人は突然、二階から扶佐子のただならぬ鋭い悲鳴をきいたのである。寺島と矢田部は愕然として思わず顔をみあわせた。

が、次の瞬間、二人は烈しい勢で階段のほうへとびだし二階へかけのぼっていた。不吉な予感がさっと背筋を走ったのである。恰度、階下のお勝手からこれも驚いてかけあがってきた敏子をまじえ、三人殆んど同時に、扶佐子の部屋にかけつけたのだった。

ドアは閉っていたが、鍵は下りてなかったので、三人はなだれをうって部屋の中にかけこんだ。

「あッ、これは、どうしたんだ!」

「血だッ!」

異様な叫び声だった。あまりのことに敏子は口もきけず、軀を細かくうち慄わせて立ちすくんだ。


三面鏡の前に、赤いドレスをまとった扶佐子が、崩れ落ちたように紅の血に染って倒れているのだ。床の上に澱んだ血の臭いが、つんと腥く鼻をうつ。一間《けん》ばかりはなれて、血に染った鋭い外科用メスと静注用のふとい注射針とが、スタンドの電光に妖しくのたうっていた。さらに、湯沸しと赤いセルロイドの洗面器が倒れ転がって血にまみれ、湯沸しから流れでた湯がべっとりと血に混っている。

呆然たる一瞬がすぎるや、矢田部は、

「診察鞄だ! 僕の部屋の机の上にある!」

すばやくそう命じて敏子をとりにやると、紅に染っている扶佐子の傍にかけよった。

「どうですッ、駄目ですかッ?」

噛みつくように寺島が訊く。が、その問いは、ふりむいた矢田部の絶望的な表情によってこたえられた。

「じゃ、すぐ、警察に知らせなくちゃッ!」

寺島は勝手知った階下の電話口にかけ下りて、目黒署に急報するや、再び現場にとってかえした。恰度、敏子が矢田部の部屋から戻ってきたところだった。

すばやくビタカンが数本うたれた。しかし、もはや何の効果もなかった。白蠟のようになった扶佐子の顔色に、ついに生気はかえらなかった。心臓部をふかく正確にえぐった一撃が、完全に即死をもたらしたものであった。

「メスが兇器ですなッ。だが、可怪しい――。犯人はどこへ失せやがったンだッ⁉」

叩きつけるように怒鳴った寺島は、屍体を避けて窓際に突進した。が、一箇所カーテンが開かれていただけで、肝腎の窓は全部閉っており、しかもみんな留金が下りていた。

「こいつは、どういうわけだ！　敏子さん、あなたは犯人らしい奴の姿をみかけませんでしたかッ？」

「いえ、べつに、だれも！　わたくし、ずっとお勝手にいたンですけど」

答える声が慄えている。

「じゃ、やはり階段を？――」

と訝る矢田部の言葉をはねのけるように、寺島が、

「そんなはずはない！　階段を下りてくれれば、どうしても応接室の前を通らねばならないんですよ！　ところが、私たちは悲鳴をきくやいなや、すぐさまその応接間からかけ上ってきたんだ。途中で会わないはずはないじゃありませんか！」

異様な疑惑が、ひしひしと三人をおし包んだ。

――玄関に声がしたのは、そのときだった。木崎がかえってきたのであった。

二

東横線中目黒駅から徒歩二十分の木崎宅――。

扶佐子たち大妻に子種はなく、扶佐子の遠縁にあたる矢田部、それに女中の敏子と、都合四人暮しだった。

木崎は、つい最近まで金ヘン景気の尖端をきっていた東洋軽金属の人事課長、赭顔みるからに精力的な相貌だ。昨今の主食・電力等の値上りにともなう労働攻勢を阻止すべく、会社側の第一線にたって辣腕をふるっている。

だが、その私生活は必ずしも順調だとはいえなかった。矢田部がソ連から帰還して、木崎家に身を寄せるにおよび、倦怠気味であった中年の木崎夫妻には、ようやく夫婦関係の危機が兆しはじめたのだった。

矢田部は、戦時中軍医として北支・満州方面に出征し、右食指を敵弾に喪った。終戦後三年間シベリアの地に辛苦をかさねて、やっと帰還するや、最初の志であった外科を諦めて内科に移り、いま、学部の助手をつとめてい

る。さらに、共産党のシンパとして、従組の執行委員にも推されていた。

そのような矢田部に、なぜ、扶佐子が関心をもち、そのコケットリイをさしのべたかは、興味あるところである。

およそ世の中には、地位と名誉しか眼中にないような男性たちが存在するものだが、その代表的な一人が木崎であった。それに対して、矢田部にはソ連帰還者特有のシニズムがまつわりついていた。そうして、それが彼のインテリジェンスと微妙なたたかいをたたかっていた。いわば、木崎とは対蹠的な性格だったのである。

倦怠期にある人妻が、自分の家に同居する、全く未知の性格の若い男に、関心をもちはじめたのは、不自然であろうか?

それに恐らく、魅力とは多少とも悪の要素を含むものである。

シニカルな同居人に対する恋の冒険は、扶佐子にとってたしかに魅力あるものにちがいなかったのだ。ここに、恋の成立した秘密がある。

——こうして、矢田部は、思想的政治的立場においても、私生活においても、木崎に対立するにいたったのだ。

そのような矢田部に、なぜ木崎が、なお同居を許していたかについては、むろん明快な理由があった。それは、以前から木崎が隣家に同居する戦争未亡人園田圭子に興味をもっていた故にほかならぬ。自己の不貞を妻に黙認させるためには、妻の不貞をもまたある程度黙認せねばならなかったのだが、彼はそのため自分の思想的良心をもかえりみなかったわけであった。

けれども木崎は自分の不貞にも拘らず、妻を全く矢田部に委ねきってしまう気はなかった。とかく、女のことに関するかぎり男はエゴイスティックなものである。

そうして、なによりも木崎には、扶佐子に対して、おれは夫だ——、という利己的な自信をもっていた。

だから、矢田部が木崎家に同居を許されていたのは、こうしたいろんな要素の微妙なバランスの上にたっていた、というべきであった。

——ところが、事態を更に複雑にしたのは、同じく東洋軽金属の庶務主任寺島の存在だった。彼は木崎の依頼によって、園田圭子への橋渡しをしてやった男であるが、そのころから彼自身、扶佐子に目をつけはじめたのである。従って、彼が木崎家をしげく訪問するに至ったのも、社用というよりはむしろ、意味はその裏にあったのだ。

事実をいえば、扶佐子が寺島に媚態を示したのは、コケットの単なる習慣にすぎなかったのであるが、男は自惚の故にそうはとらなかった。そこに彼の誤算があった。

彼の狙ったコケットは、いまようやく矢田部に夢中になりはじめたばかりだったのである。寺島はそこを過少評価しすぎたのだ。

コケットは情況によっては後退するものである。そして相手が退けば退くほど、もえさかるのが、恋というものだ。

寺島が失意と意地に悩まねばならなくなったのは、自然の成行というべきであった。

——こうした情況のもとに、木崎扶佐子の死という事件がもちあがったのだった。

三

まもなく到着した署の望月警部一行によって、扶佐子の屍体及び現場の、厳密な検案・捜査がおこなわれた。

「心臓部へのメスの一撃が致命傷ですな。死亡時刻は午後八時すぎ頃、まず、八時位から八時半位までの間というところですか——」

と、警察医。

「注射針は何に用いたのでしょうな?」

「麻酔に使ったのかもしれませんがね。だが、注射器が見当らぬのは、どういうわけかな? いずれ、解剖にまわさねばなりますまい——」

一方、鑑識班が現場を綿密にしらべる。

その間に、応接室を閉めきって、一人ずつ望月警部の訊問が開始される。

まず、寺島庶務主任からだ。

「——そうですねえ、私がこちらを訪ねたのが七時四十五分ごろでしたか。奥さんが帰宅されたのは、こいつあ正確です。八時五分前位でしたよ。私はあのとき、ちょっと腕時計をみたんですから——」

「じゃ、その間約十分ですね、失礼ですが、なにをしておいででした?」

「煙草をふかしていましたよ、応接室で——」

「変った物音か、なにかに?」

「いや別に気付きませんでしたが——」

「奥さんが帰宅されてからの模様はどうでした?」

「私と五分間ほど立話をし、二階に声をかけて矢田部さんをお呼びになった。しばらく私の相手をしろってわけです。それから、敏子さんを呼んで、なにか吩咐《いいつ》けたりなどしていらっしゃった様子でしたがね。私と矢田部さんは、すぐ碁をはじめました――。

ちょうと中盤戦に入りかけたときでしたから、十五分位も経っていましたか。どうせザル碁ですからね。早いんですよ。階段を上る軽やかな足音がしたのを、私は知っていました。それから一分も間があったでしょうか、奥さんの鋭い悲鳴をきいたんです――」

寺島はそのときを思い出して、慄然とした表情を泛べていた。

「それで、矢田部さんと二人で、すぐかけつけたが、誰にも遇わなかった、というわけなんですね？」

「そうですよ。全く妙です。窓はどこもみな留金が下りている、唯一の逃路である廊下と階段には、猫の仔一匹いない、これじゃ誰だって薄気味わるくなりますよ。犯人の奴は煙のように消えてしまったんですからね――」

「だけど、寺島さん、あなたはどうして、そのときすぐ犯人のことを怪まれたんです？　自殺だとは思われなかったんですか？」

望月警部は鋭く相手の目をみつめた。

「自殺？　ばかな。あんな自殺なんかありませんよ。兇器のメスが一間ばかりも屍体から離れていましたし、だいいち、扶佐子夫人の今日の様子からも、そんなことは考えることさえできませんでしたよ――」

望月警部は腕をくんで、考えこんでしまった。こいつあ難事件だぞ――、その直感がきりきりと迫るのである。

つづいて、矢田部がよばれる。

「夕方からいままで、いちども外出なさらなかったのですね？」

「そうです、ずっと二階の自室で調べものをやっていましたのでね。寺島さんがおみえになったのも知っていたんですが、失礼しちゃったんです。だけど結局、奥さんが帰られてから、呼びだされて、お相手させられてしまいましたがね――」

「お仕事中に、何か変ったことに気付かれませんでした？」

「さあ、べつに――」

扶佐子が帰ってからのことは、寺島の陳述と全く一致していた。

「ところで矢田部さん、あの兇器ですがね。あの外科用メス、それに注射針は、あなたのものじゃないんですか？」

急に警部の語調が鋭くなる。

「――そうかもしれませんね――」

と答えて、矢田部は俄かに愕然としたようだった。

次は、木崎だった。

「――私は夕食後ひと休みしてから散歩にでかけましたよ。家をでたのが七時頃だったでしょう。それから、この辺をぶらぶらして考えごとをしていたのです。八時半頃帰宅したのですが、そのとき扶佐子の変死をきいて、はじめは信ずることさえできないくらいでした――」

警部は更に話題を転じて、彼の私生活上の秘密にふれようとしたが、木崎は急に黙りこんで、何ひとつ答えようとはしなかった。

最後に、女中の敏子であった。

「――奥さまは髪のセットにいっていらしたのです。おでかけになったのは、六時五十分頃だったでしょうか。そして八時ちょっと前にお帰りになって、いろんな支度のことを私にお吩咐になり、顔を洗ってお化粧を直したいからと仰有って、十五分間位湯の沸くのを待っていらしたんです。それから、湯沸しをもって二階のお部屋にゆかれたのですが、悲鳴がしたのはその直後でした――」

「なるほど、洗顔しようとしたところを殺《や》られたので、湯沸しや洗面器が倒れていたんだな――」と、望月警部はうなずくように呟きながら、更に語気強く念を押した。

「そのとき、誰も怪しい人影はみかけなかったのですね？」

「私、お勝手にいたんですけど、だれも――」

警部は再び考えこんでしまった。

秋の夜はすっかり更けていた。

四

翌日も、早朝から、現場附近の綿密な捜査が続けられ、鑑識の成果がいそがれた。その結果、四つの事実が明かにされたのだった。

第一に、兇器のメスと、注射針には、矢田部の指紋が検出され、彼の所有物であることが判明したことであった。

第二に、注射器とおぼしき遺棄物はべつに発見されなかったことである。

第三に、隣家の二階に住んでいる未亡人、園田圭子が、

「じつは、私の部屋からは木崎さんのお宅の玄関が、ひと目でみえますの。昨晩は、わたくし、ずっとお部屋でレース編をしていたんですけど――。木崎さんの奥さまと御主人、それに寺島さん、この三人の方々以外に玄関から出入した人は、ひとりもありませんでしたわ――」

そう証言したことであった。

第四に、兇行前夜は雨が降ったため、邸附近の足跡がかなり調査され得たのだが、その結果、扶佐子の部屋の窓下附近には、なんらの足跡も見出すことはできなかった。それに加えて、二階の窓という窓は、悉く閉って留金が下りていたのである。従って、犯人が二階の窓から壁をつたって地上に逃れ下りたという想像は全く否定されるに至ったのであった。

そのほかにも怪むべき足跡は発見されず、犯人の足取りは杳《よう》として不明、聞込みにもさしたる有力な情報はえられなかった。

捜査主任望月警部は、ますます深まってゆく謎に、すっかり苛立っていたのである。


「まず、物盗りじゃない、と――」

「なくなった品もないし、それだけは否定できるな――」

「だが、犯人はどうやって脱出しやがったンでしょうな？」

と、石川刑事が歯がみして口惜しがる。

――そのときだった。

「主任どの！　東都日報の――」

「おッと、ブンヤならもうたくさんだぞ！　きみが会ってくれ――」

「それが――、雨宮さんとか仰有る――」

「え？　何だと、雨宮！　あ、それじゃ、会うよ、会うよ――」

望月警部は急に態度を一転した。かつての学校時代の級友で、よき論戦相手でもあり、無二の友人でもある、雨宮だったからだ。

「おウ、来たね、そろそろ現われるころだと思ってたンだ――」

「いやア、毎度、お邪魔だろうがねえ――。どうだい、こんどは？　だいぶ難物らしいとにらんだのは、僻目《ひがめ》かな――」

「図星さ。智恵をかしてくれるかい？」

「おいおい、冗談いっちゃア困るぜ。しらばくれないで、みんなぶちまけちゃえよ――」

「万事、君の御存知の通りじゃないか」

「ふン、なかなかうまくなったねえ。――ところで、いったいどうなンだい、犯人はやっぱり外部か？」

「まけたよ。どうしても、おれに喋らせるのかい？　まあ、仕方がねえや――。

いや、それがね、内部じゃないかと思うンだ――。ところがね、木崎、矢田部、寺島と、三人が三人ともアリバイが成立するんだよ――。みろよ、こんな工合なンだ――」

そう言いながら望月警部は次のような表を示した。

午後六時五〇分頃　扶佐子外出
〃　七時〇〇分頃　木崎　外出
〃　七時四五分頃　寺島　来訪
〃　七時五五分頃　扶佐子帰宅
〃　八時〇〇分頃　夫人、矢田部を呼び、碁が開始さる
〃　八時一五分頃　扶佐子の悲鳴即死
〃　八時三〇分頃　木崎　帰宅

「なるほどねえ――」

「いいかい、雨宮。扶佐子夫人が殺害された二階の部屋にはね、応接室前から階段をのぼるか、あるいは、直接地上から紐を利用してよじのぼるほかはないんだぜ。

ところが、地面にはなんの足跡もないしね、二階の窓はぜんぶ閉って留金が下りていたンだ。まず、地上から直接二階によじのぼったり下りたりすることは、絶対にできなかったわけだよ――。

しかもね、残る唯一の通路たる階段はね、寺島、矢田部、それに女中の敏子、この三人が悲鳴と同時にかけのぼったにも拘らず、途中で誰にも遇っていないンだぜ――。

そのうえにだ、お勝手口のほうには敏子がそれまで仕事をしていたのだし、玄関のほうは隣家の園田未亡人が他の人々の出入はなかったと証言してるんだ――」

「妙だな？」さすがの雨宮も首をひねった。

「自殺じゃないのかい？」

「そんなことは考えることもできんよ。だいいち、兇器のメスが屍体から一間ほどもはなれていた――」

「じゃ、誰か、夫人の部屋に、自動的な殺人機械装置を、しかけておいたんじゃないかな？」

「それも考えてみたよ。だがね、雨宮。機械的装置であんなにも正確に心臓部を狙えるものだろうか？　それにね、いろいろ捜査してみたんだが、どうもそのような装置をした痕跡は皆無なんだ」

「――すると、いったい、どういうことになるンだ？」

望月警部と雨宮記者は、怪訝そうに顔をみあわせた――。

――だが、ここで筆者は、はっきりとことわっておかねばならぬ。

それは、まず、決して自殺ではないということ。また、共犯でもないということ。

次に、犯人は絶対に機械的装置をほどこしていたのではなく、堂々と階段を通って、扶佐子のすぐそばまで接近し、メスを心臓部につきたてて即死せしめたのだ、ということ。

そうして、この事件において最も重要なことは、どういう方法でそのような一見不可能な犯罪が行われたかではなく、何故そのような犯行方法がとられるに至ったか、という点だったのである。

もっとも、それらのことはすべて、ずっと後の段階になってはじめて、判ったことではあったが――。

五

午後になって、更に鑑識の結果が追加された。屍体の附近に倒れていた湯沸しに敏子の指紋が、赤いセルロイドの洗面器に矢田部の指紋が、それぞれ発見されたことだった。

けれども、これは捜査の前進にさして役立つとは考えられなかった。望月警部は明かに失望のいろを泛べたのである。が、まだ同席していた雨宮記者は、それをきいて、急に首をひねった。

「――夫人がお勝手からもって上った湯沸しに、女中の指紋がついていたのは、何のふしぎもないが、洗面器に矢田部の指紋が発見されたのは、どういう意味なのだろうな？」

「三人が同時に部屋になだれこんだとき、何の気なく、ふれたんだそうだよ。矢田部は、あっさり認めたという話だ。大した手掛りにもならんだろうさ――」

しかし、雨宮はなにか釈然としない様子だった。が、警部はそれにかまわず、

「それよりも、君——。木崎氏が七時頃から八時半頃まで散歩して考えごとをしていた。というのは可怪しいね？　園田未亡人が部屋からみていたといって、木崎の出入した時間を証言しているが、なにしろ木崎と園田圭子との間には曰く因縁があるんだからな。同じ穴のむじなかもしれないンだ——」

「だがね、兇行直後に夫人の部屋にかけつけた矢田部、寺島、敏子の三人が、誰にも遇わなかったのだから、内部の者がくさいが、みなアリバイをもっている、と今さっき説明したのは、当の君だったじゃないか——」

と、雨宮。

「そこなんだ、臭いとにらんでいながら、その点にくるといつも行詰っちゃうンだ。デッドロックだね、まったく——」

警部が溜息をついた。雨宮は語をついで、

「じゃね、とにかく、動機関係からゆくと、どうなンだい？」

「そうさね——、微妙な問題だがね。まず、遺産相続、保険金詐取、その他の利欲が動機じゃあるまい」

「そうだろうな。痴情、怨恨関係だね、どうみても、こいつは——」

「それが、なかなか複雑なんだよ。まず、木崎と園田未亡人の共謀というところかな。夫人を殺して　園田圭子を引き入れる——」

「園田未亡人の単独犯とも疑えるぜ。木崎を間に挟んでの嫉妬と、木崎の正妻になりたいという欲望——。

ところで、寺島はどうだい？」

「彼はね、いま夫人に目をつけはじめたところだったんだ。夫人も例の調子だからね。人の心をそらさぬ社交家だし、コケットはとかく多くの男を自分の周囲に集めておきたいものだからな。だけど、まだいまのところ、夫人の関心は矢田部に集中されているんだ。だから、寺島としては思うようには前進できず、だいぶ口惜しがっていたようなンだ。だが、それくらいのことで、まさかね——。

——矢田部だけは、夫人の寵を一身にあつめていたんだから、動機が考えられないのは彼だけなンだ——」

「——」

雨宮は黙りこんで、また頰杖をついてしまった。

——そのときだった。石川刑事が興奮しながらとびこんできたのだ。

「主任どの！　ただいま、屍体の解剖所見が報告されてきました――」

「うッ、どうだったッ⁉」

「メスによる左心臓部への一撃で、完全に即死ということですよ！　そうして、麻酔をうたれた形跡は全くないそうです！」

「なにッ、麻酔のあとがないんだって？」

「ええ。それから、主任どの、もうひとつ、木崎のアリバイの件なんですがね、彼が午後八時頃に散歩しているのを目撃したという証人が、二人まで届出てきたんですよ。間違いないらしいんです――」

「えッ、木崎のアリバイが確認された⁉」

望月警部と雨宮は、思わず顔をみあわせた。警部の顔にはありありと、ますます深まってゆく謎に対する狼狽のいろがあらわれていた。

ところが、一方、雨宮のほうは、なにか思い当ることがあるのか、秘かに期するところあるごとく、うなずいていたのだが――。

六

そうして、その翌日の午後、東都日報社会部に、雨宮が昂奮した面持でとびこんできた――。

「部長！　だいたい狙いがつきましたぜ――犯人は矢田部にちがいねエ、と――」

「おいッ！　何だって？　雨宮！」

と滝沢社会部長が嚙みつくように立上る。

「ま、お茶をいっぱい下さいよッ――」

ぐっと一ぱいひっかける間も、もどかしげに、

「この雨宮がこうと狙いをつけたンだ、絶対に間違いはねえと言いたい所なンですが――」

「なンだ、急に軟化しやがって――。証拠のない話か？」

「部長！　そう軽蔑したもンじゃありませんぜ……。決め手がねえと云うだけのこと、情況証拠はあり余ってるンですからね。もんだいはいままで、その間をつなぐ推理の鎖の輪が見つからなかっただけなンだ」

「見つけたのか⁉」

「勿論でさア。でなきゃ、こんなにあわててとびこんできたりしませんや——」

「——中間報告じゃ、警察では、犯人木崎説から、寺島説に移りかけてるといってきてたねエ？」

「二人の証人がでて木崎のアリバイが確かになったンで、止むなく寺島説に移ってきたンですよ。——まずね、犯人外部説は、もう殆んど考えられなくなったと園田未亡人が足跡はないし、第三者の出入はなかったと園田未亡人が証言しているし、寺島、矢田部、敏子の三人が犯人らしい者の姿をみかけなかったと言っているし、これじゃ、どうしても犯人は内部の者で、何らかの欺瞞をしかけたんだ、ということにならざるをえない——」

「そうだねエ——」

「そこで、望月捜査主任は、こう意見をたてたンです。まず、女中は問題じゃなかろう——。次に矢田部は動機がない——。なにしろ夫人とうまくやってたンで——。兇器のメスが彼のものだったことも、嫌疑を彼にむけようとする犯人の策謀じゃあるまいか、と、こういう考えだ——。すると、のこるところ、木崎と寺島しかない——。そこで動機からいうと、木崎のほうに深い動機がありそうだ。じゃ、なんとかしてそのアリバイを破ってやろう——、と、これが捜査当局の方針だったんです——」

「そいつが却って、証人がでてきたため、アリバイが強化されたというわけだね」

「そうなンです、そうすると、どうしても寺島だということになる——」

「なるほど、分った。それじゃ、その方針に対抗して、矢田部をくさいとにらんだ、君の推理の鎖の輪っていうのを、早くきかせろよ」

「そこでですよッ——」

雨宮はまたぐっと茶を一ぱいのみほすと、

「私の苦心したのは！　夕刊の社会面トップに、木崎夫人殺害事件、犯人は矢田部か？　と、犯人矢田部説を、二段ブチ抜きでもってくる——」

「分ったよ。本論が第一、時間は貴重だ。雨呂、ブンヤは拙速をとうとぶ——」

「おッと、失礼。じゃ、部長、きいて下さい　まずね、これは周到綿密に計画された、じつに巧妙な計画犯罪ですぜ、部長——」

雨宮はごくりと唾をのみこんだ——。

七

「我々はいままで、矢田部には動機がないと無条件に考えてきたンですがねエ。ここに、大きな考え違いがあったんじゃないかと――。

夫人は案外寺島に秘かな熱をあげてたンですよ、きっと――。そういうことは他人に判らぬ微妙なことですからねえ。ところが、恋をしている矢田部だけは、敏感に感づいていて、嫉妬にたえきれなかった――。

この点は、もっと突っこまなきゃなりませんがね、ともかく、そうすると、彼にも動機が考えられるンですよ――」

「だがね、君、あんな不可能犯罪を、どうやって彼が――？」

「部長――。寺島の話ではね、あの晩矢田部と碁を打ったとき、彼はいつもにも似ぬ落手を二三やったというンです。それをきいたとき、私にはピンときたんだ、こいつア、何か心理的動揺を証するものじゃないか？　とね」

「――」

「データーを並べてみましょう――。

まず、現場に注射針が落ちていたにも拘らず、注射器が見当らなかったこと。そうして、屍体に麻酔の形跡が全くなかったこと。

次に、夫人の赤いセルロイドの洗面器に、矢田部の指紋がついていたこと。

更に、夫人と矢田部の血液型が偶然にも、全く一致しているんですよ、A型で同時にM型――。私は、こいつをね、今日の午前中かけずりまわって、苦心惨憺、やっと確めてきたンです――」

「うむ、だいぶ暗示的な材料だね――」

「そこで、よく考えてみますとね。たった一人で、夫人といっしょに同席する機会をもちえたのは、矢田部だけなンですよ――。例の三人が夫人の部屋にかけつけたのち、寺島が警察へ電話をかけにゆく、敏子が診察鞄をとりにやらされる、その一瞬に、矢田部は夫人と二人きりになったンだ！」

「おいおい、君、だがね、そのときには夫人は既に殺されていたんだぜ――」

「部長！　そこが、最大の盲点だったんですよ！　夫人は、あの鋭く悲鳴をあげたとき殺されたんじゃなくて、じつは失神しただけだったンです！」

「え、なんだって⁉」

「悲鳴の直後にかけつけたのに、犯人は煙のように消えていたというンですが、そんなばかなことがあるはずはない。あり得ないとすれば、その悲鳴のときに殺されたんじゃない、と考えるほかはないじゃありませんか――」

きいていた滝沢社会部長は、呆れたように怪訝な顔をした。

「じゃ、あのべっとりとした血糊はなンだ⁉」

「そいつが手品の種だったンでさア、部長！　いまさっき並べたデーターがいちいち意味をもってくるのは、そこなんですよ！

――夫人が六時五十分頃、木崎氏が七時頃、それぞれでかけたので、矢田部は女中と二人きりになった――。そこで秘かに矢田部は、外科用メスと注射針をもって、夫人の部屋に忍び入ったわけです。そうして、夫人の赤いセルロイドの洗面器に微温湯をすこしそそぎ、注射針で自分の撓骨動脈（手首の動脈）を突き射して出血させ、傷口を微温湯の中に突っこんだ――」

「うむ、湯の中じゃ、血液は凝固せずに、どんどん流出する、ってわけだね」

「そうなンです。そうして、必要量だけ紅い血糊をつくると、すばやく傷口を止血して、夫人の三面鏡の前にべっとりまきちらし、メスと注射針とを、血まみれにして投げ出しておいたんです。狙いは、夫人が帰ってきて部屋に入り、思いがけぬこの血糊とメスをみて、驚きと恐怖のあまり、悲鳴をあげて失神することにあったンですよ――」

「だが雨宮！　もし、失神しなかったらどうするンだ？」

「そこですよ、部長！　この犯罪が、普通の計画犯罪以上に考えぬかれた計画犯罪である理由は！　これはね、確率、プロバビリティを利用した犯罪なンですよ！　つまりね、夫人が失神するように仕組んではあるが、それは絶対的じゃない――。そこで犯人は、夫人が気を失えば予定通り殺人を実行するし、もし失神しなければ殺人を中止し、何とかその場をうまく云い繕って、次の機会を待てばよかったんです――」

「うーむ、そうか――」

さすがの滝沢もうなった。

「さて、たまたま寺島が来訪する、そのすぐあとに夫人が帰ってくる、夫人が矢田部を階下に呼んで寺島の相手をするように言う――。

寺島が、矢田部は碁の最中ズボンのポケットに右手を入れ勝ちだった、と言っていましたが、これが手首の傷を隠そうとした証拠ですよ――。

そのうちに、予定のごとく、二階に上っていった夫人がパッと部屋の電気をつけると、べっとりとした血糊が澱み、そのなかにメスがぎらぎらと光っている、そこは女だ、あまりに意外な驚きと恐怖に、鋭い悲鳴をあげて失神したわけでした――。

だからね、そのとき悲鳴はしたが、殺されたんじゃなかったンです。従って、三人が同時に階段を上ってかけつけても、犯人らしい者に出遇わなかったのは、当然だった――。

そのうえ、ある一つの偶然が犯人に幸したんですね。夫人が洗顔しようとして湯沸しをもってあがったことですよ。夫人が失神したさい、それをひっくり返しちゃったンです。それが血糊にまじったため、犯人が微温湯に自分の血を流しこんでつくった血糊の欺瞞がすっかりカムフラージュされてしまった――。それに、夫人と犯人の血液型が同一であったため、洗面器などに直接附いた犯人の血さえも、すっかり夫人の血だと思いこまれて、捜査陣はうまうまとしてやられたンですよ――。

ここで、矢田部がかりにも医者のはしくれだということが、じつに大きな盲点になっていたンですね。べっとりとした血糊、血まみれのメス、そのうえに夜だし、夫人のドレスが赤いのでいっそう血の量がごまかされ、いかにも真実の死らしくみえてくる。何しろみな気が顚倒している際だ、そこに矢田部が医師として夫人の死を告げたンだから、誰だって夫人が死んだものとばかり思いこんでしまいますよ――。

さて、そこで、犯人は更にもうひとつ確率を利用した。それは、自分が現場にただ一人で残る機会があるかないかという点――。もしそうした機会がなければ、彼はまたここでも殺人を放棄して、別の機会を待つ心算だったんですね。強盗の仕業だとか何とか云い繕えようし、万一の場合には夫人をおどかすための手の組んだ冗談だった、とさえ云い抜けることができる――。ところが、ここでもまた敏子に診察鞄をとりにやらせると、寺島は夫人が死んだものとばかり思いこんで警察に電話をかけにいった。プロバビリティは、犯人に有利と卦が出ちゃったンです――。

こうして、矢田部は失神した夫人と二人きりになった。そこで、傍のメスをとりあげるや、失神している夫人の左心臓部へ、正確な一撃を浴せ、メスをまた元の所へ放り出しておいたんですね。夫人は気を失っていたンで、声もたてずに即死しちゃッた。帰室した寺島と敏子は、まさかそんなこととは知らないから、てっきり悲鳴のときに加撃されたものとばかり思っている。

こうして、犯人消失という不可能が、可能にみえてきたンですよ――」

「うーむ、うまい、みごとな推理だ、雨宮！」

滝沢社会部長は、すっかり感嘆しきっていた。雨宮は煙草をたてつづけに二本くゆらした。

――じつに、一見不可能とみえたこの犯罪も、悲鳴失神を死と錯覚させ、そのあとで本当に殺すという、わずか一分か二分の時差が、寺島と敏子を証人として、鮮かに可能とされたわけであった――。

――そうして、ここで筆者は一言しておく必要があるようだ。筆者は、冒頭における兇行現場描写の際、扶佐子は紅の血に染って倒れていた、と書いただけで、死んでいたとは書かなかったはずである。そのとき夫人は失神したにすぎなかったのだから。また、べっとりと血が澱んでいたとは書いたが、それが扶佐子夫人の血だとは、べつに書かなかったはずである。メスが血に染っていたとはかいたが、既に夫人の心臓部をつき刺したと断定的にかいた覚えはない。

もし読者がそうとらなかったとしても、それは読者の早合点というものであって、筆者の責任ではないのである。

夫人が死んでいた、と書いたのは、寺島が電話をかけて現場に戻り、敏子が診察鞄をもってかえったのちに、はじめて、「死」という言葉をつかったはずである。

筆者がフェアプレイを重んじたことを、諒承していただきたいと思う――。

――しばし、雨宮の推理に感嘆していた滝沢社会部長は、

「よしッ！　早速、夕刊の社会面トップに二段ブチ抜きでゆこう！　東都日報の推理として、犯人矢田部説を――！　だがね、雨宮！　警察に予めこの推理をはなしてておくことは、社会部記者の義務だぞ――」

「分ってますとも、部長！　すぐ、望月捜査主任のところへいって、詳しく話し、諒解を求めてきますよ――。

それに、今晩、もう一仕事しなくっちゃ――」

「もう一仕事だと？」

「そうですとも。まだ、これじゃ決め手がありませんからねエ。自白ですよ！　ほしいのは！　望月警部と相談して、矢田部に直接ぶッつかるンだ――。きっと、自首させてみせますよ！　細工は粒々、仕上げをごろうじろ。――じゃ、部長、夕刊、頼みましたぜッ！」

八

その夜、雨宮と望月警部は、矢田部をその部屋に訪れていた。

――あれから直ちに捜査本部に急行した雨宮が、詳しく説明した結果、望月警部は全く同感したのであった。すぐさま必要な手配がとられる一方、警部は万事できるだけ雨宮の便宜を計ってくれたのである。

――なによりも、問題は矢田部の自白をうることであった。情況証拠はありあまるほどあり、心証も問題なく黒となったが、起訴に充分な決め手である、自白をうることができればこのうえないわけだった。

「逮捕状を執行して警察に連行してからじゃ、黙秘権を濫用されたりして、こと面倒になるぞ――。それより、二人で私人として彼を訪問し、最早逃れられぬことを指摘して、自首したほうが彼のために有利であることを暗示する、策戦にでるのがよいだろう――」

そう相談が一決したのであった。

――暮れるに早い秋の宵は、はやくも木崎宅の庭に暗く沈んで、月が蒼白な光を窓になげかけていた。虫の音がしきりだ。

――望月警部と雨宮は、まず、矢田部犯人説を記事にした例の東都日報夕刊のゲラ刷を矢田部に示した。そして更に、細部を暗示的に補足して、自首したほうが結局は当局の心証をいくらかでもよくし、君のためだ、と、繰返し説くのであった。そうしてその間も、鋭く彼の表情に注目して、その心理的動揺をひとつでも見逃すまいと、全神経を集中していたのである。

――ところが、結果はまことに意外であった。後悔の念をあらわすどころか、眉ひとつ動かすでもなく、まるで他人事のように何の感情も示さないのだ。自分は犯人じゃないと憤慨するのでもなければ、自分の後暗い所を隠そうとするのでもなかった。全くの無表情なのである。

無感動のまま、夕刊をぽいと返してよこすや、突然、

「この記事やあなた方のお話はよく分りました――。半分位は本当です。だけど、あとの半分位は全くうそですね――」

と呟くようにポッツリ言った。

「ぼく自身、自分でもよく分らないんですがね。とにかく、扶佐子夫人を殺したのは、ぼくじゃない――。強いていえば、金属的な月の光をキラリと反射したメスの光が、殺人の犯人なのかもしれない――」

「えッ、何だって⁉　メスの光が犯人？」

「そうですよ、そうというほかはない――」

全然まじめな表情で言うのである。

「ただ、そのメスを握っていたのはぼくらしいんですが――」

望月警部と雨宮は、一瞬、呆然として声を呑んだ。すこし気分が異常なのではないかとさえ疑ったが、やはりどうも、そうではないようであった。

「あなた方は、恐しいほど綿密に考えられた計画犯罪だと、しきりに仰有るんだけど、ぼくにはどうしてもその意味が判らないンだ。事実は、全く偶然の連続にすぎないんですよ。あなた方は、事実を知らないくせに、自分勝手に理窟をつけて、事実に誤ったいろを与えているとしかおもえない――」

「なンだって、矢田部君！　偶然だと、ばかなッ、君はしらをきるつもりなのか！」

雨宮が喚くように怒鳴った。が、その喚声の終りの方は、急に力がなくなった。矢田部が何の反応も示さぬばかりか、ほうけたように雨宮の目をぼーっとみつめている彼の目のいろに、何ともいえぬ奇妙なふしぎさを感じたからである。その刹那に、雨宮の語からは力が張合がすーっと抜けてしまったのだった。

「だって、君は半分は本当だと認めたじゃないか！」

しいて気をとりなおした望月警部がこんどは追求した。が、弾ね返ってくる反撥力は感じられず、あるものはただ、のらりくらりとしたナメクジのような気味のわるい無抵抗だけだった。

しかも全く奇妙なことに、矢田部はどこまでも真面目であり、誤魔化そうとしているような気配は全然感じられないのであった。矢田部は無邪気な子供のような顔をしていた。幸福そうにさえみえるのである。

「だいいち、扶佐子さんが寺島さんに熱をあげ、それをぼくが嫉妬したなんて、とんでもない嘘です――。奥

さんは寺島さんなんか見向きもせずに、ぼくを可愛がってくれた。だけど、ぼくにとっては、そんなことは、どうでもよかったンですよ——」

「どうでもいいことだって!?」

「そうですとも——。だって、この恋愛ではぼくの自由意志なんて全くなかったンだから——。ぼくは道具みたいなもンだった。奥さんが勝手にぼくを好きになっちゃって、ぼくにも無理矢理に愛し返させたんですよ。恋はまるで機械みたいに進行させられたんです。だから、ぼくにはどうでもよいことだった——。

恋愛からしてそうなンだから、万事なんでもその通りですよ。ぼくがこの家に同居を許されている理由だって、そうなンだ。社会のあらゆる事柄がみなそうなンだ。個人の自由意志なんて、そんなものがあるもンか！　みな機械的に動かされているだけですよ——。戦争だってそうなんだ。愛だとか恋だとか、正義だとか自由だとか、いろんなことをいってはいるが、結局はみな大きな社会のメカニズムに盲目的に動かされているだけなンですからね——」

そう言いながら、矢田部は無邪気に右手をふってみせた。

「この食指をガーンと奪い去った一弾を放った敵の兵士だって、みなそうなンだ、メカニズムのなかの一道具にすぎないンですよ——。

ぼくが終戦後ソ連に捕虜としてつれてゆかれ、共産党のシンパにさせられたのも、帰国するやソ連帰りという理由で大学従組の執行委員に祭り上げられちゃったのも、勝手に闘士にさせられたのも、みんなぼくの自由意志には何の関係もないことだ——、みんな、息の詰りそうなメカニズムに踊らされた、可愛いいピエロにすぎないじゃありませんか——。

だから、ぼくは、恋でも何でも、どうでもいいと思っちゃうンですよ——」

そう喋りながらも、矢田部は全く無表情なのである。無邪気そのものなのだ。望月警部と雨宮は顔を見合せたが、もはや云うべき言葉もないようだった。

「そんなぼくに、どういうわけか、あの晩はいろんな偶然が次々とおこってきたんです——。

あの日は恰度、ぼくがこの右食指をなくした七年忌に当っていました——。ぼくは庭に射し入る月光をながめながら、呆然とそのときのことを思い出していたんです。

——そのうちに、扶佐子さんも、木崎さんも、あいつ

いで外出された。

と、とつぜん、ぼくは机の抽出をあけてみました。すると、全く偶然にも、外科用メスが目に入っちゃったんです——。ぼくは、何の理由もなく、急に扶佐子さんの部屋へ入ってみようと思った——。それで、いきなりメスを取り上げるや、憑かれたようにあの部屋に入っていったんです——。全く理由はなかった。なぜそんなことをしたのか、未だに自分でも判らないンだから——。

——ふと気付くと、ぼくは例の三面鏡の前まできていました。と、急に、月の光が鋭く鏡に反射したンです——。窓のカーテンが一箇所開いていたので、そこから射し込んだのですよ。

——その瞬間、ぼくはふッと、また、七年前のことをまざまざと思い起したンだ——。あのガーンと直撃弾をうけて、右食指を奪われた悲惨な戦場のことを——。そうして、右食指を喪ったばかりに、初志だった外科医を諦めねばならなくなった、自分の運命のことを——。

そのときでした。ふと、何かの本でよんだことのある、最も楽な自殺法っていうのを、思い出しちゃったンですよ——。全くこれも偶然だった——。撓骨動脈を切って微温湯にひたしていれば、次第に出血して、やがては眠るがごとくに死んでゆくことができる、というンですがね——。

——みると、傍に夫人の赤いセルロイドの洗面器が転っていた。ぼくは、それを拾い上げると、急にふらふらと自分の部屋にかえった。と、鉄瓶にぬるま湯が残っている——。

それで、ぼくは自分の意志を失ったように、微温湯を洗面器にすこし注ぐと、再び三面鏡のところへかえった。

——そうして、もっていたメスを取り上げたんですが、そのとき急にメスが消毒してなかったことを思い出したんです。何というのか、医師としての職業意識とでもいうンでしょうね、これもまた、ずいぶん事務的なメカニックな意識だと思うンだが——。

——そこで、メスをその床の上に放り出したまま、また自分の部屋にいって、こんどは注射針をとってきました。そうして、手首の撓骨動脈を突き射し、傷口を洗面器のぬるま湯のなかに浸したんです。血はどんどん流れでて、べっとりと澱みはじめました。ぼくは次第に、何ともいえぬ、いい気持になりそうだった——。

幾分位経ったでしょうか、突然、寺島さんが来訪された声がしました。これも全く偶然だったンです。ぼくは俄かにはッと我にかえった。急に自分のやっていることに驚いたンです。雰囲気がそこでいったん途ぎれちゃったんですね——。手を湯から出して、すばやく止血しました——。

——だけど、なんとなく出てゆく気がしなかったので、寺島さんの方は、敏子さんに任せっきりにし、呆然と手首を抑えていたんです。

——すると、まもなく扶佐子さんが帰ってきた。そうして、ぼくに下りてこいと呼ぶんですよ。狼狽しちゃった。それでも、うまく後始末をする工夫はおもい浮ばぬ。面倒くさくなったんで、血糊の入った洗面器をそのまま三面鏡の前に放ったらかして、応接室に下り、寺島さんの碁の相手をしたんですよ——。

血は完全に止っていましたね。——」

矢田部は相変らず、何の感動も、なんの表情も、泛べることなく、話し続ける。

「そのあとのことは、大体この夕刊の記事通りですがね——。

ただ違うのは、ぼくが血のりをまきちらしておいたんじゃない、という点だ。

血糊の入った洗面器はそのまま放り出しておいたんです。だからきっと、こんな次第でことが運んだんでしょうな——。扶佐子さんが洗顔しようとして、湯沸しから洗面器に湯をとろうとする。ひょいとみると、べっとりとした血糊でいっぱいだ。と、傍にメスや注射針も落ちている。驚愕と恐怖のあまり失神して倒れた——。そのさい、洗面器を引っくり返してしまう。血糊が床に流れる——。

——そうして、扶佐子さんが失神したのも、全く偶然だった——。ぼくは全然予期しないことだったンだ。それを、確率を利用した計画犯罪だなんて、とんでもないことですよ！

——だから、ぼくたち三人がかけつけて、寺島さんが、駄目かッ？　ときいたとき、ぼくは一瞬なにがなんだか判らなかったンだ。

死んでるんだか、失神しているのだか、ぼくはよく判らないような気がした。脈はあった——。だが、ぼくは扶佐子さんがなんだか死んでいるような気がしたんです——。

ぼくは寺島さんを振り向いた——。すると、寺島さんは、どういうわけか、扶佐子さんが死んでいると思ったらしく、警察に知らせなくちゃ！　といって電話をかけに下りた。

――そのまえに、敏子さんには診察鞄をとりにいってもらっていた。

一瞬間、ぼくはただ一人になった――。それは、全く偶然だったンだ！

そのときでした！　またしても、月の光が三面鏡と血まみれのメスに、きらりと反射したんだ！　鏡が蒼白にひかった。メスが薄気味わるくきらめいた。光はするどかった。ぼくはじーんと眼を射られるように感じた。瞼が痛かった。と、突然、それが、金属の光に、機械の光に、みえたんだ！　軍刀のきらめきにみえ、銃剣の冷さにみえたんだ――。ぼくは、ふと、右食指を奪い去ったあの直撃弾を、いま再び受けたと感じた――。あっ、もう、終りだとおもった――。気を失ってゆくようだった――。

――そうして、はッと気付いたときには、すべては終っていた！　ぼくは落ちていたそのメスを取り上げるや、扶佐子夫人の左心臓部を無我夢中で突き刺してしまったんだ！

――夫人は声もたてずに、絶命した――。

――だから、ぼくが殺したんじゃなく、犯人は、メスと、月の光だったのかもしれないんだ！　――。

ぼくは呆然としてメスを放り出した――。そのとき、二人が戻ってきたんだけど、ぼくの手についている血をみても、べつに怪まなかった。医師であるぼくが、夫人の傷の手当を試みたのだと思ったんでしょう――。

――とにかく、ぼくは自分が殺したのだとはかんじなかった。だから、あとで訊問されたときも、本当のことを言ったって面倒臭いだけだから、ずっと自分の部屋にいたと嘘をいっといたンだ。そんなことは、どうでもいいことなんですものね、実際――。

要するに、すべては偶然だった。偶然の連続か、事件をおこしたんだ――。

――それを、あなた方が計画的犯罪だなんていうのは、とんでもない間違いじゃありませんか！――」

「ばかなッ！　君は気でも狂ったのか！　そんな論理か通用すると思っているのかっ！」

望月警部が辛うじて喚き返した。このふしぎな犯罪者に対する精一杯の反駁であった。

しかし、矢田部は依然としてあの大真面目な無邪気きわまる顔をかえようとはしなかった。望月警部や雨宮が自分の言葉を理解してくれぬのが、ふしぎでたまらぬ様子だった。

――そうして、おもえば、雨宮の推理による計画犯罪説を採るとすれば、あの不可能犯罪の方法は説明できても、なお、なぜ犯人がわざわざそのような危険きわまる方法をとったかという疑問のみは残るわけであった。

もし計画犯罪であるならば、ごく自然に犯人が外部から入ったと思わせる欺瞞を用いたほうが、ずっと利口なやり方だからである。

ところが、いまもし、矢田部の言うような奇妙な論理と心理が真実を語るものとすれば、ここにはじめてその疑問は解けてくるのだ。

――筆者がはじめに、この事件において最も重大な点は、この不可能犯罪の方法ではなく、なぜ、このような一見不可能な方法がとられたかにあるのだ、と書いたことを想起していただけるであろうか?

――いま矢田部は、自分の犯罪を告白しながらも、なんの後悔のいろもなく、子供のように無邪気であり、むしろ幸福にさえみえるのだ。

――彼は、はかりしれない悲惨な戦争の傷痕のために、ある瞬間々々だけ、異常な心理に陥る性格異常者なのかもしれなかった。

また同時に、彼はこの社会のゲームの規則を承認しない、全く特殊な、しかも、全く善良な、異邦人なのかもしれなかった。

そうして、おそらく、この二つの微妙な複合のうえに、矢田部という、ふしぎな心理と性格が生れでたものであったのだろう――。

――しばらく考えこんでいた矢田部は、やがて、

「じゃあね、あなた方も、ぼくと同じ経験をするといいんだ。電燈を消して、月の光をながめるといいんだ。そうすると、きっと、ぼくの言うことが判るとおもう――」

そう言うと、矢田部は急に立ち上って、スイッチの方へ歩を早めた。望月警部と雨宮は、はッとして同時に立ち上った。警戒したのである。が、矢田部の面には、何の害意もあらわれてはいなかった。相変らず無邪気そのものだったのだ。二人は気勢をそがれて、矢田部を阻止する勇気を失った。

――電気が消えた。蒼白な月の光が、さっと室の中いっぱいに射し込んだ。矢田部は、ふらふらと窓際に歩いていった。

「窓のそばへきてごらんなさい。月がよくみえる――」

むしろ可愛らしいような態度で、そらをゆびさすのであった。望月警部と雨宮は、思わず窓の方に歩をはこばざるをえなかった。

「ほらね、あの光をじっとみていると、あなた方だって、人間の心臓を刺したメスの心理が判るとおもう――」

そう言いながら矢田部は、彼のすぐ傍に立っていた雨宮の肩に手をかけるのであった。全く無邪気な動作だった。が、雨宮はぞっとするものを感じた。その手を払いのけた。

「あの月をみているとね、ぼくには次第に銃剣の冷いぎらぎらとした光にみえてくるんですよ――、ほらね――」

矢田部はまた、そらをゆびさした。

――その瞬間であった。急に、そらをゆびさしている矢田部の右指が、蒼白な月光にきらりと鋭くひかった。

「あッ！」

思わず雨宮は声をのんだ。

いつのまにとりだしたのか、矢田部はメスで月をゆびさしていたのだ！　指とみえたのは、なんと、メスだったのだ！

一瞬、さっと青ざめた雨宮は、一歩を退く余裕を失っていた。

メスにひかった月の反射光線が、矢田部の眼にきらめいたとき、突然、矢田部はふりむいて悲しそうな顔をした。それは、子供が泣きだそうとするときの、無邪気な悲しそうな表情だった。

部屋いっぱいに、氷のように蒼白な光が、みちみちるかとおもわれた。

すべては、ほんの一瞬間のできごとだった。

――次の刹那、第二の悲劇は終ったのである。雨宮は、異様な悲鳴をのこして崩れ落ちたまま、再び立ち上らなかった。

――呆然たる一瞬のうち。

「なにをするかッ！」

望月警部が嚙みつくように怒鳴って、矢田部にとびかかっていた。

が、矢田部はメスを投げ出したまま、なんの抵抗もしなかった。その青白い顔には、幸福そうな表情さえ泛んでいたのである。

「月の光がメスに反射したのは、全くの偶然だった――。そんなことは、ぼくの意志にはなんの関係もないことだ——」

そう、ぽつりと呟いた。

その言葉をきいた望月警部は、矢田部を逮捕しながらも、慄然たるおもいに、躯のふるえを止めることができなかった。深淵にもにた、ふかいふかい断層——、ふと、そんな言葉が、脳裡をかすめた。警部の頬からは、氷のように血の気がひいていった。

——矢田部は、子供のような仕草で、右手を振ってみせようとしていた。

——ふるような月光がますます鋭く尖ってきて、秋の夜を蒼白に射抜くばかりであった——。

その前夜

天正乙亥三年五月
武田勝頼、参河国設楽郷長篠城
囲み攻めの陣

上、義憤——長坂釣閑入道記——

——のう、勝資よ、ご辺は如何おもう？疑われる立場の我等こそ、迷惑千万このうえもないこと。

御当家第一の宿将、馬場美濃守信房どの、濃尾・遠参の聯合軍八万を眼前にひかえながら、昨十七日深更、陣中にはからざる非業の横死——。あまりの不祥事に呆然信ずることさえできぬとは、余人ならぬこの釣閑の言いたいところだ。お身にしても思いは同じであろう。——それを、

「美濃どのを斬ったのは、釣閑・大炊（勝資）が輩の、卑劣きわまる陰謀に相違あるまい」

などと、根も葉もない諸将の取沙汰——。まことに言語道断、きさずてならぬ風説ではないか。

——なるほど、それは諸将としても、いろいろと揣摩《しま》臆測《おくそく》の理由はあろう。

ことに昨夜は、織田どの出馬という緊急の事態に対処すべく、御本陣医王寺山医王寺の本堂に、決戦か否かを議した重大の評定——。その軍議の席をしりぞき御自陣大通寺山への帰途、医王寺裏参道から右にそれる崖傍の四阿《あずまや》附近において、兵を収めて退くべしとする自重派の宿将、馬場美濃守どの、左肩から斜真一文字に斬り下げられて、あまりにも奇怪至極の御最期——。

されば、はじめは敵方の刺客かといきりたった諸将も、草の根をわけてもと勢こんだ捜索が水泡にきするや、俄かに疑いの目を、進戦を主張する我等主戦派にむけてきたのも、むりとはいえぬ次第であったかともおもう——。

——のう、大炊よ。馬場どの、山県どのを中心とする老臣宿将たちの、自重派と——。お身跡部勝資とこの長

坂釣閑入道とを左右の支柱とする、主戦派と――。二派がとりわけ深刻に対立するに至ったのは、このたびの長篠御出陣をさかいとしてであったろうか――。

――かえりみれば、先君法性院様（武田信玄）御他界あそばされて以来、馬場美濃守信房どのをはじめとして、山県三郎兵衛昌景どの、小山田昌行どの、高坂弾正どの、原隼人昌国どの、穴山信良入道梅雪どの、内藤修理昌豊どのにいたるまで、武田家の名だたる老臣宿将たちのことごとくが、何故かはしらぬがいちどとして、快く近国出兵に同意したことはないのだ。

「先君法性院様のおんときには――」

その一語をかれらは金科玉条の口実とたのんで、ことあるごとに意見がましい口をきくのである。

「理由のない出陣と猪勇をお諌めして、武田家の御安泰をはかる――」

りっぱな口実だ！　だが、そのような仮面をもって、この釣閑までも欺くことができると考えているのか。ばかなっ。わしは知っている、彼等は御屋形（勝頼）を侮っているのだ。御家のためという美名にかくれて、そのじつ、できるだけ戦を避けよう避けようと計っているのだ。

――そもそも、我々がいま囲んでいる長篠城は、法性院様がひとたびは手中におさめ給うた地。それを、先君の御歿後まもなく、憎い家康のために回復されてしまったのである。その城を奪回することは、信玄様の遺志を承けついだ武門の孝道でなくて、何であろうか。

「法性院様には御上洛のおん志から、さしせまった心要がおありなされました。今日の御当家には、ぜがひでも長篠を収めねばならぬ必要はございますまい。長篠一城のために、とりかえしのつかぬ大事を惹きおこしては、悔ゆるとも及びませぬ」

軍議の席上、そう発言して、条理のあきらかな長篠出陣にまず反対したのは、山県昌景どのであったか。一人が口火をきれば、あとはもはや燎原の火の勢というべきであった。なみいる群臣諸将こぞって戦を拒もうとしたのであった。

――大炊よ、もしあのとき、お身とこのわしとが、決然起たなかったならば、いったいどういうことになっていたろうか。

「なんたる卑怯――」わしは鬱々たる恚《いか》りを感じた。

「法性院様御在世のおんときならば、よもこれほどの尻ごみはなさるまいに！　先君の御遺志を継がずして、どうして御当家の面目がたちましょうぞ！」

前後を忘れたように、夢中でそう叫んでいた。武田家の武威を傷けたくない、それだけがわしの悲願だったのだ。

「釣閑どのの仰有るとおりでございましょう。新羅三郎君より出でて二十七世、御当家においては未だ敗れた例はありませぬ！」

そう応じたお身の表情も、正義の憤りに耀《せ》いておったわ。

「八幡太郎義家君の御加護がございまする！」

わしのその言葉が、卑怯者どもに最後のとどめをさした。その刹那、かれらは襟をはっと正さざるをえなかったのだ。

正論は怯懦《きょうだ》に勝った。数刻後、長篠出陣は決定したのである――。

――御屋形が諸将に遠慮なされながらも、美濃どのが反対されぬかぎり、我らの意見を、用いられることが多くなったのも、それ以来のことであったとおもう。が、反対派の諸将にはそれがきわめて不快であったらしい。ついには我々のことを、佞臣《ねいしん》とまで罵倒するにいたったのである。

けれども、佞臣とはなにごとぞ！　御屋形が我等の策をもちいられるのは、我々が真に御当家の武威と興隆のための正論を献ずるからではないか。

――なるほど諸将も、先君法性院様の馬前では、誠忠勇武の働きをなされたであろう。だが、当御屋形に対しても、同じく衷心から尽忠の家臣である、といえようか？　否、否、わしはふかく疑わずにはいられない。

おもえば、当御屋形に対する父君法性院様の御遺言こそ、残酷であった。それに加え、諸将は御屋形をはじめから愚将扱いにして、軽んじ侮ってきたのだ。

かれらの忠とは、信玄様に対する忠なのであって、勝頼様に対するそれではないのである。従ってその忠は形骸と化している。死んでさえいる。

けれども、我等の忠は、当御屋形勝頼様に対する忠誠なのだ。それは生きている。血がかよっている。

そもそも、御屋形は、彼等の云うごとき暴虎馮河《ぼうこひょうが》、無能の愚将であろうか？　否、否、断じて否。われらのみるところでは、その御器量、決して先君に劣るものではない。ただ御屋形はすこし感覚が新しすぎるのだ。敏感すぎるのだ。そこで、父君と肌が合わなかった原因であり、いままた諸将ともうまくゆかない所以ではないだろうか。

御屋形がわしにこう言われたことがある。

「のう、釣閑よ。皆は口をひらけば口癖のように、家の安泰のため――という。だが、予にしてみれば、家という網で身動きもできぬようにがんじがらめにされている、としか思えぬのだ。予が人間ではなく魂のぬけた人形になることが、家のためなのだろうか?」

――わしはこれらの事情をいちばんよく知っている。その間にあって、我等のおもいはただひたすらに当御屋形に誠忠をつくすことのみに燃えてきたのだ。しぜん御屋形が我々を重くもちいられるようになったのは、当然のことではあるまいか。

されば、我等を佞臣というのは、かれらの醜い嫉妬にすぎぬ。わしはそのような卑怯者共を心から軽蔑する。


――のう、勝資よ、こうした両派の対立は長篠包囲の陣が次第にながびくとともに、いっそう深刻になっていったのだったが――。

おもえば、長篠城守将奥平定昌は、わずか二十二歳の弱冠ながら、さすがに家康の信頼に応えるに足る勇将であったな。われらは一呼して城を抜き、余勢をかって長駆浜松をつく考えであった。ところが、我が勢はみたび猛攻して、みたび成らず、戦は次第に長囲の計に移っていたのである。

そうして、やがて雨霧が皐月《さつき》やみにたちこめる頃になると、諸将のあいだには、ようやく恐しい厭戦の気配があらわれはじめたのだ。はじめ出陣に反対した自重派の領袖たちは、いまや公然と我々主戦派の失敗であったと非難するに至った。それはさらに、我等をしりぞけて軍議を一転し、兵を甲州に還そうとする敗戦主義の動きにまで、発展しそうになってきたのである。

「彼らは戦闘に全力をつくしていないのではあるまいか?」

ご辺がそう疑いの目をみはって、恚りの焔をもやしはじめたのも、その頃からであったとおもう。

そうして、破局は急速度に近づきつつあったのである――。


――大炊よ。五月十四日の夜は雲がうすらいで、そらはほのかに月のいろをふくんでいたろうか。

亥の下刻ちかい深更であった。突然、

「狼火がみえる！」

という知らせに、全陣は俄然、緊張その極に達したのである。

「なにっ、狼火⁉」

諸将の口々からはいちように、愕きと狼狽のこえがもれた。みはるかせば、薄月に霞んだはるか西方の雁蜂の嶺に、夜をそめてひとすじの火光が紅く立ちのぼっているではないか――。

――時をうつさず火急の軍議が招集され、御本陣医王寺本堂の広間には、御屋形を正面に、重だった諸将が左右から顔をあつめたのであった。

「我軍の警戒をやぶって、城兵が忍びでたものとみえます。浜松へ後詰を要請する急使が立ったものに相違ありませぬ。あの狼火は、首尾を城内に知らせる合図でしょう。すでに数里を離れた決死の脱出の者、所詮追手の手にはあいますまい――。されば、四五日をいでずして徳川どの御着陣に相成りましょうか――」

灯かげをうけてそう意見をのべられる美濃どのの額には、憂いのいろがかげっていた。さすが一代の名将も、徳川どのの後詰に恐れをなされたのであろうか。

つづいて、「御屋形――」と、つよい語調で発言されたのは、山県三郎兵衛昌景どのであった。「私のみるところでは、徳川どのはこのたびの後詰に必定織田どのをお待みなさると存じますが、濃尾・遠参の聯合軍を迎え、九八郎（奥平定昌）の城兵を背後に控えては、苦戦をまぬがれますまい――」

その言葉に、わしはかっと憤りを感じた。うぬっ、なんという卑怯な敗北主義！　やるかたない恚りにもえて、言葉するどく反駁しないではいられなかった。

「これは三郎兵衛どのともみえぬ愚かな杞憂ではありませぬか。織田どのは上方に事をかまえて、日も足らぬありさま――」

「いや、釣閑どの、そうではない。織田どのは機をみるに敏、この期をはずさず、御当家をのぞくに尾参の勢を合するにしかずとあれば、直ちに大軍をさしむけられるに相違ないでしょう。

すれば、味方は当地にあって織田徳川の大軍を向うに廻し、家運を賭しての一戦を覚悟いたさねばならぬ。味方にひきかえ、敵は充分な準備をしてかかってくるところに、このたびの大事があるのではないでしょうか――」

三郎兵衛どのは、意外に強硬であった。しかも、自分の投じた織田出馬の一石が、座中の諸将に大きな波紋を投げたのをみてとるやいっそうかさにかかってきたのである。

「九八郎の城兵を背後にひかえ、まえに織田徳川の両勢を迎えては、まず勝算はおぼつかないといわねばなりますまい——。

御屋形、無念ではございますが、ここのところはお家の大事を第一と思召され、速かに兵を収めてこのたびはひとまず御帰還のほかはございますまい。ぜひ一期の御賢慮を——」

兵を収める?! うぬ、ついに本心をはいたかっ! わしは、かっと憤怒にもえあがっていた。

「三郎兵衛どの! 何ということを申されます! 風《ふう》声鶴唳《せいかくれい》に脅え、戦わずして甲州に逃げかえったとあっては、武田家の武威は地に墜ち、諸国の侮りをうけることは必定、かりにもそれが御屋形へおすすめ申す策でございまするか!」

そのときであったか。大炊、ご辺も顔を紅潮させ、気を負うて喚くように叫んだわ。

「いまだかつて、御当家においては、戦わずして退くなどという卑怯な振舞をしたためしはありませぬぞ! たとえ織田徳川幾万の大軍を催そうとも、一揉みに追い返すまででございましょう!」

我等は正義の恚りに、悲憤の涙やるかたもなかったのだ。ただ御祖先の御加護を信じ、御屋形の御威光を傷けたくないという、悲願にもえあがっていたのである。

——だが、そのときであった。眉宇に異様な決意をたたえた馬場美濃守信房どのが、きっと顔をあげられたのである。

「御屋形——」座にはさっと緊迫の気がながれた。「美濃も、三郎兵衛に同意見にござりまする——」

——ああ、なんという卑怯ぞ! いやしくも美濃どのは、御屋形を御幼少のころよりお育て申した御方ではないか。その信房どのがこともあろうにかような恥ずべき敗北主義を御屋形におしつけるとは!

「ああ、御屋形こそ、美濃どのにまでそむかれて、おいたわしい!」

われらは悲涙にむせぶばかりであった。

——そうして、その夜はついに御屋形の御決裁は下されず、結論は翌日にもちこされたのである。

——だが、翌日も軍議は決せず、煙るような霖雨の毎夜を、ひきつづいて評定の灯があかあかと御本陣にひともされていた。

　そうして、急使が長篠城の脱出に成功してから四日目、ついに、運命の日、五月十七日は訪れたのである。濃尾・遠参の聯合軍八万が野田郷に達したのだ。余すところ長篠へは一日たらずの行程であった。

　新しい緊急事態をむかえて、その夜の評定の席には異様な緊張がみなぎっていた。

　果せるかな美濃どの、三郎兵衛どのをはじめとする自重派の諸将はこぞって、我らに明察がなかったと非難し、直ちに兵を収めて帰還すべき旨を力説した。織田どの出馬の実現によって、事態は自重派に有利に展開したかのようであった。

　だが、大炊よ、我らに明察がなかったのだろうか。否、断じて否。我らははじめから織田どの出馬を予定に入れていたのだ。いままでの評定の席上、それを疑う態度を示したのは、敗北主義に陥る危険性を防止したいための、苦肉の策だったのだ。なによりも、諸将の士気を鼓舞して決戦の軍議を一決するためには、多少の言葉の綾はやむをえなかったとおもうのだ。

　結局、その夜もまた、決裁は下されず、一切は明日最後的に決すべき旨仰せあって、御屋形は座を立たれたのであった――。

　――そうして、その翌十八日未明。

　御本陣より大通寺山にむかう山道途上、医王寺裏参道附近の小亭に、馬場美濃守信房どのの、あまりにもむざんな御屍が発見されたのである。

　されば、決戦か否かを、各々の政治的生命を賭けて御屋形の前に激論した評定直後の、不祥事であっただけに。刺された美濃どのこそ、戦の避けるべきを力説された自重派の第一人者であっただけに――。

　徹底的な捜索の結果、敵方の刺客という疑いがうすれるとともに、嫌疑の目が次第に我等主戦派のうえにむけられるに至ったのも、やむをえぬことであったかともおもう――。

　――けれども、大炊よ、われらがそのような卑怯の輩か否かは、知る人ぞ知ろう！　そのうえ何よりも、我々には動かすことのできぬ潔白の証しがあるではないか！

　抑《そもそ》も馬場美濃守どのは老いたりとはいえ、槍をとっては甲信駿にならびなき猛将、また剣においても当代随一の武将――。その美濃どのをあのようにもみごとに左肩から斜真一文字に斬り下げうる腕をもった者は、もし敵方の刺客ならずとすれば、御当家中にて僅か三名にすぎぬであろう。老雄内藤修理昌豊どの、それにお身跡部勝資とこの釣閑の腹心甘利新五郎、この三名を措いては到底かの猛将に太刀討できる者はいないのだ。

しかし、ご辺はこのわしと昨夜同道して自陣にかえり、明け方まで一睡だにとらず、懸命の密談を交わし合っていたはず——。

また甘利新五郎も、わずかに近くの谷から馬柄杓に清水を汲み上げてきただけで、あとは一歩も自陣を離れなんだわ——。

わが陣と、美濃どのの屍の発見されたあの四阿とは、全くの方角ちがい。されば、ご辺はむろんのこと、新五郎にしても、諸兵の目をかすめてかの小亭まで往復することは、到底できなかったはずだ。またその時間もなかったろう。これこそ何よりも、我ら主戦派の仕業ではないという、確かな証しではないか。

——おもえば、美濃どのの御最期こそ、まことに奇怪至極、多くの謎に包まれておるわ。

いま言ったとおり、かの猛将があのようにあえなくもおくれをとられたことが、その第一——。しかも、ご辺と新五郎に証しありとすれば、ただ一人残った可能性のある人物、内藤修理どのは、なんと美濃どのと同じ自重派の宿将ではないか。これはいったい、どういう意味なのだ？

そればかりか、更にわしに異妖な不審をかんじさせてならぬのは、かの美濃どのの従士が申しているという言葉だが——。昨夜の軍議が戦うか退くかその議未決定のまま終ってから、御陣大通寺山へかえりかけられた美濃どのは、その従士にむかって、

「わしは、しばらく夜風に当ってゆきたい。しずかに一人きりで考えてみたいのだ。

そちは先にかえって、決戦か否かの決定は明日にもちこされたと、評定の結果を至急みなに告げるがよい。

わしはあとから直ぐかえる——」

そう、命じられたという。けれども、いくら経っても帰陣なされぬ。案じた部下の兵たちが迎えにゆき、探した結果、あの四阿に既にはかなく変り果てられた御姿を見出したのだという。おもうに美濃どのは、従士をかえしてのち一人でかの小亭におもむかれ、非業の横死をとげられたわけであるが、いったい何故そのような人気のない場所へ、しかもひとりで行かれたのであろうか？

――のう、大炊よ、ご辺はこれらの謎をいかに解かれる？　――。そうしてあるいは、次のような臆測を逞しゅうすることは、許されぬものであろうか？

「美濃どのに対して人知れぬ深い怨をいだく者がいて、それがたまたまこの機会に爆発し恰度折から激しくなっていた主戦・自重の両派の争いを巧みに利用して美濃どの殺害の嫌疑を、主戦派にむけようと謀ったのではあるまいか？」という想像だが――。

そうして更に、かの自重派内部にも、人々の知らぬ思わざる内訌がなかったとは、いったい誰が言いきれようぞ？

――しかも、眼をひるがえせば、本十八日未の刻、既に早くも織田徳川の先鋒は、ひしひしと滝沢川附近に殺到しているではないか。されば御当家の運命を決する最後の評定は、今宵ただ一夜しか残されてはいないのだ。いまとなっては至急議を決戦に統一し、もって甲州武士の猛魂に一切を托するばかりである。

馬場美濃どのの血もてその刃をちぬった、卑劣の下手人よ。潔く自首してお裁きをうけるか――。しからずんば、御家の存亡をかけた来るべき血戦に、阿修羅のごとく真先かけて尾参の大軍に斬って入り、汝の血をもって設楽の山野を紅に染める以外に、汝の大罪を償うみちがどこにありえようぞ！――

中、時潮――小山田昌行記――

――御当家第一の宿将、馬場美濃守信房どの、和戦の議いまださだまらぬ評定の席からの帰途、はからざる非業の横死をとげられたのは、昨十七日の深更であった。陣中になんという不祥事であろうか――。

いうまでもなく美濃どのは、智謀・武功・人望ともにすぐれた、当代随一の名将であって、ことに四郎さま（勝頼）御幼少のころより御傅《ふいく》育申し上げ、御屋形にとっては第二の父ともいうべき老臣である。

――申すも恐れおおいことだが、その美濃どのの御苦心にも拘らず、四郎さま御成長につれて、とかく先君法性院様に似合わぬ、不肖の御器――。生来の御器量到底父君に及ばぬばかりか、徒らに事を好まれ、意地をはり無用な暴虎馮河の御振舞。

まことに法性院様がその御遺言において、御孫太郎信勝さまに相続させたまい、勝頼さまには三十歳の若さをもってわが子信勝さまの後見という、残酷な処理をおとりになったのも、早くも勝頼さま御大将の器量ならずと見抜かれた故にほかならぬ。

さればこの間にあって、法性院様なきあとの武田家のために肝胆をくだかれた、美濃守どのの御苦心はいかばかりであったろうか。美濃どのと長年親交のある私（小山田昌行）は、その間の事情を万斛《ばんこく》のおもいをもって察せずにはいられないのである。

そうしてなによりも、御屋形をあやまらせ申したのは、好戦の徒輩、長坂釣閑入道と跡部勝資の奸臣共であった。

このたび長篠出陣の失敗も、その責は殆んど彼等主戦派の佞臣共に帰せられるべきである。長篠包囲後も、なお面目を失わずして兵を収めるべき機会は多々あった。が、そのことごとくが、彼等のために阻止せられたのだ。

彼等は口さえひらけば、憑かれたように、

「武田家の武威を墜してはならぬ」

「御当家はいまだ一度も敗れたためしはない」

「八幡太郎義家君、新羅三郎義光君の御加護を、かたく信じ――」

などと喚き散らすことをもって、唯一の拠り所と心得ている。

とかく、戦うべしとなす言は勇しく云い易いが、退くべしとする語はいかに正しくとも云い難いもの。美濃どの三郎兵衛どのをはじめとする私達自重派の老将たちは、時にのぞんで進退をあやまらぬ正しい明察をこそ、重んじているのだが、彼ら主戦派がそのような神聖な言葉を真向からふりまわしてくると、正面きって反対することは甚だ困難となる。

彼らの狙いはこの点なのだ。ここにつけいって、己たちの勢力伸長を計っているのである。

――けれども、このたび織田どの出馬が俄かに懸念されるに至って、我々としても、もはやこれ以上の逡巡は許されなくなったのであった。問題は武田家の面目というような点をはるかに超えて、御当家の存亡そのものが重大な岐路にたつに至ったからである。

我等はこぞって、織田どの出馬の必至なるを説き、兵を収めて退くべき旨を力説したのであった。

もし、我々の主張が勝をしめ、戦を避けて甲州に帰還することになれば、彼ら主戦派の勢力失墜はあまりにも瞭かなところ――。

されば、このたびの馬場美濃どの非業の御最後の知らせをうけたとき、私は敵方の刺客かと疑うまえに、ああこれは主戦派の奸臣共の陰謀ではあるまいか、と、いちはやく臆測を逞しくした次第なのであった——。

——ふりかえれば、長篠城の敵守将奥平定昌はさすがにあっぱれであった。我軍は三たび攻めて、三たび失敗した。砦の一角も奪うことができぬばかりか、得たものは予想外の損害だけだったのである。

戦は次第に長期戦の様相を呈してきた。

そうして、空いちめんに重い雲が低く層をなして垂れ連なる頃になると、漸く兵の間には戦に倦み疲れた気配がみなぎりはじめたのである。

——ついに、重大な転機は、訪れた。五月十四日深更、はるか西方雁峰の嶺にたちのぼったひとすじの狼火が、局面の一変すべきことを告げたのだ。浜松へ後詰を請う急使が、城から脱出したものであった。もはや躊躇はゆるされなかった。徳川どの着陣にそなえて、決戦か否かの断が下されねばならぬのである。

深夜の医王寺の御本陣に、緊張の軍議がひらかれた。席上、最大の焦点は、織田どのが徳川どのを援けるために兵を動かすか否か、ということであった。

我々の考えは、もとより定っていた。機をみるに敏な織田どのが、どうしてこの好機を見逃されるはずがあろうぞ。この折に御当家を屠って御自身のうしろを易うし、援助の形をもって徳川どのには恩をきせる、一石二鳥の策は、必ず織田どのを動かすに相違ないのだ。

その意見を代表して、山県三郎兵衛どのが諄々と理を説かれたのであったが、好戦の盲と化し果てている長坂・跡部の徒輩には、理のわかろうはずはなかった。彼ら主戦派が、織田どの出馬の可能性を否む根拠は、

「織田どのの徳川どのへの返礼は、三方ケ原で果している。しかもその三方ケ原では、名ある部将を失い、当家の手並には懲りているはずだ——」というにあった。

が、それは時流に疎いことも甚だしい議論だと言わねばならぬ。もし織田どのが武田に懲りているとすれば、それは先君法性院様に対してではないか。信玄さま卒去のことをしれば、時こそきたれと武田へ矛をむけてくる信長どのの肚は、私達にはあまりにもみえすいているのだ。

——抑も、しずかにかえりみるならば。

信玄様なきあと——、よく応仁以来の乱世を統一して、武家の支配を確立しうる器量をそなえた御大将は、織田

信長どのをおいて他にあろうか。時世の変遷をみぬくに敏、まことに卓越せるその器局は、まさに海内随一と申すべきであろう。

さらに、濃尾の地利がある。武田・今川・北条・上杉等の諸侯が相牽制しあっている間に、巧みに中央に強大な勢力をはりうるのだ。

加えて、その明敏よく、鉄砲隊及び長槍隊という平原的作戦に適した新兵器の採用、軍の団体的訓練に力を用いられ、また、徳政一揆・土一揆・一向一揆のたぐいに止めをさして、武家支配の確立をはかられた策は、まことに次の時代に対する明察を証するもの――。

さればこそ、よく、永禄三年桶狭間に今川どのをうちやぶられてより、正親町天皇の密勅を奉じて永禄十一年入洛されるまで、破竹の勢をもって天下統一の事業を完成されえたのだ。足利義昭どののありとはいえ、織田どのの眼中すでに足利将軍なるものはないであろう。まさに、織田どのの新時代は来ようとしているのだ。

――それは、正しく時の流れ・歴史の歩みともいうべきもの。それを、信玄様なきあとの武田家が反抗してみようとも、まさに蟷螂《とうろう》の斧にすぎぬ。時勢の流れにはむかって棹さすことは、ただ悲劇でしかないのだ。

けれども、御屋形や釣閑・大炊が奸佞の輩などには、到底そのような時流への明察は求めうべくもないのであろう――。

などと、しみじみ史をおもえば、私の胸中はちぢにみだれるばかりであった。

――そうして、ながい激論ののち、結局御屋形の決裁は下されず、議は翌日にもちこされたのであった。

――その夜、私は美濃どのといっしょに帰陣した。その途中のことである。

霧のような夜の雨にぬれて、松の香のつよく匂う山路に、不意に熊笹の音がした。みれば、従者のてらす松明のあかりのなかに、さっき評定の席にいた土屋直村の姿が浮びだしていた。

「右衛門どの、どうなされた?」

信房どのが言葉をかけられたが、直村は、「馬場様」そう言ったきり、思いつめた興奮した眼つきで、かたく口を結んだまま、美濃どのをみあげている。それを、従者を憚っているのだと察すると、信房どのは、

「歩きながらお話でもいたすかな――」

そう言って、従者に先に帰れと命じた。

私達三人は黙々として歩いた。

「馬場様！」直村が、不意に、熱に浮かされたような早口で言った。

「本来なら手前は三年前、法性院様のおあとを追っているはずの身でございました。それが高坂どののお言葉にしたがって思い止まったのは、ひたすらお家の安泰を希ったからにほかなりません。しかるにその後、お家は安泰どころか、近頃では一日々々危殆に瀕しております。いまこそ手前は一命を捨ててお家の禍根を断ち、法性院様へ最後の御奉公をつとめるときかと存ずるのです」

さてこそ、釣閑・勝資を刺すつもりになっているな──私はそう直感した。美濃どののおもいも同じであったらしい。直村をきっと見返って、

「お身は同志討を目論んでおいでだな。むりもない──。しかしな右衛門どの、内輪揉めは、法性院様の御他界と、そのごの当家内部の紊乱とを、最も拙劣な形で世に知らせることになりはせぬかな。──」

諄々と、さとしてゆかれるのであった。

「──お身も命を捨てようとする決心なら、お家のために討死なさるがよい。無分別な真似をして、敵に嗤《わら》われ、味方を動揺させてはなりませぬぞ──」

──無量の感慨にしずんで、直村は武者草鞋《わらじ》に沈黙をふみしめるばかりであった──。

──軍議は、翌日も、翌々日もひきつづいて行われたが、結論を出すまでには至らなかった。けれどもその間にあって、厳しい歴史の流れは寸分の狂いもなく進行していたのである。そうして、ついに、それは動かすことのできぬ現実となったのであった。

──五月十七日。物見の兵の報告によれば織田・徳川の聯合勢八万の大軍が、野田一郷を人馬で埋めつくすに至ったのである。

進撃か否か、まさに重大な一瞬は迫ったのだ。

──御本陣、医王寺山医王寺本堂の広間にひらかれた、その夜の評定の席には、凄じいばかりに緊迫した熱気がみなぎっていた。

まず、進戦を否とする旨発言されたのは、今宵も、山県三郎兵衛昌景どのであった。

「このたびは尾参の合体といい、敵はわれに二倍する大軍、もしもおくれをとりましては弓矢の御損、再び起つあたわざるに至りましょう。御賢慮あって、このまま御馬をお返しなさいますれば、敵方においても　必定旗

印を退くに相違あるまいかと存じますが――」

その声に応じて、信房どのも、

「御屋形、美濃も三郎兵衛の申すとおりかとおもいまする――」

と、つよく、退くべきを力説されたのであった。が、次の刹那、その語を奪いとるかのように烈しく、

「なんということを申されます！　かりにもおくれをとるなどとは、戦わざるうちに卑怯千万な。新羅三郎君より出でて二十七世、御当家においては未だ敗れて退いた例はありませぬぞ！　戦わずして退き、武田家の武威を地に墜しては、なんで御祖先に申訳がたちましょうか！」

と、憑かれたように跡部勝資が喚き叫んだ。

「無謀の戦に犬死することが、先君に対して申訳のたつ所以か。敵は我に三倍する大軍、そのうえ鉄砲組をはじめ新兵器においても我より格段にすぐれておるわ。されば、ご辺らは敗戦もいとわぬと申されるかっ！」

さすがの信房どのも言葉を荒げて、語気するどく反駁された。

「黙らっしゃい！　敗戦などとは、不吉千万な！　かかる言葉は甲州にはありませぬぞ！　臆病風にとりつかれなされたか。

抑も、戦は数や兵器にて戦うものではなく、魂にて戦うもの。敵は大軍といえども連合の衆にすぎぬ、それに対して我には甲州武士の猛魂がありまする！　八幡太郎義家君の御加護がございまする！

死中に活を求める勇猛こそ、甲州伝統の戦法であることを忘れめされたか！」

狂ったような釣閑の怒声であった。

――きいていた私は、こみあげてくるような恚りとともに、何ともいえぬ情なさを感じていた。時勢の流れを知らぬ盲目の奸臣どものために、武田家もついにみちをあやまるのであろうか？　理をわきまえぬ好戦主義、精神主義のために、御家の御運もこれまでなのであろうか？　私はしみじみと、歴史の流れに目を開きえぬものの悲哀を、おもうのであった――。

――そとは細い霖雨になっていたが、雲がうすいとみえて、そらは鈍い月のあかるみをにじませていた。

――そうして、その翌十八日未明、一代の名将馬場美濃守信房どのは、五十八歳を一期として、あまりにも虚しい屍となって発見されたのである――。

昨夜の評定の席から御自陣大通寺山へ帰られる途中、医王寺裏参道から右にそれる崖傍の四阿附近において、左肩から斜真一文字に斬り下げられて、はからざる非業の御最期をとげられたものであった。

信房どのの従士の言によると、途中で、

「すこし夜気にあたって、一人で考えたい。先に帰って、評定の結論は明日にもちこされた、と、案じているみなに至急告げるように」

そう命じて、従士を先に帰されたのだという。だが、いくら経っても帰陣なされぬので心配した部下の兵たちが迎えに出て探した結果、あの四阿に、変り果てられた御姿を発見し、驚愕その極にたっしたのだ、ということであった。

——この知らせをうけられた御屋形は、あまりのことに、さっと顔色を変えられて、

「美濃は予にとって謂わば第二の父——。敵方の諜者刺客の仕業ではあるまいか、草の根をわけても下手人を探し出し、仇をうて！」

と、怒気鋭く、下知あそばされた。

すぐさま、雨後の山野のすみずみまで、徹底的に綿密な捜索が行われた。が、遂に、刺客らしい者の痕跡さえ発見することはできなかったのである。

——けれども、私は最初から、

「これは釣閑・大炊らが主戦派の、卑劣きわまる仕業ではあるまいか。この厳戒をくぐって敵の刺客が出没することは、殆んど不可能なはずだ——」そう直感していた。

もっとも、去る十四日深更、城兵が忍び出て浜松に急使にたった例はある。しかしあのときは長期の陣に倦んで、我軍には確かに油断があった。が、今度は織田徳川の大軍を眼前に控えて、全陣は緊張その極に達しているのだ。出入二回も我が警戒陣をかすめえたとは、考えられないところである。

そのうえ、もし敵方の刺客だとすれば、まず御屋形の命を狙うのが当然ではないか。また部将を目標とするならば、戦を不可とされた美濃どのよりも、主戦派の釣閑・勝資たちをこそ狙うべきだ。誰が主戦派かということは、そのような刺客を潜入させえたくらいの敵ならば、予め充分な諜報をえているはずではないだろうか。

「それよりも、長坂釣閑・跡部勝資等の主戦派が、進戦か否かの重大な決定を本十八日夜にひかえて、自重派

の総師馬場信房どのを刺したのだ、とみるべきではあるまいか――」

私はまずそう考えた。

おもうに彼等主戦派としては、その立場上、自重派の将を御家のためならずと、彼等なりに考えたこともあろう。が、なによりも、もし自重派の意見が通って兵を収めることになれば、彼等自身の地位が危くなる。それを最もおそれたにちがいないのだ。自分達自身の地位をまもるためにも戦の強行をはかる彼等が、自重派の領袖をなきものにしようと考えたとしても、何のふしぎもないのである。

――そのとき私は、去る十四日夜、軍議の席からの帰途におこった出来事を思い浮べていた。土屋直村が、釣閑・大炊の徒を刺そうと決心してきたのを、美濃どのと私とで止めたことである。自重派にあってさえ、血気の若い者は同志討をもくろむのだ。まして陰険きわまる主戦派においてをや――。

これが、私の第一感であった。そうして、大がかりな探索をおこなっても、ついに敵方の刺客らしきものの痕跡さえ発見されないとなると、諸将も次第に私と同じ考えを抱くに至ったのである。


――さて、もしそうだとすると、直接の下手人は果して誰か？　私は次の順序で考えをすすめた。

――抑も、馬場美濃守信房どのは、なんといっても槍をとっては御当家随一、剣をとっても容易におくれをとったことのない猛将ではないか。その猛将の抵抗を排して、あのようにも鮮かに左肩から斜真一文字に斬り下げることは、普通の者には不可能なことである。御当家において、まずまず互角に信房どのと太刀討できる可能性のある者は、老雄内藤修理昌豊どの、奸臣跡部勝資、それに釣閑が腹心の甘利新五郎、この三名をおいてはほかにない。

このうち、内藤修理どのは、もとより私達と考えを同じくする自重派の宿将である。

そうすれば、残る二人のうちに、果して下手人がいることになるのだろうか？　私はこう考えて、秘かに、何くわぬ顔で、いろいろと探ってみたのであった。

――ところが、結果は意外にもまことに奇怪至極であった。

まず跡部勝資どのは、昨夜医王寺における評定の席から、長坂釣閑どのといっしょに、まっすぐ陣屋にかえり、二人で明け方ちかくまで密談をかわし、一歩も自陣の外へ出なかったことが判ったのである。

また甘利新五郎も、昨夜は自陣から殆んど動かず、わずかにちかくの谷間から清水を汲み上げてきただけであった。かの四阿は全くの方角ちがいだから、到底往復する暇などはなかったとおもわれる。

この二つのことは、多くの人々の証言によって、疑うことのできない事実だった。

私は全く意外の感にうたれた。が、事実はあくまでも事実である。もっとも、主戦派の連中がその部下の兵たち全体に、すっかり云い含めておいたのだ、という見方もあろうが、私の経験では、そういうことは殆んど不可能なものである。多勢の人々が事に関係していれば、必ずどこからか洩れるものなのだ。そのような危険性の多いやり方を、彼等がとったとは信じられぬ。

こうして、跡部甘利の二人は、ともに潔白の証しがたったわけである。

——そうすれば、次に考えられることは、その二人以外の人々数人が共謀のうえ力を協せて美濃どのを刺したのではないか、という疑であった。一人々々では敵わぬとしても、数人かかればいかな美濃どのでも、衆寡敵せずおくれをとられた、ということはあり得ぬことではないからである。

——そこで、私は秘かにかの四阿附近の現場におもむいて、今日一日、綿密詳細に調べてみたのであった。

恰度、昨夜は霖雨が降り、評定が終って小半刻ちかく経った頃から霽《は》れあがった。それにあのあたりは粘土質なので、当時の足跡が明瞭にのこっていたのである。

もっとも、未明に美濃どのを探しにいった従士たちや、今朝以来屍を運搬した兵卒たちによって、多少は踏み荒されてはいた。が、これらの足跡はいずれも新しく、それに人数もはっきり判っているので、注意深く調べると、事件当刻に附せられた草鞋の跡とは、どうにか見分けることができた。とくに、重い屍を運んだ兵卒の足跡は、僅かながらも跡が深く、弁別が容易であった。

その結果によると、事件の当刻に附せられたと思われる足跡は、二人分しか残っていなかったのである。そうしてそのうちの一個はまさしく信房どのの武者草鞋に合致した。そうすると、理のおもむくところ、美濃どのを斬った下手人は、ただ一人であったわけだ！

従って、数人で力を協せたのだろうか、という疑は、無意味になったのであった。

ただ一人の下手人！　私は意外に思うと同時に、この発見にはげしく興奮した。


——そのときである。油然《ゆうぜん》とおもいあわされてきたことがひとつあった。それは、信房どのが評定後自陣に帰られる途中で、従士を先に帰された、という事実であった。

「すこし夜風に当ってゆきたい。一人で考えてみたいのだ。先に帰って評定の結果をみなに告げるがよい。わしも直ぐかえるから——」

そう命じて、一人残られたのだという。

——おもえば、先十四日夜の軍議後も同様なことがあった。土屋直村が美濃どのに密談を申し出たときである。それと察した美濃どのが、気を利かして従士を先に帰されたのだ。

だから、はじめ私は、このたびもそのときと同じく、評定帰途の美濃どのに誰か密談を申し込んだ者があったため、従士をそれとなく先に帰されたのだ、と考えていた。ただこの場合には、誰かが密談を申し込んだことを、従士も、その他の何人も、知らなかったのだ、それだけのちがいだと思っていた。そうしてその密談が終って美濃どのひとりになられたときに、別個の人物がたちふさがって信房どのを斬ったのだと、そう単純に考えていたのである。

——ところが、いま、その考えに重大な誤りがあるのではあるまいかと、疑わざるをえなくなったのであった。

まず第一に、下手人はただ一人なのだ——。

しかも次に、足跡を更に詳しく調べてみると、美濃どののものと思われる草鞋の跡が、殆んど乱れていないことだ。つまり、美濃どのが抵抗なさった痕跡が殆んどないのである。

第三に、美濃どのと互角に太刀討できる腕をもった三名の人々のうち、二名までは既にたしかな潔白の証しがあるということだ。

この三つの事柄を併せると、いったいどういう意味になるのだろうか？

——私は慄然として、背筋に冷いものが走るのを感ずるのだ。理のおもむくところ、美濃どのを斬ったのは、かの三名の残る一名か、さもなければ、よほど美濃どのに油断をさせることのできた人物でなければならぬことになるからである。

「そんなはずは絶対にない！」

私は心のなかに烈しくそう叫んでいた。だが、事実のさし示す理はどうすることもできなかった。自重派内部といえども、どのような人に知られぬ内訌私怨が潜んでいたかも分らぬからである。お互に人間である限り、それは絶対的に否定するわけにはゆかぬことであった。私は万斛のおもいを抑えて、かの三名のうちの残る一名、内藤修理昌豊どのの証しをそれとなく探ってみたのである。

が、やはり私の直感どおり、修理どのには立派な潔白の証しがあった。昨夜はまっすぐ自陣にかえられ、何事も知られなかったのだ。多くの人々がそれを証言した。

――そうすると、残るところは、美濃どのに密談を申し込んだ人物と、美濃どのを斬った下手人とは、同一人物ではあるまいか、という可能性が極めて濃くなるわけであった。

信房どのをして従士に席を外させたほどの人物、殆んど抵抗する余地を与えなかったほど美濃どのを油断させえた人物、それは信房どのと極めて親交のあった人物でなければならぬ。それならば、腕の劣る者であっても、美濃どのの隙を狙って斬ることも可能であったろう。そうしてその人物は美濃どのの気づかぬような怨を抱いていたわけであろう――

――私はこう考えて、およそ美濃どのが、そのような密談を許すほど信頼している人物を、それこそ虱《しらみ》つぶしに、その昨夜の行動を秘かに調べてみたのであった。

けれども、この場合にもやはり、私の最初の直感はあやまっていなかった。それらの人々のことごとくが、立派に潔白の証しをたてえたのである――。

――私は心から恥じ入ったのであるが、それとともに、救うことのできぬ混乱に陥ってしまったのであった。

――下手人は、まず敵方の刺客ではない。

下手人はただ一人で、多人数ではない。

跡部、内藤、甘利の三名ではない。

主戦派の陰謀という疑はうすれた。

しかも、自重派の諸将でもない。

また、私の想像も及ばぬような軽輩では、到底美濃どのにそのような油断をさせえたとは考えられぬ。

そうすれば、いったいどういうことになるのだ?! それ以外の人物で、美濃どのを油断させてその隙に斬りつけるというような鮮かな真似のできる人物が、ありえようか?!
否、否、そのような人物の存在は、全く不可能ではないか！　私の頭脳は全く狂いそうであった。

——そのときである。はっと天啓のようにある考えが私の頭に閃いた。それはあまりにも恐しいことであった。殆んどあり得べからざることだった。

けれども、もしそう考えるならば、いままでのあらゆる矛盾、いままでのすべての不可能が、一瞬のうちに解決するのであった。

私は自分の考えの恐しさに、我ながら慄然とした。しかし、理のさし示す所はどうしてこれを否むことができようぞ。

私はいままで、自分と同等の平面でのみ考えていたのだ。それがいけなかった。平面を異にしてみることに全く気づかなかったところに、最大の盲点があったのだ。

もしかりに、平面の高さをぐっと変えてみよ。いままで不可能であった事柄が、忽ちにして可能になるのだ。美濃どのよりはるかに腕の劣った人物が、ただ一人で、美濃どのになんの抵抗の余地も与えず、斬りすてる、という不可能事が、なんの矛盾もなく、可能となるのである。

そうして、その平面の差をあらわすには、『権力！』ただその一語につきるのだ！

——ああ、もはや私は何も言いたくない。また言うべきでもない。すべてを私一人の胸に収めておかねばならぬのだ。下手人は誰でもない。悲劇の主は、滔々《とうとう》たる時の流れにほかならぬのだ——。

——しかも、みよ、本十八日酉の刻には、すでに織田・徳川の聯合軍八万の大軍は、悉く長篠西方に殺到し、滝沢川をへだてて対峙の姿勢を完了したではないか。

——この緊迫した事態をひかえ、美濃どの非業の御最期のあとをうけて、戌の刻から、御本陣医王寺に、最後の軍議がひらかれた。

その冒頭、御屋形はいきなり立ちあがられ異常に興奮された面持で、憑かれたように、最後の決裁を下されたのである。

「もう、議論の余地はあるまい——。美濃の死をあだにできようか。よいな、予は、武田家の興亡をこの一戦にかけて、死物狂いの血戦を挑むぞ！　旗、楯無《たてなし》も、みそなわせ！」

その瞬間、一同は天来の声をきいたようにはっと頭を垂れたのであった。旗とは、八幡太郎義家君の用い給うた旗。楯無とは、新羅三郎義光君の着された鎧。この二つの家宝は、神であり、信仰であった。この二つへの誓言は、もはや矢が弦を放たれたことをいみするのだ。

――決戦の議は、ここに決定したのである。戦は勝つ見込なく、まさに絶望的である。が、すでに軍議は定ったのだ。あとはただ、老いがれの身を死地にむちうって、美濃どののあとを追い、最後の御奉公をつくすばかりではないか。この老骨も、あと幾日のいのちであろうか――。

――あまりにも静かな設楽の夜に、ただ雨蛙が無心になくのみである――。

下、前夜――武田勝頼記――

当家第一の宿将、しかも予にとっては第二の父ともいうべき、馬場美濃守信房が、昨十七日深更、陣中にあえなくも横死した。濃尾・遠参八万の大軍を眼前にひかえながらこの名将を失った予の心中は、あやしくもおもいみだれるばかりである。

予はいま、予の心の命ずるところに従ってこの記をのこしておこうと思うのだが、筆をとるに及んで、想い出は走馬燈のようにかけめぐり、ただただ万感胸に狂うのだ――。

――おもえば、このたびの長篠囲み攻めの陣が漸く長期化するとともに、諸将のあいだには、主戦・自重両派の争いがいっそう激化していた。美濃・三郎兵衛をはじめとする自重派の老臣たちは、織田出馬を必至とみて、兵を収め甲州に帰還すべきことを、予にすすめてやまなかった。他方、釣閑・勝資らの主戦派は、断乎進んで決戦を挑むべきことを、切々として説くのであった。この両派の反目は感情的な死闘にまですすんでいたのだ。

――この間にあって、退くべきか戦うべきか、予がいかにおもい悩んだか、今更多言を要しないところであろう。けれども、そうした迷いのなかにも、予としては、次第にひとつの方向が自分の心の中にでき上ってゆきつつあったことは、自ら意識していたといわねばならぬ。

ただ予の理の心においては、美濃たち自重派のいうところが理にかなっているのであろう、恐らく織田は出馬する、そうすれば、勇猛をもってなる我軍といえども、敗れることはないにしても容易に勝算はつきがたい、大局をみとおすならば美濃の言のごとく兵を収めるべきではあるまいか、そう考えつづけてはいた。

が、それにも拘らず、予のもうひとつの心は、釣閑・勝資らのいうことが正しいではないか、戦わずして退き武田家の武威を地に墜してよいのか、当家は未だかつて敗れた例はないではないか、敵大軍なりといえども、我に八幡太郎義家君、新羅三郎義光君の御加護と、甲州武士の猛魂があるではないか、そうはげしく呼びつづけて止まなかったのである。

それは、理を超えた、燃えるような、義であり情であった。

予の心の裡に相争うそのような理と情との争いにおいて、何故次第に情のほうが勝を占めていったかは、予自らも分明になしえぬ。

だが、予はただひとつの思い出だけをのべることはできる。

――それは長篠出陣後まもなくのことであった。夜明け方近く、予は怪鳥の声に浅い夢見をさまされた。予は苦しく呻いていたという。近侍の小姓小幡三十郎のかかげる手燭の灯が、淡くまたたいていた。

夢の中で、幼い予が、美濃に考試の問題を課せられていたのであった。奇妙な問題であった。湖の面に城を築け、というのだ。予は営々として築城した。が、やっと櫓まで築きあげると、美濃がやってきて、ぱっと蹴崩してしまうのである。幾度も同じことが繰返された。予が丹精の結晶は、むざんにも春の湖面に乱れ散るのであった。そうして、その度に美濃の姿が次第に大きくなってゆくのである。幼い予は悲しくなって、遂に泣き出してしまった。おもえば、たわいのない夢ではあったが、予はその夢を忘れることはできなかった。

――幼時、予は馬場美濃に育てられた。

予は美濃の厚い胸にいだかれて寝た夜のことをおぼえている。その胸のなかで、予は美濃から、当家につたわる旗・楯無の由来をきき、八幡太郎義家君、新羅三郎義光君の勇武の御物語をきかされたものだ。

また、予は美濃に素読を教わり、槍と剣の手ほどきをうけた。幼い予にも、美濃が文武ともに家中随一の器局であることは、あまりにも明かであった。

美濃の躾はきびしかった。が、その眸の底には、深い慈愛がたたえられていた。予は予の父が先君法性院殿ではなく、美濃ではないかと考えたことすらあったのを、覚えている。

——そうして、父君信玄殿が、何故か幼い予をうとみ、父君としての慈愛を示されぬばかりか、更にすすんで子に対する憎悪を露わになされはじめた頃、美濃は予にとって唯一の味方だったのである。

——おもえば武田の血はいかなる星のもとにかくも呪われているのだろうか。御祖父信虎殿にうとんぜられた父君は、同じ仕打ちを予に対しても与えられたのであった。

「四郎は大将の器ではない。予には武田家の行末が案ぜられる」

先君はよくそう言われたそうである。

が、そのたびに予をかばってくれたのは、馬場美濃ただ一人だったという。

——その美濃に予が何ともいえぬ息苦しさ堪えがたさを感ずるようになったのは、いつの頃からであったろうか？　しかとはおぼえぬ。けれども、予は長ずるに従って、何故か美濃が疎ましくなっていったのである。ときに、それはたまらぬほどの息の苦しさにまで、予を圧迫するようになったのだ。

何故そのような変化が予の心にあらわれたのか、幼い予には自分でもその理由が判らなかったものだ。しかし、それは疑うことのできぬ事実であった。そうして、更にそれは、予が父君に対して感じた疎ましさとは、明かに質の異ったものであったとおもう。

——その頃からであったろうか。美濃は予にむかって、ことごとに大将として振舞うことを強要するようになったのだ。いや、強要という言葉は不適当かもしれぬ。なぜなら、美濃は時を同じくして、予に対して極めて慇懃《いんぎん》な家臣に変っていたからだ。けれどもその底には有無をいわせずおしつけてくる、無言の威圧があった。それは慇懃のかげに隠れた強要にほかならなかったのである。

以前の美濃には、父のような厳しさがあった。が、予はそのなかに慈父の眸を見出していた。いまや美濃は態度を一変して、へりくだった家臣になった。しかし、その底から予にじりじりと押しつけてくる、大将としての修業、将来の主君としての訓練に、予は息も詰りそうだったのである。

「主君としての修業とは、結局、自分のしたいこと、言いたいこと、欲することの、正反対を、振舞い、喋り、装うことではないのか」

予は、そう思ったものである。

——他方、父君信玄殿は、何故か、ますます予を無能者馬鹿者扱いになされはじめた。憎かったのではあるまいか、とさえも思う。

それとともに、部下の諸将たちも次第に予に対して同じ扱いをするようになった。徒《いたずら》に事を好む暴虎馮河猪勇の愚将よ、不肖の若君よと、軽んじ侮りはじめたのである。

——予は無性に腹が立った。憤懣やるかたのない腹癒せに、予は故意と愚かな所行を兇暴な振舞を、してみせるようになった。諸将たちが眉をひそめて困惑するさまに、たまらない残酷な復讐の快感を覚えたものである。

しまいには、小者に軀ごとの的を命じて、矢で射抜いてやったことさえある。また、奥の女たちに若君らしからぬ猥らないたずらもしてやった。その度に、父君からは死ぬほどの折檻をうけた。が、予は不貞腐れて、父君に嘲りの冷笑を投げたものである。

諸将はいよいよ予の暗愚であることの証しを得たように思ったことであろう。

「みなが予のことを暗愚扱いにしたいのならよし、望みどおり、そうなってやろうか」

予はふてぶてしくそう独りごちるのであった。

——そうして、そのように不貞腐れた予をじっとみつめる美濃の眼には、予のためのみをおもう慈父の涙は既になく、家の前途をのみ憂える皺が深く刻まれているのを、予は決して見逃さなかったのだ。

——おもえば先君の御遺言こそ残酷であった。武田家の所領は、予の実子太郎信勝が相続し、予は三十歳の若さでわが子の後見という、隠居後にひとしい地位に遺されたのである。予一代が疎外された憤懣に、予は気も狂わんばかりであった。

そのような予に、長坂釣閑入道が、

「法性院様がその御歿直前、秘かに跡目相続のことを重臣に相談なされたとき、御屋形を疎外申し上げるよう進言したのは、ほかならぬ美濃どのであったという風聞がございまするが——」と告げたことがあった。

「ばかなことを申すなっ！　二度とそのようなことを

口にするものではない！」

と、予はつよくたしなめたが、予は自分の頬から冷く血の気がひいてゆくのを覚えずにはいられなかったものである。


――また先年、越後の上杉謙信が父君の卒居を察知して、甲州長遠寺の僧を介し、両家宿怨をすてて盟を結び、公儀（足利将軍家）を蔑視して横暴をきわめる信長にあたろうではないか、という相談をもちかけてきたことがある。これは多分に予に対する好意であった。これに対して、はじめ予は殆んど承諾する気持になっていたのだ。しかし、美濃が、

「法性院様なきのち御当家にとりましては、越後と結ぶにまさる安全と利益の保証はございませぬ――」

と言ったとき、何故か、俄かに憎しみがこみあげてきて、思わず自分の考えとは真反対の言葉を口走ってしまっていたのである。

「美濃！　父の死後その宿敵と相結んで、弓矢の恥辱とはならぬのかっ！」

予は困惑しきった美濃の表情をみて、なんともいえぬ快感をおぼえたのであった。

が、その結果、上杉の申出でを拒むことになった予には、『暗愚』の証しが、またひとつ加わることになったのである。


――かえりみれば、先君御歿以来――。美濃のみならず武田の老臣宿将の悉くが、ふたこと目には、

「先君法性院様の御時には――」

「武田家の御安泰のために――」

その言葉を金科玉条の口実として、ことごとに、暗愚なる（！）予に意見がましい口をきいては、掣肘を加えてくるのであった。

『御家』！　その御家のために、予は全くがんじがらめにされて、自らの考えをのべることさえ許されないことがあったのである。

かつては慈父かと思った美濃も、いまや、『御家』のためには、予の意志など全く歯牙にもかけなくなっていた。

「予は御家のための操り人形なのだろうか？」

「予は法性院殿という偶像のための添え物にすぎないのだろうか？」

予はよくそう思い悩んだものである。

しかも、彼等が口癖のようにかつきだす武田家とは、じつは法性院殿の武田家であって予の武田家ではないのではあるまいか、予はそう疑わずにはいられなかったのだ。

予が故意に意地をはったのも、憤怒と孤独に堪えがたかった故である。予は予自身を知ってくれる者が欲しかったのだ。御家のためよりも予自らのために尽してくれる部下が欲しかったのだ。もっと予を人間らしく扱ってもらいたかったのだ。

——そうして、そのような予に、唯一の理解と同情を示してくれたのが、釣閑・大炊の両名だったのである。予は彼等が器局において到底美濃や三郎兵衛に及ばぬことを知っていた。また、彼等が予に阿諛《あゆ》していることも知っていた。しかし、少くとも表面においては、予に理解をもっていた。予の意志を尊重してくれた。形骸と化した御家のためよりも、予自身のためをおもってくれたのである。予はわずかになぐさんだのだ。

——このたびの長篠城囲み攻めの陣において、我軍は三たび猛攻して三たび成らなかった。将兵は漸く戦に倦み、厭戦の気風が全軍に蔓延しはじめたのである。自重派の老臣宿将たちはこぞって、兵を収めて甲州に帰還すべきことを予に説くに至ったのだ。

そうした頃のある日、予はものの蔭から、美濃と三郎兵衛とが秘かな私語を交わしているのをきいたのであった。

「御屋形と九八郎（定昌）の器量が代っておればなあ——」

感慨ぶかげな美濃の声だったのである。

予の表情がさっと青ざめていったことを忘れることはできぬ。予はそのときはっきりと美濃を憎んでいる自分を意識したのだ。

——五月十四日の夜、城兵が脱出して浜松に急使がたって以来、諸将の退くべしとなす議論は一層強硬になった。織田出馬は必定、そうすれば、到底勝算はないというのであった。これに対して主戦論を唱えて譲らなかったのは、釣閑・大炊の両名であった。連夜の軍議に、両派の争いは凄じいばかりにまで高潮していたのである。

その間にあって、予は理の心においては、兵を収めて甲州に帰還したほうが、万全の進退であることを感じてはいた。しかし、美濃をはじめ諸将が、あまりにも露わに消極論を進言してくるとき、予の情の心がくわっと抵抗の頭を擡《もた》げるのであった。彼らによれば、「御家のために退くべきであって、父の意志をついで、上洛のみちを開こうとするが如きは、到底暗愚なる予のとるべき策ではない」のだ。

予は彼らのこうした心底を掌《たなごころ》を指すがごとくに知りぬいていたのである。

「それならば――」と、予の憤った情の心は鋭く反撥するのであった。「反対に、彼らの言葉をかりて、真に暴虎馮河の愚将にふさわしく、無謀の戦をこそ挑んでやろうか！」と。

それはもはや意地を超えた、宿業にちかいなにものかの燃焼だったのである。

――五月十七日、遂に、織田・徳川の聯合軍八万の大軍が野田郷に殺到した。

が、その夜の緊急の軍議においても、予はなお最後の決裁を下さなかったのである。

激しい主戦・自重両派の議論をききながら予はなぜか、遠い遠い異郷の夢に思いをはせているような、空虚《うつ》ろな気持だったのだ。

その席後、予は人を払って美濃を招き、

「美濃よ、久し振りに二人きりで夜風にあたってみたいとはおもわぬか」

といった。美濃はしばらくじっと予の瞳をみつめていたが、やがて深くうなずいた。

「釣閑等に気づかれるとうるさい。うまく言い繕って、従士も先に帰してしまえ。一人でくるがよい」

予はそう言って、医王寺裏参道から右にそれる崖際の四阿附近を指定したのであった。

――予もまた、うまく近習たちの目を避けて　ただひとり、霖雨にけぶる夜の山道を降りていった。霧のような雨が罩《こ》めていたが、雲が薄いのか空は月の鈍い明るみを滲ませていたので、燭がなくとも道は割合容易に弁別することができた。

美濃はじっと想いに耽りながら、予を待っていた。夜目にさだかではなかったが、予はふと、美濃も年老いたな、と思った。が、それは言葉にならなかった。

遠近の山や谷に、篝火や松明の灯が霧雨にけぶって、ぼうとにじみだしていた。

「美濃よ。どうしても退いた方がよいというのか――」

予はそう言った。

「御意にございまする、御屋形――」

美濃はきっと予を見返すや、「機にのぞみ変に応じて進退すれば、退くこともまた兵家の面目ではございますまいか。些細な意地に拘泥なさらず、このたびはお家の大事を思召されて、万全の御進退をお定め下さいますよう——」

諄々として訓え諭すごとく、説き去り説き来って、予を説得しようとするのであった。

が、予はわざと不貞腐れたように知らん顔をしていた。そうして、美濃が幾回目かの、「御家のために——」「先君法性院様の——」を口にしたとき、予はもはや我慢ができなくなっていた。

「美濃！ 其方は、予と御家と、どちらを大切と思うか？」

予は唐突に語気鋭くそう訊いてやった。

「美濃、それがききたいばかりに、こうして誘いだしたのだ——」

瞬間、美濃の面には、さっと夜目にもあきらかな困惑のいろが流れた。息詰るような一瞬の沈黙だった。予は生れてはじめて美濃に勝ったと思った。

けれども、次の刹那、予は美濃が偽りでよいから、（むろん、そうにきまっているが——）予のほうを大事におもう、と答えてくれることを祈る気持になっていた。

しかし、しばらくたって、美濃は、さってすてるように答えたのである。

「御屋形——。御屋形御一身のために、武田の御家を危くすることがゆるされましょうか！ 先君法性院様のお遺しあそばされた、武田の御家を——」

それは、深淵にのぞんだような一瞬であった。予の頬からはさっと氷のように血の気がひいていった。美濃の姿が、予を憎んで相続さえ許さなかったあの御父信玄殿にみえてきた。

予は突然ものの気に憑かれたように狂いたっていた。完全に我を忘れていた。

「美濃！ 申したなっ！ そこへなおれ！」

噛みつくように喚くや、夢中で腰へ手をやっていた。美濃は予の意志と動作をみながら、一歩も動かず一語も発言しなかった。じっと頭を下げて、土のうえに膝をついた。そうして、身動きもせず、振りかぶった予の太刀を受けたのである。「がっ——」異様な物音とともに、

「御屋形——」

それが美濃の最後の言葉であった。その声音は悲しげであった。

いつのまにか、霖雨は霽れ上っていた。

——翌十八日未明、美濃の屍が発見されたとき、予は、周章狼狽している諸将にむかって、

「敵方の刺客であろうぞ！　草の根をわけても下手人を探し出し、美濃の仇をうて！」

と下知してやった。

——そうして、その十八日夜の最後の評定の席上、予は気が狂ったように、

「美濃の死をあだにしてよかろうか。予は断じて血戦を挑むぞ。旗・楯無もみそなわせ！」

そう無我夢中で、決裁を下していたのである。

いまや滝沢川西方にまで殺到してきた織田・徳川の聯合勢八万は、我に三倍する大軍、容易に勝利の目算さえつかぬ。しかし、予は断じて戦うのだ。

たとい、武田家幾百年の栄光をこの設楽の山野に埋める結果に陥ろうとも、将兵の血もて滝沢川の水を紅に染めつくそうとも、予は断じて死出の決戦をいどむのだ——。

法律

1

一代の天才といわれた若き理論原子物理学者、結城麟太郎が、研究室をすてて浪々の旅にでたという話題ほど、いろいろな取沙汰をまきおこした事件も少ないかもしれない。

中間子理論の世界的大学者Y博士の愛弟子として、次代の理論物理学を荷う素粒子論のホープと謳われていた彼であった。その天才結城が、米国に客員教授として招聘されたにも拘らず、僅か数カ月で謎の帰国をし、そのまま母校教授の地位をも抛《なげう》って、突然漂々たる旅路にのぼってしまったのである。恩師Y博士をはじめ多くの先輩や同僚達の、熱涙あふれる説得も、ついに何の効果もなかった。

——それから、はや三年の春秋がながれた。だが、結城はいまもって一年のうち半年位まで、行方さだめぬ旅枕の生活だ。そのうえ、家庭ですごす半年も、今までとは全く畑ちがいのフランス文学に凝っている。その仏文学でも彼の天才は、この三年間に忽ち一家をなしてしまった。そうして、翻訳や評論で原稿料が入ると、老いたお母さんやその遠縁に当る萌子さんに不自由をかけないだけの配慮をすまし、自分はまた縹渺《ひょうびょう》たる旅空に身を任せてしまうのだ。亡父の遺してくれた荻窪の家に留守をまもる、老母も萌子さんも愛犬スノップも、その行先さえ知らない。

寂しいときには旅にでるがいい。誰であったか、そう言った。天才結城麟太郎の場合にも、その言葉があてはまるのか？

そういえば——。ひろい額、秀でた眉、きりっと高い鼻筋、ぐっと引き結んだ口許。ちょっとジョン・ウェインを思わせる彫り深い端麗な風貌にも、どこか愁いの翳がまつわっている。ひろい胸幅、均斉のとれた逞しい筋骨。またそれだけに却って、戦時中出張先でうけた爆撃のため根元から薬指と小指とを吹きちぎられた右手の痛々しさが、見るひとの胸を一層暗く打つ。そうして、彼の眸の奥には、いいしれぬ憂愁が湛えられるようになってきた。

そればかりではない。年老いたお母さんが一人息子のためにもと考えて、自分の遠縁に当る若く美しい萌子さんを、荻窪の家に呼び寄せたのは、二年前のことだ。優しい萌子さんが、結城の喪われた指の身替りになってあげたいと、切に望んでいることも、私はよく知っている。だが、結城の漂々たる愁いの翳は、依然として去らない。

「麟太郎さんは、私のことを妹のようにしか思っていて下さらないらしいんですのよ……」

ときどき遊びにゆく私に向って、萌子さんは羞じらいながらも、美しい眉を愁わしげに翳らせるのだった。

なにが、この天才をそうさせたのか？

――だが、その結城麟太郎にも、いまもって変らないことが、ただ一つだけある。それは彼の推理癖、とくに難解な犯罪に対する探偵的趣味であった。ちょっと奇妙に思われるかもしれぬが、それも深く考えてみれば充分説明のつくことだ。恰度クロス・ワード・パズルを解いてゆくような、快刀乱麻を断つがごとき明晰な推理性が、かの素粒子論における天才的な推論になっていったことは、容易に肯ずけるところだからである。

法曹界にすすんだ私と、理論物理から仏文学へと移った結城との友情が、こんなに親密につづいている理由の一半も、このような共通の場に負う所があろう。勿論、彼と私とはかつての高等学校時代、ボート部の六チャンとして同室の釜の飯を喰った仲だ。そうした学生時代からの友情が、私達を卒業後もながく結びつけたことは云うまでもないが、それに加えて探偵推理という点でも、たまたま軌を　にするもののあったことが、私達の友情を一層押し進めたこともまた争えない。

実際、私は検事としての職務上、幾多の難事件にぶっつかったが、そのうちには、結城の天才的な才能の助力によって解決したものが、数えきれないのである。恰度あの複雑なデーターと計算と推理から、素粒子の存在を理論的に正確きわまる推論に導いてゆくように、彼の思索機械のごとき明晰な頭脳は、いかなる極悪な智能犯をも、ついには看破してしまうのだ。

そうして、この推理趣味だけは、研究室を抛って浪々の旅にのぼったのちも、とうとう忘れることができなかったものらしい。何か重大難解な犯罪が起ると、いつのまにか吸い寄せられるように旅先から帰宅している。決して彼の方から言い出すことはないが、私を待っていることはちゃんと判るのである。そのくせ、私が相談をもちかけると、一度は必ず、

「またかい。勘弁してくれよ。ほんとにもう、探偵なんて懲りごりなんだ」という。しかし私はその手はくわない。犯罪や探偵小説の話になると、その時だけは、彼の端麗な顔から、いつもの深い愁いの翳が忘れ去られていることを、決して見逃さないからだ。だから、

「うん、まあ、いいさ——。だが、今度だけは力をかしてくれないかい。これが、最後だよ——」そう、受け流しながら、じりじりと匂わせてゆく。すると、いつのまにか前言を忘れて、彼の方から話を催促するという寸法になってくる。毎度お定まりのコースだから、私は心得たものだ。そうして結局は、あの複雑な理論物理の謎を解くように、彼はその天才的な推理機械を働かせて、みごと犯人の奸智をあばいてくれるのであった。

そのうえ、彼が仏文学に転向し旅をはじめるようになってから、その推理性は一段と深味をましてきたようにさえ思われる。今までの数学的鋭角的な天才さに加えて、社会的人間的な洞察力の厚みが、その推理を一層滋味あるものにしてきたようだ。これから紹介しようとおもう奇妙な事件の解決も、こうしたことの好適な例だったといえよう。

2

その夜、私は久しぶりに旅から帰ってきた結城を、荻窪の家に訪れていた。六月末のことだった。梅雨もよいの鬱陶《うっとう》しい空が漸くからりと明けた、暑い夜気が流れこんでくる。和服姿の美しい萌子さんがいれてくれたコーヒーを啜りながら、私達の話題はいつしかまた、探偵小説や最近の犯罪の特異性のことなどに及んできていた。

「——いや、全く、そうなんだよ。自分のやっていることに変に自信をもって、英雄的なものを感じている……。なんというか、一種の虚栄的なヒロイズムだね——」と、結城。

「オー・ミステイクの山際なんか、いい例だな」

「うん。それから、罪責の観念が全然欠如してること……」

「そう、それも戦後犯罪の大きな特徴の一つだ。伊東

の親殺し事件の坂本周作なんかね。全く責任を感じていないんだな」

「確かにアヴァンゲールとはちがうよ。特に近頃は肉親同士の血腥い事件が続くね。それに、初犯が多い――。そうして、自分の行為によるエフェクトを予め考慮するということが、全然ないんだな――。動機と犯罪の結果とのバランスがとれていないんだよ。僅かの金を奪るのに、平気で殺人をやってのける――」

「八宝亭事件の山口常雄や、近頃の鎌倉の社長殺しなんかね」

「いまさっきのオー・ミステイクや、伊東の周作なども、そうだよ。――要するに、動機と犯行のバランスが全然とれていないということが、アプレ犯罪の著しい特徴なんだね……」

結城は熱心に戦後犯罪の分析をはじめていた。いつのまにか彼の気品ある顔から、いつもの謎のような憂愁の翳が消えている。犯罪の話になったときだけ、茫々たる人生の愁いを忘れてしまうのであろう。そして、このときの会話が、それからのちに起った事件の解決に、大きな鍵になったのだが、その時はまだ、何も気付くすべもなかったのである――。

――夜もだいぶ遅くなったらしい。そろそろ辞去しようかと考えていた、恰度その時だった。突然、電話のベルがけたたましく鳴った。電話口にでたのは萌子さんだ。が、すぐ急いで私を呼びにきた。

「田無署からですわ。お宅におかけしたらこちらだと仰有ったので、お電話したんですって――」私は慌てて電話口にすっとんだ。声の主は、姉崎捜査主任だった。

「あ、川島検事殿ですか？　夜分にお呼びたてしまして、どうも。じつは、例の玉川上水の磯部時雄溺死事件のことなんですが……」

がんがん響いてくる。だいぶ昂奮しているようだ。

「うむ、一昨日のやつかい。あれは一応、酔っぱらっての過失死、ということになったんじゃなかったのかな？」

「ええ、そうなんですが――、どうも臭い気がしてならなかったんですよ。勘でしょうな。そこで、徹底的に洗ってみたのですがね。――検事殿！　こいつあ、他殺ですぜ！」

「おいッ、なんだと⁉　姉崎君！　よしッ、すぐ、ゆく！」私も思わず昂ぶった声でどなると、電話をがちゃりと切った。結城に手短く話して、急いでいとまを告げる。

「ああ、また、事件かい。なあ、今度だけは、引き込まないでくれよ、ほんとにだぜ——」

見送ってきた結城が、呟くようにそんなことを言う。だが、その言葉の裏から、眸の奥にきらきらひかっている探索心を、私はちゃんと見抜いていた。

3

翌朝、私は勤務先である地検八王子支部の一室で、田無署の姉崎捜査主任と、鳩首《きゅうしゅ》協議にふけっていた。

——事件のあらましを、当日のH新聞都下版は、こう報じている。

『玉川上水に溺死体＝本二十八日早朝、北多摩郡小川郷、磯部時雄氏（34）は、自宅より二粁《キロ》半離れた玉川上水N土橋下の水中に、杭にひっかかった溺死体として発見された。溺死時刻は昨夜九時半前後と推定される。昨夕同氏は銀座のキャバレー・リルで痛飲したが、中央線国分寺駅から国分寺線で、小川駅に向い帰宅途中、一つ手前の鷹の台駅に電車がすべりこんだ際、突然全線が停電した。そうして午後八時五十分から約一時間半運転不能に陥った。乗客の証言によれば、氏はしたたか酩酊していたが、停電に業を煮やして下車、徒歩家路に向ったという。従って途中N土橋にさしかかった際、過って墜落溺死したものとみられている。ただ屍体数ケ所に短刀ようの創跡が発見されたため、目下詳細取調べ中——』

さらに、翌日のH紙朝刊記事。

『既報、磯部時雄氏の溺死体に附着していた創傷は、酩酊していた同氏が鷹の台駅下車直後、与太者と口論した際うけたもので、剖検の結果、死因とは無関係の軽傷にすぎないことが判明した。屍体の肺、気管支及び胃内部には泥濁溺水が証明され、酔いのための過失溺死と検案された。体内の溺水が濁っていたのは、前々日及び前日の豪雨のため、玉川上水が泥濁していたためとみられる。なお、時雄氏はかねて酒乱の気味があり、常日頃から家庭内の紛争が絶えなかったものである。云々——』

大体このような経過をたどって、一応けりがついた、と思われていた事件だった。それを、いままた、姉崎主任がむし返してきたのだ。

「——というわけで、一見疑う余地はなさそうにみえましたがね……。私ゃ、どうしても釈然としなかったんですよ。だいいち、あの家庭内の従来のいざこざが、どうも気に喰いませんわい……」書類をめくりながら、姉崎は話しつづける。

「調査によると、この磯部家というのは、昔は粂川在の素封家だったらしいんですがね。それを、死んだ時雄の祖父というのが、身をもちくずして一代で蕩尽した。正妻の息子が一人いたんですが、二十位で病死したということです。それで、散々すったもんだのあげく、女中だった女との間にできた私生児をやっと認知して家に入れることになった。これが、時雄達の実父に当る磯部達次郎なんですよ――」

「ふーん、よくあるやつだな」

「検事殿、まあ、これを見て下さい。現在の家族に関するメモです――」姉崎主任はそう言いながら、一枚のリストを私にわたした。

磯部達次郎（59）父。元陸軍軍人。昭和十六年砲兵中佐で予備役編入。直ちに満洲国軍に入る。満洲時代には放蕩の限りをつくし、全く家庭を顧みなかった。昭和二十二年引揚げ、小川郷の長男時雄宅に身を寄せる。

磯部時雄（34）被害者。達次郎の長男。東邦商事会社員。父に似てその性格は短気頑迷、しかも兇暴。酒乱の性癖があり、しばしば父や妻に惨忍な暴力を振うという。

磯部敏江（31）時雄の妻。芸妓出身のため、時雄との同棲にも、多大の辛苦を重ね、入籍もひどく遅れた。近来大との喧嘩が絶えず、義弟義治と懇ろになっているといわれる。家附近の多少の畑地の耕作、縫物裁断の賃仕事により家計を支えている。

磯部幸子（8）時雄夫婦の長女。小学校二年。

磯部義治（29）達次郎の次男。運送会社に勤務。独身。立川市G町に間借。性格冷酷。嫂《あによめ》の敏江と密会を重ねているという。

「――ふーん、こいつあ、複雑だな」私はメモを返しながら、姉崎主任の顔をみた。

「いかがです？ これじゃ、何か起らないわけがないじゃありませんか。最近時雄は妻と弟の仲に感づいて、一層兇暴になってきたらしいんですね。敏江を罵って擲つ、蹴る、髪をひっつかんで振り廻す――。ところが、敏江がこれまた負けちゃいない。育ちが育ちの勝気な女ですからねえ……」

「子供が、可哀そうだな――」

「全く、そうですよ――。そこへもってきて、弟の義治というのが曲者なんですね。もう敏江とのっぴきならぬ関係になってるんでしょうな。そのほかにも何か目的があるのかもしれませんが、とにかく、敏江と義治にとっちゃ、時雄は全く邪魔者だ――」姉崎主任は煙草に火をつけながら語をついだ。

「――それから、この実父達次郎も、一筋縄でゆく爺さんじゃない。子供の頃から、女中の子だ、私生児だというので、ずいぶん苦労し、すっかりひねくれて、冷酷な性格になってしまったらしいですな。その反動で、いったん磯部家に認知され家長になると、逆に今度はひどい暴君になった――。おまけに陸軍軍人ですからね。思いやられますよ……」

「じゃ、芸妓出身の敏江は、大変だったろうね」

「なんでも時雄を勘当するといって、庖丁を振り上げながら追いかけたこともあるそうですよ。そのくせ、満洲へ行ってからは、女から女へと移りあるいて、家のことなんか全然顧みない。――残された配偶《つれあ》いというのが、ひどく苦労したらしいですな。いまの小川郷の家と多少の畑地なども、子供達と営々辛苦の末やっと買ったものだということです。無理が嵩じて、とうとう昭和十九年に死んだそうですがね……」姉崎は視線を落した。

「――ところが、終戦後は皮肉にも、その子供の家に厄介にならねばならなくなった。義治も達次郎に冷く辛くあたる。まして時雄や敏江にしてみれば、怨み重なる父親ですからな。随分ひどい待遇だったらしいんです。飯の量なんか半分位しかあてがわなかったという。すると、達次郎はたけり狂って、親不幸者奴と喚きまわる。口論の末敏江に摑みかかって首を絞めそうになったこともあり、また、息子達を遺棄罪で告訴するといきまいて、弁護士に相談までしたが駄目になり、口惜しがったという話もあるくらいですよ――」

「いやな話だな。目をそむけたくなるような骨肉相食む悲劇だねえ――」私の心は暗澹として、圧しひしがれるのだったが、「ところで、事件はどうなんだい？　ホシの見当は……？」

すると、姉崎主任も今までの暗い表情に、俄かに生気をみなぎらせた。

「検事殿。こうした家庭事情からたぐって、強引に網をしぼってみたんですがね――。確かに、かかりましたよ。――まあ、きいて下さい、こういう訳なんです――」そう、姉崎主任が説明しはじめたところをまとめてみると、大体次のような次第であった。

4

――溺死体の発見された翌二十九日――。疑いをいだいた田無署姉崎捜査主任は、加藤刑事と共に、国分寺線鷹の台駅から玉川上水N土橋を経て、小川郷磯部宅に至る道路を、自ら歩いてみて克明に調査した。恰度、豪雨がからりと霽《は》れ上ったのちの、初夏らしい陽光が、かーっと野面に照りつけていた。

――国分寺線は、鷹の台、小川の両駅をへて、東村山に通じている。村山貯水池や狭山丘陵もさほど遠くはない。元来このあたりは古代多摩川の三角洲であった。そのころ関東山地の東縁まで入り込んでいた古東京湾の海成層の上に、青梅から流れでた古代多摩川が、五日市砂礫層と呼ばれる黄褐色の砂礫を沈殿させた。その後、この地塊は、幾度かの隆起と沈降を重ねたのち、武蔵野台地の上に聳えるに至ったのである。更にその上に所謂関東ロームが沈積してできたのが、この狭山丘陵であって、はるか多摩丘陵と相対立しており、その間に玉川上水や野火止用水路などが連っている。附近には、富士信仰からきた富士塚、公事所隣りのお仕置場だったといわれる円座、古代の悲田院跡、先住民の住居跡など、いろいろな史蹟もすくなくない。

　みくりくる狭山が池のたよりにし
　かげはひかれぬ青柳の糸　（隆祐）

などと詠まれて、ここ武蔵野の風物は、ひとの心を慰めるような懐しさをもっている。

およそ、骨肉相食む悲劇や殺人事件などとは、縁遠いように思えるのであったが、事実はあくまでも厳しい事実だった。その武蔵野に、汗を拭きふき調査をつづけねばならない姉崎主任の心は、重く湿っていた。

――調査はまず、磯部時雄が停電に業を煮やして下車したという、鷹の台駅附近からであった。が、当夜、時雄が喧嘩をした与太者は、剖検にも示された通り、時雄の死には関係のないことがすぐ判明した。

それから徒歩十五分ばかりで、玉川上水N土橋にさしかかる。だが、ここはもう町外れで、近所には人家もない。玉川上水は数日前の豪雨のため増水し、黄色い濁りを含んでいた。かなり深そうだ。両岸は灌木の茂みや草がずーっと続いている。

「太宰治が心中したのも、この玉川上水路だったがねえ……」と、姉崎主任は同行の加藤刑事をふり返りながら、綿密に附近を調べはじめた。N土橋というのは至ってお粗末な架橋だった。欄干などは勿論ない。

「これじゃ、酔っぱらいなんか、簡単に足を踏み外すかもしれませんぜ――」

「ということは、突き落して殺すのも、甚だ容易だということさ」姉崎のさりげない言葉だ。加藤刑事はちょっと顔をこわばらせる。

「加藤君、あの杭だよ、時雄の溺死体が引っかかってたのは。だいぶ流れは早いな――」

覗き込む二人の影が濁った流水に乱れた。

それから、玉川上水を交叉して、磯部宅に至る道路をずっと調査していった。途中人家は少く、畑地と灌木林と叢とが目の限りつづいている。北方に隆起してみえるのが、狭山丘陵の尾根であろう。道の両側には、庚申塔《こうしん》や道祖神や陰陽石の祠や塚が散見する。豪雨の名残か、野面や道路の凹みには雨水が溜って、方々に大きな水溜りをとどめている。

だが、この途中では殆んど手掛りは得られなかった。足跡などは踏み荒されていたし、たまに出遇う農家の人々も、あの夜は豪雨のあとでもあり、それに停電騒ぎで、夜道の通行人などには、注意を払っていなかったからだ。

N土橋から徒歩三十分で小川郷磯部宅に着く。道は途中おおきく迂回していったん玉川上水路を遠ざかったのち、磯部宅附近で、また水路に著しく接近している。面積は僅かだが、傾斜と凹凸の甚だしい畑地と籬《まがき》の茂みに囲繞《いにょう》された、半農半住宅風の家が磯部宅であった。

姉崎主任と加藤刑事は、線香の匂い未だ新しい仏壇に向って合掌すると、早速、探りを入れはじめた。まず、父親の達次郎は、息子の死に、悲しみのいろを現わすどころか、逆に、

「――親不孝者奴があんな死にざまをするのも、天罰というものですな」と、露わな憎悪と皮肉をみせてくる始末だ。そうして、当夜の事情については、

「敏江は針仕事を届けるんだとかいって、夜分にも拘らず出掛けましたわい。どこへ行ってたことやら、分ったもんじゃない――」と毒づき、更に語をついで、「儂《わし》は孫の幸子と二人で留守番をさせられたわけだが、九時頃だったか突然停電になった。で、そこいらを探し廻ったんじゃが、どうしても蠟燭が見当らぬ。とうとう業を

煮やして、下駄をつっかけ、つい先の煙草屋の松田さんとこへ借りに行ってきましたがな。雨はもう止んどったが、前日までの豪雨で水溜りがひどく、お蔭で裾がすっかり汚れましたわい――」

「ちょっと、磯部さん――。蠟燭を借りにゆかれて帰られるまで、何分くらいかかりました？」

「そうですな、十分か、せいぜい十五分ぐらいでしたろう……」そのことについて、孫の幸子ちゃんに訊いてみると、やはり達次郎の言葉に大体間違いはないらしく、

「お祖父ちゃんはね、松田さんちへいったけど、じき帰ってきたわ。そのほかには、どこへもゆかなかった――」と、答えた。

だが、難物は敏江であった。はじめは所沢へ縫物を届けにいったと主張したが、更に突っ込んで詳しく追求すると、今度は言を左右にして、はぐらかそうとしはじめる。しかもその言動がひどく不遜なのだ。ところが、まもなく敏江は態度を一変した。俄かにヒステリックな興奮を示したかとおもうと、

「お義父《とう》さんですわ！　ええ、きっと、そうに違いないんです！　酔って帰ってきたあのひとを、お義父さんが上水べりに引張っていって、突き落したのですわ、ええ、そうですとも、お義父さんは、とってもあの人を憎み恨んでらしたんですから！　きっと、お義父さんが、あのひとを！」金切声でそう喚きはじめたのだ。姉崎主任はあまりのことに呆然とするばかりだ。そうして、それからが大変だった。達次郎は嫁の悪意にみちた言葉を耳にするや、眼を吊り上げ、軀をわなわな慄わせたかとおもうと、

「な、なにを言うッ、売女《ばいた》！　お前こそ、時雄が死ねばよいと思っていたのだろうがッ！」

狂ったように怒鳴るが早いか、猛烈な勢で敏江に突進して、その髪を引き毟った。

敏江の金切声、器物の割れる音、幸子が泣き叫んで取り縋る声――。姉崎主任は驚いて間にとんで入り、漸くのことで二人を引き分けたが、どんな事情があるにせよ、あまりにも凄じい家庭の相剋に、ただ目をそむけるばかりの身の慄えを感じましたよ、と、姉崎はあとで私に語ったことだった。

止むなく、姉崎主任は事情聴取をいったん打切り、家屋附近の調査に移った。そうして、ここで二つの注目すべき事実を摑んだのである。――第一は、磯部家附属の畑地はひどく傾斜と凹凸が著しく、豪雨後の水溜り跡と

思われる窪みがいくつかあり、そのうち道路に近い一つの大きな凹み附近に、地下足袋ようの足跡が散乱していたことだ。泥水は殆んど引いていたが、何かスコップようの器物で水を掻き出したのではないか、と疑われる線条跡も残っていたのである。

第二。その畑地から玉川上水の水路はごく近く、しかも、例の窪みから水路の所まで、何か重量物を引きずって運んだような形跡が発見されたことだ。水路岸の草叢が踏みにじられている。窪みからは約五十米位の距離だ。

「加藤君、これをどう思う？　N土橋以後、水路と道路とは、一度ひどく遠ざかっているが、この附近ではまた案外ごく接近してるんだぜ。ちょっと、錯覚に陥る位だがね……」姉崎主任は加藤刑事の顔を、意味ありげにみやった。

それから、達次郎が蠟燭を借りにいったという、松田煙草店にあたってみた。磯部家のすぐ先だった。松田氏の話では、達次郎がきたのは確か九時半頃で、すぐ帰っていったという。だが、姉崎主任は何か期する所があるのか、深く頷いてみせるばかりであった。

5

「――検事殿、まあ、大体こんな訳だったんですがね……」姉崎主任はここでまた、煙草を一服火をつけて、私と顔を見合わせた。

「ふーむ。それで、敏江の当夜の行動は、どうだったんだい？　アリバイがないじゃないか」

「いや、それですよ――。私もはじめは、てっきり敏江か、あるいは敏江と義弟の義治との共謀だと睨んで、その足ですぐ立川にすっとんだんです。義治は、もう運送会社にちょっと顔出しをしてましたがね……」

「それが――、はずれたのかい？」

「そうなんですよ。意外でしたな――。はじめは奴もしきりに言を左右にするんです。こいつあ、いよいよホシだな！　と思ったのですが、どっこい、見ン事背負投げを喰わされましたよ。あったんです――、畜生、やられましたな、動かせぬアリバイがあったんですよ――」

「アリバイ!?」

「はあ、あの夜、確かに義治と敏江とは密会したんです。だが、そいつは、時雄殺しの謀議じゃなくて、とんでもねえ連中だ、新宿R町の連れ込み宿で、うまくやってやがったンでさあ——。常磐家ってえ、怪しげな家ですがね、そこのおかみがはっきり証言してるんです。お二人は間違いなく午後八時頃から九時半頃までお休みでした、とね……。おまけに、九時四十分頃新宿駅で二人を見かけた証人までいるんです。偶然にも二人と顔見知りだという人物でしたが……。時雄の溺死時刻は、九時半前後という剖検でしょう？　これじゃ、問題になりませんや。ことがことだけに二人とも云い渋ったんでしょうが、義治をぎゅうぎゅう追求したら、とうとう白状しましたよ。いや、私もちょっと意外で、肩すかしを喰ったような感じでしたがね……」

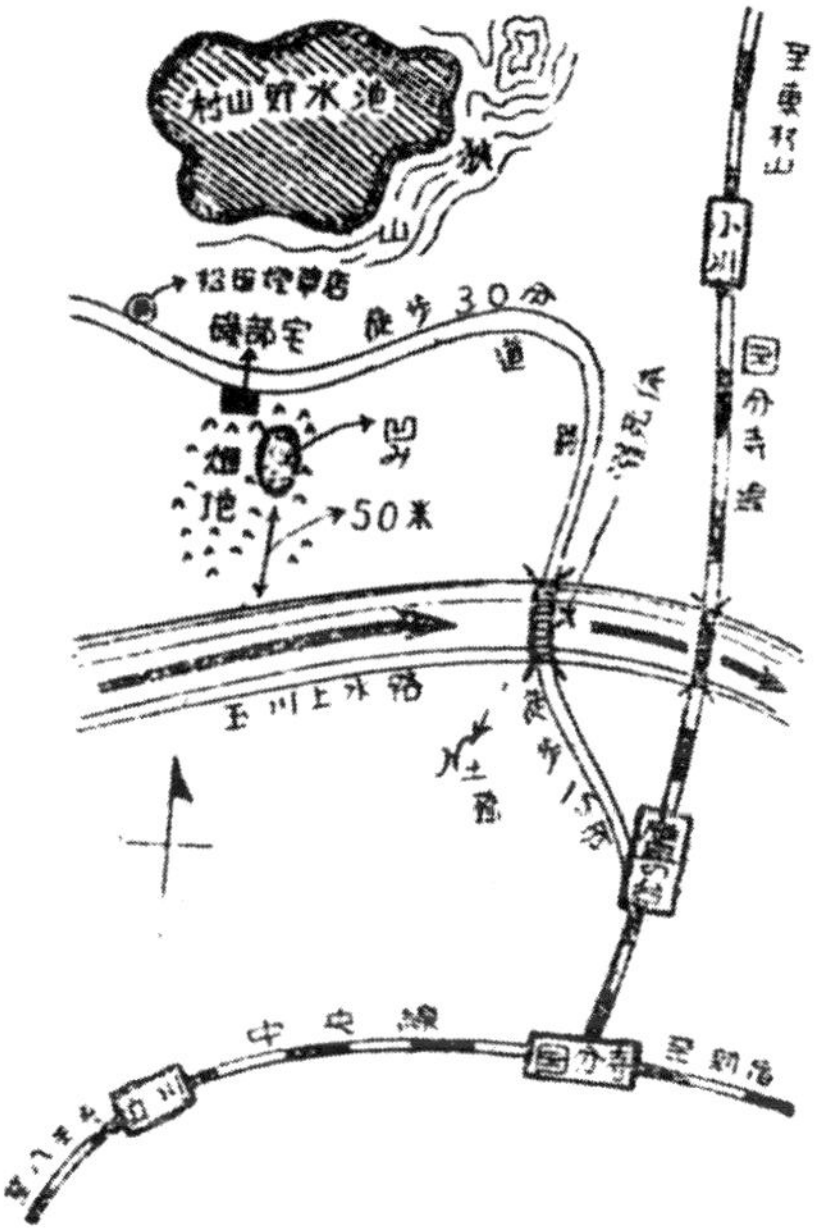

「ふーん、それじゃ、達次郎をはじめ家族の者はみな、アリバイが成立するわけだな？」

と、私が怪訝げに言ったそのときだった。姉崎主任は俄かに意気ごんで、

「そこですよ！　川島検事どの！」と、膝を乗りだしてきた。「いままで、我々は、時雄が玉川上水路に墜ちた、あるいは突き墜されたのは、N土橋の所だとばかり考えてきた——。だが、そこに大きな錯覚があったんじゃないでしょうか？　もし、もっと上流、例えばあの磯部宅あたりを犯行現場と考えたら、どうでしょう？　検事どの、まあ、この地図を見て下さい」姉崎主任はそう言いながら、上のような一枚の図を私にわたした。

「御覧下さい。この磯部家の畑地にある深い窪みから玉川上水路までは、僅か五十米なんですぜ。おまけに、この凹地は豪雨が降ると、その直後は五、六寸も雨水が溜るという。酔っぱらいの首を引っ摑んで、水溜りの中へ強引に顔を突込み、力一杯押えつけるくらい、簡単なことですからな。そうすれあ、畑の中でも容易に溺死さ

せることができるんだ！」

「うむ、そうか！」私は思わず唸った。「姉崎君！　僕もそんな話はきいたことがあるよ。Ｔ大法医学の権威Ｆ博士からね。――博士が金沢大学に勤めておられた頃、郊外の畑中の一変死体を解剖されたことがあった。ところが、附近には水の気ひとつないのに、剖検の結果はどうしても溺死だ。それで調べてみると、その前日ひどい雨が降り、死体のあった畑の凹みに五寸ほど水が溜ったのだが、今日は天気になったので水はすっかり引いてしまった。つまり、被害者は前日の夜、酒に酔っての帰り途、畑の中に倒れ雨水溜りに首を突込んで溺死したことが、判ったというんだ――」

「それですよ、検事殿！　いよいよ間違いないと思いますな。犯人は実父の達次郎ですよ！　おそらく停電で松田煙草店へ蠟燭を借りにいった帰りに、恰度酔っぱらって帰ってきた時雄に出遇ったんでしょうな。そこで、日頃憎み合ってる仲だ、なにかのきっかけで烈しい口論になり、挙句の果かっとした達次郎が、時雄を畑の窪みの所に突き倒し、雨水溜りで溺死させてしまった――そして、屍体を近くの玉川上水路へ引きずってゆき、水中に放り込む。水流のために屍体は下流へと流れていって、Ｎ土橋の所の杭にひっかかった。そこで、翌朝発見されたときには、いかにもＮ土橋から過って墜ち溺死したようにみえる――」

「うむ、なるほどね――。それで、畑から上水路までついていた、重量物を運んだような跡も、説明がつくわけだな」

「そうですよ……。おまけに、豪雨のため玉川上水の水が混濁してたでしょう。それで畑の凹地に溜った雨泥水と、全く似通ってきてしまった。そのため一層、溺死体内の溺水が、玉川上水のものだと思い込まれたんだ……。そのうえ、九時半前後という推定死亡時刻も、幅のあるものでしょう？　従って、我々はＮ土橋が現場だとばかり思い込んだものだから、達次郎が往復一時間もかかるＮ土橋まで行ってくる時間はない、彼はアリバイが成立する、と考えちまったわけですよ。煙草店の松田氏は、まんまと彼のアリバイのために利用されてしまった――。なんという、奸智きわまるやり方だったんでしょう！」

姉崎主任と私とは、犯人の巧妙さに、舌を捲き合うばかりであった。

――が、恰度そのときであった。突然、田無署の加藤刑事から、電話かかかってきたのだ。まもなく、電話口にでた姉崎主任が、ひどく緊張して駈け戻ってきた。

「検事どの！ ——こんどは、時雄の弟義治が、達次郎に首を絞められそうになった、という事件がもち上ったそうですが！ そうして義治は、それを殺人未遂で、また時雄殺しも父に違いないと主張し、これも殺人罪で達次郎を告訴する、と、敏江と一緒に署に喚き込んできたというんです！」

「なんだと!?」さすがに私も興奮した。

「——じゃ、私は早速帰って、義治に会ってみます。そして、磯部達次郎の身辺を徹底的に捜査したいと思いますから、令状のほうはお願いしましたぞ」息をきらせて姉崎主任の云う言葉に、私はふかく頷いた。

6

——義治の申立によると、彼が小川の家に立寄った際、話が兄時雄の死因に及ぶと、達次郎は次第に興奮しはじめ、親不孝者の末路として当然の天罰だ、お前達もいまにみろ、同じ運命を辿るぞ、というような言辞を吐いた。義治も気を悪くしてちょっと抗弁すると、達次郎はいよいよ激昂し、しまいには、親不孝奴が何を言う！ と喚くや、やにわに義治にとびかかり、首を絞めようとしたのだという。あんな暴虐な父親では、いまに自分も敏江もどんな目に遇わされるかも分らぬから、この機会に告訴する。また、兄時雄を溺死させたのも父の仕業に違いあるまいと思う。というのが義治の言分であった。

——そうして、その日の午後行われた家宅捜索状執行の結果、達次郎に関する殺人容疑はいよいよ裏付けされることになった。

(一) 畑の窪地附近の地下足袋跡は、達次郎のものに一致した。

(二) 凹みの溜り雨水を掻い出したと思われる泥のついたスコップに、達次郎の指紋が発見された。

(三) 達次郎の私物箱の中に、彼に似合わしからぬ法医学書が見出された。しかもその中には、畑中の溺死という同一ケースが掲載されており、その横にひかれた鉛筆の傍線が消ゴムで消されているのが、認められた。

(四) 近所の人で、事件翌朝達次郎が畑に溜った雨水を急いで掻き出しているのを、目撃した者が、二人も現われた。

つまり、新しい証拠が四つ得られたわけである。――こうして、磯部達次郎の殺人罪容疑は、決定的だと思われるようになってきた。そこで、私は裁判官に逮捕状を請求、その日の夕刻達次郎を逮捕、直ちに拘留を請求するに至ったのであった。

しかし、取調べになると、達次郎は容易に犯行を認めようとはしなかった。しかも、その態度は皮肉不遜であり、私の指摘する事実に対しては、のらりくらりと言い抜けようとするのだ。そうして、戦前戦後の彼の横暴非行に私が言及し、時雄や義治たちに対する父親らしからぬ非人間性を追求すると、今度は急に供述を拒否し、黙秘権を楯にとってくる。そればかりか、息子達や嫁が自分を虐待した事実を述べ、むしろ自分こそ子供達を遺棄罪で告訴するとさえ、いきまく始末だったのである。

――このような状態のまま、旬日が過ぎてしまった。が、依然自白は得られず、また、より以上の証拠も発見されなかった。けれども、達次郎に対する私の心証は、ますます悪くなってゆくばかりだった。勿論、親権は重んぜられるべきだが、同時に子の権利もまた保護されるべきだ、というのが、私の信念であった。それに、義治及び敏江からの告訴もあることだ。私は慎重に考慮の末、遂に、磯部達次郎を、殺人罪及び殺人未遂罪で、起訴するに至ったのだが……。

――こうして、事件が、堀越裁判長係り雨宮弁護人立会いで審理をはじめられてから、またたくまに一ケ月半も経過してしまった。

だが、審理は事実認定の段階で、はたと行詰ってきたのだ。証拠調べはどうどう廻りを繰返すばかりなのである。私の秘かに期待した達次郎の公判廷における自白は、どうしても得られなかった。そのうえ、雨宮弁護人と達次郎の反撃は鋭く、私たち検察陣の提出証拠に痛烈な反駁を加えてくるのである。

事件翌朝、畑の溜雨水を掻い出していた行為については、「畑作物に与える害を避けるための当然の処置ではないか」となし、上水路に至る重量物運搬の痕跡については、「肥料叺《かます》を洗うため引きずったのだ」と主張してゆずらぬ。法医学書については、雨宮弁護人が、「個人的読書の問題だ」と固執する始末だ。

こうなってくると、検察陣の証拠は、所謂情況証拠ばかりであって、決定的な極め手に欠ける憾みがみえはじめてきた。それに伴って、堀越裁判長の心証も、容易に達次郎を黒とはなしがたい様子が推察されるまでになってきたのである。我が刑事法は、証拠裁判主義と裁判官の自由心証主義の原則を貫いている。その限り、検察陣には漸く濃い焦躁の色が現われはじめてきたのだ――。

――私は次第に、自分の公訴提起が早まりすぎたのではあるまいか、という疑惑と焦慮に苦しみはじめていた。しかし、それにも拘らず、達次郎の過去に目をやるとき、彼の昔流軍人流の家長絶対支配権をふりかざす兇暴さこそ、骨肉相食む家庭悲劇の根本原因だ、という心証は動かすことのできないものであった。私はこの矛盾に、はげしく苦悩した。

そうして、挙句の果、これはどうしても、結城麟太郎の力をかりるほかはあるまい、と結論せざるを得なくなったのだったが……。

7

――久し振りに旅から帰って、ひとときの憩いをたのしんでいた結城麟太郎を、やっとつかまえることができたのは、もう八月の末日に近いある夜であった。――おもえば、磯部達次郎を起訴してから、はや二カ月ばかりもの日数が過ぎ去ったのだ。その間に幾回もの公判が開かれたが、未だ結論はでず、検察側の立場は漸く不利にさえなっていたのである。

――荻窪の夜は残暑いまだ厳しく、昼の炎熱が夜の大地からむんと立ち罩《こ》めていたが、それでもさすがに九月近きを思わせる虫の音がはやしきりであった。案内を乞うと、いつものように萌子さんのにこやかな美しい顔が、私を迎える。幸い結城は在宅していた。縁側に籐椅子を並べて、萌子さんのすすめてくれる葡萄に喉をうるおしながら、私はそれとなく相談をもちかける。だが、結城は、

「あ、この間の事件だね。未だごたごたしてるのかい？　ああ、だから、探偵なんて懲りごりなんだよ。もう、その話は止めてくれ」

例によって、そんなことを云うのだ。しかし、その言葉のすぐ裏から彼の眸が俄かに生き生きとしてきたのを、私は見逃さない。だから心得たものだ。結局、結城は私の作戦にひっかかってしまうのである。

「じゃ、こんど限りだぜ。――一体、どうなったんだ？」

萌子さんも、私の顔をみて、くッとわらった。私は占めたと思う。が、そんな表情はおくびにもださず、磯部家の家庭事情、事件のあらまし、公判の模様などを、私は詳しく説明しはじめる。結城は薬指と小指のない右手で煙草を弄びながら、瞳を閉じてじっと聴き入っていた。そして、はやくも何事か気づいたことがあるのか深く冥想に耽るような頷きと、それから二、三の質問を示すのだった。

「——実際、畑の水溜りで溺死させ、それを玉川上水の水流を利用し現場をずっと下流のように見せかけて、アリバイをつくる。そればかりか過失死にさえもみせかけよう、ってんだから、全く奸智極まりないやり方だと思うんだがな。証拠が問題なんだよ——。起訴するときには確信があったんだが、公判が進むにつれてどうも被告側に圧され気味なのでねえ。聊か不安になってきたんだ。勿論、なにか犯罪の匂いがする、って感じは変らないんだけどね……」そう云いながら、私は記録や地図を拡げてみせた。

しかし、結城は質問を終えると、何と思ったのか、急に、犯行方法や地図などには全く興味を失ったような表情になり、もはや顧みようとはしなくなってしまったのだ。私は気合抜けを感じた。そうして今度は、磯部家の過去から現在までの事情、達次郎の境遇、経歴、性格などについて、彼は異常なほどの関心を示しはじめ、眸をぎらぎら光らせながら執拗なまでに突込んでくるのだった。

磯部達次郎の、女中の子、私生児としての長い間の苦労。一転して家長となり、封建的絶対支配権を横暴なまでにふるった時代。陸軍軍人時代、特にその私生児ありという戸籍面のため、才能がありながら軍人としても出世を阻まれたこと。放蕩を尽した満洲国軍時代。そして、終戦後子供達の厄介にならねばならなくなったのちの、骨肉相食むいざこざ。息子を遺棄罪で訴えようとさえしたが、果さなかったこと。等々——。

そうして、私の長い話を聴き終えると、ふかくうなずきながら、ただ一言、

「父帰る、の悲劇だね——」と、感慨深そうに洩らした。ついで、公判前後には達次郎はじめ義治や敏江はどんなふうに申立てているのか、と熱心に訊いてくる。

「そうだな、父親達次郎は、こう言ってるんだ。〃——私は砲兵中佐で予備役となり、すぐ満洲国軍に入った。現在の小川郷の家屋、畑地は私が現役当時買ったもので、

死んだ配偶《つれあ》いが契約書を時雄名義に書換えたものだ。終戦後私が引揚げてきたとき、時雄も義治も敏江も、悉く同居を拒むという、親不孝どもだ。行き所がない私は止むなく小川の家に居坐ったが、飯もろくろく喰わせてもらえなかった。時雄は酒ばかり飲んでいたくせに、親に喰わせる米はないというのか。橋から墜ちて死んだのも天罰というものだろう。また弟の義治にしても、兄同様の親不孝者で、あのとき私は罵られたのでかッとなり、こらしめたまでだ。親不幸者をこらしめるのは、親として当然ではないか――〃とね……。

――それから、義治と敏江だがね、彼等の言分はこうなんだ。〃――父の言うことはでたらめです。父は満洲時代に放蕩の限りをつくし、家のことは全く顧りみず、それどころか逆に金を無心してきたような人間です。現在の家屋畑地は、亡母と私達で入手したもので、父にとやかく言われる理由は毛頭ない。終戦後も同居中に、私達の衣類三百点時価三十五万円を売りとばした。父はよく、金をよこさなければ殺すぞ、と脅迫したものだ。父としての義務を果さず、終戦後も軍隊口調で子供達を、奴隷のようにこき使い、それを今更、扶養は親の特権とかさにきて強要しても、それは悲劇に終るだけです。時雄を溺死させたのも、きっと父に違いありません――〃と、こうなのだよ……」私は暗黙たる気持で話し続ける。あまりにも目を掩わしめるような家庭悲劇に結城の表情も暗く沈んでいた。

「――実際、父親も昔風軍隊流の、家長の絶対支配権をふりかざして、子供を所有物のように思っている、謂わば封建的家族制度の悪い面の権化といった感じだな。――しかし、反面未決生活の父親に差入れもせず、実の親を告訴するという、愛憎を超えた血のつながりを簡単に自由思想で割切ってしまう子供達の行き方にも、憎悪を感ずるね……」

「――そうか。〃家〃というものをめぐって何か身分法の盲点といった感じもなきに非ずだな――。素人の僕にはよく判らんが……」

結城は暗然たる低い声で、呟くようにそう云い、暫く頭を抱え込むようにして思索に耽っていたが、やがて顔をあげると急に語調を変えて、全く意外なことを言い出したのだ。

「――川島君、大体見当がついたけどね……。どうも、こいつあ君、時雄殺しの公訴のほうだけは、取消した方がいいんじゃないかな？　そんな気がしてならない……」

「えッ、何だって⁉」ぎくりとした私は、思わず飛び上りそうになった。「おい、結城！　じゃ、君は達次郎を無罪だというのかい⁉」

「いや、無罪だとまでは、断言しないさ。しかし、すくなくとも時雄だけは、やはり殺されたのではない、と思うよ。それだけの証拠じゃね。そして恐らく、それ以上の証拠はあがらんだろう……。きっと、単純な酔いの挙句の、過失墜落による溺死じゃないのかな……。しかしだ、川島、これからが大切なんだぜ、それにも拘らず、磯部達次郎はなにかを企んだにちがいない――」

私は全く呆気にとられてしまった。結城の言葉では、達次郎は時雄殺しの犯人ではないがさりとて全くの潔白でもないというのだ。じゃ、一体彼は何を云おうとするのだろうか？

だが、結城は全く私の疑いなぞ気にかけぬかのごとく、しかもさりげない口調で、「全く近頃は養老院も金がなくっちゃ入れない御時世らしいからな――」と、飛んでもない方向違いの話をするのだ。そうして、「――ときに、川島君、いまの法律じゃ、無罪の判決があった場合の、未決抑留中の日数に対する刑事補償金というのは、一日いくらになっているのかい？」と訊くのだ。

「刑事補償金⁉　うむ、無罪になった場合には、一日、二百円から四百円の割で、支払うことになっているが――」

「ふーん。最高一カ月に一万二千円か。達次郎が逮捕されてから、もう二カ月……と。それじゃ、もう二万四千円になる訳だな……」

「なにッ、結城⁉」私はその瞬間、電気に打たれたように昂奮した。『刑事補償金！』結城の言葉が、私の思索の盲点を、えぐるように剔抉《てっけつ》したからだ。「そうか！　そうだったのか！　狙いは刑事補償金にあったのか！」

私は異常な昂奮と戦慄とを禁ずることができなかった――。

8

――そうして、次の公判日、それとなく探りを入れてみると、果せる哉、反応があったのである。ちょっと刑事補償金のことに触れると達次郎の人を喰ったような表情が俄かに一変したのを、私は決して見逃さなかったのだ。

　更に調査によってかねて達次郎が養老院の入院費用等を調べていた事も追加判明した。

　もはや、疑う余地はなかった。時雄の溺死は、偶然な過失死にすぎなかったのだ。ところが、この過失死を利用しようと思いついた達次郎は、推定死亡時刻の幅を巧みに使って、いかにも自分に疑いのかかるような偽装証拠を企んでおいたのだ。畑の凹みの溜り水を掻い出す。スコップや地下足袋の跡をつける。肥料叺運搬の痕跡を上水路まで遺す。法医学の本を見せつけておく。等々……。しかもそれらは、一応は疑われるが、致命的証拠になるものではなく、犯行を強硬に否認し続けていれば、必ず無罪になるような種類のものに限られていたのだ。そうして、その間の抑留中の刑事補償金を稼ぐという、じつに奸智極まるやり方だったのであった！

　〝無罪の裁判を受けた者が未決の抑留または拘禁をうけた場合には、国に対して抑留または拘禁による補償を請求することができる〟と、刑事補償法第一条に明記してある。これを狙った磯部達次郎の巧妙な罠に、我々は見事ひっかかったのだ。

　私は衷心忸怩《じくじ》たらざるをえなかった。そうして、自分の不明を恥じつつ、その結論をもって、結城の所へ最終的な相談をしに行ったのであった。ところが、結城はじっと私の論に耳を傾けて、「その通りさ、川島――」と頷いたものの、それに加えて更に次のような言葉を附け加えたのだ。「だがね、君、達次郎の目的は勿論一応刑事補償金にもあったのだが、それだけじゃないんだぜ――。もっと、その奥があるとおもうよ……」

　私は、またまた呆気にとられた。「まだ、何かあるのかい？　このうえに……」

「――ねえ、川島。いつかの夜、君と戦後犯罪の分析をしたときのことを覚えてるかい？　アプレの犯罪は動機と犯行のバランスがとれていない、という論さ。ところが今度の場合は、その反対なんだ。達次郎はアヴァンゲールに属するわけだからな。その動機と犯行とは、バランスがとれているとみるべきだ。すると、二ヵ月の刑事補償金二万四千円、三ヵ月で三万六千円……　勿論それでも儲けものだが――、しかしちょっと少額だな。充分バランスがとれているとも云えないところがある……。ところで、君、もし刑事補償金詐取だと看破された場合には、一体どうなるんだ？　……」

「そいつあね、刑事補償法第三条でちゃんと網がはってある。〝本人が捜査または審判を誤ませる目的で、他の有罪の証拠を作為することにより、起訴、未決の抑留、もしくは拘禁を受けるに至ったものと認められる場合には〟だ、〝裁判所の健全な裁量により、補償の一部または全部をしないことができる〟とね……」

「なるほどね。だが、〝裁判所の健全な裁量〟というのが問題だな。――きっと達次郎はこう主張するだろう。〝だから自分は最初から無罪だと言ってるじゃないか。君達が挙げた証拠だって、私はいちいちそうじゃない、ちゃんと正当な理由があるのだ、と主張したはずだ。それを勝手に犯罪に結びつけたのは、貴方がたじゃないか。私ははじめからそうではないと言ってきてたのだから、当然損害は補償してもらわねば困るね〟とね。この皮肉に対してどう抗弁する？――だからね、川島――。アヴァンゲールである達次郎の動機と犯行のバランスを考えるには、刑事補償金詐取に加えて、更にもう一つその奥を見なくちゃならない――」ここで、結城は私の顔を凝《じ》っとみた。「――それはね、〝法律に対するプロテスト〟、〝法律への嘲笑〟なんだよ――。

――ねえ、静かに振りかえってみろよ。達次郎は幼い頃から、女中の子、私生児よ、と云われて、どんなに辛惨を嘗めたかしれないんだぜ。後に軍人としての出世を阻まれたのも、その忌わしい戸籍面のためなのだ。どんなに口惜しがり呪ったことだろう！　謂わば封建的家族制度の犠牲なんだ。彼がいったん家長になると、一変して極めて横暴になったのも、その楯の反面にすぎないのだ。ところが、終戦後になると、旧家族制度身分法がくるりと逆転して、子の権利・自由が強調される法律に変った。こうなると今度はそれが、彼には、親を虐待するもののように、誤って感ぜられてきた！　息子達は自分を捨てる。しかも遺棄罪で訴えようとしても、うまくゆかなかった――。こうして、いろんな矛盾に弄ばれた末、遂に達次郎は法律そのものまでも呪うに至ったのだよ！　その重なる呪いを、時雄の過失溺死の機会に刑事補償金の詐取にひっかけた――。みすみすそうと判っていながら、国家に補償金を支払わざるを得ないようにさせよう、という法に対する痛烈な皮肉が、彼の目的だったんだ！　そうして、そう解釈してこそ、動機と犯行のバランスが、はじめて、とれてくるんだよ！――」私は慄然たる思いを禁じ得なかった。〝法律に対する呪いと皮肉〟、ああ、それは何という身の毛のよだつような反社会性ではないか！　そして、彼をそのような反社会性に追い込んだものは、果して何であったのか⁉　私は暗い暗い負目にうちしずんだ。

「川島――。ねえ、あくまでも遵守されるべき法律が、これから磯部達次郎に対して、どういう態度をとるかは、これはもう、僕の領分を超えた、君達法律家の問題だよ……」

最後に結城はこう言葉を結ぶのだった――。

9

――しかし、一切の結論をまたずして、磯部達次郎が未決抑留中に発狂してしまったのは、それからまもなくのことであった。

――そうして、結城麟太郎は老いたお母さんと美しい萌子さんをのこしたまま、また漂然たる旅にのぼってしまっている。

――私もまた、孤独になった。

武蔵野病棟記

イソニコチン酸ヒドラジッド

その晩もまた、私達はヴェランダに静臥《せいが》椅子をもちだして、去る二月十四日、ニューヨーク・ポスト紙が二吋《インチ》の大活字で報道した、ホフマン・ラ・ロッシュ会社とスクイブ会社で、目下、実験中の、結核新特効薬、「イソニコチン酸ヒドラジッド」——通称「リミフォン」とよばれる、ストレプトマイシンの三百倍、パスの七百倍の効力を有する、と毎日新聞が書きたてた、新薬をめぐる議論に花を咲かせていた。

三等病棟利根寮の海老沢氏、私達夫妻、それに東都日報委託病棟に入院中の結城記者を加えて、計四人。

表情の多いゼスチュアをまぜながら、結城は椅子から身をのりだすようにして、しきりに新薬の効果を力説した。彼の属する東都日報は毎日系の夕刊紙で、この〝リミフォン〟には力瘤をいれ、紙面も大きく割《さ》いている。従って、結城記者はいろんな情報にも詳しかった。シー・ビュー病院の実験例のひとつに、動くことさえできなかった重症者が、新薬服用後三カ月で、あまり元気になったため、ダンスに熱中しすぎ、心臓麻痺で死んでしまった、などという話を、身振りたっぷりの話術で喋りまくった。

「——じっさい、この薬は今までのストレプトマイシンやパスのように、菌の発育を阻止するだけじゃないんだ。菌を殺す、というんですぜ。これあ、学界としたって、ドラマチックな前進じゃないかな……」

その結城の言葉に応じて、私もまたつよく相槌をうつ。

「全くだよ。いわば、結核治療史における、一つの革命になるかもしれない。とにかく、この病院でも臨床実験をはじめるんだからね、手術なぞは当分見合わせたほうが、利口だ……」

丹前の上から羽織をひっかけて、髪をかきあげながら、私は妻のほうをチラと見やった。

だが、こうした私達二人の楽観論に対して、懐疑的な立場をとったのは、海老沢と、私の妻の圭子であった。

「だがねえ――」と、海老沢オジサン氏が言葉をはさむ。「セファランチン以来、結核新薬の歴史は、いつも苦汁をのませられつづけてきたンですよォ。私は、身をもって、それを体験して……きた」

妻子もなく、療養所を転々と流れ流れて、療養十年。その間に、横隔膜神経捻除手術一回、成形手術二回、補足一回、空洞切開術一回、をうけたという、まるで爬虫類のような海老沢の言葉には、さすがに沁みじみとした実感があった。

「しかし、海老沢さん」と、結城記者は、のみかけの紅茶をおくや、「試験管じゃ、0.02―0.06mcgm./n/. の凝結中で、結核菌 H37RV 株に対し、バクテリアを完全に殺菌する、というンですぜ」

「それは、試験管内のことサ。人体実験じゃ、またちがってくる……」

「いや、それが、人体にも著効があるらしいンだ」と、私も頑強だ。

「レントゲン写真でも、空洞が三分の一になった例があるそうだから――。ストレプトマイシンなんぞ、問題じゃないとおもうな」

「――とにかく、症例数が問題だナ。これから日本でもどんどん追試して、権威のある結論をださなくちゃ……」

その時、その海老沢の言葉を引きとるようにして、いままで黙っていた妻の圭子が、

「妾《わたし》も、そう思うわ。学界としての結論がでるまでは、やっぱり今までどおり、気胸や手術をつづけたほうが……」

と、悲観論に賛意を表した。

が、その瞬間だった。私は、俄かに、つきあげてくるような、苛々した気持に襲われたのだ。やにわに静臥椅子から身をのりだすと、

「ふん、圭子。どうせ、おまえはリミフォンなんぞに用はない、といいたいんだろう。ええ？　ちゃんと、判ってるぜ」

思わず、そう、とげとげしい語調で、妻の言葉をさえぎらずにはいられなかったのである。一同は、ちょっと、ドキッとした様子であった。私の態度が、あまりに皮肉めいていたからだ。

「まあ、せいぜい、お前にとっては忘れられない姉崎先生にでも、肌にメスを入れてもらうがいいさ」

頭髪をかきむしりながら、私は妻のほうを睨みつけるようにして、言うのだった。

意外に烈しい私の口調に、さすがの妻も、一瞬ハッとした面持であった。だが、すぐ、その整った顔立ちに、いつものような高慢ちきな嘲けりのいろを泛べるや、

「ほほほは、あなたこそ、堀越の節子さんにでも、リミフォンをのまして頂くと宜しいわ」

「なにを、云うのかッ、圭子！」

私は、カッとした。思わず、立上ろうとしたが、海老沢や結城記者の前をはばかって、辛うじて自分を抑えた。

さっと、座には白々しい気配がながれた。語を喪って、気不味《きまず》い表情になった。意固地な気持になった私は、ふてぶてしい物腰で、冷えた紅茶を啜った。今更のように、しみじみと、私たち夫婦のうえに、危機が訪れていることが思い合わされてくるのであった。

晩春の夜はいつしか更けて、はや療園は九時の消燈ちかくなっていた。月はなく雨が近いのか、生暖かい春の夜風が、私達がいる「秋津療養所」のあるこの武蔵野台地の丘陵を、撫でるように流れ澱んでいる。ヴェランダ横の灌木の茂みが、黝々《くろぐろ》と夜の靄《もや》に影をのべて、ゆるくざわめいた。


圭子は静臥椅子に身を埋めたまま、暗い夜気に視線を投げ捨てている。派手な和服に、華やかな伊達巻をしめたその姿が、晩春の夜に映えて、美しい。なにを未練がましい！　と舌打ちしても、やはり美しかった。それがまた、グッと癪にさわるのだ。

そして、その圭子の姿に重りあって、同時に私の瞼に、ひとつのイメージがうかんできた。それは、看護婦堀越節子の、濡れたような優しい美貌であった。

私は、フッと深い溜息をついた。

愛憎の歴史

私たち夫妻のうえに、暗く蔽いかぶさっている、夫婦関係の危機——。それは、なにもこんどのリミフォンについてばかりではなかった。私達夫婦がともに同じ胸を患って、この療養所に入り、姉崎医師の世話にならねばならなくなったときからの、いや、もっともっと遠い過去からの、複雑きわまる愛憎の歴史に根ざしている。

もともと、いまはこの「秋津療養所」の外科長におさまっている姉崎啓作と、私とは、かつてのS高時代、多

感な青春の三年を起臥を共にした、古い友人だったのだ。そして、姉崎が大学の医学部に籍をおき、私が法学部に進んだのちも、私たちの友情は、ずっとつづけられていったのである。

――恰度そのころ、私達の前に現われたのが槇村圭子、つまり、いまの私の妻であった。彼女は姉崎の遠縁にあたる娘だった。小田原高女を卒《お》えるや、東洋女子医専に入り、目黒の姉崎家に身を寄せて、通学しはじめたのである。しぜん、私も圭子に紹介され、交際がはじめられることになったのだった。

圭子は、切長の眼に、鼻すじがとおり、口許のひきしまった、美貌の持主で、社交的な性格の娘であった。ときどき、ツンとしてみせたり、高慢で我儘な態度をとることもあったが、それが却って、男心をそそる性的魅力にもなっていた。そして、姉崎と私とに、差別なく同じように交際《つきあ》った。私達は三人つれだって、奥多摩などにハイキングにいったことも、いくどかあったのだ。

むろん、圭子の美貌に、多感な青春時代の私が、つよく惹かれなかったはずはない。しかし、そのことを私はいちども口にしたことはなかった。姉崎自身は、

「――べつに僕と圭子との間には、特別の約束などはないんだ。もし君が圭子を好きになったら、遠慮なく申出てくれたまえ。媒酌《ばいしゃく》ぐらいしてやるぜ、アハハハハ」

などと笑いとばしてはいたが、圭子が彼の遠縁に当り、彼の家に身を寄せているということは、たえず私の胸に強く刻みこまれていたのだ。

が、男女間の感情ほど、複雑で利己的なものはあるまい。姉崎が相手では……、と諦めながらも、彼が圭子との約束はないと公言したりすると、また私の若い胸には、「もしや――」という淡い希望も生れてくるのだった。そうして、圭子の一挙一動に胸をときめかせる、多感な一日々々がすぎていったのだ。

――かくて、三年の歳月がすぎた。その間姉崎は母校の医学部胸部外科に籍をおく、新進気鋭の医学士になり、私は富士航空重工業の新社員に就職し、槇村圭子もK病院の薬剤師になっていた。が、恰度そのころ、悲惨な戦争の重圧は、ひしひしと日本全土に蔽いかぶさってきはじめていたのだ。ついに、私達は相前後して、陸に海に応召しなければならぬことになったのである。

まず赤紙をつけて、軍医としてビルマへ発った姉崎は、その出征直前、私をよんで一夕《せき》の別盃をかわした席上、

「川島――。いよいよ明後日出発することになったが、

この際、君にぜひ知らせておかねばならないことができた。じつは、親達のすすめで、今度の出征前に、突然、圭子との婚約がきまったんだ。僕もいつ死ぬか分らぬ身なので、なかなか決心がつかなかったが、結局、両親の意志に従うことにした。あとは、宜しくたのむ……」

そう、一言残したまま、慌だしく結納を交わして、遥か万里の波濤をこえて征《い》ったのだ。

その姉崎の後を追うように、まもなく、私も南鮮の海軍第六十一航空廠附として、故国をあとにしたのであった。

——それから、二年後……。日本の敗戦という未曾有の結末によって、戦争は終った。

そして、終戦の年の暮、復員した私が、まっさきに耳にしなければならなかったのは、姉崎啓作の戦死、という知らせだった。私のあずかり知らない間に、戦争という怪物は、運命の廻り舞台を大きく一変せしめていたのだ。昭和十九年の秋、姉崎がインパール作戦で戦死した、という公報が入っていたのであった。そうして、私をまっていたのは、悲嘆にうちしずみ、心に大きな空洞のあいたような、真空状態に陥っていた、槇村圭子そのひとの、泣き濡れた美貌だったのだ。悔みと慰めをのべる私の心が、姉崎の死をいたむ気持から、更にすすんで、ともすればむしろ、圭子に対する同情へ、次第に胸のときめきへと、変っていったのは、不謹慎だったろうか？

元来、同情と慰めとは、恋の第一段階をなすものである。それに、どんな高慢勝気な女でも、女性というものは、たえず何かしら心の力強い支えを求めずにはいられないものだ。

圭子に対する私の同情と、傷手をうけて真空状態になった心の、支柱を必要とした圭子の嘆きとが、互に惹きあったのは、むしろ当然のことだったかもしれない。そのうえ、終戦直後の混乱状態、虚無的な世相は、いっそう二人の結びつきをはやめた。こうして、昭和二十二年の春早々、私たちは遂にささやかな結婚式をあげるに至ったのである。

——ところが、まもなく、新婚の夢いまださめやらぬ私達夫婦のうえに、青天の霹靂《へきれき》のような新事態が突発したのだ。

それは、戦死と公報されていた姉崎が、こえて二十三年の秋、突然生きて還ってきたことであった。戦死というのは、誤認だったのだ。激烈なインパール戦線で、昏倒し、人事不省に陥った姉崎軍医大尉は正気をとりもどしたとき、イギリス軍の捕虜収容所のベッド上にねかされていたのである。そんなこととは判らぬままに、本隊では、彼がビルマの山河に死骸を埋めたものと、故国に報告を送ったわけだった。

――連合軍Ｐ・Ｗの俘虜服をきせられた姉崎が、五年ぶりに祖国の土を踏んだとき、彼を待っていたのは、彼が幻にまで恋い焦れていた槇村圭子そのひとではなく、既に人妻になっていた川島圭子であったとは！　しかも、こともあろうに、かつての親友だった、私の妻になっていようとは……！

――ああ、私は、もはや、詳しく書く勇気がない。血涙をしぼるような悲惨な、愛憎の悲劇は、その幕をきっておとしたのだ――。

運命の絆

こうして、失意傷心のどん底に陥った姉崎は、すすめる人があっても嫁を貰おうともせず、北多摩郡の一角にひきこもってしまった。そして、まもなく、秋津丘陵の裾に位置する、この「秋津結核療養所」の外科を、担当するに至ったのである。

――一方、私たち夫婦の間には、漸く深刻な溝ができはじめていた。神経の繊細な私は、耐えがたい罪の意識と苦悩とに、身を切り苛まれるような辛いおもいだった。そして、夫婦の鎹《かすがい》となるべき子種に恵まれなかったことが、なお一層、夫婦の危機に拍車をかけた。このことについては、私は慚愧にたえぬひとつの思い出に悩まねばならなかったが、それは、妻に云えぬ種類の事柄であっただけに、どんなに苦しんだことだろう！　このためにも、妻への嫉妬は倍加したのだが……。

――こうして、また三年の春秋がながれた。

だが、皮肉な運命の絆は、どこまで続こうというのだろうか？　こともあろうに、私達夫婦が揃いも揃って、結核菌に侵され、人もあろうに、姉崎その人の世話にならねばならなくなろうとは！　私はしみじみ、眼にみえない強烈な運命の操り糸に、たぐり寄せられている、奇しき廻り合せを思わずにはいられない。

――終戦後、かつての勤め先であった富士航空重工業は、賠償指定をうけ、設備は中国に持ち去られて、会社は解散してしまっていた。潔ぎよく見切りをつけた私は、仲間と語らって、東洋商事株式会社をでっちあげ、インフレの波にのって一時はかなりうまくいっていたのだが、経済界が整理期に入ると共に、商勢は次第に傾きはじめた。焦れば焦るほど失敗し、ついに二十五年の暮、莫大な借財を負ったまま、倒産の止むなきに至ったのである。

——こうした公私両生活の破綻から、私は急速に健康を害しはじめていた。自棄酒《やけ》がいっそう病勢を亢進した。そして遂に、こえて二十六年の春、大喀血をし、どっかと病床に臥すに至ったのである。

さしあたって、最も困難であったのは、療養費だった。妻の圭子が再び昔のように薬剤師として勤めはじめたが、その安給料では、療養費はおろか、日々の生活にさえ事欠く始末になった。おまけに、妻が働けるという理由で、生活保護法の適用さえ、受けることを拒否されたのだ。

まさに万策つきはてたかに思われた、そのときだった。久方ぶりに見舞ってくれたのが、ほかならぬ姉崎医師その人だったのだ。それればかりか、

「もし、よかったら、僕の療養所にこないか？　入院費は心配するな。病院の特別研究患者の扱いをして、無料になるよう努力するから……」

とまで、申出てくれたのである。

はじめ、私は頑強に首を横に振った。（今更、何の面目あって、おめおめと姉崎の世話になれるか！）その思いが、グッと突きあげてきたからだ。

しかし、結局、背に腹は替えられなかった。じっさい、このままでは、私の病気を破滅に追いやるだけであることは火をみるよりも明らかであった。溺れる者は藁にも縋る、のたとえどおり、遂に私も、姉崎の好意にたよって、秋津療養所に入院するほかはなくなったのだ。

それに、私としては、疑惑と嫉妬にみちた夫婦関係の危機を、この機会に、一挙に勝敗を決めてしまいたい、という気持もあった。いわば恋敵である姉崎の牙城にまっしぐらにのりこんで、ひと思いに圭子の真意を試そう、と決心したのである。

かくて、二十六年の早春、木の芽いまだかたい武蔵野の、秋津療養所多摩寮の研究用ベッドに、私は病身を横たえたのだった。

——ところが、酷薄な運命は、更に、残忍な鞭を用意していた。それは、妻圭子への、感染発病であった。薬剤師をして生計を支えながら、私の看護をつづけていた妻は、窮乏と疲労困憊《こんぱい》の末、遂に、半年ならずして、同じ病に倒れるに至ったのだ。なにより、彼女がツベルクリン陰性であったことが、夫妻間の濃厚感染をはやめた

ものであった。

そして、妻もまた、姉崎の好意にすがって、入院するほかはなかった。

――こうして、曾ての女子学生、圭子と、彼女をめぐった二人の男性は、いままた十幾年ぶりかに、一堂に遇う運命になったのである。しかも、一方は主治医として、他方は、夫婦ともに彼の好意に縋る研究費患者として……。

高圧線鉄塔下の姦通

――国電中央線国分寺駅から、北に徒歩二十五分。東京の西方約三十キロの武蔵野台地に、地塁のごとく孤立しているのが、この秋津丘陵だ。栗、漆、楢《なら》、櫟《くぬぎ》などの雑木林につつまれた、この丘陵の裾に、点々と連なる赤屋根の病棟――。それが、私たちの「秋津結核療養所」であった。

――プンと鼻をうつ、クレゾールの匂い。蝶帽子に白い制服をまとった、看護婦たち。鉄ベッド、白いシーツの病室。咳の音、痰のからむ喘ぎ。

そうしたなかに、絶望と苦悩にのたうっている、三百人ばかりの結核患者たち。

日に四回、もの憂げに検温をしらせる振鈴《しんれい》の音。ラジオが頽廃的なメロディをながす、安静時間あとの午後。すべてが、蛆虫のような単調さで繰り返されてゆく、昼の日課――。

――ところが、いったん夜の幕が武蔵野におりはじめる頃になると、事態はがらりと一変してしまうのだ。

瘦せ衰えた病人たちにも、限りない原始的なノスタルジアがおとずれてくる。娑婆《しば》から閉めだされた患者達は、せめて刹那的な享楽に、病苦を一瞬でも忘れようと、喘ぐ軀を駆りたてて彷徨《さまよ》いはじめるのである。

それに応えるかのように、夜になると、看護婦達も白衣を惜しげもなく脱ぎすてて、刺戟的な原色のけばけばしいドレスに着換える。そして、寄宿から各病棟や裏山へと出没し、元気な患者たちを追い廻すのだった。

ある日の夕方、私はひとりで裏山の丘陵にのぼっていった。早くもそこの草叢《くさむら》ここの窪地などに、患者と看護婦の二人連れがチラホラする。私の姿をみると、急いでコソこそと隠れるのだ。(チェッ、バカにしてやがる!)

思わず、いまいましい舌打ちもでる私だった。

秋津丘陵の尾根にでた。丘から丘へと、高圧線が交叉して架っている。その送電鉄塔の下に私は歩をはこんだ。はるか見渡せば、いままさに武蔵野の落日であった。夕焼けが赤い。雲が無心にながれる。赤い雲を掠めてジェット機が猛烈なスピードでよぎる。地平線に夕陽をうけ、豆粒ほどの紫色に輝いているのは、富士であろうか。みはるかす武蔵野に、今宵もまた夕暮の幕《とばり》がおりはじめたのだ。その一角に、自ら姉崎との勝負を求めてやってきて、すでに一年有余の月日が流れた。私は高圧線送電鉄塔真下の叢にねころんで、夕闇に暮れゆく雲のいろを仰いでいた。

突然、はるか足下の庚申塚《こうしんづか》のほうに、男女の烈しく云い争いながら通り過ぎる声がきこえた。患者に捨てられたある看護婦が、失恋を悲観して首を吊った、という哀話の伝わっている庚申塚のある方角だった。痴話喧嘩か？　が、その瞬間だった。私の心臓は俄かに早鐘のように打ちはじめた。すぐ二人の姿は消えたけれども確かに私は見た！　疑いもなく、妻の圭子と姉崎の後姿だったのだ！　だが、何を烈しく云い争っていたのだろう？

疑惑と怒りのあまり、私は激しく咳込んだ。蝕ばまれた胸が痛んだ。その咳のため、熊笹を踏みわけて頭の方に近づいた足音に、私は気づかなかった。全く、突然だった。

「あらまあ！　どうなすったの、川島さん！」

足音が駈け寄る。私の背をさすって優しく介抱してくれる。それは堀越節子だった。ピンクのセーターを着た、私服姿の美しい節子だったのだ。

私の頭は混乱した。とまどいに似た感じだった。妻、姉崎、そして節子！　私はなにか眩暈《めまい》を感じそうだった。その迷った私の瞳を、節子の澄んだ美しい切長の眼がのぞきこむ。濡れてうるんだような眸だ。セーターの華やかなピンク色が、しみるばかりだった。そのセーターの下に、お椀を伏せたような両の乳房が、訴えるごとく激しい波を打っている。

陽《ひ》はすっかり落ちて、あたりは漸く薄暗く暮れかけていた。

一瞬、私の脳裡には妻の姿が走馬燈のように流れすぎた。が、それは却って私の心を自暴自棄的な欲望にかりたてた。

（畜生！　なるようになれ！）

つきあげてくるような怒りと狂いたった獣性に、病気のことも理性も忘れ果てていた。

「節子さん！」

思わず喘ぐようにそう叫ぶと、やにわに節子の柔い軀をかきよせた。はげしく唇を求めた。彼女の唇もカッと火に燃えているようだった。舌と舌がもつれあった。私は夢中で節子の唾液を吸った。強烈な草いきれの原始的な匂い。擽《くす》ぐるような女の化粧と髪の香。

と、「川島さん！」節子の熱気に憑かれたような言葉が、唇のはなれた僅かの瞬間を捉えて、私の耳にジーンとひびく。「いま、奥さまと姉崎先生を、ごらんになって？」

私はガーンと頭を鉄棒で叩かれたような感じだった。

「うむ、みた――」

「そう！　じゃ、もう、奥さまのこと、お忘れになって！」

ああ、こんな小娘のどこから、そんな激しい悪魔的な情熱《パッション》が奔《ほとばし》りでるのか？　私は眼もくらむおもいだった。

再び、ひしとかき抱くと、私の手は、いつか節子のスカートの下から、女体の最も神秘な体位へ、恐る恐る指を這い上らせていた。ピチピチしたゴム毬のような肌の感触――。

「いや、いや」

節子はゆるく首を振った。が、私は無理に女のパンティの間に、指をさしいれた。両股が固く閉じられている。が、私の指先は理性を失っていた。

節子はもう眼を閉じていた。私は烈しく女体をまさぐった。と、突然、節子の下肢が痺れるように痙攣したかと思うと、股間の力が急に抜けて、グッタリとゆるんだ。ククク、とうずらのような含んだ呟き――。もはや私は、性欲に狂った一個のオスでしかなかった。

「節子！」

そう叫ぶと、私は彼女をいきなり叢の上に押し倒し、顔を鬼のようにしかめて、無我夢中でむしゃぶりついていった。熊笹の匂い。草いきれ。高圧線鉄塔下に、吸いこまれるように忍びよる、五月の夕闇。

二個の肉体が、獣のようにまろびあう――。

――暫くして、私は呆然と立上った。また咳がでた。節子は後髪に手をやって、身づくろいを直していた。五月の宵は、はやもう、とっぷり暮れかけていた。鉄塔がくろぐろと空にのびだしている。

「ゆこうか？」

節子にそう声をかけながら、ふとまた私の胸に泛んでくるのは、圭子の豊満な肉体だった。

（ああ、熟しきった水蜜と、固い青梅のちがいがある！）

ふと、私は節子の未熟な肉体に、嫌悪さえ感じた。自分でも不思議なほど惨酷な気持におそわれたのだ。

「今晩のことは、もう、みんな忘れてしまうんだよ！」

思わず、私はそう冷やかな口調で、言い放っていた。

毒殺未遂か？

翌朝、私は血痰をだしてしまった。昨夜の行為が胸に影響を与えたものであることは明らかだった。しかし、私は看護婦に報告することをためらった。そしてふと思い泛べたのは、この間妻が血腺《けっせん》をだしたとき、止血剤のトロンボーゲンを処方してもらっていたことだった。

（そうだ！　もしかすると、まだスペアーが残っているかもしれない――）

すぐ、私は妻の病室にいってみた。

「おい、トロンボーゲンが余ってるだろう？」

が、妻は嘲けるような笑みを泛べると、

「ホホホホ、動きすぎて、血でもお喀《は》きになったんでしょう!?」

「余計なことをいうなッ。あるなら、早く出してくれ！」

「ハイハイ。たいそうな御見幕だこと。いま探して持って参りますから、お部屋にかえって安静してらっしゃい。体に毒ですわ」

ベッドに戻って臥していると、暫くして、堀越節子がノックして入ってきた。

「これ、奥さまが持っていってくれと、仰有ったんですが……」

私はハッとした。何故妻は自分で持ってこなかったんだろう？　私はカッと怒りに慄えた。節子は薬を置くと、黙って出ていった。私はすぐ、その止血剤をコッソリ服《の》んだ。

が、それから暫く経つと、私は急に烈しい悪寒を感じはじめた。胸がムカついて、非常に気持が悪くなってきた。眩暈がした。腹部に疼痛を覚え、苦しみだした。と、急に、烈しい嘔吐を催した。嘔吐物が蒲団を汚した。

「どうしたんですッ、川島さん！」

隣りの磯部が慌てふためいて、洗面器を持ってくるやら、大声で看護婦を呼ぶやら、忽ち大騒ぎになってしまった。ドタバタと廊下をかける看護婦の足音。医具の音。それらをうつろにききながら、私は次第に仮眠状態に陥っていった……。

ハッと私が正気に戻ったとき、姉崎医師、有馬、堀越両看護婦、妻の圭子、磯部、海老沢オジサン、結城東都日報記者などの、心配げな顔が凝乎《じっ》と私を見守っていた。

「オウ、気がついたか、川島——」と姉崎。

皆がホッと安堵の溜息をつく。私が仮眠状態に陥っている間に、いろんな応急手当がつくされ、それが奏効したのだ。

「——どうしたんだ、いったい?」

もう、こうなっては、万止むをえなかった。私は血痰のこと、止血剤トロンボーゲンを妻に貰って服んだこと、などを皆に話した。

「だが、可怪しいですな。止血剤で、こんな烈しい中毒症状を示すのは?」

結城が訝しげな視線を姉崎医師にむける。私は、以前に烈しい食中毒をおこし、吐剤アポモルヒネを姉崎に処方してもらって、吐瀉したことがあったが、いまも恰度そのときの症状に似ていることを思いだした。ただ、今度の場合は、それがもっと苦しさを伴っていたが——。

その考えを話すと、姉崎はキラリと眼を光らせた。

「なに、アポモヒ? 冗談じゃないよ。血痰をだしたり喀血したりしているときには、アポモヒは絶対配合禁忌なンだぜ!」

「配合禁忌?」結城が鋭く喰い下る。

「そうですよ、まかり間違うと、大変なことになる——」

「じゃ、すぐ検査室で、吐瀉物を分析して下さい。薬を間違えたのかそれとも……」

そこで、結城はグッと唾をのみこんで、ジロリと姉崎の顔を睨みつけた。

——すぐに吐瀉物の検査が行われた。が、その結果、予測にたがわず、アポモルヒネの相当量が検出されたのである。

だが、私の生命に別条がなかったのと、病院の研究費で入院しているという辛い立場から、事件を大きくしない方がよかろうとの姉崎の忠言もあり、結局、事件は表沙汰にはしないことになった。もし姉崎の言葉に逆うと、彼の好意によって入院している私の地位は、忽ら危殆《きたい》に瀕するからであった。私は泣寝入りするほかはなかった。

しかし、私の胸の中は納まらなかった。ある一つの考え方が妙に頭にこびりついて、どうしてもそれを忘れることができなかった。それは、あまりにも恐ろしい想像だったのだが……。

圭子のアッペと導尿

結局、私のアポモヒ中毒事件は、看護婦の過失ということで有耶無耶《うやむや》にされて終った。そればかりか、私は安静度四度という刑罰まで、捲添えに喰ってしまったのだ。私は憤懣やる方がなかった。そして、深く怖れた。いつまた、第二の中毒事件、いや、殺人事件が私を襲うかもしれなかったからである。

——だが、とかくするうちに、六月に入り、一週間ほど経って、こんどは、妻の圭子が盲腸《アッペ》になってしまったのだ。

夜中から俄かに激しい腹痛と、嘔吐を訴え、苦しみはじめたのである。すぐ、姉崎医師がきて、触診と耳朶採血が行われた。そして、白血球算定の結果、一万個以上に達した。

「——一万二千？　じゃ、すぐ、オペ（手術）だッ！」

姉崎の叱咤に応じて、早朝の院内は俄かに、右往左往する看護婦達の足音、いろんな準備などに騒然となった。手術は二十分で済んだ。そうして、経過はきわめて順調であった。

ところがである。事故は、全く思いがけない方面からやってきたのだ。日頃元気なため尿器など使ったことのない妻は、蒲団の上ではどうしても尿が出なくなってしまったのである。まる一日というもの、全然出ないのだ。しかも、膀胱ははち切れそうに苦しいらしく、烈しい尿意が襲う。だが、いったん尿器をあてがうと、馴れない神経は忽ちピーンと萎縮してしまい、頑として尿道を開かないのだった。焦れば焦るほど、不可《いけ》なかった。

「御不浄につれてって！」

さすがの妻も、いまは見栄も恥かしさも忘れて、子供のように泣き叫んだ。しかし、便所はおろか、ちょっと軀をよじってさえ、忽ち眩暈がし、腰がくだけ、手術創が錐《きり》で揉まれるように痛むらしかった。絶対安静を要するだいじな時期だったのだ。

夕刻になって、止むをえず導尿が行われることになった。導尿とは尿道からゴム・カテーテルを挿入して尿を排出する処置の事である。恰度その施術に当ったのは、その日の遅出番の堀越節子であった。

暫くの準備ののち、節子がシャーレとカテーテルをもって入ってきた。と、そのとき、どこから現われたのか、この病棟の食事運搬夫、唖《おし》の安サンが、「う、――う――」と、節子のあとにまつわりついてきた。

「うるさいわね。もうあっちへ行ってらっしゃい！」いつもは優しく面倒を見てやる節子だが、忙しさのせいか、いつになく突っつけんどんに安サンを叱りつけて病室に入ってきた。

まず、妻はパンティを脱がされ、恰度婦人科の診察をうけるときのような姿勢になされた。照明燈で部位を照らされる。バタのような太腿の肌が燈に映えて、たとえようもなくぬめぬめと艶かしく光る。

節子が妻の局部をおしひろげ、小さな注射筒でシャーレから薬品を吸い上げて、注入する。妻の顔がサッと歪む。が、苦しさのため、羞恥心も何も判らなくなっているのか。

二、三回やり直してのち、節子は妻の尿道から、カテーテルを膀胱まで挿入する。カテーテルが入っているため、妻に排尿の快感はなかったようだが、苦痛は急速に減じていったようだった。

妻がやっと自分で便器を使えるようになるまでにはそれからまだ数回、こんな導尿を続けねばならなかったのである。

だがまもなく、妻の圭子は、すっかり恢復した。

疑問の妊娠

いつしか、梅雨の季節に入っていた。

毎日々々、青黴のような霖雨が、ふっては止み、やんではまた降りつづけた。鬱陶《うっとう》しい薄墨いろの雨雲が、暗く武蔵野・秋津丘陵のうえに蔽いかぶさっていた。

梅雨の候は、とかく結核にとって、最大の敵だといわれる。じっさい、この梅雨季にも、まえまえから危いといわれていた重症者たちが、あいついで死んでいった。

三年前に手術した合成樹脂充填球《プロンベ》が、肺尖孔《はいせんこう》をおこして、呼吸面積の減少のため、酸素ボンベ十数本の援けも空しく死んでいった、R某――。激しい喀血の末、血の塊が気管につまって、血だらけの真赤なシーツの上で息をひきとった、Y某――。

それらの屍骸は、みな戸板にのせられて、裏山の霊安所にはこばれてゆく。

——私・妻・姉崎・堀越節子の四人をめぐって繰りひろげられた、まんじ巴《ともえ》の愛欲闘争は、こうした環境のなかでも、ますます深刻かつ複雑に展開していった。私たち四人のことはこの頃ではもう誰一人知らぬ者はないほどだった。

私は、そのころも、やはり堀越節子との不義を、ときおり重ねてはいた。が、それも、一時の珍らしさがすぎると、次第に私の方から冷くなりはじめていた。なんといっても、私にとっては、妻圭子への未練ほど強烈なものはなかったからだ。

胸を患うとはいえ、軽症である妻の豊満な肉体は、ますます妖しいばかりの魅力をたたえ、それに男心をとろかす技巧があった。節子の青臭い未熟な肉体は、処女を犯すことの興味が失せた現在、漸く退屈にさえなってきたのだ。私が冷くなればなるほど、節子は卑屈になり、私に憐れみを乞うような態度に堕ちた。それが一層私の厭気に拍車をかけた。それに反して、妻の圭子はますます美しく、いよいよ高慢に、そしていっそう嗜虐的《サディスティック》にさえなってきた。元来マゾヒストであった私は、そんなサディストの女にこそ最も魅力をかんじたのだ。しかも、その妻のバタのような肌に、近頃ときどき、みみず腫れのような痣ができているのに、私は気がついていた。私の仕業ではない。だとすれば、当然、姉崎によってつけられたものにちがいない。

ある看護婦が、私に向って、

「姉崎先生が奥さまに気胸なさるとき、きまって三回も四回も針を刺し直されることよ。他の人は一回で入るのに、ずいぶん変ねエ。まるで、これでもか、これでもかって、苛められてるみたいだわ——」

そう言ったことがある。だとすれば、圭子の肌のみみず腫れも、同様に解釈できてくる。サディズムとマゾヒズムは、楯の両面にすぎないからだ。

私に嗜虐的な高慢ちきな態度をとる圭子が、逆に、姉崎に打ちすえられてマゾヒズムの快感に呻《うな》っている光景を想像すると、私はカッと全身の血が憑かれたように、憤怒と嫉妬の絶頂へと、たぎりたってくるのであった。

それになによりも、私の「妻」である圭子が、姉崎に奪われそうだということが、いっそう私の「夫」の心理を苛立たせ、かきたてた。由来、夫というものが妻の素行に抱く嫉妬は、妻が夫の浮気を嫉妬するよりも、はるかに強烈なものである。

私が、優しい節子に冷くなってまでも、高慢ちきな妻の圭子に未練たっぷりだったのは、むしろ当然であったかもしれない。

――一方、梅雨季と共に、妻の気胸は、いよいよ肋膜の癒着がひどくなり、殆んど効果なく、もはや成形手術を断行するか否かの、分岐点にまできていた。

恰度そのころ、例の結核新薬イソニコチン酸ヒドラジッド〝リミフォン〟も、ついに、七月一日附で厚生省から製造販売許可がおりるに至り、手術か新薬かの問題は、新たな段階に入っていたのだ。この秋津療養所での臨床実験も徐々にすすめられ、一部の例では著効も認められたようであった。が、それも甲論乙駁の状態で、まだ決定的な結論はでていなかった。ことに姉崎外科長あたりの外科医方面からは、副作用の多かった例とか、効かなかった例をとりあげて、

「新薬は、ストレプトマイシンほども効かないよ。やはり、手術こそ結核治療の王道さ」

などと、意固地な怪気焔をあげる有様であった。ある回診のとき、私は新薬を使ってみてもらえまいか、と頼んだことがある。が、一言のもとにはねつけられた。姉崎が主治医である限り、リミフォンは断念しなければならない状態だった。

そんなとき、妻もいよいよ胸廓成形手術か否かを決すべき時期が近づいたのである。私は、リミフォンを服んでみてからにしろ、と主張したのだが、妻は例の嘲けるような冷笑を泛べた。

「医療のことは医者に任せるべきだわ」

「ふん！　おまえの体のようにな」

私はもう我慢がならず、精一杯毒づいてやった。

愛情においても、性欲においても、手術か新薬かの問題においても、圭子をはさんだ私と姉崎との対立は、正にその勝負のときに至っていたのである。

そのような時期に当って、遂に妻の圭子は、謎の妊娠をしてしまったのである。

それは、梅雨も漸くあけ、七月も中旬になって、夏らしい烈しく強い陽光が、武蔵野一面に、カッと照りつけてきた頃だった。

「妾、今月、まいつきのものがないのよ。貴方の赤ちゃんが、できたらしいわ――」

妻は、そう私に告げたのだ。それをきいたとき、私は飛び上らんばかりに愕いた。

「なんだって？　そんなバカなことがあるかッ！」

「だって、貴方は夫じゃありませんか！」

妻の頬には、訝しさと蔑みの入り交った冷笑さえひきつっている。

「なにをッ？　絶対に、俺の子であるはずはないッ！」

私はもう、怒りと嫉妬に軀をわなわなと慄わせて、嚙みつくように喚いた。

「圭子！　姉崎の子だろうがッ！　ええ？　どうだッ、答えられるか？」

——妻にさえ、絶対云えない秘密！　そうなのだ！　いかに性交を重ねようと、私には、絶対に子は生れないはずなのだ！　恥かしいことだが、私は応召中、朝鮮の淫売婦から悪い病気を貰い、はげしい睾丸炎を患って以来、精液の中には精子が存在しなくなってしまったのだ。

それと知らぬ妻は、あくまでも私を欺こうとするのか、

「絶対に貴方の子よ！　姉崎先生なんかの子であるはずがないんです！」

と強硬に主張するのだ。私はもう、憤怒を通りこして、ちゃんちゃら可笑しい位であった。いつになく真剣な妻の高慢ちきな顔を、張りとばしてさえやりたかった。

「フン、圭子！　バカに自信ありげなことをいうじゃないか！　姉崎は医者だから、避妊の方法には、万全をつくした、って言いたいのかい？」

私の痛烈な皮肉だった。妻の顔色はサッとかわった。

「まア！　貴方は何という卑劣なことを仰有るンです！　そんな方だとは思いませんでしたわ！」

妻の憤りも、もはや私の耳には入らなかった。そして、私の頬には、次第に、狂気のような痙攣《ひきつ》った笑いが、とめどもなく突きあげてくるのだった。

台風前夜

こうして、夏が深まってゆくと共に、次第に私達の乱行は激しさの度合を加えていった。だが、そんな狂態が、私たちの病状に悪い影響をもたらしてきたのは、むしろ当然のことであったかもしれない。その間にも、最後のおそるべき破局は、刻一刻と近づいていたのだ。

圭子の病状は俄かに楽観を許さぬ状態にたち至った。ひとつには、いままでも不完全だった気胸が、肋膜癒着の急速な進行のため、いよいよ入らなくなってしまった故《せい》でもあった。

レントゲン写真をみていた姉崎は、

「ふうむ。こいつあ、もう愚図々々しちゃおれん。すぐ、成形手術をやらなければなりませんな。予定を早めて、九月に入ったら早速、切りましょう——」

そう、宣言したのだ。

この秋津療養所で行っている胸部手術には、横隔膜神経捻除術《フレニックス》（横隔膜を上げて、肺を縮め、病巣をつぶす）、空洞切開術（病巣を切開して有経筋肉弁を充填する）、肺区域切除術（一気管支に連なる肺組織を切り除る）、肺葉切除術（肺は右三葉、左二葉に分れているので、その一葉を切り除る）、肺摘出術（片肺をとる）、など、いろいろある。

が、今度妻の受ける、胸廓成形術は、それらのうちでも最も歴史もふるく、外科療法の大宗《たいそう》をなすものであった。肋骨を、五本から八本位切りとって、胸廓をぐっと縮め、病巣を潰す方法だった。

そして、そんな大手術に対して、妊娠中の母体が不適当であることは、いうまでもない。危険を伴うことがあってはならないからである。そこでまず、時を移さず、圭子の人工堕胎が、姉崎の手で行われたのだ。

（奴！　自分の子種をおろすとき、どんな気持がしやがるだろう？）

私は、複雑な心理で、そんなことを考えたものである。

が、堕胎は案外、簡単に済んだ。

そうして、しばらく様子がみられたのち、遂に、こえて九月五日に圭子の成形手術施行と、予定が組まれるに至ったのであった……。

——手術の前日、九月四日は、朝から蒸し暑く、ドンヨリとした曇り空だった。数日前から、新熱帯性低気圧ジュディスが、マリアナ群島南方洋上に発生していたのだ。

遂に、四日朝のラジオは、ジュディスが新台風に発展したことを告げた。それが、更に昼のニュースでは、新台風ジュディスは猛威をはらんで刻々北上しつつあり、八日頃には本邦を襲う公算が大になったと告げた。

そんな台風を控えて、いよいよ明日は妻の成形手術が行われるのだ。私は異常な興奮におそわれていた。

その日の夕方、私は帰宅しようとする姉崎をつかまえて、明日に迫った妻の手術について、いろいろと質問した。

「六本、切る予定だ——」と、姉崎は言う。

私はもう一度、手術の前にリミフォンを使ってみても無駄なのか、と訊いてみた。

すると、姉崎は顔を真赤にして怒った。

「くどいな、君も！　新薬は危険な場合さえあるんだぜ！　新聞をみろよ、不正投薬やなにかで、リミフォンのために死んだ患者さえ、あるじゃないか！」

彼の語気は荒く、もはや到底、希みはなかった。

「──じゃ、最後にひとつ、この頼みだけは、学生時代からの好誼《よしみ》に免じて、ききとどけてくれんか──」

「なんだ、いったい？」

「明日の手術に、立ち会わせてほしいんだ！」

瞬間、姉崎の顔色がサッと変り、私の眼をジロリとみた。私も必死の勇気を振り絞って、姉崎の瞳を穴のあくほど睨み返した。

暫く睨み合ったのち、遂に姉崎は大きくうなずいた。

「宜しい。君の得心のゆくようにし給え！」

が、その言葉の裏には、烈々たる敵意が、露骨に火華を散らしていた。私は、帰ってくるとすぐ、妻の病室にいってみた。

恰度、妻は有馬主任看護婦から、手術部位の剃毛《ていもう》をうけていた。床頭台《しょうとうだい》の上には、一枚の書類がおいてある。

「──もし、手術中、万一のことがあっても、決して異議は申立てません。川島圭子」

例の紋切型の宣誓書だったが、その終りにベタリと捺してある妻の印鑑が、妙に印象的だった。

謎の成形手術死

翌九月五日。ラジオは早朝から、新台風ジュディスの動向について警告を発しつづけていた。もし本邦に上陸すれば、かつてのキティ台風、ジェーン台風以上の惨禍を蒙るのではないかとさえ、みられているということであった。

嵐の前の静けさというのか、曇り空は風ひとつなく、異様なほど蒸し蒸しとしずまりかえっていた。

午前八時五十分、ナルコポン三ccの基礎麻酔をうたれた圭子をのせた輸送車は、手術室へと運ばれてゆく。立会う私も、後に従った。

手術室の前までくると、準備室からシューッと蒸気が噴出していて、もう何か凄惨な寒気がする。手術中は、この廊下までも「痛い！　痛い！」と泣き叫ぶ患者の声が聞えてきて、待っている親兄妹の身の毛をよだたせるのである。

午前九時。いよいよ手術開始の予定時刻だ。

術者は主治の姉崎、それに助手の医師。介添は有馬主任に、堀越節子、その他看護婦達。

夏の暑気に加えて、ムンムンたる蒸気、プーンと鼻をつく消毒液の匂いに、嘔吐気《はきけ》を催しそうな手術室――。真白な手術帽に手術衣、白マスク、ゴム手袋、凡て白一色のものものしい外科医達。

ギラギラと鋭くきらめく、銀色のメス、コッフェル氏鉗子《かんし》、各種の鉗子、鑷子《せっし》、鋏刀《きょうとう》、彎曲針などの手術器械の、不気味な金属の光沢。

噴出する蒸気を浴びる白タイル。煌々たる無影燈。ヒヤリとする手術台のゴムシーツ。

その上に、パンティ一枚の裸体姿で、ムチムチとした妻の豊かな肉体が、無惨にも横たえられる。さすがに顔面蒼白、生気がない。

無影燈の光に隈なく照らし出されて、女体の凡ゆる陰《いん》翳《えい》が残酷に露出させられ、手術器具の冷い鋭光と、印象的な対照《コントラスト》をなしている。

なにか嗜虐めいた戦慄に、私は眩暈を感じそうだった。

妻の裸体がグッと横臥にされ、四肢と胴が頑丈な革ベルトで、固く手術台に固定される。

全身に消毒が施されたのち、白い手術シーツが、手術部位だけを残して、すっぽり裸体を包む。と、このときだった。私は何故か、とんでもない不吉な例を思い出していた。

それは、腎摘の手術で死んだ、ある患者のことだった。彼は右側腎臓結核にかかって、摘出手術をうけたとき、介添に当った看護婦というのが、たまたま、昔彼が捨てた看護婦だったのである。彼女は、白いシーツで手術部位を掩うとき、わざと悪い方の右腎を蔽い、健康な左腎を、さア切って下さい、とばかりに露出させたものだ。なにしろ外科医などというのは手術の大量生産器械みたいなもので、いちいち左右を覚えてはいられぬ。看護婦の指示通りサーッと左腎を摘出してしまった。良い方の腎臓をとられ、悪い方だけ残されたかの患者は、まもなく死亡し、看護婦は復讐の目的を遂げた、という話である。

私は、ふと、そんな例を連想して、いやアな予感におそわれたのだ。だが、私の妄想を払いのけるかのように、突然、姉崎の鋭い声がジーンとひびく。

「ノボカイン！　八〇cc」

いよいよ、手術開始であった。サッと、堀越節子が手術準備室から用意してきていた、局部麻酔薬を渡す。彼女は、日頃から多摩寮関係の麻薬係を勤めているのだ。

「さあ、ゆこう、剪刀《メス》！」

らんらんたる眼を光らせた姉崎は、サッと妻の右肩胛《けんこう》骨《こつ》ぞいにメスを入れる。パッと血潮が散る。肉がゴム毬を割ったようにはじけて、ムクムクと盛り上る。

「うッ！」「ぎゃあっ！」

よほどの痛さなのか、圭子の軀が烈しく痙攣する。止血鉗子のピチピチという鋭い音。

「痛い！　あ、あッ、痛い！　ぎゃッ！」

が、外科医はそんな悲鳴には、馴れきっているのか、相手にもしない。冷酷そのもののような無表情さで、姉崎はまたメスに力をいれて突き刺す。

「ぎゃあッ！　痛い！　痛い！　うあッ！」

断末魔のような妻の悲鳴だった。身の毛がよだつばかりの凄惨さだ。必死に身もだえしようとするが、四肢と胴を固く結えたベルトは鉄格子のようにキリキリと妻の肉体に喰い入るばかりだ。

「すこし、痛がりようがひどいようですが？」

さすがに見兼ねたか、助手の医師が姉崎の顔を伺った。「全くうるさいな！」吐き出すように姉崎は言って、立会っている私の顔をジロリとみたが、「仕方がない。じゃ、もう少し局麻をきかせるか。堀越君！　ノボカイン、あと四〇cc！」

再び、メスが執られ、グッと切り進まれる。

「あッ、ぎゃあッ！　痛い！　あ、あなたッ！」

私は胸がおし潰される思いだった。だが喉がカラカラに渇いて声が出なかった。

「うるさいッ！　少しは我慢するんだッ」

姉崎は圭子を叱りとばすと、冷酷な眼を、血圧計で血圧を計っている有馬主任に、

「血圧はいくらだ？」

「一一〇です、先生！」

「うム、充分、余裕はあるな」そう呟くや、また妻に向って、「いいかい、局麻は、もうこれ以上は打てんぞ！　そんなに打ったら、あンたの軀がくたばってしまう！　痛いのは当り前だ、我慢しなさい！　なンだ、これ位！　癒りたくないのか、あンたは！」

荒々しく叱咤すると、三たび力をこめて、メスを切り進める。とびちる鮮血――。が、そのときだった。

「ぎゃあっ！」と喚き叫ぶ妻の悲鳴が、だしぬけに弱まったのだ。

「あ、先生！　プルスが結滞してますがッ」

有馬主任が叫ぶ。

「血圧？」

「九五ですッ！」

「よしッ、それなら、少し位の結滞は、大丈夫だ！　ビタカンを打っといてくれ！」

姉崎はなおも眼を光らせながら、胸部を切り開いてゆく。妻の悲鳴はすっかり、細く弱まってしまった。麻酔がきいてきたのか、それとも疲れ果てたのか？

突然、有馬主任のけたたましい声だ。

「先生ッ！　大変です、プルスが止りそうですッ！　それから、呼吸がッ！」

「なんだと？　血圧は九〇もあるのに、可笑しいじゃないかッ？」

姉崎はしばしメスを止めて、プルスと呼吸を診ていたが、すぐにその顔色は、愕然として一変した。

「うッ、不可《いか》ん！　ビタカン！　輸血とリンゲルの点滴！　酸素ボンベ！」

忽ち、手術場は一瞬にして、大騒ぎになった。血走る医師の眼、右往左往する看護婦達。

が、遂に輸血もリンゲルも酸素も、一切の応急処置も凡ゆる努力は瞬時にして水泡に帰してしまった。

まもなく、妻のプルスはハタと途絶え呼吸は停止し、次第に瞳孔が散大しはじめたのだ。凡ては、終った。

「ウーム、臨終だ！」悲壮な姉崎の声――。全員ハッと襟を正した。

が、白い手術シーツをとり除かれた、妻の死相を一見したとき、私は何とも云えない、妙な思いに襲われた。あんなに痛がって死んでいったにも拘らず、妻の死顔には、苦痛のあとはなく、却って満足そうな表情さえ、泛んでいたからだ……。

――そうして、その日の午後。秋津療養所長の名で、次のような簡単な発表があった。

「多摩寮患者、川島圭子の手術死については、解剖の結果、特殊異常体質による、不可抗力のショック死と判明した。手術前、手術中、及び後処置に関しては、全く万全の処置が講ぜられたもので、過失の疑いは、これを見出すことができない――。云々……」

勝敗いまだし

私は呆けたように臥してしまった。

疲れきっていた。咳がひどく、顔が熱っぽかった。ジッと、昨日から今日のめまぐるしい出来事を思い返してみたが、凡てが夢のようで、妻の死さえ信じられない気持だった。

圭子の死亡に伴う、書類上の手続、出棺、火葬、野辺の送り、死亡通知、身廻品の整理等、後始末すべき仕事が山積していたが、それらはみな、患者自治会の役員の患者達が、面倒をみてくれることになった。委員長をやっている結城記者や、海老沢オジサン、などが、いろいろ世話を焼いてくれたのだ。

しかし、自治会から黒い花輪が届いたり、線香の匂いが部屋にたちこめたり、人々が悔みをのべにきたりしはじめる頃になると、今更のように、

（ああ、圭子は、死んだんだ！　もうあのムチムチした肉体は、再び俺の懐にはかえってこないのか！　二度とまた妻の匂いを嗅ぐすべもないのか！）

その想いが現実的な悲しみになって、ヒシヒシと私の胸にこたえるのだった。（夢だ！）私は吐き出すように頬を痙攣《ひき》つらせた。（だが、夢でない真実が、どこにあろう？）私の頬には、はじめて、とめどもなく熱い涙がつたわりおちた。

そうして、恋しい妻の肉体のイメージに重って、大きく私の心にのしかかってくるのは、勝ち誇った姉崎の冷酷きわまる顔貌であった。

（俺は、敗れたのか！）

私はジッと唇を噛んだ。口惜しさと怒りとが、わなわなと軀を慄わせた。

だが、その私の心の、どこか奥底には、

（否、々、未だ断じて敗けぬぞ！）

そう、執拗に叫びつづける、なにものかが、あったのだ。しかも、そんな私の瞼にやきついて離れなかったのは、妻のあの死顔だったのである。

（あんなに痛がって死んだのに、死相には苦痛のあとがなかったのは、何故か？　いや、そればかりか、満足そうな表情さえ残っていたではないか！　何故？　何故？）

私はあらゆる力を振り絞って、思考をまとめようと努

力した。疲れた軀にも、再び必死の闘魂がよみがえってきたのだ。

私は、見えぬ姉崎の惨忍な面構えに対して、まんまんたる闘志をかんじた。

（あいつが、何か企んだのじゃないか？）

その疑いが、ヒシヒシと迫ってきたのだ。

そのときだった。私の脳裡に、何故かハッと思い泛んだのは、妻の肌にみみず腫れのようについていた痣のことであった。

瞬間、私は電撃をうけたように飛び上った。

（それにちがいない！　妻の肌の痣は私の仕業じゃないのだから、姉崎がつけたものに決っている！　私に対してサディズムをふるった妻は、その反面、姉崎に対しては徹底したマゾヒストだったのだ！　サディズムとマゾヒズムは楯の両面じゃないか！）

私は、すっかり昂奮しきっていた。

姉崎が手術台上の妻をメスで切り苛なんで快感にひたっている、地獄のような変態性欲の図絵が泛んできた。

（もし、あの妻の満足げな死顔が、好きな男に痛み傷けられ苛まれて、死んでゆく女の、マゾヒズムの極致だったとしたら？）

あまりに恐ろしい疑惑に、私は思わずワナワノと軀を慄わさずにはいられなかった……。

恐るべき想像

――と、恰度そのときだった。

「あ、川島さん、これも奥さんのじゃないかい！　病室の床頭台の中に忘れてあったンだが――」

そう言いながら、新聞紙包みをもった、結城記者が入ってきた。包みの中味は数冊の書籍だった。

が、その瞬間、私の視線はサッと氷のようにこわばってしまったのだ。

「う、うん、どうだったかな……」

私の応答には全く身が入っていなかった。もはや、中味の本などはどうでもよかった。私の瞳は、包みの新聞紙の一隅にピタリと吸いついて、離れなくなってしまったのである。

「何か、あったのかい？」

結城の怪訝な顔。

「うム。ちょっと、これをみてみろよ！」

「どうしたンだ、いったい?」

私は黙って、その新聞紙を拡げて指さした。

『国立療養所の惨事——』

そう見出しをつけた、六月二十一日附の、朝日の夕刊だった。

『北群馬の、某国立療養所では、最近、胸部手術中に二名の患者が、相次いで死亡した。調べによると、塩酸プロカインのレッテルをはった薬瓶中に、ペルカミンが間違って入っていたのを、塩酸プロカインの心算で用いたため、死亡に至ったものと判明、目下詳細取調べ中——云々』

結城の顔色も、サッと変った。

「こりゃあ、手術の麻酔をまちがえたんじゃないか?」

「そうらしい——。だが、似てる?」

「なにッ、似てる?」

「うん。そうは思わないかい。なんだか、今日の圭子のケースに、似ているような気がしたんだ。それで、思わず眼が止っちまったんだが……」私はゴクリと唾をのんで、「今更未練がましいかもしれんが、どうも何か、家内の死に方が腑に落ちないんでね……」

結城記者は、それからしばらく、私の顔と新聞記事とをかわるがわる穴のあくほどみつめていた。が、やがて、深い溜息をつくと、

「フム、川島さん! ——あんたもやっぱりそう思っていたのか!」

そう吐き出すように言って、その記事を切り抜き、ポケットにしまいこみながら、

「——いや、じつをいえば、僕も少し、変だとは思っていたんだがな……。だいたい、昨日から、何か事故が起らなきゃいいが……、などと、妙な予感がしてたよ。失礼かもしらんが、なにしろ姉崎医師とあんたとは、圭子さんをはさんで……」

「いや、いいんだ、つづけてくれ。どうせ、周知の事実なんだから——」

「ウム……。とにかく、近頃は成形の手術死亡率なんて、僅か三%に減ってるンだぜ。なんぼ奥さんの運が悪かったといっても、異常体質によるショック死などという理由は、いかにも怪しいと思ったンだ……」結城の声はだいぶ、昂ぶっていた。「どうも、外科医という奴は自己の過失でも、すぐに体質だ、体質だと、曖昧便利な言葉で、ごまかしてしまうんだからな——」

——結城の言葉をききながら、今まで思い惑っていた

私は、勇気を得たように感じた。ついに、私は意を決して、

「――あんまり、恐ろしい想像かもしれんがね、結城さん――」

「おウ、構わない、何でも言ってみろよ」

「ウム――、こいつあ、ひょっとしたら、姉崎医師の過失などじゃなくて、姉崎の故意、しかも、それも、とんでもない変態性欲のための故意、じゃないかと思うんだが……」

「えッ、なんだって?」さすがの結城記者も、飛び上らんばかりに愕いた。「故意? じゃ、殺人かッ?」

「そうなんだ……」私は沈痛な表情でうなずいた、「それも、変態性欲の殺人――」

私は、気をしずめるため、またベッドに臥て、眼を閉じた。そして懸命に思考をまとめながら、自分の疑惑を結城記者に語ってゆくのだった。

圭子をはさむ私と姉崎の勝負のこと。妻圭子のサディズム的傾向を裏返せば、すぐマゾヒズムに通ずること。圭子の肌のみみず腫れの痣のこと。私自身には精子がないため、妻の妊娠は姉崎の子種以外にないこと。手術中の圭子の痛がりようが尋常でなかったこと。圭子の満足そうな死顔の疑問……等々……。

「――どうもね。手術中のあの痛がりようは、普通じゃなかったよ。それで、いまこの新聞記事を読んで、フッと考えたんだが、ひょっとしたら、局部麻酔のノボカインを間違えて……、いや、故意にすり替えたんじゃないかと……。じつは、あれは、真物《ほんもの》のノボカインじゃなかったのかもしれない……」

私の言葉を聴いていた、結城の顔は、みるみる爛々と輝いてきた。私にみなまで言わせず、

「うッ、そうかもしれないぞッ! じゃ、麻酔薬でない液体を、故意《わざ》とノボカインの瓶にすりかえて入れ、痛さのあまりのショック死を狙ったんだなッ! な、なんという、残酷な! ――」

「いや、それほどね……。案外、本人達にゃ……? なにしろ、変態性慾の極致になれば、好きな異性に殺されてゆく苦痛は、一変して最大の快感になるそうだからなあ――」

「――そういえば、川島さん。ホラ、いつか、あんたがアポモヒ中毒事件をうけたろう? あれも、いま考えりゃ、姉崎の仕業にちがいないよ。大体、あの姉崎という奴は、とかく金銭的にも不公平不正行為が多くて、患

者達がさンざ泣寝入りさせられてたんですぜ！　患者自治会でも、前々から一度叩いてやろうと狙っていたんだ。よしッ、この機会に、徹底的に曝いてやる！」

結城はすっかり、気負いたっていた……。

骰子《さいころ》は投げられたり

それからというものは、目の廻るような忙《せわ》しさだった。私は熱っぽく疲れた体の底から、渾身の闘志《ファイト》をふるいおこした。結城は、圭子の死後の後始末一切を、海老沢オジサンや他の患者委員達に任せっきりにしてしまった。

そうして、私と結城とは、この姉崎の怖るべき犯罪を、いかにして証拠立てるかについて、智能をしぼって懸命に相談しあったのである。その結果、一つのプランができたのだ。

ときをうつさず、私達は薬局にすっとんだ。

「局麻のノボカインを、手術室に補充した最終の日はいつでした？」

薬局の係員をこっそり呼びだして、まず、そのことを確めた。係員は怪訝《いぶかし》げな顔をしたが、私達の気合におされたのか、メモをぱらぱらとくって、

「そうですね。五日前です。恰度、手術日でしたからね……」

「有難う――」

私達は薬局をでると、期せずして顔をみつめあった。お互に昂奮しきっていた。

「――どうだい、ピタリじゃないか！　五日前の手術には、何の事故も起っちゃいないンだぜ。つまり、それ以後にノボカインのすり替えが行われたにちがいないンだ！」

結城の言葉に、私も深くうなずく。

ついで、私達は医局にかけつけた。そうして、二つの事実を聞き込んだのである。
（一）今日圭子の事件のため中止された、他の手術は、明日に臨時延期され、明朝九時から行われること。
（二）今夜の当直は、姉崎医師であること。
「フム、我々の想像は、ますます当ってきたね。今晩は姉崎の当直っと。奴、今夜はまたノボカインを元戻《もとどお》りに直しにくる心算なんだろう！　お膳立は揃ったじゃねエか、川島さん？」

結城は快心の笑みを泛べた……。

それから、私たちは、午後五時半、恰度夕食のため皆が食堂におもむく頃を狙って、ひそかに治療棟の手術準備室の前へ忍び入った。

「注意しろよ、誰か見ちゃいないかッ?」

「ウム、大丈夫だ――」

私達はあたりに細心の注意を払いながら、準備室の把手《ノッブ》に近づく。そして、ありあわせの材料で急いで用意してきた朱肉を、うすく把手に一面にひいて、またかえってきた。

その夜、結城は至急、秋津署に電話をかけた。もはや事態は、好むと好まざるとに拘らず、内部問題では済まされなくなったからである。まもなく急いで、刑事主任の雨宮警部が、見舞客を装った私服でやってきた。

結城が、一切の事情を、詳細に説明した。雨宮警部はメモをとりながら、質問を交えては、いちいち深くうなずいた。

私も結城の言葉を補足して言った。

「いまさっき申上げた、私のアポモヒ中毒事件も、姉崎医師にちがいないと思います。あれは、血腺をだしていた家内の圭子に、姉崎医師が止血剤トロンボーゲンとして処方して与えたものだったんですからね……」

「フム、その中の包み中に、アポモルヒネ包を混入しておいたという訳ですね」

「ええ、そうです――。とにかく姉崎は、意地ずくでも圭子を永遠に私から取り戻そうと思っていたことは、明かですから。私の『妻』である圭子を永遠に彼のものとするには、彼自身の手で殺してしまうことが、一番確実に彼の満足を充す方法だったに、ちがいありませんからね!」

「――とにかく、ですよ」と、結城がまた私の言葉をひきとった。「手術中及び昼間は、麻薬係か、手術係かの看護婦以外の医師などが、準備室や麻薬庫を扱っていちゃ、疑われる! だから、姉崎がノボカインを戻しにくるとすれば、それは今晩の当直を利用するはずなんです。そうすりゃあ、私達が手術準備室の把手につけておいた朱肉に、彼の指紋か、たとえ手袋をしていてもその手形かが、必ず附いて、朱肉が乱されるにちがいないんですよ! ……」

きいていた雨宮警部は、やがて、深くうなずいた。

「よろしい。よく判りました。じゃ、今晩は、その上にも万全を期して、私達の方で張込みましょう!」

力強い言葉だった。結城は眼を光らせて、

「そうですか！　それなら一層安心です！　恰度、手術室の横廊下に長いソファがおいてあります。その下にもぐりこめば……」

直ちに、一切の手配がとられた。かくて、用意は整った。あとはただ、犯人が、私達の仕掛けた罠におちこんでくるのを、ジッとまてばよいのだ――。

戦慄の夜は、刻々と更けてゆく。私は異様な昂奮に、心がただ徒らに空転するのみだった。ふと、ラジオをいれてみると、恰度また、新台風ジュディスについて、切迫した情報を伝えていた。

私はその気象特報をききながら、迫りくる台風が、何か私たちの今夜から明日にかけての運命を、暗示しているような気がして、思わず身慄いに襲われたのだが……。

決　戦

翌七日、私は未だ暗いうちから、眼をさました。昂奮のため、ゆうべはあまり眠れなかったのだ。外は、早くも雨になっている。風さえ出はじめた。台風がいよいよ接近したのか。窓外の灌木の梢が、雨風に鳴っている。

（果して、姉崎は手術準備室に近づいたか？）

まず、そのことで胸が一杯になる。疲れのせいか、額が熱っぽく、頭が少し痛かった。

起床三十分前の、午前五時半――。突然、廊下にヒタヒタと足音の気配がしたかと思うと、結城の心なしか蒼ざめた顔がのぞいた。

「ど、どうでしたッ？」

「それがだよ――、姉崎の奴、まだ現われないんだ……。雨宮警部が徹夜でガンバッてたンだがね」

私は張りつめていた気持が、急にグラグラと崩れ落ちるようだった。

八時の食事時間をすぎた。が、やけり遂に、私たちの期待は実現しなかった。それからはもう、手術準備が始まるので、とても怪しい行動なぞ、とってはいられぬはずであった。

雨宮警部が、不眠のため眼に青い隈をつくった顔で、空しく引揚げてきた。

至急、私たち三人は鳩首《きゅうしゅ》、善後策について協議した。が、私はまだまだ落胆してはいなかった。いやむしろ、却って滾々《こんこん》たる負けじ魂が、ムラムラと湧きたぎってさえくるのだ。

「——それじゃ、不敵にも今日の手術直前にすり替える心算かもしれんぞ。なにしろ彼奴《きゃつ》のことだからね。それに、麻薬庫にも、どんなカラクリがあるか判ったもンじゃない。絶対に彼奴が麻薬をすりかえたとしか、考えられないじゃないか！」

私は一層の熱意をこめて、二人を説いた。

「——とにかく、ここまで乗りかけた船だ、トコトンまでやらなきゃ、犯人の思う壺だぜ！　一か八かの大勝負をかけた芝居を打つより外はないよ！」

妻の復讐に、カッと燃え立つ私の憤りの血潮は、いかなる障害をものりこえずにはおかないほど、烈しかったのだ。

「九時の手術直前を狙って、手術室にとびこむんだ！　そしてもう、こうなっては止むをえないから、雨宮さんの身分と、我々の姉崎に対する嫌疑を、所長にだけコッソリ明かして、了解を得ようじゃないか！　そうしておいて、手術室の衆人環視の前で、ノボカイン庫と姉崎とを対決させよう！　腹と腹との勝負でゆくよりないよ！」

私は、もう必死だった。のるか、そるか、十有余年の勝敗はこの一期《ご》にかかっているのだ。（ここまできて、敗けてなるものか！）私は満身の精気をふるいおこした。

この私の熱意に、遂に結城記者と雨宮警部も動かされた。そこで、私たちは早速所長に面会を求め、雨宮警部がその身分をあかして、協力を頼んだのである。はじめ所長も愕然としたようだった。しかし、とうとう私達の説明にときふせられた。それに何よりも、雨宮警部の『秋津署刑事主任』という肩書がものをいったのだ。

そのうえ、更に一つの収穫さえあった。それは、今日のオペも姉崎医師が直明けにも拘らず、昨日の続きであるため、自ら執刀するはずになっているということであった。この聞き込みは私達の確信を勇気づけた。

「みろよ、彼奴はちゃんと直明けの手術まで買って出てるんだぜ！　その直前にどんな手品をやろうって腹か判ったもんじゃない！」

「うむ、やはり俺達の勘に、誤りはなかったのかもしれん」

結城も、すっかり自信を取り戻していた。

風雨はいよいよつのってきた。真黒な雨雲が武蔵野一面に掩いかぶさってきて、正に嵐の前の気配に充ちみちていた。

午前九時十分前――。いよいよ最後の勝負の一瞬はやってきたのだ。私と結城と雨宮警部は、所長同道のもとに、蒸気と消毒液ムンムンたる手術準備室に、なだれこんだ。

「僕は秋津署の刑事主任雨宮です！　調べたいことがありますから、誰もその場を動かないで！」

さすがに職業柄、凛然たる態度だ。居合わせた手術準備中の有馬主任看護婦をはじめ、麻薬庫を開こうとしていた看護婦も、ハッと表情を氷のようにこわばらせる。

ざわめいていた手術室は、忽ち冷水を打ったように静かになった。その中にただ、蒸気のシュッシュッという呻きのみが、不気味だ。

「姉崎外科長は？」

「いますぐ、おいでになります――」

「まだ誰も、麻薬庫には手をつけてないね」

九時だ。殆んど同時に、何も知らない姉崎と二名の外科医が、手術着姿で入ってくる。

「オッ――」姉崎は、この思いがけない光景に軀をハッと硬直させた。「なにごとです？」

が、すぐに所長が、ひきとった。

「姉崎君！　こちらは、秋津署の雨宮刑事主任だ。なにか捜査なさりたいことがあるそうだから――」

姉崎は昂ぶった眼で、ジロリと所長、雨宮警部、結城とねめまわし最後に私を睨みすえると、かすかに頰をひきつらせた。

「――じつは、先生が昨日手術なさった、川島さんの奥さんのことですが……」落ちつき払った雨宮の声だった。「異常体質によるショック死だということでしたが！　……」

「そうです――」

「――だが、立会われた御主人の話では、その痛がりようが尋常じゃなかったという！　しかも、血圧はさして落ちてなかったのに、急激にプルスが弱まったそうですな？　――こいつぁ、どう考えても可怪しいじゃありませんか！　もしや、手術上の重大な過失でも？　……」

「とんでもない！」姉崎は眦《まなじり》を吊り上げて、怒った。「全然、手落ちはありません！　医師の権威にかけて、断言できます！」

「――じゃ、過失ではなくて、故意に圭子さんを殺害されようとしたということは……？」

すかさず追求する警部の皮肉な語調に、

「なんですって？　殺人？」姉崎はサッと顔色をかえ

て飛び上った。

「冗談はいい加減にして下さい！　名誉毀損も甚だしい！」

私はもう黙ってはいられなかった。

「姉崎君！　卑怯な弁解はよせッ！」熱っぽい頰に満面の怒気を注ぐと、「君は前々から圭子を殺そうと計画したんじゃないのかッ？　あのアポモヒ事件だって、君の仕業にちがいないんだ！　そいつで失敗したもんだから、今度の手術時を狙ったんだろう！　だいいち、圭子の妊娠だが、あれは君の子種としか考えられない！　なぜなら、俺には睾丸炎のため、精子がないからだ！」

私は怒りのため、もはや恥も外聞もなかった。

「妊娠堕胎後の母体に、胸部手術が悪影響を及ぼすことを計算に入れた君は、成形を早くやらなきゃ、肺が悪化すると巧く言いくるめて、手術を強行した！　そのじつ、故意と、母体の衰弱したときを狙ってやったんだろう！　しかも、君はサディストであり、圭子はマゾヒストだった。それを利用した君は、ノボカインの薬瓶に麻酔の用をなさない外の液をすりかえていれ、麻薬のような顔をして手術を強行し、痛さのあまりのショック死を、与えたのだ！――」

じつに、恐ろしい言葉だった。満座には、凄まじいばかりの殺気と戦慄がみなぎった。

「な、なんという言いがかりだ！　ノボカインをすり替えたんだって！　ばかなッ」

姉崎は落着こうと努めながらも、さすがにその言葉は憤怒に慄えていた。

「姉崎先生！」と今度は結城が、「この朝日の記事をごらんなさい、北群馬の国立療養所での、手術死の記事を！」そういいながら、用意していたかの朝日新聞の切抜きを眼前につきつけて、「昨日の川島圭子さんの死亡と、そっくりじゃありませんか！」

「何という惨酷な悪魔だ、君は！」

私はもう気狂いのように喚いていた。

「そうですか！　そんなに疑うのなら、遠慮なく麻薬庫を調べてくれ給え！」姉崎は軀を慄わしながら、吐き捨てるように言った。「そして、こうしよう！　麻薬庫内のどの瓶のノボカインでも結構！　勝手に注射筒に吸いとって、僕の太腿に打ってください！　そして、川島君！　そう、君がいい！　君の思う存分、その麻酔部位を、メスを刺してくれ給え！　そうすれば、僕が痛がるかどうか、その表情よって、麻酔の真偽が確められるだろうから！」

「えッ、なんだって？」

私はさすがにハッととまどいを感じた。姉崎が予想もしていなかった捨身の反撃にでてきたからだ。

「まア、先生！」

看護婦達は、もうオロオロ声で泣かんばかりに姉崎を見上げる。が、

「それがいいだろう、姉崎君――」

所長の厳粛な裁定だった。

「よろしい、じゃ、川島さん、そうしよう！」

雨宮警部と結城も口をグッと嚙んで、ふかくうなずいた。私は最早あとへは引けなかった。

「よしっ、なるようになれ！　勝負だッ！」

そう決心すると、開かれた麻薬庫にすばやく進み寄った。ノボカインの瓶は二つあった。

（そうかッ。どっちか一つは真物だな！）

姉崎の罠に陥ってはならぬと、はやる心をしずめて、

「姉崎君！　二度やらせてくれるか、右と左と？」

姉崎は、すぐその意味を察したか、

「むろん！」

私は有馬看護婦から渡された注射筒二本に、二箇の瓶から各々液を吸い上げた。

姉崎は自ら手術台上に臥すと、パッと両腿をはだけた。有馬定代が手早く消毒する。

私はその注射を、左右別々に打った。そして、渡されたメスを、さっと構えた。

（妻の仇だ！　いま復讐してやるぞ、圭子！）

私は必死に妻の霊を念じた。満座には、氷のごとき殺気が深淵が、火華のように散った。

私はまず、グッと姉崎の左腿に、メスを突き刺した。一回、二回、三回――。腿はちょっと痙攣した。しかし、痛さどころか、眉ひとつ動かさぬではないか――。

「ウム、そいつはホンモノらしいな！」

雨宮警部が呻くように私を促す。

私は焦った。（じゃ、こっちこそ、ニセモノかッ）あらん限りの憎悪と呪いをこめて、姉崎の右腿に鋭いメスを突き刺して、グッと引っ搔いた。二回、三回――。ほとばしる、鮮血――。が、遂に、姉崎の顔には、苦痛のかげさえも、泛ばなかったのだ。

私は泣き出さんばかりだった。（そんなはずはない！　そんなはずは絶対にない！　なにが間違ったのだろう？）焦りと疑惑と悔いが、火の玉のように、私の脳裡

をかけめぐった。

その私に追い打ちをかけるかのように、止血と傷の手当をうけながら姉崎が、

「どうだった！　納得がいったかい？　正真正銘のノボカインだったことが！」皮肉きわまる声音だった。

「川島君！　最後に僕は一言いっとくが、外科医にとっては、手術は絶対神聖な生命なんだぜ！　しかも、いま外科としては、例の新薬リミフォンをめぐって、新薬か手術か？　という重大きわまる時期に直面してるんだ！　こんな大事なとき、外科長たる僕が、故意と手術死を計って、手術の成績をおとし、外科の立場を不利にすることが、ありうるだろうか！　圭子さんを殺したいなら、きっと外の方法を選んだだろうよ！　外科医の心理と面《めん》子《つ》と、生命とを計算に入れなかったとは、君の誤算だったね！」

勝ち誇った姉崎の、止めを刺すような叫びだった。みなは、いっせいに私の顔をみつめた。私はまともに顔があげられなかった。

（遂に俺は、最後の土壇場で、敗れたのか！）

私は、ヒシヒシと迫る敗北感と、口惜しさで、暫くは口も利けなかった。頬を、滂沱たる涙が、つたわりおちた。

深まりゆく疑惑

病室にかえると、私は倒れるようにベッドに軀を投げだした。ヘトヘトに疲れきっていた。熱を計ると七度八分もあった。

情勢は全く一変していた。看護婦達は私に対して、完全に露わな敵意を示しはじめていた。何の世話もしてくれなくなったのだ。結局、『医』というものを鎹《かすがい》にして、医師と看護婦とは同じ穴のむじなにすぎぬ。私はつくづく痛感した。看護婦共はついに患者の味方ではありえないのか。みるにみかねて、同僚の厳しい目をぬすむようにして、堀越節子がちょいちょい構ってくれるばかりだった。

一方、患者側では、自治会の委員を中心にして、揉みにもみ、漸く形勢は重大化しようとしていた。硬軟両派に分れたのである。強硬論を唱える海老沢オジサンなどは、

「このまま引下っちゃ、ますます患者側はナメられる

ばかりですぜ！　こいつあ、単に川島さん一個の問題じゃない。患者自治会全体対病院側の、力関係の試金石だ！　この機会に、圭子さんの死因と責任所在とを、徹底的に追求すべきですよ。そうして更に、入院詮衡会議の収賄の疑い問題、食費の不正問題、リミフォン使用の不公平不正、麻薬密売の疑いの問題など、トコトンまでメスを入れなくっちゃ！」と、頻《しき》りに気焔をあげていた。

が、肝腎の委員長結城記者は、今朝までの張りきった強硬な態度を急に変えて、俄かに弱気な慎重論になりはじめていた。何故だか、私にはよくは判らなかった。それだけに、私は気味がわるく、怖れた。

昼頃から風雨はいよいよ強くなりはじめた。

――そして、その日の夕方――。夕食直前に突然、次のような通達があった。

「安静度三度以上の患者は、大至急看護婦室に集合！　姉崎先生の緊急のお話がありますから――」

（うッ、いよいよ追いつめられたかッ！）

私は動悸が昂ぶってきた。患者達は不安げに、ゾロゾロと集合した。

ところが案に相違して、姉崎は、

「――近頃、病棟内で煙草を吸っている患者がいるという投書があるのです。患者は禁煙という療養規律を破る者は、退院を命ずることになっていますので、事実無根だとは思いますが、一応これから所持品検査を行います。諸君は検査が終るまで、この部屋から、一歩も動いてはいけない！　動いた者は、喫煙者とみなして、即時、退院を命じますから！」

そう、唐突な申渡しをしたのだ。

患者達は忽ち騒然となった。退院命令というのは、患者にとって最大の脅威だった。

「横暴だ！」「人権蹂躪だッ」などと大騒ぎになったが、看護婦室の前には厳重な見張がつけられ、患者達は鑵詰《かんづめ》にされたまま、直ちに所持品検査が開始された。

じっさい、胸部疾患には煙草は絶対禁物であったが、それかといってなかなか止められるものではない煙草を禁ずることは、患者弾圧の手段として、よく利用される「て」だったのである。

――しかし、とどのつまり、煙草所持をみつかった三人の患者が叱責をうけただけで、この検査は切上げられた。

病室にかえってみると、床頭台の抽出をはじめ、そこここが引っ掻き廻されていた。けれども、私は別のことで、この検査の意味を怖れた。

（この台風下、しかも今朝の事件直後に、このような抜打ち的の煙草臨時検査は、あまりにも唐突すぎはすまいか？　何かの口実ではないか？）

私は、何か次第に、自分が思わぬ罠に引っかかっていって、救い難い破滅の深淵へとおちこんでゆくような気がしてならなかったのだが……。

暴風雨の夜の対決

その夜、暴風雨もいよいよ本格的に舞い狂ってきはじめた。真暗な低い雲が、丘陵すれすれに、猛烈な迅さで飛び交う。すでに風速は十五米《メートル》にちかいか。物凄い呻りをあげて、暴風が吹き荒ぶ。豪然たる雨脚が勢いはげしく風をまきこんで、横なぐりに窓ガラスに叩きつけてくる。木々の幹が折れんばかりに暴風雨の中を揺れ乱れる。

病院中鎧戸をおろし、閂をかけ、補強工作を施し、停電断水の備えなど、万全の厳戒態勢がしかれた。風速はいよいよ増大する。

ラジオの臨時ニュースが、刻々、台風ジュディスの接近をがなりたてる。今夜半、相模湾真向から関東地区に上陸してくることは、必至となった。今夜十一時の満潮時前後には高潮襲来のおそれ大きく、まず河川港湾の危機から惨禍がくるだろうという。

遂に、午後七時半、全病棟が停電した。ピシッピシッと窓が破れそうだ。ゆらぐ蠟燭の危げな灯に、不気味な緊迫感がヒシヒシと迫る。

八時近く。突然、有馬主任看護婦が慌だしく私を呼びにきた。

「川島さん！　姉崎先生が至急お呼びです！　当直室まで直ぐいらして下さい！」

私は愕然とした。何故だか、（くるものがきたのかッ）との感じさえしたのだ。

急に動悸と呼吸が早くなった。額が熱っぽい。胸がムカムカと不愉快だった。だが、私は意を決した。懐中電燈をもつや、台風厳戒下の病棟をつたわって、姉崎のまっている当直室へとでかけていった。

「おウ、嵐の夜に、わざわざ来てもらって、済まん――」

机上に蠟燭が二本――。鎧戸を下した窓に、猛烈な風雨が叩きつける。ともすれば蠟燭が消えそうだ。

「――何の用だ?」

いつしか学生時代の言葉にかえった私たちは、ゆらめく灯を挟んで相対した。が、その語調とは逆に、私達の間には、無言の敵意が、火華のように飛び散った。

「川島! 久し振りだな、こうして二人きりで話し合うのは!」

「――話があるなら、早くしてくれ! 俺はいま疲れてるんだ!」

「そうか。じゃ、早速だが、ほかでもない、圭子さんの死因についてだよ! ――」

(やっぱり、きたかッ。いよいよ、最後の勝負だ!)

私は緊迫のあまり、軀がかすかに慄えるのを禁ずることができなかった。

「――今朝、僕は圭子さんの手術について、絶対無過失だといったが……」姉崎はそうきりだすと、ゴクリと唾をのみ下すや、「いま、それを訂正しなければならなくなったようにおもうよ……」

その言葉をきくと、俄かに私の顔には、みるみる、喜色が溢れてきた。

「じゃ、姉崎! 圭子の死が不可抗力ではなかったことを、認めるな?」

「うむ! ――」

「ふム、そんなら、ついでにどうだ! 過失などと胡魔化さずに、自白しろ! 自分が殺した! と!」

カサにかかって私は、ここで一気に犯人の息の根を止め、勝負を決しようと、遮二無二詰め寄った。だが、意外なことに、姉崎は冷笑さえ泛べるや、

「おッと、そうはいかんのだ、川島! じつは今朝まで は全然気がつかなかったのだが、僕に手術上の過失を起させようと、故意に企んだ奴がいたんだよ! いやもう、僕あ、驚いたね! 今日になってやっと気がついたんだが! ――」

そう、叩きつけるように言い放つと蠟燭の灯越しに、ジーッと私を睨みつけたのだ――。

たった今まで勝ち誇っていた心算だった私の頰からは、急速に血の気が引いていった。焦りに苛立った。

「姉崎! 卑怯な弁解は止せッ! 君は、それでも……」

「おい、昂奮せずに、ちょっと、これを見ろよ! 君は確かに見覚えがあるはずだが!」

姉崎は素早く、一箇の革箱を取出した。中は血圧計だ

った。

「ねえ、川島――。今日の手術で、偶然、僕はこの血圧計が狂っているのを、発見したんだよ！　全く吃驚《びっくり》した。早速調べてみると、メーターの針がずっと上廻っている……。健康人は血圧一二〇前後だが、こいつで計ると、一六〇も指すのだ。従って、これが一〇〇を示すときは、実際は危険線ギリギリ一杯の六〇前後に血圧が落ちていることを意味する！　もしそれを知らず、こいつを信頼して手術を行ったらどうなる？　心臓が弱まり、血圧が六〇に低下していても、針は一〇〇を指す。大丈夫だと信じて、手術を続行する。患体が参ってショック死をおこすのは、当然のことじゃないか！」

姉崎の眼は、らんらんと光った。

「しかも、この血圧計は、圭子さんの手術以前には確かに正確だったんだぜ！」吐き出すような言葉だ。

「――そこで、僕はこいつに附いてる指紋を調べてみた。するとどうだ、今日僕が扱ったために附いた指紋だけしか出ず、あとは全く綺麗だったんだよ！　これは一体どういう意味なんだろう？　ええ？　――本来なら、いままでにこれを扱った医師や看護婦たちの、いろんな指紋が乱れ附いてるはずじゃないか！　だとすれば、こいつあ確かに誰か、圭子さんの手術前後に器具室に忍び入り、この血圧計にふれて故意に針を狂わしておいた奴が、あったと考えるほかはないよ！　そいつは自分の指紋を拭き消したために、附いているべきはずの他人の指紋までも、同時に拭きとってしまったんだ。これは、犯人の大きなミスだったねえ！」

姉崎の面に泛ぶ皮肉いっぱいな嘲笑が、蠟燭の灯影にゆらめく。窓外はますます暴風雨が烈しさを加えてきたようだ。私は追いつめられた獣のように、次第に自分の頬がひきつってゆくのを意識せずにはいられなかった。

「ふん！　それで、どうだと云うんだ！　血圧計を狂わせた奴はどいつだというんだ？」

気が狂ったように、喚いた。

「まあ、まて！」と、姉崎は憎らしいほどの冷静さだった。「――そいつは同時に、ノボカインの瓶よで、すり替えた……」

その言葉に、私は僅かに血路を見出したように思った。

「じゃ、どうしても、医師か看護婦だな。患者には麻薬庫の鍵は手に入らんからな！」

「――そうとばかりは云えないさ！　患者だって、鍵を盗み出そうと思えば、あながち不可能じゃあるまい！」

そう軽く一蹴し去った姉崎は、私に反駁する余裕も与えず、今度は鋭く鉾先を変えてきたのだ。

「――ときに、川島！　――僕はこんどの事件と、ホラ、いつか君がアポモヒ中毒事件を起したろう、あの事件とは、密接な関聯があることに気づいたんだがねえ！　こんどの血圧計を狂わしたり、ノボカインをすり替えたりした犯人の謎をとくには、アポモヒ事件がその鍵になるンじゃないかと……。つまり、同一犯人の仕業だと睨んだが……」

私は、かすかに軀が慄えはじめた。カッと全身の血が逆流するように感じた――。

そのとき、フッと風に蠟燭の灯が消えた。真暗闇だ。外は、ごおーッとうなるような地響きをたてて、暴風雨が荒れ狂っている。鎧戸に横なぐりに叩きつける雨風に、言葉がかき消されそうになることさえある。

姉崎は「チェッ」と舌打ちして、シュッ……とマッチをすった。再びぼおーッとゆらぐ灯に泛ぶ彼の顔に、蔑みの色さえ走っているのを私は見たようにおもった。私は戦慄を感じた。

「――それでだね、僕はあのアポモヒ事件のとき、堀越節子の過失だと思ったんだが、いま、圭子さんの手術死に結びつけて深く考えてみて、今までとんでもない犯人の罠に引っかかっていたことに気がついたんだよ！」

自信ありげな姉崎は、頭髪をかきあげると、更に言葉をついで、

「――今日の夕方、喫煙を名目にして、抜打ち的な所持品検査をやったのは、そのためだったのさ！　ハハハハ、外の患者諸君にはお気の毒だったが、じつは、アポモヒ事件の証拠を探ぐるのが、真の目的だったんだ！」

そう言いながら、ポケットから、ポンと赤色の薬包みを机上に放り出した。

「ホラ、アポモヒの残包さ！　動かぬ証拠だよ！　ねえ、川島、所持者は誰だったと思う？」

それは、深淵にのぞんだような、恐ろしい一瞬だった。

「いうまでもないよ！　君が一番よく知ってるとおり、川島！　こいつは、君の所持品のなかから発見されたのだ！」

「なにをッ、ばかなッ！」

狂い立った私は、摑みかからんばかりに、必死の形相でどなった。眼も眩む思いだった。

「断じて、そんなはずはないッ！　確かに、俺は！」

だが、そのときだった！――

「待てッ、川島！　いま、君は、そんなはずはない、確かに俺は！　と言ったなッ」一転した姉崎の、烈火のような怒声だった。「それが何よりの証拠じゃないかッ！　確かに残りを処分しておいたはずだ！　と君は言いたかったんだろう？　ハッハッハ、川島！　君のためには残念だったな！　じつは、君の所持品の中には、何も残っちゃいなかったんだよ！」

「えッ、なんだって？」

「こいつは、いま僕がつくってもってきた、全然別のアポモヒ包なのだ！　ハハハ、まんまと僕の罠にひっかかったねえ！　確かに処分して焼き捨てたはずでも、いまのように緊迫した一瞬に、これが残っていたと眼前に突き出されると、犯人は思わず錯覚に陥ってしまうものなのだよ！」

私は完全に虚をつかれて、口も利けなかった。なにか、怒りと口惜しさと恐怖と敗北感とが突き混って、気が狂ってしまいそうだった。

「川島！　君は、犯人が同時に被害者であるというお芝居を巧みに演出したんだ！」勝ち誇った姉崎は、私を真向から睨みつけてきた。

「――君はいつか、食中毒をおこして吐剤のアポモヒを貰ったことがあったな？　そいつを残しておいた君は、血痰を出したチャンスに、圭子さんから真物の止血剤トロンボーゲンを貰ってくると、それを捨て、故意とアポモヒの相当量を自分で服んだ。そして、実に巧妙極まるお芝居をうってみせた！　他日圭子さんを殺そうと既に決意していた君は、嫌疑を他人に向けるための用意周到な伏線を、張っておいたのだ！」

ゆらめく蠟燭の灯影を浴びた姉崎は、ここまで言うと、すっと立上り、ぐっと一歩前に踏み出した。私は思わず、一歩後退した。

「どうか！　川島！　君には一言も弁解できまい？　君は、僕と圭子さんとの間を嫉妬するあまり、それに耐えられなくなって、圭子さんの殺害を企み、着々準備を進めていたのだ！　こうした伏線のもとに、こんどの圭子さんの手術になった。君は時機至れりとばかり、前日コッソリと忍び入って、血圧計のメーターを狂わせ、ノボカインをすりかえておき、圭子さんの手術ショック死を狙った！　そればかりか、その罪を僕に転嫁しようとまで、企んだ！　ああ、何という悪魔だったのだ、君はッ！」

姉崎はハッタと私を睨みつけた。私は軀がふるえて仕方がない。視線を避けた。全身から力が抜けてゆくような感じだった。眩暈しそうだった。

そのとき、廊下の方角に、コトリ、というかすかな音がしたようだった。が、私はもはや、それを疑う余裕さえなかった。

姉崎は、最後に私の止めを刺すかのように、

「それから、あの朝日新聞の手術死の記事も、凡て君の故意だった？　本を包んで、わざと結城君の眼につき易い所に置いておいたのも、巧妙な君の伏線だったのだ！　結城君もいまさっき、そういえばあまり偶然が巧くできすぎてた！　と言っていたがね！」

私はもう、一言も口がきけなかった。なにか深い深い奈落の下に沈んでゆくような気持だった。完全極まる敗北に、私はよろめくようにドアの方に後すざりした。

（だが、だが、どうしてノボカインが今朝すでに真物に変っていたのだろう？）

解きがたい、ただ一つの疑惑が私の脳裡をかすめたが、それはもう私の決定的な敗北の前には、何の力もなかった。

頭がガンガン痛かった。熱がかなりあるのか、足がふらついた。眩む眼を閉じて、私は辛うじてドアの外にたどり出た。背後に姉崎の、

「――川島！　今晩だけ余裕をやろう！　覚悟ができたら、明日早速自首したまえ！　さもないと、僕はすべてを雨宮警部に話すつもりだから！」

そう叫ぶ声をきいたようにも思ったが、すべてはうつろだった。

腑抜けのようになって廊下に出ると、暴風雨の猛烈な音の響きが、一段と胸にこたえてきた。台風ジュディスは、正に上陸せんとしているのか？……。

破局《カタストローフ》

と、そのときだった。突然、廊下の影から、小さな人影が姿を現わしたかとおもうと、ツト走り寄ってきて、よろめく私を優しくも烈しく抱きかかえたのだ！　ツンと鼻をつく化粧料の匂い、女の肌の香り――。

「あッ、節子さん！　貴女は、どうして、こんなところへ！」

私は眼も眩むおもいだった。それは、レインコートに

身をつつみ、黒髪を乱れるままにふりみだした、堀越節子の情熱に燃えさかる女体だったのだ！

「川島さん！　妾、いま当直室のドアの影にかくれていて、貴方と姉崎先生とのお話を、みな、みな、聞いてしまったのよ！」

「あッ！　――」

「いいのよ、いいの！　もう、何も仰有らないで！　さ、向うへ行きながら、妾の、最後の御話をきいて頂戴！」節子は私の軀を抱くようにして、急いで、廊下を渡り、非常出口の方へ急ぐのだった。

真暗だ！　凡てが真の闇だ！　その中に、ごおーッと地軸をゆるがすような暴風雨のおたけびが、風をまき雨を叩きつけて、物凄いばかりの咆哮だ。出口の方に近づくに従って、猛烈な暴風雨が隙間を洩れて、歩行さえ困難な位だ。思わずよろめく私を、節子のなよやかな腕が、しっかと受け止める。真闇の中に、嵐の中に、節子の情熱のみが、節子の体温だけが、疲れ果て敗れさらばえた私の軀に、カッカと伝わってくる。

「川島さん！　妾、みんな、聞いてしまったのよ！　だけど、だけど奥さまを殺したのは、貴方一人の仕業じゃないのよ！」

「えッ！　なんだって節子さん？」

「ええ、そうよ、そうだわ！　ああ、な、なんという、偶然の一致なんでしょう！　川島さん！　貴方が擦り替えておいたノボカイン！　あれを、貴方は元戻《もとどお》りになさらず、姉崎先生に嫌疑を向けようとなさった！　それが、どうして今朝、また真物のノボカインにいつの間にか戻っていたか、お判りになって？」

「あッ？」ああ、それこそ、私の唯一の疑問だったのではないか！　何故？　何故？

「川島さん！　おお、やっぱり、悪いことはできないわ！　だって、そこから、曝れてしまったんですもの！」

「説明してくれ！　節子さん！」

私は喘ぐように叫んだ。

「妾よ！　ええ、そうだわ、妾よ！　妾は、貴方が奥様を殺そうとなさったことなど、全然知らなかったの！　そして、その妾も貴方とは全く別に、同じやり方で奥さまに麻薬のすりかえによる、ショック死をおこさせようと計画して、それを実行したのよ！　だから、私たち二人は全く、お互にお互の犯意と犯行とを知らず、別々に奥さまを殺そうとしたんだわ！　そしてそこに、すべての破局の原因があったのよ！」

「えッ、なんだと？」私は天地も動顚せんばかりに愕いた。が、節子は、構わず、烈火のような言葉をつづけた。

「貴方がノボカインをすりかえておいたあとに、妾がなんにもしらず、忍びこんで、リンゲル液にとりかえておいたんだわ！　だから、そこは、ダブっても一寸も差支えはなかったのだけど、決定的な宿命は、それを戻すときだったのよ！　妾は、あとで曝れないようにと思って、奥さまの手術死直後のドサクサにまぎれ、サッとまた、元戻《もとどお》りにしておいた――。医師でも患者でも、そのようなチャンスのなかったあの場合、そんな早業ができたのは、麻薬係の看護婦だった、妾だけじゃないの！」

（そうだったのか！　それを知らぬ私は、偽物のノボカインがそのままになっているものとばかり思いこみ、姉崎に嫌疑を向けようとして、今朝の失敗を招いてしまったのだ！　自らしかけた罠に、自ら陥ってしまったのだ！）

私は、もはや、言うべき言葉を知らなかった。ただ、きらめくばかり節子の情熱が叩きつけてくるのを感じた。

「それから、川島さん！」節子の憑かれたように熱っぽい告白は、なお、つづく。「奥さまの妊娠のこと、あれも、みんな、妾の仕業だったのよ！」

「えッ、なんだって？」

私はみたび、噛みつかんばかりに愕然とした。

「ええ、そうだわ、憎らしい圭子奥さまに痛烈な精神的打撃を与え、病状や手術にも悪影響を与えてやりましょう、と考えた妾の仕業だったのだわ！　ホラ、奥さまが、アッペ切って、尿が出ず、妾が導尿したとき、啞の安サンが妾にまつわりついてたのを、覚えてらして？　ええ、そうよ、あの直前、妾は安サンが啞なのを幸い、彼の性慾を利用して、人のいないお清拭《せいしき》部屋で、ソッと安サンの精液をシヤァーレにとっておいたの。そして奥さまの導尿をするとき、さっと注射筒で膣の中に注入したんだわ！　尿のでない苦しみで夢中だった奥さまは、全然気がおつきにならなかったのよ！　その人工授精は、まんまと成功し、奥さまはとうとう、啞の安サンの胤をおはらみになってしまったの！――」

「あッ！」

頭がくらくらしてきた。とすると、俺が殺意を決したあの妊娠は？　姉崎と圭子とはどうだったのだろう？

ああ、私は思わず呻いた。

暴風雨はいよいよ、たけり狂っていた。横なぐりの雨滴に、私達の足許は、ぐしょ濡れに近かった。闇の中に、すさまじい嵐の咆哮。

と、節子は素早く、レインコートのフードを、頭にきりりッとかぶった。そして、嵐の闇のなかから、私を真正面に見上げるや、

「川島さん！　貴方の愛していらした奥さまを、殺した、妾！　その、妾を、あなた、憎くてたまらないでしょ？」

私はもう、物言う気力も失っていた。よろめく足を一歩踏み出した。が、その刹那だった。節子の痛烈な平手打ちが、私の頬に飛んだ。

「あッ！」

一瞬私のひるむ隙に、節子はパッとレインコートの裾をひるがえすと、脱兎のごとく非常出口に向って突進した。

「川島さんのバカ！　妾、いま、婦長さんに、辞職届を出してきたところなの！　ああ、これでもう、おさらばだわ！　左様なら、療養所よ！　左様なら、川島さん！」

そう叫びながら、まっしぐらに暴風雨の真只中めがけて飛び出していったのだ。

私はよろめく足を、必死に駈けて、その後を追った。地軸をゆるがすような、嵐のおたけび！　横なぐりの豪雨に、瞬時にして全身は水びたしとなった。

「節子！　まてッ！」

だが、ほとんど駈けることも出来ない。と、急に胸の底からぐーッとこみあげてくるものを感じ、あッ、血だなと思った瞬間、豪雨の中にくずおれていた。

「圭子ッ！」

私は、いつか夢中で妻の名をよんでいた。

荒れ狂うジュディス台風は、いま正に、武蔵野の真正面から、襲いかかろうとしていた……。

（作中、いかに現実の事実、または実在の人物に、酷似した事件、もしくは人物が、登場しようとも、それらは、全く筆者のフィクションにすぎないことをお断りしておく）

或る特攻隊員

「――さん、確かにそうですぜ。タカハシ・コウジ、こいつあ、きっと、あの高橋中尉にちがいありませんや。あっしがこうと睨んだ眼に、間違ったこたあ、ねえんですからな」

中沢は金壺眼をぎょろりとひからせ、すこし禿げあがり気味の額を、つるりとなでながら、まだ執拗《しつこ》く言いつづけた。

「だが、君、高橋弘治は、タカハシ・ヒロハルさ。コウジじゃない。高橋なんて姓は数が多いし、コウジだって宏二、広次、幸司、いくらでもある――他人だよ。他人の空似さ」

「ですがねえ。外人てやつは、漢字をみな音読みにしちゃうんですよ。弘治をヒロハルとよむ才覚なんて、思い泛ぶもんですかい。ヒロハル即ちコウジでさあ。――なんといっても、蘭印地区の戦犯、こいつがピッタリ符合ときている。高橋中尉は大村の三五二空に転勤直前、ダバオ航空隊にいたのですからな。なにしろ、特攻で突入するころにゃ、あんなに荒れていた彼のことだ。ダバオ時代だって現地の住民たちにどんな残虐行為をやってたか、判ったもんじゃない――」

ねちねちとした口調でそう言いながら、中沢はまたその記事のでている新聞の上に、体をかがめた。

もともと、この中沢というのは、戦時中私が長崎県の大村海軍航空廠に配属されていたころ、部下として海軍書記をやっていた男であった。終戦時、抜目なく軍物資を秘かにもちだして、一儲けやったという話で、それをもとに怪しげな商事会社を福岡にでっちあげ、ときどき商用に上京してくる。いずれ東京と九州の間を闇取引にあけくれているのであろうが、ただどういうわけか、その頃大学に復学していた私のところには、その度に顔をだすのであった。私なぞに会ったところで、一文の金儲けにもならないのだが、やはりともに戦の苦しい期間を少しでもいっしょに過したということが、そんな中沢にも多少とも懐しさをもよおさせるのだろうか。軍時代から、ひとの噂話や他人の秘密を嗅ぎだしてきて吹聴してあるくことのすきな男で、同僚中の嫌われ者であったが、根は案外善良なところもあるのかもしれなかった。

その中沢が、こんどまた久し振りに上京してきたのだが、会うのっけから全く意外な話をしはじめたのである。終戦後まだ一年あまりしか経たない、昭和二十一年あきの、ある日であった。

中沢はいきなり一枚の新聞をつきだして、私によんでみろという。それは旧日本海軍蘭印地区関係の戦犯者氏名をのせたちいさな記事であったが、そのなかの仮名書きされたタカハシ・コウジというのが、あの高橋中尉にちがいないというのだった。が、私には殆んど信ぜられないことであった。

「――だが、中沢さん、高橋中尉は、そう、あれは終戦の幾日前だったかな、特攻隊長として沖縄の米機動部隊に突込んで、戦死――こいつは動かせぬ事実だとおもうが――」

「いや、だめだめ」新聞から眼をあげた中沢は、卑しい薄わらいを泛べて、私の口をさえぎる振りをした。

「敵艦の上を、行きすぎちまったんでさあ――」

「行き過ぎる?」

「そうですとも。特攻機が突入せずに敵艦の上を行き過ぎて、敵中に故意と不時着、捕虜になる、そんな例はいくらでもあるそうですぜ。日本海軍だって、そうそう勇敢無比なる将兵ばかり揃ってたわけじゃありませんや。なかには、いざ土壇場になって、急に死ぬのが恐くなるのだって、いたろうじゃありませんか――。なにしろ高橋中尉は、はじめあんなに、死ぬのを恐がっていたおひとですからな。そのため、一度進発しながら、途中から引返したことさえある、っていうじゃないですか。エンジンの故障だと言訳したそうですが、なんだか判ったもんじゃない――」

私はぐっと言葉につまった。

「間違いないですよ。高橋中尉はもともと卑怯者、臆病者だったんでさあ。その臆病さとあの突込む直前の狂暴さとは、じつは同じ楯の両面にすぎなかったのですな。学徒上りの士官にゃあ、よくあるタイプのひとつですわい――。ダバオにいたころ、現地の住民を虐待したという前歴も、全くうなずけることですよ――。ああ、高橋中尉も、死ぬことの嫌いなおひとじゃったが、こんどこそ運もつきて、戦犯か――」

「――」

「絞首刑ですかね、――さん？」

私はもう返事をしなかった。禿げた額をつるりと撫でながら、まだぺらぺらと喋りまくっている中沢の言葉は、もはやなにひとつ頭に入らなかった。

ただ、高橋中尉の二つの顔が、ぐるぐると走馬燈のように瞼の底をかけめぐるばかりだった。あの人懐っこくわらっている彼の童顔と、あの突込む直前狂暴に荒みきっていったころの相貌と。果してどちらがほんとの彼だったのだろうか？　果して戦犯タカハシ・コウジとは、あの高橋ヒロハル中尉のことなのであろうか？　彼は戦死しなかった、いや、できなかったのだろうか？

私の想いは、いつしか、ふたとせのはるあきをさかのぼるのであった。

私が高橋弘治中尉とはじめて知りあったのは、沖縄の戦局が漸く苛烈化していた、昭和二十年五月のことである。当時私は長崎県の大村海軍航空廠にいたのだが、そのころ彼はダバオ航空隊から急遽、風雲急を告げる本土防衛のため、特攻基地大村の三五二空の操縦士官として、転勤になってきたのだった。三五二空は私達の空廠と隣り合わせになっていたのだ。

その日、私は勤務の引け際に、突然、会計課長のK主計中佐に呼ばれた。

「――中尉。今夜の一九〇〇までに、君んとこの女工員を選抜引率して、三五二空へいってくれ。万事、先方の指図に従う。判っとるな、特攻の見送りだ。厳秘だぞ――」

K中佐はくッと複雑な薄らわらいを泛べると、扉の方へ顎をしゃくってみせた。

新参の私には、むろんはっきりしたことは判らなかった。が、噂はきいていた。所謂見送りなるものの内容については、朧げながら想像がついた。それだけに二十名の女工員を選ぶことは苦痛な作業であった。

庶務係にもってこさせた工員名簿をひろげていると、ふと背後に煙草の匂いがする。ふりむくと例の中沢書記が覗きこんでいた。

「特攻さんの壮行じゃないんですかい？　へへへ、もう情報が入っとるです。そろそろ、うちの番だと思ってましたがな」と、狎れ狎れしく私の肩越しに手を伸ばし、名簿をぱらぱらとめくった。「馴れたのがいますわい。ええと、これと、あれと――」そう言いながら中沢は煙草をもちかえると、やにで黄色く染った太い指を名簿の上に、心得顔にすべらせた。

　午後六時ごろ私たちは、トラックで出発した。女工員たちは各々手作りの日の丸の小旗を用意してきていた。自分達がなにをしにゆくのか知っているのだろうか。私はそんなことを考えたが、彼女たちの表情からはなんの判断もつかなかった。

　トラックは、航空隊まで殆んど直線的につづいている海岸沿いの軍用道路を、残照をあびながらまっしぐらにすすんだ。左手の大村湾がずっと遠く佐世保のあたりまで、きらきらと波をひからせる。その耀きと対象をなして、湾向うの西彼杵《にしそのぎ》半島の緑が翳り、くろずんだ夕靄《ゆうもや》にくっきりと浮き出している。一機二機、湾の上を滑るように帰投してくる零戦の小さな影が、ひかる波に、すいすいと過ぎる。

　埃っぽい軍用道路の窪みや石ころにぶつかってトラックが揺れるたびごとに、女工員たちはきゃっきゃっとはしゃいだ。そうして、その合間には声を揃えて、へんな替唄を妙にものがなしいメロディで合唱していた。

　六時半ごろ、私たちは三五二航空隊に到いた。案内を乞うと、すぐ当直士官に紹介された。それが高橋弘治中尉だったのである。

「――そうですか、御苦労さまでしたなあ」と、苦笑めいた口調で私たちをねぎらい「おーい、田所兵曹！」そう下士官をよんで、女工員たちを案内するようにといった。

　高橋中尉よりも十がらみ年上の田所上等兵曹は、万事心得ているとでも言ったふうに粘っこい視線をなげすてると、私ひとりを残したまま早速女たちに合図をした。

　バラック建の粗末な営舎が、斜陽の翳になって、くろぐろと夕空にのびだしている。その黯い建物のなかに、やがて女工員たちの列が吸われていった。

　じっと見送っていた高橋中尉は、

「仕方がないですよ。まあ、こっちへ来ませんか――」そう言いながら自分の室に案内し棚からウイスキーの瓶なぞもちだしてきて、私にすすめるのだった。

　高橋航空中尉と私との交友がはじまったのは、こんなきっかけからであった。彼がダバオ航空隊から転勤してきた直後だったことを知ったのも、むろんこのときである。

　もともと私はあまり人づきあいのいいほうではないの

だが、彼とだけはふしぎに最初からうちとけていった。それには、彼が私と同じ学徒兵で京大の哲学科に籍をおいたまま応召してきたことが判ったのも、あずかって力があったろう。だが、なによりも彼の人懐っこい表情が、まっすぐ私の心のなかに入ってきたからであった。私はふと、きっと彼は幼いときからの顔が、いまも案外かわっていないのではないか？　とおもった。

ひとによっては、子供の頃の顔と大人になってからの顔とが、ひどく変ってしまうことがあるものだが、私には、高橋中尉の子供の頃の写真をみても、すぐにそれと判るだろうという気がするのであった。のちになって、そのことを言ったことがある。すると、

「そうですかね。いつまでも子供っぽいものだから、そうみえるのでしょう」と、高橋は人懐っこい童顔をほころばせるのであった。

それ以来、高橋中尉と私とは急速に親しくなっていった。用事のないかぎりあまり他所にはでない私だったが、三五二空にはしばしば話しにでかけるようになった。中沢書記などは変に気をまわして、「――中尉、近頃はよくおでかけじゃが、へへへ、いいのができなすったんですかい？」などと猥らなわらいを泛べたものである。

知りあってまもない五月末のある日、私は高橋中尉のサイドカーに便乗して、島原半島の小浜までゆく機会をえた。この小浜は温泉地で、海軍病院が建っている。彼は負傷搭乗員のことで、また私は被収容軍属の糧食の件で、それぞれ所用ができたためであった。

途中、私たちは島原半島横断地点の千々石湾で車をとめ、ひと休みした。この峠は、島原半島、長崎をふくむ野母半島、それに肥前陸地の三者が、三方から集ってくる頂点に位置している。その間に、大村湾、有明海、千々石湾の三つの入りうみが、深くくびれこんでいた。

ふと気づくと、恰度真上をB29の編隊が北方に進んでいる。高度一万米《メートル》以上であろう。風の工合で爆音が殆んどきこえず、ただ翼だけが、つよい陽射しにきらきらとひかっている。蒼い空、海、新緑の半島、なにか戦争などということは遠いよそごとのようにさえおもえて、えがいたような美しさであった。

「Bさんか――。あの方角じゃ、北九州を狙ってるのかな？」

高橋中尉は軍帽をぬいでいがくり頭を拭きながら仰いでいたが、やがて私たちの話題ははるかに望見される、

千々石湾に移っていった。もし米軍の本土上陸作戦があるとすればさしずめ関東平野、鹿児島の志布志湾につづいて、この千々石湾が狙われるだろう、という説がひろまっていたからである。高橋中尉の情報によれば、陸軍が臼砲をかきあつめて、湾沿いの防備工事を昼夜兼行でやっている、ということだった。日露戦争の遺物である臼砲が、近代的米軍の砲火に対して、果してどれだけの抵抗ができるというのだろうか。

峠の裾はずっと高原ふうに湾近くまでひらけている。半分位は未開の荒地だが、それでも所々に新しく開墾したての畑地と松のわかい植林とが、無理な区劃をなしてつづいていた。いつ砲火にふみにじられるかもわからないこんなところにも、戦争の苛烈さは食糧増産のお題目を強行せねばならないのか。

「——親父も、群馬の山んなかで、こんな荒地に鍬を入れてるんだよ、本家の土地を借りて小作しているのだがね。もう、六十二か——」

ふと高橋はさびしそうな表情をした。彼は父親ひとり息子ひとりであった。兄弟はなく母親は戦争のはじまった年に病歿した。群馬県庁の小吏をながくやっていた父親にしてみれば、息子を大学にまで出すのは、並大抵の苦労ではなかったろう。父親は法科にやって官吏にするつもりだったが、高等学校を卒業した高橋は京都の哲学にゆきたいといいだした。哲学なんかやったって飯など喰えるものではないから、という父親とだいぶ意見がわかれたわけである。だが結局、父親がおれて彼の希望どおりにしてくれた。そうしていまは、本家の土地を小作させてもらいながら恩給とで暮しているのだという。

じっさい、母親を失った高橋には、老いた父が唯一の心の拠り所だったのであろう。彼は私と酒をのんだりすると、必ずその父親の話をしてきかせるのであった。

「——いい親父さ。親不孝ばかりかけたがね——。もし俺が死んだら、どうなるんだろう?」高橋はよくそんなことを言っていたものである。

こうしたことから高橋中尉と親密さを加えてゆくにつれ、私にも次第にいろんな事態が解けてくるようになった。はじめは彼が隊内でもきっと慕われているのだろうと思っていた。意外だった。が、それは皮相な観察にすぎなかったようである。しかし、事実は事実であった。いやむしろ、彼の立場は全く辛く苦しいものであることが、私にも痛切に思いしらされるようになってきた。

ある夜、私がいつものようにぶらりと訪ねていったことがある。すると田所兵曹がでてきて、あ、これはせっかくだったが、高橋中尉は恰度佐世保に行ったところだ、だが、まあいいじゃないか、ちょっと寄ってゆくもんですたい、という。私はあまり気も進まなかったが、彼ともうまくやっておいたほうがよかろうとも考え、しばらく話し込んだ。

上官のいない気易さからか、田所兵曹は主人顔に振舞った。ウイスキーボンボンなどそのころ珍らしい菓子や、いろんな航空糧食をもちだしてくる。しまいには清酒や極上のアブサンなどまでしきりにすすめて、むしろ気味がわるいくらいであった。そうして自分も酔いがまわりはじめたのか、

「――こいつあ、軍極秘ですけんな、――中尉、黙っといてもらうとです――」などと、沖縄戦局の情報や、航本の腐敗事件などと称する噂ばなしを、得意気にぺらぺらと喋りはじめるのであった。

「――じっさい、特攻もこう消耗がひどくなっちゃね、補充が大変ですたい。だが、もうこうなりゃあ、意地や。海軍の面目にかけても、やり通さんければ、――中尉、なあ、そうじゃなかですかい?」次第に眼をとろんとさせながら、へんにからむような口調になってくる。天井の梁から吊した粗雑な防空燈が彼の薄い頭髪の上にのしかかっている。

「だから、わっしも、もともとは整備兵ばってん、いまは操縦を一生懸命習うとるですたい。ふん、これでも葉隠武士の血をひいた田所や。いつかは九州男子の魂をみせつけてやろ、そう決心しとる。なあ、それが日本人ちゅうもんでしょう?」佐賀の出身だという田所兵曹は、葉隠という言葉を口にするとき、顔の筋肉をぴくっとひきつらせた。そうして拳で机のへりを叩き、航空靴を床に踏みならして悲憤慷慨しはじめるのであった。どこかの営舎から、炭坑節や卑猥な唄声などが洩れてくる。

やがて、田所兵曹はいつのまにか、話題を高橋中尉のほうにもってきていた。それまでいい加減にきいていた私だったが、高橋の名がでてくると、急にどきんとした。

「――そこへゆくと、高橋中尉なんぞは、よかはずですたい。操縦はできなさるし、なあ、征こうとおもえばいつでも飛び出せる方ですけんな。わっしなら、とっくに志願して、葉隠の意地を貫いとるとです。高橋中尉も、ダバオじゃ、相当厳しいおひとじゃったげなばってん、こっちへきなさると、まるで猫かぶったような士官

や。やっぱりいざとなると死ぬのが恐うなっとじゃろう、べつに志願なさるでもなし、わけのわからん本ばかり読んどらす――。みんな歯痒ゆうて、蔭じゃいろんなことを言うとるですたい――」

妙にとげのある言葉で、ねちねちとからんでくるのであったが、そのとき、私の頬からは俄かに酔の気が引いていったのを、私ははっきり意識していた。

わっしたちなら、とっくに志願しとるとです。ばってん、高橋中尉は――、と毒づいた田所兵曹の言葉は、そのごずっと私の脳裡にこびりついて離れなかった。そればかりでなく、三五二空へゆく機会が重なるごとに、そういった雰囲気が高橋のまわりにしつこく絡みついていることを、次第につよく感じないわけにはゆかなくなった。

操縦士官でありながら、特攻を志願しないことに対する、蔭口、皮肉、非難、軽蔑、卑怯呼ばわり。軍人にあるまじき奴だという悲憤。さては、学生上りはやっぱり性根が腐っとる、という悪意。高橋の人懐っこい穏やかな風貌態度にさえもが、海軍軍人らしからぬ女女しい野郎だという侮辱に、すりかえられていったようにおもわれる。

そんな雰囲気は、私にとっても辛いことであった。だが、それだけに却って、なにも言いだせぬままにずるずると日が過ぎた。

六月にはいると、毎日重苦しい薄墨いろの雨雲が、多々良山脈から大村湾の空ぞらに垂れこめた。人多武の山々にも萱瀬の谷間にも、黴くさい霖雨がふっては止み、やんではまた降りつづけた。

そんな雨雲を縫って、米機の空襲は執拗に繰返された。戦局はいよいよ不利になっていた。沖縄も玉砕した。海軍が最後まで恃んでいた戦艦大和も、鹿児島沖の藻屑ときえさったという噂は、もはや公然の秘密であった。米軍の機動部隊は本土のすぐ近海まで出没しはじめていた。しかし、その米機動部隊に突込む友軍の特攻機の数は、いよいよ消耗しつくしてきたようだった。焦躁する特攻基地所属隊員ひとりひとりの顔までが、苛立ちさっていた。そうして、そのような焦立ちや荒みが、卑怯者の同僚に対する皮肉として、ますます高橋に辛く当りちらしてきはじめたのも、あながち無理からぬことであったのかもしれない。

そんなことなどから、いろんないみで、私は高橋中尉の身の上が心配でならなかった。自分には問う資格がないと思いながらも、彼を親しく思えば思うほど、いちどゆっくり話しあっておきたいという、焦躁に似た気持に駆られた。けれども、いざ高橋にあうと、つい言いそびれてしまうのである。

しかし、ある日、ふとしたことから、とうとうそのことに触れ合わざるをえない破目に陥った。燃料の打合せの件で三五二空にゆき、ついでに立寄って高橋と昼食をともにしたときのことである。その日も朝から梅雨もよいの鬱陶《うっとう》しい空模様だったが、話もやはり悲観的な戦局のことからであった。会話のゆきがかり上、私はついに彼が特攻を志願しないでも済みそうなのかと訊いてしまったのだ。

その瞬間の高橋の表情を、私はいまも忘れることができない。さっと顔から血の気が引いていったようだった。私は後悔した。が、ちょっと間をおくと、彼は案外冷静な口調にかえって、ぽつりぽつりと途切れるように、

「いや、いずれはやらされるだろうな。搭乗員の消耗はとてもひどいんだ――」そう前置きして、特攻はもちろん志願ということになっている。だが、こうした厳しい戦局になってくると、隊内の精神的な圧迫はむしろ強制にちかいのだ。とくに自分のような予備学生出身の者には当りが強く、辛い。司令から下士官兵にいたるまで、卑怯者とさぞ侮蔑していることだろう。と、口もとを痙攣《ひきつ》らせながら、話しだすのであった。

「――必ず死ぬときまった攻撃に、周囲のみなが志願してゆくのをみていると、ほんとうに、たまらない気持だ。じっさい、こういう雰囲気のなかにいると、特攻を志願するよりも、志願しないでいることのほうが、ずっと辛いのかもしれんよ――」

「――死なないのさ――」

自ら嘲けるように、ひとこと呟くと、暫く視線をそらして唇を噛んでいたが、やがて最後に、

「――だが、そのうちには、個人の意志なんか全く問題にならなくなるときが、きっと、くるよ。あははは、そうなりゃ、いや応なしだからね。――忠誠勇敢なる高橋中尉は壮烈なる戦死をとげたり――、なんて、軍艦マーチ入りで発表されることだろうさ――」

そう、うつろな笑い声をたててみせるのであった。そのひきつったような皮肉な調子に私は思わずぞっとした。

私はちょっと語を喪った。座にしらけたものがながれた。が、そのとき、彼の机の上に岩波文庫本が五、六冊、

重ねてあるのに気がついた。私は黙って手をのばし、文庫本を手にとって頁《ページ》をめくった。それは、トルストイの『戦争と平和』であった。繰り返し繰り返し読んだものであろう。手垢ですっかりよごれていた。私はその小説のあまり長いのに辟易して、ついぞ最後まで読み通したことがない。だが、高橋はいつ特攻を志願させられるかもわからない航空隊の薄暗い灯の下で、発動機の音をききながら、この長い小説をなんども読み返していたのだろうか。私はふと、「わけのわからん本ばかり読んどらすが――」といった、田所兵曹の言葉を、思い出していた。

辞してかえるとき、高橋中尉は甲板士官用の自転車にのって、隊門のところまで見送ってくれた。もうそのときには、あのいつもの人懐っこい笑みを泛べた彼に、かえっていたが、高橋がみせた人懐っこい表情は、それが最後になった。

そのご、十日間ばかり、私は高橋と会う機会なしにすごした。そのあいだにいつしか梅雨もあけ、はや七月に入っていた。

B29の空襲は、いよいよ烈しさを加えていた。この大村基地などは、一日に五回も六回も空襲警報が発せられるようになった。米軍の本土上陸も、目前に迫っている気配であった。私たちの空廠でも万一の場合には、多々良山脈にたてこもって、ゲリラ戦を展開すべし、という佐鎮の秘密指令を受領していた。特攻機の爆装装備のほかは、竹槍訓練と防空壕掘りが主な仕事になり、航空機の生産などは一カ月に紫電一機さえ作れぬ有様だった。そうして、夜もまた夜で一晩に二回平均の空襲があり、私たちはすっかり睡眠不足に陥っていた。

その夜も、真夜中の午前三時すぎ、二回目の空襲警報が発せられた。恰度、私は当直であった。夜間警戒隊に指示を与えて、ひとり防空壕の上に突っ立っていた。旧廠内は去る三月の大爆発で殆んど廃墟と化している。空廠工場の主要部分はみな山手の谷間々々に疎開していた。月はなく暗かったが、いちめんの星空であった。

と、突然はげしい発動機の音がきこえてきた。私は緊張したが、Bさんではなく、隣の三五二空飛行場からであった。遊撃かなとも思ったが、それにしては様子がすこし変だった。しかし、まもなく、あ、特攻機の進発だな、と気がついた。特攻基地がB29の重大な攻撃日標であることはいうまでもない。特攻機の発進前を狙って、基地に猛烈な攻撃をかけてくる昨今であった。だが、今夜は友軍がその先手をうって、空襲警報の発令と同時に予定をはやめて特攻機を進発させたものであろう。近海に出現した米軍の機動部隊を索めるのか。

星空をついて、一機また一機まいあがる。が、十数機の小勢だ。黝い小さな影が銀河系をぽつんぽつんと過って、ぐるぐると旋った。四回、五回——、まだ旋回している。後続機を待っているのかとも思ったが、そうではないらしい。編隊をすでに組み終えている。だが、指揮官機らしい一機を先頭に、七回、八回と旋回をくりかえしているのだ。じっと闇をすかして星空に廻る黝い点の群をみつめていると、ふっと私は、決死行の特攻機たちが母国に最後の別れを惜み、上空を去りかねているのかもしれない、とおもった。とみるまに、十数機の黝い点群は、俄かに方角を南西にとるや、そのままさーっとまっしぐらに飛び去ってゆく。その姿がまもなくみえなくなった。

それから二十分ほど経って、多々良岳を迂回した爆音の群が、北方から大村地区の真上に侵入してきた。Ｂ29、約四、五十機の編隊であった。高度を三千に下げ、真暗な大村湾上を旋回するとみるまに、東部の山際から航空隊あたりの真向に、烈しい攻撃をかけてくる。ぐわーんという凄まじい破裂音が闇の中に大地を震わせる。友軍の機銃応射が狂ったように火を吐く。その間にだーん、だーんという連続音が、壕に立っている私の頰に、ぴりっ、ぴりっ、と打ちつけてくる。と、爆撃音には種類の異った激しく叩きつけるような爆発音の連続。航空燃料缶に引火すると、次々に破裂を誘発して、手のつけようがないのだ。暗い夜に真赤な火柱をえがいて、むしろ美しいまでの凄惨さだ。友軍の双発夜間戦闘機月光が数機舞い上ったが、その一機が火焰をはいて大村湾に落ちた。つづいて断続する爆音が間を縫い、Ｂ29の第二波。これも航空隊への攻撃だ。今夜は私たちの空廠へは目もくれず、もっぱら三五二空のみに全力を集中しているようだった。そうして、やっと空襲警報が解除になったのは、明け方の午前五時頃であった。

それから私は二時間ほどまどろんだだけですぐまた出勤したが、その日の昼休みに突然三五二空の兵士がひとり私を訪ねてきた。顔見知りの兵であった。小さな紙包みを一個差出して、高橋中尉からのお言伝けです、という。私は急に胸騒ぎを感じた。ひったくるようにして包みをひらくと、なかから『戦争と平和』の岩波文庫本がでてきた。そうして、本の間には一枚の手紙が挟んであった。

『形見というほどのものではありませんが、もう読むこともなくなったようですから、もしよければ御笑納下さい。アジアの解放ということでも、被搾取者のための戦いに死ぬのだということでも、たとえこじつけでもいい、なにかしら死ぬことの意義をみつけてから死にたいと苦しみ焦りましたが、結局なにもわからずに死んでゆくことになりそうです。なかなか決心のつかぬ私でしたが、それでも、いざこうなってみると、人のいのちなどというものは、案外あっけなく無意味に死んでゆけるものだ、という気もします。いままで不孝のかけどおしだった、親父の老い先が、ただひとつの心がかりです。御自重をいのります。

高橋弘治』

その人柄をおもわせるような達筆で、簡単にそう書かれてあった。

その日の夕刻、ラジオの臨時ニュースが、海軍特別攻撃隊の敵機動部隊突入を報じた。しかし、軍艦マーチだけは勇壮だったが、具体的な戦果については、なにひとつ発表されなかった。

翌日も翌々日も、B29の空襲は依然としてつづくばかりか、一層はげしさを加えてきた。そうして、昼間はますます陽の暑く照りつける日がつづくようになった。ここ長崎の夏は本州よりも光線がつよく空が澄んでくる。そんな条件は、B29をなお有利にするといわれていた。噂では佐世保も壊滅的な打撃をうけたということであった。

そうした空襲の間の、間隙のようなひと時であったが、高橋中尉の手紙を受取って一週間ばかり経ったある日、ひょっこり三五二空の田所兵曹がやってきた。公用のついでに立ち寄ったのだという。私の顔をみるなり、だしぬけに、

「――中尉、知っとらすとですか?」と訊く。私が怪訝な顔をすると、「へへへ、呆けなさるもんじゃなか。もちろん、高橋中尉のことですたい」

「突っ込んだことか?」

すると、田所兵曹は急に蔑んだようにげらげらわらいだし、嘲った口調で、

「へえ――、こいつあ、驚いた。まだ御承知なかったとですか。とっくに知っとらすとばかり思って、きてみたばってんな。高橋中尉の後日譚でさあ――、生きて還

ってきなすったとですたい――」

「えッ、なんだと⁉」

私は吃驚した。はじめは田所兵曹の話が信ぜられないくらいであった。しかし、落着いてきいてゆくと、だんだん事情がわかってきた。やはり、高橋中尉は生きて三五二空に再びかえってきたというのだった。

田所兵曹の話では、高橋中尉はあの夜、発進後まもなく発動機に故障をおこした。彼は特攻指揮官だったが、止むなく指揮権を二番機にゆずって戦列をはなれ、暁のほのかなひかりを頼りに、幸い五島列島の一部落に不時着することができた。機は大破したが、本人は軽傷程度で済み、漁船に便乗して一昨日隊に戻ってきたのだという。

一瞬、私はとまどいを感じた。張りつめていた気持が抜けるように弛んで、ばつのわるささえ意識した。が、同時にかすかな安堵感をおぼえたのも事実であった。けれども、次の刹那、田所兵曹の皮肉に蔑んだような視線にあうと、私は自分の頬からさっと血の気がひいてゆくのを、意識せずにはいられなかったのである。

「――だが、へへへへ、隊じゃ、変な蔭口を叩いとる奴もおりますけんな。――高橋中尉の指揮官機だけは零戦改造じゃった。ほかんとはみな九七艦攻の旧式機でしたがな。おんぼろの旧式機は一機のこらず突っ込んだのに新式の指揮官機だけは不時着、帰還とは、まあ、うまい具合に一機だけ故障をおこしたもんじゃ、などと、みな、あることないこと噂しとりますたい――。へへへへ、まあ、もともと死ぬことなぞのできそうもないお方じゃったけんな、へッ、死ぬことの――な――」

そう結んで、田所兵曹は嘲けるように口を歪めた。

その翌々日の夜、私は思いきって二五二空へでかけていった。けれども、あいにく高橋中尉は外出していた。張りつめていた気持がぬけて、はぐらかされたようにさえ感じたが、やむなく帰りかけると、突然田所兵曹が追いすがってきた。高橋の行先をきくと、例の気味わるい薄わらいを泛べて、

「高橋中尉ですかい？　へへへへ、ここ数日、ずっとお通いですがな――」という。

「伊勢町ですたい、――中尉」

「伊勢町⁉」私はあっけにとられて、思わず訊き返した。伊勢町というのは、ここ大村のいわゆる花柳街である。

高橋中尉に限って、それは考えられないことだった。「高橋の意気地なし奴が――」などと捨台詞をのこして同僚達が刹那の享楽をむさぼりにでかけるとき、彼はほの暗い灯の下で岩波文庫本を読み耽っていたにちがいないのだ。だから、その彼が一変して、毎晩伊勢町通いをしているときいたとき、私は自分の耳を疑っくらいであった。

「――まだ四、五日にしかならんばってんな、高橋中尉は銀杏屋の桃子ちゅう妓にぞっこんいかれなすった、そんな噂がもっぱらですたい。ふん、以前にゃへんに行い澄ましとらしたが、やっぱり、しんはお好きさあね。へへへへ――」猥らにわらうと、田所兵曹は急に話題を転じて、不時着以後の高橋中尉が、娼妓屋通いをはじめるとともに、営内においても一変して、俄かに乱暴になったという話をくだくだとやりだした。

「――以前にゃ、部下をなぐったりなんぞは、よう、できなさらんお人じゃったばってん、今度のこと以来、どうした風の吹き廻しか、兵がちょっとした過まちをやっても、なぐんなさる、蹴んなさる、そりゃもう凄い荒れ方ですたい――。もっとも、ダバオ航空隊にいなすった頃にゃ、相当のきけ者だったちゅうけん、この荒れ方がほんとの高橋中尉かもしれませんたい。ここへ来たては、暫く猫を被ってたばってんな。――とかく卑怯な臆病者に限って、部下に対しては狂暴ぶりを発揮して、威張りたがるもんですたい――」

このあいだも、当番兵が食事を運んできたとき、箸がないといって食膳を兵めがけて投げつけ、打つ蹴るの制裁を加えたという。

故意と発動機事故をおこして、おめおめと還ってきた卑怯者よと、蔭口を叩かれ嘲けり蔑まれた高橋中尉が、自分の卑怯さ臆病さをおおいかくす見栄から、こんな狂態をはじめたのだろうというのが田所兵曹の結論であった。最後に、彼は意外な――少くとも私にはひどく意外におもわれた――言葉を、こう附け加えた。

「――高橋中尉も、いくらかは帝国軍人の性根がすわってきなすったとかな? それに、女の味も知んなさりゃあ、ちょっとばかし一人前らしくなんなすったわけですけんな――」

そして、にやりと複雑な笑いを泛べた。

変ったという高橋中尉にであったのは、それから数日後のことであった。糧食のことで三五二空の主計長に要件ができたため、午後からでかけたときである。

高橋は私をみると、顔を痙攣《ひきつ》らせて、視線を避けた。私は彼の顔相が一変しているのにすぐ気がついた。痩せて頰がおち、顴骨がつきでてきた。不精髯も剃らず、眼球だけがぎょろりとひかっている。以前のふっくらした人懐っこい感じはどこにも見出せなかった。

暫く、気不味い沈黙がながれた。

が、やがて高橋は、急にけっけっと薄ら笑いだしたかとおもうと、すてばちな口調で、娼妓屋の話をはじめた。そうして、この次はぜひ貴様を連れていってやる、俺の桃子の顔を拝んどけ、と、くだをまくように喋りまくるのである。

と、恰度そこへ、ひとりの兵曹長が報告にやってきた。年恰好は三十五、六か。兵下士官から潮風にさらされて叩き上げた皮膚が、赤銅色にひかっている。私たちのような学生上りのなま士官なぞ、圧倒されてしまいそうな相手だった。

「高橋中尉――」

彼がそう呼びかけたとき、突然、高橋は弾かれたようにその兵曹長に躍りかかった。

「なんだッ、貴様の敬礼の仕方は！」喚くように叫ぶと、やにわに痛烈な往復びんたを喰らわせていた。五発、六発――。

兵曹長は歯を喰いしばり、頰をぶるぶる慄わせながら、口惜しそうに高橋の顔を睨みつけた。さすがに抵抗だけはしなかったが、憤怒に燃えたその眼光に、みている私のほうが、ぞっとした。

辛うじて報告を終え、帰りかけるとき、兵曹長は部屋をでがけに低い声ではあったが、「ちんぴらがッ。なんだ、死ねもしないくせに！」そう、捨台詞を残して、立ち去ろうとした。が、そのときだった。

「待てえッ！」

嚙みつくような怒声が、喚いたかとおもうと、物凄い勢でとびだした高橋は、気が狂ったように突進した。そして、手にもった甲板棒で兵曹長の頭を顔を滅多打ちにした。頰が歯で切れたのか顔面が血だらけになった。兵曹長は眼玉をむきだして高橋を睨みつけながらも、必死に耐えて直立の次勢を崩すまいと努力していた。が、高橋はなおも容赦しなかった。体ごと彼の厚い胸にぶっつけて、床の上に突き倒した。そうして、その顔を航空靴で憑かれたごとく滅茶苦茶に踏みにじるのだった。血が床に流れる。兵曹長は呻きながらも、死物狂いの形相で歯を喰いしばり、高橋をはったと睨み上げていた。憎悪と狂気とで秩序の保たれている社会の凄惨さに、止める機会も喪って、ただ私は眼をそむけるほかはなかった。

匆々に辞し去ろうとしたとき、高崎は荒々しく私を呼び止めて、

「――俺がどんなに次の特攻進発を待っているか、貴様にわかるか?」と言った。が、その狂暴な高橋の眼のなかに、ある空虚さが、ひろがってゆくのを、私は決して見逃さなかった。


一方、彼の私生活もまた、いっそう荒れすさんでゆくようにおもわれた。夜は殆んど娼妓屋の銀杏に入りびたっていたようである。けれども噂では、その桃子という女は、高橋の言とは反対に、狂暴な彼を嫌っているということであった。だが、高橋は桃子が避けて顔をみせぬと、あたりかまわず喚きちらして乱暴の限りをつくす、盃を投げる、徳利を叩き割る、褌を短剣で突き刺す、酔っぱらって手のつけようがない。桃子本人よりも妓主のほうが恐れをなして、「特攻さんじゃけん、仕方がなか。さかろうて怪我でもすっと、おおごと。長いものにはまかれて、な、出てくれ、な――」そういって、嫌がる桃子を無理にでも高橋の座敷に押しだすのだという。

ある晩、私は気がすすまないのをむりやり高橋に誘い出されて、つきあわされたことがある。高橋は兵に命じて、酒や食物を予め銀杏に運ばせておいたのだそうだ。

高橋は桃子を膝に抱きあげ、ぐいぐい酒をあおりながら、覚えたての卑猥な唄を調子外れにどなりはじめていた。私の相手になった女に三味線をひかせ、彼自身は短剣の鞘で膳を叩きながら、もう、へべれけに酔っている。やがて次第に感傷的な流行歌にかわり、〝明日はおたちか、お名残惜しや――〟などとうたうころには、高橋は泣き出しはじめていた。酔うと泣き上戸になるらしかった。桃子を抱いたまま、私達にむかって泣き声でくだをまきはじめるのだった。

「なあ、――、くだらん、じゃねえか、すべてが、くだらん、とね。なんだあ、正義だと? ふん、それがなんになるう!? くだらん! ――のめ、のまんか、貴様、だらしがねえぞ――」

「なあ、――、死に損えが、どうしたっていうんだ!? おお、いいともさ、ぶざまに死んでみせてやる! ――」

もう半ばわけのわからないことを、泣きながら喚いた。が、最後にさめざめと泣きだしたとき、「親父が――」

と、ひとことそう言ったのも、私はたしかに聞いたようにおもったが。

だが、次の瞬間、打って変ったようにげらげらわらいだしたかと思うと、急に桃子の顔を手でぐっとのけぞらせた。そして、煙草に火をつけ、いきなり女の髪をやこうとした。

「あッ、なに、すっとよ！　わッ！」

桃子は烈しい悲鳴をあげて逃れようとしたが、高橋はがっとその体をはがいじめにして離さぬ。

「おい、面白いものをみせてやろうか、けっ、けっ、けっ――」そう惨忍なわらいを泛べると、やにわに女を押し倒して馬乗りにその顔を押えつけ、煙草の火をその頬におしつけた。桃子は狂ったように泣き喚く。じゅっ、と皮膚の焼けただれる不気味な音――。私は思わず高橋にとびかかって、突きとばしていた。

「なにを、しやがるッ！　畜生！」

高橋は物凄い形相で、今度は私に向ってきた。きゃあッ、という妓の悲鳴、食器がわれる、盃がとぶ、膳がひっくりかえる。しかし高橋は私よりずっとひどく酔っていた。私は忽ち彼をくみしいた。と、いつのまに握ったのか、彼は短剣で下から私を突き上げようとするのだ。

私も必死だった。彼のその手をねじあげた。それでもなお、歯を喰いしばって私を睨み上げている高橋の形相をみると、私は異様な身の慄えを禁ずることができなかった。

こうした公私の生活の紊れのせいか、高橋中尉の顔は層一層荒れすさみ、険しく蒼ずんできたようだった。顔色はわるく、いちだんと痩せこけてきたようにおもわれる。かつての人懐っこい笑みを泛べていた頃の彼とは、全く別人の感があった。私は彼の健康を心配したが、そんなことを言うと、彼はただ皮肉な薄笑いをもってこたえるだけだった。

そうして、そんな高橋に対して、次第に隊内でも恐れをなしはじめた気配がみられた。そのせいか、不時着直後のようなあからさまな皮肉や蔭口は、影をひそめてしまったようにおもわれた。例の田所兵曹でさえ、近頃は高橋に一目置きはじめた様子がみえるのに、私は気づいていた。

そのころ、戦局はいよいよ絶望的な段階に入っていた。米軍の本土上陸は時間の問題だとされ、本土決戦、一億玉砕という合言葉のもとに、気の狂いそうな一日々々がすぎてゆくのだった。空襲はますます烈しさを加え、B29はむろんのこと、P51、P38などの艦上戦闘機も、跳梁をほしいままにした。谷間や草叢に蔭蔽してある修理中の機を、ひとつひとつ拾うように機銃掃射してくる。その敵機の搭乗員の顔が見えることさえあった。七月下旬になると、もう特攻機の進発は事実上不可能に近くなっていた。

こういった事態が、高橋中尉をなお一層荒み苛立たせていったようである。私に会うごとに、

「空廠はなにを愚図々々しているんだッ！　俺はもう一日も早くけりをつけてしまいたいんだ。今度の特攻進発には必ず指揮をとらせてくれ、そうとっくに司令に申出てある。いつまでも焦らせるなッ！」などと、喚きちらすのであった。

彼の顔相も言動も、層一層とすさんできて狂暴な感じさえうけるようになっていた。以前のように書物を読むことなどは、いまの高橋には全く縁もゆかりもないことであった。私はいつぞや彼に贈られた本の礼さえ、言い出すことができなかった。そんなことに触れたら、どんなことになるかも判らないという怖れに似たためらいを感じたからである。

そうして、以前とはうってかわり、高橋中尉は憑かれたように生死の決をいそぐのであった。焦り、苛立ち、いてもたってもいられないあるものが、狂気のごとく彼を死に駆り立てているようにおもわれた。かつてのような死を恐れている人懐っこい高橋などは、想像することさえできなかった。

けれども、死に急ごうとするその高橋自らにしても、考え方が一変してこの戦争に死んでゆくことの意義を見出したとは、私にはどうしても考えられなかった。「人間のいのちなどというものは、案外あっけなく無意味に死んでゆけるもの――」と書き送ってきたあの手紙のこころが、いまもなお高橋の胸底ふかくながれているにちがいないことを、私は確かに読みとっている。無意味だと知りながらも、狂暴なまでに自分を死に駆りたててゆかねばならない彼の心情が、しみじみとあわれだった。

そうして、そのあいだにも、高橋中尉の最後の破局は刻一刻、近づいていたのだが。

忘れもしない。八月七日の早暁、突然私はけげしい爆音にねぼけ眼を叩きさまされた。B29のそれとは明かにちがっていた。

が、その次の瞬間、私は頭が眩みそうになった。しばらく聞かなかったが、忘れることのできない爆音であった。特攻機の進発――。

知らなかった。いつのまに輸送されてきたのか。私達の空廠で準備したものではない。極秘裡に他方面から送られてきたものか。

我を忘れて外にとびでていた。久しぶりに仰ぐ特攻機であった。その数はわずかに十一機だが、暁闇をついて次第に小さくなってゆく、黝い点、点――。

私はとるものもとりあえず軍服をひっかけると、まだ暗い夜明け前の軍用道路を、自転車で航空隊にとばしていた。電話ではきけなかったからだ。ながい数十分だった。

三五二空の隊門を真直につっきると、朝直らしい通りがかりの兵をみとめた。

「いったかッ、高橋中尉は⁉」

兵は吃驚したように私を凝視《みつ》めたが、やがてこっくりと頷いた。私は狂気のように高橋の部屋の方へ車をすっとばした。しかし鍵がかかっていた。やむなく田所兵曹を探して下士官室にとびこんだが、彼の姿もなく、ただ顔見知りの下士官がひとりいるばかりだった。

「田所兵曹はッ⁉」私は噛みつくようにきいた。が、その下士官はしずかに首をふった。

「田所ですか。けさ、高橋中尉といっしょに突っ込みました――」

一昨日佐世保から突然九三中練爆薬装置機が届いた。わたしたちは何も知らなかったので吃驚したが、佐鎮と司令の間で極秘裡に交渉が行われたらしい。そこへ恰度、昨夜おそく敵機動部隊出現の至急報が入ったので、今暁、火急に特攻進発の命令が下ったわけだ。指揮官は、高橋中尉でしたが――、と、説明を加えるのであった。

私は懸命に気をとりなおして、高橋中尉はなにか書き遺してゆかなかったか、と訊いた。しかし、その下士官はなにも知らないと答えた。

私は当番兵や顔見知りの士官下士官などを狂気のように探し、高橋が何か私に言伝けてゆかなかったかを、尋ねて廻った。けれども誰ひとりとして首を縦に振る者はなかった。最後に当直士官に会って訊ねると、それじゃ鍵をもってきて高橋中尉の部屋をあけてやるから探してみろ、自分が立会うから、といってくれた。彼の厚意によってあけられた部屋に一歩踏み入ったとき、私は呆然として自分の眼を疑った。食物や酒瓶、女の写真、衣服、寝具、紙屑などが乱雑に紊れ、だらしないほどのみだれ方だったからである。死に際に清くする、などという観念からは、およそ縁遠い光景であった。

が、そのなかを、私は憑かれたように、ひっかきまわしひっかきまわしして調べるのであった。しかし、私宛の手紙はもちろん、彼の父親への書き置きといったものさえも、ついになにひとつ見出すことはできなかった。

大村から四里しか隔っていない長崎の浦上に、原子爆弾第三号が爆発したのは、その翌々日、八月九日の正午近くのことである、そうして、それからわずか七日目の八月十五日に終戦が決り、それこそ全く久しぶりに空襲のない日が訪れた。

けれども、高橋中尉はついに還ってこなかった。

敗戦後、私は約半年間大村に留って、海軍の残務整理に従事した。それから東京へかえってきたわけだが、家が戦災に遇ったためとあの敗戦後の一般的な窮乏のさなかに立たされたことが重なりあって、暫くは自分のこと以外は考える余裕を失っていた。

ところが、ようやく幾分か落着いてきた二十一年の秋、久しぶりに例の中沢書記が上京してきて、高橋弘治中尉があの時じつは戦死できずに捕虜になり、そればかりかいまはダバオ時代の戦犯をとわれているらしい、蘭印地区戦犯者リストにのっているタカハシ・コウジというのは、あの高橋ヒロハル中尉にちがいない、という意外な話をもちだしたのである。

それは、私には到底信じられない話であった。あのとき高橋弘治中尉は特攻で戦死したものと、信じきっていたからだった。

しかし、それにも拘らず、中沢の執拗な説明が繰り返されるにしたがって、私は次第にいいようのない不安なおもいに誘われてゆくのを、どうすることもできなかったのだ。

はじめはあのようにも死ぬ決心のつかなかった高橋中尉ではないか？　またいらどは、特攻進発しておさながら発動機故障のためと称して、還ってきたことさえある彼ではないか？　終戦直前憑かれたように死を急いだ彼の狂暴さは、じつは彼自身でも意識しない、卑怯さ臆病さの裏返しにされた狂的心理、ではなかったのか？　それだからこそ、いざ敵艦を眼前にしたとき、弐である臆病な恐怖が忽ちよみがえってきて、俄かに死ぬことができなくなり、捕虜になったのではあるまいか？　そのような疑いが、ようやく私の胸にも底ふかくしみとおってきたのだ。

そうして、あのお終いごろの彼の狂的に乱暴な紊れた生活を考えるとき、ダバオ航空隊にいた頃もやはり同じような心理のはたらいた狂的な一時期があって、現地住民に対して戦犯をとわれるような惨虐行為があったかもしれないことを、一体誰が絶対的に否定できるだろうか？　あの銀杏屋で、桃子の顔を煙草の火で焼きただれさそうとした彼の狂暴な眼の光は、いまも私の瞼底につよく刻みこまれている。私は思わず慄然たる戦慄をかんずるのであった。

けれども、そのような凡ての疑いにも拘らず、私の胸中にはひとつのせつない想いがあった。いな、いな、高橋は決してそんな男ではない、あの人懐っこい童顔こそ真の彼なのだ、と――。あの航空隊の薄暗い灯の下で、『戦争と平和』をなんども読みかえしていた彼に、戦犯を問われるほどの惨虐行為がダバオであったとは、考えられないではないか？　彼の戦争そのものに対する深刻な疑惑、ゆたかなヒューマニティを、決して疑えぬ気もまたするのであった。だとすれば、終戦直前彼をあのような狂暴に追いやったのは、本来の彼ではなくて、戦争という怪物のなせる、瞬時的な通り魔の一時期ででもあったのだろうか？

私はそう思いたい。どこまでもそう思いたい。が、思いたいという希望が、そうであるという現実に、果してそのままおきかえうるものであろうか？

ああ、私には判らない。戦犯タカハシ・コウジがあの高橋ヒロハル中尉その人なのかあるいは全くの他人なのか。そして、あの人懐っこい笑みを泛べた童顔と、荒みきっていった頃の狂暴な眼の光と、果してどちらが真の高橋弘治中尉なのか。八月七日の暁闇に、果して彼高橋は南海の特攻と散ったのか、否か。すべては、なにも判らない。

もし中沢の疑いが真実だとすれば、いずれ復員局あたりの調査で、公報の訂正があることだろう。けれども、私は彼があのとき戦死して果てたことを、信じて疑わぬ。そして、彼の人柄をかたく信じている。もっとも、その確信にも拘らず、一切がはっきりする時がくるのを、なにか怖れている自分をもまた、意識せずにはいられない気もするのではあったが、とまれ私は自分の信ずる彼高橋のほかに、真実があろうとは思えないのであった。

その年の秋も漸くおしせまった十一月の末、決意した私は心ばかりの手土産をもって、群馬の片田舎に高橋中尉の父親をたずねた。かつて高橋からきいていた道すじをたずね尋ねしながら、山道とおくのぼっていったのである。

ここ高橋の郷里でも、戦犯タカハシ・コウジについてのニュースは、いくらかは人々の噂にのぼってはいるようであった。それを肯定する者も否定する者も、いるにはいた。だが、その日その日の生活に追われる多くの人々は、そんなことには全く三面記事の片隅ほどの関心すら持ちあわせてはいないらしかった。まもなく凡てが忘れ去られることであろう。

そうして、たずねる高橋の父親は、すでにとおく鬼籍に入っていた。きけば、一人息子を喪った高橋の老父に、親戚たちは敗戦後俄かに掌を返したごとく、冷くなりはじめたのだという、開墾小作をさせてもらっていた本家の山の土地というのも、財産税のためと称してむりやりに引き揚げられ、住いまで追い出しをくったのだそうだ。それからは親戚中をあちこち歩き廻って厄介になったが、どこも一月とはおいてくれず、忽ち邪魔者扱いにして叩き出された。そのうえせっかく貰っていた恩給も、相次ぐ貨幣価値の暴落のため、紙屑同然になってしまっていた。しまいには、止むなく浮浪の生活を送っていたものらしい。

そうして、二十一年の一月末、はげしい吹雪の夜に、山の軽便鉄道駅横の納屋のなかで誰ひとりみとる者もなく、こごえ死をした。六十三歳の老いさらばえた醜い死骸を、翌朝駅員が発見して引きずり出したとき、ぼろぼろになった服のポケットから、十円札が二枚と一枚の写真がでてきたという。

「――たしか、特攻で死んだとか、戦犯で生きていたとかいう、一人息子さんの写真のようでしたがな。可哀そうなことをしたもんですわい――」私にその話をしてくれた老年の駅員は、そう言葉を結ぶのであった。

私は不覚にも涙がこぼれそうであった。そして、老人が最後まで体から離さなかったという高橋の写真は、きっと人懐っこい微笑みを泛べた、あの初対面の頃のふくよかな彼の顔にちがいあるまいと思った。

秋風漸く寒く肌にしみる群馬の山道を下るころ、高橋中尉の戦死は、もはや私の確信にかわりかけていた。

戦犯タカハシ・コウジなどとは全くの他人なのだ。彼高橋弘治は、老いた父親を最後まで案じながら、南海の果に特攻と散り去ったにちがいないのだ。と。

ああ、終戦直前の数カ月間、高橋中尉にまつわる幾多の想い出は、いま、ただ茫々として凡ては夢のような気さえする。しかし、夢でない真実がどこにあろう? 彼の二つの相反した相貌のたといいずれが真実であろうとも、たといかりに中沢の推測が正しかろうとも、私の夢はいつまでも彼高橋の真実を語りつづけるにちがいない。そうして夢に泛ぶ高橋の顔は、人懐っこく微笑みながらいつのまにか子供の頃の彼の顔にかわってゆくのである。

評論・随筆篇

暗中摸索

最初から妙な話で恐縮だが、尿を舐めさせられたという話がある。物故されたH博士が若き一生物学徒として、某国に留学されたときのことだ。ある日、謹厳無比を以てなる主任教授が、「君は尿の味を知っているか?」と訊ねた。「知りません」と答えると、教授は怒った口調で、「医者ともあろうものが尿の味くらい知らないでどうする!」と云いながら、傍の卓上にあった尿の入っているビーカーに指を突っ込んで、舐めてみせたものである。そしておもむろに、「こういうことは言葉で説明しても分るものではないから、君もこの際一度味わってお き給え」という。若い生理学徒は胡魔化す訳にもゆかず、遠い外国まできて尿を舐めさせられるとは思わなかったと、悲壮な覚悟を決めて尿なるものを玩味したのだが、その途端、「君は注意力が足りない! 」と大喝をくった。そんなことで立派な科学者になれるかっ!」と大喝をくった。生涯またとあるまいと思われるほどの厭な思いをして尿を味ったのに、不注意とは一体何事?……と些か気色ばんで教授の顔を見やると、教授はニヤリと笑って曰く「わしは中指をビーカーの中に入れて、人差指を舐めたんだ」と。何かちょっとトリックに応用できそうな話である。

最近、私は乱歩先生が各誌に書かれた諸論文をよんでいて、『形而上の手品』という言葉を教えられ、大いに亢奮したのだが、そのとき右の話を思い出し、そのうちのある部分をもっと別の方向へ昇華させてゆくと、あるいはひょっとしてそうした境地の一番外側ぐらいには到達できはすまいかと、大それた考えをふと泛べてみたことであった。無論私ごとき菲才の到底覬覦《きゆ》し得ぬ大問題であることは分りきっているが、盲蛇におじざるのていよろしく、敢てちょっと敷衍してみよう。

それは、この話における指の取り替えという錯覚の面白さもさることながら、それ以上にこの錯覚をかくも巧みに成立させた根本的な基盤は、日頃、謹厳なる教授の人格と権威に対する先入観と信従がまず存し、それに対して教授の一転せる意外なユーモアが、謂わばパラドキシカルに結合を見せた点にあるのではなかろうか、ということなのである。心理的な錯覚が、人格と権威に対する一種の「奇妙な意外性」によって、一層効果あらしめられた、とは云えないかということだ。こういった精神的人間関係的なものの逆説的な意外性を更にもっと押し進めれば、何か面白いトリックになりはしないだろうか？　奇妙な味というだけでなく、奇妙な味をもっと手品的なトリックに応用できないであろうか、というわけだ。

どうもうまく表現できないが、漠然とながらそういう気がしてならない。おもうに私達は、物的トリックより更に高度のトリックとして幾多の優れた論理的心理的トリックをもっている。「刺青」後段の逆密室の概念は、古今にその比をみぬほどに華麗な心理的トリックであろう。この種のものとしては、よほどのことがない限り、これ以上の錯覚トリックを発見することは至難のわざとおもわれる。もし、こうした味以外の新しいトリックを求めようとすれば、それはもう人間関係の基盤の逆説を種にするほかはないのではないだろうか？

私達はブルージェ、プルースト以来、多くのすぐれた心理小説を持っている。そしていま、心理的レアリズムの極致といわれるフォークナーやドス・パソスになると、そこには個人心理の追求と共に、更に社会の種々相の解剖に重きがおかれ始め、その小説技法にもいろいろ大胆な新手法が採られているという。心理小説が同時に社会小説をも指向しはじめているという、普通文学におけるこの趨勢は、我が探偵小説文芸にも何等かの示唆を与えはすまいか？　探偵の出る凡俗小説という意味よりはむしろ、風俗社会相と個人心理性格の種々相の間に織り成される人間関係のいろいろな逆説的矛盾相剋を、逆にトリックに使えはしないだろうか、ということなのである。おもうに、「不連続」の巧緻きわまる心理的トリック、更に大きな雰囲気のトリックは、終戦後という社会・時代相のもとにおいてこそはじめて、あのようにも効果的に成立し得たのではないだろうか？　そこには　私の云いたいトリックが、萌芽のかたちで示唆されているとは解釈できないであろうか？

今の我国には、実に種々の人間像と社会相とが交錯している。これをうまく利用できないものだろうか？　例えば、絶望的な虚無に陥った都会の青年には当然Aと考えられることが、希望と健康に充ちた田舎の青年には全く逆のBとしか考えられない、なにかそういった、各人の解釈如何でＡＢいずれとも合理的に説明される人世観・社会観のパラドックスといったものが考えられないであろうか？　そうして、それを手品的に使って、トリックの味の濃い奇妙な意外性をかもし出すことは不可能であろうか？

抑も、いかに猿が踊ろうと、所詮猿は猿であり、猿智慧・猿真似にすぎず、人間にはなれないのである。乱歩先生の御深慮を軽々しくお借りしただけでもお叱りを受けそうなところへ、更にとんでもない筋違いの解釈をして、先生の意とせられる所をだいぶ枉げてしまったのではないかと、甚だ慙愧に堪えない次第だ。先生に深くお詫びしなければならぬ。ただ私としては、先生の云われる哲学の手品、神学の逆説と並べて、個人心理と社会相の種々な相剋逆説の手品、心理小説と社会小説の手法を裏返しにしたトリック、そういったこともあるいは可能なのではないかと、猿智慧に考えたまでなのである。

むろん、私自身にも未だ何ひとつ具体的には摑めていないのだし、果して可能なことかどうか、また正しいみちであるか否か、大いに叱責を蒙りそうだが、何故か私はこうした考えに対する執着を捨てきれない。そうして、もしそれが可能となれば、それは探偵小説を逆の方向から文学に近づける、最も有力な方法の一つであるようにも思えるのである。

探偵小説には子供の頃から夢中でした。最近だいぶ快くなりましたので、今後諸先生並びに宝石読者諸賢の御指導を得て、懸命に精進いたしたいと存じております。

略歴

大正十三年一月九日生れですから、今月で二十六年二箇月になるわけです。

昭和十七年に、一高の文甲を卒え、東大法学部政治学科に入りました。

二年のとき、学徒動員で戦争に引っ張り出され、海軍に廻されました。なるべく楽なところをと考えて、主計科の短期現役に逃げましたが、余り楽でなく、水浸しの経験も味わわねばなりませんでした。終戦時は恰度、長崎県大村の航空廠に配されていましたので、原子爆弾の惨状をまざまざと目撃しました。

戦後復学し、翻訳・英語の先生・貿易会社員など、いろいろアルバイトをやり、前後七年がかり（?）でやっと卒業しましたが、途端に健康を害し、目下療養中です。

通信

昨秋、手術をうけ、経過も非常にいいので、来年あたり、シャバにかえりたいと考えています。

目下、恋愛心理を裏返しに書いて、トリックに仕上げることは出来ないものか、と、あがいています。いわば、探偵小説におけるスタンダール版といったところ——。探小にとり、「恋愛はタブーなり」という原則に挑戦する意気込みです。

先日、「探偵実話」に「液体癌」をつかったものを書きました。新しい殺人法だとは思いますが、大分無理があったようです。

周辺点綴

○近頃、読書新聞をよんでいて、面白い表現に出遇った。鷗外の所謂史伝物についての解説なのだが、資料の扱い方、考証の論理さに、探偵小説的な推理興味がある、というのである。面白いと思った。

○文芸春秋に連載中の、安吾新日本地理、(そのじつ歴史の話ばかりだ)では、『史実をタンテイする』という言葉が、意識的に使われているくらいである。たとえば、いろんな資料に推理・逆推理をほどこして、蘇我天皇の存在を証明する、といった工合だ。読者はアッと驚き、安吾先生はニヤリと笑う、という寸法であろう。

○最近、ひっくりかえし歴史小説ともいうべきものが、流行っている。じつは、吉良上野介は名君だった、じつは、楠正成は逆臣だった、じつは、義経は醜男だった、というたぐいだ。
○史料を推理的に駆使したところがミソなのだろうが、舞台効果はむろんその極度の意外性にある。
○ともかく、史実への論理的推理と、結果の意外性とは、D・S的興味に相通ずる。
○ふるくは、今昔物語や宇治拾遺などにも、一篇の結末に鮮かな《落ち》を用意した、短篇小説的説話がふんだんに存在する。
○《落ち》とは結局、結末の意外性を狙ったものにほかならぬ。その手法は、D・S的メチエにおいて最も端的であるが――
○近代的短篇小説においても、スマートな《落ち》という技法は、重大な要素だ。所謂私小説（日本の）的傾向のものにあっては別だが、すくなくとも構成をもった近代的短篇小説においては、そう言えるようである。
○モーパッサンの『頸飾り』、オー・ヘンリーの『最後の一葉』など、共にみごとな《落ち》を用意している点で、最も代表的に近代短篇小説の発生を物語っている。
○ちかくは、ハックスレーやモームらの、みごとな短篇構成をみられるがよい。
○たとえ、意外性そのものを直接意識的に狙ったのではないにしても、意外性を求める心理は、つねに人間を魅惑せずにはいられぬものらしい。
○オスカア・ワイルドの諸作品を読んで、その警句と逆説に、爽快な意外性を味わない人は少いであろう。
○フォークナーは、D・S風の作品を多く書いているが、その主人公の性格と心理は、常識にとってはまことに意外な感を与えるものである。それは、やがてカミュのアイディアに接近する。
○カフカを経て、カミュに発展した、アブシュルド（不条理）の観念は、はじめて読む者をして当惑せしめるくらい意外性に充ちた哲学だ。社会のルールを承認しない『異邦人』を創り出した、そのカミュが、D・S的手法を多く含んだ戯曲『誤解』を書いたことは興味がふかい。
○〝誤解〟のあらすじを記せば、家出して二十年ぶりに帰郷した男が、母親と妹を驚かそうと思い、普通の旅客になりすまして、母娘の経営する宿屋に泊る。その夜、客がみせびらかした金に誘惑された母と娘は、男を殺して河に投げ込んでしまう。翌朝、床に落ちていたパスポートで、我が子、我が兄であったと知り、母と姉は自殺する――、というのである。
○この話が少し異った形で、やはり異邦人の中にでてくる。異邦人ムルソーが殺人犯として投獄され、その獄房の中でみつけた古新聞に、記事としてでていたのだ。この記事を数千回よみ、この男はこうした報いをうけるねうちがないでもないと考えるムルソーは、〝太陽のせいで〟、何の動機もなく殺人を犯した、無邪気な男なのである。

○こうして、探偵小説の重大要素である意外性の観念は他の文学ジャンルにおいても、ますますその広さと深さとを増しつつあるのではないだろうか――。

参劃《アンガージュ》の探偵小説

五月一日、ぼくの知っている女の子が、頭部に重傷をうけ四針縫いました。メーデーに行ったのであります。日比谷で解散するはずであった彼女たちの労組が、その場になって突然、人民広場へ押寄せることに変更されたのだそうです。彼女はデモ隊列から脱れたいと思いましたが、怒号と暴力のため遂に逃げられなかったといいます。彼女はコミュニストでもなければ、シンパでもありませんでした。しかし、彼女は警官隊に包囲され、暴徒として重傷を負ったのであります。これで彼女の一生はどうなるのだろうかと考えたとき何とも云えない気がしました。

　ぼくは、最近よんだ張赫宙の「嗚呼朝鮮」「避難民」の二連作を、思い合わさずにはいられませんでした。戦争、政治、主義、暴力、あらゆるメカニズムのために、個人の意志などは全く翻弄され尽くしてしまう、その主人公の運命が、なにかひとごととは思えなかったからであります。

真空の平和都市と形容されたこの国の首都は、独立後わずか四日目にして、早くも「共通の広場」を失い、流血の広場だけしか残さなくなったのでしょうか。自分の意志を持つことを許されず、右か左かの選択と政治的なメカニズムの支えによってのみ、自己の無力感を覆うほかはない、そのような恐怖の時代がきたのでしょうか。けれども、このような危機の時代にあってこそ、このどたん場に追いつめられた人間性をいかにして保持し回復するかという一点に、今日のすべての文学者の思いは懸っているはずであります。いわばそれが二十世紀の文学者の使命だと言ってもいいのでしょう。

探偵小説もまた、その例外でありうるでしょうか。安楽椅子に腰を埋め、香りのいいウイスキーをちびりちびりやりながら、犯人探しのパズルに打ち興ぜしめるような探偵小説、大いに結構であります。フランス料理のように高雅な味の幻想怪奇小説、これまた心楽しい読書でありります。しかし、同時に、それと並んで、探偵小説にもそろそろ現代的な課題に真向から参劃した作品が現われてもいい頃ではないでしょうか。探偵小説だけが時代や社会に無縁であっていいとは思えないからです。このような現代的な課題に取り組みながら、しかもなお探偵小説的興味を充分に兼ねそなえた、作品の可能性を、ぼくは信じて疑いません。いやむしろ、そのような発展をなしとげてこそはじめて、トリックの行詰りという本格探偵小説最大の問題にも、光明がひらけてくるのではないでしょうか。

更に一歩をすすめて、社会的トリックにまで高めることは、作品の社会的視野の拡大と掘下げによってのみ、可能だからです。

いつまでも相も変らぬ〝……家の悲劇〟ばかりでは、読者は飽きてしまうかもしれません。政治的事件、法律の問題、手形・小切手・株などの経済的分野、政党や労組の分派問題、K・Pのこと、国籍の問題、等々。探偵小説の新しい材料になるような現代的な舞台やテーマは、ぼくたちの周囲に山積しているはずです。また、それらの材料の扱い方にしても、シュールの行き方もあるでしょうし、セミ・ドキュメンタルな方法も可能でありましょう。

そうして、そのような時代性社会性のなかから新しいトリックを見出しそれを現代的な課題への参劃と調和させてゆくことは、いわば今日の探偵小説の二十世紀的な課題というべきでしょう。

難しい問題です。しかし、作者のものをみる眼と能力如何によっては、決して不可能ではない、という気がしてなりません。

そして、このような現代的な課題に参劃した作品が現われてこそ、探偵小説ははじめてその地位と視野とを高め拡げることができ、よりひろい読者層をとらえうるにちがいないのです。

アンケート

五一年度の計画と希望

一、今年の仕事のプランの輪廓
二、注文乃至希望
A、作家へ
B、批評家へ
C、雑誌あるいは出版社へ

一、いちどは本格長篇を、というのが念願なのですが……。そのほか、諷刺探偵小説といったものと、歴史小説風のものを、書きたいと考えています。

二、A、既成作家の活躍により、探偵小説が最も国際性をもった文学だということが、立証される年でありますように。また私達新人は、基礎的な勉強に努め合いましょう。

B、もっと憎まれ役が現れてもいいのではないでしょうか。

C、探偵小説界の隆盛のためには、専門誌の隆盛が条件だという意味において「宝石」の隆盛と、「新青年」の復刊を切望します。

（『探偵作家クラブ会報』No.44　一九五一年一月）

一九五一年度　自選代表作を訊く

一、自選代表作（特に記入なきものは短篇）
雑誌号は、長篇は完結篇、短篇は掲載号

二、歳末寸感

一、暴力（宝石十月号）
その前夜（別冊宝石十四号）
液体癌の戦慄（探偵実話八月号）

（『探偵作家クラブ会報』No.55　一九五一年一二月）

解題

横井司

1

戦後、「堕落論」や「白痴」を発表して、一躍時代の寵児となった無頼派の作家・坂口安吾は、探偵小説マニアでもあり、戦時中には荒正人、大井広介、平野謙らと犯人当てゲームに興じ、戦後になって長編探偵小説『不連続殺人事件』（一九四八）や連作『明治開化安吾捕物帖』（五二～四）を発表して、斯界に大きな足跡を残している。安吾は、探偵小説をめぐるエッセイをいくつか残しており、その内のひとつ「推理小説論」（五〇。以下引用は『坂口安吾全集15』ちくま文庫、九一から）において、「根からの推理作家という天分にめぐまれた人」「どんなに濫作しても、謎ときのゲームに堪えうるだけの工夫と確実さを失わないという作家」としてアガサ・クリスティーとエラリー・クイーンをあげ、「日本では横溝正史が抜群であり、作家としての力量は世界のベストテンに楽にはいりうるものである」と述べているのは、よく知られていよう。

安吾は「推理小説というものは推理をたのしむ小説で、芸術などと無縁である方がむしろ上質品だ。これは高級娯楽の一つで、パズルを解くゲームであり、作者と読者の智恵くらべでもあって、ほかに余念のないものだ」という考えを持っており、その立場から戦後デビューの作家たちについて次のように書いている。

高木、島田両新人は、純粋に推理作家で、怪奇抒情趣味のないところはたのもしいが、妙に雰囲気をだそうとするのが、先ず第一の欠点。（略）横溝正史の雰囲気好みは性格的なものであるが、高木、島田両君はそうでないようだから、雰囲気はサラリとすてて、クリスチー女史の簡潔軽妙な筆を学んだ方がよい。（略）ほかに川島郁夫という新人が、筆力も軽妙、トリックの構成も新味はないが難が少く、有望である。一番達者のようだ。

ここで「純粋に推理作家」である「有望」な新人として、高木彬光、島田一男に続いて名前があがっている川島郁夫こそ、後年、『孤独なアスファルト』（六三）で第九回江戸川乱歩賞を受賞した藤村正太《しょうた》であった。

2

藤村正太は、本名を正太《まさた》といい、一九二四（大正一三）年一月九日、富山県の石動《いするぎ》町に生まれた。生後三ヶ月で木倉家から藤村家へ養子に出され、以後、藤村の姓となる。その後、両親の仕事の関係で朝鮮の釜山《プサン》へと渡った。一部の資料で朝鮮・京城《けいじょう》（現・ソウル）出身となっているのは、このためである。一九三六（昭和一一）年、釜山第二小学校を卒業して釜山中学に入学。四〇年、第一高等学校に進学した。四二年に、東京帝国大学・法学部政治学科に入学したが、四四年、学徒動員で海軍主計科の短期現役を選択（中尉待遇）。後に『宝石』の百万円懸賞に入選した際、グラビア・ページに載った無題の自己紹介文（本選集では「略歴」と改題して収録）では、「なるべく楽なところをと考へて」選んだが、「余り楽でなく、水浸しの経験も味はねばなりませんでした」と回想されている。終戦直前には長崎県大村の航空廠に配属されており、「原子爆弾の惨状をまざ〳〵と目撃」したという。このときの体験が、後に短編「或る特攻隊員」（五二）や長編『原爆不発弾』（七五）を書く際に活かされている。

戦後、東大に復学したが、「翻訳・英語の先生・貿易会社員など、いろ〳〵アルバイトをやり、前後七年がかり（？）でやつと卒業」。後年、『大三元殺人事件』（七二）の「あとがき」で「引揚げ、そして貧乏と空腹、学業そっちのけで兄の闇ブローカー業を手伝いながら牌の道も彼にコーチしてもらったのだが、商売のひまをみては二人でジャン荘に出入りしておかず代の一半も稼ぎだそうと必死になっていた」と、この時代のことを回想している。また西東登は、追悼エッセイ「藤村氏を悼んで」(『推理文学』七号、七七・一〇)で、藤村が雑談の折に「何年間か、賭麻雀だけで食っていた時代があった」と話していたことを伝えているが、それも戦後、ブローカー業の手伝いをしていた頃のことと思われる。

七年がかりで大学を卒業したにもかかわらず、卒業後すぐに結核を発病。山村正夫は「我が懐旧的作家論・19／乱歩賞作家きっての多才な実力派・藤村正太」(『幻影城』七七・六)で、通夜の席上で一高時代の学友から聞いた話として「最初、役人を志して東大の法学部に入学したらしい」と書いているが、結核を発病して東京都北多摩郡東村山町にあった保生園高尾寮で六年にわたる長き療養生活を送ることとなったため、その志も遂げられずに終わった。

先に紹介した、懸賞入選にあたっての自己紹介文で藤村は「探偵小説には子供の頃から夢中でした」と語っている。それもあってか、療養中に探偵小説の執筆を思い立ち、一九四九年『宝石』主催の百万円懸賞コンクールのC級(短編部門)に「黄色の輪」と「接吻物語」を、B級(中編部門)に「盛装」を、川島名義で投じた。筆名の由来は「大学時代の尊敬する二人の教授から、それぞれ名前と姓とを借用した」のだそうである(鮎川哲也「解説」『幻のテン・カウント』講談社文庫、八六・一二)。同年の十二月に短編部門の二編が、また翌年の二月に中編部門の一編が、それぞれ『別冊宝石』に掲載された後、『宝石』五〇年五月号に「黄色の輪」の第二等入選が発表され、探偵作家としてのデビューを果たした。その発表に先立ち、同じ五〇年の『新潮』四月号に「虚粧」が掲載されている。同誌の「編集後記」には、「知識人の立派な読物たり得ると考へたから」「文学雑誌の読者にはなじみの薄い探偵小説特集を行つた」、「これで現代日本の探偵小説の水準を知ることが出来よう」と記されている。そこに水谷準、木々高太郎、山田風太郎、大坪砂男らの創作と並んで、作家としてデビューしたかしないかといった川島の名が載っているわけだから、いかに注目されていたかが、うかがえようというものだ。その『新潮』は、先にふれた坂口安吾の「推理小説論」が掲載された号で、同エッセイの中で川島郁夫を有望新人としてあげていることを踏まえて、大内茂男は「川島郁夫の愛読者として」(前掲『推理文学』七号)において「川島郁夫が『新潮』から原稿依頼を受けたのも、おそらくは安吾の推薦によるものと想像される」と書いている。おそらく大内の推測通りであったろう。

『宝石』のコンクールに入選し、『新潮』に掲載されて、順調なデビューを飾ったかに見えた藤村だったが、以後は『宝石』や『探偵実話』から依頼を受けたぐらいで、五二年までは『宝石』主催の懸賞募集に投じた作品も多く、いわばアマチュア作家の域を出なかった感がある。療養中ということもあり、新進作家として多くの注文をこなすことが体力的に難しかったということもあろうが、多作のきかない作風であったことも影響していたかもしれない。その他に、当時の出版状況が新人作家にとって必ずしも理想的ではなかった、という事情もあった。

藤村と同じく、百万円懸賞探偵小説コンクールのC級に「『罪ふかき死』の構図」を投じて一等入選を果たした土屋隆夫は、この時期の探偵小説の新人作家を取り囲む環境について、次のように回想している。

> 懸賞小説に入選したからといって、すぐに原稿の依頼があるような時代ではなかった。雑誌の数も少なかったし、推理小説が、現在のようにもてはやされていたわけでもない。一年に二篇か三篇、それもごく短い作品を発表できればいいほうで、それにさえ、満足な原稿料が支払われなかったのである。戦後の、推理小説が最も衰亡した時期に、私たちは出発したのだ。（「キコエマスカ、藤村さん」『幻影城』七七・六）

こうした様々な事情から、作品の発表が思うに任せなかったと思われる藤村だが、その頃の『探偵実話』のグラビア・ページに「執筆者の横顔」として紹介され、簡単な経歴とともに掲載されたインタビューの回答は、そうしたことをうかがわせない。

> 『好きな作家はポー、〝アッシャア家の崩壊〟〝盗まれた手紙〟などは最も好きな作品です。将来の抱負ですか？　雰囲気中心のネットリとしたルポルタージュ風のものを書きたいですね。こうして毎日天井とにらめッこばかりしていると、着想《アイデア》の湧くこと雲の如しで、全快したら兎のごとく書きなぐつて、忽ち斯界の大御所まちがいなし……なんて考えてはみるが、どうもサツパリでねェ……』

と苦笑される氏は、現在胸を患い、入院療養中であ

る。肋骨を七本も切除したとか、読《ママ》者と共に全快の日を祈つて止まない。(『探偵実話』五二・一〇)

右の記事が載った翌一九五三年からは『探偵倶楽部』や『デイリースポーツ』などにも寄稿するようになり、『宝石』や『探偵実話』を中心に毎年コンスタントに作品を発表している。その後は、山村正夫が夫人から聞いたところによれば、五四年に「病気が快癒して、足かけ六年に及ぶ療養生活に別れを告げ」、「その後、夫人の実家で養生して」、五七年に結婚。「小金井の都営住宅に住んで新生活をはじめた」そうだ。その結婚の翌年に発表した四編が川島名義での最後の創作となった(前掲「乱歩賞作家きっての多才な実力派・藤村正太」)。

執筆中断の事情を山村は次のように推測している。

> 氏が鬼籍に入ったいま、当時の針路変更の真意を探るすべはないが、あの頃は現代のように書下し長編がもてはやされることはなかったし、新鋭作家にとっての短編の発表舞台は、『宝石』や『探偵実話』『探偵倶楽部』などの探偵専門誌数誌しかなかった。独身でも筆一本で生活していくのは難しかった時代だから、まして妻帯したとあってはなおのこと大変で、おそらくそうした背に腹は変えられぬ事情が、氏をして探偵小説から離れさせた最大の原因であったのに違いない。

山村正夫は『続々・推理文壇戦後史』(双葉社、八〇・四)の中で、やはり夫人から聞いた話として「江戸川乱歩先生から『宝石』の原稿の依頼を受けて執筆したところ、その作品が不出来でボツになったため、すっかり自信を失ったせいもあった」というエピソードも紹介している(乱歩が『宝石』の編集に乗り出したのは五七年八月号から)。

『幻影城』の藤村正太追悼特集号(七七・六)に掲載された「藤村正太年譜」には、一九五一年頃からラジオやテレビの脚本を手がけるようになったと記されている。そのきっかけや足がかりなど、詳細は不明だが、『探偵作家クラブ会報』五六年九月号の消息欄は、北海道放送の連続ホーム・コメディ『陽気なテクさん』を執筆中であることを伝えている。五七年には、NHKテレビで放送されたドラマ形式の問題編を持つ推理クイズ番組『私だけが知っている』(五七〜六三)のレギュラー執筆者となった。その後も、アニメ『宇宙少年ソラン』(六五〜

六七）、クイズ・ドラマ『あなたは名探偵』（七〇～七一）などに参加していたことが知られている。

『探偵作家クラブ会報』一九五八年二月号の消息欄には「川島郁夫氏は、今年度より、筆名を藤村正太と改名せられる由」と書かれており、また五九年七月号では改名会員として「藤村正太（川島郁夫）」と紹介され、小金井市に転居したことが伝えられている。改名といっても要するに本名に戻したわけだから、小金井市に転居したこととも思い合わせると、結婚を機に改名に至ったと考えるのが自然ではないだろうか。ただし、『密室探求　第一集』（講談社文庫、八三・八）の解説で鮎川哲也は、改名の理由を次のように紹介している。

> われわれ推理作家や古い読者のあいだに定着した川島郁夫の筆名を、藤村氏がなぜ捨てたのかということについて、生前の同氏から理由を説明された記憶がある。それによると藤村氏は、当時まだ作家活動を始める以前の三島由紀夫氏と面識があった。その後三島氏がはなばなしい活躍を始めるにつれて、由起夫と郁夫という似かよった音がなんとなく気にかかってきた。三島と川島は同じ字画であり、三を横に寝かせれば川の字になる。人の眼に、いかにも真似たような印象を与えるのも本意でないということから、本名に戻ったのだそうだ。

中島河太郎の作成になる「戦後推理小説総目録」（『推理小説研究』七五・五）によれば、藤村名義で最初に発表した作品は、『美しい十代』一九六〇年七月号に掲載された「手袋は知っていた」で、以後ジュニア誌を中心に藤村名義で作品を発表。一九六三年になって『孤独なアスファルト』で第九回江戸川乱歩賞を受賞して、ここに推理作家・藤村正太が名実共に誕生した。

乱歩賞受賞後は書下し長編が多くなり、受賞第一作は『外事局第五課』（六五）というスパイ小説だったが、七一年の『コンピューター殺人事件』を皮切りに本格ものの執筆が中心となり、翌七二年には『脱サラリーマン殺人事件』と『大三元殺人事件』、さらに『特命社員殺人事件』と、三作もの書き下ろし長編を刊行して、旺盛な筆力を示した。このうち、「麻雀推理」と冠せられた『大三元殺人事件』は、好評だったのかシリーズ化され、『九連宝燈殺人事件』（七三）、『死の四暗刻』（七四）、『必殺の大四喜』（七五）、『緑一色は殺しのサイン』（七七）と、都合五冊が刊行された（長編は『大三元』のみ）。長編では他に、『ねぶたの夜女が死んだ』（七三）、前掲『原爆不発弾』、『黒幕の選挙参謀』（七六）がある。前掲『推理文学』第七号に掲載された夫人へのインタビューによると、自身では『コンピューター殺人事件』が代表作だと思っており、好きな作品は『原爆不発弾』だと言っていたそうだ。その活躍が期待されていたが、一九七七年三月一五日、心不全と呼吸不全のために急逝。享年五十三歳だった。

3

藤村正太の作品集としては、これまでに『死の三行広告』（七二）、『女房を殺す法』（七四）、『魔女殺人』（七五）、および麻雀推理シリーズがまとめられているが、いずれも藤村名義に改名してから雑誌に発表されたものが中心で、なぜか川島郁夫時代の作品がまとめられることはなかった。

大内茂男は前掲「川島郁夫の愛読者として」において、次のように書いている。

乱歩賞作家としての藤村正太のその後の活躍振りは周知の通りであるが、私には、どうも川島郁夫時代の愚直なまでの文学精神の純粋さといったものが失われてしまったように思われて、実は寂しくて仕方がない。「孤独なアスファルト」と並んで氏の代表作と言われる「コンピューター殺人事件」や「原爆不発弾」は、いずれもエンターテインメントとしては大成功だと思うのであるが、川島郁夫に傾倒したファンとしては、時流に逆らってでも、もっと藤村正太独自の推理文学を完成して欲しかった、と思う。

この大内の発言から四十年近く経った現在では、これまでアンソロジーに採録されてきたのが、川島郁夫時代の作品ばかりであったため、最近のファンにとって、川島郁夫はトリッキーな本格ものの作家として印象づけられているように思われる。そうした現代の読者の、トリッキーな本格派という位置づけと、大内のいう「愚直なまでの文学精神の純粋さ」が感じられる作家という位置づけとは、矛盾しているとはいわないまでも、整合性を見出すことが難しい。

そこで論創ミステリ叢書では、トリッキーな本格派であり、かつ「愚直なまでの文学精神の純粋さ」を持っていた作家像を理解する手がかりになればと考えて、川島郁夫時代の作品を集成することにした。つまり本書『藤村正太探偵小説選』は、川島名義で発表された作品を生前歿後を通じて初めて集成した、『川島郁夫探偵小説全集』ともいうべき作品集なのである。

　鮎川哲也は、松村喜雄・天城一と協力して編んだアンソロジー『鮎川哲也の密室探求』（講談社、七七・一〇）の「解説」において、次のように書いている。

　「13の密室」「13の凶器」等々のすぐれたアンソロジイを編んだ故渡辺剣次氏は、藤村作品が角川《ママ》文庫に収録されるに当り解説の執筆を依頼されて、改めて主な作品を再読した。その頃の私との電話による雑談の中で「川島郁夫は短編時代の名で、藤村正太は長編中心となってからの名前ですなあ」と語ったことがある。

　たしかに氏の言うとおりではあるけれども、別の観方をすると、川島郁夫は「探偵小説」を書いていた頃の筆名であり、藤村正太は「推理小説」の作家としての名である、と言うことも出来るだろう。

　この伝でいえば、「探偵小説選」を謳う本叢書に収めるのは、川島郁夫時代の作品こそ相応しい、ということにもなるだろう。

4

　以下、本書に収録した各編について解題を付しておく。今回は投稿作品が多く、**書評や選評によっては内容に踏み込み、犯人やトリックを明かしている場合もある**ので、未読の方は注意されたい。

〈創作篇〉

　「**黄色の輪**」および「**接吻物語**」は、一九四九年一二月五日発行の『別冊宝石』二巻三号「宝石新鋭二十六人集」に発表された。「黄色の輪」は後に『現代推理小説大系18／現代作品集』（七三）、鮎川哲也編『幻のテン・カウント』（八六）、鮎川哲也・島田荘司編『ミステリーの愉しみ　第2巻／密室遊戯』（九二）に採録された。また「接吻物語」は後に『宝石推理小説傑作選1』（七四）、日本推理作家協会編『探偵くらぶ㊥　本格編』（九七）に採録された。

江戸川乱歩は「銓衡所感」（『宝石』五〇・五）において以下のように述べている。

三十四篇のうち本格物が最多数を占めてゐたが、その中で私は「黄色の輪」「目撃者」「三つの樽」「接吻物語」（雑誌掲載順）の四篇に〇印をつけた。殆んど甲乙はない。いづれも長篇乃至中篇の種を無理に短篇にした感じで、枚数に比して内容が多すぎ、意余つて文足らざる欠点を露出してゐたが、筋は夫々《それぞれ》苦心の発見であつて、私などはそこに可なりの興味が持てた。

また水谷準は「『三十六人集』の選に伍して」（同）において以下のように述べている。

「黄色の輪」「接吻物語」の作者は、大いに将来が楽しめる。ボクとしては、前者がサスペンスにこだはるあまり作りすぎとなり、後者も亦お喋りに専念しすぎて階調を壊し、入選には今一息と見たが、力量は十分、それを適当なタイミングで発揮する錬磨をとげたら《ママ》。すばらしい作家が約束されよう。

選考にあたっては、選考委員三十一名の葉書回答で五作を推薦してもらい、第一位には2点、第二位以下には各1点を与える方法で得点を集計し、そこからさらに参集した十五人の選考委員の討議によって入選を決している。事前の葉書回答では「接吻物語」が8点、「黄色の輪」が7点を獲得。選考委員会では各委員が最終選考に残った八編の中から推薦作三編を選んでいるが、そこで「黄色の輪」が10点、「接吻物語」5点を獲得し、結局「黄色の輪」が三等入選になったのである。ちなみにこのとき乱歩は「二等はきまらないが、採るとすれば川島氏のものでは『黄色の輪』より『接吻物語』を採るね」と発言している。

「**盛装**」は、一九五〇年二月二〇日発行の『別冊宝石』三巻一号「読切十六人選」に発表された。後に鮎川哲也編『鮎川哲也の密室探求』（七七）に採録された。

百万円懸賞探偵小説コンクールB級（中編部門）に投稿された作品。『宝石』五〇年九月号に簡単な選考経緯が載っている。今回は選考委員に三作を推薦してもらい、それを集計した上で参集して討議が行われた。「盛装」は葉書回答で6点を獲得していたが、選考委員会の席上では乱歩に「『盛装』の川島君はごたごたしている」と評されたのみだった。

なお、本作品中のアリバイ・トリックは、後に長編『黒幕の選挙参謀』（七六）に転用されている。

「**虚粧**」は、『新潮』一九五〇年四月号（四七巻四号）に発表された。単行本に収められるのは今回が初めてである。

「**或る自白**」は、『宝石』一九五〇年五月号（五巻五号）に発表された。後に、ミステリー文学資料館編『甦る推理雑誌⑩／「宝石」傑作選』（光文社文庫、二〇〇四）に採録された。

幽鬼太郎（白石潔）は「探偵小説月評」（『宝石』五〇・七）において本作品を取り上げ、初出時に同時掲載だった日影丈吉「木笛を吹く馬」を第一に推すといったあと、次のように評している。

　次には「黄色の輪」の作者「或る自白」を推す。手法は練れていると確かに思う。その練れているということが手堅い感じを与えるが、一面なんでもこなすという危険もある。母親の苦悩（息子と異母妹の関係）を突つこまないでサラリと抜けている点など、そこである。その反面蛇のようにいやらしく組み立てられた異常性格者の犯罪トリックがネチネチと書かれて破たんなく、大した息切れもしていない点などこの作者本格物を相当器用に書いてゆけるという希望が持てる。

「**謎のヘヤーピン**」は、一九五〇年八月一五日発行の『実話講談の泉』別冊『探偵実話』第三集に発表された。単行本に収められるのは今回が初めてである。

「**田茂井先生老いにけり**」は、『宝石』一九五一年一月号（六巻一号）に発表された。単行本に収められるのは今回が初めてである。

隠岐弘は「探偵小説月評」（『宝石』五一・三）で本作品を取り上げて次のように評している。

　新人以前派では川島郁夫の「田茂井先生老いにけり」（宝石正月号）は、いわば「川島先生安易に構えけり」といった小説である。達者になつてくれることは結構だが、イージーに流れるのは禁物である。所詮は作者の物を見る眼にかゝつている。

「**笘見敏子殺害事件**」は、一九五一年一月一五日発行の『探偵実話』新春増刊号（二巻二号）に発表された。

単行本に収められるのは今回が初めてである。

「**液体癌の戦慄**」は、一九五一年七月一五日発行の『探偵実話』五一年八月号（二巻八号）に発表された。単行本に収められるのは今回が初めてである。

「**暴力**」は、『宝石』一九五一年一〇月号（六巻一〇号）に発表された。単行本に収められるのは今回が初めてである。

「**断層**」および「**その前夜**」は、一九五一年一二月一〇日発行の『別冊宝石』四巻二号に発表された。いずれも単行本に収められるのは今回が初めてである。

『宝石』五二年三月号には、江戸川乱歩・水谷準・城昌幸による「20万円懸賞短篇コンクール詮《ママ》衡座談会」が掲載されている。このうち、右の二編に関する部分を以下に引いておく。

城　その次に移りましょう。川島郁夫氏の「その前夜」、それは同じことを三人の人間がいつて、三回出てくるのでね。

水谷　これは一種の「羅生門」ですな。

城　それがくどいと思うのだ。

水谷　テーマが小さいよ。ただ、犯人は大親分だつたというだけのことだ。

江戸川　時代物を扱つてその時代のことを調べているけれども、こういう筋では一向退屈だよ。くわしく書けば書くほど退屈なんだ。その点は失敗だと思うが……。ただトリックはわりに面白いトリックだと思うんだ。あのころの封建時代の大名は神様みたいなもんだ。神様は疑わない。嫌疑の圏外にある。その盲点を扱つたのは相当面白いトリックだと思う。

水谷　文章を非常に苦心している点は敬服する。

（略）

城　同じく川島郁夫氏の「断層」

江戸川　密室だね。

城　これは代表的な密室物ですね。

水谷　わりに凝つているけれども、これは余り感心しない。

江戸川　密室として新味はない。それが第一段、その次にもう一つどんでん返しがある。それは月光の中で一時的狂気でやつたという、これはカミユの「異邦人」だね。しかしそれがスッキリしてないんだ。「異邦人」みたいなところもあれば、気狂いみたいなところもあるという、なんだか心理がゴチヤゴチヤしている。

城　これだつたら犯人の矢田部のエキセントリックな性格をもう一寸出さなければならんのに、普通の人間が出ている。

記者　最後にこういうことをいわれても困るので……。

江戸川　心理がスッキリしないんだね。

乱歩が「それ以前」についてトリックという観点から評価しているポイントは、天城一の「高天原の犯罪」(四八)とも共通するテーマといえよう。

右の座談会が掲載されるより前に、隠岐弘が「探偵小説月評」(『宝石』五二・二)で川島の二編を取り上げ、次のように評していた。

今さら別冊に出る新人でもあるまいが、川島郁夫の「断層」は注目してよい。これまた密室ものだが、悲鳴失神を死と錯覚させ、その後で本当に殺すという、時間のずれがあつたゝめに、密室殺人が構成されたと解釈する前半が、事件の経過はそうだつたが、それは犯人の意思にもとずいたものではなく、真相は悲惨な戦争の傷痕のため、ある瞬間だけ異常心理に陥る性格異邦人の悲劇だつたことが判明するどんでん返しから、第二のまた犯人の自由意思によらない殺人が、警察官の眼前で行われる結末は見事である。従来の川島を見直した作品といつてよい。

これに反し鳥井強右衛門で有名な武田勝頼の長篠城包囲をテーマとした「その前夜」の方は武田方の反戦派首領の横死について、関係者数名の角度から犯人を推理し、最後に真犯人がわかる仕組だが、大した謎でもない。問題にあまり真向から取組みすぎたために探偵小説としては出発から損をしている。勝頼の人間性の悲劇をつくのが狙いなら、この形式は不適当だろう。

「法律」は、一九五二年六月一〇日発行の『別冊宝石』五巻六号「新鋭二十二人集」に発表された。単行本に収められるのは今回が初めてである。

江戸川乱歩・水谷準・長沼弘毅・白石潔・隠岐弘・城昌幸・永瀬三吾による「コンクール選評座談会」(『宝石』五二・一二)では次のように評されている。

城　では川島郁夫氏の「法律」……。

長沼　結論的にいうとこれもAだと思う。一生懸命勉強して書いている。勉強賞は与えてもいい。ただ、これはわからないところが沢山あるんでね、たとえば結城麟太郎という人が出てくる。これなんかも非常に作品との繋りに必然性がない。それから場所の組立方、殺人の現場と死体がみつかつたところの距離を狙つたり、雨水が溜つているところに首を入れたとか、いろいろ、トリックを考えている。なかんずく法律という意味において余りあり得ないことだけれども、一旦、容疑者になり、それが、結局無罪になつて刑事補償金を貰えるなんという、これは今までの探偵小説には、出てきてないのでちよつと、おもしろいことを考えたもんだなと思つた。が、しかし、親父さんが息子を殺したような偽装をするところに、非常に無理がある。（略）親父がいつ倅が殺されたかを知り、いつ自分が犯人の如く見せかける偽装をしたか、そこのところがわからないんで、てんで駄目になつてしまつた。

（略）

白石　そういう細かさの意味で長沼さんに賛成、しかしこれはAに入つてますよ。しかし刑事補償法という一番勝負はいやだよと書いてある。探偵小説的にいやだ。Aがなかつた場合にはAにしようかという。

隠岐　今いつた点はまともな小説として致命的ですね。法律を保障するために刑事補償金を支払うということがあつたかと思うけれども、十分必然性がこれを読んで取れないんです。

水谷　安すぎるよ。この十倍の金が入らなければ無理だね。一万や二万じや。

江戸川　トリックとして諸君のおつしやつたいろいろな点はあるけれども、トリックの創意では、この作が最も目立つている。その努力は大いに認めるけれども、これはA級にはちよつと入り兼ねる。

「**武蔵野病棟記**」は、一九五二年一一月二〇日発行の『探偵実話』一〇月号（三巻一二号）に発表された。単行本に収められるのは今回が初めてである。

初出時の目次には「レジスタンス傑作」と角書きされ、「東京郊外某結核療養所の実態を描く本格探偵」とリード文が掲げられていた。また本文にも「嘗て本誌に『液体癌の戦慄』を発表、嵐の絶讃を浴び一挙中堅にのし上つた、鬼才川島郁夫氏が、再度ものする、科学と愛慾、謎と異常雰囲気に溢れる、堂々百五十枚のレジスタンス大傑作」というリード文が付せられていた。

小原俊一（妹尾アキ夫）は「探偵小説月評」（『宝石』五二・一二）で本作品を取り上げて、次のように述べている。

医学上の専門語や手術の場面や薬のことが次から次と出てくるが、作者が療養所生活をしているのだから、信用してもいいのだろう。手術の場面なぞ痛々しくて読むにたえなかつた。文章が曖昧でまず興奮と誇張にみちた文字で、あらゆる出来事を平面的に述べるのはどんなもんだろう。新人は何か新しい物を持つて登場する必要がある、ということを記憶しておいてもらいたい。

「或る特攻隊員」は、一九五二年一二月一〇日発行の『別冊宝石』五巻一〇号「一九五二年二十万円懸賞新人二十五人集」に発表された。単行本に収められるのは今回が初めてである。

江戸川乱歩・水谷準・隠岐弘・城昌幸による「入賞作品選衡《ママ》座談会」（『宝石』五三・四）では、本作品が次のように評されている。

城　これはまあ探偵小説じゃないんだ。けれど読んでみれば面白い。高橋中尉の性格がガラッと変るところは興味があるンだが、何とかもう少しトリックを考えてもらいたかつたですね。

江戸川　「白い路」〔梶龍雄の投稿作―横井註〕以上に探偵じやない〔。〕全然探偵小説でない。戦争と若者の心理を書いたもので、戦争が犯罪だといえば犯罪だけれども、そういう犯罪は犯罪小説にならんから、これは犯罪小説でもないんだ。だからこれは「白い路」以上にこのコンクールには不適当な作品だと思うけれども、しかしうまいと思いますね。この前の大河内常平君の陸軍の戦場を書いたのに対し、これが海軍の戦場を書いた、優るとも劣らん迫力があると思つて、そういう点は非常に感心しました。

水谷　川島君には非常に期待しているのです。戦争後出てきて、相当な作家になりそうなほど書いてもいるしいいものも書いているので、その期待があって読んだために、この人が探偵小説をもつて投稿しなかつたということにおいてバッテンつけました。批評の価値なしというところです。

隠岐　「白い路」は広い意味の変格には十分入ると

思いますが、これは異常心理でもなければ、ミステリーのヤマがあるわけではなく、江戸川さんはいいとおつしやいましたが、これは一般同人雑誌の作家だったらこれ位はいくらでも書けると思つたのですが……

江戸川　僕は大河内君のと比較したんだよ。

隠岐　大河内さんの方がずつといいじやないですか。

江戸川　あれはオチがうまく出来すぎていて僕には邪魔になるんだが、これはオチがないのでかえつてスッキリしている。余りつくつてないからね。

〈評論・随筆篇〉

「**暗中模索**」は、『探偵作家クラブ会報』一九五〇年四月号（通巻三五号）に発表された。本エッセイも含め、以下すべて単行本に収められるのは今回が初めてである。

「**略歴**」は、『宝石』一九五〇年五月号（五巻五号）のグラビア・ページに掲載された。初出時は無題。

「**通信**」は、『探偵作家クラブ会報』一九五一年六月号（四九号）の通信欄に掲載された。初出時は無題。

「**周辺点綴**」は、一九五一年一一月二〇日発行の『鬼』第五号に発表された。「暴力」や「その前夜」のような時代小説を発表した背景をうかがわせるエッセイ。

「**参劃《アンガージュ》の探偵小説**」は、一九五二年七月三〇日発行の『鬼』第七号に発表された。『孤独なアスファルト』以降の、社会派＋本格という作風を先取りするかのようなエッセイだが、たとえば川島時代の短編「法律」などは、ここでいわれる「参劃《アンガージュ》の探偵小説」の一例といえるだろう。

アンケートとして収めたもののうち、「**五一年度の計画と希望**」は、『探偵作家クラブ会報』一九五一年一月号（四四号）に、「**一九五一年度自薦代表作を訊く**」は、同誌一九五一年一二月号（五五号）に掲載された。

本解題執筆にあたり、著作権継承者の細田敦子氏から御教示いただきました。また『探偵実話』掲載作品について、岩堀泰雄氏、佐々木重喜氏から資料の提供をいただきました。記して感謝いたします。

［解題］**横井 司**（よこい つかさ）
1962年、石川県金沢市に生まれる。大東文化大学文学部日本文学科卒業。専修大学大学院文学研究科博士後期課程修了。95年、戦前の探偵小説に関する論考で、博士（文学）学位取得。共著に『本格ミステリ・ベスト100』（東京創元社、1997）、『日本ミステリー事典』（新潮社、2000）、『本格ミステリ・フラッシュバック』（東京創元社、2008）、『本格ミステリ・ディケイド300』（原書房、2012）など。現在、専修大学人文科学研究所特別研究員。日本推理作家協会・本格ミステリ作家クラブ会員。

藤村正太探偵小説選《ふじむらしょうたたんていしょうせつせん》 I　〔論創ミステリ叢書81〕

2014年11月20日　初版第1刷印刷
2014年11月30日　初版第1刷発行

著　者　藤村正太
監　修　横井　司
装　訂　栗原裕孝
発行人　森下紀夫
発行所　論 創 社
〒101-0051 東京都千代田区神田神保町2-23 北井ビル
電話 03-3264-5254　振替口座 00160-1-155266
http://www.ronso.co.jp/

印刷・製本　中央精版印刷

Printed in Japan　ISBN978-4-8460-1375-2

論創ミステリ叢書

①平林初之輔Ⅰ
②平林初之輔Ⅱ
③甲賀三郎
④松本泰Ⅰ
⑤松本泰Ⅱ
⑥浜尾四郎
⑦松本恵子
⑧小酒井不木
⑨久山秀子Ⅰ
⑩久山秀子Ⅱ
⑪橋本五郎Ⅰ
⑫橋本五郎Ⅱ
⑬徳冨蘆花
⑭山本禾太郎Ⅰ
⑮山本禾太郎Ⅱ
⑯久山秀子Ⅲ
⑰久山秀子Ⅳ
⑱黒岩涙香Ⅰ
⑲黒岩涙香Ⅱ
⑳中村美与子
㉑大庭武年Ⅰ
㉒大庭武年Ⅱ
㉓西尾正Ⅰ
㉔西尾正Ⅱ
㉕戸田巽Ⅰ
㉖戸田巽Ⅱ
㉗山下利三郎Ⅰ
㉘山下利三郎Ⅱ
㉙林不忘
㉚牧逸馬
㉛風間光枝探偵日記
㉜延原謙
㉝森下雨村
㉞酒井嘉七
㉟横溝正史Ⅰ
㊱横溝正史Ⅱ
㊲横溝正史Ⅲ
㊳宮野村子Ⅰ
㊴宮野村子Ⅱ
㊵三遊亭円朝
㊶角田喜久雄
㊷瀬下耽
㊸高木彬光
㊹狩久
㊺大阪圭吉
㊻木々高太郎
㊼水谷準
㊽宮原龍雄
㊾大倉燁子
㊿戦前探偵小説四人集
(別)怪盗対名探偵初期翻案集
(51)守友恒
(52)大下宇陀児Ⅰ
(53)大下宇陀児Ⅱ
(54)蒼井雄
(55)妹尾アキ夫
(56)正木不如丘Ⅰ
(57)正木不如丘Ⅱ
(58)葛山二郎
(59)蘭郁二郎Ⅰ
(60)蘭郁二郎Ⅱ
(61)岡村雄輔Ⅰ
(62)岡村雄輔Ⅱ
(63)菊池幽芳
(64)水上幻一郎
(65)吉野賛十
(66)北洋
(67)光石介太郎
(68)坪田宏
(69)丘美丈二郎Ⅰ
(70)丘美丈二郎Ⅱ
(71)新羽精之Ⅰ
(72)新羽精之Ⅱ
(73)本田緒生Ⅰ
(74)本田緒生Ⅱ
(75)桜田十九郎
(76)金来成
(77)岡田鯱彦Ⅰ
(78)岡田鯱彦Ⅱ
(79)北町一郎Ⅰ
(80)北町一郎Ⅱ
(81)藤村正太Ⅰ

論創社